本书为贵州省高校人文社会科学研究项目『黔词注评』（项目编号2019QN045）结项成果

黔词注评

戴永恒 撰著

WUHAN UNIVERSITY PRESS
武汉大学出版社

图书在版编目(CIP)数据

黔词注评/戴永恒撰著.—武汉:武汉大学出版社,2023.2
ISBN 978-7-307-23281-5

I.黔… Ⅱ.戴… Ⅲ.词(文学)—诗歌研究—贵州—清代 Ⅳ.I207.23

中国版本图书馆 CIP 数据核字(2022)第 154439 号

责任编辑:黄 殊 责任校对:李孟潇 版式设计:马 佳

出版发行:**武汉大学出版社** (430072 武昌 珞珈山)
(电子邮箱:cbs22@whu.edu.cn 网址:www.wdp.com.cn)
印刷:武汉邮科印务有限公司
开本:787×1092 1/16 印张:24.5 字数:578 千字 插页:1
版次:2023 年 2 月第 1 版 2023 年 2 月第 1 次印刷
ISBN 978-7-307-23281-5 定价:72.00 元

黔词注评序

莫道才

词之兴者，乃音乐之故也。中国诗歌与音乐相伴而生，先秦之诗经、楚辞，汉魏六朝之乐府，隋唐之歌诗，唐五代至宋之词，元之曲，莫不如是焉。词，本歌词之意，所谓曲子词也。初为宴饮宾客之时，娱宾遣兴，浅斟低唱，歌伎乐工之词也。李后主变伶工之词为士大夫之词，苏东坡变宴饮乐工之词为案头抒情之篇，题材拓展，境界始大，感慨遂深，成为文人士大夫抒情言志之新诗体。余习填词，稍知词之韵味与齐言诗大异，其词格之抑扬顿挫更利于抒发内心之情愫也。余早年从迦陵先生学诗词，其每每以兴发感动教导之，遂铭记在心，知大凡经典之作必有生命感发之力量。

南方偏远之地，自唐始，有贬谪之臣咏迁谪之诗。自宋始，多远来之客传唱中原之音，词之风雅遂播衍岭外。至明更兴，至清则蔚为大观，晚清尤盛。粤西临桂词派尤为代表，况周颐倡重拙大，王鹏运刻历代词集，词之兴甚矣。前辈曾德圭先生仿汪森粤西三载体例，辑《粤西词载》汇集广西历代词。今贵州戴永恒君辑《黔词注评》，其意义与此等同也，历代贵州词于此可知矣。明以后江南人士多游宦移民贵州，清以后贵州词繁盛，词人之数不亚于广西，可谓西南词坛重镇，历来学界对此少为关注。贵州词人多在贵阳、遵义等地，呈现明显地域特性，可见词之繁荣与城市关联密切。历来边地之传统文学颇受忽视，以为边地无文学，唯侗族大歌等民歌，读此书可以了解词之一体在贵州之繁盛矣。

2022 年 5 月 2 日于桂林听雨看云斋

序

黄　海

　　戴永恒在春花繁盛之日嘱我为其新作写序，我虽不能为其成就添辉，但实在为他高兴，也就允诺了。去年，他已顺利被评为副教授，又进入广西师范大学攻博，继续在古代文学研究之路上攀登。今年又有新书问世，亦师亦友的我怎能不为他欣喜呢？

　　戴永恒于2008年进入贵州大学攻读古代文学研究生。彼时，他刚从长春完成本科学业，还一脸稚气，腼腆少言。在三年的学习中，我能清晰感知他对古代文学的真切热爱。我也才开始担任导师工作没几年，与其说是我在指导他学习，不如说是彼此在交流探讨中一起进步。小戴待人非常谦逊，一心向学，毕业后奉家人之命去应聘让很多人羡慕的部门，并在考试中以优异的表现成功入职。工作单位待遇甚好，但是他对古代文学的热爱之心不减，毅然决然辞职前往地方院校从事他喜欢的教学科研工作。在六盘水师范学院这些年，他从未停下前进的步伐，科研上精益求精，教学上也兢兢业业，在物质世界里坚定追寻自己的理想，让人敬佩。不善交际的他在研究生期间与秀外慧中的本科同学唐洁结为连理。在他的鼓励下，唐洁紧随他的脚步也成为我的学生，毕业后又追随他到了六盘水师院，今年已经博士毕业。伉俪同心，齐头并进，不为物欲所染，潜心于学业和工作，又有一个可爱的儿子，非常幸福美满。这些年来，小戴夫妻的祝福总是伴随每一个节日来到我身边，时时与我分享他们的喜悦，而我也因他们的情谊觉得自己尚且有用，没有误人子弟。

　　清代贵州词人有三十多家留有词集，仅《黔南丛书》就收集了十六部词集，这些词作并不逊色于同时代其他区域的水平。然因地僻之故，学界少有人注目。在戴永恒、唐洁随我学习期间，曾提醒他们关注贵州词坛。两个有心人开始搜集、研究贵州词人词作，陆续发表贵州词人词集相关的论文，研究渐次深入。2019年，夫妻合作出版了《黔词研究》，对这些年来的黔词研究做了一个小结。今年，戴永恒即将付梓的这本《黔词注评》又让我看到他的努力。贵州清代词人中，在全国有影响的不少，如莫友芝、黎庶昌、姚华等，但人们对他们的认识多因其学识、诗歌、绘画等，少有人注意到他们的词。目前来看，贵州清代词人的研究已经有了一定的基础，章永康、周婉如、莫友芝等人的词集已经出版了整理本，但却没有一部全面介绍清代贵州词人词作的专著。戴永恒的这部《黔词注评》虽非黔词集大成者，但也选取了24家词人约300首作品，足以展示黔词风貌。

　　这部《黔词注评》在注释上能注则注，地名、人名、史实、时事尤为详尽，对帮助人们理解黔词大有裨益，对一些其他学者已做过的注释能指出其疏忽之处并加以自己的判断和纠误。在评析方面，作者很下功夫，尽可能汇集了词作相关的批评资料，对词作的创作时间、背景乃至艺术风貌均能深入文本，联系词人经历进行具体的阐述和分析，大多稳妥贴切，足见作者是有词心之人。《黔词注评》的出版，对贵州词学研究和贵州地方文化研究都有重要意义。晚清词坛的发展，黔词不可忽视，《黔词注评》不但是以后黔词研究不可绕过的一部著作，对清词的研究也有完善之功。若本书的注释和评析能略缩长篇为短什，行文更为简练，则更有利于读者，也更可体现注评的精华，不知小戴以为然否？

我对黔词无深入研究，但因着小戴夫妻十几年来一直尊我为师，我就大胆妄言，拉拉杂杂缀文权且为序。

凡　例

一、贵州词学文献仅存于清代，其中任可澄主编的《黔南丛书》收录了词集十六部三十九卷，分别是江闿《春芜词》、唐树义《梦砚斋词》、陈钟祥《香草词》、石赞清《饤饾吟词》、章永康《海粟楼词》、莫友芝《影山词》、莫庭芝《青田山庐词》、黎兆勋《葑烟亭词》、黎庶焘《琴洲词》、黎庶蕃《雪鸿词》、张鸿绩《枯桐阁词》、刘藻《姑听轩词》、傅衡《师古堂词》、赵懿《梦悔楼词》、邓维琪《牟珠词》、姚华《弗堂词》。而贵州词人词集经今人校注整理的有李朝阳注评莫友芝《〈影山词〉注评》、盛郁文评注周婉如《吟秋山馆诗词钞》、邓见宽校注姚华《弗堂词·菉猗曲》。此外，聂树楷《謷园词剩》收录于许先德、龙尚学主编《贵阳五家诗钞》，郑珍所存词收录于赵恺所编《巢经巢全集》中。本书以《黔南丛书》所收词集为主要来源，莫友芝、姚华则以今人校注整理本为底本，参考《黔南丛书》本。周婉如、聂树楷、郑珍则选自上文所述文献。其他仅存零章断什者或摘自其诗文别集，或捡于他人词集，来源较杂，不再一一道其来源。

二、本书选词借鉴了屠寄编纂《国朝常州骈体文录》的去芜取精和以文存人兼用的编选原则，对有完整词集存世，或篇目留存较多的词人，"芟剪繁芜"，选出具有代表性的词作；对词集散佚，仅有零篇留存的词人，则能收尽收，存其一斑。共选取有词作传世的黔籍词人二十四人、约三百首词。

三、本书按照词人生年先后编次，以人系词。每位词人条目下均撰写词人小传，对其生平、文学成就、词的题材内容和艺术风格等予以评述，便于读者知人论世，对词人的整体情况有所了解。从全书的结构编次，可以约略窥见黔词历史发展的轮廓，从词人小传及选篇，又可以了解每个词人的创作情况及艺术成就。

四、本书所选词作所据底本，多为民国刻本，词作点断使用标点与《全宋词》同，即韵脚用"。"，句用"，"，逗用"、"。所据为今人点校本的，若标点方式不同，也进行修改以求统一。

五、本书采取逐篇注释的方式，注文或注事，或释义，或考辨创作背景，繁简详略视具体情况而定。莫友芝《影山词》已有李朝阳注本，周婉如《吟秋山馆诗词钞》已有盛郁文注本，姚华《弗堂词》已有邓见宽注本，此三家本书均采摘已有注释，如有需要补充的地方，则用[补]予以标识；如有阙误需要更正的地方，则加入按语，用[按]予以标识。

六、注文尽可能采取可靠的原始文献，力求严谨、准确，对于原文过长的情况，引文采取节录的方式，但并不更改其文字。所引文献均标出作者、书名或篇名。若作者为耳熟能详的著名文人或历史人物，则不标出朝代；若引文作者朝代在前文已标出，也不再重复。对于在书中多次出现的典故等，一般不重注，以避繁冗。

　　七、本书评析文章原则上采用一首词一篇的方式，对于多首组词入选的词作，则以组词为单位，数首合在一起予以评析。

　　八、本书在选篇、断句以及撰写词人小传、注释、评析等方面都采取审慎严谨的态度，但限于作者学识和水平，错误之处定所难免，望读者和专家们批评指正。

目　　录

3

江闿

（20首）

　　江闿，字辰六，号览古，别号祥柯生，原籍安徽歙县，后出为新贵越氏后，入籍贵州贵阳，以越闿之名举康熙二年（1663年）乡试，后复姓江，然其所为文籍仍署籍贵阳。历任益阳知县、均州知州、解州知州，擢员外郎，未及赴任而亡。江闿一生足迹几遍全国，文名早著，交游广泛，年轻时便得到胡文学、王士禛、赵吉士、吴绮等著名文士的赏识和提携，王士禛视其为门人弟子，吴绮为其岳丈。借由王、吴二人，江闿与当时享誉文坛之名流，如吴伟业、宋琬、曹溶等交往致密，遂使其文名渐著。江闿一生著述颇丰，诗词文兼善，尤称于词。其《江辰六文集》二十四卷，包括文集《政在堂集》十四卷，诗集《湖外集》五卷、《汉沔集》一卷、《河汾集》二卷，词集《春芜词》一卷。

　　江闿是著籍贵州的词人中，尚有词集留存时代最早的，他的《春芜词》存词140余首，题材丰富，风格清新秀润，工于写景，当世词人多所称道。吴伟业评其词曰："秦柳苏辛最难兼长，辰六两得之，所以为佳。"曹溶评曰："阮亭（王士禛）云：'不纤不诡，一往熨帖'，《春芜词》之谓与。"徐士俊评曰："园次（吴绮）巧于言情，辰六工于写景，洵是冰清玉润。"朱彝尊评曰："叔子谓：'广陵佳丽地，有能歌辰六诗余者，知必名于江淮之间。'洵然。"（以上诸家评语见《黔南丛书》第四集《春芜词》）

　　江闿工于写景，其词集中也以山水词最为出色。而值得注意的是，其描写庐山景致的词作占据了其山水词作的近八成，对庐山著名的景点均有描写和题咏，这些词作或清丽妍秀，或气势开阔，风格随所见之景而丰富多变，善用精细传神的笔法写出景物的特点，庐山雄、奇、险、秀的山水绝景在其词中得到生动展露，故尤侗给予江闿的庐山词以极高的评价："今秋寓桃叶渡，孙子无言（孙默）自广陵邮书至，发之得《春芜词》，篝灯快读，江山眉目，花月精神，越子在焉，呼之或出矣。予尤喜其庐山诸作，搜奇抉奥，引人胜地，如坐香炉之峰，饮珠帘之谷，不止嘲风弄月，作儿女子语，此草堂诸公得未曾有者，恐吴兴太守（吴绮）亦让一头矣。"（尤侗《春芜词序》）

　　除山水词外，艳情、宫怨、述怀、赠答、题画等作也有佳者，如《画堂春·途次有怀小女》之怀念亲人、《喜迁莺·饮无言草堂》之感喟友人，《望远行·送孙鲁三之鲁宁》之送别，《金菊对芙蓉·楚中重晤张夫子有赠》之感怀，皆能做到意随笔至，情韵兼胜。清代前期著名词人、柳州词派盟主曹尔堪评价《春芜词》曰："昔人谓：'淡而艳，浅而深，近而远，方是擅长'，此为兼盛。"若从江闿词作重比兴和意境的营造，讲究情韵的含蓄、深广，而无秾艳和粗豪之弊而言，可谓得评。

忆江南

庐山五忆

其一

　　庐山忆，最忆玉川门[1]。三叠泉[2]边藏月窟，二层崖上见云根[3]。此地好朝昏。

【注释】

　　[1]玉川门：位于庐山五老峰北，三叠泉口。因两峰夹峙如门，叠石色白如玉，洞底青湍如夺门而出，故名。(清)毛德琦《庐山志》卷九引(明)桑乔《庐山纪事》曰："玉川门者，当三叠水口。其两崖壁立万仞，洞从中辟路行处，两石相礚，中穿一窦，游者低首而进，其石色白如玉，故名。"

　　[2]三叠泉：位于庐山五老峰北九叠谷内，素有"匡庐瀑布，首推三叠"之说，为庐山一大奇观。《庐山志》卷九引《庐山纪事》曰："三叠泉之水，出自大月山下，由五老背而东注焉。凡庐山之泉多循崖而泻，乃三叠泉不循崖泻，由五峰北崖口悬注大磐石上，袅袅如垂练，既激于石则摧碎散落，蒙密纷纭，如雨如雾，喷洒二级大磐石上，泻为洪荒，下注龙潭，轰轰万人鼓也。苍崖峭削，中豁如门，有石横亘龙潭之唇如阈，谓之水帘洞。"

　　[3]云根：意为深山云起之处，此处状玉川门两山之高耸，尝为云雾缭绕的景象。(清)施闰章《玉川门歌》曰："玉川雨后多白云，片片从风飞户牖。"

其二

　　庐山忆，最忆石门[1]中。狮子[2]月明挝象鼓，铁船[3]风细送铜钟[4]。四壁尽芙蓉。

【注释】

　　[1]石门：即石门洞，在庐山西麓，文殊寺南，因天池山、铁船峰对峙如门，内有瀑布垂落而得名。《庐山志》卷十三引《庐山纪事》曰："石门洞在文殊寺南，有潭，是为乌龙潭。石门者，天池、铁船二山并峙如门也。"

　　[2]狮子：狮子山，位于庐山西麓，因状如狮子得名，山中有狮子洞。

[3]铁船：铁船峰，位于天池山西南。因山顶有石船，其色如铁，故名。

[4]铜钟：比拟石门洞宏大喧豗的水声，上句"象鼓"亦同。《庐山志》卷十三引《庐山纪事》曰："文殊寺既在深谷中，又迫近石门，四山壁立，巉如积铁，水声淙然，遇雨涨溢，喧豗终日，不闻人语声。"

其四

庐山忆，能不忆黄岩[1]。天上有台[2]看瀑布[3]，洞中缘石架茆龛[4]。诸胜拥山南。

【注释】

[1]黄岩：黄岩寺，在双剑峰下，最初为唐代僧人智常所建。白居易《黄石岩下作》诗曰："久别鹓鸾侣，深随鸟兽群。教他远亲故，何处觅知闻。昔日青云意，今移向白云。"

[2]台：布水台，在瀑布泉下。

[3]瀑布：即李白所咏香炉峰瀑布，《庐山志》卷五引《庐山纪事》曰："水势奔注而崖口窄，隘束喷散数十百缕，如马尾然，其实亦一瀑也。其在南者则自陂顶下注双剑峰背邃壑中，汇为大龙绕出双剑之东，下注大壑，悬挂数十百丈，曰'瀑布'。水循壑东北逝，与马尾水合流出两山，山峡中下石潭，石碧而削，水练而飞，潭绀而渊，为开先佳境。后因名其峡曰'青玉峡'，潭曰'龙池云'，二瀑俱奇观，而西瀑尤胜，方冬泉微，循崖而流，涓涓然如一线。泛溢直落霄汉间，袅袅如垂匹练，日光灼之灿烂黄金色，倏为惊风所掣，则巾断不下，忽飘入云际，如飞毯捲雪，迸珠散玉，瞬息万状。"

[4]茆龛：茆即"茅"，茅龛意为山洞中铺上茅草，以石屋为居。

【评析】

《忆江南·庐山五忆》是江阁咏庐山风景的组词，以联用同一词牌的五首小令，分写庐山中著名的五处景点，本书选入三阕。这组山水小令，用清丽隽永的笔调，描写庐山山水的秀美风光，其景其境引人入胜，词人对庐山美景的喜爱之情真切动人。第一首写玉川门，突出玉川门和三叠泉夜晚月色幽静、清晨深山云起的景致，缥缈如仙境。第二首写石门洞，则抓住其二山并峙、巉岩如铁，洞水奔涌、水声喧豗的雄奇之景，山间月明如洗，洞水如象鼓喧阗；和风吹拂，松涛似钟声悠扬，使读者仿佛置身于其间，可听见松涛与瀑布奔雷之声相和而成的澎湃乐章，"芙蓉"一句又为其刚健雄阔中添入一丝艳丽和柔媚。第四首写黄岩寺风景，黄岩寺瀑布泉因李白《望庐山瀑布》一诗而天下扬名，这里瀑美峡秀，名胜尤多，故有"庐山之美在山南，山南之美数秀峰"之誉，正和词末句"诸胜拥山南"所见略同。可见，这五首词既相对独立，如五个单独的画卷，同时又如同游记一般，用隐藏于内的游踪将玉川门、三叠泉、石门洞、香山、黄岩寺、瀑布泉等景点如珍珠般串联起来，形成了一个整体，读其词便真如置身于庐山胜景中，"坐香炉之峰，饮珠帘之谷"（尤侗语）一般，这便是江阁的庐山词的魅力。

望仙门

登文殊台[1]望瀑布[2]

天门雨过走银虬[3]。那能收。空青齐作白云流。怕山浮。　　　清绝长楼月，泠然气夺深秋。怒声应悔落沧州。落沧州。怎似万峰流。

【注释】

[1]文殊台：即文殊寺。《庐山志》卷十三曰："天池山麓有小山曰云峰，其南峡中有文殊寺。"引《庐山纪事》曰："文殊寺在报国寺南，铁船峰麓。"

[2]瀑布：石门涧瀑布。《庐山志》卷十三引《后汉地理志》曰："庐山西南双阙，壁立千余仞，有瀑布焉。"

[3]银虬：银色的虬龙，这里比喻石门涧瀑布泻下银练如虬龙。

【评析】

瀑布是庐山的一大奇观，众多的瀑布构成了瀑布群，在这些瀑布中，有的气势宏伟，有的清丽妍秀，而石门涧瀑布是庐山瀑布中最早见于地理志书记载的瀑布。在本词中，词人描绘了雨后傍晚从天池山文殊台眺望石门涧瀑布所见之壮观景象，突出了水势奔涌的特点。词的上阕对石门涧瀑布予以直接的描绘：雨过之后，石门涧水势变大，远看就像一条银龙从山川间奔腾而下，腾起的水气弥漫于峰峦之间，清空苍翠的山林云雾缭绕。"哪能收""怕山浮"两个短句，紧接长句摹景，不仅在词意上，也以急促的节奏突出了水势的浩大。过片转向整个山间环境的描写，夜幕降临，清幽的月光，升腾的水汽，让人感到仿佛深秋时节般的清冷。词作的结尾写得极为精彩，词人用拟人的笔法言瀑布巨大的水流仿佛夹杂着怒气，应是悔恨地向遥远的山下奔落。为什么呢？因为"落沧州，怎似万峰流"，离开了庐山万峰奇崛的地势，它便不会有如此壮观的气势了啊。本词写景峻洁劲健，结句想落天外，整首词就像一泻千里的瀑布一样，气势非凡。

玉蝴蝶

五老峰[1]

秀出东南云顶，想当衡岳[2]，差可为邻。满眼灵崖，峭谷露染霞熏。

重湖口[3]，江流微合，层嶂外、粤树斜分。亘千春。空中啸傲，长揖天门。

销魂，人欹晴石，雷轰溪底，雨挂峰根。松竹苍苍，此间应不记朝昏。好追随、青蓬仙客，还呼起、白鹿[4]真人。羡沉沦。安车逃聘[5]，更有匡君[6]。

【注释】

[1]五老峰：位于庐山东南，为庐山诸峰形势最雄伟奇险之胜景。李白《登庐山五老峰》诗曰："庐山东南五老峰，青天削出金芙蓉。九江秀色可揽结，吾将此地巢云松。"

[2]衡岳：南岳衡山。

[3]重湖口：指鄱阳湖口，五老峰根连鄱阳湖故名。《庐山志》卷七曰："含鄱口东北为五老峰。"

[4]白鹿：白鹿洞，位于五老峰东南麓，为唐代李渤隐居读书处，宋初置为书院。或指白鹿升仙台，位于天池山东北，相传有人于此处乘白鹿仙去，事见《庐山志》卷二。

[5]安车逃聘：安车，指古代可以乘坐的小车。此句意为：坐着小车逃避朝廷的聘用。

[6]匡君：指庐山，庐山又名匡山、匡庐，(宋)陈舜俞《庐山记》卷一中《总叙山水篇第一》引《山海经》曰："庐江出三天子都，一曰天子障。故旧语以所滨为彭蠡，有匡裕先生者。……出自殷周之际，遁世隐时潜居其下。或云裕受道仙人，共游此山，遂托空崖即岩成馆，故时人谓其所止为神仙之庐，因以名山。"

【评析】

江阁的庐山山水词以小令为多，为数不多的长调也有佳什，往往能用铺叙点染之法，写出廓大的气势。本篇与《水龙吟·玉川门》可为代表。位于庐山东南的五老峰，五峰并列，峰尖触天，是庐山诸多山峰中最为雄奇秀丽者。本词即围绕五老峰之"峻秀"着笔，上阕着重描写峰顶远眺，云近日低，大千世界，俯仰之间尽收眼底的观感。词人于开篇即言五老峰峰尖出云之峻秀，只有南岳衡山可以比肩，此为总写。接着具体描绘远眺所见：灵崖峭谷间，云蒸霞蔚；山势延绵，直至彭蠡，湖口处多条江流汇合注入其中。而从五老峰至湖口，群山绵亘、层峦叠翠。而五老峰横亘于此千年，仿佛对着天门吟啸长揖一般。下阕着重描写峰内近处之景，以"销魂"二字领起，词人似被远眺时五老峰横亘苍空、迥压彭蠡之气势所震撼，仍心有余悸。倚靠在晴石边，但闻山中溪涧水声轰鸣如雷，但见水汽弥漫，山石为之浸润，松竹苍翠欲滴。置身于此，山川之胜，直让人乐而忘归，使词人心生步随隐居避世之仙客高士，遁世于此之愿望。词作先点明五老峰峻秀的特点，上阕描写远眺所见，视野由近及远，接着用比拟之法，概写五老峰之形势，其着笔处在"峻"。下阕描写山中近景，写水、写松竹，结合视觉与听觉，其着笔处在"秀"，最后以流连其中，不辨朝昏，愿遁世于此的感触结尾，写景、叙事层次井然，极有章法。其状五老峰之景与(明)李梦阳《五老峰》诗差近，可参看："东南涛浪吞，五老古今存。秀色彭湖浴，诸峰庐岳尊。中宵见海日，南斗豁天门。霜雪颜常静，云烟解变魂。"

如此江山

江上再过匡山^[1]

　　旧时记与匡庐约。悠悠十余年矣。石数清凉^[2]，松夸简寂^[3]，真个幽奇无比。银涛突起。讶云挂山腰，雪飞潭底。　　暗想前游，几番还到梦里。扁舟重与坐对。逗狂奴痼癖^[4]，徘徊心喜。好倩^[5]香山，传笺玉局^[6]，为问当年高士。风尘未已，羡天外常闲，世间难似。甚日归来，荷锄邀数子。

【注释】

[1]再过匡山：据江闿《游庐山记》载："康熙辛亥七夕后三日记。"可知词人游览庐山当在康熙辛亥年（1671年），词中言"悠悠十余年矣"，则再过匡山，当在1681年至1691年间。据王伟丽所著《江闿年谱》，此间江闿先后任职湖南益阳知县、湖北均州知州，行踪未至庐山。疑此词当作于康熙十九年庚申（1680年）离京至湖南赴任途中。

[2]清凉：清凉台，位于庐山天池寺南下二里。《庐山志》卷二引（清）吴炜《庐山续志》曰："清凉台因文殊摄化得名，台距天池南下二里去，石门钟磬相闻，四围峭石万仞，亭午始见日色，冷翠扑面，晴亦湿衣。"

[3]简寂：简寂观，位于庐山南部金鸡峰下。《庐山志》卷四曰："金鸡之支，南行崛起为大山，曲抱中豁然一区，简寂观在焉。山东与香炉峰邻，两山之间为香山坳。""简寂观前有六朝松数十株。"引《庐山纪事》曰："简寂观者，道士陆修静之居也。静字元德，吴兴人，宋大明五年始来居庐山。"

[4]狂奴：狂放不羁之人，此为词人自况。痼癖：指不易改掉的癖好。（元）潘音《反北山嘲》诗曰："烟霞成痼癖，声价藉巢由。"

[5]好倩：好：便于，易于；倩：请。

[6]玉局：指棋盘。

【评析】

　　该词为词人游庐山十年后，乘舟再次路过庐山，勾起当年游庐山所见美景之回忆而作。当年离开庐山时曾"有约待重逢。"但一别后悠悠十载，回想当年所见，清凉台之峭石万仞、冷翠扑面，简寂观之老松涵风、翠盖如幕，幽奇无比。更何况，山间飞瀑如雪，云绕山腰。十年前游览的经历，庐山的美景时常来到梦中，现在又重新坐对庐山，这魂牵梦绕的地方勾起词人乐于山水的痼癖。庐山就像是词人久别重逢的旧友，看他有意请香山传筿山中高士，约为棋局。但词人毕竟行途在身，不能久耽，故有"风尘未已，羡天外常闲，世间难似"之叹，并以遁世出尘之想作结。此词意在抒情，写景以点带面，寥寥数笔，庐山境界自出。抒情从回忆往昔，到再次重逢的欣喜，再到风尘未已，不能久耽的失落，最后是再次归来的希冀。可谓一波三折，将词人再见庐山时复杂的心理活动表现得极为真切，而词人对庐山的一往情深便见诸笔端。

临江仙

开先寺[1]

　　十里松阴围一寺，檐前浪卷诸峰。徘徊累月费形容，孤云眠贴地，双剑[2]落虚空。　　万仞飞流摇五色，碧潭惊走蛟龙。涪翁[3]碑碣半朦胧，荒台哀帝子[4]，终岁紫苔封。

【注释】

　　[1]开先寺：今名秀峰寺，位于庐山南麓鹤鸣峰下。

　　[2]双剑峰：为庐山著名山峰，因其双峰并峙，峰尖直指天穹，形如两把长剑而得名。《庐山志》卷五曰："鹤鸣之西南为龟背峰，又西南为寨云峰、黄石岩，又西南为双剑峰。"

　　[3]涪翁：黄庭坚，字鲁直，号山谷道人、山谷老人、涪翁，北宋著名文学家、书法家。《庐山志》卷五曰："《七佛偈》，黄山谷庭坚书，在读书台侧崖半。"

　　[4]荒台哀帝子：开先寺原为南唐宗主李璟少年时筑台读书处，继帝位后在该处建寺。《庐山志》卷五引《庐山纪事》曰："中主读书台在寺后。"

【评析】

　　本词题咏开先寺及周围景致，开先寺在庐山南麓秀峰，这里香炉峰、双剑峰、文殊峰、鹤鸣峰、狮子峰、龟背峰、姊妹峰等诸峰耸翠，素有"庐山之美在山南，山南之美数秀峰"的美誉，更因李白《望庐山瀑布》一诗而天下扬名。词作上阕写诸峰形胜，由近而远，开先寺周围烟林阴郁，透过佛殿檐宇，见香炉、文殊、鹤鸣诸峰如立于翠浪之中。山气氤氲时，孤云贴地飘荡，双剑峰耸峙天穹，如两把长剑落入虚空。其山岳之钟灵毓秀，难以言语形容。下阕先写瀑布泉，飞流直挂万仞绝壁，水汽腾起五色霞光，仿佛一条玉龙从碧潭腾飞而起。然后转向对人文景观的描写，视线也由远而近，回到开先寺，寺中读书台侧黄庭坚的石刻字迹已经朦胧不清，时移境迁，南唐早已灭国，李璟当年的读书台也早已荒芜，长满了青苔。词作写景，循着"开先寺—远处诸峰—瀑布泉—读书台"这一线索，由近及远，又由远及近，形成一个闭环。同时将对庐山诸峰耸翠、飞瀑摇落之自然景观的欣赏和面对遗迹荒落堙灭、抚今追昔之怅然感怀相对应，有着自然亘久而人事不永的意味。

唐多令

过太白书堂^[1]

细雨散空香。从僧到草堂。自深幽、不怕荒凉。岭上白云长不断，才放入、满山房。　　竹掩读书窗。疏钟起夕阳。想当年、纵酒徜徉。千古清平传绝调^[2]，成放逐^[3]，气难降。

【注释】

[1]太白书堂：李白于翰林放归后，隐居庐山读书处。《庐山志》卷五曰："香炉峰下有太白书堂"，是书引《庐山续志》曰："香炉峰西麓有日照庵，相传太白书堂遗址"。然卷七"五老峰"条又云："五老峰下有李太白书堂"，并引《图经》曰："太白情好卓逸，不为时羁，仕既不得志，益肆意山水间，见五老峰而奇之，遂卜筑焉"。则不知太白草堂在何处，或两地皆有？从词中"从僧到草堂"句推测，疑词人所写乃香炉峰下太白书堂。

[2]清平绝调：李白供奉翰林时所作《清平调》三首。据《太真外传》载："开元中，禁中重木芍药，即今牡丹也，得数本红紫浅红通白者，上因移植于兴庆池东沉香亭前。会花方繁开，上乘照夜白，妃以步辇从。诏选梨园弟子中尤者，得乐十一六色。李龟年以歌擅一时之名，手捧檀板，押众乐前，将欲歌之。上曰：'赏名花，对妃子，焉用旧乐词为？'遂命龟年持金花笺，宣翰林学士李白，立进《清平调》词三章。承旨犹若宿醒，因援笔赋之。龟年捧词进，上命梨园弟子略约词调，抚丝竹，遂促龟年歌之。"（见（清）王琦注《李太白全集》卷五）

[3]放逐：此处可作两解，一是天宝三年（744年），李白供奉翰林，后遭小人谗毁，终被赐金放还。（唐）范传正《唐左拾遗翰林学士李公新墓碑并序》曰："既而上疏请还旧山，玄宗甚爱其才，或虑乘醉出入省中，不能不言温室树，恐掇后患，惜而遂之。"二是至德元年（756年），李白末受聘入永王李璘幕，次年李璘败，李白受狱，乾元元年（758年）被流放夜郎，途中遇赦归。王琦《李太白年谱》曰："至德二载，丁酉。二月，永王璘兵败，太白亡走彭泽，坐系寻阳狱。""乾元元年，戊戌。终以永王事长流夜郎，遂泛洞庭，上三峡至巫山。"

【评析】

本词描写庐山太白书堂深幽的环境，缅怀李白之风流才华，也为其不公之遭遇而唏嘘不平。词上阕写景、下阕缅怀李白，层次极为分明。词人于蒙蒙细雨中，伴着时有时无的花木香味，在僧人的引导下来到李白当年读书的草堂，"细雨散空香"一句笔触极为轻倩。这里环境清幽，但也不怕荒凉，因为草堂之中，远处山岭上白云缭绕的景致举目可见，有此景相伴，又怎会感到孤单。上阕描写初到草堂所见之景，过片则描写置身草堂之中的远近景色，这样的处理既使写景更有层次，又使上下阕过渡自然。草堂的窗棂外翠竹掩映，此时迫近日暮，气候也雨过天晴，远处但见一轮红日，山谷之间回荡着萧寺疏朗的钟声。也许李白当年在草堂隐居时，所见所闻也是这般景象吧。草堂之景勾起了词人对李白的怀想，词的内容也从写景自然转到了对李白的缅怀。词人遥想李白当年"天子呼来不上船，自称臣是酒中仙"（杜甫《饮中八仙歌》）纵酒长歌的潇洒风姿，赞叹其诗歌流芳千古的惊世才华。但就是如此之李太白，在大唐盛世中，却不能一展抱负，终遭小人谗言而被放逐，只能归隐庐山。当日闲坐草堂窗前读书的李白，心中又怎能不愤慨呢？在词人对李白遭遇的叹惋之中，是否也有着自我之伤怀呢？词人在结尾处留白，不曾明说，只待读者猜度。

木兰花令

简寂斋

　　仙家楼阁[1]衔青霭。四壁飞泉落山色。婆娑桥畔六朝松[2]，舞向人前千万态。　　我来不见烟霞客[3]，药臼经台横路侧。酒酣直上香炉峰，回看早被重云隔。

【注释】

　　[1]仙家楼阁：简寂观乃道教上清派宗师陆修静修道处，故云。
　　[2]六朝松：观前有六朝松数十株。
　　[3]烟霞客：隐居山林之人，词中指修道于此的陆修静。

【评析】

　　简寂观是道教圣地，而且周遭景色奇美，兼具自然之美与人文底蕴，历来都是骚人墨客流连之处，诗人名流题咏不辍。江阁此词笔调清疏、气韵洒脱，自有独到之处。词上阕状景，几乎一句一景，用笔极凝练。首句写简寂观楼阁云气缥缈，直若仙境，似非人间。次句写观旁流泉飞瀑，简寂观旁有两条瀑布，东瀑自远奔注，激石如雷；西瀑悬崖倾泻，散珠喷玉。因有两泉，故词人曰"四壁飞泉"，言其多矣。飞瀑倾泻之势仿佛山色也随之跌落，一个"落"字赋予词句流动之感，境界全出，较之顾况《望简寂观》诗中"向晚春泉流白花"一句，更觉生动。三、四句写观前松林，那桥畔的苍松古柏，树影婆娑，其枝干如虬龙般盘旋挐攫，姿态万千，仿佛迎人舞动一般。下阕由写景转向纪游，此处宫观、风景依旧，然而隐居山林、修真于此的陆修静则早已踪迹难寻，只有当年的药臼经台散落在路侧。此句似乎有着"岁月倏忽，往事已矣"的感伤，但心头的些许阴霾，很快便被大自然的雄奇峻秀所冲散，词人借着酣饮后的酒劲，直上香炉峰峰顶，在巍峨的山巅，俯瞰大地，苍松、飞泉、宫观、楼阁都被重云所隔，泯然不见，感受到天地之博大，心胸也随之开阔，那世事纷纭在无垠的宇宙面前都已微不足道，故也不必挂怀了。此词尾句笔力雄健，振起全词。写景述怀有着李白诗歌之奔腾之势和苏轼词作之洒脱之态，极富艺术感染力。

菩萨蛮

谷岩洞[1]，和张鹿床[2]

武林[3]犹记花间约，名山输却[4]君先到。应上最高峰，君登第几重？
飞流万古落，空翠从云抱。蜡屐[5]莫匆匆，琴心[6]九叠[7]中。

【评析】

[1]谷岩洞：不知确指，词下阕言"琴心九叠中"，九叠屏、九叠谷位于五老峰之东北。《庐山志》卷七引《庐山纪事》曰："五老峰在南康府北，自府治望森然如帘幕，以蔽其后。第二峰下有两洞。"又引《庐山续志》曰："咏真洞在九叠屏南，五老峰东。"引《新志》曰："谷乃观，一律师开基，前临大溪，为三叠泉，中有绿水潭、一线天、观音洞、普陀崖、玉印峰。"据以上所记，疑江闿所言"谷岩洞"乃五老峰二洞——咏真洞、观音洞其中之一处。

[2]张鹿床：张芳，字菊人，号鹿床，江苏句容人。顺治年间进士。与吴绮、朱鹤龄等文士相交往。

[3]武林：旧时杭州的别称，因武林山而得名，如(宋)周密著《武林旧事》。康熙九年(1670年)，词人曾寓居杭州，《江辰六文集》卷六《鲁风小传》云："庚戌夏，予事阻武林，偶见双履敝甚，中有所感。因为立传，名以鲁风，字以望仙，皆取古鞋名也。"

[4]输却：输：交纳、献纳之意。却：助词，用在动词后面，表示完成。(宋)王志道《侨寄山居霍然几月凡见之于目闻之于耳者辄缀成绝句名之曰田园杂兴非敢比石湖聊以写一时闲适之趣云尔》诗曰："输却官租偿却债，今年犹剩百斤茶。"

[5]蜡屐：涂有蜡的木屐。典出《晋书》卷四九《阮籍传附瞻弟孚传》："或有诣阮，正见自蜡屐，因自叹曰：'未知一生当著几量屐！'神色甚闲畅。"后也多用于代指闲适的生活或游历。(唐)皮日休《屐步访鲁望不遇》诗曰："雪晴墟里竹欹斜，蜡屐徐吟到陆家。"

[6]琴心：比喻柔情、儒雅。(元)吴莱《寄董与几》诗曰："小榻琴心展，长缨剑胆舒。"

[7]九叠：指九叠屏或九叠谷。九叠屏又名屏风叠、九奇峰，位于五老峰东北。因悬

崖峭壁九叠如屏风，故名。李白《庐山谣寄卢侍御虚舟》诗曰："庐山秀出南斗傍，屏风九叠云锦张。"九叠谷在九叠屏之下，《庐山志》卷七引《庐山纪事》曰："谷即三叠泉壑也。谷雨崖峭壁数百千丈，怪石错列塞途，庐阜之谷，此最险矣。"

【评析】

　　本词是词人在庐山游历时，于谷岩洞与友人张鹿床的赠答之作。词作的重点不在写景，而是以词带柬，有相邀劝游之意。上阕词以友人相询问的口吻来写，词中之"君"，当指江阁自己。首二句言当初在杭州时，二人曾有山林同游之约，"名山"指庐山，名山提供了山水之资，友人未成行，而词人则先行登览。故友人问词人"应上最高峰，君登第几重?"登山游览，就应当登上最高的山峰，朋友啊！你现在登到第几重了？下阕则用词人的口吻，写登山所见及游览的情形，与上阕构成一问一答的对应关系。过片"飞流万古落，空翠从云抱"，用一对句概括庐山景致，流泉飞瀑用"万古落"形容，"万古"二字既是时代的长久，同时也以时间之长指代了水流跌落的长度。自古以来，庐山飞瀑便"飞流直下三千尺"。而庐山之林木葱郁，群峰之高耸入天，则用"空翠从云抱"一句来形容，其峰峦耸峙、云烟缥缈之景如在目前。用区区十字，便将庐山之雄奇峻秀之美鲜明写出，写景极为精炼也极有气势。结尾两句是对上阕友人问询的回应。面对友人所问登览至几重，词人则体现出登览山林的不同态度，庐山胜景如云，面对如此之自然馈赠，大可不必形迹匆匆，应徜徉其间，细细玩味。你瞧，我还在九叠谷中悠闲自得呢。这首小词上下阕一问一答，构思极为巧妙，写景精炼峻洁。而上阕中"应上最高峰，君登第几重?"和下阕中"蜡屐莫匆匆，琴心九叠中。"体现出两种截然不同，却又能对立统一的人生哲理。我们在人生与事业中，都应有"应上最高峰"的信念，登上顶峰，"一览众山小"，人生境界才能升华。但我们也不能急功近利、好高骛远，人生事事精彩、处处美好，放慢脚步，细细品味，才能不枉此行，不然我们将错过多少美景呢？在短小的篇幅中，写出潇洒的风神气度，营造出具有理趣、耐人涵泳的境界和韵味，便是这首小词的独到之处。

蝶恋花

送仔圆之金陵[1]

　　乌絮轻寒香径暇。才卷疏帘，春色浑[2]无价。占籍[3]醉乡风月[4]大。与君拼[5]放花朝[6]假。　　明日蒲帆何处挂。白鹭乌衣[7]，往事休嗟讶[8]。孙楚楼头[9]人入画。归来细把秦淮话。

【注释】

　　[1]金陵：南京古称，自三国吴国在此建都，多个王朝建都于此，有"江南佳丽地，

金陵帝王州"(谢朓《入朝曲》)之美誉。

[2]浑：在诗词中常作"全""都""简直"解，张相《诗词曲语辞汇释》"浑（一）"条："浑，犹全也；直也。"

[3]占籍：入籍定居。（清）平步青《霞外攟屑·掌故·北方水利》曰："但募南人开垦，即以其地予之，又许占籍。"

[4]醉乡：指醉酒后昏沉、迷糊，仿佛进入另一番乡境的状态。风月：清风明月，泛指景色。（宋）张镃《鹧鸪天·咏二色葡萄》词曰："小槽压就西凉酒，风月无边是醉乡。"

[5]拼：舍弃，不顾一切。（宋）晏几道《鹧鸪天》词曰："彩袖殷勤捧玉钟，当年拼却醉颜红。"

[6]花朝：旧俗以农历二月十五日为百花生日，号花朝节。（宋）吴自牧《梦粱录·二月望》曰："仲春十五日为花朝节，浙间风俗，以为春序正中，百花争望之时，最堪游赏。"

[7]白鹭乌衣：为金陵的两处著名历史遗迹。白鹭：即白鹭洲，位于武定门北侧，永乐初成为中山王徐达家族的私家园林，正德年间，徐达后裔徐天赐将该园扩建，成为当时金陵最大的园林。李白《登金陵凤凰台》诗曰："三山半落青天外，二水中分白鹭洲。"乌衣：即乌衣巷，位于秦淮河朱雀桥南岸，是晋代王、谢家族的宅第，见证了王谢家族的兴衰。刘禹锡《乌衣巷》诗曰："朱雀桥边野草花，乌衣巷口夕阳斜。旧时王谢堂前燕，飞入寻常百姓家。"

[8]嗟讶：表示惊叹、惋惜。

[9]孙楚楼：位于金陵城西，水西门西水关云台闸上。相传因孙楚尝于此登楼饮酒而得名。李白《玩月金陵城西孙楚酒楼，达曙歌吹，日晚乘醉…访崔四侍御》诗曰："朝沽金陵酒，歌吹孙楚楼。"孙楚，字子荆，太原中都人，西晋文学家。魏时官至卫军司马，西晋惠帝初，为冯翊太守。《晋书》卷五十六有传。

【评析】

这是一首赠别词，友人将至金陵，词人作词相送。词之上阕写离别前与友人宴饮，下阕则设想友人在金陵城的景况，表达自己的美好祝愿。友人别离，正值春色正浓的美好时节，词之开篇便营造出鸟语花香、柳絮轻飞的明丽春景。词作以乐景衬哀情，春光正好、春色无价，正值与朋友欢聚之良辰，却要分别，"才卷疏帘"流露出遗憾之意。既然不能共度春光，那就抓紧分别前短暂的时光，尽情地享乐吧，让我们尽日欢饮，不再顾惜这百花争望的美好了。古人惜别，临别前越是尽情欢饮，故作豪放，则越见悲伤。下阕围绕友人此行的目的地金陵，点出白鹭洲、乌衣巷、孙楚楼、秦淮河等金陵城名胜，而作设想之词。过片"明日蒲帆何处挂"一句，点明友人明日便乘舟远行，承上启下，过渡自然。然后词人劝勉友人不要因为白鹭洲、乌衣巷物是人非、盛事难继而惊叹、惋惜，金陵城仍是富庶繁华依旧。可以想见你于孙楚楼把酒登临，饱览金陵盛景的美好。待到你归来之时，再将十里秦淮的桨声灯影细细向我描述。词作抒写别情的方式值得留意，下阕想象友人别后之景况，将友人置于金陵城的繁华和美好中，含蓄地表达出自己的祝福，末句"归来细把秦淮话"又含蓄地表达希望与友人再次相逢的愿望。词作虽为话别，却色调优美明丽，毫无阴沉之感，与李白《送孟浩然之广陵》"故人西辞黄鹤楼，烟花三月下扬州。孤帆远影碧空尽，唯见长江天际流"有相似之处。

阳关引

龚伯通^[1]赴都道经邗上^[2]，时余适有楚役，黯然赋别

  记取春帆夜，饱看长安月。帘边醉拍樱桃臂。温柔绝。怪银筝锦瑟，苦把人疼热^[3]。可料他，情窦一露便摧折。 那更晓莺里，终岁别。会逢江上重挥尘^[4]，唾壶缺对^[5]胜公，荣者肯教樽罍辍。驿柳添愁绪，握手共凄咽。

【注释】

[1]龚伯通：龚士稹，字伯通，明末清初著名诗人龚鼎孳长子，清顺治十四年（1657年）进士，官至湖广按察司佥事。工诗词，曾参与著名的秋水轩唱和，词作收入《秋水轩唱和集》。与陈维崧、李渔等有交游。

[2]邗上：即邗沟，指淮扬运河，是从江苏淮安到扬州的河道，是大运河的组成部分。

[3]疼热：疼爱、亲热之意。

[4]挥尘：指谈论。晋人清谈时，常挥动尘尾以助谈，后称谈论为挥尘。

[5]唾壶缺对：形容心情忧愤或感情激昂。典出《世说新语·豪爽》："王处仲（王敦）每酒后辄咏'老骥伏枥，志在千里。烈士暮年，壮心不已。'以如意打唾壶，壶口尽缺。"

【评析】

  词作记述与友人龚士稹在行旅之中短暂相逢，又匆匆而别之情事，表达羁旅行愁和离别之苦。词的上阕回忆往昔与龚士稹在京师饱览风月、饮酒听歌的欢乐时光。但好景不长，正当二人相处融洽、友情渐浓之时，便黯然分别了。下阕记现在的短暂相逢，过片仍承接上阕内容，"晓莺"表春天，指代美好的年华，在美好的年华中，我们长久地离别。而这次难得于江上重逢，能够相坐一叙，"唾壶缺对"用王敦以如意敲缺唾壶，慷慨高歌《龟虽寿》的典故，表现二人谈论世事遭逢时的忧愤和激动。但二人各在羁旅，短暂相逢便不得不匆匆别去，在驿站边，柳荫下，握手相别，不胜凄绝。整首词作抒情叙事层层递进，到尾句"驿柳添愁绪，握手共凄咽"，情感恰到高潮，感人至深。

金菊对芙蓉

楚中重晤张夫子有赠

万里河流，远环伊阙，就中多少英奇。只曲江风度，此日为谁？官家不事平蛮策，有相如[1]、足定滇池[2]。转怜湘汉，争迎仁祖，又恨来迟。

却记往昔追随。向牂牁[3]物色，独许龙媒[4]。叹轶伦[5]虚誉，犹是鸡棲。那知一片南楼月，从庾公、更酌金罍[6]。会逢岁旱可堪，憔悴总为疮痍。

【注释】

[1]相如：司马相如，字长卿，蜀郡成都人，西汉武帝时辞赋家。《汉书·司马相如传》曰："相如为郎数岁，会唐蒙使略通夜郎、僰中，发巴蜀吏卒千人，郡又多为发漕万余人，用军兴法诛其渠率。巴蜀民大惊恐。上闻之，乃遣相如责唐蒙等，因谕告巴蜀民非上意……治道二年，道不成，士卒多物故，费以亿万计……是时邛、莋之君长闻南夷与汉通，得赏赐多，多欲愿为内臣妾……乃拜相如为中郎将，建节往使……相如使略定西南夷，邛、莋、冉、駹、斯榆之君皆请为臣妾，除边关，边关益斥，西至沫、南至牂牁为徼，通灵山道，桥孙水，以通邛、莋。还报，天子大悦。"

[2]滇池：在今云南省昆明市，此代指云南。康熙十二年（1673年）镇守云南的平西王吴三桂因朝廷撤藩，而起兵反清，三藩乱起，故词言"有相如、足定滇池"，以史讽今。

[3]牂牁：指牂牁郡，汉时设置，在今贵州境内，此处代指滇黔。

[4]龙媒：本指骏马，《汉书·礼乐志》曰："天马徕，龙之媒。"后用以比喻才俊，高适《和贺兰判官望北海作》曰："长鸣谢知己，所愧非龙媒。"

[5]轶伦：超出一般。《鹖冠子·天权》曰："历越逾俗，轶伦越等。"

[6]此句用庾亮典故。庾亮，字元规，颍川郡鄢人，东晋重臣、名士。曾以左卫将军协同平定王敦之乱。《世说新语·容止》曰："庾太尉在武昌，秋夜气佳景清，使吏殷浩、王胡之之徒登南楼理咏。音调始遒，闻函道中有屐声甚厉，定是庾公。俄而，率左右十许人步来，诸贤欲起避之。公徐云：'诸君少住，老子于此处兴复不浅。'因便据胡床，与诸人咏谑，竟坐甚得任乐。"

【评析】

此词虽题为赠答，实则反映吴三桂叛乱之事，表达了对朝廷不能先有对策而导致战乱的不满，对湘汉人民饱受天灾人祸之苦寄予深切的同情，体现出词人心怀国事，关心民瘼的情怀。江闿至楚地益阳任职时，三藩叛乱尚未完全平定。湘湖乃平乱前线，江闿到任后积极参与到平叛之中，（道光）《贵阳府志》卷七十六《耆旧传一》载："时长沙以吴逆之乱，羽檄旁午，阃备刍荛供顿，应给裕如。以卓异赐袍服，擢均州知州。"故其对战乱带来的创痛，感触极为深刻，对叛乱的反思也有自我的见解。词开篇三句，便以感叹江流长逝、世事境迁，多少英雄豪杰消泯在历史的沉浮中发端，横空而来，顿成奇崛，直有杨慎《临江仙》词中"滚滚长江东逝水，浪花淘尽英雄"之感。"曲江"指唐代开元名相张九龄，《旧唐书·张九龄传》载："（张九龄）罢知政事。后宰执每荐引公卿，上必问：'风度得如九龄否？'"词人因友人姓张，故用"曲江风度"称美之，当然，"只曲江风度，此日为谁"一句，也借玄宗罢相，宠幸杨国忠、安禄山终致安史乱发的历史故实，影射同样领受皇恩，藩镇西南的吴三桂起兵叛乱，历史的一幕又在山河间重演。接下来，词人通过对历史的分析，认为是朝廷未能先有平蛮之策而导致战乱，如果能够像汉武帝派遣司马相如安抚蜀民，建节往使，略定西南，就能防微杜渐，避免战乱涂炭生灵。而今战乱已经持续七年，可怜湘汉百姓饱受战乱之苦，他们寄希望于明主，但王师却迟迟难以平叛。下阕追念往昔，憾恨朝廷所托非人，将吴三桂视为国家之才俊，并把滇黔的河山托付于他。但哪知朝廷对他超出一般的恩宠与厚待根本就是无用，被吴三桂弃之如鸡窝。词人钦羡如庾亮一般的非常之人，希望能够像其平定王敦之乱一样，平定叛乱，还寰宇以太平。更严重的是，湘汉战乱之余，又逢岁旱，满目疮痍，令人憔悴。此词向我们展现了一个有着民胞物与精神，有着高度社会责任感的正直文人形象，词作内容厚重，词风深沉，感情炽烈，让我们看到了江阁《春芜词》不同的一面。

百字令（一）

书武昌汉前将军[1]祠

　　古今驹隙，几兴亡、三国偏多豪杰。最是君候名独震，当日谁争优劣。鲁肃心寒，孙权股栗，犬子婚须绝[2]。江东未下，矶头长自鸣咽。

　　还想六将频收，七军轻扫[3]，一操何难灭。底死殷勤留不住，千里终归昭烈[4]。试看荆襄，惟公庙祀，吴魏空丘垤。生平遗恨，笑从身后都雪。

【注释】

[1]汉前将军：即关羽。关羽，字云长，河东解良人，三国时蜀国大将。《三国志·蜀书·关张马黄赵传》曰："二十四年，先主（刘备）为汉中王，拜羽为前将军，假节钺。"故称其为"汉前将军"。

[2]犬子婚须绝：指孙权为其子向关羽女求婚事，《三国志·蜀书·关张马黄赵传》曰："先是，权遣使为子索羽女，羽骂辱其使，不许婚，权大怒。"

[3]六将频收，七军轻扫：指樊城之役，关羽降于禁、斩庞德，水淹七军，威震华夏

事。《三国志·蜀书·关张马黄赵传》曰："是岁（建安二十四年），羽率众攻曹仁于樊。曹公遣于禁助仁。秋，大霖雨，汉水泛溢，禁所督七军皆没。禁降羽，羽又斩将军庞德。梁郏、陆浑群盗或遥受羽印号，为之支党，羽威震华夏。"

[4]昭烈：指刘备，刘备驾崩后，谥号"昭烈帝"。此句言关羽去曹归刘事。《三国志·蜀书·关张马黄赵传》曰："建安五年，曹公东征，先主奔袁绍。曹公禽羽以归，拜为偏将军，礼之甚厚……初，曹公壮羽为人，而察其心神无久之意，谓张辽曰：'卿试以情问之。'既而辽以问羽，羽叹曰：'吾极知曹公待我厚，然吾受刘将军厚恩，誓以共死，不可背之。吾终不留，吾要当立效以报曹公乃去。'辽以羽言报曹公，曹公义之。及羽杀颜良，曹公知其必去，重加赏赐。羽尽封其所赐，拜书告辞，而奔先主于袁军。"

【评析】

　　该词为游览武昌关羽祠，缅怀关羽的丰功伟绩，追念关羽之忠烈品格而作。词人并没有描写关羽祠，而是在追溯关羽身前生后的史实中，加入自己的评价，抒发自己独到的历史观点，可作一篇史论来读。词作先从三国历史风云写起，时光如白驹过隙，在悠久的历史长河中，多少王朝兴衰更迭，但只有三国时期涌现出了如此多的英雄豪杰。而在这众多的豪杰之中，只有关羽名震中华，无人可与争锋。这是总起，交代历史背景，也为词中主角定下基调。接着便从关羽的生平中挑选影响其历史命运的大事件，一一追溯。先言其辱骂吴使，拒绝通婚之事，这件事看上去是发生在关羽失败被杀之前的一个插曲，但突出地表现出关羽性格中傲慢自大的弱点，正是这个弱点最终导致关羽大意失荆州，功败垂成。而后来刘备为了报仇，尽起精锐讨伐吴国，不仅打破了吴蜀联盟，还因为夷陵战败，动摇国本，不仅没能攻取江东，蜀汉也因此而渐渐衰落。应该说，江闿将关羽失败之主要原因归结于关羽性格之弱点，其看法是较为深刻的。上阕就在关羽功败垂成的遗憾中收束。下阕从勇和义两个方面突出关羽极为光彩的历史形象。首先，水淹七军，擒于禁、斩庞德，曹魏为之震颤，是其一生征战中最为光彩的华章，关羽之勇表现得淋漓尽致。其次，虽蒙受曹操厚遇，却不为所动，立功报恩后，千里追随刘备，尽显其义。正是这两方面的品质构成了关羽完美的人格。三国的历史早已过去，曹吴也都难免被历史所湮没，但千百年来只有关羽受到敬仰和歌颂，永远活在了人们的心中。正是从更加开阔的视野观照历史，看待人生，因此词人在结尾处说："关羽平生的遗恨，都在身后得到了昭雪。"可以说词人对关羽一生的评价，不仅有着通达的历史眼光，而且具有深刻的哲理内涵，发人深省。

满江红

鄂王墓[1]，次原韵

　　旷代忠灵，西风里、岂其消歇。虽则剩，空山荒土，难埋英烈。万事伤心南渡日，千利引痛西湖月。任蕲王、舌敝[2]卒收君，堪悲切。

这腔恨，何从雪。河未渡，身先灭。羡一门，父子纲常无缺。青史常青肩背字，丹心空照头颅雪。只而今、墓棘半萧条，犹朝阙。

【注释】

[1]鄂王墓：宋代抗金名将、爱国英雄岳飞之墓。据载，岳飞昭雪后，朝廷下令在鄂地建庙。嘉定四年(1211年)追封为鄂王。(宋)陈允平《鄂王墓》诗云："鄂王墓在栖霞岭，一片忠魂万古存。"栖霞岭在杭州西湖畔，鄂王墓即今岳王庙。

[2]蕲王舌敝：蕲王：宋代抗金名将韩世忠死后的封号。舌敝：说话很多，舌为之疲。比喻费尽唇舌。《宋史·岳飞传》曰："(岳飞)狱之将上也，韩世忠不平，诣桧诘其实，桧曰：'飞子云与张宪书虽不明，其事体莫须有。'世忠曰：'莫须有三字，何以服天下？'"此句意为韩世忠的辩驳只是徒费唇舌，没有改变岳飞被诬告致死的命运。

【评析】

这是一首与《百字令·书武昌汉前将军祠》属同一题材类型的词作，但两首词的着眼点有所不同，表现出的感情基调也自然有异。如果说《百字令·书武昌汉前将军祠》着眼于品评历史、发表观点的话，这首词的重心则在抒怀，抒发对岳飞被诬冤死而功业未竟，忠贞报国而英雄穷途的叹惋和怅恨。开篇定调，对岳飞给予高度评价，认为岳飞的旷代忠魂，不会消泯于历史之中，虽然其墓地早已荒芜，但也无法掩盖其英烈之名。接着词人将国势倾危而又风雨晦暗的南渡时局和岳飞个人的命运并举，"万事伤心"是宋王朝靖康难后时势的极好注脚，都说时势造英雄，国难危急，本需要岳飞这样的英雄力挽狂澜，但他却"引痛西湖月"，岂不悲哉！上阕引述史实，以"堪悲切"三字作结，引出下阕激烈的抒情。《满江红》词调的特点就是节奏铿锵，适合激越之感情的抒发。过片的四个三言句使词人胸中的不平之气喷涌而出。"青史常青肩背字"指岳母刺"精忠报国"的事迹著在青史，永世流传。"丹心空照头颅雪"指岳飞空有一片丹心，却冤死于小人之手。一个"空"字寄寓了词人对岳飞遭际的惋惜、愤恨、怅痛之情，堪称绝妙。可以说词人对岳飞的缅怀是对历史上常常上演的小人误国、忠烈被害之事的强烈控诉。

惜分钗

归思

桃花坞[1]。芍药圃。故乡风景真堪数。纱为窗。竹为床。几牵残梦，苦系柔肠。茫、茫。　　神女渚。仙人渡[2]。尽有名山留客住。喜良宵。

恨良宵。旅怀莫遣，驿路偏遥，迢、迢。

【注释】

[1]桃花坞：坞指四面高而中间凹的地方。桃花坞多地都有，最有名气的是苏州金阊门外的桃花坞。(明)唐寅《桃花庵歌》诗曰："桃花坞里桃花庵，桃花庵里桃花仙。桃花仙人种桃树，又摘桃花换酒钱。"

[2]仙人渡：在湖北襄阳，这里西临汉水，旁通巴蜀，相传因伍子胥出楚，逃到江边巧遇仙翁搭救脱险而得名。

【评析】

这是一首客居在外，思念家乡的词作。从下阕"仙人渡"的地名来看，或作于词人知均州任上。上阕写家乡景致及家居环境，表达对家乡的殷切思念。这里有遍植桃花的凹地，有种满芍药的花圃。词中所言，并非指苏州的桃花坞，但却让我们产生联想，闲居家乡的词人也似唐寅"桃花仙人种桃树，又摘桃花换酒钱"那样洒脱风流。屋外是桃花争艳、芍药吐芳，屋里窗悬轻纱，摆置竹床，虽简朴而清新惬意。家乡的种种常来梦中，牵损愁肠。下阕言客居之处，也有"神女渚。仙人渡"等诸多名胜，这些良辰美景能够宽慰词人的客居念故之苦，故曰"喜"；但荆襄胜景、仕途平畅却也让词人难以割舍，返乡之期不知何许，故曰"恨"。看似矛盾，却正好贴合词人繁杂的心绪。最后，词人以羁怀难解、归乡路遥之叹作结。词作语言清丽爽朗，抒情自然流畅，上下阕中茫茫、迢迢两个短句，拉开词人与故乡的距离，构成追寻与阻隔的情境，使词之情韵更显悠长。

画堂春

途次[1] 有怀小女

羞堪为母展双眉，料应啼笑相依。刚闻鹊噪报将[2]知，转重悲悽。
每作家书更住[3]，羁愁未敢多题。遥怜母女傍清晖[4]，只恨归迟。

【注释】

[1]途次：半路上；旅途中住宿的地方。

[2]将：与。张相《诗词曲语辞汇释》曰："将，犹与也。"

[3]住：停止。辛弃疾《祝英台近·晚春》词曰："更谁劝，啼莺声住？"

[4]遥怜母女傍清晖：化用杜甫《月夜》诗句。诗曰："今夜鄜州月，闺中只独看。遥怜小儿女，未解忆长安。香雾云鬟湿，清辉玉臂寒。何时倚虚幌，双照泪痕干。"

【评析】

这是一首于旅途中思念妻女的词作，抒发了词人对家人的深深眷恋之情。上阕设想家中情景以及妻子独守空闺的凄苦。头两句写家中母女二人相依之情景，"羞"指小女娇羞可爱之貌，"堪"乃"可以"之意，"展眉"谓舒展愁眉。意为小女可爱乖巧可以慰藉母亲的孤独和相思之苦，可以想见二人相依调笑的情景。后两句设想妻子旋即收到词人的家书，又勾起她的愁肠。下阕转换视角，又从词人自己的角度来抒情。过片紧承上阕词意，正因为怕家书屡屡徒增妻子的愁苦，故词人每每想与家中通信时，提笔又停住，不敢在信中多写自己的羁旅相思之情。想到妻女二人夜傍清辉，相依望月，思念自己，恨自己迟迟不归，心中便满是爱怜。词作在构思上借鉴了杜甫《望月》的写法，"羞堪为母展双眉，料应啼笑相依"是对"遥怜小儿女，未解忆长安"一句诗意的反用，"遥怜母女傍清晖"是对"香雾云鬟湿，清辉玉臂寒"的化用，描绘家中的情景，生动细致，充满温情。"家书"一句沟通了妻女与词人，使书写视角的转化自然，又妥帖地刻画了词人希望与家中联系，又害怕徒增伤感的矛盾心理。细腻的笔触使读者自然能够感受到词人对妻女的款款深情。

南柯子

小孤山[1]

　　　　风月应无尽，烟波旧有余。小姑[2]螺黛[3]未全苏。倘为鱼书[4]难寄、立踟蹰。　　　天阔易为曙，江空少与俱。彭郎消息定何如。隔岸抛将春色、几曾孤。

【注释】

[1]小孤山：又称小孤矶，位于安徽宿松县东南长江中。小孤山三面环江，孤峰耸峙，气势险峻，历代文人墨客题咏不断。

[2]小姑：指小孤山。词人化用了小孤山"小姑嫁彭郎"的传说，见《宿松县志》卷二十。

[3]螺黛：古代女子画眉用的青黑色颜料，代指蛾眉。也常喻指高耸盘旋的青山。

[4]鱼书：书信。源自汉乐府诗《饮马长城窟行》："客从远方来，遗我双鲤鱼。呼儿烹鲤鱼，中有尺素书。"

【评析】

这首词写屹立于长江中的小孤山，将景致的描写和小孤山"小姑嫁彭郎"的美丽传说交织融合于一体，使词作趣味盎然。相传，小姑原是宿松的一位美丽村姑，彭郎则是江西浔阳的一名渔夫。一日，彭郎在江中打鱼，偶遇江边浣衣的小姑，两人相见之后彼此爱慕，便依江为证，结为夫妻。婚后的生活幸福美满，二人又心地善良，常常接济周边村民，深受大家的喜爱。但这事引起了"土地神"的妒忌，他上天庭诬告小姑和彭郎是妖精下凡，祸害人间。天庭便令天神将小姑和彭郎强行分禁于长江两岸，永不能相会。小姑在长江北岸呼唤了四十九天"彭郎"，悲痛之下投入江中，在其投江之处出现了一座小山，便是"小孤山"。在长江南岸的彭郎也呼唤了四十九天的"小姑"，不见小姑身影，也投入江中，彭郎投江处出现了一座石矶，便是"彭郎矶"。千百年来，小孤山和彭郎矶就这样含情脉脉、遥江相望。有着这样动人的故事，词人在写小姑山时便常用双关语，时时将写景与传说结合起来。"风月"既指清风明月，又代指"小姑"之风情万种。"螺黛未全苏"既指小孤山春色尚未完全苏醒，又借以形容小孤山兀立江中，仿佛"小姑"紧蹙眉头，因与彭郎书信难寄而踟蹰江头。过片用写景句绾合上下两阕，清晨江天空阔，暂时能够看到对岸的彭郎矶。彭郎的情况如何呢？长江南岸现在已经春意盎然，他年年隔岸向你传递春色（彭郎矶在长江南岸，小孤山在长江北岸，南岸物候早于北岸），你何曾孤单过呢？应该说，词作对小孤山传说的化用恰到好处，既赋予小孤山多情女子的感情和人格，同时又将小孤山与长江南北两岸的实际景致融洽地结合起来。而就像秦观《鹊桥仙》词中所写的"两情若是久长时，又岂在朝朝暮暮"一样，爱情的可贵也许并不是天天耳鬓厮磨，能够相互挂念，心灵契合，忠贞不渝才是其动人之处。词作中对"小姑嫁彭郎"传说的巧妙化用，使词作既优美动人，又韵味悠长。

杏花天

客中逢先母忌日

母病笃日，以羁迟计偕[1]为忧，长对女孙言及。

前年此日难为想。儿在外、临歧犹望。南宫[2]频为儿惆怅。手执女孙双掌。　　十许载、胆丸未放。筭[3]几得、生前归养。天涯泪洒心如撞。曾否金钱消缯。

【注释】

[1]计偕：计：计吏，古代考察官吏的官员。偕：偕同、一起。汉朝时被征召的士人皆与计吏相偕同上京师，故称为"计偕"。后世举人入京会试，也被称为"计偕"。

[2]南宫：南方星宿，《史记·天官书》载："南宫朱鸟。"因词人上京赴考，身在北方，所以借指位于南方的家乡。

[3]筭：同"算"。

【评析】

这是词人于先母忌日悼念亡母的词作。以"前年此日难为想"起笔，指出前年的今天，母亲仙逝。接着回忆母亲生前因自己在外奔波，日夜担忧，企望早归的情形。从词序中可知，母亲病笃时，正值词人羁留京师，寻求功名，母亲非常挂念和担忧在外的儿子。故词作言母亲常到路口瞻望，又拉着孙女的手，念叨自己，生动地刻画出家中老人挂念在外子孙的情景，故读来亲切，令人感同身受。下阕抒发对母亲长期被病痛折磨，但自己却未能在家侍养尽孝的悔恨。想到以上种种，词人悲不能遏，"天涯泪洒心如撞"。此词言语质朴真切，没有华美的辞藻和过多的技巧，全以情胜。

百字令（二）

答别曹秋岳、严颢亭、吴方涟、张秝恭、白仲调前辈，张登子、吴锡馨、计甫草、程穆清、邓孝威、孙无言、魏叔子、孙嘉客、罗弘载、闵宾连、朱锡鬯诸子[1]。

天涯游子，苦饥驱更向、潇湘边走。恰值雷塘[2]花未谢，一代才人云凑。赋笔邹枚[3]，诗追王孟[4]，词却如辛柳[5]。蒲帆半幅，其如此日杯酒。
从兹问月南楼[6]，寻秋西塞[7]，东望频搔首。争似红桥停画舫，听取隔帘丝竹。十里园亭，千家罗绮，春陌浑如绣。归来未远，正须对菊时候。

【注释】

[1]曹秋岳：曹溶，字秋岳，号倦圃、锄菜翁，浙江秀水人，"浙西词派"先驱，著有《静惕堂诗词集》。严颢亭：严沆，字子餐，号颢亭，浙江余杭人，"西泠十子"之一，著有《古秋堂集》。吴方涟：吴雯清，字方涟，号鱼山，安徽休宁人，著有《雪啸轩集》。计甫草：计东，字甫草，号改亭，江苏吴江人，著有《改亭集》。孙无言：孙默，字无言，号桴庵，安徽休宁人，著有《笛松阁集》。邓孝威：邓汉仪，字孝威，号旧山、钵叟，著有《淮阴集》等。魏叔子：魏禧，字冰叔，一字凝叔，号裕斋、勺庭先生，江西宁都人，著有《魏叔子文集》等。闵宾连：闵麟嗣，字宾连，号橄庵，安徽歙县人，著有《庐山集》等。朱锡鬯：朱彝尊，字锡鬯，号竹垞，晚号小长芦钓鱼师，浙江秀水人，"清词三大家"之一，开创"浙西词派"，著有《曝书亭集》等。其余人不详。

[2]雷塘：在江苏扬州城北。(清)郑燮《扬州》诗曰："廿四桥边草径荒，新开小港透雷塘。"

[3]邹枚：邹阳和枚乘，二人均是西汉辞赋家。

[4]王孟：王维和孟浩然，二人均是盛唐山水田园诗派的代表诗人。

[5]辛柳：辛弃疾和柳永，二人均是宋词大家。

[6]南楼：见本书《金菊对芙蓉·楚中重晤张夫子有赠》注释[6]"庾公"条。南楼在湖

北省鄂城县南，又名玩月楼。

[7]西塞：西塞山，位于湖北黄石东长江南岸，山体突出到长江中，曾是扼守长江的重要军事要塞。(唐)韦应物《西塞山》诗描绘西塞山之险要，曰："势从千里奔，直入江中断。岚横秋塞雄，地束惊流满。"

【评析】

词作乃是康熙十年(1671年)，词人从扬州前往楚地和庐山临行前为谢别扬州诸友而作，是时曹溶、魏禧、邓孝威、闵麟嗣兼有送别诗作。词上阕盛赞诸子文才，感谢众人相送之谊。首句开门见山，直言主题，用"天涯游子"自喻，从词人一生行藏来看，颇为贴切。因当时词人尚未中第仕宦，而此行先至楚地，故言"苦饥驱更向、潇湘边走"。接着写临别前的雅集，"雷塘花未谢"，点明集会的时节和地点，层次井然有序。时值初夏，雷塘花期未过，一片明艳，一代才彦云集，送我远行。然后词人列举邹阳、枚乘、王维、孟浩然、辛弃疾、柳永来赞颂群贤的文才，同时也是对"一代才人云凑"宴集盛况的具体形容，从词序中所列与宴名单来看，确是清代文坛蜚声宇内的诗文词大家，词人所誉，并非完全虚美之辞。"蒲帆半幅，其如此日杯酒"乃言依依别情，均在杯酒中。过片转换视角，"问月南楼"用庾亮典，"寻秋西塞"用刘禹锡《西塞山怀古》诗意，这两个名胜均在楚地，词句意为楚地虽不乏名胜，但词人也会频频东望搔首，怀念大家。当然，让词人怀念的不仅是志同道合的众多好友，还有扬州的繁华盛景。"争似"一句，用柳永《望海潮》笔法，铺绘扬州春光之明艳秀美、市井之繁华富庶、生活之文雅风流，状难状之景如在目前。最后，以归来未远，相约赏菊作结，既是对离别的宽慰，也是对再次相逢的寄望。此词的特点是章法谨严、脉络清晰，"序事闲暇，有首有尾"(王灼《碧鸡漫志》评柳永语)，而状写扬州美景之句笔触圆融，辞采焕发，鲜明地体现了词人擅长写景的特点。

唐树义

（7首）

　　唐树义，字子芳，贵州遵义人，嘉庆二十一年(1816年)举人，历任咸丰、监利、江夏等县知县，巩昌府、兰州府知府，兰州道员，陕西按察使、布政使、湖北布政使等职。咸丰三年(1853年)，受朝廷诏令在籍办理团练。同年，任湖北按察使。咸丰四年(1854年)，唐树义奉命驻守金口抵抗太平军，战败投江殉职，恩赐骑都尉世职，加谥号"威恪"。其事迹载《清史稿》卷四百《徐丰玉传附唐树义传》。唐树义文武兼备，为官清正，各地任上皆有政声，且关心文教。他是晚清名臣张之洞的岳丈，晚清诗坛大家、西南巨儒郑珍的表舅，曾资助郑珍编纂刊刻遵义诗人集《播雅》。唐树义本人著述颇丰，著有《北征纪行》《从戎日记》《乙巳朝天录》《楚北旬宣录》《水归田银》《癸丑出山录》《癸甲从戎》《待归草堂诗文集》《梦砚斋遗稿》等。其词集《梦砚斋词》一卷，黄彭年题记称十九阕，实则二十阕。郑珍在《播雅·唐方伯树义传序》中称其性格刚毅而宏怒，从容阔爽，并记录其"率师三次，皆未尝过二千，糇粮器械率赖自行括募，而所当贼或数万，或数十万，战皆多未尝一折"，可见唐树义之勇谋和帅才。

　　因黎兆勋、郑珍、莫友芝前，遵义沙滩词人词集没有留存下来，唐树义虽词作不多，但却是沙滩词人群中留有词集最早的词人，可算作沙滩词学之先驱。唐树义虽雄才大略，性格豪迈，但他的诗词风格却不同于寻常之"诗庄词媚"。他的诗歌多艳体，其艳逸风情与"香奁"为近。而其词则多为性格怀抱的流露，充溢着慷慨不平之气，绝无浮华之词，更能见其精神。郑珍曾评其诗曰："念公孤忠大节，诚不以诗重，诗固以之重矣。"(《播雅·唐方伯树义传序》)于其诗未必然，其词则能当之。

百字令（一）

喜雨

黑云翻墨，忽西风，吹送一天飞洒。兀坐[1]官衙，悬望眼，慰我真同甘醴。密密濛濛，丝丝点点，澍[2]润应千里。隔窗听久，空阶一夜如洗。

陡觉溽暑[3]全收，烦襟顿解，病者皆兴起。父老儿童，齐拍手，多谢神山灵祉。（先是三日前，偕同官步祷，并遣官至终南山中祈水，至是果得大雨倾城，百姓皆欣欣然有喜色）三日为霖，三农满望[4]，顷刻生欢喜。寻常拙宦，所求如是而已。

【注释】

[1]兀坐：端坐，独自静坐。（宋）苏轼《客位假寐》诗曰："谒入不得去，兀坐如枯株。"

[2]澍：时雨，也引申为润泽意。（南朝宋）范晔《后汉书·杨厚传》曰："太守宗湛使统为郡求雨，亦即降澍"。

[3]溽暑：又湿又热的气候。范晔《后汉书·张衡传》曰："溽暑至而鹑火栖，寒冰冱而鼋鼍蛰。"

[4]满望：满意，满足所望。（宋）洪迈《夷坚丁志·郭提刑妾》曰："姬大喜满望，信为诚说。"

【评析】

此词乃久旱之后，雨至而作。应作于词人在陕西为官时，表达了久旱雨至的欣喜之情，也抒发了希望风调雨顺、人民安居乐业的情怀。词作没有过多的修饰之词，直抒胸臆。开篇直言大雨滂霈而来，在官衙中望眼欲穿的词人，如饮甘醴。这场及时雨迷迷蒙蒙、丝丝点点，润泽了久涸的大地，一夜之后，整个天地都被冲刷干净。"隔窗听久"一句从侧面反映了词人对这场雨的欣喜之情。心中的烦溽顿消，不仅是因为酷暑的炎热被一扫而尽，更因为治下的百姓对雨水的渴求，终于能够满足，看到百姓"病者皆兴起""父老儿童，齐拍手"，久旱逢甘霖的欢欣鼓舞让词人也充满了希望，坚信今年一定能够丰收，人民的生活一定能够满足。作为一方官长，最大的责任便是保证百姓的生计，因此词人在结句中说："寻常拙宦，所求如是而已。"在这喜雨的情绪中饱含的是词人的爱民之情和作为官员的责任感。这首词作语言朴实无华，胜在感情充实厚重，对雨水和百姓欢喜之状的刻画，着墨不多，却生动形象，恰到好处，为情怀的抒发起到了很好的点缀作用。词人向来以开济忠义自许，他曾作"穷秀才做官，不必十分受用；大丈夫做事，只求一点精诚"一联自励，他也恪守践行自己的素志，为官清廉，多有善政，深受人民的爱戴，从这首词中我们便能够真切地感受到词人心系人民的高尚情怀。

百字令（二）

哭王梧邨孝廉，兼喑香湖廉访粤东[1]

满天风雪，正凄凉，旅馆传来哀讯。如此才华，如此寿，一曲霓裳空咏。七度京华，卅年人世，过眼烟云尽。老天何意？几回搔首难问。

况又白发高堂，青闺少妇，玉雪双雏剩。逝者如斯，胡太忍，泉下呼之何应。尘海茫茫，浮生梦梦，谁递炎州[2]信？脊令原[3]上，只愁难遣悲恨。

【注释】

[1]王梧邨：人名，其人不详，从词的内容上看应与王青莲为昆仲。香湖廉访粤东：廉访粤东为广东按察使别称，香湖即王青莲，贵州遵义人，嘉庆七年（1802年）进士，官至广东按察使、山东布政使，工诗文，著有《金粟斋诗文集》。

[2]炎州：指南方地区，词中指广东。杜甫《得广州张判官叔卿书，使还，以诗代意》诗曰："忽得炎州信，遥从月峡传。"

[3]脊令原：语出《诗经·小雅·常棣》："脊令在原，兄弟急难。"后以"脊令原"指兄弟急难不能相顾。（清）吴伟业《观〈蜀鹃啼〉剧有感》诗曰："二月东风歌《水调》，脊令原上使人愁。"

【评析】

这是一首哀悼亡友的词作。上阕通过对亡友蹇促一生的叙述，抒发哀悼之情。开篇言旅途中收到友人的哀讯，漫天的风雪营造出悲凉肃杀的气氛。接着感叹亡友的凄惨人生，主要抓住了两个方面：一是年寿不永，而使才华空负；二是四十年人生短暂，却多坎坷漂泊，"七度京华"。亡友的命运令词人唏嘘不已，故词人责问苍天，为何如此薄情。这一问将词人惋惜、悲愤的感情推向高潮。下阕设想亡友家人的凄凉境况，"白发高堂，青闺少妇"，还有一双幼小的儿女，有如此家人值得留恋，怎么忍心拂袖而去？留下他们悲苦呼唤。更何况家兄仍在遥远的广东做官，尘海茫茫，可以想见兄弟急难却不能相顾，会让他承受怎样的悲痛啊！词作上阕直接抒发哀痛之情，一任倾泻，声情激越。下阕则转用侧笔，通过亡友家人的悲痛，烘托哀情，使情感的抒发转向深沉，抒情顿挫有致，风格慷慨沉郁。

高山流水

依孝旃[1]韵，留别

寒云一抹似愁生。望长空，霜迥天清。携手上河梁，河流暗涌离身。算男儿，匹马纵横。潼关复，西去山峰拔地，照眼分明。更清笳画角，风雪壮边城。　　荆湖。故人惊十载，结同心，车笠[2]曾盟。臭味讵差池，临歧无限关情。况朋交，多半飘零。高楼迥，为问梅花玉笛[3]，何日重听。愿无忘后，会努力，各前程。

【注释】

[1]孝旃：邓承宗，字孝旃，湖北江陵人，道光年间拔贡。邓承宗家资甚厚，喜结交名士，唐树义任监利知县时，曾资助其修筑江堤，故相友善，著有《藻香馆诗词钞》。

[2]车笠："车笠之交"，指朋友间不以贵贱而异的友谊。出自(晋)周处《风土记》："越俗性率朴，初与人交，有礼，封土坛，祭以犬鸡，祝曰：'卿虽乘车我戴笠，后日相逢下车揖；我步行，君乘马，他日相逢君当下。'言交不以贵贱而渝也。"

[3]梅花玉笛：指笛子，古代有笛曲《梅花落》，故尝称笛子为"梅花笛"。(明)宋琬《蝶恋花·旅月怀人》词曰："万里故人关塞隔，南楼谁弄梅花笛？"

【评析】

这是一首赠别友人的词作。《梦砚斋词》中赠别怀人之词较多，大多没有哀怨衰颓之感，在惜别怀人的同时，能够将积极的情绪贯注其间，词风遒上，表现出词人爽快洒脱的性格和豪迈的气度，本词便是其中代表。此词应为词人由湖北调任甘肃，告别好友邓承宗时所作。邓承宗性格通敏有奇气，家资厚富，而喜交纳名士，与词人有着特别的友情。词人任监利知县时，逢江堤溃败，廪饥塞决，而公帑不够赈济之用，承宗得知后主动资助数万缗钱，助词人筑堤赈灾。两位都是豪爽之人，临歧之际自然不能有儿女之气。上阕述志气，开篇便用劲健的笔调，通过长空、寒云、清霜、河流暗涌的景物描写，营造出壮阔苍凉的意境。想到即将奔赴西北，英雄志士征战边陲、建功扬名的历史事迹不禁使二人热血沸腾，豪情顿生："算男儿，匹马纵横。潼关复，西去山峰拔地，照眼分明。更清笳画角，风雪壮边城。"下阕抒别情，过片追诉二人深厚的情谊。用"临歧无限关情"一句领起，友朋飘零，至此一别不知何日再会，惆怅别情的抒发，正如那激荡军乐中穿插的悠扬思乡曲，使词作的情感抒发有了顿挫之感。最后，气格复振，"愿无忘后，会努力，各前程"，既是勉励好友，也是词人自勉。这种昂扬的情怀、豪迈的气度和苍劲的风格，使该词在赠别词中能别开生面，自成一格。

南乡子

夜泊，和孝长子寿[1]

　　峰影半江横。几点渔灯近岸明。月淡星疏今夜泊，凄清。怅触[2]关河[3]远恨生。　　缕指数征程。三日曾无百里行。且遣寒宵杯酒话，酩酊。急柝声声已四更。

【注释】

　　[1]和孝长子寿：孝长子即邓承宗，此词乃邓承宗贺寿词的和词。

　　[2]怅触：感触，触动。(金)李纯甫《虞舜卿送橙酒》诗曰："何物督邮风味恶，怅触闲愁无处着。"

　　[3]关河：关山河阻。比喻艰难的旅途。柳永《八声甘州·对潇潇暮雨洒江天》词曰："渐霜风凄紧，关河冷落，残照当楼。"

【评析】

　　虽然在词题中，作者点明这是一首赠答词，但词中却主要抒发羁旅漂泊之苦。上阕主要通过写景渲染气氛，词人夜泊江上，黯淡的江面上峰影横兀，漆黑的岸边有几点渔灯闪烁，天空中月淡星疏，幽暗的环境突出了旅途中的凄清之感，触动了词人远离家乡、征程艰难的怨怅之情。下阕主要描写词人独坐舟中，一夜无眠的孤苦。过片二句呼应上阕"关河远恨生"，百无聊赖，词人计算路程，三日才行走不到百里，前路漫漫不知还要多少时间。凄寒愁苦，孤夜难度，词人只好借酒消忧，不知不觉已酩酊大醉，迷迷糊糊间听到外面传来急切的打柝声，原来夜已四更。词作通过描写自己羁旅中的感受，以词代束，告知友人自己的近况。写景、抒情疏朗有致，情景交融，韵味悠长。

金缕曲（一）

郭汾阳[1]墓

　　廿四中书[2]考，问今古，功名富贵，是谁终保。唐李河山几覆没，全仗孤军再造。抵多少，英雄肝脑。身系安危三十载，任谗忌[3]，猜忌都无挠，真豁达，此襟抱。　　我来膜拜秋坟草，立斜阳，乾坤放眼，霜林青杳。太华[4]山峰天外立，一曲河流萦绕。更万古，与公同老。如此男儿能几见，又结邻有个莱公[5]好。一样是，人伦表。

【注释】

[1]郭汾阳：郭子仪，华州郑县人，唐代著名将领、军事家，联合广平王李俶平定安史之乱，被封为汾阳王，故称郭汾阳。郭子仪墓在今陕西省礼泉县建陵西南。

[2]廿四中书：二十四史，是古代各朝撰写的二十四部史书的总称。

[3]谗譖：谗害毁谤。郭子仪屡遭内官鱼朝恩、程元振等谗毁，数失兵权。其事多载于史书，如《旧唐书·郭子仪传》曰："中官鱼朝恩素害子仪之功，因其不振，媒孽之，寻召还京师。天子以赵王系为天下兵马元帅，李光弼副之，委以陕东军事，代子仪之任。子仪虽失兵柄，乃思王室，以祸难未平，不遑寝息……言事者以子仪有社稷大功，今残孽未除，不宜置之散地，肃宗深然之。上元元年九月，以子仪为诸道兵马都统……诏下旬日，复为朝恩所间，事竟不行。""四月，代宗即位，内官程元振用事，自矜定策之功，忌嫉宿将，以子仪功高难制，巧行离间，请罢副元帅，加实封七百户，充肃宗山陵使。"

[4]太华：指华山，又称太华山，五岳之一，位于陕西华阴，南接秦岭，北瞰黄渭，以奇险著称。

[5]莱公：寇准，字平仲，华州下邽人，北宋名臣、文学家，为相时，面对契丹南下，力主真宗亲征，使宋辽订立"澶渊之盟"。逝后复爵莱国公，追赠中书令，谥号"忠愍"，故多称"寇莱公"。寇准善诗文，有《寇忠愍诗集》。

【评析】

这是一首怀古词，词人在陕西为官时游郭子仪墓，有感其平定安史之乱，解社稷于倒悬的不世之功，缅怀英雄，抒己壮志。上阕讴歌郭子仪的赫赫功勋，将其放入寥阔的历史长河中，唏嘘自古英雄极少有人能得终保富贵功名，暗指郭子仪能够善终的可贵。然后叙述郭子仪波澜壮阔的非凡人生——遭逢安史之乱，李唐王朝风雨飘摇、生灵涂炭，郭子仪受命于危难之际，艰苦奋战，保全社稷，对国家有再造之功。接着赞颂其崇高的品格，他虽然屡次受到小人的谗毁，但始终以社稷安危为重，不以为扰，如此豁达之胸襟，令人敬佩。下阕抒发词人对郭子仪英灵的缅怀之情。郭墓前斜阳荒草，一片肃杀苍莽之秋色，远处华山巍峨耸立，墓旁曲水萦绕，山川亘古，与墓主的万世英名同在。最后，词人感慨像郭子仪这样的英雄男儿世曾几见，但渭南不愧人杰地灵，邻近的下邽还出了北宋名臣寇准，与郭子仪一样受万世景仰。结局在词意上紧承郭墓山川形胜的描写，又与词作开篇遥相呼应，构成圆融的词境。词作笔力遒劲，气势雄壮，联想词人一生行止，其人生志趣可以从此词中窥见。

金缕曲（二）

送兰生观察金陵^[1]　二阕

其二

帝念三吴^[2]重，转海陵^[3]，如山红粟^[4]，太仓^[5]作贡。君自长才应特眷，使者绣衣新宠。最快意，楼船风送。虎踞龙盘余王气，问六朝，渺渺繁华梦。试吹入，江南弄^[6]。　　蒋山钟阜^[7]云霞拥。好从客，清香画戟，高吟微讽。若见秦淮清夜月，应遣离情欲动。可相忆，故人关陇。何日天风仍合并，又依依剪烛西窗^[8]共，定十日，金尊捧。

【注释】

[1]观察金陵：即江苏按察使。

[2]三吴：古地域名，指泛指江南吴地。柳永《望海潮》词曰："东南形胜，三吴都会，钱塘自古繁华。"

[3]海陵：地名，位于江苏泰州。

[4]红粟：因储存过久而发红的陈米，后喻指粮食丰足。出自《汉书·贾捐之传》："至孝武皇帝元狩六年，太仓之粟红腐而不可食，都内之钱贯朽而不可校。"

[5]太仓：地名，位于江苏省东南部。古代亦称京师储谷的大仓为"太仓"。

[6]江南弄：乐府清商曲名，由梁武帝改制西曲而来。郭茂倩《乐府诗集》卷五十引《古今乐录》曰："梁天监十一年冬，武帝改西曲，制《江南上云乐》十四曲，《江南弄》七曲：一曰《江南弄》，二曰《龙笛曲》，三曰《采莲曲》，四曰《凤笛曲》，五曰《采菱曲》，六曰《游女曲》，七曰《朝云曲》。"

[7]蒋山钟阜：紫金山，又名蒋山、钟山，位于南京市玄武区中山门外，是明孝陵所在地。

[8]剪烛西窗：此句化用李商隐《夜雨寄北》中"何当共剪西窗烛，却话巴山夜雨时"诗句。

【评析】

《金缕曲·送兰生观察金陵》是一组送别友人至金陵赴任的赠别词，一共两首，本书所选为第二首。词作并没有将书写的重心放在抒发惜别之情上，而着笔于祝福。词作先言金陵地区向来是繁华富庶之地，是国家财税收入的重要来源地，固君主特别重视当地官员的任命，友人有着出色的管理才能，理应受到特有的眷顾。这次金陵之任是一份美差，友人前途光明，"最快意，楼船风送"一句对友人赴任途中的春风得意予以生动的设想。然后言金陵是六朝古都，王气所在，自古繁华，"问六朝，渺渺繁华梦。试吹入，江南弄"一语对金陵人文之盛的描绘极为巧妙。下阕先想象友人在金陵的惬意生活：登览拥云霞，是说金陵风景秀丽，友人可得山水之乐；高会雅集忙，是说金陵人文荟萃，友人可享诗酒风流。然后词人嘱咐朋友，偶见秦淮月，勾起离情时，可要想念我这位在关陇的故人啊。最后表达重逢的美好愿望，"天风仍合并"比喻远隔天涯的二人再次相逢，"剪烛西窗"化用李商隐《巴山夜雨》中的诗句，词人与友人约定，如再相逢，定要相约十日，饮酒夜话。没有哀伤情绪的展露，而表现出爽朗豁达的性格是唐树义送别词的特点，这首词也是如此。但与友人的深厚情谊，并不会因为没有"杨柳依依""临歧洒泪"而冲淡，在对友人的祝福中，在清丽明快的词境中，我们也可以真切地感受到词人的真诚和深情。

满江红

和岳武穆王《登黄鹤楼有感》

慷慨悲歌，迸满纸，英雄泪血。凭吊久、为公感愤，为公悽绝。已据中原基本地[1]，黄龙直捣[2]非无力。奈孱王，自拥小朝廷，嗟何及？

忠孝志，炯秋月。君父耻，沦朔雪。听滔滔江汉，声犹呜咽。定有英灵来岳鄂，趣将词翰重摹泐[3]。指高楼，待我一登临，空陈迹。

【注释】

[1]已据中原基本地：指收复襄阳六郡后，岳飞奉诏移屯鄂州，鄂州成为岳家军大本营之事。《宋史·岳飞传》曰："四年，除兼荆南、鄂岳州制置使。飞奏：'襄阳等六郡为恢复中原基本，今当先取六郡，以除心膂之病。'……襄汉平，飞辞制置使，乞委重臣经画荆襄，不许……乃以随、郢、唐、邓、信阳并为襄阳府路隶飞，飞移屯鄂，授清远军节度使、湖北路、荆、襄、潭州制置使，封武昌县开国子。"

[2]黄龙直捣：黄龙府，位于吉林农安，是辽金两代的军事重镇和政治经济中心，靖康难后，徽、钦二帝曾被囚禁于此。《宋史·岳飞传》曰："金将军韩常欲以五万众内附。飞大喜，语其下曰：'直抵黄龙府，与诸君痛饮尔。'"

[3]摹泐：依样描字刻石。

【评析】

该词乃是词人在湖北为官时登临黄鹤楼，有感岳飞曾登楼远眺，慨然题写《满江红·登黄鹤楼有感》而作。词作以和词的形式表达对爱国英雄的讴歌和缅怀，也抒发了对岳飞其志不能酬，蒙冤而亡之悲剧人生的愤慨。词作先言岳飞的《满江红》词是英雄血泪的慷慨悲歌，并点明自己凭吊英雄，为其凄绝愤慨。接着叙述史实，词人认为岳飞收复襄阳六郡，经略荆襄，已经打下了进取中原、收复河洛的基础。岳家军挥师北上，联结河朔，致使金朝自燕山以南号令不行，并完成了对汴京的包围，收复中原指日可待。但是谁葬送了这大好的形势呢？词人愤慨直言："黄龙直捣非无力。奈孱王，自拥小朝廷，嗟何及？"是那南宋的君臣苟且偷安，无心收复故土造成的。这难道不让人愤慨和悲痛吗？于是在过片的六个三字句激越的音调中，词人将岳飞炯于秋月的忠孝之志与宋高宗君父北狩的耻辱进行对比，衬托出岳飞高大的形象。最后词人的思绪从沉痛的历史中回到黄鹤楼畔，那滔滔江水的呜咽之声似乎千年来都在为岳飞的遭遇而感到哀伤。末句又起波澜，词人猜想岳飞的英灵定会前来此见证埋藏其希望与失望的荆襄大地，将他的词作重新刻画在黄鹤楼上，但当词人登临，却没有了英雄的陈迹，只能寄托岁月沧桑、英雄不在的感伤。结合词人的生平不难看出，此词与《金缕曲·郭汾阳墓》一样，也是借吟咏古人来抒发自我的怀抱。全词慷慨激昂，蕴涵郁勃不平之气，充分体现了词人的英雄襟怀。

黎兆勋

（25首）

　　黎兆勋，字伯庸，号檬村，晚号洞门居士，贵州遵义人。黎兆勋是遵义沙滩学者、诗人黎恂长子，黎庶焘、黎庶蕃从兄。黎兆勋天资聪颖，九岁便能诗，幼年随祖父黎安理在山东长山长大。黎安理谢世后返回遵义，适时郑珍与莫友芝从黎恂学，故三人同窗共读十余年，结下了深厚的情谊。黎兆勋仕途不顺，道光八年（1828年）取得秀才后便困顿科场，十次参加乡试都未中举，遂放弃举业，专心诗文，与王柏心、龚子真、徐华亭、李鸿裔、胡长新等人交往酬唱。道光二十九年（1849年）始代理石阡府学教授，补开泰教谕。后因平定苗民叛乱有功，迁湖北鹤峰州州判，同治元年（1862年）调任随州州判。同治三年（1864年），父亲黎恂去世，黎兆勋奔丧还乡，遂卒于家。黎氏一族是遵义沙滩文化的中心，在文学创作上取得了不俗的成就，有诗文集传世者十余人，在贵州词坛也是重要的力量，黎兆勋便是其中的代表。他一生中诗词创作甚丰，创作了一千余首诗词，经删汰，集为《侍雪堂诗钞》六卷，存诗四百余首，《葑烟亭词》四卷，存词一百四十三阕，可见取舍甚严，而留存下来的诗词作品艺术水平也较高。

　　沙滩黎氏在黎兆勋一辈中，他与庶焘、庶蕃均有词集流传，同时涌现三位名词人，可谓词坛佳话，故也被称为"黎氏三杰"。三人中黎兆勋成就最富。《葑烟亭词》题材较为丰富，写景纪游、羁旅行愁、怀乡念友、闺思别愁、寄怀写慨、题画咏物、咏史怀古都能一一见于集中，特别是他的写景纪行之作，描写川渝、滇中风景和人文，或雄伟壮阔、或清新明丽、或奇险丽绝、或幽清淡远，丰富多彩，不仅带有较为浓厚的地域色彩，更能将自己的情感志趣融入写景中，使情景相生，别有韵致。只是他的词作多表现一己之生活经历和情感，不如其诗歌那样直接反映社会现实，但词的情感意绪丰富，其中有对国家的热爱和对国计民生的关怀，有自己雄心壮志和志不得申的苦闷，还有浓浓的乡愁与亲友情。总的来说，他的词作多抒发哀婉、愁苦和悲壮的情感，使人能体会到动乱时局和潦倒人生给词人心中带来的郁勃不平之气。黎兆勋在创作上展现了较为纯熟的艺术技巧，不仅小令、长调兼工，而且能在清丽婉约、慷慨悲凉、沉郁哀婉等数种风格间出入自如，形成了《葑烟亭词》"幽宕绵邈"的主体风格。

黎兆勋的创作成就得到了好友莫友芝极高的评价，在《葑烟亭词序》中，莫友芝称其为："骎骎轶南渡而上汴京。""宜其幽宕绵邈，使人意消，为之不已，于《长水》（张祖廉）、《乌丝》（陈维崧）、《珂雪》（曹贞吉）间参一坐，岂不可哉！"称其可与陈维崧、曹贞吉等清词大家齐肩未免溢美，但他确是遵义词坛上与莫友芝差可比肩的词人，在整个贵州词坛上也是第一流的词人。

风入松

陪族祖夜话

遥观蜀道指吾乡。云水白茫茫。同来八群良家子，披荆棘、辛苦开荒。旧说官租减薄，而今赋米难偿。　　残山剩水尽征粮，人事本无常。当时草草谋生计，纵留滞、亦悔南方。七裔犹存老屋，白头人暗悲伤。

【评析】

此词乃词人听族祖讲述家族迁徙至黔的历程，深刻体会到开创家业的不易，而维持生计更日趋艰难，遂有感而作。词作就像是沙滩黎氏的一部家族小史，回顾了黎家先祖为谋生，沿蜀道迁至黔中后，披荆斩棘发展家业的历程，但最让人心酸的是本来先祖举家搬迁是因为贵州偏远，租税较薄，但现在却是"残山剩水尽征粮"，连每年的赋米都难以应付了。多少代黎家族人的辛苦耕耘，却只剩下残破的老屋一所，只能让人暗自悲伤。这里的弦外之音是几代人的辛勤汗水怎么会没有丰厚的家产留存呢？那是因为时局动荡，且官府的盘剥太盛。正如杜甫《自京赴奉先县咏怀五百字》诗所言："生常免租税，名不隶征伐。抚迹犹酸辛，平人固骚屑。"黎氏是著名的书香门第，也是世代官宦的人家，连黎氏这样的大家族生活都如此困难，那平民百姓的生活有多么艰辛便可想而知了。词作通篇以议论为主，语言平实简练，却因感情深沉而不觉干枯沉闷。更难能可贵的是，词人将对家族艰难的叙述与对社会现实的针砭结合起来，使词的主题得到了升华。

八声甘州

贵阳城上

莽峰峦、頫洞[1]碧苍苍，深藏竹王城[2]。是蛮夷窟宅，西南锁钥，荒徼危程。汉相旌旗[3]何在？山绕夜郎青。人代飘风速，铜鼓无声。

指点罗施鬼国[4]，叹移山有术，险亦难平。况从来争者，余力始驱兵。算而今、风清蛇雾，但瘴云消处土皆耕。登临久，城头斜日，鼓角哀鸣。

【注释】

[1]瀆洞：弥漫无际的样子。(唐)韩愈《南山诗》诗曰："蒸岚相瀆洞，表里忽通透。"

[2]竹王城：相传西汉年间，夜郎王因骄蹇被杀。当地夷濮酋长颇有异议，求为竹王立后。武帝封其三子，死配食父庙。凡黔、滇、川境内之竹王城皆本于此。词中以竹王城代称贵阳。

[3]汉相旌旗：当指司马相如出使西南夷事。

[4]罗施鬼国：也称"罗氏鬼国"，是唐宋时期彝族先民于贵州中部建立的政权。

【评析】

这是一首登高怀古之作。词作在叙述贵阳的历史中夹叙夹议，抒发岁月更迭、人世沧桑的感伤，表达对战乱不断之时局的隐忧。开篇描写登上城楼所见之景，突出贵阳城深藏在延绵无边峰峦之中的地理形势。"竹王城"乃汉武时夜郎所建，用其代称贵阳，将词作引入贵阳绵远的历史中。这里曾是西南诸夷的家园、大西南的锁钥和咽喉，但也是沟壑纵横、群峰密布的封闭之地，长久以来游离于中原文化和政治之外。故词人发出"汉相旌旗何在"的疑问。汉相，即司马相如，他平定西南夷，没有通过战争，夜郎诸夷纷纷内附，打通了通往古滇国的通道，使这里第一次接受中原经济文化的沾溉，他为民族的融合做出了杰出的贡献。但随着中央政权国力衰退，弃置牂牁诸郡，这里又陷入无尽的争斗之中。司马相如的往事已如烟尘，而贵阳城外苍碧的山郭如旧，故词人发出了"人代飘风速，铜鼓无声"的人世沧桑之叹。在下阕中，词人又点出了另一段与贵阳相关的历史。历史的车轮滚滚，来到宋朝，这里是彝族先民建立的罗施鬼国，宋末播州安抚使杨文请准朝廷，与节度使吕文德同往罗施鬼国，说服其内附，共同抵御由大理进犯的蒙古军队。吕文德在黔期间，联合杨文将黔中各少数民族政权团结起来，并通过修筑城池、勤修战备，做好抵御蒙古军的准备，最后蒙古军放弃贵州而从广西进入南宋腹地，与吕文德在贵州的经略、杨文的顽强抵御不无关系，他们的共同努力使贵州避免了蒙古铁骑的摧残。通过对从汉到宋历史的回顾，词人得出了黔中乃奇险之地，纵然从来驱兵争夺者均强大有实力，但除了给双方带来无尽的伤亡之外，终难以平定的结论。词到末尾，回到现实，贵阳早已不是当年的荒蛮之地，"瘴云消处土皆耕"，成为中原王朝的一部分，但"城头斜日，鼓角哀鸣"，仍是战乱不断，不得安宁。词人通过对两个和平解决西南少数民族问题的历史故实的回顾，进而发表了自己的见解：贵州地势险峻，少数民族众多，通过武力迫使屈服是行不通的，只能像司马相如和吕文德那样通过和平的方式来使之安定。借古讽今，词人对清王朝不用怀柔，却一味使用武力镇压少数民族起义，导致贵州战乱不断、民生凋敝的现实予以批判。词作通过对贵阳历史的回顾，针砭时弊，在故实的选择上极为精当，通过精炼的剪裁，在尺幅之间展现千年的历史流变，使词作呈现沉重的历史沧桑感，其中对历史的评论和对现实的针砭深刻，发人深省。词作语言铿锵，气韵悲壮，末句将反映现实、抒发感怀融入写景中，意境沉郁苍凉，是一首非常出色的咏史怀古之作。

满江红

贵阳谒南将军[1]庙

惨澹风云，睢城下、惊沙飘忽。姿飒爽、神游天外，青山一发。碧血声吞淮浦浪[2]，朱幡影接黔山月。俨英魂、一霎早同来，灵旗挈。

拜遗像，惊雄节。崇孝享，怀前烈。慨登台[3]人在，虏氛难灭。南八声干臣可死，浮图死烂悲难雪[4]。想当年、五马入南天[5]，愁肠结。

【注释】

[1]南将军：南霁云，唐代名将，魏州顿丘人。出身农民家庭，勇武过人，被称为"南八"，在抵抗安史叛军的战斗中，屡建功勋。"睢阳之役"中协助张巡、许远镇守，至德二年(757年)，睢阳陷落，兵败被俘，慷慨就义。

[2]淮浦浪：流经睢阳的睢水是淮河的主要支流，故云。

[3]登台：汉称尚书、御史、谒者为三台，后亦称三公，因称登上三公之位为"登台"。亦泛指充任高级官吏。这里指不发兵救睢阳的贺兰进明，时为御史大夫、河南节度使，驻节于临淮一带。

[4]"南八"句：此句用了两个关于南霁云的历史典故。"南八声干臣可死"：韩愈《张中丞传后叙》曰："城陷，贼以刃胁降巡，巡不屈，即牵去，将斩之；又降霁云，云未应。巡呼云曰：'南八，男儿死耳，不可为不义屈！'云笑曰：'欲将以有为也；公有言，云敢不死！'即不屈。""浮图死烂悲难雪"：韩愈《张中丞传后叙》曰："南霁云之乞救于贺兰也，贺兰嫉巡、远之声威功绩出己上，不肯出师救；爱霁云之勇且壮，不听其语，强留之，具食与乐，延霁云坐。霁云慷慨语曰：'云来时，睢阳之人，不食月余日矣！云虽欲独食，义不忍；虽食，且不下咽！'因拔所佩刀，断一指，血淋漓，以示贺兰。一座大惊，皆感激为云泣下。云知贺兰终无为云出师意，即驰去；将出城，抽矢射佛寺浮图，矢着其上砖半箭，曰：'吾归破贼，必灭贺兰！此矢所以志也。'"

[5]五马入南天：指许远与张巡同守睢阳，城破而被执，蒙受"畏死"之冤枉。五马：太守的代称，许远时为睢阳太守。入南天：冤入南天，指蒙受的冤屈之大，足以惊动天庭。语出(宋)王奕《闻叠山己丑四月七日死于燕》诗："骨埋北壤名山重，冤入南天上帝惊。"

【评析】

此词为词人拜谒贵阳南霁云将军庙所作，词人缅怀南霁云、张巡、许远在天下安危系于一城的关头，带领睢阳军民死守孤城十月，慷慨捐躯赴难，为保全李唐王朝，扭转战局立下巨大功勋的英雄事迹。开篇词人用"惨澹风云""惊沙飘忽"渲染当年睢阳城头战云密布的紧张氛围。但词人并没有接着写战事，而是把镜头拉回到将军庙，写庙中南霁云将军像的飒爽英姿。接下来"碧血声吞淮浦浪，朱幡影接黔山月"一联，上句刻画战事的惨烈，睢阳军民为守住睢阳，流血之声吞没了睢水的浪涛声；下句写将军庙，南霁云死后受到广大人民敬仰，甚至在贵州都建庙怀念他。而一阵风来，灵旗掣动，俨如将军英灵也与我一同进来。下阕以感怀为主，多引故实。词人祭拜南将军，赞叹其视死如归的崇高气节和保全社稷的赫赫功业，同时也感慨如贺兰进明般的高官尸位素餐，见死不救，使虏氛难灭。后面一对句用韩愈所载南霁云慷慨就义和矢射浮图两个典故，进一步渲染南霁云的崇高气节和英雄气概。最后词人想到了当年同样在睢阳之战中与张巡、南霁云并肩抗敌的许远，为其因被俘晚死而蒙受"畏死"之讥而深感不平。词作多演化韩愈《张中丞后叙》所载内容，对睢阳之战的历史评价也与韩愈一脉相承。但词作在艺术技法上巧用分镜头错置的方式，将惨烈悲壮的历史场面和将军庙的现实情景拼贴起来，在今昔的对比中将南霁云生前孤立无援、悲壮赴死和身后流芳百代、万民景仰的巨大差别展现出来，发人深思，同时也在词结尾处为许远蒙冤抒发不平之意设下伏笔。整篇以沉郁悲壮的词境展现出黎兆勋怀古词的一贯风格。

江神子

送友人之兰州

　　爱君豪兴敌元龙[1]。论生风。气如虹。曾识天狼[2]，争挽铁胎弓。人笑书生能杀贼，非侠客，实英雄。　　而今身世等飞蓬。任浮踪。转西东。憔悴青衫，客路相逢。长揖向余何处去？将访道，入崆峒。

【注释】

　　[1]元龙：陈登，字元龙，下邳淮浦人，东汉末将领，官至伏波将军、东城太守。陈登智谋过人，既有书生文雅之气，又有用兵之能，助曹操灭吕布，并多次击溃东吴进犯，有吞灭江南之志。

　　[2]天狼：天狼星，在中国二十八星宿中位于井宿。在古代，天狼星指代入侵的异族，其明暗变化预示了边疆的安危。为了寄托疆土安宁的愿望，古人将"狼星"的东南方九颗星视为弓已拉圆，箭头直指西北方向的"弧矢"。这便是苏轼《江城子·密州出猎》词"会挽雕弓如满月，西北望，射天狼"，以及本词"曾识天狼，争挽铁胎弓"词句的由来。

【评析】

　　此词本为送别友人而作，但词人却着力于刻画友人空有才华抱负却颠沛潦倒的形象。

上阕写友人的豪情壮志，将其比作陈登，形容其气度，乃虎虎生风、豪气如虹，胸怀为国杀敌、建功边陲的崇高志向；形容其才干，乃文武兼备，非为侠客那样精通武艺却拘泥于小义，而是英雄那般有勇有谋，追求国家民族的大义。下阕写友人命运的蹇促，其人生如无根的飞蓬，四处漂泊，身不由己。客路中偶然相遇，惊叹其一袭青衫，面容憔悴，形如枯槁，与以前那位意气风发的友人竟然判若两人。他询问词人将到何处去，并告诉词人他将到崆峒山里去求仙访道。词作上下阕将友人昔日的豪情万丈与今日的憔悴潦倒予以对比，词境的雄壮与凄苦判然分明，友人之英雄无路的凄苦，颠沛漂泊的命运已让人唏嘘，而尾句求道之句，更将无尽辛酸蕴藏其中，几令人不忍卒读，而对友人的叹惋，不也是"借他人之酒杯，浇胸中之块垒"的自我写照吗？

霜叶飞

白水河观瀑[1]

怒涛撞击。风霆[2]捷，飞空忽露鳞鬣[3]。谁追怪物出洪濛[4]，岩卷云根折。仿佛似、银潢一霎。纷纷冰电鸣三叠。想禹凿龙门[5]，有多少、精灵窜逐，泉窦争挟。　　最是罗甸诸峰，骈肩拦阻，水亦飞过眉睫。摆磨[6]地轴突孤云，问石梁谁涉。算只有、钓鳌客[7]蹑。笠檐不受涛头压。笑蹇驴、行迷迹，雨里来寻，四山风叶。

【注释】

[1]白水河瀑布：即黄果树瀑布，因其属白水河段，故称。《徐霞客游记·黔游日记五》载："透陇隙南顾，则路左一溪悬捣，万练飞空，溪上石如莲叶下覆，中剜三门，水由叶上漫顶而下，如鲛绡横罩门外，直下者不可以丈数计，捣珠崩玉，飞沫反涌，如烟雾腾空，势甚雄厉，所谓'珠帘钩不卷，匹练挂遥峰'，俱不足以拟其壮也。"

[2]风霆：狂风和暴雷，此处形容瀑布之威势。

[3]鳞鬣：指龙的鳞片和鬣毛，此处形容银练垂落之貌。（清）王士禛《龙门阁》诗曰："鳞鬣中怒张，风雨昼晦昧。"

[4]洪濛：也写作"澒濛""鸿蒙"，指宇宙形成以前的混沌状态。（唐）柳宗元《愚溪诗序》曰："以愚辞歌愚溪，则茫然而不违，昏然而同归，超鸿蒙，混希夷，寂寥而莫我知也。"

[5]禹凿龙门：相传大禹治水时开凿龙门山，龙门山被伊水分为东山和西山，河水从其间穿过。《墨子·兼爱中》曰："古者禹治天下，西为西河渔窦，以泄渠孙皇之水。北为防原泒，注后之邸，呼池之窦，洒为底柱，凿为龙门，以利燕、代、胡、貉与西河

之民。"

[6]摆磨：振荡之意。

[7]钓鳌客：谓有远大抱负或豪迈不羁的人。(唐)封演《封氏闻见记·狂谲》曰："王严光颇有文才而性卓诡，既无所达，自称'钓鳌客'，巡历郡县，求麻铁之资，云造钓具。"

【评析】

此词描绘了雄伟壮阔的黄果树瀑布。上阕状景，一开篇便突出其雷霆万钧之气势，怒涛撞击，如挟风雷，宽阔的白练好似一条银龙飞空而下。接着词人借银龙之比喻展开奇想：是谁将这洪濛中的怪物惊出？看它卷动绝壁的岩石，搅动这深山中的云雾。接着写银珠飞溅之貌，其水瀑跌落之急，仿佛将一潢池水倾倒而下，飞溅的水珠如冰雹般四散，发出绵绵不绝的轰鸣声。词人由黄果树瀑布从两山间排阆而出之貌，想到大禹凿开龙门山，伊水从两壁间奔涌而出也似黄果树瀑布这般"精灵窜逐，泉壑争挟"。下阕写观瀑之感受，过片将视角从瀑布延伸到河流下游，那里群峰骈肩拦阻，水流激切奔涌，巨大的力量使人感觉大地都在震颤，故词人发问：那奔流上的石梁谁能涉呢？可能只有豪迈不羁的"钓鳌客"吧，襄笠可禁不住这涛水的击压啊。最可笑的是"我"骑乘的蹇驴已经在漫天的雨雾中迷了路，只得在这四山风叶中慢慢寻觅。词作紧扣黄果树瀑布雄壮的气势，通过上阕对瀑布飞空的正面描写和下阕词人观感的侧面烘托，将黄果树瀑布这一自然奇观"众流赴壑急如梭，泻作层滩千尺波。素影空中飘匹练，寒声天上落银河"(谢三秀《叠水上小憩因作短歌》)的雄奇壮美表现得淋漓尽致。

水调歌头(一)

五华山[1]武祠[2]下作

海月挂烟树，瘴雨洒莓墙。英雄一去千古，碧草入祠堂。王业虚怀京洛，割据谁兴礼乐，汉道果难昌。欲诵《出师表》[3]，天海气悲凉。

渡泸水[4]，收囊孟，服南荒[5]。青羌移置[6]，五部夜梦出陈仓[7]。正恐平蛮路远，更觉征曹时晚，流泪满衣裳。天意真难识，悔不卧南阳[8]。

【注释】

[1]五华山：词中所指为云南五华山，位于昆明北，西与翠湖山水相连。道光十四年(1834年)至咸丰元年(1851年)，词人之父黎恂在云南为官，词人入滇省父，集中描写滇中名胜和旅滇纪行的词作都作于此间。

[2]武祠：诸葛武侯祠，位于五华山前，康熙年间所建，同治三年(1864年)回民马荣叛乱，据城毁祠，今已不存。

[3]《出师表》：建兴五年(227年)，诸葛亮北伐，临行前上后主刘禅的表文。《三国志·蜀书·诸葛亮传》曰："三年春，亮率众南征，其秋悉平。军资所出，国以富饶，乃治戎讲武，以俟大举。五年，率诸军北驻汉中，临发，上疏曰：……"(即《出师表》)。

[4]渡泸水：语见《出师表》："受命以来，夙夜忧叹，恐托付不效，以伤先帝之明，故五月渡泸，深入不毛。"裴松之引《汉书·地理志》曰："泸惟水出牂牁郡句町县"。

[5]收爨孟，服南荒："爨孟"即孟获。裴松之引《汉晋春秋》曰："亮至南中，所在战捷。闻孟获者，为夷、汉所服，募生致之。既得，使观于营陈之间，问曰：'此军如何？'获对曰：'向者不知虚实，故败。今蒙赐观看营陈，若只如此，即定易胜耳。'亮笑，纵使更战，七纵七擒，而亮犹遣获。获止不去，曰：'公，天威也，南人不复反矣。'遂至滇池。南中平，皆即其渠率而用之。"

[6]青羌移置：指诸葛亮平南后，将夷人渠帅移置成都为官，移置南中劲卒青羌万余户入蜀，编为军队。诸葛亮《后出师表》曰："賨叟、青羌、散骑、武骑一千余人，此皆数十年之内所纠合四方之精锐。"

[7]出陈仓：指由陈仓道出兵。陈仓故道由汉中经沮水至凤县，出散关到陈仓，便可沿渭水东至长安。《三国志·蜀书·诸葛亮传》曰："(建兴六年)冬，亮复出散关，围陈仓，曹真拒之，亮粮尽而还。"

[8]南阳：今河南省南阳市，诸葛亮未从刘备前结庐躬耕于此。《出师表》："臣本布衣，躬耕于南阳，苟全性命于乱世，不求闻达于诸侯。"裴松之引《汉晋春秋》曰："亮家于南阳之邓县，在襄阳城西二十里，号曰隆中。"

【评析】

该词为词人入滇省父，游昆明五华山武侯祠时所作。词作一改怀古词先叙史实、再抒感慨的惯用手法。上阕可分两层，开篇至"碧草入祠堂"为第一层，点明拜谒五华山武侯祠的创作因由。"海月挂烟树，瘴雨洒莓墙"一句描写祠堂周遭幽静之景致，渲染出萧森悲凉的气氛，用笔极为凝练。后言英雄已逝去千年，祠堂中早已碧草丛生，既突出了祠堂的荒凉，又引出了对悠远历史的遐想。"王业虚怀京洛"至上阕结束为第二层，主要抒发历史感慨。诸葛亮毕生以北定中原、兴复汉室为己任，但汉末乱世，帝业倾危，诸侯割据，礼乐崩坏，战乱纷扰，"兴复汉室"是多么窒碍难行，虽诸葛亮鞠躬尽瘁死而后已，但终不免悲剧的结局。故词人感叹道："欲诵《出师表》，天海气悲凉。"下阕叙述史实，由"渡泸水"至"五部夜梦出陈仓"，赞颂诸葛亮平定南方民族叛乱，稳定后方，扩充军容，勤修战备，实施北伐的功绩。据《三国志》记载，诸葛亮于建兴六年(228年)第二次北伐，由散关经陈仓道出，围攻陈仓，因粮尽而还。诸葛亮五次北伐，多因粮草不济而失败。词人以"出陈仓"总括其五次北伐，已暗含北伐终因国力悬殊，不能成功之意。"正恐平蛮路远，更觉征曹时晚，流泪满衣裳"是对《汉晋春秋》所引《后出师表》"以先帝之明，量臣之才，故知臣伐贼，才弱敌强也；然不伐贼，王业亦亡，惟坐而待亡，孰与伐之？……然后先帝东连吴、越，西取巴、蜀，举兵北征，夏侯授首，此操之失计而汉事将成也。然后吴更违盟，关羽毁败，秭归蹉跌，曹丕称帝。凡事如是，难可逆见。臣鞠躬尽力，死而后已，至于成败利钝，非臣之明所能逆睹也"的形象概括，将诸葛亮为保全蜀国王业，虽知敌强我寡，仍不得不知其不可而为之的悲怆之感表现得极为真切。"天意真难识"充满了对诸葛亮"出师未捷身先死"壮志未酬的叹惋之情。词作苍劲悲凉、气韵雄浑，对史实的裁剪精当，使词作极具概括力，"海月挂烟树，瘴雨洒莓墙""欲诵《出师表》，天海气悲凉""正恐平蛮路远，更觉征曹时晚，流泪满衣裳"等写景抒怀语点缀其间，有点睛之效。唯末句"悔不卧南阳"过于消极，显然与诸葛亮"志恢宇宙""以兴微继绝克复为己任"（裴松之语）之志气相龃龉，白璧微瑕，不亦惜乎！

疏影

落叶

虚窗淅沥，听隔帘坠响，愁思纷集。缺月窥人，小驿啼乌，寒声夜半尤急。西风不放晨星坠，尚冷照、空山行迹。任吟蛬[1]、暗泣秋痕，更有断魂难觅。　　惆怅残灯不寐，正深夜酒醒，遥忆江国[2]。楚水吴山，木叶波寒，谁泊孤篷听笛。夕阳帆影争零乱，半捲入、暮潮风色。有羁人、一片乡愁，此际正难抛得。

【注释】

[1]吟蛬：蟋蟀。《埤雅·释虫》曰："蟋蟀之虫，随阴迎阳，一名吟蛬。"

[2]江国：指江南。（清）周亮工《雪苑不寐》诗曰："江国书难寄，中原寇未平。"

【评析】

该词借咏落叶来抒发羁旅愁苦和思乡之情。首句从声音写起，隔着帘幕，听到窗外淅沥的叶落之声，不由得愁思纷集。接着写秋夜凄寒之景：一弯残月透过窗棂，夜半时驿站旁的树上乌啼声不断。用"寒"字形容声音，赋予乌啼之声以触感，突出其悲凉之意。"西风"句又用拟人手法，秋风凛冽，不让晨星坠落，清冷的光晕，照着那幽深无人的山林。"不放晨星坠"暗含秋夜绵长、迟迟未晓之意。"任吟蛬、暗泣秋痕，更有断魂难觅"，此句亦为拟人，赋予"吟蛬"以深情。"秋痕"代指落叶，落叶是秋天的痕迹，"断魂"一词可含两意：一是形容蟋蟀鸣声之哀伤，二是指叶之生命在坠落后结束，其魂消散。清夜绵绵不尽，任那蟋蟀在秋痕中暗自悲泣，更何况那落叶的"断魂"已消散难觅。下阕转向抒发思乡情绪。过片言夜深酒醒，再难入眠，残灯下遥忆故乡，"惆怅残灯不寐"与上阕对落叶的叙写，不禁让人想到（唐）司空曙《喜外弟卢纶见宿》中"雨中黄叶树，灯下白头人"的诗境。其过渡也极为自然。词人回忆往昔于秋天行舟江南，也是一片木叶萧索，清江波寒，而那时词人也是孤独一人，在舟中听笛。已近黄昏，船只行色匆匆，夕阳下、暮潮中，帆影零乱。结尾处，词人的思绪回到现在，今夜与往昔都在羁旅之中，眼见秋景凄凉，那一片乡愁，可真是无计可消除啊！词作描写落叶，纯从虚处着笔，抓住叶落时节凄清的环境特征，层层点染，现实中的秋夜近景和回忆中的江国远景交相辉映，无一处直接写落叶，又无一处不围绕落叶，一份羁旅愁苦和思乡之情便在这让人神伤的意境中自然传达出来，深得姜夔词"清空"之神韵。莫友芝言其词"引出以白石空凉之音"（《蓒烟亭词序》），所评不诬也。

归朝欢

春夜闻鹃声

碧树如烟黄晕月。城上啼乌声断绝。蜀王魂气[1]晚归来，岷山千里愁云结。夜阑声暗咽。东风绿沁枝头血。任巫阳，魂招下界，此恨总难灭。

蜀国弦中歌舞歇。愁见王侯纷攘窃。独怜臣甫两歌行[2]，孤忠化作铮铮铁。此翁情激烈。那堪哀怨中宵发。一声声，枕边休诉，况是暮春节。

【注释】

[1]蜀王魂气：蜀魂乃杜鹃鸟的别称，由蜀王杜宇的传说而来。《华阳国志·蜀志》曰："七国称王，杜宇称帝，号曰'望帝'，更名'蒲卑'，自以功德高诸王……会有水灾，其相开明，决玉垒山以除水害。帝遂委以政事，法尧舜禅授之义，遂禅位于开明。帝升西山隐焉，时适二月，子鹃鸟鸣，故蜀人悲子鹃鸟鸣也。"《成都记》曰："望帝死，其魂化为鸟，名曰杜鹃，亦曰子规。"（元）曹伯启《子规》诗曰："蜀魂曾为古帝王，千声万血送年芳。"

[2]臣甫两歌行：指杜甫所作《杜鹃》《杜鹃行》二首题咏杜鹃鸟的诗歌。《杜鹃行》乃杜甫借杜鹃寄寓玄宗被迫迁蜀的感伤。（清）仇兆鳌《杜诗详注》曰："李辅国劫迁上皇，乃上元元年七月事。此诗借物伤感，当属上元二年作。鹤曰：观其诗意，乃感明皇失位而作。"《杜鹃》一诗是杜甫于大历元年（766年）春在云安所作，中有"我昔游锦城，结庐锦水边。有竹一顷余，乔木上参天。杜鹃暮春至，哀哀叫其间。我见常再拜，重是古帝魂"诗句。实则《杜集》中还有《子规》一诗咏杜鹃，也作于在云安时。

【评析】

词作咏杜鹃鸟，结合望帝化鸟啼血的传说和杜甫所咏杜鹃诗，抒发伤春之感，亦暗含对时局动荡不安的感伤。"碧树如烟黄晕月。城上啼乌声断绝。"上阕起句便赋予春夜之景以萧索之意，月色晕黄、碧树如烟，显得如此凄迷，城上乌啼之声极其悲伤。在这样气氛的烘托下，词人点出所咏之对象："蜀王魂气晚归来，岷山千里愁云结。""岷山句"既是对起句写景的呼应，又似乎杜鹃一来，带来了无尽的哀愁。接下来，词人结合望帝化为杜鹃的传说，来描写杜鹃的啼叫之声。残夜将尽，杜鹃哀伤的啼鸣如此低沉，悲鸣一夜，想那啼出的鲜血恐怕已化为一树苍碧，就算任由巫咸召回蜀王的魂魄，这丧国之恨也总难浇灭啊！下阕抒发感慨，"蜀国弦中歌舞歇。愁见王侯纷攘窃。"过片是对"此恨总难灭"的承接，蜀中本是富饶之地，但世事纷扰，历来都是王侯们争夺权力的舞台，心怀故国、希望人民安宁的望帝，他的哀伤又怎会停止呢？"独怜臣甫两歌行，孤忠化作铮铮铁。此翁情激烈。"只是可叹杜甫作《杜鹃》诗，托物言志，寄寓他的忠君爱国之志和对国事的激愤感伤。最后复写杜鹃啼声，传说令人伤感，历史又让人悲慨，更何况这暮春时节，杜鹃哀啼一夜，如怨如诉，令人情何以堪！词作以景起，在凄迷的意境中，展开对杜鹃哀啼之声的描写，望帝化鹃啼血、杜甫作诗寄慨，传说和历史典故的融入，很好地增加了词作的思想厚度和情感内涵，又借古讽今，暗含对时局的隐忧，使内容充实饱满。结句回到杜鹃声，收放自如，在章法结构上构成闭合的圆环。无论从思想内涵、情感意蕴，还是艺术技巧上看都是一首出色的咏物词。

百字令（一）

蜀中怀古

华阳黑水[1]，自蚕丛[2]开辟，江山千古。回首英雄纷割据，都为中原无主。剑阁[3]夔关[4]，苍烟落日，莽莽风云聚。兴亡一瞥，鹃声漫自悲苦。

依旧锦水[5]东流，繁华如故，一片成都土。二百余年论杀劫，夜半江声犹怒。顺逆无常，安危有策，莫计闲歌舞。战场花鸟，孤吟愁绝臣甫。

【注释】

[1]华阳黑水：古地名，《尚书·禹贡》曰："华阳黑水为梁州。"古梁州包括陕西、四川盆地、汉中及云贵部分地区。（晋）常璩《华阳国志》即记载此地区的历史。

[2]蚕丛：古蜀国第一位王。《华阳国志·蜀志》曰："周失纲纪，蜀先称王，有蜀侯蚕丛，其目纵，始称王。"

[3]剑阁：剑阁道，为三国时诸葛亮所辟，是北去汉中，南通成都的古道。《华阳国志·汉中志》曰："（梓潼郡）有剑阁道三十里，至险。有阁尉，桑下兵民也。"《水经注·漾水》曰："又东南迳小剑戍北，西去大剑三十里，连山绝险，飞阁通衢，故谓之剑阁也。张载铭曰：'一人守险，万夫趑趄。'信然。"

[4]夔关：关口名，位于夔州府（今重庆奉节），为长江上连接荆襄和蜀地的重要关

口。夔关在明代原已设立，经明末战乱，到清初未能开复。康熙时，复设夔关。

[5]锦水：即锦江，乃岷江流经成都的河段。《水经注·江水》曰："道西城，故锦官也。言锦工织锦，则濯之江流，而锦至鲜明，濯以他江，则锦色弱矣。遂命之为锦里也。"

【评析】

这是一首怀古词，词作从蚕丛开辟蜀国开始，叙述了川蜀千古江山的沧桑历史。"回首英雄纷割据，都为中原无主"是对川蜀千年来历史的总结。巴蜀地区地处秦岭、大巴山、云贵高原、青藏高原的包围之中，进出交通十分艰险。而成都平原土壤肥沃，经济文化繁荣，向称"天府之国"，但也是由于其交通的封闭性，导致川蜀历史"天下未乱，蜀先乱；天下已定，蜀未定"的割据纷纭、战乱不断的特点。但词人并没有从地理环境等方面去理解这个问题，而是指出蜀地变乱的根源在于"中原无主"，中央政权统治力的衰弱才是造成蜀地叛乱割据、动荡不平的根源。"剑阁夔关，苍烟落日，莽莽风云聚"，剑阁和夔关，是从秦岭和三峡入蜀的险峻关隘，（晋）张载《剑阁铭》曰："一人荷戟，万夫趑趄。"它们也是蜀中历史的见证。那山河间的苍烟落日、千年的风云变幻仿佛永恒，而兴亡倏忽更迭，人世难保安宁，故总能听到望帝所化的杜鹃悲苦的啼鸣。下阕写川蜀之现实，抒发了词人对动乱再起的担忧。锦水仍旧东流，成都锦里一带繁华如故，蜀地多年来平安无事，人民安居乐业。"二百余年论杀劫，夜半江声犹怒"句，笔锋一转，想到蜀中二百年来的战乱，似乎岷江之江声仍含着怨怒之气。"顺逆无常，安危有策，莫计闲歌舞"是对上阕"中原无主"一句的呼应，词人认为天时的顺逆虽无常，但人世的安危治乱却在于人为。最后，词作在杜甫描写川中之战乱与美好的诗歌中结束全篇。正如朱东润先生在《杜甫叙论》中所言："当时川中是怎样的一个世界！少数民族杀，官军也杀，甚至从长安来的殿前军队也杀。""成都有的是兵乱，他（杜甫）不得不离开成都，但是一经离开成都，他看到的到处是兵乱，于是他不得不重新怀念成都。"杜甫将杜鹃比作中央王朝的象征，其《杜鹃》诗曰："西川有杜鹃，东川无杜鹃，涪万无杜鹃，云安有杜鹃。"可见当时的蜀地形势是多么的混乱，而杜甫面对如此的情形又能如何呢？也只能"孤吟愁绝"罢了。这首词作在对蜀中悠久历史的咏叹中，表达了兴衰治乱非关天时、更在人为的历史观，词人所表现出的历史认识无疑是深刻的。对于杜甫诗歌中战地花鸟之孤吟愁绝的慨叹，传达出词人对太平将尽、纷乱又要四起的担忧。联想到自晚清始，中华大地所经历的国力屡弱、列国入侵、战乱不断、军阀割据的惨痛历史，词人之担忧可谓甚有预见。

八归

李王祠[1] 下夜泊

百丈涛头，离隼怒曳，忽放双江[2]飞下。鸿蒙凿破岷山窟，水怪石犀^[3]纷伏，神功难罢。更看连环降老蹇^[4]，笑铁弩、三千低射。想神马、黑夜归来，水上风雷驾。　　一自江神娶妇，苍牛战^[5]、倒开出三川田墒。父老衣冠，儿童歌舞，伏腊年年酹谢。论千秋名宦，丞相祠堂此其亚。沧波阔，一杯遥酹，古木鸦啼，茫茫江月夜。

【注释】

[1]李王祠：祭祀李冰的祠堂，在今四川都江堰市西北二里岷江东岸玉垒山麓。《华阳国志·蜀志》曰："周灭后，秦孝文王以李冰为蜀守……冰乃壅江作堋，穿郫江，检江别支流，双过郡下以行舟船。岷山多梓柏、大竹，颓随水流，坐致材木，功省用饶。又溉灌三郡，开稻田，于是蜀沃野千里，号为陆海。旱则引水浸润，雨则杜塞水门，故记曰：'水旱从人，不知饥馑，时无荒年，天下谓之天府也。'……乃自湔堰上分穿羊摩江，灌江西于玉女房下白沙邮，作三石人立三水中，与江神要：水竭不至足，盛不没肩。时青衣有沫水出蒙山下，伏行地中，会江南安触山胁。混崖水脉漂疾，破害舟船，历代患之，冰发卒凿平混崖，通正水道。或曰冰凿崖时，水神怒冰，乃操刀入水中，与神斗……冰又通笮道文井江，径临邛，与蒙溪分水白木江，会武阳天社山下合江，又导洛通山……皆溉灌稻田，膏润稼穑，是以蜀川人称郫繁曰：膏腴绵洛，为浸沃也。"

[2]双江：指都江堰将岷江水一分为二。

[3]石犀：传说李冰曾在都江堰外江置五头石犀以镇压水怪。《华阳国志·蜀志》曰："外作石犀五头以厌水精，穿石犀溪于江南，命曰犀牛里，后转置犀牛二头，一在府市市桥门，今所谓石牛门是也，一在渊中。"

[4]老蹇：传说中的恶龙名，被李冰所降。(清)王文浩辑注《苏轼诗集》卷一《神女庙》诗引《神异记》曰："蜀守李冰降毒龙蹇氏，锁之于江上，水害遂息。"

[5]"江神娶妇"和"苍牛战"都源于李冰斗江神的传说。《太平御览》卷八百八十二引《风俗通》曰："秦昭王伐蜀，令李冰为守。江水有神，岁取童女二人为妇。主者自出钱百万以行槌，冰曰：'不须。吾自有女。'到时职饰其女，当以沉江。冰径上神座，举酒酹曰：'今得傅九族，江君大神，当见尊颜，相为进酒。'冰先投杯，但澹淡不耗，厉声曰：'江君相轻，当相伐耳！'拔剑，忽然不见。良久，有苍牛斗于岸。有顷，冰还，谓官属令相助曰：'南向要中正白，是我绶也。'还复斗，主簿刺杀蒲氨面者。江神死，后无复患。"

【评析】

这是一首咏怀古迹的词，为词人在蜀中游历时，夜泊都江堰李冰祠下有感而作。词作将李冰治水的历史及降服水神、水怪的传说融入词作中，描绘了都江堰工程的宏伟壮丽，歌颂李冰治水的伟大功绩。词作从都江堰的雄奇景致发端："百丈涛头，离隼怒曳，忽放双江飞下。"四字短句造成了奔腾的气势，百丈江涛怒卷，空中猛隼盘卷，"忽放"和"飞下"两组动词把都江堰将岷江截为内外两江的形势突显出来，这句写景笔调劲健，意境雄大且有飞动之感。接着引入李冰治水的历史传说，先歌颂其建设都江堰治水的功绩。他凿通岷山，将岷江一分为二，不仅治理了长久困扰蜀地的洪水，并且引水灌溉农田，作石犀五头以压水怪，使蜀地沃野千里，号为"陆海"；水旱从人，无荒年饥馑，号为"天府"，这样的神功，至今仍没有消失，还在造福蜀地的人民。"更看连环降老蹇，笑铁弩、三千低射。"此句言李冰不仅治水，还为蜀地人民降妖除怪，他降伏了恶龙蹇氏，把它锁在了江上。可以想见李冰降服恶龙时，于黑夜中骑着神马归来，江面上风飙雷鸣的威武形象。过片仍由其斗江神传说来歌颂其千年来的功绩，据《风俗通》载，岷江江神每年都要让人民献童女二人给他为妇，成为一大患，李冰为太守时，变幻为苍牛与江神大战，最后杀死了江神，为民除去祸患。这些功绩让蜀中变成了沃土，膏腴满野。"父老衣冠"句言李冰治水的不朽功绩使他得到了蜀中人民的爱戴，年年腊月时，不论男女老少都会举行祭祀活动纪念他、酬谢他。词人接着对李冰进行了评价，他认为李冰是千秋名宦，在蜀中只有诸葛亮的功绩可与其比肩。最后，词作以景语煞尾，面对着茫茫苍波、古木鸦啼和那碧空中的江月，遥想都江堰的千年历史，词人杯酒酹英雄。词作以景起、以景结，意境雄浑，中间将对李冰的赞颂之情和历史传说结合起来，不仅叙述有画面感，而且有着史诗般的苍茫气韵。

东坡引

泸阳[1] 江上见鹤

雪明天际鹤。云横江上阁。蓬山[2]几负仙人约。只缘风力弱。
凉宵心事，暮秋林壑。几多水村山郭。南飞一例同飘泊。江天无处著。

【注释】

[1]泸阳：泸阳镇，在今湖南怀化中方县。

[2]蓬山：即蓬莱山，为仙人所居。李商隐《无题》诗曰："蓬山此去无多路，青鸟殷勤为探看。"

【评析】

这首词乃词人在泸阳的江上行途中，见到空中飞鹤，有感而作。词作开门见山，"雪明天际鹤。云横江上阁。"开篇两句即用简练苍劲的笔法，勾勒出一幅"江雪飞鹤图"，雪后天地明亮，云霞横亘江面，天边飞过一鹤。江雪之"清"，飞鹤之"孤"，给人以特别鲜明的感受。接下来词人展开想象的翅膀，围绕"飞鹤"，敷演故事。为什么孤鹤会在这里？词人说它多次辜负了蓬山仙人的约定，是因为风力太弱，使其无法飞到。若上阕是写"鹤"因无所凭借而志不得申的话，下阕便写"鹤"流落草莱间的遭际。"暮秋林壑"，夜晚已凉意逼人；"水村山郭"，南飞也还是漂泊。这两句前一句突出孤独凄凉，后一句突出漂泊无依，将"孤鹤"的形象刻画得鲜明生动。最后是一句无奈的哀叹："偌大的天地间，竟然没有一栖身之处!"这首词从词牌便可见出有模仿苏轼《卜算子·黄州定慧院寓居作》的写法,均是借写孤鸿(孤鹤)来托物寓怀,在词境上都有绝尘去俗的清旷气息,但在情感意蕴上则略显不同。虽都表现孤寂的处境,苏轼词更显清高自负,"拣尽寒枝不肯栖,寂寞沙洲冷"乃蔑视流俗,甘愿孤寂。而本词则趋向孤苦凄凉,"江天无处著"乃无所凭借,无处可依。词作的成功处在于处处都只写鹤,而又处处都是写自己,把自己的主观感情加以对象化,词人生不逢时、孤独寂寞、漂泊无依的人生感慨与词中鹤的形象已经融为一体,意境极清绝,情韵极深厚。

望海潮

大观楼望海[1]

　　云垂飙竖,鲸翻鳌掷,怒涛滚滚而来。斜倚碧栏,愁观天外,茫茫雪浪无涯。搔首动吟怀。慨汉唐戈马[2],蒙段楼台[3]。当日雄豪,而今安在只尘埃。　　穷兵黩武休哀。纵山移海倒,瘴死烟埋。赵宋河山,元明郡邑,此邦大有人才。天海气佳哉!爱云沙明灭,浦树低排。日暮鱼龙起舞,烟际一帆开。

【注释】

　[1]大观楼:位于昆明滇池近华浦南,清康熙年间由巡抚王继文兴建,咸丰年间曾毁于兵燹,同治年间复又重建。望海:滇池近华浦,俗称"草海子"。

　[2]汉唐戈马:指汉朝征滇国和唐朝征南诏。《史记·西南夷列传》曰:"元封二年,天子发巴蜀兵击灭劳浸、靡莫,以兵临滇。滇王始首善,以故弗诛。滇王离难西南夷,举国降,请置吏入朝。"唐朝与南诏曾发生多次战争,玄宗在天宝十年(751年)和天宝十一年(752年)两征南诏均失败,代宗大历十四年(779年)李晟等大破南诏、吐蕃联军。其事均见《新唐书·南蛮传》。

　[3]蒙段楼台:"蒙"指蒙归义,原名皮逻阁,统一六诏,玄宗赐名蒙归义,册封其为"云南王"。《新唐书·南蛮传上》曰:"开元末,皮逻阁遂取河蛮,取大和城……天子诏赐皮逻阁名归义。当是时,五诏微,归义独强,乃厚以利啖剑南节度使王昱,求合六诏为一,制可。归义已并群蛮,遂破吐蕃,浸骄大。入朝,天子亦为佳礼。又以破渳蛮功,驰遣中人册为云南王,赐锦袍、金钿带七事。""段"指大理国王族段氏。《宋史·外国传四》曰:"大理国,即唐南诏也……七年二月,至京师,贡马三百八十匹及麝香、牛黄、细毡、碧玕山诸物。制其王段和誉为金紫光禄大夫、检校司空、云南节度使、上柱国、大理国王。"

【评析】

这是一首登高怀古词，为词人入滇省父时，登大观楼遥望有感而作。词作描绘了词人于大观楼上所见滇池烟波浩荡的景致，回顾了云南悠久的兴亡历史并抒发了怀古之情。词作由景起，"云垂飙竖"至"茫茫雪浪无涯"用劲健的笔墨状滇池之景：凭栏所望，但见空中风起云涌，水面怒涛滚滚、雪浪无涯，以一"愁"字总摄，引出历史之感伤。"慨汉唐戈马"至"而今安在只尘埃"，慨叹汉朝、唐代兴兵南征，或胜或败；南诏、大理曾统治一时，或兴或亡，如今都已沦为尘埃，只有这滇池之烟云波涛，见证着滇中的盛衰更迭。下阕由对历史的感伤，转为对历史的思考。词人言休要为历史上那些君王穷兵黩武导致这里山移海倒或使远征之军队瘴死烟埋而感到哀伤，发生于此的征战衰亡固然惨烈悲壮，但在滇池的滋养下，这里也人杰地灵，悠久的历史长河中出现过许多人才。做出如此的思考后，上阕中表现出的"愁情"一扫而空，词人直呼"天海气佳哉！"，词境顿时开朗，同时引出结句写景：滇池上云沙明灭，远处的浦树低排，日暮中船只往来，水中各类生物舞动，一片生机勃勃，怎不让人热爱呢！这首词作由写景转而感伤历史兴亡，又从历史的感伤中摆脱，引入对滇中大地滋养生灵、养育人才的赞美，最后再以景结。词中之情感体现出自哀到振奋的转化，上下阕的写景均雄浑壮阔，但因感情的不同而展现出苍茫和壮丽的不同境界，寄寓了词人对国势复振的殷切希望。壮阔的河山和宏远的历史，使词作呈现出雄壮豪迈的气象。此词与《百字令·蜀中怀古》均是纵千年之历史于笔端，题旨深沉，气韵雄浑的佳作，堪称《葑烟亭词》中怀古词之双璧。

迈陂塘

白水河观瀑，时大寒后三日

雪初晴、瀑声涩涩，流渐欲去还住。明珠万斛冰绡缀，织尽断霞千缕。翳复吐。问底事情潇潇，尚自吟风雨。白云如羽。似暗捲涛来，凌虚欲涨，又化碧烟去。　　忆前度。掣电轰雷飞舞。白霓倒吸烟雾。岭猿峡鸟迷昏晓，不放夕阳西渡。重来误。那更见百重，树杪泉鸣处。尽教冰洹。幸袅袅晶帘，玲珑透月，犹挂隔江树。

【评析】

《葑烟亭词》中描写黄果树瀑布盛景的词作有前面的《霜叶飞·白水河观瀑》和这首《迈陂塘·白水河观瀑，时大寒后三日》，写出了黄果树瀑布在不同季节的不同景致：水量充沛时，如万马奔腾，气势恢宏；水量小时，如白练挂壁，娟净秀美。词人前度观瀑，正值丰水期，瀑布呈现的正是"怒涛撞击""银潢一霎"的壮美景致。而此番前来，正值冬季枯水时节，天气寒冷，瀑水冷涩，展现出与此前不一样的风姿。起首从瀑布水声写起，雪后初晴，飞瀑声涩，河水仿佛要被冰雪凝住，"欲去还住"。"明珠万斛冰绡缀，织尽断霞千缕。翳复吐"句状瀑布绮丽之美，瀑布如万斛明珠点缀于洁白的冰绡之上，在雪后阳光的照耀下，半空中断霞照彩，若隐若现。"问底事情潇潇"至上阕结束，描写瀑水向下游流去的景象。瀑布之水雾弥漫如风雨潇潇，团团白雾洁白如羽，瀑水似乎暗卷着波涛，在空中仿佛要奋力打破这凝洉，但还是缓缓流入那千重云树的碧烟中。在下阕中，词人作了瀑布景致的今昔对比，词人回忆前度观瀑，瀑布气势万钧，若风驰电掣一般，巨大的水流仿佛要将四周的水雾倒吸，那浩大的声势，似要不放夕阳西渡，让山林间的猿鸟都迷失了昏晓。而此番前来，哪能看到树梢间百重泉鸣的壮丽景象，似乎都被冬天的寒冷给冻住一般。词末用形象的比喻形容冬日瀑布，今天之瀑布仿佛玲珑剔透的水晶帘，隔着江树，遥挂峭壁，如妙龄女子一般，尽显娟秀之美。词作上阕写景清新秀丽，下阕将此日之瀑布与丰水期时做比较，从而呈现出壮丽与娟秀的不同风姿，若将前后两词对比而读，更能真切地感受到大自然的鬼斧神工和气象万千。

水调歌头(二)

月下望城上夜山，柝声四起，慨然感赋

日落戍楼[1]悄，月出古城头。夜氛遥辨蛮虏[2]，明灭使人愁。长恨黄州[3]哀角[4]，不放参旗井钺[5]，星彩焕南州。风紧柝声急，河汉欲西流。

莽离合，痕惨淡，黯凝眸。青山明月，问此时孰抱貔貅[6]？郑侠图[7]成难上，益信君门万里，南斗共沉浮。迢递思归客，情思两茫茫。

【注释】

[1]戍楼：边防驻军的瞭望楼。

[2]蛮虏：古时对南方少数民族的蔑称。

[3]黄州：地名，位于湖北东部，比邻长江，与鄂州相望。

[4]哀角：悲壮的号角声。"角"乃古代军队中的一种乐器，又叫"画角"。

[5]参旗井钺：为星官、星名。"参旗"：又名"天旗""天弓"。属毕宿，共九星，《晋书·天文志》曰："参旗九星在参西，一曰天旗，一曰天弓。""井"：即"井宿"，也称"东井""鹑首"。"钺"：指钺星，即天枪三星，在北斗杓东，也称天钺。《南齐书·天文志上》曰："(永元十一年)辛酉，月行在东井钺星南八寸。"(元)方回《七月初一日早起》诗曰："太白星初上，参旗井钺连。"

[6]貔貅：古籍中的猛兽名，常用于比喻勇猛的战士。(明)于谦《入塞》诗曰："将军

归来气如虎，十万貔貅争鼓舞。"

[7]郑侠图：郑侠上《流民图》的典故。事见《宋史·钱顗传》："是时，自熙宁六年七月不雨，至于七年之三月，人无生意……侠知安石不可谏，悉绘所见为图，奏疏诣阁门……其略云：'……臣谨以逐日所见，绘成一图，但经眼目，已可涕泣。'疏奏，神宗反覆观图，长吁数四，袖以入。是夕，寝不能寐。"后遂以"流民图"借指反映民间疾苦的作品。(清)纳兰性德《拟古》诗曰："吁嗟献纳者，谁上《流民图》？"

【评析】

这是一首感怀词，乃词人羁旅途中、夜宿山城时所赋。时值西南地区少数民族叛乱不断，四处都严加戍守，弥漫着动荡不安的气息。在上阕的写景中，词人描绘出了一幅既寂静又有着紧张气氛的山城夜戍图：日暮中的戍楼静悄悄的，一轮明月渐渐爬上城头，在幽净的月光中，整个山城似乎也娴静下来。但看似平静的夜晚才是最危险的，守卫山城的军队丝毫不敢懈怠。戍楼上的岗哨时时警惕着城外夜山中是否有敌情，在昏暗的夜色里，山间忽明忽暗，增加了辨识的难度，让人一刻都不敢松懈，岂不让人愁苦？让人遗憾的是，这黄州悲壮的号角声，响彻天际，参旗井钺这些天上的星宿都要退避不能相连，在这南方的山城上空焕放星彩。风声呼啸、柝声急切，夜空中银河似乎将要向西流去一般。词作下阕抒怀，过片"莽离合，痕惨淡，黯凝眸"三个短句，使词作由写景过渡到抒情。独自凝视这痕迹惨淡的青山明月，遥想茫茫人世的悲欢离合，怎不让人黯然神伤。"貔貅"喻指勇猛的战士，"孰抱貔貅？"是词人在问：谁能率领精锐的军队，平定南方的内乱？"郑侠图成难上，益信君门万里，南斗共沉浮。"使用了北宋熙宁年间，郑侠画《流民图》上奏神宗，反映民间疾苦的典故。郑侠画图，能够上达天听，但此时却是"图成难上"，因为君门万重，偏远南方的战乱和疾苦又怎会引起朝廷的关心。边地的簸荡既难以上达天听，"孰抱貔貅"也不过是一句空想罢了。最后以羁旅思乡之情作结，在遥远的故乡，家人仍挂念着羁旅中的我，殊不知我也在思念着故乡和家人，这情思如此深远，茫茫无际。词作融洽地将写景和抒怀结合，将自我的羁旅惆怅、思乡之情与对社会民生的关怀结合，抒发了词人对社会动荡、民生艰苦的哀伤和对朝廷不能靖宇保民的失望和愤慨。

百字令（二）

咏古

是何年少，振奇兵，捷以风霆行疾。收取江东名士会[1]，臣本孤忠汉室。孟德[2]长留，周郎[3]早死，灭贼真难必。他年臣魏，阿兄灵愤应郁[4]。

谁见遗庙千秋，石头城[5]古，旌旆寒斜日。不死猘儿[6]迟十载，焉肯三分专一。社鼓神鸦，荒原凭吊，更客愁飘忽。长江天堑，萧条吴下人物。

【注释】

[1]年少：孙策父坚亡，自将兵时，只有十八岁，故曰"年少"；此句言其克定江东事，俱见《三国志·吴书·孙破虏讨逆传》。

[2]孟德：曹操，字孟德。

[3]周郎：周瑜，字公瑾，少与孙策交好，随孙策平定江东。《三国志·吴书·孙破虏讨逆传》引《江表传》曰："策年十余岁，已交结知名，声誉发闻。有周瑜者，与策同年，亦英达凤成，闻策声闻，自舒来造焉。便推结分好，义同断金，劝策徙居舒，策从之。"孙策死后，周瑜以中护军与长史张昭共掌众事，并指挥孙刘联军于赤壁破曹，保全江东。周瑜后于巴丘(今湖南岳阳)突发疾病去世，时年三十六岁，故曰"早死"。

[4]此句指孙权向魏称臣事，见《三国志·吴书·吴主传》："自魏文帝践阼，权使命称藩，及遣于禁等还。"裴注引孙盛曰："余观吴、蜀，咸称奉汉，至于汉代，莫能固秉臣节，君子是以知其不能克昌厥后，卒见吞于大国也。向使权从群臣之议，终身称汉将，岂不义悲六合，仁感百世哉！"

[5]石头城：金陵别称。建安十六年(211年)，孙权迁都至秣陵，在石头山金陵邑原址筑城，取名石头城。刘禹锡《西塞山怀古》诗曰："千寻铁锁沉江底，一片降幡出石头。"

[6]猘儿：曹操称呼孙策语。《三国志·吴书·孙破虏讨逆传》引《吴历》曰："曹公闻策平定江南，意甚难之，常呼'猘儿难与争锋也。'"

【评析】

此为缅怀孙策的咏怀词。应为词人于金陵凭吊孙策庙时有感而作。词作对孙策少年英雄，统一江东，开创吴之基业的丰功伟绩予以赞颂，也对孙策、周瑜早逝，统一大业无果，而孙权等后继者进取之心不足，乐于凭险守成，遂使江东人才萧条，终降晋国灭的历史予以慨叹。上阕用凝练的笔调笼括孙策之功绩和英年早逝的命运。前五句写孙策克定江东，突出了三个方面，一是少年英雄，十八岁掌兵便英勇非凡；二是突出的军事才能，短短数年间(孙策死于建安五年(200年)，时年二十六，其平定江南，从初平四年(193年)守孝事毕，至建安四年(199年)败黄祖，用时仅7年)，便统一江东六郡，开创吴国基业，直似秉雷霆之势而风卷残云一般；三是善于用人，忠于汉室，故使江东人才济济，盛于一时。《三国志》载孙策言："策为人，美姿颜，好笑语，性阔达听受，善于用人，是以士民见者，莫不尽心，乐为致死。"袁术僭号，孙策使张纮为书责之，与袁术决裂，并多次遣使贡方物，表达对汉室的忠心。故陈寿评其："英气杰济，猛锐冠世，览奇取异，志陵中夏。"(《三国志·吴书·孙破虏讨逆传》)但正当其英姿勃发，有了与曹操等角逐的力量时，却被弑早逝，而同样"志陵中夏"，在赤壁之战挫败曹操的周瑜也三十六岁英年早逝，曹操则年岁永，遂渐夺汉家权柄，故言"灭贼真难必"，透出对历史命运的深深无奈。而进取之力不足的继任者孙权，为守成向篡汉的魏文帝称臣，更有悖于乃父和乃兄之宿志，故词言："阿兄灵愤应郁。"下阕转向抒发历史感怀。如今英雄似乎已被人忘记，只剩下一座遗庙，千年来孤零零地守在石头城边，残破的旗帜在苍苍薄暮的一轮残阳之中，显得如此凄凉。"不死猘儿迟十载，焉肯三分专一"，词人感叹如果孙策不死，再有十年，怎会甘心于三分天下，偏安一隅。但历史可以假设，却不会重来，时至今日词人也只得饱含叹惋之情和羁旅客愁，于荒原上凭吊英雄。"长江天堑，萧条吴下人物"，结句总评吴国历史，见解极为深刻，长江天堑是江东得以自立的屏障，在中原簸荡的时局下，吴国能够凭此而保一隅之安宁。但也正是孙策的后继者过于依赖长江天堑，乐于守成而进取不足，使东吴人才渐渐萧条，终难免亡国的命运。数千年的历史无不告诉我们"兴废由人事，山川空地形"（刘禹锡《金陵怀古》），妄图仅仅依靠地理险峻而不修善政、谋发展者，均难免失败的厄运。这难道不也暗含着借古讽今、针砭清廷的意味吗？

东风第一枝

以崇茶寄家人，戏赠。盖予尝往来茶园者，试略言之

　　残雪犹莹，轻雷初碾，芳萌隐约生树。春教园户先知，碧怜茗香欲度。琼芽细摘，有还待、踏青儿女。记隔林、翠袖揎[1]寒，玉腕乍笼霏雾[2]。

　　檐杲杲[3]、细痕翻露。灯灼灼[4]、嫩尖发乳。典钗早祀茶神[5]，索租预愁吏怒。茸茸挦合，倩[6]谁念蓬门辛苦。试密封遥寄山家，莫怨故园机杼。

【注释】

　　[1]揎：捋起袖子露出手臂。苏轼《四时词》之二诗曰："玉腕半揎云碧袖，楼前知有断肠人。"

　　[2]霏雾：飘拂的云雾，此处形容茶山位于高山云雾中，高海拔的云雾环境更适宜茶叶生长，云雾茶比其他茶叶采摘时间晚，也更加澄澈香醇。

　　[3]檐杲杲：檐：制茶之具。（唐）陆羽《茶经·二之具》曰："檐，一曰衣，以油绢或雨衫单服败者为之，以檐置承上，又以规置檐上，以造茶也。茶成，举而易之。"杲杲：明亮的样子。《诗经·卫风·伯兮》曰："其雨其雨，杲杲出日。"

　　[4]灯灼灼：灯：疑指焙茶的炉灶。灼灼：鲜明光亮的样子。《诗经·周南·桃夭》曰："桃之夭夭，灼灼其华。"

　　[5]茶神：指陆羽，字鸿渐，一名疾，字季疵，唐朝复州竟陵人，其所著《茶经》为我国古代第一部茶学专著。因为其对茶业及茶文化的杰出贡献，茶民渐尊其为茶神，并在清明采新茶时予以祭祀。《新唐书·隐逸传》曰："羽嗜茶、著经三卷，言茶之原、之法、之具尤备，天下益知饮茶矣。时鬻茶者，至陶羽形置炀突间，祀为茶神。"

　　[6]倩：使、请之意。辛弃疾《水龙吟·登建康赏心亭》词曰："倩何人唤取，红巾翠袖，揾英雄泪。"

【评析】

　　词作借寄茶给家人这一生活中的小事，细致地描写了茶民采茶、制茶的过程，歌颂了茶民的辛勤劳动，并表达了对家人的思念之情。上阕用生动细腻的笔触，描绘女子在茶园采茶的情景。先言新茶生长的环境，在"残雪犹莹，轻雷初碾"的早春时节，茶树上已经隐约可见新芽萌生。在清明前采摘的新茶，因初春气温较低，虫害少，且芽叶细嫩，色翠香幽，味醇形美，是茶中佳品，最为珍贵。故"春教园户先知，碧怜茗香欲度"一句用拟人修辞手法，言春天担心最为醇香的新茶过了时节，让其先萌发而让园户知道春天的采茶季节已经到来。这时就要将碧玉般的嫩叶摘下，哪能等到儿女们踏青的阳春时节呢。"记隔林、翠袖揎寒，玉腕乍笼霏雾"，采茶女隔着茶林，不畏初春的寒意，卷起翠袖，任如玉的皓腕被山间之云雾给笼罩。下阕过片紧承上阕，言制茶过程。檐衣明亮，新茶嫩芽的细痕似乎还夹着晨露；焙茶的炉灶焰光灼灼，茶叶杀青时芽尖渗出膏乳般的茶汁。"典钗早祀茶神，索租预愁吏怒。茸茸挢合，倩谁念蓬门辛苦"句言茶民生活的艰辛不易，为了好的收成，把钗子典当，早早祭祀茶神，还要忍受初春的寒冷采茶，采摘后又要杀青揉捻精心焙制，好不容易看到制好的茶叶叶片圆合、白毫茸茸，品质上佳，但转念又因将会遭遇怒气腾腾的税吏索租而发愁，能让谁去感念和同情蓬门寒户的辛苦呢？词末点题作结，密封遥寄新茶给家人，聊表思念之情。词作由寄家人新茶起笔，根据自己在茶园的体验，细致地描写茶叶采摘制作的过程，从初春茶园的琼琼细芽，到采茶女的玉腕轻摘，再到焙茶情形；又从茶民祭祀茶神到因想到税吏催租而发愁，在叙述中反映出茶民采茶制茶的辛苦和遭受逼租索税的悲哀，叙述井然，笔调细腻，语言清新。词作不仅有着浓厚的生活气息，而且体现出关心民瘼的高尚情怀，使原本一首记录生活琐事的小词也有了反映社会民生的大意义。

百字令（三）

怀邵亭[1]　四阕

其一

　　山光西坠，想君思，我处满庭寒碧。叶落空山新雨过，不见故人今夕。穷鸟擎寒，孤云荡瞑，更是愁消息。众星如沸，一天暮影摇白。

　　长夜短褐而吟，孟公[2]如在，定识闲心迹。壶子相迎生气阒，杜德机深难测[3]。扣寂心寥，钩深识短，愧我虚寻觅。别来好在，那堪林卧相忆。

【注释】

　　[1]邵亭：莫友芝号，莫友芝《呈寿阳相国，乞篆书"邵亭"榜》诗序曰："道光时侍先

君教授遵义，己亥、庚子间有《府志》之役，于犍、不狼诸山，鳖、黚、延诸水并钩讨，粗就绪，惟'鄬亭'失收。辛丑，先君见背，研食久侨，不能归，乃'鄬亭'自号以志过。"

[2]孟公：指陈遵。陈遵，字孟公，西汉杜陵人，工书法、善文辞，《汉书·游侠传》有传。据其传载，陈遵与张竦交好，张竦学问渊博，事理通达，以清廉节俭自我约束，而陈遵却放纵而不拘小节，然二人操守品行虽然不同，但亲近友爱。

[3]此句化用《庄子·应帝王》中季咸相壶子的典故："郑有神巫曰季咸，知人之死生存亡，祸福寿夭，期以岁月旬日，若神。郑人见之，皆弃而走。列子见之而心醉，归，以告壶子，曰：'始吾以夫子之道为至矣，则又有至焉者矣。'壶子曰：'吾与汝既其文，未既其实，而固得道与？众雌而无雄，而又奚卵焉！而以道与世亢，必信，夫故使人得而相汝。常试与来，以予示之。'明日，列子与之见壶子。出而谓列子曰：'嘻！子之先生死矣！弗活矣！不以旬数矣！吾见怪焉，见湿灰焉。'列子入，泣涕沾襟以告壶子。壶子曰：'向吾示之以地文，萌乎不震不止。是殆见吾杜德机也。尝又与来。'""杜德机"，陈鼓应注为"杜塞生机"。

其二

　　书城屏拥，叹丹黄[1]，亲校谋生亦窘。毋敛[2]难归缘识字，乡学笑君师尹[3]。错综群言，驰驱万卷，若个争精敏。通经足矣，底须雕琢肝肾。

　　几欲握尘清言，从君讲学，卜筑歌《招隐》[4]。天意微茫人不识，流寓恨须君忍。俗学无功，古人可作，所愿终难泯。浩歌一曲，应知我意无尽。

【注释】

[1]丹黄：旧时点校书籍用朱笔书写，遇误字，涂以雌黄，故称点校文字的丹砂和雌黄为丹黄。(清)黎庶昌《〈续古文辞类纂〉序》曰："宋元明以来，品藻诗文，或加丹黄，判别高下，于是有评点之学。"

[2]毋敛：古县名，西汉武帝平西南夷置牂牁郡，毋敛县为其治下诸县之一，位于今贵州省独山县北。

[3]师尹：尹指尹珍。尹珍，字道真，东汉牂牁郡毋敛县人，曾求学于许慎，并将汉文化传播于夜郎，被誉为西南汉文化教育的开拓者。《后汉书·西南夷传·夜郎传》曰："桓帝时，郡人尹珍自以生于荒裔，不知礼义，乃从汝南许慎、应奉受经书图纬，学成，还乡里教授，于是南域始有学焉。珍官至荆州刺史。"

[4]《招隐》：指左思《招隐》诗二首。

其三

　　露蛩吟晓，诉西风，幽怨声声清绝。百岁风灯[1]人事幻，老矣自怜须发。博雅传经，婴婉[2]抱子，便是长生决。拜君福慧，相逢先自腰折。

少长暗识行藏，声名何在，空自干心血。无咎庵[3]中形影瘦，待访尚烦风月。敛气师君，冥心印可[4]，指摘情须切。一编坐对，有人相视而悦。

【注释】

[1]风灯：比喻生命短促，人事无常。(宋)朱熹《淳熙甲辰仲春，精舍闲居戏作〈武夷棹歌〉十首，呈诸同游，相与一笑》之四诗曰："桑田海水今如许，泡沫风灯敢自怜。"

[2]婴娩：指婴儿。(汉)刘熙《释名·释长幼》曰："人始生曰婴儿……或曰婴娩。"

[3]无咎庵：黎兆勋书斋名。莫友芝有《蝶恋花·答柏容，即书其〈无咎庵词草〉后》词。

[4]印可：佛教语，谓经印证而被认可，也泛指承认、许可。《维摩诘经·弟子品》曰："若能如是坐者，佛所印可。"

其四

短灯檠[1]畔，听邻鸡、喔喔枕书欹卧。黯淡屋梁留落月，梦为余光照破。秋共宵长，心偕路远，耿耿情无奈。猎虚接响，夜喧不与人和。

咄咄怪事书空，殷生非诿，此意谁知那[2]。结揽摇情迷处所，有恨不因寒饿。花径惊厖[3]，凉飔振萚[4]，促席何人过。萧然山谷，念君又检吟课[5]。

【注释】

[1]檠：灯架，也常代指灯。苏轼《侄安节远来夜坐三首》其二诗曰："梦断酒醒山雨绝，笑看饥鼠上灯檠。"

[2]此句用东晋殷浩"书空咄咄"典故。《世说新语·黜免》曰："殷中军被废，在信安，终日恒书空作字。扬州吏民寻义逐之，窃视，唯作'咄咄怪事'四字而已。"

[3]惊厖：指受到惊吓的多毛狗。(明)唐之淳《戏题桐窗》诗曰："重到已为人剪伐，一阶残雪吠惊厖。"

[4]萚：草木脱落的皮叶。《诗·郑风·萚兮》曰："萚兮萚兮，风其吹女。"

[5]检吟课：检：考查、察验。吟课：吟咏诵读。柳永《定风波·自春来》词曰："向鸡窗，只与蛮笺象管，拘束教吟课。"

【评析】

《百字令·怀郘亭》是词人怀念挚友莫友芝的组词，由四首词组成。词人与郑珍、莫友芝关系最为密切，道光二十二年（1842年）十二月，莫友芝葬其父莫与俦于遵义县东青田山，结庐于此。是年八月，郑珍已于其母墓山下筑望山堂，青田山庐距望山堂三里，距沙滩黎兆勋所居六里，从此三人往来频繁，相互砥砺诗艺学问，彼此间结下了深厚的情谊，黎兆勋和莫友芝词集中三人相互赠答的词作尤多。《百字令·怀郘亭》与后面所选怀念郑珍的组词《金缕曲·寄子尹》四阕，均以同调组词的形式，从不同的角度叙写莫友芝和郑珍的诗文才华、怀抱性格、拓落的人生以及三人之间的诚挚感情，自有一股郁结不平之气。莫友芝《影山词》中亦有《百字令·答柏容》四阕组词，乃是和答黎词之作。想郑珍亦应有和答《金缕曲·寄子尹》的词作，惜其词集未流传下来。

其一为总起，由秋日怀友开启整组词作。看着"山光西坠"，暮色渐浓，词人怀念挚友莫友芝，但词意却从友芝的角度展开。想你正思念我，我这里已经是满庭清寒秋意浓。上阕接下来的部分是对"满庭寒碧"的展开。新雨过后，叶落空山；穷鸟擎寒，孤云荡瞑；众星如沸，暮影摇白。三组景物暗示着时间由薄暮到夜晚的变化，中间穿插的"不见故人今夕""更是愁消息"的抒情句与萧疏、凄凉、孤寂的景物意象交织在一起，构成情景交融的词境，为下阕的抒怀做了铺垫。下阕连用两个典故来形容友芝，且比喻二人的友情。"孟公"指西汉末年的陈遵，陈遵工书法、善文辞，与友芝相近，而且陈遵为人洒脱，他与张竦虽性格品行不同，但却能相互友爱。此句是说词人自己一人在长夜中苦吟，如果友芝在的话，就能够理解他的心迹。"壶子"句用《庄子·应帝王》中"季咸相壶丘子"的典故，以"壶子"比友芝，以"扣寂心寥，钩深识短"谦虚自喻，反衬友芝，从正反两面赞美友芝之境界和学问深不可测。最后再次点明"别来相忆"作结。

其二着重表现莫友芝孜孜不倦、刻苦研究的学术精神。"书城扆拥，叹丹黄，亲校谋生亦窘"写莫友芝虽生活窘迫，但仍埋首经籍，批阅点校群书。"毋敛"句言莫友芝与东汉师从许慎的尹珍都是独山人，友芝也以前贤为治学的榜样。"错综群言"至上阕末评价莫友芝严谨审慎的治学态度，不仅仅满足于通经，还要综贯百家，遍及群书，雕肝琢肾，在深度和广度两个方面追求学术的极致。下阕言愿从友芝归隐清谈讲学，虽然人多流离、学业无功，但这样的愿望一直没有泯灭，进一步表达对挚友学问的景仰和钦慕。

其三以向友芝倾诉的口吻，抒发岁月倏忽、年华空度的人生感慨。词作由清晨秋风中清绝幽怨的蛩声起兴，引出对人生的感伤。"风灯"比喻生命短促，人生百年如过隙，人事又如此无常，不知不觉间便盛年不再，垂垂老矣。正是经历了人生的无常，词人指出他认为人生中最有价值的事情：一是博雅传经，这是学术上的理想；二是养育后代，我们也可视其为对家庭和亲情的重视。词人认为友芝的人生中一直秉持着这信念，体现了他的福德与智慧，让词人深为叹服。下阕写自己从年少到年长，才慢慢理解了人生行藏用舍的道理，回首过往的人生，没有博得任何的名声，只是空费心血。如今自己形枯影瘦，仍陷于困顿中，想要拜访老朋友，只能等待好的时机。"敛气"句至最后是设想二人相见的情景：二人相对而坐，潜心于诗文学问的探讨，所见相同处便印证而认可，所见不同处也指摘商略，至有会心处，便相视而悦。这是多么令人神往的情景啊！

若前面三首词或主要着笔于友芝，或兼及二人，那么第四首词则主要是写自己离乡别居，远离故友的孤独境况，以及对世事人生的失落和悲叹。上阕着重描写离乡索居情形，抒发孤独寂寞的感受。屋外又传来了邻鸡的打鸣声，"短灯檠畔"，"枕书欹卧"，词人又度过了一个孤独的夜晚。黯淡的屋梁上还留有落月的余晖，它照破了我的残梦。在这漫长的秋夜，我难以抑制对家乡、亲友的挂念之情，思绪随着那悠远的归乡路，向家的方向飞去。但猎猎秋风却不与人和，喧嚣的风声惊扰了我返乡的魂梦。下阕将抒发的情感进一步扩展和深化，过片使用殷浩被废后终日书空作"咄咄怪事"四字的典故，抒发自己对社会现实和人生遭逢的不满和愤恨。故下句言我"结揽摇情",思绪万千,满腔哀愤,并不是因为寒饿,而是世事怪谲、人生蹇舛使然啊！更让人难以忍受的是,这里"花径惊厖,凉飚振摔",是多么的孤独和寂寞,没有你这样的知交可以倾诉。面对着这萧条空寂的山谷,我不由得怀念刻苦吟咏诵读的你啊！词作最后回到对友芝的怀念,再次点明主题。

这组词作最大的特点是充分利用了组词扩大内容含量和表现功能的优势,词中不仅刻画了友芝孜孜不倦、潜心学问的学者形象以及二人深厚的友情,同时也抒发了对社会、人生的感慨,使得组词的情感内涵沉郁而深厚。这组词与《金缕曲·寄子尹》组词不愧为柏容赠答词中的代表。

金缕曲

寄子尹[1]　四阕

其一

　　叠叠云山绕。盼音书、又过三月,寄怀云表。眠食近来应似旧,醉里歌词须少。论游宦、如君差好。几度灯前怀我出,爱聪明、早见娇儿卯[2]。甫[3]归去,怜渠[4]小。　　望山堂上摇松筱[5]。怅春时、主人不在,栏阶生草。莫五[6]愁余亦病,几日不来春老。深负尔、落花啼鸟。溪雨渐繁流水急,怅山中、积恩忘昏晓。谁念我,形容槁。

【注释】

[1]子尹:郑珍字。黎兆勋父亲黎恂是郑珍的舅父,郑珍先后拜黎恂和莫友芝之父莫与俦为师,故与黎兆勋、莫友芝关系亲密。

[2]娇儿卯:娇儿:指心爱的幼小儿女。杜甫《羌村三首》其二诗曰:"娇儿不离膝,畏我复却去。"卯:《说文解字》:"卯,冒也。"其注引《律书》曰:"卯之为言茂也,言万物茂也。"则"娇儿卯"意为"儿女成行"。

[3]甫:方,才。《汉书·孝成许皇后传》曰:"今吏甫受诏读记。"

[4]渠:他,此处指"娇儿"。杜甫《遣兴》诗曰:"世乱怜渠小,家贫仰母慈。"

[5]松筱:松与竹。王昌龄《何九于客舍集》诗曰:"门前泊舟楫,行次入松筱。"

[6]莫五:指莫友芝,因其在兄弟间排名第五,故称。(清)莫祥芝《清授文林郎先兄邵亭先生行述》曰:"祥芝长兄希芝;次未名;次芳芝,增广生;次秀芝;皆先生之兄,亦皆先先生卒。又次庭芝,道光己酉拔贡,今官思南府教授;又次瑶芝;又次生芝,附学生,先卒;此即祥芝;于先生皆弟。先生行五。"

其二

薄宦殊乡境。瘴烟寒、几人禁得，袷衫凉冷。昨夜甥家[1]慈母线，游子故衣重整。谁寄与、烟昏蛮岭。闻道榕城[2]江面阔，唤佳儿[3]、共载吟诗艇。烟水趣，输君领。　　山中谁辨长镵柄。笑春来、栽麻种豆，自怜孱影。老辈无因寻近局[4]，此意唯君能省。更谁念、霜毛加顶。同学少年君最少，幸一官、禄养春晖永。人子事，谁当警。

【注释】

[1]甥家：郑珍母为黎安理第三女，而郑珍又娉了其伯舅黎恂(黎兆勋父)长女，郑珍子女为黎兆勋甥辈，故称。

[2]榕城：指古州(今贵州省榕江县)。《郑子尹年谱》曰："道光二十五年乙巳，二月，携子知同，往权黎平府古州厅训导，兼掌榕城书院。"而是年仲冬，郑珍即归，故从此句可知，这组词作于道光二十五年(1845年)二月至十一月间。

[3]佳儿：指郑珍子知同。郑知同，字伯更，郑珍独子。曾为塾师，后至成都入张之洞幕。知同继承了"郑莫"学术传统，以许、郑之学为依归，尤精于小学。

[4]近局：近邻。(东晋)陶渊明《归田园居》诗之五曰："漉我新熟酒，只鸡招近局。"

其三

归鸟喧平楚[1]。又黄昏、行人过尽，蒲生南渚。恰是送行挥手地，已有栖鸦无数。似念我、孤吟难与。仰屋著书[2]吾意决，又何烦、嘲笑呼迂腐。流俗困，君知否？　　南番地是新开土。怅当年、生苗[3]八万，西林[4]鼙鼓。铁柱[5]风清[6]文德被，礼乐衣冠重睹。试日近、诸生论古。能得闲官酬所学，胜耦耕、相唱歌田畝。官里事，力当努。

【注释】

[1]平楚：指从高处远望，丛林树梢齐平。(南朝齐)谢朓《宣城郡内登望》诗曰："寒城一以眺，平楚正苍然。"

[2]仰屋著书：形容一心放在著书上。语典出自《梁书·南平王伟传附子恭传》："恭每从容谓人曰：'下官历观世人，多有不好欢乐，乃仰眠床上，看屋梁而著书，千秋万岁，谁传此者。劳神苦思，竟不成名，岂如临清风，对朗月，登山泛水，肆意醋歌也。'"

[3]生苗：明清时期对居住在苗疆偏僻地区、社会发展较落后的苗民的泛称。生苗系与熟苗相对而言。凡居地远离府县，不输租服役，不著户籍，自相统领，不通汉语，常居人迹罕至地势险峻之区域者，皆被称为生苗。《四库全书总目·东征纪行录》曰："瓒([明]张瓒)为四川巡抚时，以播州宣慰司杨辉言，所属禾坝干、湾溪寨及重安长官司为

生苗窃据，率兵讨平之。"

[4]西林：指西林县，位于今广西壮族自治区最西端，地处桂、滇、黔结合部，西北毗邻贵州省兴义市，云南省罗平、师宗县，南邻云南省的邱北、广南、富宁三县。

[5]铁柱：指铁柱山，位于贵州省玉屏县县城城北，因一岩从一山丘凸起，如铁柱擎天而得名。

[6]风清：谓社会清平。(明)傅岩《歙纪·给繇考语》曰："既弊绝而风清，复民怀而吏畏。"

其四

籊籊[1]鱼竿起，嫋[2]南风、轻丝斜注，磷磷沙尾[3]。鸂鶒[4]飞，来看钓客，不见空潭鲂鲤。频怅望、波萦烟水。欲借扁舟江海去，恐韩公、无计招侯喜[5]。盘石坐、吾聊以。　　故人远隔云千里。便无薜萝衣寄我，亦须遥企。细数云龙[6]追逐伴，旧日何人知己。恨长剑[7]、青天难倚。天下伤心宁独我，奈别来、行事多尤悔。因忆远，言难已。

【注释】

[1]籊籊：长而尖削貌。《诗·卫风·竹竿》曰："籊籊竹竿，以钓于淇。"

[2]嫋：形容微风吹拂。

[3]磷磷沙尾：磷磷，指水中石头突立的样子。沙尾，指水中沙洲的尾部。(宋)范成大《九月三日宿胥口始闻雁》诗曰："扁舟费年华，短缆系沙尾。"

[4]鸂鶒：亦写作"鸂鶒"，水鸟名，又称"紫鸳鸯"，形大于鸳鸯而色多紫。(唐)温庭筠《黄昙子歌》诗曰："红潋荡融融，莺翁鸂鶒暖。"

[5]词句化用韩愈《赠侯喜》诗意，全诗如下："吾党侯生字叔起，呼我持竿钓温水。平明鞭马出都门，尽日行行荆棘里。温水微茫绝又流，深如车辙阔容辐。虾蟆跳过雀儿浴，此纵有鱼何足求。我为侯生不能已，盘针擘粒投泥滓。晡时坚坐到黄昏，手倦目劳方一起。暂动还休未可期，虾行蛭渡似皆疑。举竿引线忽有得，一寸才分鳞与鬐。是日侯生与韩子，良久叹息相看悲。我今行事尽如此，此事正好为吾规。半世遑遑就举选，一名始得红颜衰。人间事势岂不见，徒自辛苦终何为。便当提携妻与子，南入箕颖无还时。叔起君今气方锐，我言至切君勿嗤。君欲钓鱼须远去，大鱼岂肯居沮洳。"

[6]云龙：比喻朋友相得。(清)徐夔《移居赠永夫》诗曰："尔我重订云龙交，岁惟作噩月当且。"

[7]倚天长剑：比喻非凡的才士。词中言"长剑天难倚"，则比喻怀才不遇。(唐)李咸用《剑喻》诗曰："纵挺倚天形，谁是躬提挈。"

【评析】

这是黎兆勋怀念挚友郑珍的一组组词，与《百字令·怀邵亭》可谓《莳烟亭词》中怀友赠答词作的双璧。根据其二中"闻道榕城江面阔，唤佳儿、共载吟诗艇"词句可知，这组词应作于道光二十五年（1845 年），是年郑珍赴任黎平府古州厅训导，临别前词人、友芝和郑珍曾盘桓十余日相送，三人诗酒唱和，写下了多篇诗文。柏容自 24 岁考上秀才后，接连十次乡试都落选，此时连过四十都仍是一介生员，而友芝和郑珍中举后也是多次入京赴试不第，三人都可谓怀才不遇。故在词作中除了体现友朋之间深厚的情谊、在学问和人事上的崇高理想，又有因人生坎坷而起的不平之气贯穿其间，使词作呈现出"志深而笔长，梗概而多气"（刘勰《文心雕龙·时序》）的沉郁风格。

其一通过写郑珍别后家中情景来表达思念之情。"叠叠云山绕"以写景开篇，状写家乡遵义与郑珍任职的古州之间云山阻隔的情景，透出浓浓的别情。郑珍是年二月离开遵义赴任，现在已经三个月了，一直盼着来自古州的书信，但却没有等到，只能远眺云外，聊寄思念，"云表"一句既抒发了词人的思念之情，又与首句的写景呼应，章法上极为严密。"眠食"句是对"寄怀"的承接，在逻辑上又是因为"盼音书"而不到，而对郑珍别后生活境况的设想，仍体现出"似疏实密"的章法特点，"眠食近来应似旧"是对朋友的祝愿，"醉里歌词须少"则暗含着两层意思，没有了词人和莫友芝这样的挚友，郑珍诗酒雅会少了，相对的，没有了郑珍，词人和莫友芝也"醉里歌词少了"。然后描写郑珍之幼儿的聪明、乖巧，通过对郑珍因游宦而不得不离开妻儿之遗憾的感慨，传达出二人深厚的情谊。如果说上阕末是写离后家人的情形，下阕过片则转换角度，写郑珍的望山堂虽然松竹掩映，春色正浓，但因主人不在，无人打理，"栏阶生草"。接着表达友人不在，不能像以前一样诗酒相得，辜负了望山堂"落花啼鸟"的大好春光的遗憾。最后以春光在溪雨渐繁中老去，而词人独居山中，形容枯槁作结。

其二将遵义家中和郑珍游宦之古州的情景穿插交织，通过两地情景的对比来抒发离别情绪。词作以"薄宦殊乡境"开篇，引出对郑珍游宦境况的遐想，那里与家乡遵义有何不同呢？那里瘴气浓，天气寒冷，郑珍"袂衫凉冷"。"袂衫凉冷"既是写郑珍游宦的凄苦，又引出家中为其制衣的情景。郑珍妻子在夜里正为郑珍父子重新整理衣服，要托谁人寄给远隔烟昏蛮岭外的丈夫和儿子？"烟昏蛮岭"又将笔触过渡到郑珍处，手法与"袂衫凉冷"同，使词作的章法绵密，过渡独见匠心。"闻道"句是词人对郑珍一句劝慰，听说榕城江面宽阔，烟水秀美，山水之趣有待你与知同一起乘舟领略。下阕着重向挚友诉说山中独居的孤苦：苦笑我独居山中，春来自己扛着锄头，栽麻种豆，无人知道，只能自怜孱影，更何况"霜毛加顶"，年华空逝。最后以对郑珍的鼓励作结，在同年中你是最小的一位，幸得一官，能够用俸禄奉养母亲。"人子事，谁当警"，看似问句，实则是说你我都需时刻牢记人子尽孝之事。

其三上阕通过描写当时送别之地不见挚友，只留词人只影的画面来抒发离情。又到了黄昏，远处林间的归鸟在喧闹地啼叫，南渚蒲草苍苍，已看不到行人。这当初挥手送行之地，栖鸦无数，似乎也知道我独自吟咏的孤寂。这一段写景，用黄昏鸟儿的回归反衬朋友的不归，用栖鸦成群反衬自己的形单影只，遂将抒情融入景物的描写中，渲染出孤寂凄凉的词境。接着写景，词人直接向挚友倾吐胸中的怨愤：我已经决定一心隐居著述，可为何会因旁人嘲笑我迂腐而烦闷，你知道吗？流俗的讪谤和诋毁让我不胜其扰啊！从写景到激愤的抒情，至上阕结尾处，词作感情激越，已至高峰。下阕宕开笔墨，将视角转向外出做官的友人。郑珍做官的地方归化较晚，当年苗汉征战不断。"铁柱风清文德被，礼乐衣冠重睹。试日近、诸生论古。"现在你去做学官了，我相信你一定能够改变当地文化贫瘠的状况，让那里广被文德，更化风俗，形成浓厚的读书向学的风气。最后数句也是对郑珍的鼓励。能够得到一介闲官，能够让毕生所学有所发挥，这是胜过隐居耕读的，所以为官的责任，你可要努力做好啊！从这句勉励的话语中，我们不难感受到词人怀才不遇，一身学问无处施展，无奈闲居乡里的辛酸和苦楚。

其四上阕借独钓沙尾寄寓词人对困顿科场、命途蹇塞的人生感叹。怪石磷磷的沙尾，词人在温暖柔和的南风中，手持长竿，轻丝斜注，独钓江头。沙洲上鸂鶒翻飞，来看我垂钓，却不见我钓上鲂鲤。毫无收获，我也只得频频怅望着那森森的烟水。我想借着扁舟远逝于江海，但又怕韩愈不能劝动侯喜远去，我也只能盘石独坐，聊以安慰自己。整个上阕完全从韩愈《赠侯喜》诗意化出，韩愈是诗借垂钓事，抒发自己"半世遑遑就举选，一名始得红颜衰。人间事势岂不见，徒自辛苦终何为"的人生感慨，同时劝诫侯喜不要陷入尘俗的泥沼中，应高蹈远遁，去追求人生自由的"大鱼"。而词人说"欲借扁舟江海去，恐韩公、无计招侯喜"，则是反用了诗意，表达自己既半世困顿于科场，又无法从尘俗中脱身的无奈之感。下阕转向抒发对郑珍的怀念，故人远隔千里，虽然没有薜萝衣寄给我，我也要期盼身处遥遥他乡的你的消息。仔细地寻思一生中相得的朋友，只有你能理解我。词之结尾直抒怀才不遇的愤慨，感情激越：可恨是我空抱倚天长剑般的才华和志气，却怀才不遇，志不得申。天下伤心之人怎会只有我一个，奈何分别之后，我尤其悔恨于自己的行事。"因忆远，言难已。"因为怀念远方的挚友，故心中多激愤，这些话语喷薄而出，难以自己。

从上面的评析可见，黎兆勋"寄子尹"四阕组词，情感意蕴异常丰富，既有对朋友离家游宦的关切，也有分别的怀念；既有独居乡间的孤独，更有怀才不遇、天道不公的愤慨。这些复杂的情感在四首词作中融合无间，使词作或沉郁、或凄怆、或深婉、或激越，能让我们极为鲜明地感受到寄托于词中的一腔幽愤，体现出黎兆勋词感慨深沉、浑厚苍茫的情韵风格。

凤凰台上忆吹箫

吹玉屏箫[1]，唱罗江[2]曲，新翻蜀国弦声[3]。恍锦城春色，影入瑶觥[4]。试向尊前认取，腰下剑、风雨龙吟[5]。还乡路，江声白帝，云气青城。

休停，此乡瘴疠，纵雾卷烟销，愁与年深。叹登楼王粲[6]，极目伤心。应念关山戎马，空换得、身世飘零。君行矣，繁星满天，水驿山程。

【注释】

[1]玉屏箫：指贵州玉屏出产箫笛，又称"平萧玉笛"，用贵州玉屏出产的小水竹制

成，以音色清越优美、雕刻精致而著称，明清时曾作为贡品。清乾隆二十二年（1757年）刻本《玉屏县志》曰："平箫，邑人郑氏得之异传，音韵清越。善音者，谓不减风笙。"

[2]罗江：地名，地处成都平原东北部，现隶属四川省德阳市。

[3]蜀国弦声：《蜀国弦》，又名《四弦曲》《蜀国四弦》，乃乐府相和歌辞名。郭茂倩《乐府诗集》卷第三十引《古今乐录》曰："张永《元嘉技录》有《四弦》一曲，《蜀国四弦》是也，居相和之末，三调之首。"

[4]瑶觥：即玉杯。（唐）薛用弱《集异记·蒋琛》曰："酌瑶觥，飞玉觞，陆海珍味，靡不臻极。"

[5]风雨龙吟：苏轼《次韵子由送千之侄》诗曰："江上松楠深复深，满山风雨作龙吟。"

[6]登楼王粲：即王粲作《登楼赋》的典故。汉献帝兴平元年（194年），董卓乱后，王粲由长安避乱荆州，投靠刘表，却流寓襄阳十余年不得重用。建安九年（204年）秋，王粲登上麦城城楼远眺时，写下《登楼赋》，抒发其感时伤事之慨、流寓思乡之苦及怀才不遇之叹。

【评析】

　　这是一首融羁旅怀乡之情和怀才不遇感慨为一炉的述怀词。上阕由音乐起兴，"玉笛箫"是词人家乡贵州的名乐器，但演奏的是"罗江曲"，是新翻的"蜀国弦"，既点明了词作是羁旅蜀中时所作，也巧妙地将思乡情融入其中。"恍锦城春色，影入瑶觥"给人的画面是如此鲜丽，但"恍"这个领字，便将春花虚度的感觉表达了出来。到此处，抒情均由极具画面感的词境来传递，深婉含蓄。"试向"一段，情感转向激越，"腰下剑"依然"风雨龙吟"，词人对自己的才华和志向是非常笃定的，但那宝剑只能在尊前轻抚——这是对怀才不遇的吐露，兼有无奈、不甘和悲愤。上阕最后转向怀乡之情的抒发，情感复归深婉。用"还乡路"领起"江声白帝"和"云气青城"两个蜀中地名，不仅将情和景交融，更将词境扩展到非常悠远，而那是词人回望时，看到的山程水驿，是词人与家乡的距离。下阕过片紧承上阕思乡的情感意绪，"休停"这一二字短句破空而来，情调复起。不要停下脚步，纵然已"雾卷烟销"，纵然人生的愁苦随着年齿渐长而愈来愈深，但蜀中湿热蒸郁，并非我的归宿。词人像当年的王粲一样，登楼远眺，极目伤心，长久郁结于心的愁苦一时涌出，使词人直诵出："应念关山戎马，空换得、身世飘零。"一霎间，怀才不遇、身世飘零的人生苦痛喷薄而出，使词作之情韵达到高潮。最后的作结，词人以写景收束，用"君行矣"领出对行旅途中景物的描写，"繁星满天"暗示了旅途中的日夜兼程，"水驿山程"写出路程的漫长，突出了羁旅的辛苦。这一句既写景又使情韵归于深婉，取得了曲终人散、余韵绕梁的艺术效果。这首词作将志不得申的苦闷、身世飘零的感伤和思乡之情糅合在一起，层次较为丰富地抒发了沉郁于胸的人生感慨。词人自许为才志之士，腰中宝剑仍然"风雨龙吟"，在清王朝由盛转衰的多事之秋，本应"关山戎马"，有所施展，但现实却如王粲一样，久不得志，空换得书剑飘零，身世沉浮。词人在情感的抒发上注重起伏顿挫的安排，写景与述怀相得益彰，使词作的情感意蕴深厚且立体、深婉又苍劲，其艺术水准与辛弃疾词差近，不愧为黎氏述怀词中的代表之作。

石赞清

（11首）

　　石赞清，字次皋，一字襄臣，原籍贵州黄平旧州镇。道光十八年（1838年）进士。历任顺天府治中、天津知府、顺天府府尹、直隶湖南布政使等职，64岁卒于工部右侍郎任上。石赞清为晚清名臣，与新办洋务的晚清名臣丁宝桢同为贵州籍的著名政治家。石赞清在各地方任上以清正爱民著称，特别是在天津知府任上，逢英法联军入侵，石赞清只身赴英法军营声陈大义，矢死护民，其守节不屈、大义凛然的壮举不仅受到朝廷的嘉奖，也得到了士林的普遍赞誉。何绍基在《送石襄臣同年由湘藩擢太常卿北上》诗中咏叹道："生死关头岂容易，迟疑不决乃常事。屹然谈笑惊强夷，义色英声动天地。"黎庶昌《工部侍郎石公神道碑》不仅对襄臣"戚誉敌酋"的事迹予以细致的描写，同时对其三十余年仕宦生涯和人格品性都有中肯的评价："公由县令扬历中外三十余年，皆以清正爱民著称，而天津治绩尤异。百姓歌之曰：'为国为民天津府，刚毅不挠胸有主。'及海疆变起，群吏望风解，襄公独以二千石，守死自效，不为外侮所屈辱。天下高其节，竟以比汉典苏武云。"

　　石赞清也善诗词，他在黔中诗坛、词坛独树一帜，因为其诗集《钉饳吟集》和词集《钉饳吟词》都是集唐之作，除集句诗词外，未见有其他诗集和词集作品。集句是中国古代诗文创作中的一种特殊创作方式，有着较长的发展历史。苏轼、王安石、辛弃疾等宋代词人就已经开始了集句词的创作，清代是集句词发展的鼎盛时期，兴盛于江浙一带，特别是浙西词派领袖朱彝尊《蕃锦集》是一部收词134首的集句词专集，代表着清代集句词的最高水准。反观贵州词坛，有单独成集的集句作品的词人只有陈钟祥（《集牡丹亭词》）和石赞清（《钉饳吟词》），陈钟祥的《集牡丹亭词》是词史上第一次出现专集一部戏曲的戏文和宾白而成卷的词集，但该集只有八首词作，而且游戏功能较抒情功能强。石赞清的《钉饳吟词》则有68首词作，且涉及述怀、感旧、怀人、赠答、闺情等题材，虽在篇目数量和题材内容上不及朱彝尊，但有着自己的特色和成就，一是多为令词，慢词只有3首。二是只集唐人诗词，诗以晚唐为多，词则多采自五代。三是与朱彝尊一样，其集句创作是向开拓其抒情功能的方向发展，其述怀、感旧、怀人、赠答等词作都是抒发自我情怀的作品，有着较强的现实感，而且组合精妙工巧，词作情感连绵流贯，意境圆融完满，达到了很高的艺术水准。《钉饳吟词》和陈钟祥《集牡丹亭词》具有非常重要的意义，它们证明了清代集句词不唯江浙，在其他地区也有发展，对于当时并非词学重镇的贵州词坛来说，这是一个不小的成就。

十六字令（一）

箧中偶拣得鲁修畬先生书

书，曾辱明公[1]荐子虚[2]（罗隐《新安投所知》）。风和雨（吕洞宾《豆叶黄》），掩泪对双鱼[3]（白行简《李陵重阳日得苏属国书》）。

【注释】

[1]明公：旧时对有名位者的尊称，此处指鲁修畬。

[2]子虚：司马相如作《子虚赋》，假托子虚、乌有先生、亡是公三人互相问答。后因称虚构或不真实的人和事为"子虚"。词中乃以子虚自喻。

[3]双鱼：指书信，出自汉乐府诗《饮马长城窟行》："客从远方来，遗我双鲤鱼。呼儿烹鲤鱼，中有尺素书。长跪读素书，书中竟何如？上言加餐食，下言长相忆。"

【评析】

这首小词是词人偶然翻检到故人寄来的信函，被勾起了怀念之情而作。词前已用小序说明了作词的缘由和背景，所以词作便直接抒发情感，"书"一字领起，点明是由书信这一故物勾起了回忆。以"子虚"自喻，乃自谦之词，该句是说以前词人曾得到鲁修畬的举荐，对故人的怀念之情和感激之意都包含其中。"风和雨"三字，出自吕洞宾《豆叶黄》，在吕词中并没有幽深的含义，词人将其用于此，却有一种与故人共患难的感喟和缅怀，由此表现出二人友情的深厚。"掩泪对双鱼"将思绪从回忆中拉回，再次面对这些书信，阅读里面的文字，二人相交的过往一一闪现，不禁让人泪目。词作的妙处在于精于裁剪，《十六字令》是最短小的词牌，为了最大限度地发挥词的抒情功能，词人对词作进行了精心的裁剪，一是在与二人相关的诸多往事中，词人选择了曾得到友人举荐一事作为代表，知遇之恩是二人交往中最能体现深厚情谊的事件了；二是用"风和雨"概括二人交往的经历，可谓是用最少的字，表达最多的内容，极有概括力；三是作为词作主体的三个句子虽来自不同的诗词，但衔接得自然妥帖，合成优美含蓄的完整词境，极为生动地表达出词人婉曲深沉的情感，真正做到了以故为新。

十六字令(二)

感旧 二阕

其一

愁，到处销魂感旧游(李后主煜《赐宫人庆奴》)。无限意(李珣《西溪子》)，明月满西楼(白居易《城上对月，期友人不至》)。

其二

游，倚遍江南寺寺楼(杜牧《念昔游》)。多少恨(李后主煜《忆江南》)，谁与问东流(薛莹《秋日湖上》)。

【评析】

这是一组怀念往昔的组词，共有二首。其一写怀念旧游，开篇一个"愁"字，为组词奠定感情基调。"到处销魂感旧游"，江淹《别赋》曰："黯然销魂者，唯别而已"，处处都是往昔欢会游览过的地方，想起那些已然分别的故友，怎不让人销魂。"无限意，明月满西楼"，作者无法排遣心中的别情，登上西楼远眺，但见皓月当空，离别之苦不减反增，因为明月自满，而人却未圆，那无穷无尽的怀念之情，就像这清幽的月光一样，充斥在天地之间，无处不在。其二写内心的孤独，"游"字极为警策，写出了词人希望通过四处游览，纾解心中愁闷的情景，但"倚遍江南寺寺楼"，游览了这么多地方，每次登楼远眺，都只能是更添愁绪，"倚遍"二字把词人的孤独形象地表现了出来，使读者仿佛看到了词人寂寞的身影。而"多少恨，谁与问东流"则是直接抒发离愁别恨。虽然"谁与问东流"取自晚唐诗人薛莹《秋日湖上》的"沈浮千古事，谁与问东流"一句，但从前面李煜的"多少恨"便知此句实则是《虞美人》"问君能有几多愁？恰似一江春水向东流"一句的化用。但变"问君"为"谁与问"，在用流水比喻愁与恨既深且广的同时，强化了词中所传达的孤寂感，使词作的情感内蕴更加丰富。虽然用了《十六字令》这个字数最少的词调，但由于在情感逻辑上两首词的紧密联系，使两首词作仿佛是一首词的上下阕一样，浑然一体。

满庭芳

岳州[1] 夜泊有怀

　　岸远沙平(欧阳炯《南乡子》)，萍疏波荡(高球《三月三日宴王明府山亭(得烟字)》)，君山[2]一点凝烟(牛希济《临江仙》)。寸心千里(无名氏《鱼游春水》)，孤舫鸟联翩(张九龄《江上使风呈裴宣州耀卿》)。世事漫[3]随流水(李煜《锦堂春》)，无处说(魏承班《渔歌子》，一作韦庄句)、离恨绵绵(花蕊夫人《采桑子》)。独自坐(寒山《三字诗》)，西风残照(李白《忆秦娥》)，十二晚峰前(毛文锡《巫山一段云》)。　　吴疆连楚甸(钱珝《江行无题》，一作钱起诗)，星高月午[4](李珣《女冠子》)，雨止云旋(裴潾《前相国赞皇公早葺平泉山居暂还憩旋起诏命作镇浙右辄抒怀赋四言诗十四首奉寄》)。且脱衣沽酒(于邺《长安逢隐者》，一作于武陵诗)，杨柳桥边(冯延巳《采桑子》)。芳草落花无限(丘丹《忆长安·四月》)，还酩酊(刘言史《放萤怨》)、轻拨朱弦(和凝《江城子》)。空相忆(韦庄《谒金门》)，风摇雨散(李纾《让皇帝庙乐章·送神》)，一只木兰船[5](孙光宪《菩萨蛮》)。

【注释】

[1]岳州：地名，即今岳阳市，位于湖南省东北部，北枕长江，南纳三湘四水，怀抱洞庭，江湖交汇。

[2]君山：君山又称洞庭山、湘山、有缘山，位于岳州西南的洞庭湖中，是湖中的一个小岛，与岳阳楼遥遥相对，传说舜帝的两位妃子娥皇、女英葬于此。

[3]漫：徒然，空自。苏轼《章质夫送酒六壶，书至而酒不达，戏作小诗问之》诗曰："空烦左手持新蟹，漫绕东篱嗅落英。"

[4]月午：月至午夜，即半夜。刘禹锡《送惟良上人》诗曰："灯明香满室，月午霜凝地。"

[5]木兰船：又称"木兰舟"，是船的美称。(南朝梁)任昉《述异记》卷下曰："木兰洲在浔阳江中，多木兰树。昔吴王阖闾植木兰于此，用构宫殿也。七里洲中，有鲁班刻木兰为舟，舟至今在洲中。诗家云木兰舟，出于此。"

【评析】

　　这是一首述怀词，描写词人于岳州洞庭夜泊时的所见所感。上阕从黄昏江边的景致描写开始——春天的傍晚，天气晴朗，视野很开阔，可见远处的江岸和沙洲，湖面上浮萍疏宕，随着波涛起伏，湖中的君山一点仿佛凝在烟波中。看着如此寥廓的江天一色，看着孤舫边水鸟联翩翻飞，词人的一寸孤心早已随着视线飞向千里之外，浮生若梦，那些回不去的过往，如同东逝的流水，一去不返，绵绵的离恨无处倾诉。这两句以直接的抒情穿插在写景中，使词作的情韵变得深厚，同时起到了很好的连接作用，情景相生。心中如波涛般起伏，词人独坐舟中，遥望西风残照里那延绵起伏的远山。上阕写景，视野宽阔，虽是春景，却境界宏大苍茫，自是不凡。下阕仍然以景切入。现在已经是午夜，雨刚停，浮云漂泊，楚地一片江清月明。词作最后是对之后羁旅之中情景的设想：既然有难以释怀的心绪，那就在杨柳桥边脱衣沽酒，面对着这无限的芳草落花，轻拨朱弦，任我沉醉于酒香中吧！当时过境迁，这羁旅中的种种都会成为空幻，就像这一只在江上独行的小舟，总会等到云收雨散，沐浴在一片和风中。这首词作值得称道的有两点，一是写景的苍茫壮阔，为情感的融入创造了极好的空间；二是结句的巧妙，使词的境界从羁旅的种种愁苦中超脱出来，赋予人生的哲理，展示了词人洒脱的胸襟，使词作有了苏轼《定风波》那样的旷达超逸的风神，对于一首集句词来说，这是极其可贵的。

唐多令

感旧

江色碧琉璃(岑参《与鲜于庶子泛汉江》)，潮冲钓石移(李洞《下第送张霞归觐江南》)。几多情(魏承班《渔歌子》)、风月相知(上官婉儿《游长宁公主流杯池》)。曾与美人桥上别(刘禹锡《杨柳枝》)，芳菲节(柳氏《杨柳枝》)、百花时(温庭筠《南歌子》)。

永日[1]望佳期(李颀《不调归东川别业》)，安仁[2]鬓欲丝(孟浩然《晚春卧病寄张八》)。对斜晖(毛熙震《木兰花》)、暗地思惟[3](顾敻《献衷心》)。蓦上心来消未得(殷尧藩《寄太仆田卿二首》)，秋风吟(吕洞宾《梧桐影》)、斑竹枝(刘禹锡《潇湘神》)。

【注释】

[1]永日：①指漫长的白天。陆游《闲居书事》诗曰："玩《易》焚香消永日，听琴煮茗送残春。"②从早到晚，一整天。(东汉)刘桢《公燕诗》诗曰："永日行游戏，欢乐犹未央。"③也指多日，长久。(南朝陈)徐陵《文帝登祚尊皇太后诏》曰："皇嗣元良，藐在崤渭。二臣奉迎，川途靡从。六传还朝，淹留永日。"此词中作"多日，长久"解，更符合词意。

[2]安仁：潘岳字。潘岳，字安仁，荥阳中牟人，魏晋文学家、政治家。《晋书·潘岳传》曰："岳美姿仪，辞藻艳丽"。此处以潘岳自喻。

[3]思惟：思量，想念。

【评析】

这首《唐多令·感旧》疑为词人感怀与妻子分离事，所谓感旧，实兼有怀人。上阕由写景引出对离别时的回忆。江色碧绿，像琉璃一样澄净，潮水是如此的浩大，在潮水长久的冲刷下，江边的钓石都移动了位置，而我的情似潮水，能够移动坚石，风月可鉴。想当时，在桥上与妻子告别，那是百花盛开的芳菲时节。上阕末鲜丽温馨的情境与开篇苍莽的情境形成了暖与冷的对比和反差，代表了往昔的甜蜜和现在的离愁这两种不同的心绪。下阕直接抒发离愁别绪：一直都在盼望着与你重聚的美好日子，在没有穷尽的思念中，那个曾经的翩翩少年已经有了白发，常常独自对着一道残阳，暗中想念着与你的点点滴滴，蓦然涌上心头的相思之苦无法消解，只能像当年的娥皇女英一样，在秋风的悲吟中，眼中流泪，心中流血。词作构思精巧，却以情胜。上下阕中的伤春与悲秋、别离与思念、乐景与哀景两两相对，怀人感伤之情在两相对比中愈转浓厚。在表达上，词作采用了比较收敛含蓄的方式，特别是词作结尾的用典，但情感的暗流也是在这个含蓄的用典上达到了全词的高潮，让人回味不已，可见石赞清在集句词情感功能释放上的深厚功力。

南乡子

秋夕怀人

拥膝[1]独长吟(骆宾王《夏夜忆张二》)，黄叶清风蝉一林(齐己《遣怀》)。只恐流年暗中换(孟昶《避暑摩诃池上作》)。沾襟(孙光宪《河传》)。霰雪欺人忽满簪(张怀《吴江别王长史》)。　别鹤[2]怨瑶琴(陈季卿《别妻》)，路远山长水复深(徐铉《赋得有所思》)。苦是适来新梦见(鹿虔扆《思越人》)。伤心(杜光庭《怀古今》)。明月芦花何处寻(李归唐《失鹭鹚》)?

【注释】

[1]拥膝：以手抱膝而坐，有所思貌。(唐)刘长卿《秋夜有怀高三十五适，兼呈空上人》诗曰："不见支公与玄度，相思拥膝坐长吟。"

[2]别鹤：亦名"别鹤操"，乐府琴曲名。(晋)崔豹《古今注》卷中曰："《别鹤操》，商陵牧子所作也。娶妻五年而无子，父兄将为之改娶。妻闻之，中夜起，倚户而悲啸。牧子闻之，怆然而悲，乃歌曰：'将乖比翼隔天端，山川悠远路漫漫，揽衾不寐食忘飧！'后人因为乐章焉。"后用以指夫妻分离，抒发别情。(唐)常建《送楚十少府》诗曰："因送《别鹤操》，赠之双鲤鱼。鲤鱼在金盘，别鹤哀有余。"

【评析】

此词题旨与《唐多令·感旧》略同，也是怀念妻子、表达离别相思之情的词作。上阕感伤年华消逝，以"拥膝独长吟"刻画了词人抱膝而坐、独自长吟的场景，然后再接入写景来渲染氛围，使词作开篇便注入了词人孤独的情绪。"黄叶清风"，林蝉悲鸣，物候的变化，使词人感到了流年暗换，不知不觉间头上已然是鬓雪满簪。年华消逝的感伤，不禁让词人泪流沾襟。下阕叹喟与妻子的远别，但转换了视角，是从妻子的角度来写的。"别鹤"即乐府琴曲《别鹤操》，曲子表达的便是夫妻分离之悲。下阕将"别鹤"作为一个象征外出远游的丈夫的意象，全都围绕这一意象来构筑词境，抒发别情。想要去追寻丈夫，却是"路远山长"，还有深渊的阻隔。最苦的是方才又在梦中相见，怎不让人伤心呢？"明月芦花何处寻"一句取自李归唐的《失鹭鹚》，整联诗为："也知只在秋江上，明月芦花何处寻。"诗意与"别鹤"的意象相贴合，词人截取下句，但意蕴上包含了上句，仍是表现妻子无法找寻自己、只得苦苦等待的凄苦心情。词作在抒情的设计上独具匠心，上阕以"流年暗换"喻分别时间之长，下阕以"路远山长水复深"喻两人之间距离之远，在时间与空间两个维度上构成追寻与阻隔的矛盾，流失的光阴无法追回，远别的故人无法找寻，而且通过抒情视角的转换，形成情感抒发上的互文关系，在追寻与阻隔这一无法消解的矛盾中，词人感伤的情绪得到了凸显，深沉哀婉且富有张力。

临江仙（一）

山居新霁，逢友人招饮作

　　住处近山常足雨（王建《新晴后》），朝朝几度云遮（皇甫冉《问李二司直所居云山》）。暗将心事许烟霞[1]（陆龟蒙《自遣诗》），仙人何处在（王绩《赠学仙者》），延首望灵槎[2]（武则天《赠胡天师》）。　　花洞路中逢鹤信（沈彬《麻姑山》），霁景澹澹初斜（皮日休《胥口即事六言二首》）。武陵川径入幽遐（武元衡《桃源行送友》），二三物外[3]友（骆宾王《冬日宴》），招我饭胡麻[4]（李白《句》）。

【注释】

[1]烟霞：泛指山水、山林。（清）王闿运《湘绮楼说诗》曰："王维继之以烟霞，唐诗之逸，遂成芳秀。"

[2]灵槎：也写作"灵查"，指能乘往天河的船筏，此处泛指船。杜甫《喜晴》诗曰："汉阴有鹿门，沧海有灵查。"

[3]物外：世外，超脱于世事之外。（唐）韦庄《咸阳怀古》诗曰："李斯不向仓中悟，徐福应无物外游。"

[4]饭胡麻：吃胡麻饭。胡麻饭，即用胡麻炊成的饭，据说为仙家待客的食物。相传东汉永平年间，刘晨、阮肇入天台山采药，遇见二女子，邀至家，食以胡麻饭。留半年，还乡时子孙已历七世。事见（宋）李昉《太平广记》卷六。

【评析】

这首词是词人在雨后初霁时，正好遇到有友人相招宴饮而作，词境轻松而愉悦。上阕描写词人对与山中友人相聚的渴望。所居的地方因为靠近山林而雨水很多，经常都遮蔽在云雨之中。我早已暗中将心付与了山林胜景，终于待到雨收云散，我特别渴望能够和山中隐居的朋友一聚。"仙人何处在，延首望灵槎"一句将词人那种对友人翘首以盼的急切心情非常生动地表达出来。下阕写收到友人的邀约，"花洞路中逢鹤信，霁景澹澹初斜"，在雨后晴明、阳光初斜时，终于在花洞路中收到了友人邀请的信柬，那桃源路通向了山中幽遐处，那是友人的住处，在那里有二三隐居世外的朋友，准备好胡麻饭招待我呢。此词着力表现词人对山居闲适生活的喜爱。儒道的相容和互补是构成中国传统士大夫文化心理的基本结构，每个士人的内心都有属于自己的桃花源，作为气节干云的晚清名臣的词人也不例外。上阕表达词人"心事许烟霞"的隐逸之情，结尾处的"仙人"句，以仙人喻友朋，给山居生活注入了一份"仙气"，很好地衔接了下阕的内容。下阕写赴约的情景，走过幽遐的山径，在"澹澹初斜"的余晖中前去与友人相见，胡麻饭虽然简朴，但珍贵的是志同道合，字里行间都散发着词人对抱朴归真生活的由衷喜爱和精神上的满足。

临江仙(二)

田家社日[1]

人事[2]转新花烂漫(温庭筠《却经商山寄昔同行人》)，年华近逼清明(韩翃《送陈明府赴淮南》)。帘外闲云重复轻(徐铉《和陈表用员外求酒》)，山中无历日(太上隐者《答人》)，水旱卜蛙声[3](章孝标《长安秋夜》)。　　闲读道书慵未起(元稹《离思》)，茅檐日午鸡鸣(顾况《过山农家》)。里社[4]时逢野酘清(权德舆《送殷卿罢举归淮南旧居》)，偶然值林叟(王维《终南别业》)，尊酒畅生平(岑文本《冬日宴于庶子宅赋一字得平》)。

【注释】

[1]社日：古代祭祀土地神的日子，分春秋两次，一般在立春、立秋后的第五个戊日。(南朝梁)宗懔《荆楚岁时记》曰："社日，四邻并结综会社，牲醪，为屋于树下，先祭神，然后飨其胙。"

[2]人事：此处指人世间事，人情事理。韩愈《题李生壁》曰："始相见，吾与之皆未冠，未通人事。"

[3]水旱卜蛙声："卜"作推测、估计解。这是一个倒置句，意为"靠蛙声来推测和估计物候"。

[4]里社：古时里中祭祀土地神的处所。(清)陈立《白虎通疏证》曰："凡民间所私立之社，皆称里社。"

【评析】

　　词作通过对里社日的田家风景和生活的描绘，展现出田野风景的秀丽和田家生活的淳朴恬静，让人心向往之。上阕写田野春景。又是一年春来到，年华逼近清明，无论对于世间的花草，还是人们的生活来说，都是一个新的开端。现在山野间鲜花烂漫，从帘外望去，天中闲云或轻或重，自在飘浮。山中不用去查看历日，听蛙声就能够推测是雨还是晴。下阕写田家生活。远离尘嚣，时光似乎都变得慢了，词人听着日午的鸡鸣，还在床榻上慵懒地闲读道书，没有起床。乡间社日正逢山色清秀的时节，偶遇比邻的村叟，大家饮酒欢聚，开怀畅谈。这首田家词不仅展现了田园美好的风光和生活，更加动人的是，它展现了人与人之间纯粹真诚的关系，没有任何杂念，没有任何机心，不需要隐藏，不需要刻意，每个人都热情友善，面对他人都能够打开心扉，这是多么的美好。这便是田园能够成为无数诗人词客心中的乌托邦的主要原因。

南柯子

送张尧阶同年下第南游

　　教我如何说(僧寒山诗)，催君不自由(罗隐《商於驿与于蕴玉话别》)。江南江北为君愁(崔涂《读庾信集》)。恰似一江春水，向东流(李煜《虞美人》)。　　插架[1]几万轴(陆龟蒙《奉和袭美二游诗·徐诗》)，读书凡几秋(岑参《送薛弁归河东》)。人间不解重驊骝(杜甫《存殁口号》)。我且为君槌碎，黄鹤楼(李白《江夏赠韦南陵冰》)。

【注释】

　　[1]插架：以斑竹做成的架子，悬挂于壁间，类似今天所用的书架。韩愈《送诸葛觉往随州读书》诗曰："邺侯家多书，插架三万轴。"

【评析】

　　这首一首非常有意义的词作。词人为经历了多少年寒窗苦读，学富五车，最后却黯然落第的朋友张尧阶打抱不平，实际上也反映了那个时代中无数才士被埋没的现实。开篇一句"教我如何说"，就把词人满腔的激愤之情和不平之意传达出来，"不自由"既是对友人而言，也是对自己而言，最终是对这囚笼里的人生，对世界上的芸芸众生而言。朋友没有取得科举的成功，失去了一展才华的机会，这是多么遗憾的一件事——不仅是我和你心里难平，江南江北都在为你而愁，这愁愤就像是一江春水，向东奔涌不止。你这么多年来阅尽了插架上的万卷书，寒窗苦读了几春秋。不是怪你能力不够、学识不足，只怪这人间根本就不重视有着真才实学的人才。现在你不得不离开，我不想如李白伫立在黄鹤楼头目送孟浩然那般，我也没有"烟花三月下扬州"的祝愿，因为你就不该去南游，且让我捶碎这黄鹤楼，为你壮行吧！这首词作不用任何写景叙事来渲染情感，就是直抒胸臆，如奔涌的波涛般直接抒发与友人的离别之苦和对友人未能中第的憾恨。一转或委婉、或疏宕的词风，感情激越。特别是结句，直如有千钧之力，不得不令人为之叹服！

丑奴儿

楚南[1] 道中

今夜不知何处宿(岑参《碛中作》)，秋雨连绵。秋雨连绵(李珣《酒泉子》)。云接苍梧[2]水浸天(齐己《寄武陵贯微上人》)。　　今夜只应还寄宿(高适《寄宿田家》)，杨柳桥边。杨柳桥边(冯延巳《采桑子》)。空见芦花一钓船(栖一《武昌怀古》)。

【注释】

[1]楚南：地域名，泛指湖南。清朝时湖广行省南北分治，湖南独立建省，别称楚南。湖北则别称楚北。

[2]苍梧：古地名，秦统一六国前，楚国就设有苍梧郡，地域大致在长沙郡南、桂林郡北的地区。

【评析】

这首表达羁旅之苦的词作，用重章叠韵的词句，道出行旅中前途难测的忧心和心情的索寞。在秋雨连绵的时节，路途中的词人不知何处借宿，只见江天苍茫，"秋雨连绵"句的重叠往复，正突出了秋雨缠绵不尽的状态，让路途的苦辛也犹然可见。"今夜不知何处宿"和"今夜只应还寄宿"分别为唐代边塞诗人岑参和高适的诗歌成句，词人巧妙取用，如为己出，不仅上下阕形成了反复咏叹的形式，而且两句词又表达出不同的意味。"不知何处宿"是前途的难测，人在路途中，居处无着落，是羁旅中一时的状态。"还寄宿"是必然，漫长的旅途尚未走完，只能寄宿。在哪里寄宿呢？杨柳桥边的那艘钓船。词人的羁旅行愁就如同这连绵的秋雨和杨柳桥边的小艇，孤单寂寞又延绵不尽。

满江红

几树惊秋(李煜《采桑子》)，一声声(冯延巳《更漏子》，一作温庭筠句)、秋风落叶

(无名氏《贺圣朝》)。叹萧索(李存勖《歌头》)，山川异域(长屋王《绣袈裟衣缘》)，平分时节(吕洞宾《酹江月》)。纵酒欲谋良夜醉(杜甫《腊日》)[1]，伤心一片如圭月[2](毛熙震《后庭花》)。望水晶，帘外竹枝寒(李白《连理枝》)，寸肠结(牛峤《更漏子》)。

　　花淡薄(欧阳炯《三字令》)，芳草歇(温庭筠《酒泉子》)。歌宛转(崔液《拟古神女宛转歌》)，香烬灭(孙光宪《生查子》)。想昔年欢笑(顾夐《献衷心》)、此时难辍(尹鹗《秋夜月》)。还似洛妃[3]乘雾去(冷朝阳《送红线》)，应知子建怜罗袜[4](范元凯《章仇公席上咏真珠姬》)。既不能、赋似陈思王(陆龟蒙《奉酬袭美苦雨见寄》)，情哽咽(李珣《河传》)。

【注释】

　　[1]杜甫《腊日》：原书曾贯之对于此句出处的注释为"杜甫《服》"，有误，本句应取自杜甫的《腊日》，全诗为："腊日常年暖尚遥，今年腊日冻全消。侵陵雪色还萱草，漏泄春光有柳条。纵酒欲谋良夜醉，还家初散紫宸朝。口脂面药随恩泽，翠管银罂下九霄。"

　　[2]圭月：未圆的秋月。(唐)李咸用《婕妤怨》诗曰："不得团圆长近君，圭月铄时泣秋扇。"

　　[3]洛妃：指传说中的洛水女神宓妃。

　　[4]子建怜罗袜："子建"与下句"陈思王"均指曹植，"罗袜"和下句"赋"均指《洛神赋》，《洛神赋》中有句："凌波微步，罗袜生尘。"

【评析】

　　该词是《饤饾吟词》中少有的三首长调之一，也是三首中写得最好的一首，词作用绸缪婉转的曲调抒发了悲秋自伤的情绪。"几树惊秋，一声声、秋风落叶"，词作以落叶起兴，将词作融入肃杀的秋意之中。一个"惊"字，体现出词人对秋天突然到来，万物又将凋零的惊诧。用"一声声"形容"西风落叶"，把阵阵秋风扫落黄叶，带给词人的心灵延续不断的震动和冲击形象地表现出来。下一句"叹萧索，山川异域，平分时节"，把上阕的秋意由一个点扩大到宽广的天地间，"山川异域"无不是一片萧瑟的秋景，不禁让我们想到杜甫《登高》中"无边落木萧萧下"和王勃《山中》中"况属高风晚，山山黄叶飞"的诗境。"纵酒欲谋良夜醉，伤心一片如圭月"，面对着万物的衰落和凋零，词人也想找一个美好的夜晚，纵酒一醉，以解千愁。但哪有良辰呢？内心就像空中的秋月一样难得圆满，令人伤怀。"圭月"是没有圆满的秋月，这个意象将家人难以团圆、年华的流逝、世事的不如意等人生的缺憾都囊括其中，意蕴极为丰富。"望水晶，帘外竹枝寒，寸肠结"，望着水晶帘外苍翠欲滴的竹叶，直感到阵阵寒凉的秋意袭来，让人肝肠寸断，悲恸不已。这里"竹枝"的意象值得留意，一是潇潇翠竹本就给人以"寒凉"的感觉，宋代诗人喻良能就写下诗句："过雨苍苔湿，迎风翠竹寒。"(《次韵李大著春日杂诗十首》)二是竹子是常绿植物，不因物候的变化而改变翠绿的风姿，故词人写"竹枝"，就与前面的"秋风落叶"，与词中暗含的"青春难驻"形成了对比，更体现出"年华不永"的悲伤。过片"花淡薄，芳草歇。歌宛转，香烬灭"用四个三字短句，描写昔年欢会刚散、春意阑珊的景象。花色已经冷落萧条，芳草渐渐凋萎不再芬芳，玉炉中的熏香也已燃尽，只有那宛转悠扬的歌声似乎还徘徊在耳边，久久不能散去。每当想起昔年那充满欢声笑语的幸福时光，词人就难以忘怀。词作最后用洛妃和曹植的典故来自喻——正如那洛妃乘雾而去，应该知道曹植是多么的眷恋和不舍。但我没有曹植那样的大才，能够写出《洛神赋》一表心意，每念及此，哀伤之情便更难抑制。这首词作的下阕，可以多角度地理解，可以直接理解为抒发与心爱之人分离的相思别绪，也可以把昔日的欢会，把洛神看作是曾经美好的青春，而这首词便是词人用优美宛转的笔调为已近逝去的青春所写的一首挽歌。

郑　珍

（9首）

　　郑珍，字子尹，号柴翁，又号巢经巢主、子午山孩，晚号小礼堂主人、五尺道人，别署且同亭长。贵州遵义人。生于清嘉庆十一年（1806年），卒于同治三年（1864年）。郑珍母黎氏为遵义沙滩黎安理女，又娶其伯舅黎恂长女。黎恂长于宋学和史学，工诗，其"锄经堂"藏书甚富，又亲自教授子弟，郑珍便从其学。道光三年（1823年），莫友芝父莫与俦任遵义府学教授，郑珍前往受业，并与莫友芝交。道光五年（1825年），郑珍被选为"拔贡"，其才学得到时任贵州学正程恩泽的赏识，程告诫郑珍："为学不先识字，何以读先秦两汉之书。"并以汉代从学许慎的黔籍学者尹珍相期许，为郑珍取字"子尹"，郑珍遂以许、郑之学作为治学方向。道光六年（1826），郑珍首次进京廷试不第，遂由京返，至湖南程恩泽幕，道光七年（1827年）六月辞归。道光十七年（1837年）与莫友芝同年中举，遂相携往京师会试，不第。道光二十四年（1844年）第三次会试不第，"大挑"二等，以教职用，回家候补。先后任贵州古州厅训导、威宁州学正、荔波教谕，先后主启秀、湘川书院讲席。同治三年病逝于禹门山寨，享年59岁。

　　郑珍是晚清著名的学者、文学家，与莫友芝并称为"西南巨儒"。他以经学著称，精通小学，入《清史稿·儒林传》，李慈铭《越缦堂日记》云："子尹《经说》虽只一卷，而精密贯串，尤多杰见。"他与莫友芝共同编纂《遵义府志》，以史料采撷广博、体例精严著称，时人评论该书可与《水经注》《华阳国志》相匹，被梁启超评为"天下府志第一"。郑珍也是蜚声宇内的著名诗人，他的诗歌取径杜甫、韩愈、黄庭坚，诗歌内容广泛，多涉及社会现实和日常生活，诗风兼具奇奥和平易，为后来"同光体"作者所宗尚。钱仲联《论近代诗四十家》评为："清诗三百年，王气在夜郎"。郑珍亦工书画，其画宗董其昌，苍朴萧散，有独创之风格。郑珍一生著述丰富，有着多方面的成就。经学方面著有《巢经巢经说》《仪礼私笺》《考工轮舆私笺》《凫氏为钟图说》《亲属记》等，小学方面著有《说文逸字》《说文新附考》《汗简笺正》等，在文学方面，《巢经巢文钞》收入散文160余篇，《巢经巢诗钞》《巢经巢诗钞后集》共存诗900首。编有明清时期遵义地区的诗歌总集《播雅》，共录遵义明万历至咸丰时期252年间220人诗作2038首。

　　郑珍也能词，莫友芝《莳烟亭词序》言："子尹诗词兼工，七八年前已自编集曰《经巢呓语》，曾为之序以存"。可见郑珍作词应早于李兆勋和莫友芝，从李兆勋和莫友芝词集中为数甚多赠答郑珍的词作，也可以推见三人之间酬唱之频繁。但郑珍的词集并没有流传

下来，赵恺编《巢经巢全集》本原注："《经巢呓语》闻已自焚去，殆不欲以辞示人也。今得此数调，不忍弃却，录此。"（龙先绪注《巢经巢诗钞注释》），可见其词集之不传乃是郑珍自己焚去，不愿示人，应也是鄙薄词体的缘故。视词为"小道"，而"自扫其迹"的现象在贵州词人中比较普遍，导致大量词集没有流传下来，甚可痛惜！赵恺编《巢经巢全集》时搜集了8首词作，附在《诗钞》之末。这8首词作都是恋情词，但与普通的情词不同，里面饱含着郑珍深刻的爱情体验。嘉庆二十四年（1819年），十四岁的郑珍随父迁居到尧湾，与外祖所居沙滩仅一里之隔，并师从舅父黎恂。他与表妹黎湘佩青梅竹马，暗含爱恋。但舅父黎恂将大女许配郑珍，而黎湘佩后来嫁到了海龙坝杨家，从此二人爱情便无法圆满，但郑珍与表妹湘佩自始至终都相思相慕。这一往情深的苦恋，常常表现在郑珍的笔下，其诗歌中便有《留湘佩内妹》等诗歌，但小词显得更加哀婉动人，不禁让人想起姜夔怀念合肥女子的纯情雅词，以及朱彝尊叙写与小姨妹冯寿常苦恋的情词。张剑据南京图书馆藏手稿《邵亭诗文稿》中又辑得郑珍佚词1首，因此目前郑珍词作可见为9首。

定风波

　　画成，灯下唱《定风波》题之，明日入郡[1]矣。此纸付湘佩[2]。五尺道人。戊戌八月二十五日[3]

　　旧事凄凉入画图，红墙左右好家居。借问守门人在否？否否，顷刻人间一老夫。　　白鹤飞来呼我去。去去，梦魂不到故人无。好是不归归更好，好好，不堪霜鬓看麻姑[4]。

【注释】

　　[1]入郡：即至遵义府，据凌惕安《郑子尹年谱》载，郑珍此次入郡，与府守平翰商议编纂《遵义府志》。

　　[2]湘佩：即黎湘佩，为黎恂次女。郑珍所娶为黎恂长女，故湘佩为其内妹。黎湘佩所嫁杨氏为道光己酉科举人，后官云南石屏州知州。

　　[3]戊戌八月二十五日：戊戌为道光十八年（1838年），郑珍时年33岁。八月二十五日夜，郑珍为黎佩湘作画，并题此词，醉后再补几笔，又题曰：“妙图付尔非无意，要使平生精气存。明岁经巢如见我，痴哥为写大姚村。”

　　[4]麻姑：道教传说中的神仙。葛洪《神仙传》卷三载“王远降于蔡经家”之事，曰：“因遣人召麻姑相问……答言：麻姑再拜，比不相见，忽已五百余年，尊卑有序，修敬无阶思念，烦信承来，在彼登当倾倒，而先被记当案行蓬莱，今便暂往，如是当还，还便亲觐，愿未即去。’如此两时间，麻姑来……蔡经亦举家见之，是好女子，年十八九许，于顶中作髻，余发散垂至腰，其衣有文章而非锦绮，光彩耀日，不可名状，皆世所无有也……麻姑自说：‘接待以来已见东海三为桑田……’”。此中以麻姑代指黎湘佩。

【评析】

　　这是一首题画词，郑珍自题于为内妹黎湘佩所作的画作上。词作回忆过往情事，正如黄万机所言“含意深邃，有几多坎壈沧桑隐括其间！”（《贵州汉文学发展史》）开篇“旧事凄凉入画图”，破空而来，既点明画作之内容，将情绪引入对“旧事”的回忆中，又用“凄凉”一词形容二人之情事，为词作定下情感基调。接下来便是叙写旧事，“红墙左右好家居”，嘉庆二十四年（1819年），十四岁的郑珍随父迁居到尧湾，离黎氏所居沙滩仅一里之隔，郑珍又先后从黎恺、黎恂读书，与表妹湘佩青梅竹马。“红墙”一句即概括当时二人因近邻而时时相见，情愫暗生的美好往事。“借问守门人在否？”当时守门之人还在吗？或许当时常常托守门之人呼唤，这是用侧笔写相会，又绾合当时与现在。随着舅父许配表姐，湘佩出嫁杨氏，这一切都成残梦，“否否”一短句将词人从“旧事”的回忆中拉回，“顷刻人间

79

一老夫",人世沧桑,美好的青春和往事难以久驻,在人生无常的摧折下,仿佛顷刻间我已成衰朽的老人,更遑论那守门人呢?此句有无尽的深情和悲慨。下阕借麻姑以喻湘佩,在比拟中抒发欲相见又不堪相见那种矛盾纠结的心情。"白鹤"句喻黎湘佩召词人相见,"去去"一短句体现出词人心中对相见的渴望,但接着"梦魂不到故人无"一句,又写出去而未能相见的惆怅。"好是不归归更好",此句之"归"作"出嫁"解,则词意贯通。可见下阕所写之事应发生在湘佩临出嫁时,湘佩出嫁,则二人就更难见面,不如出嫁前还能时时相见,故言"好是不归"。但当时郑珍已与表姐结婚,迫于礼防,其与黎湘佩也终是苦恋,相见只徒增痛苦,故词人言"归更好""不堪霜鬓看麻姑"。"好好"两字道尽词人心中之不甘与无奈。这首词在上下阕分别写出两件旧事,形成两层复合的结构,使词作深婉曲折。下阕将二人的苦恋情事用神仙故事写出,在人神相恋的故事构架中,蕴涵着二人殊途、情难圆满的悲剧命运,使词作凄婉动人。麻姑的仙女意象在郑珍的情词中屡屡出现,这是词人为自己内心的情感营造出的一个迷离恍惚的梦境,在那梦境中词人诉说着那一份哀伤与凄美,以及对于这份已经逝去的美好的依恋。

沁园春

戊戌十二月初八草

恁[1]已伤心,莫因辗转,又为病欺。想硬心而去,不来一见;免叫去后,不忍回思。算去算来,何从割断,早晚啼痕你为谁?休还泪,已睁睁见了,携手亭西。　　梅花满目高枝,忆与君亲手共栽时。总朝朝暮暮,我浇你护;人今如此,问树怎知?欲说将离,肠先哽断,撒手随君判命悲。除非死,算相思尽了,但可怜伊!

【注释】

[1]恁:任凭。

【评析】

该词与《定风波》写于同年,叙写了词人与黎湘佩两人的一次私下约会的情景。上阕从郑珍"去与不去"的矛盾心理入手,他为此辗转反侧,伤心不已,因为他与黎湘佩的爱情在各自婚姻之后,已不被礼法所允许,在情与理的矛盾中,在苦苦相恋又无法相合的折磨中,词人想"硬心而去,不来一见",免教相见后,又无法忍受这情难圆满的苦楚。但词人"算去算来",又割舍不下,担心湘佩因自己的绝情而伤心,细致入微地表现出词人心里的纠结。经过一番思想的斗争,词人还是去赴约,见到所爱之人,两人便难以分舍,"携手亭西",互诉衷肠。下阕开篇回忆两人昔日朝朝暮暮的甜蜜情景,那共同种下的梅花,便是二人爱情的表征,他们共同呵护,但不料造化弄人,当年的梅花已经满目高枝,两人的爱情却无法像梅花一样开得灿烂，"树犹如此，人何以堪？"树的无情与圆满和人的多情与破灭形成了鲜明的对比，在两相对比中蕴涵了两人爱情悲剧的痛苦无奈而又难以割舍的缠绵悱恻。最后，词人又陷入了诀别与不舍的矛盾之中。想要说分离，但肠先哽断，如何能开口？本是爱情不能继续，只能撒手认命前的诀别，但那刻骨铭心的相思爱恋怎能断绝，定是至死不渝！此词跳出以人神相恋自喻的抒情方式，直接叙写情事，抒发感情，故能深切沉痛。

蝶恋花

　　三年[1]不见阿妹。庚子九月梢，拟作海龙屯[2]之游，因过妹家，秋雨潇潇，游兴为阻，仍归郡去。今年为棘人[3]，不作诗，书旧年作词二首，付湘佩存之。五尺道人书。

　　璎珞[4]仙云飞过处，一阵风来，又散花龙雨。碧嶂[5]红泉[6]愁日暮。苕、华姊妹[7]三山[8]去。　　　为寄麻姑君莫误，黄竹难栽，还是栽桑树[9]。肠断平生凄绝句，他生莫作涪陵女[10]。

【注释】

[1]三年：据凌惕安编著的《郑子尹年谱》(下文简称《年谱》)，道光二十一年(1841年)八月二十二日，郑珍登海龙屯，明日下山过黎湘佩家，留一日去。但词序中所言却是"庚子九月梢，拟作海龙屯之游，因过妹家"，庚子乃道光二十年(1840年)，则依词序，郑珍过黎湘佩家乃在道光二十年九月，与《年谱》不合(《年谱》也录有两首词作和词序，后凌惕安注"据先生书付湘佩原迹")。又《巢经巢文集》卷二《游海龙屯石书记》文末自注云："道光辛丑八月廿二，余登海龙屯。明日，由白云顶而下，过茂实家，留一日。将去，灯下对酒，忆荒茅绝顶中有一须髯丈夫，落落拓拓，仰天而嘘，未知是我非我。因书一篇付存之。子午山孩。"(王锳点校《巢经巢文集》)《年谱》中也录有此文和自注，其注文字略有不同，"过茂实家"为"过妹家"，"因书一篇付存之"为"因书一篇，付小妹存之"。[按]"茂实"乃湘佩丈夫杨华本字，而年谱所录文后凌惕安注"据先生书付湘佩原迹"，则郑珍此文为付湘佩，后赵恺编入全集时修改消除了关于湘佩的信息。另外，据《定风波》词序，上次词人与黎湘佩见面在道光十八年(1838年)八月，则至庚子年(道光二十年)，应为两年，与词序中"三年不见阿妹"不符，而道光二十一年八月距上次一别恰好三年。因此，可推定词人过黎湘佩家为道光二十一年八月无疑。"庚子九月"之说，可能是词人本拟于道光二十年九月初游海龙屯，并借此访黎湘佩，但因秋雨所阻，未能成行，至明年八月才得以成行。故词序中所言"今年"非道光二十年庚子，而是道光二十一年辛丑，书《游海龙屯石书记》一文，《蝶恋花》与《浣溪沙》二词赠黎湘佩便在此时。

[2]海龙屯：位于遵义城北龙岩山，为播州土司杨氏所营建。《遵义府志·山川》曰：

"海龙屯，在城北四十里，居万山之巅，四面斗绝，后有仄径，仅容一线。杨应龙倚为天险，于囤前筑九关以据官军。"

[3]棘人：急于哀戚之人，后来为父母居丧的人自称"棘人"。[按]据凌惕安编著的《郑子尹年谱》，郑珍母黎氏于道光二十年三月初八日逝世，古人居丧为二十七个月，郑珍于道光二十二年（1842年）夏服除。

[4]璎珞：原为古代印度佛像颈间的一种装饰，后为女子所模仿、改进，成为一种用珠玉串成的项饰。（宋）王灼《碧鸡漫志》卷三曰："帝尝以赵飞燕身轻，成帝为置七宝避风台事戏妃，曰：'尔则任吹多少。'妃曰：'《霓裳》一曲，足掩前古。'而宫妓佩七宝璎珞舞此曲，曲终珠翠可扫。"

[5]碧嶂：指青绿色如屏障的山峰。李白《忆襄阳旧游，赠马少府巨》诗曰："开窗碧嶂满，拂镜沧江流。"

[6]红泉：红色的泉水。（汉）郭宪《洞冥记》卷四记东方朔答汉武帝："臣小时掘井，陷落地下，数十年无所托寄。有人引臣，欲往此草（地日之草），中隔红泉，不得渡。其人以一只屐与臣，臣泛红泉，得至此草之处，臣采而食之。"后遂以红泉为传说中的仙境景色之一。（唐）钱起《山中酬杨补阙见过》诗曰："日暖风恬种药时，红泉翠壁薜萝垂。"

[7]苕、华姊妹：即琬、琰二姊妹，受夏桀所爱，刻其名于苕、华之玉，后以琬琰为美玉名。事见《竹书纪年·一名桀》："癸命扁伐山民，山民女于桀二人，曰琬，曰琰。后爱二人女，无子焉，斫其名于苕、华之玉，苕是琬，华是琰。而弃其元妃于洛，曰妹喜。于倾宫饰瑶台居之。"

[8]三山：即神话中位于海中的蓬莱、方丈、瀛洲三座神山。《史记·秦始皇本纪》曰："既已，齐人徐市等上书，言海中有三神山，名曰蓬莱、方丈、瀛洲。"

[9]为寄麻姑君莫误，黄竹难栽，还是栽桑树：此句反用李商隐《华山题王母庙》诗中"好为麻姑到东海，劝栽黄竹莫栽桑"之句。李商隐诗意为："若王母到东海见到麻姑，请劝其栽黄竹，而不要栽桑树。""黄竹"典见《穆天子传》，《我徂黄竹》诗三章，乃周穆王哀愍其民受冻而作，李商隐此诗暗含对统治者的警讽，即"不问鬼神问苍生"之意。黄竹四时常青，桑田有时变海，黄竹象征长久，桑树象征变故。郑珍"黄竹难栽，还是栽桑树"，则意谓告诉内妹湘佩，二人的爱情不能长久，不如割舍。

[10]涪陵女：（清）陈美训《余庆堂诗文集》卷十曰："（僧清老）又指山谷前身为涪陵女子，他时至涪，当有告语者。未几，山谷谪其地，梦一女子云：'我即公前身，立愿颂《法华》，求他生为男子，知名人世，死而葬此山。'"[按]《余庆堂诗文集》所载黄庭坚前身为涪陵女事似乎与词义不符，又有龙先绪所著《巢经巢诗钞注释》释为："即乐安女黎湘佩，湘佩住居门前乐安江流入乌江，然后到涪陵入长江。"似也稍显牵强。据全词乃以神仙事比喻词人与黎湘佩爱情悲剧，"涪陵女"也应为一仙女，涪陵位于长江三峡腹地，故推断词中"涪陵女"可能指巫山神女。

【评析】

此词与《浣溪沙·万水千山苦寻觅》是道光二十一年（1841年）八月，词人游遵义城北龙岩山海龙屯，下山拜访黎湘佩家时，赠予黎湘佩的旧作，非一时的新作，故二词在抒情方式上有着较大的差异。词以神仙事喻与黎湘佩的爱情，借仙事写艳情是晚唐以来诗词中常用的方式，如李商隐《无题》："蓬山此去无多路，青鸟殷勤为探看。"《临江仙》和《阮郎归》这两个词牌的本事便来自神仙故事，词中用神仙事写艳情，便源于这些词牌咏本事的词作，如皇甫松《天仙子》："晴野鹭鸶飞一只，水葓花发秋江碧。刘郎此日别天仙，登绮席，泪珠滴，十二晚峰青历历。"咏刘郎天台山遇神女的传说。郑珍借仙事写自己的情事，便是源于这一传统，而与艳情词不同的是，郑珍将自己深沉的情感体验注入神仙故事的构架中，意蕴深沉、情感炽烈。词作上阕写仙境和仙女的难与相接。"璎珞"用以表现仙女的华美，佩戴着七宝璎珞的仙女乘着云霞，似乎要飘飞而来，但一阵风来，暴雨顷至，阻隔了仙女的鸾驾。面对着那横亘的碧嶂、难渡的红泉，我无能为力，只能在一片暮色中独自愁苦，无奈地看着苕、华二仙女飞回海中仙山。上阕营造出咫尺天涯、追而不得的情境，暗喻着词人与表妹湘佩的爱情由慢慢成长到被外力阻断的过程，为下阕的抒情张本。下阕首句紧承上阕末句，词人拜托去海上仙山的苕、华仙子给麻姑捎信，并嘱咐她们不要耽误。他要给麻姑说什么呢？"黄竹难栽，还是栽桑树。"这句词来自李商隐《华山题王母庙》中"好为麻姑到东海，劝栽黄竹莫栽桑"诗句，李诗意为寄言与东海的麻姑，劝她栽黄竹，不要栽桑树，因为黄竹四时常青，似能长久，而桑田有时变海，难逃变化。郑珍反用李诗，劝麻姑栽桑不栽竹。为何呢？"黄竹难栽"意为他与湘佩的爱情不被世俗伦理所容，已经难以持久。"还是栽桑树"，既是劝慰湘佩也是劝慰自己放弃这段感情。一个"难"可谓对这段苦恋最准确的注脚。故在词作的结尾，词人用最为凄绝的呐喊将身处感情困境中的痛苦和不甘和盘托出："他生莫作涪陵女"，"涪陵女"难以探求典源，龙先绪先生以乐安女释之，认为湘佩所居乐安江流入乌江，然后到涪陵入长江（《巢经巢诗钞注释》），但这个解释似乎牵强。全词以人神相恋作为情事架构，以仙山的邈远和神女的难寻来象征现实生活中恋情无法圆满的悲剧，何以最后脱离神仙事呢？且如龙先绪先生所给出的原因，直用乐安女即可，何必要再转一道弯呢？从全词的写作模式来看，此处的"涪陵女"也应是用仙女来比拟黎湘佩，和郑珍多篇诗词中的"麻姑"类似，但"涪陵女"是谁呢？这里可以有两个选项：一是位于武隆仙女山的仙女，武隆原属于涪州，清道光时的《涪州志》载该山因有仙女升天而得名，但没有记录其他的信息；二是巫山神女，"巫山"原本是今湖北云梦的巫山，但魏晋后多将其视为位于奉节的巫峡。宋朝时，涪州和奉节都属于夔州路。楚怀王与巫山神女的故事不仅与爱情有关，而且神女的缥缈难寻也与本词，甚至与郑珍同一类型的其他词作的抒情模式——人神相恋相同，从用典的艺术效果来说，将"涪陵女"视为巫山神女最为理想。"他生莫作涪陵女"，便是向所爱之人说："下辈子别再做仙女了，这样我才能和你在一起啊！"从中我们看到了词人不得不割舍又难以放弃的沉痛与不甘，这是对命运的控诉！词作将其爱情悲剧的情感体验注入人神相恋的故事情境中，缥缈迷离的词境如同一个梦境，凄美而虚妄，让人沉迷又让人感伤。

浣溪沙

万水千山苦寻觅，断崖荒涧杳无音。瀑西飞出一声琴。
五十年间真隔世，到来依旧谢家林[1]。可怜相忆到而今。

【注释】

[1]谢家林：即谢家池阁，指女子闺房。华钟彦注温庭筠《更漏子·香雾薄》"谢家池阁"（《花间集注》）云："唐李太尉德裕有妾谢秋娘，太尉以华屋贮之，眷之甚隆，词人因用其事，而称谢家。盖泛指金闺之意，不必泥于秋娘也。"

【评析】

该词为思念黎湘佩而作，应作于道光十八年（1838年）至道光二十一年（1841年），与湘佩分别三年之间，同时也是对二人相识相恋的一次回忆。词作以寻觅故迹为叙事架构，抒发对湘佩刻骨铭心的爱恋和不舍。上阕由苦苦寻觅故人发端，三句词，一句一转折，"万水千山苦寻觅"写寻人之苦；"断崖荒涧杳无音"状寻人无果，即"梦魂不到故人无"（《定风波·旧事凄凉入画图》）之意；"瀑西飞出一声琴"转出似有希望之感，实则仍是不能圆满的，这是以退为进之法，使词意曲折宛转。"五十年间真隔世"是对两人情感经历的概括，写此词时郑珍近三十五岁，两人相识不可能有五十年，"五十"乃虚数，形容时间跨度之长。"隔世"二字将两人的爱情与命运由青梅竹马、情益转深，到因舅父黎恂将湘佩大姐许配给郑珍而终归于破灭的巨大变化生动地概括出来。"到来依旧谢家林"，"谢家"典出李德裕宠爱谢秋娘，以华屋贮之之事，这里指湘佩出阁前，于黎氏沙滩村所居之闺房。郑珍十四岁随父迁居尧湾，与黎氏沙滩为邻，又从学于舅父，即湘佩父亲黎恂，常出入于黎恂藏书楼"锄经堂"，他与湘佩之相识、相知、相恋均发生于此时，然而随着自己从舅父之命娶了湘佩大姐，随后湘佩出嫁杨氏，曾经美好的一切都成为泡影，二人也饱受着内心的煎熬。郑珍寻觅故人，再次来到沙滩黎氏宅院，那里的一切都还和以前一样，那熟悉的红墙庭院处处都能勾起词人的回忆，但物是人非，一切都恍若隔世。可悲可叹的是自己永远都无法忘怀对湘佩表妹的爱恋之情，虽知此事已空，只是苦恋，但相忆之情却愈加浓烈。这首词作虽与《蝶恋花·璎珞仙云飞过处》为词人同时赠予湘佩的词作，两词也都通过构筑追寻与阻隔的情境来抒发自己对湘佩的苦苦思念与情难圆满的不甘与痛苦，但这首词没有再虚构出人神相恋的情节，而是直接抒发其深沉的思念之情，从而将《蝶恋花》一词中缥缈迷离的仙境背后蕴藏的情感和盘托出，使两词能相互映衬。正如黄万机在《贵州汉文学发展史》中所言，"这些词，从不同的侧面描写出一个'苦恋'的主人公形象，既根植于生活真实的土壤，又升华为艺术的典型形象……郑珍词作虽少（应为留存的词作少），却备受选家青睐，也许正因为这个'苦恋'的形象具有动人心魄的艺术魅力。"

法驾导引

四阕

　　湘佩小妹，持扇索书大作，属必好语。老兄于世倦矣，将我旧句，点窜作《法驾导引》四章，亦欲令尔他日蓬头放歌[1]于市。茫茫世界，知我为谁乎？"雪映"句不合古调[2]，拗一板即得矣。道光壬寅夏，灯边子午山孩书。

其一

　　乘风去，乘风去，海气透肌凉。笑向月中投一钓，神山三点碧茫茫。疏懒意何长。

其二

　　归何处，归何处，花雾绕丹台。西母[3]近前摩顶[4]笑，是儿[5]新自世间来。回首古今才。

其三

　　骑黄鹤，骑黄鹤，飞渡上元家[6]。小院苔圈灯影绿，玉人何处倚梅花。独自嚼红霞。

其四

　　金华[7]路，金华路，闲对牧羊[8]眠。白发盖头三万丈，雪映麻姑爪[9]柱天。一觉九千年。

【注释】
　　[1]蓬头放歌："蓬头"为头发散乱貌，"放歌"即纵情歌唱之意。结合小序中"茫茫世界，知我为谁乎？"一句，知此句暗含离世之意。
　　[2]"雪映"句不合古调：案词谱，该句调为"中平平仄仄平平"，"映"为仄音，按谱应为平音，故言。
　　[3]西母：即西王母，道教传说中的神仙，《山海经·大荒西经》曰："西王母穴处昆仑之丘。"（宋）张元幹《好事近》词曰："西母醉中微笑，看蟠桃初结。"

85

[4]摩顶：抚摩头顶，以示喜爱。吴伟业《病中别孚令弟》诗之十曰："挽须怜尚幼，摩顶喜堪狂。"

[5]是儿：指东方朔。《汉武内传》曰："须臾，殿南朱雀窗中，忽有一人来窥看仙官。帝惊问：'何人？'王母曰：'汝不识此人耶？是汝侍郎东方朔，是我邻家小儿也。'"

[6]上元家：上元指上元夫人，乃道教神话中的女仙。《汉武内传》曰："王母乃遣侍女郭密香与上元夫人相问……帝不知上元夫人何神人也，又见侍女下殿，俄失所在。须臾，郭侍女返，上元夫人又遣侍女答相问，云：'阿环再拜，上问起居'……帝因问上元夫人由，王母曰：'是三天真皇之母，上元之官，统领十方玉女之名录者也。'"

[7]金华：传说中的仙人黄初平所居金华山石室。（唐）曹唐《小游仙诗》之四十曰："共爱初平住九霞，焚香不出闭金华。"

[8]牧羊：晋黄初平牧羊遇道士，引至金华山修道成仙事。典出《明一统志·金华府》曰："仙释黄初平，晋丹溪人。年十五，牧羊遇道士，引至金华山石室中四十余年。其兄初起寻之不获，后遇道士善卜，因问之，曰：'金华山中有一牧羊儿。'初起即随去，见初平，问羊安在，曰：'在山东'。往视之，但见白石。初平叱之，石皆起成羊，数万头。初起愿弃妻子学之，后亦成仙。"顾恺之画有《黄初平牧羊图》。

[9]麻姑爪：相传麻姑的手如鸟爪。（东晋）葛洪《神仙传·王远传》曰："又麻姑手爪不似人形，皆似鸟爪。蔡经心言：'若背大痒时得此爪以爬背，当佳也。'"

【评析】

《法驾导引》四阕乃词人于道光二十二（1842 年）年应表妹湘佩所求，而作的四首同题组词。词序中"老兄于世倦矣""亦欲令尔他日蓬头放歌于市。茫茫世界，知我为谁乎？"数句，身世凄凉之感顿生，亦见词人对表妹湘佩难以泯灭的深情。词作均言神仙事，与《定风波·旧事凄凉入画图》《蝶恋花·璎珞仙云飞过处》同，但词意更加缥缈朦胧。其一似将湘佩比作仙女，写她乘风飞向东海，那里海气腾空，凉透玉肌，她在皎洁的月光下垂钓，脸上笑意盈盈。湘佩表妹在词人的心中就是如女神般冰清玉洁，无一丝尘俗气。然后词人写仙女所居仙山在那碧波茫茫的东海之中，作为凡人的他如何能够寻求啊！求之不得的词人只能心灰意懒了。其二用《汉武帝内传》中西王母称东方朔为邻家小儿的典故，写词人寻觅到缭绕着丹台的仙家园囿，西王母近前抚摸着他的头顶笑言，这个邻家小儿刚从人间回来，回想他以前到我这里偷桃的往事，仿佛才过去了一瞬间呢。词人将自己比作东方朔，与王母仙家比邻而居，正如现实中郑珍与黎家比邻而居，又得以常常出入黎家，而这正是词人与湘佩青梅竹马、情愫暗生之时，可见词人是巧借东方朔的典故，怀念当初那美好的时光。其三写骑着黄鹤，飞过女仙上元夫人家，就想到了居住在那雅致静谧小院中的仙子，纯净高洁、貌美如玉的她不知在哪里倚靠着一树梅花，吸纳红霞呢。此处因"嚼红霞"理解的不同，"小院苔圈灯影绿，玉人何处倚梅花。独自嚼红霞。"便可有两种阐释，"呼嚼岚霞"是仙人修行之法，《真诰》云："华阴山中尹受子受苏门周寿陵服丹霞之道。"则此句词意便如上文所解读。但也有将"嚼红霞"视为女子作刺绣者，如李商隐《河阳诗》曰："忆得蛟丝裁小卓，蛱蝶飞回木绵薄。绿绣笙囊不见人，一口红霞夜深嚼。"便是描写女子作刺绣，"嚼红霞"便与李煜《一斛珠》词："烂嚼红茸"同义，如从此解，则这句词便是描写女子在寂静小院的灯影之下，梅树花影之中独自做绣工的场景。其四借黄初平入金华山学道和葛洪所著《神仙传·王远传》中所载麻姑事，来抒发神仙虚无难接之意。金华山里，黄初平在此处牧羊时得遇神仙指引修道成仙，他闲对牧羊眠，不问世事。东海的麻姑，雪白的长发飘舞，伸出如鸟爪般的手仿佛是支撑天的柱石，她睡一觉就是九千年，凡间早已沧海桑田，历经变化。词人在词中用万丈白发和一觉千年等仙家事，凸显出凡世与仙界的巨大差别，实际上便是构成人、神间难以逾越的鸿沟，暗含其与黎湘佩的爱情就如同人神相恋一样，是无法追寻和成功的。从这组词以及其他借仙家事写爱情的词作，我们可以看到郑珍将湘佩比作麻姑等仙女，用人神相恋比拟自己与湘佩的爱情，有着多方面的原因：一是湘佩在郑珍的眼中，就是冰清玉洁、蕙质兰心的仙女；二是他们的爱情是世俗礼法所不容的，故抒写情事不能直言，用仙家事，将词境写得如同李商隐《无题》诗一样缥缈朦胧，词意难寻，正是一极好的方式。更重要的是人神相恋的故事架构，能够造成追寻与阻隔的情境，极为切当地贴合了其情事，便于将其心中深沉的爱恋以及痛苦、不舍等复杂感情予以抒发，形成哀伤凄婉、动人心魄的词美境界，也许正如其暮年时所写《醉寄湘佩》其三"男儿落地苦无涯，世外应知别有家。安得麻姑携手去，十洲三岛看梅花"那般，只有跳脱出人世的纠缠，到了仙界，才能打破这人伦礼法之囚牢，换得爱情的自由吧！

贺新郎

咸丰戊午秋尽，余出山馆贵阳[1]，与郘亭五弟东西头住，聚及半月。郘亭将还影山草堂[2]，遂北赴礼部明年试。斯行也，复及选格[3]，念往计来，歌此送之，冬十一月朔二日。

甚矣吾衰矣[4]。看人间、富贵功名，大都如此。只拟望山[5]长蔬粥，一卷梅花南屺[6]。更得子、椰洲[7]邻里。学官无成归穷卧，叹三年过我三回耳。还不在，影山里。　　鞭丝又指金台市[8]。料今番、三掷琼绯，一枭堪恃[9]。说底文章同经术，不过救贫而已。问百岁、从今还几。二老风流来往意，待何年伴我巢居子。只莫恋，蔗头味[10]。

【注释】

[1]咸丰戊午：即咸丰八年（1858年），是年秋，本在贵阳知府刘书年幕中坐馆的莫友芝北上京城候选知县，刘书年便礼聘郑珍继莫友芝为塾师，授其子读。

[2]影山草堂：原为莫友芝独山故居书斋名，后友芝亦将其寓所命名为"影山草堂"。莫友芝于咸丰八年与黄彭年信中言："草堂者，独山旧居，竹林亘廿余丈，堂负竹荫，竹隙隐隐见山，故取小谢'竹外山犹影'之句以名，为友芝总角读书所。长而奔走侨寄，辄

寓名焉。"（见张剑《莫友芝年谱长编》）

[3]选格：官员选拔的资格。清乾隆以后定制，三科以上会试不中的举人，挑取其中一等的以知县用，二等的以教职用。六年举行一次。莫友芝参加会试凡六次：道光十三年（1833年）、道光十六年（1836年）、道光十八年（1838年）、道光二十七年（1847年）、咸丰九年（1859年）、咸丰十年（1860年）。本词为郑珍送别莫友芝参加咸丰九年会试而作。此次参加会试后，莫友芝便援例引见，奉旨以知县用，并在京候补，但终无果，只能至赵州陈钟祥处度岁，并等候参加咸丰十年恩科试。

[4]甚矣吾衰矣：出自《论语·述而》："甚矣吾衰也！久矣吾不复梦见周公。"这是孔子慨叹自己"道不行"之语，词人借此感叹自己的怀才不遇，志不得申。

[5]望山：望山堂。道光二十年（1840年），郑珍母黎氏病逝，郑珍葬母于遵义县东子午山，并于母墓下建屋而居，名为"望山堂"。

[6]梅花南岯：即梅岯，又称作"梅圯"，在望山堂所在的子午山。郑珍《子午山杂咏十八首》组诗中有《梅岯》诗曰："当墓横修眉，种梅密无路。一株常默对，是母搭衣树。"莫友芝亦有《梅岯》诗曰："岁时虚墓庐，行役方未已。年年梅花开，忆尔梅花岯。"

[7]椰洲：是遵义乐安江上风景之一，邻近莫友芝的青田山庐，是郑珍、莫友芝、黎兆勋相往来常路过之地。

[8]金台市：即"黄金市骏"，典出《战国策·燕策一》中燕昭王筑黄金台，招揽贤才的故事。这里用黄金台代称北京。

[9]三掷琼绯，一枭堪恃：莫友芝此前已经四次会试不中，故曰"三掷琼绯"，"三"非确数，概言多也。"枭"犹胜也。此句意为："此前已多次不售了，这次应该有很大胜算了。"

[10]蔗头味：蔗头是甘蔗接近根部的位置，味道最甜。词人是借"蔗头味"喻指官场带来的权和利。

【评析】

词作作于咸丰八年秋，是年郑珍53岁。此词为郑珍佚词，由张剑据南京图书馆藏莫友芝《邵亭诗文稿》手稿辑出（见张剑《莫友芝年谱长编》）。这是送友芝入京参加会试的赠别词，是郑珍遗留下来的9首词中唯一有别于恋情词的作品，对于一窥郑珍其他题材词作的风格特点弥足珍贵。上阕从自己的人生感慨说起，引出与友芝的深厚情谊。词以孔子语领起，《论语·述而》篇中记载孔子以"甚矣吾衰也！久矣吾不复梦见周公"一语感慨人生流逝而自己之道不行。词人用此语典，感慨时光无情、人生困踬，词人之学行享誉海内，但自从道光六年（1826年）弱冠之年便以拔贡参加会试不中，此后两次会试均因病无法发挥，仅以大挑二等以教职用。随着年华的衰老，世间的功名利禄对于词人而言早已淡然。接着说自己目前的心愿便是能够在望山堂中过粗茶淡饭、读书观梅的宁静质朴的生活。而自己唯一的奢望便是能与挚友莫友芝长相比邻。道光二十年（1840年），郑珍葬其母黎氏于子午山，并于山下筑望山堂以居之，第二年，莫友芝父莫与俦病逝，友芝葬其父于青田山，并筑青田山庐，二人住所与黎兆勋所居沙滩均近，三人意气相投，切磋学问诗文，交游密切，乃三人人生中最为惬意的一段时光。后来，郑珍至外府州担任学官，黎兆勋也进入仕途，莫友芝在州府书院任教，三人便聚少离多。故"学官无成归穷卧"是写自己先后任古州厅儒学训导、大定府威宁州学正和荔波教谕，但每次都上任不多时便因各种原因卸任，毫无成就，只得归家穷卧。而莫友芝也奔波于生计，三年来只会面了三次，而且都没有在莫友芝的"影山草堂"，实际上是说自己和莫友芝都不得安居故乡。上阕由自己的情怀感受写起，笔墨逐渐转到友芝，过渡极为自然，并提出了长为友邻的希望，为下阕写对友芝的祝福和期待做了很好的铺垫。下阕将书写的重点放在了友芝此次的会试上，"鞭丝又指金台市。料今番、三掷琼绯，一枭堪恃"，你又一次踏上了入京赴考的征程，已经四荐不售，这一次应该有一胜的把握。这样的祝福没有任何客套，直接真诚。接下来是词人的劝诫，说到底二人所擅长的经术文章并不为时所重，不能以此实现抱负、成就事业，只能救贫糊口，所以就算能够考中也不值得高兴。更何况我已年过半百，你也年近五十，人生百年，还剩下了多少呢？这是提醒老友，不要为违背本性之事而耽搁大好的时光，也是对词作开篇"甚矣吾衰矣"的呼应。词人又继续申发此意，"二老风流来往意"，二老应指莫友芝和刘书年，莫友芝为刘书年所聘期间，宾主论学谈艺，甚是相得，故词人言：何时老友才能以如此的"风流来往意"与我相伴为邻。最后，词人再次嘱咐友芝，莫要贪恋官场带来的那点甜头，暗含劝其早日归来之意。这首词与郑珍其他词作那种哀婉凄绝的风调明显不同，虽然在送别友人之中感慨自己的年华流逝和志趣难申，但却显得理性而平静，充分体现出学者的睿智和淡然，对挚友的祝福和劝勉，真诚质朴，语淡情浓。整首词如同一杯清茶，初品之时似乎味淡，但其中滋味却丰富绵长，沁人心脾。同治二年（1863 年），词人与友芝被朝廷征召为江苏知县，在曾国藩幕府的友芝于同治三年（1864 年）正月曾致信郑珍，信中言及自己久不意用世："唯出处之际，大是难言，以不嫁老女，忽而强之适人，虽是心肠、面目、举止色色妆点，改换一番，安有不凿枘者"，并称郑珍"知兄之不欲出，坚于友芝"，仅是劝其前来相会，"借作江湖散游，一抒磊落怀抱"，将友芝书信与郑珍这首词参看，可知二人的性情、品德是如此相近，也都如此值得敬佩。

陈钟祥

（25首）

　　陈钟祥，字息凡，晚号趣园抑叟，别署亭山山人。祖籍浙江山阴（今绍兴），因父赴贵州为官而生于贵筑（今贵阳）。道光十一年（1831年）举人，道光十五年（1835年）会试不中，入山西巡抚申启贤幕。后一年入京充左翼宗学教习，随后任四川青神、绵竹、大邑等地知县，"能以儒术润色吏治"（《贵州通史·人物志》），又不避艰辛奉使入藏处理民族事务。道光三十年（1850年）母忧释服，复官直隶。咸丰三年（1853年），太平军北伐，词人从军征讨，时沧州陷落，惨遭屠城，词人署沧州知州，他安辑流亡，被沧州百姓称赞有德行。咸丰五年（1855年）升任赵州知府，时值第二次鸦片战争，赴任未几便登洋船与西方列强议事，"条陈驭敌机宜，多中窥要"（《贵州通史·人物志》）。陈钟祥擅诗能文，曾拜时任黔西知州的著名诗人吴嵩梁为师，著有《依隐斋诗钞》二十卷、《夏雨轩杂文》四卷、《岷江纪程》一卷、《楹帖偶存》一卷。息凡亦工绘事，有《鸿爪八图》，莫友芝曾为之题词。

　　陈钟祥填词较晚，其自言"年余四十，始涉为词"（莫友芝《香草词序》），但却独以词名，存世词作颇富，近三百阕。其词集凡六：《香草词》五卷二百三十三阕，《鸿爪词》一卷八阕，《哀丝豪竹词》一卷十三阕，《菊花词》一卷二十四阕，《集牡丹亭词》一卷八阕，《补遗》一卷十三阕。其中《香草词》以令词为主；《鸿爪词》全为长调，是《鸿爪图》自题之作；《哀丝豪竹词》亦全为长调；《菊花词》全为令词，专咏菊花；而《集牡丹亭词》全为长调集句，专集《牡丹亭》成句为词。由上述情况可知陈钟祥词艺之多能。

　　就词风崇尚来说，陈钟祥服膺张惠言常州词派"意内言外"之论。莫友芝《香草词序》曰："（陈钟祥）既洞其奥，亦既更历世故，牵掣宦场，属时多事鞅掌，鲜有居息。溷恔耳目，枨柱怀抱，默之不甘，言之不可，忧从中来，辄假闺闱謷笑，倚声而写之。如集中无题诸令、引，读之迷离惝恍，使人无端哀乐。"（黔南丛书本《香草词》卷首），从他名其词集为《香草词》，且秉承"花间"传统，多风清绮丽之令词便易可知也。但正如黄菊人所评："落笔松脆，含情渺绵。其恬淡则近石田也，其婉丽则似蜕岩也。间有豪放之作，又兼得之辛柳之间。"（黔南丛书本《香草词》卷首）陈钟祥的词风并不单一，还有风格截然不同的沉郁豪宕之作，他在《自题》诗中言："变风旨意在深婉，美人香草追《离骚》。渺渺情怀托艳歌，哀丝豪竹感人多。"（黔南丛书本《香草词》卷首）"哀丝豪竹"恰代表其沉郁悲凉的风格，陈钟祥这种风格主要在《哀丝豪竹词》和《鸿爪词》中，全为长调，数量不多，但艺术水平却很高。

任可澄先生在《香草词序》中对陈钟祥词之创作成绩给予了很高的评价："（贵州）道咸以来词学始盛，其衰然成帙，各体皆备，实以陈息凡先生《香草词》为首。"（黔南丛书本《香草词》卷首）综观而言，陈钟祥词之艺术风格虽以清婉平易为主，但取境兼容并蓄，亦婉亦豪，并不偏狭。其小令多取径北宋，清丽流转如弹丸；长调则气韵贯注，多沉郁悲歌，有着多样化的艺术风貌，不愧为道咸贵阳词人之首。

祝英台近

挽赠方伯[1]天津谢云舫大令[2]

碧天高，沧海阔，魂梦徒飞越。组练三千[3]，魑魅[4]胆初夺。传来盈路悲声，壮心消歇，流不尽、霜河明月。　　拜金阙，博得青史哀荣，公平总难没。蜀道关山，啼尽子规血。孤忠付与佳儿，双双健鹘，好完却、使君英烈。

【注释】

[1]方伯：原指先秦时期的地方诸侯，后指统管一方的地方长官。《史记·周本纪》曰："周室衰微，诸侯强并弱，齐、楚、秦、晋始大，政由方伯。"

[2]谢云舫大令：谢子澄，字云舫，四川新都人。咸丰三年（1853年）任天津县令，后擢直隶州知州，留视县事。时太平天国军犯境，谢子澄带兵三千阻击，在战斗中战死。其工诗，能作骈体文，《新都县志》有传。大令为古代对县官的尊称。

[3]组练三千："组练"出自《左传·襄公三年》："使邓廖帅组甲三百，被练三千以侵吴。"孔颖达疏引贾逵曰："组甲，以组缀甲，车士服之；被练，帛也，以帛缀甲，步卒服之。"盖"组练"为将士所穿甲服，后借指装备精良的军队。李白《登金陵冶城西北谢安墩》诗曰："组练照楚国，旌旗连海门。"谢子澄带兵三千阻击太平军，故称"组练三千"。

[4]魑魅：原指鬼怪，后也喻指坏人或邪恶势力。词人用以蔑称太平军。

【评析】

此词在《香草词》中属于少数的别调，其慷慨悲凉的气韵与其他词作的清婉风格截然不同。这是一首悼念战死沙场亡友的挽词，悲凉却不颓丧，格调极为豪壮。上阕叙述谢子澄的壮烈事迹，开篇便用"碧天高，沧海阔"写景，带来极为壮阔的词境，亡友的英魂飞越碧天沧海，将那对家国的不舍和不甘曲折道出，不言悲，而悲在其中。接下来用"组练三千，魑魅胆初夺"着力刻画亡友不畏强敌的英勇形象，可惜"盈路悲声，壮心消歇"，气势一转直下，从壮烈转入悲苦。"流不尽、霜河明月"一句，宕开笔墨，用景语作上阕煞尾，不尽凄凉，如霜河上清冷的月光，布满天地，意境清幽辽远。下阕展开对亡友事迹的评论，首句对词中的悲伤之感有所舒缓，言亡友的事迹传入了朝廷，载入了史册，其献出生命的付出总算能得到公平的对待。但"蜀道"一句，又悲从中来，不可断绝。蜀地是谢子澄的家乡，越鸟南栖，狐死首丘，亡友战死他乡，最不舍的应是家乡的亲人，"蜀道关山，啼尽子规血"极有画面感，"杜鹃啼血"的典故把亡友对家国的不舍情怀恰当地表达出来，用典极为妥帖。好在亡友后继有人，子女强健，可将"孤忠付与佳儿"，能将其父的忠烈之志继承发扬下去。最后一句又使词境振起，抒写层次的曲折有致，使词中之情韵跌宕起伏，意蕴更加丰厚。词作中不仅有对亡友殒命于战场的悲伤，更有对国势日颓的忧虑；既刻画了谢子澄壮烈的气概，又对现实社会充满悲伤苍凉之感，故能感情澎湃，极有感染力。

浪淘沙

怕听说江南，月冷风酸。频年金粉[1]久凋残，一夕狂氛[2]如电扫，特地荒寒。　　战血几时干，拍遍栏杆。秦淮呜咽水漫漫，欲借琵琶深诉与，续续哀弹。

【注释】

[1]金粉：本形容六朝金陵城的靡丽繁华，即所谓"六朝金粉地，千古帝王州"，清人常借以形容太平天国运动前江南绮丽繁华的景象。如(清)林骏《日记·朔日》诗曰："锦绣江南实可哀，六朝金粉尽成灰。"

[2]狂氛：封建统治者对叛乱者和起义军的蔑称，此处代指太平军。《天启起居注》曰："辽左之狂氛未扑，西陲之羽檄频闻。"

【评析】

1851年至1864年，太平天国运动历时十四载，整个江南地区硝烟四起，农民起义军虽然沉痛地打击了腐朽的清王朝，但长年的战争也给中华大地带来了沉痛的灾难，原本富庶的江南生灵涂炭、满目疮痍，这首词便是对战乱频仍的写照。"怕听说江南"，自是对战争带来的后果不忍聆听，频年的战火使原本绮丽繁华的江南大地长久凋残，"月冷风酸""特地荒寒"，其衰败荒芜之感浸透纸背，不尽凄凉，自然引起下阕对战事何时能休的哀伤和悲叹，"战血几时休?"无奈一问，仿佛根本看不到承平的希望，更添辛酸。"拍遍栏杆"化用辛弃疾词《水龙吟·登健康赏心亭》，但两首词所表达的情感不太相同。辛弃疾表达的是家国之恨难报、功业壮志难酬，又内心孤苦寂寞的英雄热泪；陈钟祥则展露了对长年战争带来的巨大破坏和生灵涂炭无比哀痛的赤子之心。因此，沉郁的辞调在末句归于深婉，"秦淮呜咽水漫漫，欲借琵琶深诉与，续续哀弹。"词人之哀、国家之哀、百姓之哀都融汇在秦淮河呜咽的流水和琵琶的续续哀弹中，其弦外之音可用张养浩《山坡羊·潼关怀古》中"兴，百姓苦；亡，百姓苦"作一注解，然不曾说破，更添凄婉。

飞雪满群山

千峰叱驭第三图[1]

道光丁未，余奉使察木多[2]，即古前藏地，又名康卫，今日昌都，属青海唐古忒部，距成都五千余里。三月初旬，出打箭炉外[3]，积雪犹二三尺，雪中常开红莲花，层岩叠嶂，风土顿殊。使车往还，自春徂秋，尝有《康邮草》[4]一卷纪行，因以"千峰叱驭"为第三图。

马后桃花，马前深雪，峭风抖擞征袍。金沙萦绕，冰天叠嶂，望中青海迢迢。酪奴[5]知拜跪，厌喧杂、番僧鼓铙。念家山远，巡边戍卒，闲坐解弓刀。　　偏爱煞、红莲开雪嶂，尽马蹄牛背，金步摇摇。鸦头珠络，靴裙蹴踏，蛮娃也解吹箫。听歌庄跳转，晚风袅、月明柳梢。旅魂飞越，炉光瀑水横铁桥。

【注释】

[1]千峰叱驭第三图：此词选自《鸿爪词》，是陈钟祥自题所绘《鸿爪图》的题画词。《鸿爪图》共八幅，故《鸿爪词》亦为八阕，除本编所选三首外，尚有《水龙吟·墨池怀古第一图》《扬州慢·云亭省耕第二图》《望海潮·海东泛宅第五图》《玲珑四犯·沧城抚驭第七图》《齐天乐·捷地巡防第八图》。全为长调，风格以沉郁苍劲为主，亦不似《香草词》，与《哀丝豪竹词》同为陈钟祥长调代表作。

[2]察木多：旧城名。清代康地四大呼图克图驻地之一。故址在今西藏昌都市。地当四川、云南、青海入藏孔道。《西藏图考》卷三曰："察木多（一作乍木），在乍丫西北，即古康地，古称前藏，一名界喀木，通川滇。"此词作于道光二十七年（1847年），词人奉使入藏时。

[3]打箭炉：即今康定，藏语称康定为"打折多"，旧史曾译作"打煎炉"，后通译"打箭炉"，简称炉城。《雅州府志》卷二曰："皇清雍正八年（1730年）新设，分驻打箭炉，雅州府同知汰驿丞归并同知管理。"

[4]《康邮草》：陈钟祥奉使藏区所著纪行诗集，词人自题曰："丁未春，余奉使察木多，古昌都地也……使车往还，自春徂秋，山川风物，标奇志异，计得诗八十余首，别之曰《康邮草》。"现收于《依隐斋诗钞》卷五。

[5]酪奴：茶的别称，北魏人好奶酪，故戏称茶为酪奴，谓茶不如酪浆。（北魏）杨衒之《洛阳伽蓝记·正觉寺》："羊比齐鲁大邦，鱼比邾莒小国。唯茗不中，与酪作奴。"此处指到藏区贩茶的茶商。（清）顾炎武《自大同至西口》诗之三曰："年年天马至，岁岁酪奴忙。"

【评析】

　　此词记录了词人奉使入藏时的见闻和感受，抒发了羁旅之情。青藏高原迥异的自然风光和风土人情，给予词人极为新鲜深刻的感受。"马后桃花，马前深雪，峭风抖擞征袍。"最先给予词人强烈感受的是藏区内外截然不同的气候特征，藏区外已经桃花灼灼，一片春光，而藏区内仍然深雪皑皑，寒风料峭，体现出行路的艰难。"金沙"一句写一路所见之景，重山之下是曲折萦绕的金沙江，前途是层层耸峙的巍峨雪山，视野之内整个青海地区是如此辽阔，无边无际。写景全用粗笔勾勒，展示高原苍莽壮阔的特点。上阕后半部分写藏区生活的感受，"酪奴"本是茶的别称，词中指入藏贩茶的茶商，他们或是中原人，或晓汉人礼节，故知见官长行跪拜之礼，这应该给予词人亲切之感。但番僧的鼓铙之声如此喧杂，又引起了词人处于异乡的陌生和不适之感。那些巡边戍守的军人，闲解弓刀，他们长年驻守在这远离家乡、风俗迥异的艰苦之地，是多么怀念自己的家乡和亲人，词人予以他们深深的同情，同时也曲折地表达了自己的思乡之情。下阕宕开笔墨，先写词人最为欣喜的风情，赞叹青藏高原上的雪山红莲，藏民马蹄牛背上悬挂艳丽的吊饰，如金步摇般随步摇动。藏区人民能歌善舞，儿童也懂吹箫，藏族女儿头戴晶莹的珠络，穿着长裙长靴，载歌载舞。在欢快的歌舞声中，不知不觉便已入夜，晚风袅袅，月明柳梢，不禁勾起了词人的乡思。在寥落的夜空中，词人的旅魂亦仿佛随着晚风，越过炉火、瀑水、铁桥，直向家乡飞去。词作一改《香草词》中令词那细腻婉约的笔触，疏朴直率地描绘景物，抒发情感，意境壮阔，风格劲健。结尾处清远的写景，又使词作有了悠扬的情调，耐人寻味。

念奴娇

三峡归舟第四图

　　蜀中山水之奇，以三峡为最。自夔门[1]至秭归[2]，七百里间，奔泷急湍，狂流澎湃，夹岸连山。大嶂插天蔽日，望之如青玉屏风，而玲珑秀削不可名状。咸丰辛亥，挈家自蜀归越，服岷江而下，经瞿塘滟滪[3]诸险，时值秋晴宇霁，山川如画，犹历历在目，因以"三峡归舟"为第四图。

　　大江东去，猛回首、三峡嵚奇[4]云物。秋色西来围住了，丹嶂青峰四壁。白帝城[5]高，黄牛庙[6]古，滟滪堆头雪。江陵千里，山川如此雄杰。
　　遥睇神女巫峰，风鬟兼雾鬓，仙姿飘发。雨意云情，朝暮间、魂梦迷离冥灭。两岸啼猿，孤舟飞鸟，界破天如发。三更惊晓，挂蓬争看明月。

【注释】

　　[1]夔门：一般指瞿塘关，位于今重庆奉节瞿塘峡西口。《大清一统志》卷三百八十三

注"东据夔门"："夔州府东有瞿塘巫峡之险，与湖北接界。"

　　[2]秭归：位于今湖北省宜昌市，西陵峡两岸。《水经注》卷三十四引袁山松语曰："屈原有贤姊，闻原放逐，亦来归，喻令自宽全。乡人冀其见从，因名曰秭归，即《离骚》所谓'女媭婵媛以詈余'也。"

　　[3]滟滪：滟滪堆，在瞿塘峡口，冬天露出于水，夏天没于水中，为著名的险滩。《水经注》卷三十四引《寰宇记》曰："滟滪堆，周围二十丈，在夔州西南二百步蜀江中心，瞿塘峡口。冬水浅，屹然露百余丈。夏水涨，没数十丈。……亦曰'犹豫'，言舟子取途不决水脉也。"

　　[4]嵚奇：亦写作"嵚崎"，高峻的样子。(东汉)王延寿《王孙赋》曰："生深山之茂林，处�

岩之嵚崎。"

　　[5]白帝城：位于重庆奉节县瞿塘峡口的白帝山上，为西汉末年割据蜀地的公孙述所建。《明一统志》卷七十曰："古迹白帝城，在府治东。公孙述据蜀，自称白帝，更号鱼复，曰'白帝城'。"

　　[6]黄牛庙：位于长江三峡的黄牛滩边，传为纪念黄龙助大禹治水之功而建。诸葛亮《黄陵庙记》曰："神有功助禹开江，不事凿斧，顺济舟航，当庙食兹土。仆复而兴之，再建其庙号，目之曰'黄牛庙'，以显神功。"

【评析】

　　咸丰元年(1851年)，词人携家人沿长江水路离蜀，前往直隶，赴赵州知府任。行经三峡，词人对壮丽雄奇的景观大为赞叹，绘制了《三峡归舟图》，并题写此词。词序中除交代写作缘由外，词人也用清新简练的笔触，描写三峡江流澎湃、峦嶂如屏的奇丽风光，亦是一篇极有韵味的山水小品。上阕着意于山峡的雄杰。词人直接用苏轼"大江东去"原句，"猛回首、三峡嵚奇云物"，开篇便有一泻千里的气势，猛然回首，三峡之高峻缥缈的景致已在船尾，不仅突出了江流的湍急，"三峡嵚奇云物"更是总体概括了三峡景致的特点，虽是开门见山，却也曲折有致。秋色之中，山林树木错落着红和绿两种颜色，远望去，词人被夹岸的"丹巘青峰"围住，陡峭高峻的山峰"插天蔽日""玲珑秀削"，色彩极为明丽，气势极为奇伟。写完了山势，词人接下来点出"白帝城""黄牛庙"和"滟滪堆"等沿江名胜。白帝城为西汉时期割据蜀中的公孙述所建，在瞿塘峡口的白帝山上，以一个"高"字突出其形势。白帝城在高峻的山峦上，千年来俯视着长江东逝和历史变迁。黄牛庙在长江畔的黄牛滩上，传为纪念黄龙助大禹治水之功，以一个"古"字突出其渊源之久远，历史固然变迁，但伟大的功绩却能始终被人民所铭记，亘古不变。"滟滪堆"是三峡有名的险滩，李白《长干行》中便有"十六君远行，瞿塘滟滪堆。五月不可触，猿声天上哀"的诗句。一个"雪"字极为生动凝练地描绘出江水怒触礁石、水气腾空、水花飞溅的奇险之状。"江陵千里"化用李白《朝发白帝城》诗句，与首句遥相呼应，形成回环的结构，最后以"山川如此雄杰"的感慨结束上阕。一般来说，词忌用直露语，但情至极浓极厚处，不得不发，便能爽利而不觉粗率。此处直抒胸臆，便是气势至最高处。下阕由仙女峰写起，引入巫山神女的传说，突出三峡秀美的一面，词之情调节制，由上阕结尾处的高亢转为舒缓，遂见顿挫之致。自宋玉《高唐》《神女》二赋以"巫山神女"的传说为题，"且为朝云，暮为行雨"的缥缈女神，为三峡增添了极为浪漫动人的色彩。词人于江中遥望神女巫山，恍若见到了神女"风鬓雾鬓""仙姿飘发"的倩丽身影，不由沉浸在那朝云暮雨的凄美迷离的情境中。但很快，词人的魂梦便被两岸哀鸣的猿声以及孤舟上飞鸟穿空划破苍穹时的啼鸣打破。时已三更，孤舟之上，词人挂起船篷，与同行之人争看江月奇景。结尾处，词人引出江月，却未对其进行描绘，点到为止，引人遐想。此词纯以写景为主，词作开篇破题，气势跌宕曲折，在层次安排上见匠心巧思。描写简练流畅，将三峡雄奇壮美的风光酣畅淋漓地展现在读者面前，情韵生动，意境壮阔，抒发了词人对自然之美的由衷赞叹之情。

摸鱼儿(一)

河北从军第六图

　　癸丑[1]夏，粤寇由江淮分股北扰，陷归德[2]，窥汴梁，遂渡河围怀庆[3]，畿辅震动。余适入直，谒仕檄赴军营，从事三月余，至秋怀郡围释，寇西窜如晋乃还，因以"河北从军"为第六图。

　　望江南、阵云愁满，任风吹度河北。将军到处飞征骑，天上羽书[4]新敕。纷列载。看一片、旌旗几变风云色。喑呜咤叱。有老将幽燕，少年河朔，同把宝刀拭。　　黄流滚，怅对西风落日。连营昏雾如墨。荒鸡夜半催人舞，遥听马嘶金勒。高莫极。千里外，太行苍翠天疑逼。秋声瑟瑟。正落木无边，长河不尽，目断转心窄。

【注释】

　　[1]癸丑：即咸丰三年(1853年)，莫友芝《防河北》诗序云："癸丑夏，粤寇申江淮分股北扰，陷归德，窥开封，渡河围怀庆。君抵直隶，檄赴军比。秋，寇西窜，怀庆围解，遂撤还。"与词序所记略同，可互参。

　　[2]归德：古地名，归德府，治所在今河南商丘。

　　[3]怀庆：古地名，怀庆府，治所在今河南沁阳。

　　[4]羽书：即羽檄，古时征调军队的文书，上插鸟羽，表示紧急必须速递。《汉书·高帝纪下》曰："吾以羽檄征天下兵。"颜师古注："檄者，以木简为书，长尺二寸，用征召也。其有急事，则加以鸟羽插之，示速疾也。"

【评析】

　　咸丰三年(1853年)，太平军袭扰河北，京畿震动。邓文滨《醒睡录》中载："咸丰三年冬，粤逆由扬州两淮至大河南北，扰山东山西界，回窜天津卫，有窃窥宸垣意，炮声如雷，京师震动，都中大员家眷，及官绅商民，无不各鸟兽散。"可见当时形势之危急。词人当时恰赴任直隶，亲赴军营，参与这场战争。这首词虽是自题《河北从军图》的题画词，却写出了三个月军旅战争的亲身感受。词之上下阕以战事的发展为序，分写战争的动员出征及两军对垒时之情形。"望江南、阵云愁满，任风吹度河北。""阵云"原意为浓重厚积形似战阵的云，古人认为是战争的先兆。这里用以形容太平军之人数众多、蔓延之广、声势浩大。"任风吹过河北"之一"任"字便含有对朝廷昏聩之批评。战事已临，皇帝刚下了紧急调军的羽檄，处处是将军派出征兵的飞骑。很快部队便列载整队，旌旗弥漫，吼声震天，无论是老将还是少年，都"同把宝刀拭"，时刻准备踏上战场。"飞"和"羽书"见形势危急，军队调度的急速；"旌旗"和"叱咤"呈现军队之气势；"老将""少年"齐聚河朔，擦拭宝刀，蓄势待发。在极有层次的铺叙中，展现出军容的豪壮，直让人血脉偾张。词的下阕写行军至黄河边，一边是河水浩荡东逝，另一边是西风猎猎，夕阳如血，壮阔的意境中透出一股悲凉的气息。到晚上，军队驻扎，连绵不绝的营寨上雾霭深沉，夜半荒原中的鸡鸣让人难以入眠，远远地能听到战马嘶吼的声音。千里外苍翠的太行山，高峻无比，似乎已逼近了苍天。秋风萧瑟，落叶纷飞无际，长河延绵不尽，放眼极望，不由得心情烦躁。全词以描写为主，上阕写整军待发的情形，下阕则写军队驻扎地的景色。上阕中几个典型场面的快速切换，生动地营造了紧张的氛围；下阕通过西风落日、昏雾、荒鸡、马嘶、太行、秋声、落木、长河等意象，构筑苍凉壮阔的意境，透露出词人对战事不已的烦闷不安和前途难料的感伤情绪。

金缕曲[1]（一）

纸薄书生命。叹才名、争推司马，白眉[2]良骏。才越向龙门烧尾[3]，寂寞春风骨冷。况不是、孤寒多病。倜傥英姿精悍气，算平生、远到堪驰骋。天欲问，天难定。　一庭风露蟾蜍晕。夜归来、彷徨魂梦，似犹温青。几个床前娇雏嫩，付与鸡鸣角枕。看破镜、啼痕偷揾。月照寒闺凄凉断，问黄泉、目到何时暝。尘世恨，浮生影。

【注释】

[1]陈钟祥《哀丝豪竹词》共十三阕，词集由"庄淓司宝恬妹婿墓词四阕""百嘉山莲兰两儿墓词五阕""书朱勇烈公昭忠录后四阕"三组词构成，用联章组词的形式寄托对亡者的伤悼之感。作者在词集后序中言及创作因由："余于戊申、己酉连殇两儿女，返厝于黔，旋丁内艰。妹倩司葆田孝廉亦于己酉夏中殂，壬子秋自越来黔，展墓悲吟，率多蒿露之感，各为联章词若干阕，哀从中来，不能自已。适荫棠漕帅以《尊甫朱勇烈公射斗昭忠录》索题，勇烈一代名将，绩满两川，马革裹尸，凛凛生气，更缀数拍以志敬慕，并录之

为《哀丝豪竹词》云。"此词为《哀丝豪竹词·庄渎司宝恬妹婿墓词四阕》其二。

[2]白眉：指兄弟间之优秀杰出者。出自《三国志·蜀志·马良传》："马良，字季常，襄阳宜城人也。兄弟五人，并有才名，乡里为之谚曰：'马氏五常，白眉最良。'良眉中有白毛，故以称之。"(唐)崔泰之《同光禄弟冬日述怀》诗曰："吾族白眉良，才华动洛阳。"

[3]龙门烧尾：传说鱼跃龙门，须雷电烧其尾，才能化龙。《樊南文集详注·为某先辈献集贤相公启》冯浩注引《谈苑》曰："士人初登第必展欢宴，谓之烧尾。说者云虎化为人，惟尾不化，须为烧去乃得成人。又云新羊入群，抵触不相亲附，烧其尾乃定。又云鱼跃龙门，化龙时，必雷电烧其尾，乃化。"

【评析】

《庄渎司宝恬妹婿墓词四阕》是作者悼念其英年早逝的妹婿的组词，共四阕，此为第二阕。词作在对妹婿悲剧性人生的叙写中，寄寓了词人深沉的惋惜和哀叹。词作开门见山，用"纸薄书生命"总领全篇，概括得相当精巧，书生终日与纸为伴，甘守清苦，但却不一定学有所成。古来高才命薄如李贺、王勃者，无不让人叹惋。因此，"纸薄书生命"也是陈钟祥对妹婿生命的注解，同是读书人的词人写下这句话，其沉痛可以想见。"况不是"一句是词人痛惋之余的假设，最后上阕以"天欲问，天难定"收束，这既是宕开的一笔，也是感情的深化，问苍天何事？命运的不公，青春的陨灭，还是生死的难测？词人略去问的内容，却增加了感情的厚度。下阕转化了叙述的视角，改写丈夫亡后妹妹一家的凄凉境况。稚嫩的床前儿女，破镜前揾泪的妻子，面对如此境况，黄泉之下的妹婿何日才能安心瞑目？末句"尘世恨，浮生影"总括全篇，而且把这种个人和家庭的悲剧扩展到了整个社会人生。《庄渎司宝恬妹婿墓词四阕》组词表达的主题内容着一定的联系，情感意脉延续，联章而缀，首尾连贯。其一《沁园春》为总起，回忆了妹婿丧事时的情况；其二叙写妹婿早亡的悲剧人生；其三从妹婿的离世联想到自己连殇二女的悲苦；其四写整理妹婿遗稿，表达对妹妹苦尽甘来的良好愿景。面对短时期内亲人的连续离开，对于内心感慨万千的词人来说，也唯有用组词的形式才能将这一腔悲痛尽情倾吐吧。

玲珑四犯[1]

万里故山，三春归棹，惟余魂梦相守。独怜辛苦意，地下儿知否？征尘试看满袖。见旁人、顿疑消瘦。两度惊风，两坏新土，赢得两眉皱。

林原似，犹夜旧。得相依外氏，生算狐首[2]。钓游[3]须记取，总卝[4]曾携手。诸姑伯舅伤心话，到寒食、年年杯酒。情转逗。湖边路烟荒草茂。

【注释】

[1]此词是《哀丝豪竹词·百嘉山莲兰两儿墓词五阕》之其五。《百嘉山莲兰两儿墓词

五阕》是词人悼念夭折的两位女儿的悼词。词人的两位女儿于 1747 年和 1748 年相继离世。

[2]狐首：即狐死首丘，喻归葬故土。《十六国春秋·前燕录》曰："狐死首丘，欲归死于先人坟墓耳。"

[3]钓游：指幼时玩耍、生活的地方。韩愈《送杨少尹序》曰："杨侯始冠，举于其乡，歌《鹿鸣》而来也。今之归，指其树曰：'某树，吾先人之所种也；某水某丘，吾童子时所钓游也。'"

[4]总丱：古时儿童束发为两角，借指童年。《颜氏家训·勉学》曰："梁朝皇孙以下，总丱之年，必先入学，观其志尚。"

【评析】

中年丧女的人生悲剧对词人来说是巨大的灾厄，短短两年时间里，词人相继失去两个女儿，其沉痛可想而知。四年后，词人回乡省墓，满怀的悲情都化作了《百嘉山莲兰两儿墓词五阕》联章悼词，这五首词皆是哀伤沉痛之语，字里行间中也透露出词人对子女深沉的父爱。五首词分别是其一《酹江月》、其二《乳燕飞》、其三《春风袅娜》、其四《迈陂塘》，以及本书所选的其五《玲珑四犯》。此词最大之特点是，已经不局限于抒发对亡女的悼念之情，而是扩展到词人自己悲剧性的人生。"逝者已矣，生者如斯"，词人女儿双亡，又长期漂泊，魂牵梦萦的便是那"万里故山"和"两坯新土"。"独怜辛苦意，地下儿知否？"词人明知女儿已经不可能知道，但这一痴问却极为深沉，把人生的艰辛道尽，整首词仿佛是词人在向亡女低声倾诉。最后以女儿墓地旁的湖水烟雾迷蒙、荒草茂密的清冷景象作结，情景交叠，含不尽之意。词人对女儿的思念之情如余音绕梁，久难释怀。《百嘉山莲兰两儿墓词五阕》中每首词作的写作角度都不一样，首篇《酹江月》是痛忆往昔，其二《乳燕飞》是坟前祭扫，其三《春风袅娜》是生前旧事，其四《迈陂塘》是自述孤苦，而其五《玲珑四犯》可谓倾诉心曲，但却紧扣悼念亡女的主题，情感上相互联系，互为映衬，将伤悼之情、人生苦恨的深广和沉痛抒发得淋漓尽致。

酹江月[1]

判官[2]神武，听纷纷伏莽[3]，惊呼妖魉。一阵天兵催战鼓，愁惨四山风雨。天上将军，生前骁帅，下击群狐鼠。英雄如昨，争看当日朱虎。

闻道卅载戎行，名齐褒鄂[4]，干勇巴图鲁[5]。马革裹尸心始慰，来傍芙蓉城[6]主。杀贼当完，臣功未竟，地下酬恩苦。冲冠犹怒，腾空剑戟飞舞。

【注释】

[1]此词与下一首《金缕曲·百战英名在》选自《哀丝豪竹词·书朱勇烈公昭忠录后四

阙呈荫堂漕帅》，这组词是词人应朱树以《尊甫朱勇烈公射斗昭忠录》索题而作。朱树，贵州贵筑人，以父荫入职，道光十九年（1839年）任漕运总督，故称为"荫堂漕帅"。其父朱射斗，为乾嘉时期名将，官至提督（从一品），获敕封"干勇巴图鲁"称号，嘉庆五年（1800年）在川西镇压农民起义的战斗中死亡，赐二等轻车都尉世袭。嘉庆八年（1803年），入祀昭忠祠，赐谥"勇烈"。《大清一统志》卷五百曰："朱射斗，贵筑人。乾隆中以行伍随征大小金川，积军功历升四川川北镇总兵。嘉靖五年率兵征剿川陕逆匪，追贼至蓬溪县高院场，被伤阵亡。赐谥'勇烈'，恩赏二等轻车都尉世职，入祀昭忠祠。"

[2]判官：本为职官名，唐代始设，为辅助地方长官处理公事的人员。后借指冥府中辅助阎王，执掌"生死簿"的阴官。传说中的冥府判官形象大多面目狰狞，但善良公正，对好人进行奖励，对坏人进行惩罚。此处用来形容朱射斗勇武善良的形象。

[3]伏莽：出自《易·同人》："伏戎于莽。"意为潜伏兵戎于草莽之中。同时，古代也常蔑称起义的农民军队为"伏莽"。（唐）李德裕《授王元逵平章事制》曰："始擒伏莽之戎，遽拔升天之险。"

[4]褒鄂：唐代褒国公、鄂国公的并称。唐初功臣段志玄封号褒国公，尉迟恭封号鄂国公。（清）顾炎武《金山》诗曰："故侯褒鄂姿，手运丈八矛。"

[5]干勇巴图鲁：源自蒙语，意为勇士。清初，满族、蒙古族有战功者多赐此称。"干勇"为勇号，满族、蒙古族冠以满文如搏奇、乌能伊之类者，谓之清字勇号。后来也赐汉族武官，冠以汉文英勇、干勇之类，谓之汉字勇号。（清）陈康祺《郎潜纪闻》卷五曰："巴图鲁，译言好汉，与《元史》称拔都、拔突、霸都鲁等类字异义同。"

[6]芙蓉城：为成都别称，后蜀孟昶于宫苑城上遍植木芙蓉，因以得名。事见（宋）张唐英《蜀梼杌》卷下。朱射斗在76岁高龄时，仍率兵镇压川西农民起义，终被伤阵亡，故词中言："马革裹尸心始慰，来傍芙蓉城主。"

【评析】

此词为《书朱勇烈公昭忠录后四阙呈荫堂漕帅》组词的首篇，朱射斗是起自行伍、战功累累的黔籍名将。虽然他镇压过农民义军，但也在反抗外来侵略者，抚绥边疆和平定土司叛乱上立下卓越的功勋，我们应对其历史地位给予公正客观的评价。作为同乡后辈的词人对勇烈公这位一代名将极为敬仰，他在《哀丝豪竹词后序》中称赞道："勇烈一代名将，绩满两川，马革裹尸，凛凛生气"。故用雄壮豪迈、慷慨激昂的笔调写下《书朱勇烈公昭忠录后四阙呈荫堂漕帅》组词，讴歌朱射斗的英勇雄杰和赫赫战功，对其战死沙场的结局表示叹惋，抒发自己的敬仰钦慕之情。首篇《酹江月》总括朱射斗生平功绩。词人用英明神武的阴司判官形容朱射斗，判官多面目狰狞而公正善良，这极为巧妙地表现出一代名将对敌人冷酷无情、对士卒百姓爱护有加的品格。当家国受到"伏莽""妖房"的侵害时，他率兵征讨，战鼓一响，便如风雨般激烈。"一阵天兵催战鼓，愁惨四山风雨"对朱射斗之威风凛凛的形象做了生动的形容。下阕主要写朱射斗生前的荣耀及战死沙场的结局。在他数十年的军旅生涯中，赫赫声威已与唐代开国功臣段志玄、尉迟恭相媲美，因此荣获"干勇巴图鲁"的称号（巴图鲁称号多与谥号同赐，罕有生者获封，从清开国至咸丰朝仅33人，且嘉庆前均为满蒙。朱射斗不仅生前获封，而且也是受赐此称号最早的汉将）。但作为一名将领，他以马革裹尸作为自己的归宿，在 76 岁高龄时仍领军平定四川内乱，终战死沙场。词作最后又另起波澜，勇烈公虽马革裹尸，但却杀贼未完，臣功未竟，至魂归地下仍冲冠犹怒，空舞剑戟，这种小说家常用的笔法，使勇烈公英勇伟岸的形象跃然纸上。

金缕曲（二）

　　百战英名在。记曾经、金川大小[1]，缅江[2]青海[3]。专阃[4]五方[5]心尤壮，一纸家书慷慨。旧人也[6]、爪牙[7]凭赖。母子生还完吾愿，莽风云、撒手游天外。身已许，甘为醢。　　白莲花里黄金铠。翦么麽、披靡惊倒，杰姿雄迈。残贼敢嘉陵偷渡，懦帅长城自坏[8]。遗恨到、江流如带。惨澹是蓬溪场上[9]，对苍天、望北从容拜。难了却，毕生债。

【注释】

[1] 金川大小：指乾隆时期平定川西大小金川土司叛乱的两次大规模战役。（清）阮元《朱勇烈公传》："公沈毅果决，临阵敢战，自初随征，即为阿文成公所识拔。计金川平，经大小一百八十八战，身带九伤，杀贼无算；夺碉楼十二所，器械无算。领积功札十三次，伤赏银百六十两。"

[2] 缅江：指朱射斗参加的清缅战争。朱射斗于乾隆三十二年（1767 年），随云贵总督兼征缅将军明瑞出征缅甸。《缅述·缅国纪略》曰："三十年，孟络死，弟孟驳嗣，时犯车里、九龙江，出入无忌，然不过蠢动已耳。而疆吏举动张皇，辄轻进以罹祸机。三十一年三月三日，总督刘藻至于自杀，洎总督杨应琚至，事已靖矣，而听副将赵宏榜之说，生事邀功，至于新街败衄，边事几无虚日。三十二年三月，杨应琚逮入都，而以承恩公明瑞代。九月，进兵分两路，明瑞由木邦进，额尔景额由老官屯进。明年正月，明瑞殁，以忠勇公傅恒经略，兵至老官屯，缅人乞降，遂班师。"《国朝先正事略·朱勇烈公事略》："乾隆三十二年，从征缅甸，以功拔外委。

[3] 青海：指朱射斗参加的西藏边境与廓尔喀的战争。朱射斗于乾隆五十七年（1792 年）随福安康出征廓尔喀。《德壮果公年谱》引魏源《圣武纪》云："（廓尔喀）其与中国搆兵者，则自五十五年内犯西藏始……五十五年廓尔喀藉商税增额，食盐糌土为词，兴兵闯边。唐古特兵懦不能阃，而朝廷所遣援剿之侍卫巴忠将军鄂辉成德等复调停贿和，阴令西藏堪布等岁许私币万五千金。遂以贼蹙乞降饰奏，而讽其酋入贡受封国王。廓尔喀既侮貌内地，次年藏中岁币复爽约，于是以责负为名再举深入，因大掠扎什伦布。全藏大震，两大喇嘛飞章告急。时鄂辉为四川总督，成德为四川将军，皆以罪委。巴忠及奉命赴藏剿御，又缓程以进，上知二人之不足恃也，乃诏嘉勇公福康安为将军，超勇公海兰察为参赞，而调索伦满兵及屯练士兵进讨之。"《国朝先正事略·朱勇烈公事略》曰："五十七年，从征廓尔喀，调福宁镇总兵。"

[4]专阃：语出《史记·张释之冯唐列传》："阃以内者，寡人制之；阃以外者，将军制之。"谓在京城以外专主军事。后称统兵在外为"专阃"。

[5]五方：指东南西北和中央，泛指各方。《礼记·王制》曰："五方之民，言语不通，嗜欲不同。"

[6]旧人也：此为乾隆与朱射斗语。《国朝先正事略·朱勇烈公事略》曰："公自乾隆三十二年随征，至授命之日，凡三十四年。初受高宗恩遇，由行伍擢至副将，又专阃五省，每入觐，以老臣目之。于请贺万寿圣节，奉手敕曰：'汝旧人也，不必来京。'"

[7]爪牙：比喻武臣。《汉书·李广传》曰："将军者，国之爪牙也。"

[8]残贼敢嘉陵偷渡，懦帅长城自坏：此句指朱射斗战死沙场的征讨川陕义军张世陇的战争。《国朝先正事略·朱勇烈公事略》曰："明年，张世陇屯聚草庙，公领众截杀，多所斩获。而经略将赴陕西，复调公至达州，与总督魁伦会剿。公从南江雷音铺至达州，贼乘隙自定远潜渡嘉陵江。官兵自顺庆渡河迎截，贼走西充文井场。比追及，贼已夜遁。公急驰十余里，及贼后队，追战越三十余里，杀贼四五百人，生擒百余人，乘胜追至蓬溪高院场。贼分奔上山，公督兵直上。突有贼七八千人来拒，众寡不敌，被围数重。初，魁伦遣公及总兵百祥以兵三千进击，约自帅后队数千继进，至是，魁伦拥兵不援，反回屯城内。公手刃十余人，遇坎坠马，殁于阵。""懦帅"指拥兵不援，导致朱射斗战死的总督魁伦。

[9]蓬溪场：今四川蓬溪县，朱射斗战死处。

【评析】

词为《哀丝豪竹词·书朱勇烈公昭忠录后四阕呈荫堂漕帅》组词之二，词作历数勇烈公经历的重要战斗，是其戎马生涯的精彩写照。词作以"百战英名在"一句开篇，把读者引入对朱射斗征战生涯的回顾中。紧接着便点出平定大小金川内乱、清缅战争、抗击廓尔喀入侵等数次朱射斗参战的重要战争，正是在这大大小小上百次的战斗中，朱射斗展现了其英勇无畏、善于带兵的军事才能，"身带九伤，杀敌无算"，从一个普通的士卒，成长为正二品总兵，获赐"干勇巴图鲁"封号。下一句"专阃五方心尤壮，一纸家书慷慨"极为精炼地表现出朱射斗征战四方的慷慨壮志，也正在于此，乾隆皇帝将其视为国家倚赖的栋梁，亲切地称其为自己的旧人。"母子"到上阕结尾，也是承接"专阃"句意，表现其舍身报国、甘愿牺牲的铮铮铁骨和崇高气节。过片仍延续这一激昂慷慨的格调，"白莲花里黄金铠"，"白莲花"如朱射斗善良纯洁之内心，"黄金甲"如其战场上赫赫声威，他所向披靡，"杰姿雄迈"。接着，词作集中表现了朱射斗之最后一战，七十余岁老将，带兵渡河截杀敌人，不幸被围困于蓬溪，而总督魁伦却拥兵不救，任其战死于沙场。故词中说"惨澹是蓬溪场上，对苍天、望北从容拜。难了却，毕生债。"马革裹尸虽是朱射斗毕生之信念，其战死前"对苍天、望北从容拜"的悲壮，却恰恰与魁伦的懦弱形成了鲜明的对比，一代名将因友军将领见死不救而陨落，正如上一首《酹江月》所言："臣功未竟"，又怎能不让人顿足长叹啊！《书朱勇烈公昭忠录后四阙呈荫堂漕帅》组词，其一《酹江月》是总括其生平功绩，其二《金缕曲》是叙写其戎马生涯，都是写朱射斗之生前事。其三《玲珑四犯》写其受到百姓之祭祀留念，其四《迈陂塘》写其受到了朝廷的嘉奖和抚恤，留名于青史，都是写其死后之事。可见这四首词逻辑紧密，有叙述、有描绘、有议论，不仅将一位功盖当世、勇武非凡的将军形象完满地刻画出来，而且感情真挚、格调悲壮、气势磅礴，极有感染力。

南楼令

海上　四阕[1]

其四

晓月半钩横。残霞几片明。怒滔滔、一片涛声。呜咽西风添作恨，吹不尽、总难平。　　司马论番情[2]。昭君出塞行。《小单于》[3]、唱罢休惊。愁煞海门初上日，须照耀、汉家营。

【注释】

[1]《南楼令·海上》选自《香草词》，是由四阕同调之作构成的组词，本书所选为第四阕。

[2]司马论番情：疑指司马相如受汉武帝令，出使西南夷，蜀地长老多认为西南夷不可通，司马相如著《难蜀父老》，向百姓阐明开通西南夷的重大意义，终说服蜀地百姓。见《史记·司马相如列传》。

[3]《小单于》：唐代大角曲名。郭茂倩《乐府诗集·横吹曲辞四·梅花落》题解："《梅花落》，本笛中曲也。按唐大角曲亦有《大单于》《小单于》《大梅花》《小梅花》等曲，今其声犹有存者。"（唐）李益《听晓角》诗曰："无限塞鸿飞不度，秋风卷入《小单于》。"

【评析】

《香草词·浣溪沙》词序曰："丁巳七夕，时在大沽防海，寓斋二拍。"则《南楼令·海上》四阕也应作于咸丰七年（1857 年），词人在赵州知州任上，赴海登洋船与西方列强议事时。四首词写出了词人面对茫茫大海时的丰富联想和澎湃的心情。其四描写词人面对晓月残霞、怒涛滚滚的大海，想到备受西方列强欺凌的华夷形势，内心难以平息的愤恨。在历数司马相如、昭君等中外交往的历史故实中，透露出词人对时局深深的忧虑。最后，词人以海上初生之太阳须照耀中国军营为比喻，表达对发展国防力量，能够保卫国家不受海外侵略者侵犯的美好希望。词作主要通过特定的意象和典故来抒发词人悲愤难平之心情，从而保持了令词深婉蕴藉的风格，这是此词的特点。

水龙吟

书鲍小山观察《藏书楼骈体文》后^[1]

　　文章本自天成，得来信手皆佳妙。江淮左右，雕龙才俊，童乌誉早^[2]。安石东山^[3]，兰成南国^[4]，心萦花鸟。正军书草罢，铙歌^[5]奏彻，闲情绪、狂吟啸。　　戎马书生多少。莽烟尘、别增怀抱。纶巾羽扇^[6]，铜琶铁板^[7]，声情绵渺。宋艳班香^[8]，韩潮苏海^[9]，笔尖全扫。是经纶，余事诗名官职，从今更好。

【注释】

[1]鲍小山：鲍桂生，字小山、筱山，江苏山阳人，道光二十九年（1849 年）举人。鲍桂生家庭富有，喜收藏，建有淮上最大的藏书楼，也擅长诗文，著有《津门诗钞》一卷、《燕南赵北诗钞》一卷、《藏书楼骈文钞》二卷。《藏书楼骈文钞》有清咸丰三年（1853 年）刻本，共收录骈文 61 首。

[2]童乌誉早：童乌为扬雄子，九岁便助父著《太玄》，早夭。后借"童乌"指早慧之人。苏轼《悼朝云》诗曰："苗而不秀岂其天，不使童乌与我《玄》。"

[3]安石东山：指谢安隐居东山事。谢安，字安石，东晋著名政治家、名士。谢安少有盛名，朝廷累次征召不就，隐居东山，与王羲之、许询等遨游山林。

[4]兰成南国："兰成"为庾信小字。庾信，字子山，小字兰成，南北朝时期著名诗人、文学家。"南国"疑指庾信所著名篇《哀江南赋》。

[5]铙歌：出自汉乐府鼓吹曲，为军中乐歌。郭茂倩《乐府诗集·鼓吹曲辞》题解："鼓吹曲，一曰短箫铙歌……蔡邕《礼乐志》曰：'汉乐四品，其四曰短箫铙歌，军乐也。黄帝岐伯所作，以建威扬德、风敌劝士也。'"后亦泛指军歌。

[6]纶巾羽扇：出自苏轼《念奴娇·赤壁怀古》词："羽扇纶巾，谈笑间，樯橹灰飞烟灭。"形容飘逸潇洒或儒雅风流的气度。

[7]铜琶铁板：出自(宋)俞文豹《吹剑续录》对苏轼词之评论："柳郎中词，只合十七八女郎，执红牙板，歌'杨柳岸晓风残月'；学士词，须关西大汉，铜琵琶铁绰板，唱'大江东去'。"指用铜琵琶、铁绰板伴唱。后借以形容气概豪迈，音调高亢的文辞。

[8]宋艳班香：班固和宋玉均善辞赋，以富丽见称，后以之泛称辞赋之美者。

[9]韩潮苏海：韩愈和苏轼的文章气势磅礴，如海如潮，借以泛称文章气势浩大者。(清)杨毓辉《〈盛世危言〉跋》曰："观其上下五千年，纵横九万里，直兼乎韩潮苏海，则不啻读《经世文编》焉。"

【评析】

　　此为词人为友人鲍桂生骈体文集《藏书楼骈文钞》所作题词，词作兼有跋文的功能，评价了友人骈文创作的特点和成就，并发表了自己对骈文创作的看法。"文章本自天成，得来信手皆佳妙。"词人开篇便提纲挈领地阐明了自己对骈文创作的原则，认为文章以自然为最高的境界，应做到浑然天成，不露斧斤痕迹。"江淮"句是称赞小山富有文采，才名早著；"安石"句赞美小山如谢安般风流闲雅，如庾信般文辞华赡。上阕最后"正军书草罢"一句谓小山之骈文创作，乃是军政公事之余，个人情感志趣的抒发，即所谓"寄情翰墨"。下阕言及小山人生经历对其骈文创作的影响，他是书生，但也经历了戎马生活，战场上的苍莽烟尘，开拓了小山的胸襟和抱负，无疑也给其骈文创作带来了重要的影响。接着的六个四言短句，用四个典故形容小山骈文的各种风格，"纶巾羽扇"是其潇洒从容的一面，"铜琶铁板"是其豪迈高亢的一面，"宋艳班香"是其富丽华赡的一面，"韩潮苏海"是其磅礴浩瀚的一面，总的来说便是小山骈文兼具刚和柔两种风格。最后，词人揭示小山骈体文取得突出成就的根本原因是鲍小山有着经纶宇内的抱负和才能，使他的文章有了充实的内容和充沛的感情，故能越来越好。此词是为友人文集所作的题词，难免会有所溢美，但词人对"文章本自天成"的肯定，以及对人生经历、抱负志趣与文学创作之关系的揭示都极为深刻，具有较好的理论意义。

扬州慢

士松《鸳锦词》中有《拜白石遗像》，即用先生此调元韵，因效其体和之。[1]

平楚苍莽[2]，怒涛呜咽，江南数尽江程。对瓜洲[3]北岸，灯火几峰青。又回首青山北固[4]，几朝陈迹，几度称兵。剩金焦[5]，坏塔依然，铁瓮孤城[6]。　　姜仙已去，慢低吟，残梦同惊。况岭外梅花[7]，渡头桃叶[8]，正自关情。唱罢暗香疏影[9]，春风也作断肠声。拜冰绡遗像，合教低首先生。

【注释】

[1]士松，疑为汪孙僔，字士松，长洲人，著有《延秋声馆词》，《国朝词综补》收录其词四首。从序中可知，此词为步韵唱和《扬州慢·拜白石遗像》，惜未找到原词。

[2]平楚苍莽：此句化用谢朓《宣城郡内登望》诗句："寒城一以眺，平楚正苍然。"

[3]瓜洲：地名，在长江北岸，扬州南郊，京杭运河分支入江处。王安石有《泊船瓜洲》诗。

[4]北固：即北固山，位于江苏镇江，因北临长江，形势险固得名，梁武帝曾赞其"天下第一江山"。

[5]金焦：镇江金山和焦山的合称，与北固山称为镇江三山。(明)张煌言《和定西侯张侯服留题金山原韵》之三曰："天入金焦锁钥旧，地过丰镐鼓钟新。"

[6]铁瓮孤城:铁瓮城,又名子城、京城,位于北固山前峰,由孙权所建,因城池坚固如铁瓮而得名,(元)俞希鲁《至顺镇江志》曰:"城周迴六百三十步,内外固以砖壁,号铁瓮城。"(清)孔尚任《北固山看大江》诗曰:"孤城铁瓮四山围,绝顶高秋坐落晖。"

[7]岭外梅花:梅花岭,位于扬州广储门外。(清)李斗《扬州画舫录·新城北录上》曰:"万历二十年,太守吴秀开濬城濠,积土为岭,树以梅,因名梅花岭。"史可法抗清战死,便葬于此,(清)全祖望作《梅花岭记》一文以记之。姜夔诗词中咏梅之作独多,《卜算子·吏部〈梅花八咏〉,次韵》词其一中曾自言为"江左咏梅人"。

[8]渡头桃叶:桃叶渡,又名南浦渡,是南京秦淮河上的古渡,位于秦淮河与古青溪水道合流处。姜夔《杏花天·小舟挂席》曰:"想桃叶、当时唤渡。"

[9]暗香疏影:《暗香》《疏影》是姜夔自度曲,为姜夔咏梅名篇,曲名取自林逋《山园小梅》诗句:"疏影横斜水清浅,暗香浮动月黄昏"。姜夔词序云:"辛亥之冬,予载雪诣石湖。止既月,授简索句,且征新声,作此两曲。石湖把玩不已,使工伎肄习之,音节谐婉,乃名之曰《暗香》《疏影》。"

【评析】

词为步韵友人《扬州慢·拜白石遗像》的唱和之作,故也以纪念姜夔为主题。词作上阕扣住姜夔《扬州慢》通过扬州城的盛衰对比,反映战争苦难的主要内容,追述扬州久远的沧桑历史。词作以维扬一带"平楚苍莽,怒涛呜咽"的景致起兴,为叙写历史兴亡营造了寥廓的词境。接下来由瓜洲引出北固山,将词作由写景过渡到怀古。北固山横枕大江,石壁嵯峨,其"控楚负吴、襟山带江"的险要形势,自东吴起便是历代的军事要地,成为江左地区盛衰兴亡的见证者。"几朝陈迹,几度称兵",那些盛极一时的王朝,那些惨烈的战争都已经湮没在历史的浪潮中,只剩下山上坍坏的楼塔和山前铁瓮孤城的残垣。下阕怀念姜夔,"姜仙已去",但沉吟白石之词,今日词人所见之沧桑历史,以及怆然之感仍是相同的。况且扬州城外的梅花岭还葬着抗清殉难的史可法,秦淮河上的桃叶古渡也见证了金陵的盛衰兴亡,这些遗迹最能勾起对历史的玄想,牵动人们的情思。唱罢白石之《暗香》《疏影》,今昔盛衰之感,如春风扫落残梅,令人肠断。最后词作以"拜冰绡遗像,合教低首先生"作结,表达对姜夔的崇敬景仰之情。这首词极巧妙处在于将《扬州慢》的兴亡之感与对姜夔的缅怀之情很好地融合起来,又通过历史遗迹梅花岭、桃叶渡等将姜夔的《暗香》《疏影》等咏梅之作,及《杏花天》等词作绾合进来,使词意极为丰富,特别是怀古之情的融入,为词境添加了深沉厚重的历史感。

高阳台

士松《白堤饯秋》词用是体,因戏效之。即题秦淮幼女苏曼珠《鸾仙十绝句》后。[1]

屑屑萧萧,哀哀怨怨,声声字字分明。鲛泪[2]篇篇,年年岁岁含情。

山山水水重重恨，惨凄凄、盼盼真真。正春天，叶叶花花，絮絮飘零。

　　仙仙鬼鬼猜难准，自柔魂[3]冉冉，永漏[4]沈沈。薄命如丝，风风雨雨谁经。偏怜燕燕莺莺[5]处，付秦淮、战血同腥。问萧娘[6]，小小钱塘[7]，可是前身。

【注释】

[1]此词效仿《高阳台·白堤饯秋》之体式，题咏秦淮女苏曼珠所作《鸾仙十绝句》诗。

[2]鲛泪：鲛人之泪，（东晋）干宝《搜神记》载："南海之外，有鲛人，水居如鱼，不废织绩，其眼泣，则能泣珠。"词中比喻泪珠。

[3]柔魂：指女性阴魂。（清）孙原湘《窄径》诗曰："暖语兜来心坎里，柔魂钩去眼梢边。"

[4]永漏：漫长的时间，多指长夜。（宋）王安石《梦长》诗曰："梦长随永漏，吟苦杂疏钟。"

[5]燕燕莺莺：比喻美丽年轻的女子。（金）元好问《题商孟卿家明皇合曲图》诗曰："海棠一株春一国，燕燕莺莺作寒食。"

[6]萧娘：出自《南史·梁临川靖惠王宏传》："宏受诏侵魏，军次洛口，前军克梁城。宏闻魏援近，畏懦不敢进。魏人知其不武，遗以巾帼。北军歌曰：'不畏萧娘与吕姥，但畏合肥有韦武。'""萧娘"即姓萧的女子，谓萧宏怯懦如女子。后以"萧娘"为女子的泛称，如（唐）杨巨源《崔娘诗》曰："风流才子多春思，肠断萧娘一纸书。"

[7]小小钱塘：指钱塘名妓苏小小。据载钱塘有两位苏小小，一位是南齐时人，郭茂倩《乐府诗集·杂歌谣词三·苏小小歌》题识引《乐府广题》曰："苏小小，钱塘名娼也，盖南齐时人。"一位是宋朝时人，（明）郎瑛《七修类稿·苏小小考》曰："苏小小有二人，皆钱塘名娼……一是宋人，乃见于《武林纪事》，其书无刻板，其事隐微，今录以明之。苏小小，钱塘名娼也，容色俊丽，颇工诗词……"。

【评析】

词作乃题秦淮娟女苏曼珠所作《鸾仙十绝句》，其诗作未见，从题目来看，应是吟咏文萧与仙女吴彩鸾结为夫妻之事。词之上阕主要着眼于苏曼珠之诗歌创作，谓其诗字里行间充满了哀怨之情，是苏曼珠这位多情女子内心惨凄幽恨的流露，而其心中的幽怨便是"正春天，叶叶花花，絮絮飘零"，正值青春美好之年华时的飘零和陨落，此句暗示这位具有才情的女子业已香消玉碎。下阕便是对苏曼珠的缅怀，这位富有才情的女子已经逝去，只似那一缕柔魂，仍孤独地在漫漫夜色中游荡。在那个时代里，苏曼珠纵有风华绝代的风姿，纵有不让须眉的才情，都无法改变她卑微的地位。更何况遇到了战争，她那年轻美好的生命便被无情地摧毁，只换得红颜薄命的悲叹。在不胜唏嘘中，词人拟问苏曼珠："那多情的苏小小，是否就是你的前生呢？"将苏曼珠与千古流芳的苏小小并举，给予她由衷的赞赏与肯定。此词在艺术上最有特点之处是大量叠词的使用，李清照曾得到欧阳修《蝶恋花》"庭院深深深几许"叠字使用的启发，在《声声慢》的开篇连用七组叠词："寻寻觅觅，冷冷清清，凄凄惨惨戚戚。"大胆的创制取得了极好的艺术效果，被后世词家推为绝唱。而陈钟祥的这首词，可谓将叠词的使用推向了极致，基本上通篇都是由叠词构成，但如此多叠词的使用并未对词意的表达造成障碍，反而增强语言的韵律感，使读之如银瓶乍破、珠玉落盘一般清脆动人。同时，叠词还增强了词作表达的效果，如用"山山水水重重"三组叠词将苏曼珠心中那无穷尽又极为沉重的恨意表现得真切可感，再如"正春天，叶叶花花，絮絮飘零"，似乎让读者看到了花叶零落翻飞的场景，那惜春之情便自然涌上心头。总的来说，陈钟祥在此词中通篇叠词的使用，可称得上是李清照之后，词中叠词使用的一大创举，正可当清代梁绍壬在《两般秋雨庵随笔》中盛赞李清照《声声慢》之语："出奇制胜，匪夷所思。"

浪淘沙(一)

题文星岩[1]中丞"秋猎图"

风卷碧云高。俊鹘盘雕。大旗落日莽萧骚[2]。回首射生[3]呼壮士，霜护金貂[4]。　　小队整弓刀。顾盼增豪。雁翎秋水[5]正横腰。待逐平原狐兔子，扫却天骄[6]。

【注释】

[1]文星岩：文煜，费莫氏，字星岩，满洲正蓝旗人。由官学生授太常寺库使，累迁刑部郎中。咸丰年间，任江宁布政使，接办琦善所部练勇及江北粮台事宜，屡与太平军战。光绪年间官至武英殿大学士。

[2]萧骚：形容景色萧条冷落。(唐)祖咏《晚泊金陵水亭》诗曰："江亭当废国，秋景倍萧骚。"

[3]射生：射猎禽兽。(金)董解元《西厢记诸宫调》曰："也不爱放马走狗，也不爱射生猎兽。"

[4]金貂：借指侍从贵臣。(南朝梁)江淹《杂体诗·效王粲"怀德"》诗曰："贤主降嘉赏，金貂服玄缨。"《文选》李善注曰："时粲为侍中，故云金貂。"则词中"金貂"应指身居高位之文煜。

[5]雁翎秋水："雁翎"为腰刀的一种，因形似雁翎而得名，盛行于明清时期。(元)张宪《我有诗二首》之二曰："我有雁翎刀，寒光耀冰雪。""秋水"形容剑光冷峻明澈。(元)王实甫《西厢记》第一本第一折曰："万金宝剑藏秋水，满马春愁压绣鞍。"

[6]天骄：汉代时匈奴用以自称，后用以泛称强盛的边地少数民族及首领。《汉书·匈奴传上》曰："单于遣使遗汉书云：'南有大汉，北有强胡。胡者，天之骄子也。'"

【评析】

这是一首题画词，所题为文煜所画《秋猎图》。中国古代常以围猎作为军队作战演练的重要方式，故以畋猎活动为主题的文学作品，常抒发创作者投身沙场、从戎报国的豪情壮志。此词亦如苏轼《江城子·密州出猎》一般，充满了慷慨激昂的恢宏气象。词作由写景起兴，"风卷碧云高"营造出苍莽阔大的境界，极富力度。碧空之中雄俊的猎鹰在盘旋，猩红夕阳下，狩猎部伍的旌旗在萧索的秋原上招展，简练遒劲的笔触将壮观的出猎场面生动地刻画出来。次写首领文煜射猎时的英武形象，突出他射猎禽兽引来将士欢呼的场面及霜满貂裘的雄姿。下阕将笔墨转向跟从文煜出猎的军士，他们组成小队，整理弓刀，左右顾视，豪气飞扬。看他们的腰上都横挂着冷峻明澈的雁翎刀，多么的威武雄壮。最后"待逐平原狐兔子，扫却天骄"与苏轼《江城子·密州出猎》"会挽弓如满月，西北望，射天狼"同一机杼，由狩猎引向从戎参战，抒发杀敌靖边、保家卫国的壮志豪情。词作对打猎场景的刻画极有层次，上阕前三句是远景，在宽广的画面中在整体上突出出猎时壮观的场面。接下来的两句如特写镜头，将重心聚焦在首领文煜上，他是整个狩猎活动的核心。下阕前三句又将镜头切换到了军士的身上，描写威武雄壮的军威。最后结尾处抒发杀敌报国的豪情，对词旨做了升华。描写的角度由远到近再到远，由整体到重点再到整体，通过对首领英武形象的刻画，部伍军容肃然的描写，生动地表现了出猎者威武豪迈的气概，使词作有了奋发人心的力量。

浪淘沙(二)

题《影山草堂图册》，为莫子偲同年[1]

岚翠影全铺。吾爱吾庐[2]。万竿青玉动森疏。记得读书烟雨里，画稿模糊。　　且作看山图。猿鹤频呼。却怜吟望渺平芜。胜有一湾流水在，月浸菰蒲。

【注释】

[1]《影山草堂图册》是以莫友芝故乡独山旧宅书斋"影山草堂"为题的系列画作及题识、题诗、铭赞等连缀合裱而成的图册，是集书画艺术与文学艺术于一体的珍贵文物，现存于贵州省博物馆。该词即陈钟祥为该图册所作的题咏之作，现馆藏《影山草堂图册》录有此词，为莫友芝子莫绳孙抄录。词末款曰："咸丰庚申，子偲老弟年大人属题即正，陈钟祥作。"盖此词作于咸丰十年(1860年)莫友芝会试落第，等候大挑，至赵州投靠词人度岁之时。

[2]吾爱吾庐：出自陶渊明《读山海经》诗："众鸟欣有托，吾亦爱吾庐。"

【评析】

　　《影山草堂图册》是由莫友芝众多好友为其幼年故乡独山老宅书斋"影山草堂"作画、题写诗文而成的书画长卷，具有书画和文学双重的艺术价值。这首令词便是应莫友芝之请，为《影山草堂图册》所作题词，后被友芝子莫绳孙重新连缀合裱《影山草堂图册》时，抄录于其上，成为现在贵州省博物馆馆藏《影山草堂图册》的一部分。"影山草堂"是莫友芝儿时读书的书斋名，其名取自谢朓《新治北窗和何从事诗》诗："池北树如浮，竹外山犹影。"友芝13岁时便随其父迁往遵义，"影山草堂"承载了友芝的乡土之情和对幼年美好生活的回忆，故他将其后所居处均命名为"影山草堂"，但咸丰四年(1854年)独山的影山草堂毁于战乱，留居独山的亲人死亡略尽。因此，在那个动荡不已的时代里，对于历经人世沧桑、颠沛流离的莫友芝而言，影山草堂已经成为心灵中的故园。故词作用"岚翠影全铺"点出"影山"之意，并巧妙地化陶渊明"吾亦爱吾庐"诗句，表达莫友芝对"影山草堂"深沉的爱。据莫友芝《影山草堂本末》载："在庐之后二十步，负竹结茅，面升旭，竹衡据，兼南北邻，可三百步。""万竿青玉动森疏"便是对影山草堂翠竹万竿景象的描绘。"记得"一句是词人描述友芝展册忆旧的情形：回忆起幼时烟雨中于草堂读书时的无忧无虑，泪水便止不住模糊了画稿。虽只是一个画面，草堂焚于战火的命运，友芝颠沛流离的人生皆在其中矣。下阕写影山草堂如今之命运，"看山"源自陶渊明《饮酒》其五："采菊东篱下，悠然见南山"，故乡的猿鹤频召，呼唤友芝回归草堂，但可怜的是影山草堂已经在战乱中化为灰烬，只剩下了草木丛生的荒原。只有那护着柴门的一湾流水如旧，水边萧疏的菰蒲沉浸在清冷的月色中。词作全从莫友芝的角度来着笔，通过友芝对影山草堂的怀念，以及草堂沦为劫灰命运的书写，将时代的动荡、士子的流离等都融进词作短小的篇幅中，语短情长，意味隽永。

双双燕

雨花台[1]

　　雨花台外，有塔影高悬，荒凉古寺[2]。台城[3]何处，更望蒋钟王气。都是春烟野草，经几度、花残月碎。只余绕郭青山，一带萦纡江水。

　　屐齿，平桥酒市，问十里秦淮，六朝佳丽。萧条庭院，正是落花如泪。多少伤春况味，怅触起江乡情思。无端更上荒台，落日斜风愁倚。

【注释】

　　[1]雨花台：又名石子岗，位于南京，因岗上遍布五彩斑斓的石子而得名，是南京历史悠久的名胜，也是南京城登高览胜之处。(宋)贺铸《游金陵雨花台》诗曰："迢迢朱雀

航，飞盖共凌越。东风石子冈，芳草微径绝。生公法堂在，清夜贮明月。回认城郭游，春华烂晴雪。"

[2]古寺：疑指南京大报恩寺，位于今秦淮河畔中华门外。其前身建初寺建于三国东吴时期，是南方第一座佛寺。明永乐年间于建初寺遗址重建大报恩寺，耗时十九年，建成后成为百寺之首。其九层琉璃宝塔，通体用琉璃烧制，乃当时中国最高建筑，有"天下第一塔"之称，后咸丰年间毁于清廷与太平天国的战火之中。

[3]台城：六朝时称禁城为台城。(宋)洪迈《容斋续笔·台城少城》曰："晋宋间谓朝廷禁省为台，故称禁城为台城。"(宋)陈亮《戊申再上孝宗皇帝书》曰："台城在钟阜之侧，其地据高临下，东环平冈以为固，西城石头以为重，带玄武湖以为险，拥秦淮、清溪以为阻。"

【评析】

这是一首咏史怀古词，是词人登临金陵雨花台，有感于六朝之盛衰兴亡，触景生情，怀古寄慨而作。据词人《依隐斋诗钞·辛壬癸甲草》题识："余辛卯始学为诗，是秋忝乡宾，计偕北上，壬辰还浙东，癸巳由浙而北，遂还黔南，甲午又由黔入浙。四年之间，往返三万余里。"诗集中《纪行十二首》诗序曰："自前冬计偕北上，遍历楚豫齐蓟间，揽湖湘之壮阔，瞻山河之雄险。去秋泛潞河，涉江淮，入吴越，东南山水豁人心目。"且其七有"茱萸九日忆，金粉六朝探"诗句，可知此词应作于道光十二年(1832年)，词人由北经江淮返浙时。词从雨花台外的大报恩寺写起，杜牧《江南春》言："南朝四百八十寺，多少楼台烟雨中"，金陵佛寺的兴废，应是最能代表这六朝古都历史兴亡的标志了。那九层琉璃塔影仍旧高悬，但这座建于东吴时期，几经毁烬，又在明代重建辉煌的古寺仍难以抗拒衰败的命运，只剩得一片荒凉。哪知到咸丰年间，这琉璃塔也毁于清廷与太平天国的战火，令人不胜唏嘘。还有那台城宫苑，哪里还有帝王之气？满城的春烟野草，不知在千年的岁月中，经历了多少次花残月碎，只有那"绕郭青山"和"萦纡江水"才能亘古不变，正应了刘禹锡《西塞山怀古》中"人世几回伤往事，山形依旧枕寒流"的诗意。词人的目光又穿过"平桥酒市"来到了十里秦淮，如果说报恩寺代表了金陵的宗教之盛，台城代表了金陵的皇权之盛，那么秦淮河就代表了金陵的市井之盛。可如今，那些风姿绰约、色艺双馨的六朝佳丽又在何处？只剩得庭院萧条、如泪落花。相较于时代的变迁，个人的青春年华是如此的短暂；相较于循环往复、永无尽头的宇宙，一个时代的兴盛繁荣不也只是天地之一瞬吗？面对着金陵纷繁的遗迹，兴亡之慨、伤春之情、乡关之思一齐涌上心头，五味杂陈的词人独自伫立在荒芜的雨花台那落日斜风中，不胜哀愁。这首词写在清王朝逐渐走向衰败之时，尔后太平天国运动爆发，词人更是目睹了这座壮丽古城经历战乱带来的毁灭性浩劫，由此说来，这首词作不亦是借古讽今，有着深刻的现实意义吗？

百字令（一）

长江

　　长江万里，问一年三度，客胡为者。夔蜀荆吴黔复越[1]，历尽春冬秋夏。到处名区[2]，累朝旧迹，并入吟怀写。自南自北，长帆一片高挂。

　　非是于役[3]皇华[4]，雪来柳往[5]，空赋劳人[6]罢。落寞奚囊[7]词一卷，敢道壮游潇洒。不畏风涛，漫惊烽火，逝者如斯[8]也。江空天阔，翩翩飞鸟翔下。

【注释】

[1]据词人《依隐斋诗钞·辛壬癸甲草》题识："余辛卯始学为诗，是秋忝乡宾，计偕北上，壬辰还浙东，癸巳由浙而北，遂还黔南，甲午又由黔入浙。四年之间，往返三万余里。"词中所写便是道光十一年（1831年）至道光十四年（1834年）之间，词人四处奔波的一段时光。

[2]名区：指有名之地，名胜。王勃《秋日登洪府滕王阁饯别序》曰："家君作宰，路出名区。"

[3]于役：役，行役。指因兵役、劳役或公务奔走在外。《诗·王风·君子于役》曰："君子于役，不知其期。"

[4]皇华：指《诗·小雅·皇皇者华》，诗乃使臣出外访贤求策，在途中自咏之作，重在表现使臣为国事奔走的豪情。

[5]雪来柳往：指《诗·小雅·采薇》中有"昔我往矣，杨柳依依，今我来思，雨雪霏霏"句。诗歌写征战之苦和思乡之情。

[6]劳人：指《诗·小雅·巷伯》中有"骄人好好，劳人草草。苍天苍天！视彼骄人，矜此劳人"句。劳人指忧伤之人。

[7]奚囊：指诗囊，典出李商隐《李长吉小传》："每旦日出，与诸公游，恒从小奚奴，骑距驴，背一古破锦囊，遇有所得，即书投囊中。"（宋）楼钥《山阴道中》诗曰："奚囊莫怪新篇少，应接山川不暇诗。"

[8]逝者如斯：指光阴如流水一去不返。典出《论语·子罕》："子在川上曰：'逝者如斯夫！不舍昼夜。'"

【评析】

　　此词虽以长江为题，实则是回顾词人人生中一段走南闯北、四处奔波的时光。长江万里，路途遥远，但词人却一年三次沿江奔波，从西南到东南，从巴蜀到吴越，历尽春冬秋夏。一句"客胡为者"，实有许多的无奈和难言的辛酸。但词人却只是将这羁旅的愁苦轻描淡写，一笔带过。"到处名区，累朝旧迹，并入吟怀写。"羁旅虽苦，但也能饱览大好河山，凭吊历史遗迹，带来丰富的诗词题材和创作灵感。"自南自北，长帆一片高挂。"这是多么洒脱和豪迈的气概啊！过片延续上阕结句，进一步抒写怀抱。"于役"是指《诗·王风·君子于役》那样思亲念远的诗，"劳人"是指《诗·小雅·巷伯》那般抒发忧伤的诗。总之，词人言自己在行旅途中所写的不是那些相思别离、忧伤愁苦的诗，也不是《皇皇者华》《采薇》那样为国奔忙的诗。"奚囊"源自李贺带着奚奴，骑驴觅句的记载。"落寞奚囊词一卷，敢道壮游潇洒"是说虽然自己只有那一点诗才，但写的都是壮游潇洒的情怀。他不畏风涛险恶，却常被四处燃起的烽火惊扰，感慨于如滚滚江水般流逝的光阴。写下此词时，词人陈钟祥尚未出仕为官，正为前程东奔西走，饱尝羁旅之苦，亲见世事纷乱，也有怀才不遇的忧愁。但"自南自北，长帆一片高挂"表明词人保持着宽广的胸怀，结句"江空天阔，翩翩飞鸟翔下"以壮阔的写景结束全词，再一次突出词人"海阔凭鱼跃，天高任鸟飞"的乐观洒脱的豪情，让人读之倍受鼓舞。

春风袅娜

河北军中中秋[1]

秋光正清皎，风高月明。催离思，动征情。忆前番蜀道，黔山此夕，一般圆影，几度秋声。玉宇蟾蜍，金阶蟋蟀，又傍萧萧细柳营[2]。煮酒呼朋且行炙，凯歌缓缓听吹笙。　　迢递河声山色，捷书才奏，还听说、羽檄催兵。望佳气，郁严城[3]。弓弦未折，刁斗无惊。庭院团圞，欢呼月姊[4]，关山寂寞，笑煞书生。夜凉如水，傥青天可问，更邀明月，常把杯倾。

【注释】

[1]从词序看，可知词写于咸丰三年（1853年），时值太平军北伐，怀庆被围，词人从军三月。详见本书《摸鱼儿·河北从军第六图》词序。

[2]细柳营：出自《史记·绛侯世家》，指周亚夫屯军陕西咸阳西南之细柳的军营。后用以代称军营，如（唐）李嘉祐《送马将军奏事毕归滑州使幕》诗曰："棠梨宫里瞻龙衮，细柳营前著豹裘。"

[3]严城：指戒备森严的城池。（唐）皇甫冉《与张諲宿刘八城东庄》诗曰："寒芜连古渡，云树近严城。"

[4]月姊：指传说中的月中仙子、嫦娥。也借指月亮。（宋）范成大《次韵即席》诗曰："月姊有情难独夜，天孙无赖早斜河。"

【评析】

此为中秋节令之词，但与一般的中秋词不同，词人所写乃军中之中秋，故于思乡之外，更有着军营中挑灯看剑的豪迈之气。上阕写中秋景致及思乡之情。"秋光正清皎，风高月明"，清皎之月光、爽朗之天气，开篇写景便洋溢着美好的气息。又是一年中秋，无论是为官前的奔波，还是为官后的游宦，多少个中秋都在行旅途中，"一般圆影，几度秋声"。这次在军营中度过中秋佳节，又给词人带来了新的感受，"玉宇蟾蜍，金阶蟋蟀"，这些中秋典型的物候依旧，但多了煮酒呼朋、分麾下炙，凯歌高奏。在这寄寓着团聚圆满的中秋，又迎来了战斗的胜利，无怪乎词中充满了昂扬的情调。但是词人并未因暂时的胜利而松懈，他对战事有着清醒的认识。下阕开篇，词人便说"捷书才奏，还听说、羽檄催兵"，前方还有艰苦的战事。但中秋美好的节日氛围还是满溢在这座戒备森严的城池上。"弓弦未折，刁斗无惊"，在惨烈的战争间隙，能够获得短暂的安宁是多么的难得啊！接着词人将一般人家"庭院团圞，欢呼月姊"的幸福欢乐和自己"关山寂寞，笑煞书生"的从军生活两个场景用蒙太奇的方式精炼地概括于一个对句中，不仅使词人的思乡之情更加突出，似乎也体现了词人对战争意义的认识：自己忍受寂寞和危险参加战斗，就是为了更多的人家能够幸福安宁。最后，词人如李白一样邀月倾杯，但却非潇洒，而更多了王翰《凉州词》中"醉卧沙场君莫笑，古来征战几人回"的豪迈悲壮。

满江红

太白楼[1]

酒圣诗仙，一去后、风流销歇。空凭吊、高楼江上，云涛呜咽。当日锦袍沉醉处[2]，尚留一片青天月。忆先生、千古独醒时，神飞越。

寻往迹，数英杰。挝战鼓，锵戈铁。看故垒，生烟暮潮堆雪。采石矶边春草满，谢公山[3]外江流阔。坐楼头、且与老僧谈，痴儿说。

【注释】

[1]太白楼：李白生前行迹甚广，安徽歙县、四川江油、山东济宁等全国多地均有太白楼。从词中"采石矶""谢公山"等地名可知，此太白楼为安徽太平府（今马鞍山市）太白楼。该楼位于采石矶西南，面临长江，背依翠螺山。据《明一统志·太平府·宫室》载："谪仙楼，在采石矶濒江，正统五年巡抚侍郎周忱建。"可知其原名谪仙楼，建于明正统年间。又据《光绪重修安徽通志·太平府》载："胡季瀛守太平日，慕芜湖萧尺木能画，三访

俱辞不见，胡怒，时新修采石矶太白楼成，遂于案牍中入萧名，摄之至，即送入楼，令曰：'画壁成，当释汝。'"康熙年间，太平知府胡季瀛重建此楼，改名为"太白楼"。

[2]锦袍沉醉处：《九家集注杜诗·饮中八仙歌注》引《李白传》曰："侍御史崔宗之谪官金陵，与白诗酒唱和。当月夜，乘舟自采石达金陵。白衣宫锦袍，于舟中顾瞻笑饮，旁若无人。"

[3]谢公山：即青山，位于安徽当涂县东。《李太白诗集注·姑苏十咏注》引《太平寰宇记》曰："青山，在太平州当涂县东三十五里。齐宣城太守谢朓筑室及池于山南，其宅阶址尚存，路南砖井二口。天宝十二年改为谢公山。"

【评析】

该词创作于咸丰二年(1852年)，词人丁母忧释服，由浙江沿江返黔，途经采石矶时。其《依隐斋诗钞·出山草》有《太白楼》诗，云："谢朓青山外，江干太白楼。先生呼不起，空对碧江流。"表达对谢朓和李白的追念之情，与词作正可相参着。上阕忆人，写词人登上太白楼对李白的凭吊。李白生前以"酒圣诗仙"之名享誉宇内，而现在风流消歇，透出物是人非、时过境迁之感。词人在高楼之上眺望，面对着江天苍莽、云涛鸣咽。想起当年太白于此江面，在青天月色下，身穿锦袍，与好友崔宗之于舟中诗酒唱和的风流韵事。此句与上句一今一昔，承接开篇，进一步深化了物是人非之意。最妙在上阕结句，上一句才言"锦袍沉醉处"，而后又称其"千古独醒时，神飞越"，一语道破了太白神气飞扬、潇洒不羁的风采下郁郁不得志的愁怀。下阕怀古，采石矶南接芜湖，北连南京，峭壁千寻，突兀江流，向来是兵家必争的战略要地，历史上在此处发生过许多战争，产生了许多的英雄豪杰和可歌可泣的故事。故词人"寻往迹，数英杰"，回想那战鼓喧天、金戈铁马的峥嵘岁月，而现在这些都已成为陈迹，只剩得故垒萧萧，独对江烟暮潮。看着采石矶边莺飞草长、生机勃勃，谢公山外江流如带、依旧广阔，词人的心情似乎豁然开朗。是啊！历史的车轮滚滚向前，宇宙也永远生生不息。词人走出了"年年岁岁花相似，岁岁年年人不同"那般对人生短促的感伤，而有了张若虚"人生代代无穷已，江月年年只相似"那样对人生的追求与热爱。最后词人坐在楼头，与老僧畅谈，因怀古而起伏的情感波澜已平复，归之于风轻云淡。

水调歌头

黄鹤楼　用东坡中秋韵　二阕[1]

其一

黄鹤几时返，楼影倚江天。翩然江上仙客，一去不知年[2]。只有飘风[3]发发，吹落梅花五月。玉笛数声寒，江汉一双水，高挂白云间。

风樯[4]隐，沙鸟没，对愁眠。江光云影，空明万里照楼圆。楼上酒杯常有，江上月轮常守，便好算安全。呼起羽衣舞[5]，更与当婵娟。

【注释】

[1]黄鹤楼位于湖北武汉长江南岸黄鹤矶上，自唐代以来便是享誉中外的名胜。《元和郡县志·江南道》曰："吴黄武二年，城江夏以安屯戍地也。城西临大江，西南角因矶为楼，名黄鹤楼。"用东坡韵，即用苏轼《水调歌头·明月几时有》原韵。同题之作共二阕，此为其一。

[2]此句化用崔颢《黄鹤楼》中"昔人已乘黄鹤去，此地空余黄鹤楼。黄鹤一去不复返，白云千载空悠悠"诗句。

[3]飘风：旋风，暴风。《诗·大雅·卷阿》曰："有卷者阿，飘风自南。"毛传："飘风，迴风也。"《诗·小雅·何人斯》曰："彼何人斯，其为飘风。"毛传："飘风，暴起之风。"

[4]风樯：帆船。(宋)周邦彦《西河·金陵怀古》词曰："怒涛寂寞打孤城，风樯遥度天际。"

[5]羽衣舞：即《霓裳羽衣舞》，(宋)葛立方《韵语阳秋》卷十五曰："《霓裳羽衣舞》，始于开元，盛于天宝，今寂不传矣。"

【评析】

这首词作题咏千古名胜黄鹤楼。"黄鹤几时返，楼影倚江天。翩然江上仙客，一去不知年"化用崔颢《黄鹤楼》诗句，同时也将仙人子安乘黄鹄腾空的仙话传说融括在内。江畔楼上，黄鹤已去，现在五月江风猎猎，吹落梅花；初春的江面寒气袭人，远处的笛声冷涩，楼前长江向东西两面延伸，如玉带般直挂云间。上阕主要描写楼前的江天景色，下阕则抒发登高怀抱。到了晚上，点点风帆和沙鸟都已隐没在夜色之中，但见波光荡漾、云影徘徊，楼上明月当空，月光下万里江面空明澄澈。"楼上酒杯常有，江上月轮常守"，这便是人生值得珍惜的美好，"呼起羽衣舞，更与当婵娟"，就让我们对月起舞，享受这短暂的美好吧！此词与上文所选《春风袅娜·河北军中中秋》《满江红·太白楼》一样，虽亦言愁，但却并不颓丧，词中保持着洒脱旷达之气，词格始终健朗，这便不是"渺渺艳歌"所能笼盖的了。

望海潮

过洞庭湖

东南吴楚，乾坤日夜，混茫天水同浮[1]。波撼岳阳，气蒸云梦，当年诗句常留[2]。风浪去悠悠，指君山[3]一点，翠色中流。千片轻帆，五湖烟景，望中收。　　漫言后乐先忧[4]，却关山戎马，陡上心头。浙海潮平，桂林烽静[5]，凯歌次第先讴。天外岳阳楼，正朗吟未已，飞过仙舟。倚白云边还呼，明月酹新愁。

【注释】

[1]此句化用杜甫《登岳阳楼》中"吴楚东南坼，乾坤日夜浮"的诗句。

[2]此句化用孟浩然《望洞庭湖赠张丞相》中"气蒸云梦泽，波撼岳阳城"的诗句。

[3]君山：也称洞庭山、湘山，位于湖南岳阳西南洞庭湖中，为湖中一岛，与岳阳楼遥遥相对。(晋)张华《博物志》曰："君山，洞庭之山是也，帝之二女居之，曰湘夫人……又《荆州图语》曰：'湘君所游，故曰君山也。'"

[4]漫言后乐先忧：出自范仲淹《岳阳楼记》："先天下之忧而忧，后天下之乐而乐。"

[5]浙海潮平，桂林烽静：浙海事不详，"桂林烽静"应指咸丰二年(1852年)清军击败太平军围攻桂林事。据《依隐斋词钞·出山草》载，词人是年春丁母忧释服，由浙返黔，过洞庭。据《粤氛纪事·粤西起事》载，咸丰二年二月，太平军自永安进军桂林，广西提督向荣疾驰先至，会同巡抚邹鸣鹤守城，太平军围攻三十余日，不能下，撤军北上，桂林围解。

【评析】

该词创作于咸丰二年，词人由越返黔，途径洞庭时。词作巧妙化用前人诗句，描绘了洞庭湖波澜壮阔的宏丽景象，同时表达了对时局的关切之情。词由化用前人诗句起，"东南吴楚，乾坤日夜，混茫天水同浮"化用杜甫《登岳阳楼》中"吴楚东南坼，乾坤日夜浮"的诗句，体现洞庭湖水分坼吴楚、浮动天地之浩瀚；"波撼岳阳，气蒸云梦"化用孟浩然《望洞庭湖赠张丞相》中"气蒸云梦泽，波撼岳阳城"的诗句，体现洞庭湖风云激荡、波涛汹涌之壮丽。那无边无垠的风浪之中，君山一点，如江中翡翠，登高远眺，万顷湖面，千帆点点，尽收眼中。面对着这广阔无垠的浩瀚天地，前哲范仲淹"先天下之忧而忧，后天下之乐而乐"以天下苍生为念的博大胸怀，以及投身西北边防，保家卫国的伟大功绩，陡然涌上心头。词人身处乱世，江湖间纷乱四起，值得欣慰的是浙海、桂林传来捷报。词人在舟上看着江畔历经千年的岳阳楼，高声吟诵那前哲们的诗文，待到驶入天边云海，再对着朗朗明月，洒酒祭奠这雄伟壮丽的江山，以及它在历史沧桑中经历的种种劫难吧。这首词作通过前哲诗词的化用，将洞庭湖的久远历史融入词作，结合洞庭湖之壮阔景色，在时间和空间上营造了无比宏伟的意境，同时也融入了词人对时局的关切，表现了词人热爱祖国，又对中华大地终能渡过苦难的坚定信念。

换巢鸾凤

跳月[1]

苗俗于月地跳歌，男女相悦，换带招马郎[2]，名跳月场，六七月时为跳米花。

月地人圆。听芦笙缥缈，铜鼓喧阗。银环低坠耳，花布络垂肩。米花香入鬓云边。侬欢倚偎，情浓态妍。心两洽，手双挽带鸾偷换。

腼腆，歌缓缓。私语马郎，今夜欢情展。月朗如灯，绿浓成幄，天正与人方便。誓水盟山订良缘，要谁系足牵红线。醉扶归踏，山歌跳月场转。

【注释】

[1]跳月：苗、彝等族的风俗，于每年初春或暮春时，未婚的青年男女，于月明之夜，聚集野外，尽情歌舞，叫作"跳月"。相爱者，通过各种活动，即可结为夫妻。（清）褚人获《坚瓠集·跳月记》引陆次云《跳月记》曰："跳月者，反春时而跳舞求偶也。"

[2]换带招马郎：即"摇马郎"，指苗族青年通过游方选择伴侣的恋爱方式。"马郎"是苗、彝女子对未婚前情人的称呼。（清）尤侗《外国竹枝词·苗人》曰："身披木叶插鸡头，铜鼓家家赛斗牛。吹起芦笙来跳月，马郎争上竹梯楼。"自注："女子十岁即构竹楼处野外，以诱马郎。仲春吹芦笙和歌，淫词学谑浪，谓之跳月。意投者男负女去。马郎，男子未娶者，银环饰耳，婚则脱之。"

【评析】

"跳月"是在初春和仲春时节，苗族青年男女在月光下唱歌跳舞，寻找伴侣，倾诉爱慕之情的风俗活动。"跳月"不仅是一场相亲会，更是音乐歌舞、服装配饰等苗族文化的综合展示场。词作用轻快的笔调描述了苗族男女跳月的旖旎场景。"月地人圆，听芦笙缥缈，铜鼓喧阗"，开篇就充满了民族特色。苗族的乐器"芦笙"和"铜鼓"，一个清脆悠扬，一个铿锵有力，交融在一起，浑厚又悦耳，是苗族文化生活的象征。接下来作者对苗族姑娘的"情浓态妍"进行了细致的描绘，突出了代表苗族特色的服饰装扮。此时的苗族姑娘盛装打扮，戴着银制的耳环，披着繁复的刺绣花布披风，米花的香味环绕在姑娘的发鬓，苗族姑娘这一传统装扮将民族传统活动的权威性与庄重性体现得淋漓尽致。苗族姑娘大量使用刺绣和银饰，展现出一种夸张的意象，也体现出她们直爽的性格。"侬欢倚偎，情浓态妍。心两洽，手双挽带鸾偷换"，这两句描绘了苗族姑娘处于恋爱状态时的婀娜动人，仪态娇妍，却并不扭扭捏捏。下阕描绘了年轻男女通过唱歌表露情感，进而寻觅到自己的心上人，"誓水盟山订良缘"的情景。笔调轻巧，描绘了苗族男女"跳月"热闹欢快的场景，讴歌了苗族男女对爱情和幸福的热烈追求，表现出词人对民族风俗的尊重和通脱的婚恋观。同时，对家乡民俗风情饱含感情的描写，也体现了词人对贵州故土有着深厚的眷恋之情。

浪淘沙(三)

西湖十景词[1]　雷峰夕照[2]

残塔四山围，金碧依微。半林烟翠暮鸦飞。指点六桥[3]群屐影，都上斜晖。　　湖上几人归，草色萋菲。波痕荡漾绿痕肥。倒映一弯天外挂，新月峨眉。

【注释】

[1]西湖十景词：《浪淘沙·西湖十景词》是十阕词作构成的组词，以著名的"西湖十景"为题，描写了杭州西湖的四时风光。十阕词作一词一景，依次为"苏堤春晓""柳浪闻莺""花港观鱼""曲院风荷""平湖秋月""断桥残雪""双峰插云""三潭印月""雷峰夕照""南屏晚钟"，所选为第九阕。

[2]雷峰夕照：位于西湖南，净慈寺前的夕照山上，因晚霞镀塔而得名。塔为雷峰塔，五代吴越王钱俶所建。

[3]六桥：既指杭州西湖外湖苏堤上之六桥，为宋代苏轼所建，亦指西湖里湖之六桥，为明代杨孟瑛所建。(明)田汝成《西湖游览志·孤山三堤胜迹》曰："苏公堤自南新路属之北新路，横截湖中。宋元祐间苏子瞻守郡，浚湖而筑之，因名'苏公堤'。夹植花柳，中为六桥，各有亭覆之。"

【评析】

《浪淘沙·西湖十景词》是描写西湖四时风景的写景组词，采用一词一景的形式，描写了苏堤、花港、曲院、平湖等十处西湖著名景点，如十张联幅风景画，把西湖多个地点、不同季节的美景表现出来。此词描写西湖著名的"雷峰夕照"美景，雷峰塔位于西湖南部夕照山上，为五代时期吴越王钱俶所建，有着极为悠远的历史，更因为白娘子的传说而享誉宇内。词人看到的"雷峰夕照"，残破的雷峰塔四面被山峦围簇，在夕阳的映照下，塔顶瓦檐隐约闪烁着金绿色的光晕，塔边露出的半片山林腾起暮霭，暮鸦乱飞。天色渐晚，西湖游人稀少，那六桥上留下的足迹都映照在红艳艳的斜晖中。湖面上也没有了归舟，只见湖畔边的萋萋芳草、湖面荡漾的波痕，以及湖中随波荡漾的浮萍。慢慢地，夕阳与残霞褪去，"雷峰夕照"便消泯在夜色中，只有那一弯峨眉新月倒映在湖水中。词作意境清丽优美，写景中透出一股萧索寂寞的情愫，韵味悠长。

百字令（二）

柬石襄臣治中[1]

清词夸妙，记少年心迹，秀才风韵。廿载尘劳都肮脏，漫笑花飞茵混。蜀道鹃慵，燕台骏老，落寞凭谁问。萍踪遥合，盼来云又成寸。

传说唐句新搜，零金碎玉，组成篇篇俊[2]。我亦狂吟湖海遍，乞得残膏剩粉[3]。杜老情怀，庚郎格调[4]，各自添新恨。愁丝似雪，朔风吹满双鬓。

【注释】

[1]石襄臣治中：即石赞清。治中为官名，《清文献通考·职官考·五品》曰："太庙府、顺天府治中，奉天府治中。"从词中"蜀道鹃慵，燕台骏老"一句可知，词作于道光二十三年（1843 年）至道光三十年（1850 年）间，词人时仕宦于蜀中，而石赞清任顺天府治中。

[2]石赞清擅长集句，其诗集《饤饾吟集》和词集《饤饾吟词》均为集唐之作。

[3]残膏剩粉：出自《新唐书·杜甫传赞》："浑涵汪茫，千汇万状，兼古今而有之，他人不足，甫乃厌余，残膏剩馥，沾丐后人多矣。"指前人文学创作的余泽。

[4]杜老情怀，庚郎格调："杜老"指杜甫，词人用以比拟石赞清；"庚郎"指庚信，词人自喻。因杜甫和庚信都经历了颠沛流离的人生，故词人以二人比拟石赞清与自己。

【评析】

这是词人写与同乡友人石赞清的赠答词，词作慨叹二人南北漂泊的人生经历，并以此抒发对好友的思念之情。"清词夸妙，记少年心迹，秀才风韵"，词人于开篇回忆二人充满活力和才情的青年时光。但何曾想，此后的二十余年，他们的青春早已在尘劳中消磨。"蜀道鹃慵，燕台骏老"，各自在宦海中沉浮，落寞之感无人可诉。纵是游踪偶有相合，也常"盼来云又成寸"，难以成真。上阕主要写二人走入仕途后，离乡漂泊，又天各一边，少有相遇时的分别之苦。下阕则从二人的诗词创作写起，"传说唐句新搜，零金碎玉，组成篇篇俊"，突出石赞清特擅集句的诗词创作特点，而词人自己也"狂吟湖海遍"，创作了不少诗词。词人用杜甫和庚信比拟石赞清和自己，并非自诩诗才，而是因为杜甫和庚信二人也经历了悲惨的流离生活，杜甫自困守长安十年到生命的结束都在漂泊之中，且经历了安史之乱和大唐的由盛转衰。庚信出使西魏，便因梁朝国灭而羁留北方，最终没能返回故土。词人以杜甫和庚信比拟好友和自己，正是有感于二人同样的南北漂泊的经历，有感于杜甫和庾信的诗文中蕴含的国家衰亡和个人命运的怅痛，对于经历了道光、咸丰两朝国家逐渐被入侵、走向衰落的石赞清和陈钟祥来说，不也是如此吗？"愁丝似雪，朔风吹满双鬓"，词作最后以这样一个饱经风霜、无限悲凉的肖像描写作结，令人无限唏嘘。此词的成功之处在于将念友之情、久别之苦与寥落的人生之感、伤时感事之痛融合起来，其慷慨悲凉之气力透纸背。

摸鱼儿(二)

赵地[1]多种棉，秋成弥望，词以志之

喜漫漫、一秋晴足，花铺千陇如雪。春蚕叶底三眠[2]后，盼到熟棉时节。霜气积。看比飞絮犹浓，轻烟还白。连阡满陌。有田妇携筐，村姑褰袂，齐向晚风拾。　　授衣候[3]，又是宾鸿[4]九月。纺车轧轧声接。寒砧[5]处处催红女，灯火曙鸡[6]初灭。欢比室[7]。道市价、今年腾踊殊畴昔。官租早入。好挟纩[8]同温，围炉絮话，煨酒过残腊。

【注释】

[1]赵地：指赵州，据词人《依隐斋诗钞·燕南赵北草》题识"仆自乙卯秋擢牧赵州"可知，咸丰五年(1855年)，词人由沧州调任赵州知府。

[2]三眠：蚕初生至成蛹，蜕皮三四次。蜕皮时不食不动，呈睡眠状态。第三次蜕皮谓之三眠。《李太白诗集注·寄鲁东二稚子》中"吴地桑叶绿，吴蚕已三眠"句注曰："蚕将蜕轍卧不食，古人谓之俯。荀卿《蚕赋》：'三俯三起，事乃大已'是也。后人谓之眠，《本草》：'蚕三眠三起，二十七日而老'是也。"

[3]授衣候：即授衣时节，出自《诗经·豳风·七月》："七月流火，九月授衣。"毛传曰："火，大火也。流，下也。九月霜始降，妇功成，可以授冬衣矣。"古代以九月为制备冬装的时节，也常将"授衣"作为农历九月的别称，《初学记》引梁元帝《纂要》曰："九月季秋亦曰暮秋……亦曰授衣。"

[4]宾鸿：即鸿雁。梁元帝《言志赋》曰："闻宾鸿之夜飞，想过沛而沾衣。"

[5]寒砧：指寒秋的捣衣声，常用以表现秋天的冷落萧条。(唐)沈佺期《古意呈补阙乔知之》诗曰："九月寒砧催木叶，十年征戍忆辽阳。"

[6]曙鸡：报晓的鸡啼声。沈佺期《夜宿七盘岭》诗曰："浮客空留听，褒城闻曙鸡。"

[7]比室：犹言家家户户。《后汉书·杜诗传》曰："又修治陂池，广拓土田，郡内比室殷足。"

[8]挟纩：披着棉衣。《左传·宣公十二年》曰："申公巫臣曰：'师人多寒。'王巡三

军，拊而勉之，三军之士皆如挟纩。"

【评析】

  词作描写赵州棉花丰收之盛况以及人民幸福欢乐的场景，表现了词人作为一方行政主官关心民生、关爱百姓的情怀。上阕描写赵州田间棉花丰产以及百姓采棉的场景。入秋来一直天晴，那千陇土地上都被洁白的棉花铺满了，就像铺满了一层厚厚的白雪。用"喜漫漫"领起起句，为全词定下欢快的情感基调。终于在春蚕三起三眠后，盼到了棉花成熟的时节。"春蚕叶底三眠后，盼到熟棉时节"将词人与赵州棉农由春至秋，盼望棉花成熟的殷切之情精炼地描绘出来。那棉花仿佛是秋天的白霜凝结而成，看着比春天的柳絮还浓，又比轻烟更白。接下来，词人描写了人民群众采棉时热火朝天的劳动场景：田间地头，都是采棉的妇女，她们带着竹筐，挽起袖子，向着晚风采摘棉花。下阕着重表现棉花丰收给当地人民带来的美好生活。马上就是深秋九月，又到了制备冬衣的时候，到处都是纺车和捣衣之声，家家户户都洋溢在欢洽的氛围中，因为有人说今年棉花的市价比以前上涨了许多，获得丰收的百姓肯定能够得到丰厚的收益，能够早早缴纳了官税。当冬天的农闲时节，他们能够披上棉衣，围坐在温暖的炉火旁，煮酒聊天度过残冬。词作用铺叙之法，按照时间推移的顺序，从田间棉花丰产的景象，到棉花采摘时的场景，再到家家户户制作冬衣时的情景，最后是百姓们围炉絮语无忧无虑度过冬天农闲时节的温馨画面，层次井然有序。词人对场景的描绘笔触非常细腻，丰收喜悦之情的表达都是通过一幕幕鲜活的画面自然地流露出来。下阕中人民群众美好生活的场景出自词人的想象，但它并非仅仅是词人的美好愿望，也是广大人民群众的殷切期盼，用想象的方式去表达比实景的描写更能将人民群众对美好生活的向往和词人的爱民之情突出表现出来，所以这也是词人在创作构思上的一个亮点。

莫友芝

（32首）

莫友芝，字子偲，自号郘亭，晚号眲叟，布依族，贵州独山人。友芝出生于一个由武转文的家族，祖上因从军至黔，后转耕读，其父莫与俦是嘉庆四年(1799年)进士，曾受教于纪昀、阮元、洪亮吉，又与张惠言、王引之等汉学宗师为同年，是贵州著名学者。友芝幼承庭训，继承家学。道光三年(1823年)，其父任遵义府学教授，十三岁的莫友芝随父迁居遵义，后与郑珍、黎兆勋结为莫逆之交，共同创造了遵义沙滩文化的辉煌。道光十一年(1831年)中举，但此后多次会试不中，久困科场，其间主要在遵义和贵阳担任教职。数次入京中，他结识了曾国藩、何绍基、王闿运、张之洞、刘熙载等天下俊彦，使其声名渐隆。咸丰十年(1860年)，莫友芝最后一次参加会试无果，本打算滞留京城等待"大挑"，但迫于生计艰难和第二次鸦片战争英法联军进逼北京的动荡局势而离开京城。咸丰十一年(1861年)，莫友芝以宾客身份依附曾国藩幕府，代曾氏收购江南遗书，并先后在江苏书局、扬州书局任总校之职。同治十年(1871年)，莫友芝携子绳孙在扬州、兴化一带查访文宗、文汇两阁被焚后散失的图书，突感风寒，高烧不退，病逝于访书途中。

莫友芝是清代著名的学术大师，与郑珍齐名，并称"郑莫"。他擅长文字训诂、金石目录，特别是依附曾国藩幕府后，致力于目录版本学研究，取得了极大的成就。著有《宋元旧本书经眼录》《知见传本书目》等目录学著作，《韵学源流》《唐写本说文木部笺异》等音韵文字学著作。莫友芝也是诗文名家，为晚清宋诗派代表诗人，其存世诗文集有《影山草堂学吟稿》四卷、《郘亭诗钞》六卷、《郘亭遗诗》八卷、《郘亭外集》一卷、《郘亭遗文》八卷。莫友芝热心于黔中文献的整理，他与郑珍共同修撰的《遵义府志》，内容详博、考证精审、体例谨严，被梁启超赞为"清代府志第一"。其编撰的《黔诗纪略》为明代贵州诗歌总集，共收录明代贵州诗人266人，录诗2400余首，在存人存诗存事、保存乡邦诗歌文献方面贡献卓绝。多方面的成就使莫友芝蜚声海内，被誉为"西南硕儒"(曾国藩语)。

莫友芝同样是清代贵州词坛成就最大的词人之一，他的《影山词》收录词作146首，词量虽少但质甚精。《影山词》题材内容丰富，以恋情词、亲情友情词、咏怀词三类最有代表性。他的恋情词擅长细腻生动的细节描写，抒发主人翁在爱恋中的各种情感和心理，风格清丽柔婉，格调高雅。其亲情友情词，或叙夫妻之情，或发丧子之痛，或抒念友之怀，无不真挚深婉，体现"至情至性"的心灵世界。他的咏怀词着力抒发时光易逝、人生多艰、功业难成的人生感慨，体现出词人虽饱受穷愁潦倒之艰、漂泊离散之苦，却能秉持

坚定之志气和贞介坦荡之胸怀的人格力量，思想深沉、意境高远、词风清劲，几乎篇篇可称佳构。在艺术风格上，《影山词》呈现出刚柔兼济的特点，晚清词学大师朱祖谋便评价莫友芝词："高健之骨、古艳之神，几合东坡、东山为一手。"在清劲高华的主体风格下，兼具清新雅丽和沉郁劲健。同时，在"有词作而无词论"的贵州词人群中，莫友芝也是独有的留有词论文字的词人。他的词学观念和宗尚集中体现在其为好友陈钟祥、黎兆勋词集所作的《香草词序》和《莳烟亭词序》两篇序文中，他推尊词体，肯定张惠言编定《词选》以"出其品第，乃跻诗而上"，提升词的思想内涵和品格的努力；同时提倡雅音，对词的创作保持严肃的创作态度，反对以"谑浪游戏"的态度为词。在学词途径上，他将南宋姜夔、张炎作为学词准的，但又不守一家一派，专精与博取兼顾。他反对词作内容的空疏寡韵，认为"寓托深而揽撷富"，寄寓真实的情感志趣，才能"幽宕绵邈使人意消"，具有感发人心的力量。

总之，莫友芝的词作呈现了丰富的情感世界，体现出反映个人心灵意绪的重情特征，同时又有着尚雅重律，重故实、通理致的学者风范，是诗人之词与学人之词的融合。《影山词》所取得的成就，使莫友芝不仅成为黔中词人的翘楚，在清词史上也应有一席之地。

满江红(一)

渡乌江[1]

叠浪惊穿，二千里、插天青碧。随处有、云驱雪哄，电奔雷激。积怒欲吞三峡势，重门不放千艘入。问忠宣[2]何事惜神斤，平江右。

于越限[3]，西瓯[4]窄。更始道，西乡惑。算头兰诛后[5]，几回开塞。故垒难寻杨燕里[6]，荒坟莫吊王忠国[7]。但时时折戟露沉沙，渔人得。

【注释】

[1]乌江：又称黔江，长江上游支流。在贵州省北部和四川省南部。北源六冲河出赫章县北，南源三岔河出威宁彝族回族苗族自治县东，两源汇合后称鸭池河。东北流到息烽县乌江渡以下始称乌江。经思南、沿河等县至重庆市西阳土家族苗族自治县龚滩，折向西北流，在涪陵入长江。

[2]忠宣：谥号，此处应指李德辉。《元史·李德辉传》记载李德辉曾梦主乌江，其去世后，当地人为之立庙，称之为乌江之神。[按]查《元史·李德辉传》并无此事，而是记载其带兵平定思南、播州，劝降罗氏鬼国，避免征战事，因其有德于蛮夷，故死后播州安抚使何彦请率其民为其立庙。莫友芝《邵亭诗钞·乌江怀李忠宣公，分得江字》诗曰："即驰三道止麾幢，百万罗施尽受降。武惠威名能不杀，文渊勋业旧难双。空山遗庙今萧瑟，束峡春涛自激撞。万壑松声凄落月，尚疑星影坠蛮江。"亦咏德辉劝降罗氏鬼国事。

[3]于越：古国名，相传始祖是夏代少康庶子无余，建都会稽。春秋末常与吴作战，曾为吴王夫差所败。越王勾践卧薪尝胆，于公元前473年灭吴，成为春秋五霸之一，后为楚所灭。

[4]西瓯：又作西呕，古越人的一支。汉代时分布在郁林郡、苍梧郡和合浦郡部分地区。西瓯人在秦时已颇为活跃，汉初役属于南越王赵佗。汉元鼎六年(公元前111年)，武帝伐南越，西瓯降于汉。

[5]头兰诛后：头兰为西汉王朝和古滇国之间的西南少数民族政权，在今贵州境内。《史记·西南夷列传》曰："会越已破，汉八校尉不下，即引兵还，行诛头兰。头兰，常隔滇道者也。已平头兰，遂平西南夷为牂柯郡。"

[6]杨燕里：杨嘉贞，遵义土司。《遵义府志·土官传》曰："嘉贞至治二年来朝，英宗赐名延礼不花。累官资德大夫，湖广行省右丞，沿边宣慰宣抚使。"下引《元史·泰定帝纪》注曰："泰定二年秋七月丙辰，播州蛮黎平爱等集群夷为寇。湖广行省请兵讨之，不

许。诏播州宣抚使杨也里不花招谕之。十月癸巳，播州凯黎苗诸宝苗獠为寇，三年正月丙午朔，播州宣慰使杨燕里不花招谕蛮酋黎平爱等来降。六月，播州蛮黎平爱复叛，合谢乌穷为寇，宣慰使杨燕礼不花招平爱出降。"按语曰："也里不花、燕里不花、燕礼不花、延里不花皆即延礼不花，元国语取声近，本无专字也。"

[7]王忠国：王祥。《遵义县志·军事》曰："清顺治七年（明永历四年，1605年）九月，张献忠部将秦王孙可望由云南回袭贵州，遣将刘文秀、白文选、马宝攻取遵义。明忠国公王祥迎战于乌江，祥兵败自杀。"

【评析】

这首写景怀古词，在描绘滚滚乌江之雄奇壮阔的同时，回溯乌江两岸黔中大地数千年的沧桑历史，抒发词人对古人维护黔中安定的业绩的慨叹。词作先描绘乌江形胜，首句先总写，"叠浪惊穿"的乌江水延绵千里，视野中如一条碧带直插入天际。接着写乌江之险峻，因乌江流经之黔中地属高原，地势落差大、切割强，故乌江以流急、滩多、谷狭而闻名，正如词人所写"随处有、云驱雪哄，电奔雷激"，可称"天险"。"积怒"一句更是强化了对乌江险峻的描绘，同时，也由"千艘"一词从自然之险峻过渡到历史抒怀，因为正是贵州地处偏远，又有着乌江这样的险峻，"重门不放千艘入"，中原王朝的力量很难对这里进行有效的管理，所以历史上才多有纷乱。"忠宣"是元代李德辉谥号，《元史·李德辉传》记载他平定思南、播州，及劝降罗氏鬼国，避免征战，死后蛮夷怀其德，为其立庙事。词中言"问"，言"何事"，则曲折地道出如李德辉这般不事兵戎，平定黔疆的功绩太少了，更多的时候都是伴随着惨烈的战争和伤亡。这样就引发了对黔地战乱纷纭的叙写。下阕先写汉武帝开西南夷的历史事件。于越和西瓯的疆域有限，很快就被汉朝平定了，但是西南夷未通，西汉王朝的力量无法向西延伸。于是当攻破越国后，汉八校尉便"引兵还，行诛头兰"，终于实现了平定西南夷的目标。自此之后，在千年的历史中，中原王朝和西南少数民族政权的争斗便没有停止过，"故垒难寻杨燕里，荒坟莫吊王忠国"，古代军事堡垒的遗迹仍在，但为元朝宣慰黔地的土司杨燕里早已消失在历史的尘埃中，还有无数人如明忠国公王祥那样战死在乌江边，埋骨于此。最后化用杜牧《赤壁》"折戟沉沙"的诗句作结，往事虽已成烟，但我们要以史为鉴，保护好这一方土地的安宁，使词旨得到了很好的升华。

满江红（二）

为方仲坚[1]题"冬菜图"

古今茫茫，不过是、饥肠一饱。何必问、鼎烹[2]无愧，菜根[3]能咬。消散黄斋三百瓮[4]，寒儒食料元非小。问王侯卿相万钱厨[5]，堪长保？

少年意，云烟渺。中年事，园林好。看荒畦绕屋，勤锄还早。雪满天山[6]生意在，撑肠[7]不受炎凉搅。只羊蹄蹴踏藏神惊[8]，君须祷。

【注释】

[1]方仲坚：方凝之，字仲坚，又字老吾，安徽歙县人。平翰任遵义知府时，方凝之为其幕宾，与莫友芝、郑珍、黎兆勋等友善。友芝有《喜霁定，步出来青，适得方仲坚同游，晚归双荐，用前韵》和《送方仲坚归江南》诗写其和方仲坚的交游。[补]黎兆勋之弟兆熙也有《金陵别方仲坚》诗。

[2]鼎烹：用鼎煮饭，比喻富贵的生活。

[3]菜根：即粗食，比喻贫贱的生活。

[4]消散黄齑三百瓮：黄齑：腌韭末。明代郭子章辑《谐语》十四则附《苏黄滑稽帖》曰："苏轼曰：王状元未第时，醉坠汴河，为水神扶出，曰：'公有三百千料钱，若于此，何处消破？'明年，遂登进士。有久不第者，亦效之，佯醉落河，河神亦抚出，士大喜曰：'我料钱几何？'神曰：'吾不知也，但三百瓮黄齑无处消破耳。'"后来，"三百瓮黄齑"这一典故，就被用来形容寒士生活清贫。[按]此文名为《禄有重轻》，为苏轼所写，见于《苏轼文集》卷七十三。

[5]万钱厨：《晋书·何曾传》曰："性奢豪，务在华侈。帷帐车服，穷极绮丽，厨膳滋味，过于王者。每燕见，不食太官所设，帝辄命取其食。蒸饼上不坼作十字不食。食日万钱，犹曰'无下箸处'。"后用这一典故形容生活奢侈。苏轼《鳆鱼行》诗曰："割肥方厌万钱厨，决眦可醒千日醉。"

[6]雪满天山：出自岑参《白雪歌送武判官归京》诗："轮台东门送君去，去时雪满天山路。"

[7]撑肠：挨饿。[按]"撑肠"应为"满腹"义。如(清)唐孙华《春日漫成》其二诗曰："文籍撑肠仍乞食，方书满眼不医贫。"此句作"吃饱了饭就不会受到世态炎凉的搅扰"解，这样才能与"雪满天山生意在"句意相合。

[8]羊蹄蹴踏藏神惊：藏，同"脏"。典出(三国魏)邯郸淳《笑林》："有人常食蔬茹，忽食羊肉，梦五藏神曰：'羊踏破菜园！'"

【评析】

这是一首题画词，《冬菜图》的作者方仲坚是平翰任遵义知府时的幕宾，道光十八年(1838年)至道光二十年(1840年)，郑珍和莫友芝应平翰之邀，在遵义府署进行《遵义府志》的修撰，与方仲坚多有交游，此词应作于修志期间。词虽为题画，却是借画抒志，表达自己不羡富贵、甘守清贫的人生态度。词作开门见山，先给出"古今茫茫，不过是、饥肠一饱"的论点，正因为如此，珍馐佳肴和粗茶淡饭在填饱肚肠这一本质的功能上并没有什么不同。接下来，词人再通过富贵与贫贱两种生活方式的对比来深入讨论这个话题。"消散黄齑三百瓮，寒儒食料元非小"，寒儒清贫的生活并非没有其美好；"问王侯卿相万钱厨，堪长保？"而王侯卿相的富贵生活又能长保吗？词人辩证地看待人生的贫富贵贱，给人以哲理的启发。下阕由人的贫富贵贱引向对人生意义的思考。"少年意，云烟渺。中年事，园林好。"人在不同的阶段对人生的意义有着不同的理解，少年时意气风发，渴望建功立业和外面的世界；人过中年，经历渐多，便看惯风云，更能体会人生中自然平淡的可贵。"园林之好"，好在付出汗水就能得到自然的回馈，好在无论多么严酷的环境都能保持生机的坚韧不拔，更好在"撑肠不受炎凉搅"的自由和适意。词作最后用一句玩笑话结尾，说只是要祈祷不要长久地吃粗蔬，被羊肉给吓到自己的脏神啊！这一则《笑林》里的典故的应用，给原本意旨严肃的词作注入了自嘲式的谐趣，可谓点睛之笔。这首词最为突出的特点是没有采用意象兴寄的方式，或者叙事的方式，而是着力于讨论和说理，通过极有条理性、层次性的议论来阐述自己人生态度和理解，词作虽为议论说理，却不缺少诗意，并不显得干枯和乏味，这是词作在艺术上的成功之处。此外，该词虽用典较多，但能够做到妥帖，很好地扩展了词作的意蕴。上面两点也充分体现了《影山词》"学人之词"的特点。

台城路

悼璋女[1]

篱根一片伤心地，鹦哥尚闻娇语。满目苍然，斜阳衰草，可是阿纨[2]行路？林风乍度，似鷇舌伊鸦[3]，戏来前圃。换婢搴帘，一庭冷月坠清露。

深宵犹记眠去，携青田私印[4]，听我吟句。莫是今朝，方才入梦，转是昨宵翻寤。分明堪据，有西阁回廊，两璎争妩。索抱频空，四条红泪注。

【注释】

[1]悼璋女：莫璋为莫友芝第三个女儿，莫璋与其孪生姐姐莫珏生于道光十八年（1838年），道光十九年（1839年）冬莫璋夭折，莫珏长至20岁，待嫁而卒。莫友芝《邵亭遗诗》卷四《悼女珏四首》自注云："珏与妹璋孪生，璋周岁而夭。"[补]莫友芝《影山草堂学吟稿》卷下《己亥生日》诗云："莫五堕地今廿九，忽忽穷年事奔走……珏璋周岁解人意，挽须索果从母嗾。双扶学拜寿阿爷，此事始自今年有。"另《影山草堂学吟稿》卷下有《璋女殇》诗三首："残魂欲尽气如丝，听道爷归一展眉。失喜阿嬢强扶起，可怜枯泪不能垂（其一）。堕地所须唯药饵，平生不识是肥鲜。耐儿辛苦还周岁，比著阿銮算大年（其二）。二尺桐棺三尺土，荒山风雨自今宵。可堪阿珏犹寻妹，啼向空衾手乱招（其三）。"

[2]阿纨：（西晋）左思《娇女诗》曰："吾家有娇女，皎皎颇白皙。小字为纨素，口齿自清厉。"此处用"阿纨"代指璋女。

[3]鷇舌伊鸦：鷇：待哺的雏鸟。《国语·鲁语上》曰："鸟翼鷇卵。"韦昭注："翼，成也。生哺曰鷇，未孚曰卵。"《汉书·东方朔传》曰："声謷謷者，乌哺鷇也。"此处指代幼小的璋女。伊鸦：同"咿哑"，象声词。苏轼《赵郎中往莒县逾月而归复以一壶遗之仍用元

韵》诗曰："小儿咿哑语绣帐。"形容小儿语声。

[4]青田私印：莫友芝刻有"青田山庐"的印章。[补]莫友芝父亲莫与俦于道光二十一年(1841年)逝去，道光二十二年(1842年)冬葬于遵义县东之青田山，并建青田山庐守墓。青田山庐距郑珍的望山堂三里，距离沙滩李兆勋所居六里。莫友芝《莫公行状》曰："筮以二十二年十二月初二日安厝遵义县东八十里青田山。"[按]璋女卒于道光十九年(1839年)，时莫友芝之父莫与俦仍在世，莫氏尚未与青田山产生关联，故知"青田私印"应是借众多印章中的一块来指代自己众多的印章。同时，也知道此词应作于道光二十二年(1842年)之后。

【评析】

这是词人悼念夭折女儿阿璋的词作，阿璋和阿珏是道光十八年(1838年)出生的一对孪生姐妹，但道光十九年(1839年)刚满周岁的女儿阿璋就不幸夭折了。除这首词作外，词人还写下《璋女殇》诗三首抒发对亡女的悼念之情，可与此词参看。上阕写庭院中留有阿璋生前痕迹的景物勾起词人对亡女的思念。常抱着阿璋玩耍的篱笆底下，现在已经是一片伤心之地，房廊下的鹦鹉还会学说阿璋娇柔的话语。首句中便将物是人非之感鲜明地表现出来。在如此悲伤的心境中，作者抬头所见都是凄凉的画面，满眼苍然，而那如血般的残阳，以及夕照下延绵的衰草，就像是阿璋离去的路，没有尽头。一阵清风吹过林间，那声音好似阿璋咿呀之声，从前圃传来，词人急忙唤婢女拉起帘子，但只看到清冷的月光如清露般铺满整个庭院。从"林风"至上阕结束写得非常绝妙，用唤婢拉帘的这个举动将现实的场景和词人想象结合起来，词人那种想见到女儿的急切和失望都非常生动地呈现出来，以"一庭冷月坠清露"的景语作为上阕的煞尾，不仅营造了清幽的意境，同时也寄寓了词人因失望而悲凉的情怀。若上阕写的是白天、是现实，下阕则主要写夜晚、写梦境。还记得在深夜睡去，阿璋小手抓着词人的印章，听词人吟诵诗句。在一片迷离中，词人已不清楚是今朝才入梦，还是昨晚已经惊醒，梦中阿璋还在自己身边的场景是那样的真实，有回廊下的一双花儿作证，但女儿几番张手索抱，词人伸手却屡屡成空，父女二人只能相对泪流。这样的场景是如此的真切，直让人不忍卒读。词作在构思上可谓别出心裁，情感的抒发也是细腻婉曲，通过梦境与现实的穿插，将陷入对爱女伤逝之痛和怀念之苦的词人神情恍惚迷离的状态刻画得非常真切，感情上又如此的哀婉深挚，催人泪下。无论是思想情感，还是艺术水准，与清词大家都不遑多让。

解连环

寄内，时携庚儿之麻哈归宁，儿殇于外家[1]

残年无几，更何堪别后，伤心两地。记昔岁，风雪兰江[2]，也不似，今番恁般愁味。万错千非，只为着，当初放你。把童乌断送，绊着娇纨[3]，几多懊悔。　　遥知小棠榭底，便旧时碧槛，怅绝孤倚。强支持，药店飞龙[4]，到暗里啼痕，定深沉水[5]。月没星沉，想一样、空中抱被[6]。问几时、黄檗林中，果来莲子？[7]

【注释】

[1]寄内，时携庚儿之麻哈归宁，儿殇于外家：内：莫友芝的妻子夏芙衣。庚儿：莫庚孙，莫友芝长子，生于道光庚子年（1840年）三月二十日，莫友芝之妻夏芙衣在这年秋天带庚儿回娘家。该年十一月四日，庚儿在外公家夭折。麻哈：今贵州麻江县。[补]友芝妻夏芙衣，为莫与俦同年举人夏鸿时之季女。夏鸿时，贵州麻哈人，嘉庆戊午年举人，道光丙戌年大挑二等，选任印江县教谕，后出任陕西石泉县知县。莫友芝与夏芙衣于道光元年订婚，于道光十二年春完婚。庚儿出生于道光二十年（1840年）庚子三月二十日，莫与俦作有《喜友芝举子》诗。是年冬，夏芙衣带庚儿回麻哈归宁，十一月初四日殇于岳父夏鸿时家。莫友芝《庚儿墓志铭》曰："道光庚子十一月庚寅，庚儿从母归宁麻哈州高枧堡，殇于外家，是日葬之堡旁小师山下黄土园……儿生遵义府学，以三月庚戌，在世得七月又三日。"除词作外，莫友芝还写下了《悼庚殇于外家兼寄其母》二首等诗文悼念庚儿。

[2]兰江：兰江驿。莫友芝当年进京赶考时所经之驿站。此句说过去进京赶考一路上所遇到的艰难万险也比不上此次庚儿夭折带来的伤痛。[补]词中所言进京赶考，应指道光十七年（1837年）十二月，词人与郑珍结伴赴京参加道光十八年（1838年）春闱，二人至兰江驿时，恰值除夕。兰江驿在湖南澧县，是涔阳古道上的重要的水陆驿站。《光绪湖南通志·武备志三·澧州》曰："兰江驿，在州东五里，明末改水驿置，由驿南六十里至清化驿，由驿北六十里至顺林驿。"

[3]童乌断送，绊着娇纨：童乌：此处指庚儿。[补]见本书陈钟祥《水龙吟·书鲍小山观察〈藏书楼骈体文〉后》"童乌誉早"注释。娇纨：借指莫友芝的孪生女之一的阿璋。[补]阿璋于道光十九年（1839年）夭折，《台城路·悼璋女》词中，莫友芝亦用"阿纨"指称阿璋。

[4]药店飞龙：《乐府诗集》卷四十六《读曲歌》曰："自从别郎后，卧宿头不举。飞龙落药店，骨出只为汝。"莫友芝用此典形容妻子因思儿而伤痛以致憔悴消瘦。

[5]沉水：[补]即沅江，发源于贵州都匀苗岭山脉，流经贵州、湖南两省，于常德注入洞庭湖。其上游贵州境内河段亦称清水江，主要流经都匀、麻江、凯里、台江、剑河、锦屏，在天柱流出省境。《水经注·沅水》曰："沅水出牂牁且兰县，为旁沟水，又东至镡成县，为沅水。"

[6]月没星沉，想一样、空中抱被：此句意出《诗·召南·小星》："嘒彼小星……肃肃宵征，抱衾与裯。"月亮、星星的沉没，应该和妻子一样充满了伤痛别恨。[按]"肃肃宵征，抱衾与裯"言宦吏为公事而日夜劳苦，抛却室家之乐。故此句非指其妻，而是指词人自己因公事之忙而未能与妻儿一起回麻哈，以致庚儿殇逝。那天空中的星月亦有着和词人

一样生死离别的伤痛，此句的抒情视角已暗中发生转换。

[7]问几时、黄檗林中，果来莲子：黄檗：亦称"黄柏"，落叶乔木，树皮可制软木，并入药，味苦，古乐府诗常用以形容悲苦。莲子：谐音"怜子"。《乐府诗集·清商曲辞一·子夜歌》曰："自从别郎来，何日不咨嗟。黄檗郁成林，当奈苦心多。""高山种芙蓉，复经黄檗坞。果得一莲时，流离婴辛苦。"

【评析】

此词可称为《影山词》中的代表之作，抒写词人的丧子之痛和对妻子的关怀。道光二十年（1840年）冬，莫友芝之妻夏芙衣带着尚未满周岁的长子莫庚孙回麻哈（今贵州麻江）归宁，是年冬，莫庚孙夭折于外祖夏鸿时家。得知噩耗的词人怀着无比懊悔和沉痛的心情写下这首词。上阕主要表达丧子的悔痛之情，在临近年关之时，因忙于《遵义府志》的修撰，只得让妻子独自带着庚儿归宁，与爱人远别，却造成了丧子之痛，伤心两地。词人非常懊悔，自责是自己未能与妻儿在一起，才导致了这样的悲剧，加之去年夭折的阿璋，词人已经接连失去了两个儿女，沉痛的心情比当初赴京赶考途中遇到的千难万险及行旅的孤苦更加沉重。下阕遥想独自在麻哈的妻子经受如此深哀剧痛之情景。妻子一个人孤独地倚靠在旧时的台榭旁哀痛万分，勉强支撑着因丧子之痛而憔悴消瘦的身躯，暗中流下的泪水肯定比那沅水还要多。"月没星沉，想一样、空中抱被"一句化用《诗经·小星》中"肃肃宵征，抱衾与裯"为公事而日夜劳苦，抛却室家妻儿的诗意，自己因公事之忙而未能与妻儿一起回麻哈度岁，以致庚儿殇逝，那天空中的星月亦有着和词人一样生死离别的伤痛。恰与首句相呼应，且将抒情的视角从妻子的角度转换到词人自己。最后一句"问几时、黄檗林中，果来莲子"，用黄檗比喻心中的悲苦，以"莲子"谐音"怜子"，几时才能够来到妻子身边，把她深深怜爱，共同承受这种种伤痛。这首词作用与妻子倾诉的口吻来抒发情感，语淡情浓，词中两次转换抒情的视角，有效地丰富了情感的层次。同时，词作扩大了以往抒发"别妻丧子"之词的词境，用天地万物与心情相绾合，"药店飞龙""抱衾与裯""黄檗林"等非常之典，不仅避免了俗套之感，而且与词作的情境相融合，增强了情感的内蕴，使全词情意深挚，感人至深。

庆宫春

庚子除夕

才说今番，郎州[1]度岁，佳怀定胜当年。爆竹催来，依然故我，还添一片关山。四香东阁[2]，料独倚梅花小阑。碧云黄土，触绪凝愁，两地漫漫。　　烧香暗祝神前，那为浮生、利锁名牵。但愿从今，人间离恨，凭教一笔句删。中郎伯道[3]，都注与征熊兆兰[4]。便偏于我，悭著些儿，不算天悭。

【注释】

[1]郎州：州名，唐代贞观初年置，不久被废除。贞观十三年(639年)复置州，改名播州，即今贵州遵义市，一说今绥阳县治附近。辖境相当今贵州遵义市、遵义县和桐梓等县地。[补]《新唐书·地理志》曰："播州，播川郡下，本郎州，贞观九年以隋牂牁郡之牂牁县置，十一年废，十三年复置，更名。"

[2]四香东阁：四香指沉香、檀香、麝香、乳香。(五代)王仁裕《开元天宝遗事》卷下曰："四香阁：国忠又用沉香为阁，檀香为栏，以麝香、乳香筛土和为泥饰壁间，每于春时，木芍药盛开之际，聚宾友于此阁上赏花焉。"[补]此处借指妻子所在麻哈娘家的闺阁。

[3]中郎伯道：中郎指东汉蔡邕，官至中郎，无子，只有蔡琰一女。伯道指晋代邓攸，字伯道。据《晋书·邓攸传》载，战乱中邓攸携子侄逃难，途中屡遇险，恐难两全，乃弃去己子，保全侄儿，后终无子。时人为他抱憾说："天道无知，使邓伯道无儿。"后因称无子为"伯道无儿"或"伯道之忧"。韩愈《游西林寺题萧二兄郎中旧堂》诗曰："中郎有女能传业，伯道无儿可保家。"

[4]征熊兆兰：征熊，古人以梦见熊罴象征生男孩，梦见蛇象征生女孩。《诗经·小雅·斯干》曰："维熊维罴，男子之祥；维虺维蛇，女子之祥。"兆兰，古人以梦见兰花象征生男孩。《左传·宣公三年》曰："初，郑文公有贱妾曰燕姞，梦天使与己兰，曰：'余为伯鯈。余，而祖也，以是为而子，以兰有国香，人服媚之如是。'既而文公见之，与之兰而御之。辞曰：'妾不才，幸而有子，将不信，敢征兰乎？'公曰：'诺。'生穆公，名之曰兰。"

【评析】

词作写于道光二十年(1840年)庚子除夕，是年冬词人妻子带着长子庚儿回麻哈归宁，庚儿却不幸殇逝。词作与《解连环》在内容上有密切的关联，在构思和表现的方式上与《解连环》也有相似处。上阕主要抒发丧子之痛以及与妻子的分别之苦。词人说今年度岁，因为庚儿出生，本应该非常喜庆，哪知孤寂冷清仍如当年，又更添一份丧子的沉痛。外面的爆竹声响起，整座遵义城都洋溢着喜庆热闹的节日气氛，而词人仍如去年一样未能与家人团圆，独自度岁，更难以承受的是再一次遭遇了子女夭折的悲伤和艰难。"四香东阁，料独倚梅花小阑"，将抒情的视角转到了妻子，是词人设想妻子在麻哈的情景——想起远在麻哈的妻子，此时定在她的闺阁，独自一人倚靠着梅花树边的栏杆。这一句词人并未描述妻子是如何悲伤，只是给出了一个充满画面感的镜头，却"此时无声胜有声"，通过妻子茕茕孑立的剪影，不仅形象地刻画出妻子悲伤凄凉的内心情感，还饱含着词人对妻子的那份关切怜爱之意。上阕结尾是从自己和妻子两方面着笔：与亡子的阴阳相隔，妻子与我分别两处，无边的愁绪在遵义和麻哈两地间蔓延凝结。应该说词作至此，情感的抒发已到了顶点，词人在下阕却又另起波澜，别开新境。他在神位之前焚香祈祷，却并非为了自己的名利得失，而是希望人间再也没有自己所经历的离恨苦难。蔡邕、邓攸都被作为没有子嗣的典故，词人想到天底下那些与自己一样没有子嗣的人，征熊、兆兰则是生男孩的祥兆。他说，希望如蔡邕、邓攸这般无子或丧子之人都能够拥有儿女，那就算偏让我一人无子，上天也不算吝啬了。这是多么伟大的胸怀啊！词人超越了自我的伤痛，表现出民胞物与的精神，不禁让我们想起幼子饥卒仍关心百姓苦难，茅屋为秋风所破却希望广厦庇寒士的杜甫。人生境界的伟大和情感的深厚使词作沉郁高健的气格格外突出。

鹊桥仙

题画

　　青山一簇，竹竿千个，竹里一区[1]茅舍。门前春水绿平桥，放几点、白鸥飞下。　　小船三板[2]，茶炉一具，软桨丫童徐打。故乡无此好溪山，待买取、薄田归也。

【注释】

　　[1]一区：房屋一处叫一区，也借指房屋。《汉书·扬雄传上》曰："有宅一区。"

　　[2]小船三板：三块板做成的小船，指简陋的船。[按]三板，亦作"三版"，即舢板，是近海或江河上用桨划的小船。(清)郁永和《采硫日记》卷上曰："二十三日乘三板登岸。"原注："三板即脚板也。海舟大，不能近岸，凡欲往来，则乘三板。至欲开行，又拽上大船载之。"钱起《江行无题》诗曰："一湾斜照水，三版顺风船。"

【评析】

　　这首题画词，上阕描绘画面中呈现的春景，但见青山簇集，竹林葱郁，一处茅舍掩映于竹林之后，门前春水环绕，平桥两边一片青绿，远处几只白色的鸥鸟翩翩飞下，以动衬静，突出清丽优美的自然之美。下阕描写画中隐居者恬然自得的生活，一只三板小船，一具茶炉，让童仆慢慢划船，行于这清溪之上，观景品茗，好不惬意。词人直感叹："我的故乡可没有如此美好的山水，待我买取几亩薄田，也到此中去归隐吧！"结句不仅抒发了自己向往自然的情怀，还较含蓄地表达了赞美画作之意，写得很是巧妙。词作语言清丽，为我们展现了一派清新明丽的山野图，又通过对淳朴闲适的隐居生活的描绘，抒发乡野归隐之志，特别是多处量词的使用，给人一种随性之感，丰富的画面感和悠闲的山水之乐让人神往。

减兰

立春

春饧[1]春酒,引得春光随北斗。春胜春幡[2],那有春妍上鬓斑。

春风春雨,年年春色常如许。春草春花,无限春情过别家[3]。

【注释】

[1]春饧:饧:用麦芽或谷芽等熬成的糖。李时珍《本草纲目·谷部》曰:"饧即软糖也,北人谓之饧。"

[2]春胜春幡:胜,古时妇女的首饰。杜甫《人日两篇》诗曰:"胜里金花巧耐寒。"幡:同"旛",旗幡。旛胜:旧时立春日所用的彩饰。剪纸或绸绢等为旗幡形和彩胜,故称"旛胜";亦有剪作蝴蝶、金钱或其他形状的。(宋)孟元老《东京梦华录·立春》曰:"春日,宰执亲王百官皆赐金银旛胜。"

[3]无限春情过别家:春情,春天的情景。(唐)李群玉《感春》诗曰:"春情不可状,艳艳令人醉。"过:探访,探望。[按]"春情"亦指"春日的意兴",如唐太宗《月晦》诗曰:"披襟欢眺望,极目畅春情。"

【评析】

这是一首节奏轻快的节令词,但在表现立春之美好的同时,又融入了属于词人自己的哀伤之情。上阕写立春时之风俗,那可口的"春饧春酒",仿佛引得春光随着北斗的转动而来。那佩戴着"春胜春幡"、打扮得光彩靓丽的女子是如此的青春美好。至此,词人都在极力地描绘立春时欢欣的节日氛围,但最后一句,词意却突然转折,"那有春妍上鬓斑",自己已经两鬓斑白,哪还有青春的妍丽之色呢?词人将自己从欢乐的人群中独立区别开,使自己和周围的世界形成了尖锐的对立,突出了词人对青春逝去的感伤。下阕写春景,"春风春雨"又滋润了万物,吹绿了大地。年年的春色都会如期而至,那春草繁茂、群花争妍,一派勃勃生机。但这无限的春情与我何干?它们都到别家去了。词作下阕的写法与上阕相同,也在结句处形成转折,抒发惆怅落寞的情感。这首词在艺术上有两个特点,一是词人将关于立春的许多意象进行并置组合,且这些意象都以"春"字为首,使词的曲调形成连绵流转的韵律,绵密的意象组合与立春热闹欢腾的节日氛围及春天花木繁茂的无限春情相得益彰;二是上下阕结句处的两次转折,形成了词意上的极大反差,立春之欢欣美好与词人内心的哀伤形成了鲜明的对比,但对于春情的极力描写又为最后自我情怀的抒发做了极好的铺垫,这样的写法可谓将"乐景衬哀情"用到了极致,取得了很好的艺术效果。

菩萨蛮（一）

黄园[1]

碧云遮断安江[2]路，黄园不改伤心处。园外六桥波，似伊清泪多。
莲生黄檗浦，忘了心头苦。苦苦不回头，教侬独自愁。

【注释】

[1]黄园：张剑《莫友芝〈影山词〉考论》云："道光二十年冬，庚孙殇于麻哈，友芝痛心不已，写多篇作品寄怀，中有友芝《庚儿墓志铭》云：'道光庚子十一月庚寅，庚儿从母归宁麻哈州高枧堡，殇于外家，是日葬之堡旁小师山下黄土园。'《菩萨蛮》中之'黄园'，疑指'黄土园'。"

[2]安江：乐安江，位于遵义城东八十里，又名乐安溪。《邵亭诗钞》卷四有诗序云："乐安溪，即《元和志》夷牢水，经遵义治东八十里，岩壑幽曲，林木苍蔚。"

【评析】

《菩萨蛮·黄园》也是抒发丧子之痛和念妻之情的词作。"黄园"是庚儿安葬之地，《庚儿墓志铭》云："道光庚子十一月庚寅，庚儿从母归宁麻哈州高枧堡，殇于外家，是日葬之堡旁小师山下黄土园。"词作主要从妻子的处境着笔，"安江路"代指遵义到麻哈的遥远路途，而被碧云遮断的那头便是夭折的幼子埋葬的黄园，那是令词人无比伤心的地方。词人在前两句中营造了"追寻与阻隔"的情境，在表达自我的伤逝之感的同时，将抒情的视角自然地过渡到位于麻哈的妻子身上。"园外六桥波，似伊清泪多"两句，通过妻子流下的清泪如黄园外六桥水一般多的比喻，写出妻子因丧子而伤心欲绝的情形。下阕主要写对妻子的关切及愧欠之情。"莲"和"黄檗浦"的意象在词人多首抒发丧子之痛的伤悼词中屡屡出现，下阕四句的意思是：词人因为念子心切，往往忽略了妻子也承受着丧子的深哀剧痛。自己远在他方，不能给予妻子安慰，让她独自沉浸在痛苦之中。词作朴实自然，情感真挚，语调清新流畅，词境却无比伤感。

菩萨蛮（二）

渡江

江流自向巴陵[1]去，东风欲挽江陵[2]住。遮著渡江船，之旋[3]千万山。　　遮侬侬不忌，为有门前水。为问下来初，见渠相忆无？

【注释】

[1]巴陵：旧县名，晋太康元年（280年）置。传说夏后羿斩巴蛇于洞庭，积骨如丘陵，因此而得名，治所在今湖南岳阳。南朝宋元嘉十六年（439年）分长沙郡置巴陵郡，辖境相当于今湖南岳阳及湖北监利、通城、崇阳等县地。[补]后羿斩巴蛇事载于《元和郡县图志》曰："昔羿屠巴蛇于洞庭，其骨若陵，故曰巴陵。"巴陵之地名乃因山得名，巴陵山在岳阳县治西南，毗邻洞庭湖。

[2]江陵：唐上元元年（674年）升荆州为江陵府，辖境相当今湖北枝江市以东，潜江市以西，荆门市、当阳市以南地区。[按]即荆州江陵县，在湖北中部偏南长江沿岸。《汉书·叙传》曰："怀王柱国共敖为临江王，都江陵。"颜师古注曰："即今之荆州江陵县。"

[3]之旋：江流绕着山峰像"之"字一样曲折盘旋。

【评析】

这是一首具有民歌风味的相思恋曲，词人从游子的角度，描写其对爱人的思念。江水向着位于洞庭湖的巴陵流去，但东风却将游子挽留在江陵。首句词移情于东风，船只在东风牵挽下行速缓慢，恰恰是游子对爱人的依依不舍。"遮著渡江船，之旋千万山"，江流在重叠的山峦之间像"之"字一样盘旋，遮住了渡江的船只。实际上是游子恼于群山遮住了爱人，却说遮住了船只，怕爱人看不到自己。这是诗词当中常用的"对面落笔、主客移位"之法，使情思的表达更加婉曲含蓄。上阕言遮住，下阕却言不怕被群山遮住，因为有江水宛如纽带连接着爱人。尾句"为问下来初，见渠相忆无"，游子向那些刚从故地来的行人打探爱人的消息，他殷切地向行人探问："你见到她时，她有想念我吗？"词作清新自然，有着如西曲般鲜明的民歌风味，同时又巧于构思，包含着词意的转折，从遮住到不怕遮住，体现出游子对爱情的自信，最后又打探爱人是否思念自己，表现出担心和疑虑，将游子既牵挂爱人，又担心爱人对自己的情感变淡的复杂心情生动地表达了出来。

生查子

乐平宿[1] 感旧

蜀黍玉糖浆[2]，双逗雏莺语。一路野榴开，将入花中去。
刚是隔年行，泥印[3]成今古。断尽老来肠，最是黄昏雨。

【注释】

[1]乐平宿：明代置有乐平长官司，在今贵州麻江县。[补]《武备志·四夷》"都匀府"："古西南夷领州二、县一、安抚司一、长官司八"，是书记载都匀府麻哈州领长官司二：平定长官司、乐平长官司。[按]从词作中"刚是隔年行，泥印成今古"句，则词应作于庚儿夭折后一年，庚儿生于道光二十年(1840年)三月二十日，词疑作于道光二十一年(1841年)三月，则词人此时应有麻哈之行，其目的疑为接妻子回遵义。

[2]蜀黍玉糖浆：蜀黍：即高粱。玉糖浆：玉米稀饭。高粱、玉米两样食物像糖浆一样甘甜。[按]蜀黍玉，疑为"玉蜀黍"，即玉米。《农学纂要·玉蜀黍》曰："一名玉米，俗呼包谷。"故"蜀黍玉糖浆"应指用甜玉米熬制的糖浆。

[3]泥印：苏轼《和子由渑池怀旧》诗曰："人生到处知何似，应似飞鸿踏雪泥。泥上偶然留指爪，鸿飞那复计东西。"此处指人生留下的足迹。

【评析】

词作写于庚儿夭折后第二年，词人途径麻哈时。上阕回忆美好的往昔，他和妻子用甘甜的玉米糖浆喂养庚儿，用食物引逗孩子。"一路野榴开，将入花中去"是描写孩子出生时充满生机的春景，路旁都开满了野石榴花，行走在路上仿佛要走到花丛中去一般，用无边的春色形容得子的喜悦。下阕描述丧子的悲哀，才隔了一年，上阕所写的那些美好的人生经历就成为往事，"泥印成今古"用苏轼"雪泥鸿爪"语典，饱含着物是人非、人事无常的慨叹。结句又以景语作结，那黄昏时凄凄苦雨，让词人肝肠寸断。词作在构思上采用上下阕分写美好的过往和现实之悲哀的方式，通过今昔的对比来抒发丧子之痛。词人善于通过写景去烘托氛围，上下阕结句的写景很好地体现了词人丧子前后完全不同的心境，感慨满怀、哀痛无限。

鹧鸪天

甲辰中夏，伯茎兄自故乡来郎亭，住两月，欲归去，歌以留之。[1]

天地穷愁不可删，长兄长阻碧云端。一回相见一回老，何处有钱何处宽。　　休便去，过今年。粗茶淡饭也成欢。梧桐一叶征衫[2]薄，风雨萧萧行路难[3]。

【注释】

[1]甲辰：道光二十四年(1844年)。伯茎兄：莫希芝，字伯茎，莫友芝异母长兄。[补]友芝父莫与俦原配唐氏育有四子，长子即希芝，次子殇，三子方芝，四子秀芝。继室李氏乃莫与俦在四川富源县任知县时续娶，育有五子，依次为友芝、庭芝、瑶芝、生

芝、祥芝。道光三年(1823年)，莫与俦赴遵义府学教授任，携李氏及友芝兄弟迁至遵义，希芝等仍居独山老宅。莫与俦于道光二十一年(1841年)逝于遵义，因贫无力归葬独山，故于道光二十二年(1842年)十二月葬于遵义城东之青田山(参见莫友芝《莫公行状》)，是年友芝生母李氏亦病逝，于道光二十三年(1843年)葬于遵义城东五英岗。希芝此次前来主要是省父母墓，友芝作有《甲辰生日，伯荃兄来遵义省先墓，述呈，兼示诸弟侄六首》诗。

[2]征衫：走时穿的衣衫。[补]亦可代指旅人，如张元幹《忆秦娥》词曰："征衫辜负深闺约，禁烟时候春罗薄。"

[3]行路难：乐府歌辞，李白《行路难》曰："行路难，行路难，多歧路，今安在?"[按]行路难，非仅指乐府《行路难》，亦是"行路艰难、处世不易"之意。如杜甫《宿府》诗曰："风尘荏苒音书绝，关塞萧条行路难。"

【评析】

此次长兄从故乡来遵义省墓，友芝曾写下《甲辰生日，伯荃兄来遵义省先墓，述呈，兼示诸弟侄六首》长篇古体组诗，叙述双亲逝去及未能归葬家乡之痛，表达对故乡独山之亲人的关怀和思念，亦有对独山和遵义两处的亲人的勉励和祝福，内容非常丰富。而这首词没有背景事件的叙述，词人发挥词体的言情之长，抒发对长兄的挽留之情，极见深情。词作先言相见之难。因为穷愁，兄弟二人长期阻隔两地，每次相见都觉得彼此愈加衰老。正是由于相见难，所以词人极力挽留，但最后兄长还是踏上了归路，"梧桐一叶征衫薄，风雨萧萧行路难"，在词人对兄长归途艰难的关切中，道出了难舍难分、依依惜别的兄弟情义，此词全不事雕琢，质朴浑厚，极为感人。

百字令(一)

癸卯冬，子尹假余羊裘赴礼闱。裘是先君公车遗者。甲辰夏末，归以见还，怆然歌此。[1]

破裘何爱，是先君当日，公车遗物。四十年前[2]曾万里，便饱燕台[3]霜雪。天上词科[4]，边头最治[5]，退养横墙拙[6]。几曾抛弃，付余随计将发[7]。　　又是三度京华[8]，风沙磨擦久，肌肤如铁。还自不从时态[9]改，肯向穷愁温热[10]。此度春明[11]，把随君去，念与轻肥[12]别。归装初解，抚摩重为呜咽。

【注释】

[1]癸卯：道光二十三年(1843年)。礼闱：即礼部举行的科考，古代称科举时代的

考试院为闱。公车：官车。《周礼·春官·巾车》曰："掌公车之政令。"郑玄注："公，犹官也。"汉以公家车马递送应举的人，后因以"公车"为举人入京应试的代称。(清)李绂《驿南铺不寐》诗曰："十年梦想公车路，支枕连宵白发生。"[补]郑珍中举后参加过三次礼部会试，第一次是道光六年(1826年)，郑珍以拔贡入京应廷试，不售。第二次是道光十八年(1838年)会试，与莫友芝同行，入京即病，二人均下第；此为第三次，郑珍入京后便得了严重的眼疾，眼疾好转后，又中寒病，入闱后病卧两天，交白卷。参见凌惕安《郑子尹年谱》，《巢经巢诗集》卷七中也有多首诗歌写到此次会试遭际。

[2]四十年前：约数，大约在四十年前，指莫友芝的父亲莫与俦考中进士，在北京与当时海内汉学大师相师友之事。[补]莫与俦于嘉庆四年(1799年)中进士，距郑珍此行所应道光二十四年(1844年)会试四十五载。莫与俦进士座主为朱珪、刘权之、阮元，又师事纪昀、洪亮吉，同年则有张惠言、王引之等。

[3]燕台：又称"黄金台""金台"，相传为战国燕昭王所筑，置千金于台上，延请天下有才学之士，故得名。此处代指北京。[按]事载《战国策·燕策一》，后作为君主或长官礼贤之典。元好问《即事呈邦瑞》诗曰："明日燕台传盛事，坐中宾客尽名流。"

[4]天上词科：天上：《南史·徐陵传》曰："年数岁，家人携以候沙门释宝志，宝志摩其顶曰：'天上石麒麟也。'"后以"天上麒麟"美称他人之子有文才。杜甫《徐卿二子歌》诗曰："孔子释氏亲抱送，并是天上麒麟儿。"词科：同"词场"，指科举试场。[按]词科为科举考试的科目之一，主要指博学鸿词科，选拔学问渊博、文辞清丽、能草拟朝廷各类文稿的人才。(宋)周密《齐东野语·真西山》曰："于是与之延誉于朝，而继中词科，遂为世儒宗焉。"

[5]边头最治：边头：指偏远的地方。李煜《采桑子》词曰："琼窗春断双蛾皱，回首边头，欲寄鳞游，九曲寒波不溯流。"治：治学、研究。

[6]退养横墙拙：退：辞官。横墙：即横舍，学舍。横：通"黉"，旧时学校。养拙：犹言守拙，旧指官吏退隐不仕。潘岳《闲居赋》曰："仰众妙而绝思，终优游以养拙。"此句写莫与俦辞去朝廷征召，自愿从事教育事业，任遵义府学教授事。[补]嘉庆九年(1804年)，莫与俦丁父忧返乡，嘉庆十二年服满，又以母张孺人年老，请终养。道光二年(1822年)，吏部催促进京选官，行至湖北，决心弃政从教，遂折回贵阳，请改任教职。道光三年(1823年)，赴遵义任府学教授。参见友芝《莫公行状》。

[7]付余随计将发：付余：嘱咐我。随计：随时随地。将发：准备出发赶考。

[8]三度京华：指莫友芝参加的三次礼部考试。[补]莫友芝于道光二十四年(1844年)前三次入京科考分别是道光十三(1833年)年礼部会试、道光十六年(1836年)恩科春试，以及与郑珍一起参加的道光十八年(1838年)春闱。

[9]时态：世俗。

[10]肯向穷愁温热：肯向：宁肯面对。温热：温习功课。

[11]春明：唐长安城东面有三门，中间的叫春明门。后人即以"春明"作为都城的别称。

[12]轻肥："轻裘肥马"的略语，形容豪华的生活。《论语·雍也》曰："赤之适齐也。乘肥马，衣轻裘。"

【评析】

道光二十三(1843 年)年冬，郑珍赴京参加道光二十四年(1844 年)礼部春闱，向莫友芝借走父亲莫与俦当年赴京科考所用羊裘。道光二十四年夏，郑珍再次会试落第，返回遵义，将羊裘送还。友芝看到父亲的遗物，想到自己和郑珍多次会试失利，感慨万千，写下此词。词作由羊裘起兴：为何会珍爱这个破旧的羊裘，是因为它是当年先父入京应试时所用之遗物，四十五年前，父亲莫与俦携着羊裘踏上入京赴考的漫长征途。"天上词科，边头最治，退养横墙拙"是对父亲参加会试及进入仕途后之人生的概括。那次入京，父亲成功地取得科举功名，为黔中后学树立了成功的榜样，还与诸多海内汉学大师成为师友，不仅成就了自己的学术之路，亦将乾嘉学风带入黔中。更可贵的是父亲放弃做官的机会，改任教职，抱朴守拙，将余生投入为贵州培养人才的事业中，对友芝和郑珍的为学与为人都产生了深远的影响。"几曾抛弃，付余随计将发"，上阕末句回忆父亲对他的鼓励，父亲几次都想将羊裘抛弃，但还是将其留给了友芝，嘱咐他能随时准备参加会试，实际上羊裘寄托了父亲对友芝科举取得成功的美好愿望，也象征着父子之间耕读传统的延续。下阕转入到对自己多次会试不利的人生经历的感慨，自从父亲将羊裘交付于自己，又伴随着自己三度赴京，经历了无数的风沙坎坷，羊裘早已不再柔软，变得如铁般坚硬。"还自不从时态改，肯向穷愁温热"是说自己就像这羊裘般，虽然多次失败却不愿意苟合于时俗，宁肯面对穷愁独自温习功课。这句话并非仅是说说，而是有所指向。友芝和郑珍共同入京参加道光十八年(1838 年)礼部会试，恰郑珍生病，友芝除照顾郑珍外，便来往于旅店和琉璃厂书肆，买来古籍便和郑珍闭门对床鉴赏，未如其他士子般奔谒于权贵，因此而被别人视为"厌物"。友芝在与万全心的书信中谈及此事："昔者戊戌春官，尝与巢经逆旅对床，闭门赏析，未及匝月，外议沸起，'厌物'之号遍于京师，识与不识，指目而唾。计吾两人，初未尝一毫敢忤于人。惟是语言拙讷，应对疏野，其于伺候权贵，奔走要津，为性所不近，不能效时贤之所为耳。"因此，此句词不仅是对这一段往事的回应，更是一个宣言，表现词人对不为时俗所染，甘守清贫，穷且弥坚之操守的秉持。然后写此次郑珍会试，又将羊裘带至京师，终仍告别京城繁华，铩羽而归。终以再见羊裘，睹物思人，因怀念亡父而鸣咽作结。词作蕴含着极为复杂的情感，有对父亲的怀念，有对多次科举失利带来的人生际遇的感慨，亦有穷且弥坚、誓要秉持父亲衣钵的志向。构思精巧，布局得当，以羊裘为贯穿全词的引线，将面对父亲遗物时百感交集的复杂情感统合起来，写得悲怆感人。

渡江云

冬杪过青田[1]，因与黎柏容、郑子尹极十日山川诗酒之兴，将入城度岁，歌此留别。

今年冬气暖，东来十日，日日只看山。问夷牢江[2]上，别潊零洲[3]，何处久雕镌[4]。三番五转[5]，新诗句、谁放谁闲[6]？猛忆著、残年归也，挥手渡湘川[7]。　　凄然。一身债薮[8]，荡荡愁城，恨消寒酒盏，醉不到、驱魅爆竹，媚灶[9]饧盘。算开岁、五辛尝了[10]，嫩春光、尽好盘桓。何计过、眼前一座重关[11]。

【注释】

[1]冬杪过青田：杪：竹木的末梢。引申为年月季节的末尾。孟浩然《夜登孔伯昭南楼，时沈太清、朱升在座》诗曰："再来值秋杪，高阁夜无喧。"青田：青田山，在遵义城外。[按]青田山为莫友芝亡父莫与俦安葬处，道光二十二年(1842年)葬父后，友芝建青田山庐守孝。

[2]夷牢江：即夷牢溪，在遵义县东八十里处。

[3]别溆零洲：溆：浦，水边。王维《三月三日曲江侍宴应制》诗曰："画旗摇浦溆，春服满汀洲。"零：草木凋零。《楚辞·远游》曰："悼芳草之先零。"此处指在离别的水边，草木凋零的水边小洲。

[4]雕镌：指和郑珍、黎兆勋一起写作诗词。

[5]三番五转：指作诗时多次换韵。

[6]谁放谁闲：放：豪放，恣纵。《晋书·嵇康传》曰："又读《老》《庄》，重增其放。"闲：安静、安闲，喻指蕴藉。

[7]湘川：指遵义的湘江。

[8]债薮：薮：人或物聚集的地方。

[9]媚灶：用食物祭灶。旧俗于腊月祭祀灶神。《风俗通·祀典》曰："《汉记》：'南阳阴子方积恩好施，喜祀灶。腊月晨炊而灶神见，再拜受神。时有黄羊，因以祀之……其子孙常以腊日祀灶以黄羊。'"

[10]五辛尝了：五辛：也叫"五荤"，五种辛味的菜。《梵网经》云："不得食五辛。言五辛者，一葱，二薤，三韭，四蒜，五兴蕖。"此处指尝遍各种辛苦。

[11]重关：喻生活上的困难。

【评析】

道光二十四年(1843年)冬，莫友芝在青田山庐，与郑珍、黎兆勋欢聚十余日，三人流连山水、诗酒唱和，好不快活。转眼除夕将近，友芝要返回遵义城度岁，只得与两位挚友道别，返回城里，故这是一首留别之作。词作上阕用轻快的笔调描写三人十余日欢聚的愉悦，冬日天气暖和，东来十余日，日日都在山间游乐。在夷牢溪畔，浦溆、零洲处处留下了诗篇。当友芝仍沉浸在写诗的转韵换韵之间，流连于或豪放，或闲雅的诗境之中，猛然间才意识到，残年将尽，自己需要离开了，所以他向好友挥手道别，只身渡过湘江，返回遵义城。下阕写别后，独自面对困穷生活时的凄凉心境。词人债务集身，这遵义城就像是座围城，用愁苦将词人围困。只怕也无酒钱可供词人买酒消寒消愁，熬到腊月除夕。但词人又觉得只要过了开岁这一段的各种辛苦，就能够等到美好的春天，可盘桓于娇嫩的春光了。可是如何能够度过眼前的这道年关呢？词作上阕写与挚友聚会时的诗酒之乐，是多么潇洒快活，而下阕却转向别后独自面对的生活艰辛，无比穷愁困苦。截然不同的情感基调形成了强烈的反差和对比，这是词作艺术上的特点之一。另外，下阕写生活的困苦艰辛，"算开岁"一句以退为进，与上句无钱买酒的窘境形成词意上的第一层曲折，结句"何计过、眼前一座重关"又与"算开岁"一句构成第二层曲折，使词意曲折绸缪，余韵不尽，这是艺术上的第二个特点。

高阳台

和柏容《落梅》[1]

修竹垂帘，清溪展镜，雪晴尚作轻寒。昔我来思，缟衣[2]人在篱端。青禽不共东君语[3]，乍窥臣、已是愁边。更谁堪，月落参横[4]，有意无言。

林香竟被春风嫁[5]，胜真珠旧井，双角空山[6]。前度师雄，多情空索苔斑。青青掷遍相思豆[7]，问前身、定是心酸。最伤怀，一片梨云[8]，错认姗姗[9]。

【注释】

[1]《落梅》：词牌名，又名《落梅花》。[按]此处《落梅》非指词牌，此词乃和黎兆勋《高阳台·落梅，用梦窗韵》。

[2]缟衣：《诗经·郑风·出其东门》曰："缟衣綦巾，聊乐我员。"毛传以缟衣为男子服装，郑玄以缟衣綦巾都是女子服装，后世因此以"缟衣綦巾"指妻室，亦简称"缟綦"。此处的缟衣人指妻室。[按]毛传："缟衣，白色男服也；綦巾，苍艾色女服也。"马瑞辰通释："今按毛传以缟衣为男服于经义未协，缟衣亦未嫁女所服也。"钱谦益《嫁女词》诗其四曰："缟衣与綦巾，理我嫁时衣。"

[3]青禽不共东君语：青禽：即"青鸟"，《山海经·大荒西经》曰："西有王母之山……有三青鸟，赤首黑目。"郭璞注："皆西王母所使也。"后因称传信的使者为"青鸟"。李商隐《无题》诗曰："蓬山此去无多路，青鸟殷勤为探看。"东君：指东王公，古代神话中的仙人。白居易《和送刘道士游天台》诗曰："斋心谒王母，暝拜朝东君。"也有以为指太阳神或春神的。

[4]月落参横：参：星名，二十八宿之一。古代常"参商"连用，因参、商二星此出彼没，两不相见，因以比喻人分离不得相见。杜甫《赠卫八处士》诗曰："人生不相见，动如参与商。"

[5]林香竟被春风嫁：(宋)张先《一丛花令》词曰："沉恨细思，不如桃杏，犹解嫁东风。"言女子独守空房，不如桃杏能嫁给东风。林香：林木之花。

[6]胜真珠旧井，双角空山：真珠：念珠，指成佛成仙。旧井：故乡、故里。《宋

书·志序》曰："人仁鸿雁之歌，士蓄怀本之念，莫不各树邦邑，思复旧井。"角：隅，角落。此处喻指情侣相伴，胜过家里成佛成仙，只有两隅空山相对。[按]"真珠旧井"是用石崇"真珠换妾"的典故，见《岭表录》："绿珠井在白州双角山下。昔梁氏之女有容貌，石季伦为交趾采访使，以真珠三斛买之。梁氏之居，旧井存焉。""双角空山"疑用"踏雪空山"典，见(元)陈柏《雪中骑牛拜米南宫墓》诗："少年不解事，买骏轻千金。何如小黄犊，踏雪空山深。小小双牧童，吹笛穿松林。醉拜南宫墓，地下有知音。"

[7]青青掷遍相思豆：青青：《古诗十九首》曰："青青河畔草。"相思豆：亦称"相思子""红豆"。王维《相思》诗曰："红豆生南国，春来发几枝？愿君多采撷，此物最相思。"

[8]一片梨云：一片梨花一样洁白的云彩。梨花色白，用以形容白云。此处用以象征妻子的身影。[按]词中"梨云"应指"梨云梦"，出自(唐)王建《梦看梨花云歌》诗："薄薄落落雾不分，梦中唤作梨花云。"指梦中恍惚所见如云似雪的缤纷梨花。后用为状雪景之典。词中用以形容"落梅"缤纷之状，如云似雪。

[9]错认姗姗：用汉武帝宠妃李夫人典。李夫人病死之后，汉武帝思念不已。《汉书·外戚传》曰："上思念李夫人不已，方士齐人少翁言能致其神。乃夜张灯烛，设帷帐，陈酒肉，而令上居他帐，遥望见好女如李夫人之貌，还幄坐而步。又不得视，上愈益相思悲感，为作诗曰：'是邪，非邪？立而望之，偏何姗姗其来迟！'"

【评析】

词乃和黎兆勋《高阳台·落梅，用梦窗韵》，黎兆勋咏落梅词全从虚处落笔，将惜春之情融入幽深凄婉的词境中。友芝同题相和，亦咏落梅，则全用比拟之体，较柏容词更加如梦似幻、扑朔迷离。首句先描绘梅花开时之清寒环境，翠绿的修竹仿佛一帘垂幕，清澈的溪水如镜，春雪初晴，天气尚感清寒。下句把雪白的梅花比作穿着一袭白衣的女子，昔日来时，篱墙上几枝梅花盛开，如一冰清玉洁的女子，隐约露出芳容。词人接着巧用宋玉《登徒子好色赋》中"然此女登墙窥臣三年，至今未许"之典，进一步赋予梅花以女子的柔情：可恨没有青鸟为她传递芳信，她乍窥见情郎(春神东君)，已是愁绪满怀。更何况，又是月落参横，夜已阑珊，虽有无限春情却无人共语。上阕写梅花早发，不与春共，下阕则抒发对梅花零落的感伤。过片化用张先《一丛花令》中"不如桃杏，犹解嫁东风"词句，写梅花随春风而飘落，如无怨无悔嫁给东风一般，胜过绿珠为钱离乡，黄犊踏雪空山。"师雄"一句用"师雄遇梅"之典，又呼应了上阕"月落参横"句，见《龙城录》："隋开皇中，赵师雄迁罗浮，一日天寒，日暮，于松竹林间见美人，淡妆素服出游，时已昏黑，残雪未消，月色微明，师雄与语，言极清丽，芳香袭人，因与之叩酒家共饮；少顷，一绿衣童来歌舞，师雄醉寝，但觉风寒袭人；久之，东方已白，起视，乃在梅花树下，上有翠羽，啾嘈相顾，月落参横，但惆怅而已"。词用此典，意为词人亦曾赏梅花芳容，如花已落尽，纵然多情，但已难觅芳踪。如今芳草青青，处处红豆，满目春景，勾起相思。若问先于它们绽放芳华的梅花，一定会特别心酸。词作最后又用"梨云梦"和汉武帝招魂李夫人之典，说最令人伤怀的是看到如今落梅如云似雪地飘飞，那情状不禁让人错认为是那凄凄美人的情影。黎兆勋《高阳台》用吴文英《高阳台·落梅》原韵，吴文英词在咏落梅的同时，融入了深沉的感旧追思之情，用众多典故，形成时空的交叠，将要表达的情事和感情隐藏其中，形成密丽沉博、隐约含蓄的词境。友芝唱和黎兆勋词，亦模仿吴文英的填词手法，词作笔触空灵，描绘落梅，全不做正面的描写，词人将梅花比喻为女子，通过灵动的比拟赋予落梅清丽的风姿和多情的性格。同时，词作用典繁密，亦是梦窗词的特色，特别是下阕三个与梦境相关的典故，使词作形成密丽深婉、如梦似幻的词境，体现出词人对梦窗词艺术特质的准确把握及高超的词艺。

蝶恋花(一)

答柏容，即书其《无咎庵词草》后[1]

裂石穿云收更纵[2]。寂寞荒江，独倚铜琶弄[3]。望断三山[4]谁与共？寥寥只有天风送。　　大块漫皮都没缝[5]。苦矣词人，梦里还寻梦。腻柳豪苏[6]何处用？英雄末路真堪恸[7]。

【注释】

[1]无咎庵：黎兆勋书斋名。黎兆勋存世词集名为《葑烟亭词》，《无咎庵词草》或即为其初名。

[2]裂石穿云收更纵：裂石穿云：苏轼《念奴娇·赤壁怀古》曰："乱石崩云，惊涛裂岸，卷起千堆雪。"收更纵：指江水收敛放缓之后更加狂纵汹涌。

[3]独倚铜琶弄：弄：弹奏。此处指填词。

[4]望断三山：海中三仙山，即蓬莱、瀛洲、方丈。此句言其苦研词艺，穷究词律，心无旁骛。

[5]大块漫皮都没缝：大块：大地。一说指大自然。《庄子·大宗师》曰："夫大块载我以形，劳我以生，佚我以老，息我以死。"漫皮：整个表皮。

[6]腻柳豪苏：腻柳指柳永。因其词多俚俗艳冶，故云；豪苏指苏轼。因苏轼为豪放词风的代表，故云。

[7]恸：大哭，哀痛之至。《论语·先进》曰："颜渊死，子哭之恸。"

【评析】

道光二十五(1845年)年春夏间，友芝与黎兆勋兄弟交游颇密，兆勋挟词集请友芝就正，并写有《蝶恋花·以词草就正邰亭》，原词上阕言自己填词之动机，独伤春暮，别恨闲愁无处安放，所以寄寓于词。下阕自谦所作之词是在邯郸学步，所写的都是无聊之语，自己从小就在巴渝之地居住，填词所用也是巴渝口音，音律亦不如吴音娇软。友芝答以此词，题写于其词集后，词作在结构内容的安排上与黎兆勋词相呼应，上阕写黎兆勋填词之状态：荒江之上，江水奔涌、浪花四溅，寂寞的词人独自倚声填词，他心无旁骛苦心钻研词艺，穷究词律，无人能够理解他，只有那雄劲、清越的长风相送。下阕感慨黎兆勋命途的困窘，整个大地之上都没有一个能够容身之处，而柏容仍为了创作，在梦中苦苦探寻。但是写出如柳永般婉约之词、苏轼般豪放之词又有何用呢？像黎兆勋这样怀才不遇、英雄末路的遭遇，才最堪悲恸！友芝通过这首词，讲述了黎兆勋对词艺的执着追求，并用沉着爽快之语直接抒发知音难觅、英雄无用的深沉感慨，充满了磊落不平之气。同时也说明了黎兆勋的词风与其人生际遇之密切关系。值得注意的是，无论是黎兆勋《蝶恋花·以词草就正邵亭》中对自己词风的评价(独伤春暮，别恨闲愁)，还是莫友芝在《莳烟亭词序》中评价黎兆勋词："准玉田绪论""低首周秦诸老，而引出白石清空之音"，都以"婉约"目之。但这首词中，无论是"裂石穿云""独弄铜琶"，还是"寥寥天风""英雄末路"都指向了沉郁悲壮的风格，并对其予以了肯定，体现了莫友芝不主一家、崇尚多元的词学思想，值得留意。

蝶恋花（二）

留别柏容

拾得[1]闲愁无放处。去了愁来，来又愁归去。寒食清明浑暗度，黄昏几阵萧萧雨。　　预算[2]香风山下路。飞瀑跳珠，乱上须眉舞[3]。应自凭栏看日暮，杜鹃啼过檐前树。

【注释】

[1]拾得：收拾。

[2]预算：[补]预先计算，事先估计。(宋)叶适《上宁宗皇帝札子》曰："今陛下申令大臣，先虑预算，思报积耻，规恢祖业，盖欲改弱以就强矣。"

[3]飞瀑跳珠，乱上须眉舞：形容瀑布水花四溅，像珍珠一样活蹦乱跳；水花溅到胡须眉毛之上，像是在胡须眉毛上跳舞一样。

【评析】

这首词应作于道光二十五年(1845年)，友芝与黎兆勋交游告别之时。此次虽为留别，却没有采用回忆相处之美好，并抒发别离之感伤的一贯写法。上阕着重写闲愁，说自己的愁闷无处安放，与好友离别了，又发愁何时才能再来相见；来与好友相聚了，又会因为终要归去而愁苦。这两句可谓对人在相逢与别离之时的感受极好地进行了概括。后两句"寒食清明浑暗度，黄昏几阵萧萧雨"转入写景，以景融情。浑浑噩噩中哪知时间过得飞快，不知不觉中寒食和清明就度过了。贺铸在《青玉案》中以"一川烟草，满城风絮，梅子黄时雨"比拟闲愁，这首词中之昏黄暮色、潇潇风雨亦是对词人内心愁苦的描绘。下阕写想象之中二人分别后的场景，前三句写自己行走在满是春天花香的山路上，瀑布水花四溅，像珍珠一样活蹦乱跳，溅到胡须眉毛之上，像是在跳舞一样。后两句是写黎兆勋，说我的挚友那时应在暮色之中，独自凭栏远眺，那屋檐前的树上，还一直传来杜鹃鸟的悲啼之声。这首词中的三处写景都极好地烘托了感情的抒发，特别是下阕分别描绘了离别后自己与黎兆勋的不同场景，这两处场景在色调和情韵上形成了鲜明的反差——写自己在路途上的场景是明丽和欢快的，实则暗含着对朋友别愁的劝慰；写朋友凭栏远眺之场景是阴郁和凄凉的，表现黎兆勋对自己的关切，体现出二人之间有着深厚的情感。

南浦

寄子尹

　　东君甚事，把韶华、妆点艳阳天。又弄愁风愁雨，千里恨迷漫。早识将人作剧[1]，悔当初、孤负几重欢。胜寂寥南浦，绿波新涨，芳草入遥烟。

　　多谢旧时明月，到而今、犹自照檐端。怎得盈盈三五[2]，长是不亏残。梦与落花飘荡，散相思、一夜满关山。想个人应在，鹧鸪啼处倚栏杆[3]。

【注释】

　　[1]作剧：恶作剧，耍弄。[补]（元）方回《六十五春寒吟》诗曰："老眼闲中子细看，天公作剧故多端。"

　　[2]盈盈三五：盈盈：仪态美好的样子。《古诗十九首·青青河畔草》曰："盈盈楼上女，皎皎当窗牖。"三五：指夏历每月十五日，此时月亮最圆。《古诗十九首·孟冬寒气至》曰："三五明月满，四五蟾兔缺。"

　　[3]鹧鸪啼处倚栏杆：鹧鸪：鸟名，栖息于生有灌丛和疏树的山地，分布于我国南部，叫声凄厉，如曰"行不得也哥哥"。辛弃疾《菩萨蛮·书江西造口壁》词曰："江晚正愁余，山深闻鹧鸪。"

【评析】

　　这首词是写给郑珍的，抒发词人对好友的殷切思念之情。"东君甚事，把韶华、妆点艳阳天。又弄愁风愁雨，千里恨迷漫。"词用痴语发端，抱怨春神为何把春天装扮得如此美好，又弄来令人愁苦的风雨，在广阔的天地间弥漫，风雨遮挡了词人远望千里之外友人的视野，让人经受离别的忧愁。然后，词人说早知春神要将人戏弄，真后悔当初辜负了与朋友几次离别前欢会的机会，感慨自己没有珍惜与朋友相聚的时光，如今与朋友分别，只剩得一片离愁。"胜寂寥南浦，绿波新涨，芳草入遥烟"，词作上阕以景语作结，"南浦"

"绿波""芳草"这三个含有离别之意的意象，构成了凄迷寂寥的情境。下阕写离别之后的对月怀人，今天的明月仍如当时一样照着房檐，如何才能使它永远团圆不会亏残？表达了词人希望人间少有离别的美好愿望。"梦与落花飘荡，散相思、一夜满关山"，词人用落花飘满关山，比喻对郑珍的怀念之情的深沉，非常巧妙和形象。最后一句是词人试想远在他乡的郑珍也饱含对自己的思念之情，正凭栏远眺，独自凝愁呢。词作多用景语烘托情感，通过漫天弥漫的春雨、烟波浩渺芳草凄迷的南浦、房檐上清幽的明月、关山间飘荡的落花，营造出迷离惝恍的词境，使思念之情布满人间，显得不胜凄婉。

迈陂塘（一）

春晚，饮李仪轩[1]家，大醉作歌

少年场[2]、飞扬跋扈，消磨无赖[3]杯酒。等闲[4]长恨金樽浅，何况送春时候。休放手，快教妲、开瓶直泻长鲸口[5]。天旋地走，笑荷锸刘伶[6]，牵生绊死，龊龊匪吾偶。　　人间事，大概南箕北斗[7]。莫非真是安有？筹边上策三千万，意气一条黄绶[8]。真自负，君不见、伏波横海俱苍狗[9]。而今在否？但胜得南村，醉眠遣客，门外五株柳[10]。

【注释】

[1]李仪轩：李蹇臣（1789—1869年），初名栖凤，字仪轩，一字仪仙，贵州遵义人，明尚书蹇义之后，因远祖出李氏，又养于李家，遂以李为姓。道光辛巳科副榜，乙酉科举人，以大挑二等选授贵筑婺川县教谕。咸丰四年（1854年）杨龙喜起事，咸丰五年（1855年）黄、白号军起事，李仪轩皆率团练与之作战，甚力。后因其子到四川做官，遂就养于成都。同治八年（1869年）归，不久卒。著有《守拙斋诗钞》二卷、《守拙斋杂著》一卷、《守拙斋训语》不分卷。

[2]少年场：年轻人聚会的场所。《汉书·酷吏列传·尹赏》曰："安所求子死？桓东少年场。生时谅不谨，枯骨后何葬？"（南北朝）庾信《结客少年场行》诗曰："结客少年场，春风满路香。"[补]《乐府解题》曰："《结客少年场行》，言轻生重义，慷慨以立功名也。"《广题》曰："汉长安少年杀吏，受财报仇，相与探丸为弹，探得赤丸斫武吏，探得黑丸杀文吏。尹赏为长安令，尽捕之。长安中为之歌曰：'何处求子死，桓东少年场。生时谅不谨，枯骨复何葬。'[按]结客少年场，言少年时结任侠之客，为游乐之场，终而无成，故作此曲也。"

[3]无赖：无聊，没有意义。（南朝）徐陵《乌栖曲》诗曰："唯憎无赖汝南鸡，天河未落犹争啼。"

[4]等闲：无端，白白的。[补]刘禹锡《竹枝词》诗曰："长恨人心不如水，等闲平地起波澜。"

[5]快教妇、开瓶直泻长鲸口：杜甫《遭田父泥饮美严中丞》诗曰："叫妇开大瓶，盆中为吾取。"

[6]笑荷锸刘伶：《晋书·刘伶传》载，刘伶好酒，每饮必醉，常外出使仆人扛锸随其后，曰："我死即埋此。"

[7]南箕北斗：《诗经·小雅·大东》曰："维南有箕，不可以簸扬；维北有斗，不可以挹酒浆。"箕与斗，都是星宿名，箕宿四星，连起来像簸箕形；斗宿六星，像斗形。两者虽像其物，而不能为用，后遂以"南箕北斗"比喻徒有虚名而无实用。《北史·邢邵传》曰："今国子虽有学官之名，而无教授之实，何异菟丝燕麦、南箕北斗哉！"

[8]意气一条黄绶：意气：志趣性格。杜甫《赠王二十四侍御契四十韵》诗曰："由来意气合，直取性情真。"黄绶：黄色印绶。《汉书·百官公卿表上》曰："凡吏秩……比二百石以上，皆铜印黄绶。"借指官吏或官位。高适《同颜六少府旅宦秋中之作》诗曰："迹留黄绶人多叹，心在青云世莫知。"

[9]伏波横海俱苍狗：伏波：汉代将军之名号。《资治通鉴·汉武帝元鼎五年》曰："遣伏波将军路博德。"胡三省注引环济《要略》曰："伏波将军者，船涉江海，欲使波涛伏息也。"东汉马援亦为伏波将军，称"马伏波"。横海：唐方镇名，又名沧景，贞元三年（787年）置，先后为程怀直、程怀信、程执恭、李全略等割据。苍狗：青狗、天狗，古代以为不祥之物。杜甫《可叹》诗曰："天上浮云似白衣，斯须改变如苍狗。古往今来共一时，人生万事无不有。"[按]"苍狗"常用以比喻世事变幻无常。所举杜甫《可叹》诗即是。

[10]但胜得南村，醉眠遣客，门外五株柳：晋代陶渊明，字元亮，家住浔阳柴桑之南村。据萧统《陶渊明传》记载，陶渊明为人性情率真，好酒，辄饮即醉，醉后辄言："我醉欲眠，卿可去。"文章《五柳先生传》言其门前植有五棵柳树，为其自身精神的写照。

【评析】

《迈陂塘》是一首咏怀词，上阕写放纵豪饮，一开篇便充满了豪壮之气，这是一群飞扬跋扈的少年郎，有着异于常人的豪情壮志，但却没有一展身手的机会，只得将豪情放纵于杯酒，为全词定下了感情的基调。"等闲长恨金樽浅，何况送春时候"承接"消磨无赖杯酒"词意，在借酒浇愁之余又平添了嗟叹光阴虚度的人生况味，这一句情感从高处回落，接着又再一次昂扬，"快教妇、开瓶直泻长鲸口"用极度夸张的比喻再次将豪饮推向更高的程度。上阕结尾处落笔之奇叹为观止，刘伶本是豪迈不羁，舍命纵酒之人，词人却作了翻案，说刘伶叫人扛锹跟随的行为是"牵生绊死"，而我们才是真正舍命纵酒、不畏生死之人。上阕极写纵饮之豪，又蕴含着极为沉痛的人生之悲，直将李白《将进酒》的狂豪之气与李贺《将进酒》的悲怆之情熔于一炉，在艺术上极富张力。下阕发表人生的感慨：人生无常，功名富贵都如过眼烟云，不如寄情于山水和酒乡，实则仍暗含着词人命途蹇促的岁不我与之感和郁勃不平之气。该词在艺术上一任胸中豪情的宣泄，用典自然，"有醉后痛快淋漓，一气直下的爽脆感"（李朝阳《影山词注评》），是《影山词》中最为豪壮的一首词。

迈陂塘(二)

陈相廷学博[1]，更历世故，悟中为诗，令为以此曲写之

　　问此身，从何来也，又从何处归去？浮沉偃仰人间世[2]，总是不知其故。无赖处，把三十年中旧事从头数。和心自语[3]，觉离合悲欢，随风逐电，于我了无与[4]。　　都云假，现在我身如许。是真何者堪据[5]？汉武秦皇贪不死[6]，究竟一堆黄土。嫌世苦，又是个、百年未满终无主。还须耐住，把案上陈编[7]，消年过日，余事听分付。

【注释】

[1]陈相廷学博：陈相廷：陈际同，字相廷，贵州遵义人。道光十二年(1832年)举人，后任仁怀厅训导。《郘亭诗钞》卷一有《陈相廷(际同)赵晓峰并见和苏韵，叠韵答之》、卷二有《九四偕相廷登谪仙楼，右衡遮饮，有怀越峰旧守》《丙午生日李庚仙(钟白)、相廷、松阶诸友相过》诗，卷四有《送陈相廷之仁怀厅训导》，《郘亭外集》卷一有《书陈相廷教谕自寿诗后》诗，可参看。学博：学问广博之士。[按]"学博"一词来自唐代府郡所置经学博士一职，以五经教授学生为职责。后泛称学官为学博。(清)钱泳《履园丛话·科第·梦》曰："苏州蒋古愚学博，秉铎颍上，督课诸子甚严。"

[2]浮沉偃仰人间世：浮沉：原意为随波逐流，追随世俗，比喻盛衰或得意和失意。(唐)司空图《避乱》诗曰："离乱身偶在，窜迹任浮沉。"偃仰：犹俯仰，随俗应付。《荀子·非相》曰："与时迁徙，与世偃仰。"

[3]和心自语：在心里自言自语。[按]和心：使心境平和，《吕氏春秋·适音》曰："故乐之务在于和心，和心在于行适。"

[4]于我了无与：了：全然。《世说新语·文学》曰："庾子嵩读《庄子》，开卷一尺许，便放去，曰：'了不异人意。'"了无：全然没有、完全没有。与：参与，在其中。《左传·僖公二十三年》曰："秦伯纳女五人，怀嬴与焉。"

[5]是真何者堪据：是真：真是。据：凭依，依靠。《诗经·邶风·柏舟》曰："亦有兄弟，不可以据。"

[6]汉武秦皇贪不死：汉武帝和秦始皇晚年都好神仙，服食丹药，追求长生不老。

[7]陈编：前人的著作。韩愈《进学解》曰："踵常途之役役，窥陈编以盗窃。"

【评析】

　　这首词是莫友芝咏怀词中比较特别的一首，词作并没有通过写景抒情来表达人生多艰

的愁苦，而是用理性沉着的笔调对人生进行深入的思考。上阕一问，问人生的本质，词作一开篇便抛出人之一生从何而来，又从何而去的问题，这是关于人的本质的哲学问题。接下来词人继续探讨这个问题，他说茫茫众生，在这世上沉浮俯仰，忙忙碌碌，却不曾知道人是何物，又是何故要生活在世上。词人有着自我存在的意识，但他也不知道答案。他把三十年人生中经历的旧事从头回顾体味，自我心态平和地自问自答，自我省思。当词人冷静地检视自省时，便觉得那些悲欢离合的往事，随风逐电般迅速地从脑海中掠过，仿佛自己全然没有参与其中一样。下阕一问，问人生之意义。词人说既然人生如梦，所经历的事情都似乎是假的，那现在我又真实地身处于此，从过去而成为现在的我，那我所依凭的又是什么呢？想那历史上的秦皇汉武，他们想要打破必将消逝于时空的宿命，汲汲贪求于长生不死，但终究还是身死魂灭，化为一堆黄土。"嫌世苦，又是个、百年未满终无主"是说活着的时候，人觉得苦闷，在于人往往不能掌握自身的命运，身不由己。既然无法抗拒死亡，又常常不能左右命运，那便耐住性子，将精力投入读书治学之中，做好自己，其余的事情便随遇而安，不妄自强求。词作充分体现了学人之词的特点，采用问答体的形式，对人生的设问，又进行思考，并给出答案：对于人生的浮沉难测，要无愧于心；对于世事的难以依凭，应坚守自我。可见词人严肃而理性的人生态度和穷且益坚的耿介胸怀。

江城子

柏容、子尹过青田小饮

山家滋味在春朝，鲑烟苗，续春巢[1]。角笋斑斑，枡[2]火带衣烧。两盏三杯随意下，浑胜得，庾郎饕[3]。　　故人相访渡江皋，步林坳，自甄料[4]。豉饤醭丝[5]，添著两三肴。展取生生呙菜叶，和杂糁[6]，试春包。
（故乡三春会饮，杂取席上肴饤、生呙苣叶，打小包合噍之，谓之春包。）

【注释】

[1]鲑烟苗，续春巢：鲑：鱼类菜肴的总称。《南史·庾杲之传》曰："清贫自业，食唯有韭菹、瀹韭、生韭杂菜。任昉尝戏之曰：'谁谓庾郎贫，食鲑尝有二十七种。'"韭与九同音，三乘以九，故戏称二十七。杜甫《王竟携酒，高亦同过，共用寒字》诗曰："自愧无鲑菜。"烟苗：众多嫩苗。烟：形容浓密。（唐）孙鲂《芳草》诗曰："何处不相见，烟苗捧露心。"此处"鲑烟苗"指野菜。春巢：即花巢，花蕊，有些树木的花可以食用。[按]在古诗词中，"春巢"多为禽鸟在春天所筑之巢，如（宋）梅尧臣《春鹊谣》诗曰："春巢累累，众鸟哺儿。"

[2]枡：榾枡，木块。[补]榾枡：木柴块，树根疙瘩，可代炭用。陆游《霜夜》诗其二曰："榾枡烧残地炉冷，喔咿声断天窗明。"

[3]庾郎饕：庾郎：即庾杲之。饕：贪。《汉书·礼乐志》曰："贪饕险诐。"颜师古注："贪甚曰饕。"特指贪食。

[4]自甄料：自己选取菜肴。

[5]豉饤醯丝：豉：豆豉。饤：堆叠的果品。醯丝：用醋调拌的切成丝状的菜肴。[按]豉饤，疑为"饾饤"，指多而杂的食品。（清）昭梿《啸亭杂录·平定回部本末》曰："吾出肃州时，有送酒肴者，所余饾饤，今尚贮皮袋中。"

[6]杂糁：糁：饭粒。[按]杂糁：杂粮。王实甫《西厢记》第二本楔子曰："浮沙羹、宽片粉添些杂糁，酸黄齑、烂豆腐休调唉。"

【评析】

词作描绘了与黎兆勋、郑珍在山居宴饮的场景，充满着欢快愉悦的情调和疏朴的乡野气息。上阕写山居春朝的甜美生活，山野的美味都在春天，此时到处是娇嫩的野菜、花朵。可以把清脆的角笋，带着外壳放到柴火中烤熟，再就着野味，随意喝下三杯两盏浑酒，那滋味可比任昉戏称庾杲之的"三九"食鲑强多了。下阕写友人相访饮宴，故人渡江前来相访，想吃什么，就自己到林坳中选取。把众多的食物摆出来，加上佐料，制成二三个菜肴，再展开生莴叶，和上杂粮，就可以试着做春包吃了。词作在对山区春天饮食风俗的生动描写中，体现出对山野中丰厚的自然馈赠的由衷赞美，对自由淳朴的山居生活的由衷喜爱。其富有乡野之趣的词境、明快爽朗的情调，读之令人心生向往。

百字令(二)

答柏容　四阕

其一

万言杯水[1]，怯枚皋[2]才敏，自来无敌。海市蜃楼弹指[3]现，百宝青红相射[4]。一笑翻然，冥心独往，刊落都无迹[5]。古人可恨，不能相对钩索[6]。　　正是落木千崖，澄江一道，孤月分明白[7]。众籁不闻真宰露[8]，恍见故人颜色。作者虽殊，寸心自了[9]，得失谁能易。张军老矣[10]，保疆惟有坚壁。

【注释】

[1]万言杯水：李白《答王十二寒夜独酌有怀》诗曰："吟诗作赋北窗里，万言不直一杯水。"感慨文章之士不受重视。

[2]枚皋：西汉辞赋家，字少孺，淮阴人。枚乘之子，武帝时为郎，下笔敏捷。有赋一百数十篇，今已不传。

[3]弹指：比喻时间短暂，佛经说十二念为一瞬，二十瞬为一弹指。

[4]百宝青红相射：青红：珠宝的各种颜色。相射：相互映射。

[5]一笑翻然，冥心独往，刊落都无迹：翻然，形容转变得很快。冥心，潜心思索。(唐)王建《武陵春日》诗曰："不似冥心叩尘寂，玉编金轴有仙方。"刊落：删除，删削。

[6]钩索：探讨幽深的道理。钩：钩沉。钩稽幽深的道理。《晋书·杨方传》曰："在郡积年，著《五经钩沉》。"索：索隐，求索隐微。《易经·系辞上》曰："探赜索隐，钩深致远。"

[7]澄江一道，孤月分明白：(南朝齐)谢朓《晚登三山还望京邑》诗曰："余霞散成绮，澄江静如练。"(宋)黄庭坚《登快阁》诗曰："落木千山天远大，澄江一道月分明。"

[8]众籁不闻真宰露：籁：从空穴中发出的声音，也指一般的声响。《庄子·齐物论》曰："女闻地籁而未闻天籁夫！"真宰：想象中宇宙的主宰者，指天帝。白居易《和微之诗二十三首·和雨中花》诗曰："真宰倒持生杀柄，闲物命长人短命。"

[9]寸心自了：寸心：区区之心。杜甫《偶题》诗曰："文章千古事，得失寸心知。"了：明白、懂得。白居易《睡起晏坐》诗曰："了然此时心，无物可譬喻。"

[10]张军老矣，保疆惟有坚壁：张军：张设部署的军队。老：疲惫，过时。部署的军队已经疲惫了。此处是谦虚地说自己文思不如黎兆勋敏捷。[按]此句话似来自(明)陆时雍《诗镜总论》："鲍照材力标举，凌厉当年，如五丁凿山，开人世之所未有，当其得意时，直前挥霍，目无坚壁矣。"

其二

此身饮罢，叹荒江浪迹，年年凄窘。谁乞草堂资半亩，空忆往时严尹[1]。字不充饥，经难发迹，万事输人敏。室人谪我，岂惟时俗相哂[2]。

赖有椰叶青田，檬村咫尺，投老堪中隐[3]。往古来今无限恨，破涕对君差损[4]。白发浩歌，青春作伴[5]，一念终难泯。乡关何处，烟波日暮无穷[6]。

【注释】

[1]谁乞草堂资半亩，空忆往时严尹：乞：给予。杜甫《戏简郑广文兼呈苏司业》诗曰："赖有苏司业，时时乞酒钱。"严尹：严武，两任剑南节度使，在任期间对杜甫有很大帮助。

[2]室人谪我，岂惟时俗相哂：郑珍《邵亭诗钞序》云："贞定与太孺人先后卒，子偲以贫也，毕屯夕于郡，率诸弟读儌宅中，岁藉塾修以相生养，麄衣淡虀，时时不继。室人每间壁交谪，乃方埋头蘸朱墨，参考互校，或拄颊撅管，垂目以思，如不闻。及有捡书籍求售，则不问囊有无一钱，必不令他适。故入其室，陈编蠹简，鳞鳞丛丛，几无隙地，秘

册之富，南中罕有其匹。"

[3]椰叶：椰叶洲，郑珍住处。青田：青田山，莫友芝父莫与俦葬处，莫友芝于此地守墓。檬村：黎兆勋住地。投老：到老，垂老。王安石《观明州图》诗曰："投老心情非复昔，当时山水故依然。"中隐：旧谓以闲散、不重要的官职为隐身之地。白居易《中隐》诗曰："大隐住朝市，小隐入丘樊……不如作中隐，隐在留司官。"

[4]差损：差不多可以减少些遗憾。

[5]白发浩歌，青春作伴：浩歌：高歌。杜甫《自京赴奉先县咏怀五百字》诗曰："浩歌弥激烈。"青春：春季。杜甫《闻官军收河南河北》诗曰："白日放歌须纵酒，青春作伴好还乡。"

[6]乡关何处，烟波日暮无穷：崔颢《黄鹤楼》诗曰："日暮乡关何处是，烟波江上使人愁。"

其三

新编诧我，道秦周姜史[1]，近添生活。嚼徵含宫南北宋，脱口一炉冰雪[2]。酒畔三中，花边四远[3]，老矣凭谁说。红牙闲按，笑来多少呜咽。

便做别子南荒[4]，乐章琴趣，磊落三千阕。传与丽谋[5]那解听，夜夜可怜风月。折柳成冠，歌樵信口，引我闲情热。将渠底用[6]，三餐差免虚设。

【注释】

[1]新编诧我，道秦周姜史：新编：刚写成的书，此处指黎兆勋新作的词。秦周姜史：秦观、周邦彦、姜夔、史达祖。此处用四大词人指词创作。

[2]嚼徵含宫：指斟酌使用词的音律。一炉：犹"一腔"。冰雪：比喻纯净清澈。[按]"冰雪"亦用以形容文章辞意高雅清新。如贾岛《酬栖上人》诗曰："静览冰雪词，厚为酬赠颜。"词人用以形容黎兆勋词风。

[3]酒畔三中，花边四远：三中，即连中"三元"。旧称乡试、会试、殿试之第一为解元、会元、状元，合称"三元"。四远，四方边远地区。

[4]别子南荒：别子，古代指天子、诸侯嫡长子以外的儿子。曾巩《公族议》曰："天子之嫡子继世以为天子，其别子皆为诸侯，诸侯之嫡子继世以为诸侯，其别子各为其国之卿大夫。"此处指诗文以外的作家。南荒：指西南边远地区。

[5]丽谋：即丽人、美人。

[6]将渠底用：渠：他，指作词。底用，作何用。

其四

玉龙[1]作闹，把仲冬二七，良期虚过。应在琐江桥[2]上立，惆怅雪莲

155

千朵。路短心长，宵深梦浅，冷落残灯我。纸窗簌簌，惊飙乱叶吹破。

最忆篱角黄昏[3]，藐姑窥客[4]，倚竹娇难奈。月珮风裳无恙否[5]？别后心情争可[6]。不为相思，也曾消瘦，何况真添个。东君仗你，后期还肯怜么？

【注释】

[1]玉龙：形容下雪。[补]（唐）吕岩《剑画此诗于襄阳雪中》诗曰："岘山一夜玉龙寒，凤林千树梨花老。"

[2]琐江桥：在乐安溪上。

[3]篱角黄昏：李清照《醉花阴》词曰："东篱把酒黄昏后，有暗香盈袖。"

[4]藐姑窥客：李清照《点绛唇》词曰："见客人来，袜刬金钗溜。和羞走，倚门回首，却把青梅嗅。"藐：小，幼稚。潘岳《寡妇赋序》曰："孤女藐焉始孩。"[按]"藐姑"指居住在藐姑山上的仙女。《庄子·逍遥游》曰："藐姑射之山有神人居焉，肌肤若冰雪，绰约若处子。"（清）曹寅《窗前绿萼梅》诗曰："日长似有春烟起，独向苔岑间藐姑。"

[5]月珮风裳无恙否：月珮，月亮形状的玉佩。风裳，随风飘舞的衣裳。此处用月珮风裳代指美人。[补]李贺《苏小小墓》诗曰："草如茵，松如盖，风为裳，水为佩。"后以"风裳"指飘忽的衣裙。如姜夔《念奴娇》词曰："三十六陂人未到，水佩风裳无数。"

[6]争可：怎么能好。柳永《过涧歇近》词曰："此际争可，便恁奔名竞利去。"

【评析】

《百字令·答柏容》四阕是对黎兆勋《百字令·怀郘亭》四阕的应答之作，友芝和郑珍、黎兆勋三人多有唱和，其中最有代表性的就是三人之间相互赠答的四阕同题组词。除莫黎二人唱和的《百字令》外，黎兆勋《葑烟亭词》中还有《金缕曲·寄子尹》四阕，可惜郑珍的词集已佚，不能一睹郑珍的应答之作。黎兆勋《百字令·怀郘亭》组词既有对友芝学识才华、人生抱负和坎坷命运的叙写，也有向挚友倾吐自己离乡别友的苦闷和对世事人生的失落及悲叹，内容非常丰富。友芝的四阕词作，对柏容的原词内容都有所呼应。

其一是抒发接到友人所寄之词的感慨之情。上阕是对古往今来文章才学之士的回顾，"万言杯水"来自李白诗句，原诗是用此慨叹文章之士不受重用，词人用以代指李白，但也暗含李白原诗之意。首句说李白、枚皋这样的文学前贤，才思敏捷，罕有人敌，他们在弹指之间便能写出如海市蜃楼、绮丽珠宝一般的文学作品。那些诗文或是灵感乍现，或是潜心思索的结晶，但一旦被刊落，就消失在历史的尘埃中难寻踪迹。所以，词人憾恨不能与这些前贤相对探讨幽深的文学之道。既然前贤难以追寻，那么今人呢？词中其实隐含着文学知音难觅，而如你我者正应珍惜之意。下阕以一片萧索的秋景引出对友人的思念，从天地的声响变幻中难以窥见自然的本质，但却似于恍惚中看到了故人。然后词人谈到千古文章之事，作者虽不同，但其中之心迹自了，得失也无法更易。最后词人用军阵已经疲惫，保持疆土唯能倚靠坚固之堡垒，比喻自己之才思已迟钝，不能像鲍照般凌厉开拓了。

其二是向朋友倾诉自己的人生哀苦。"此身饮罢"化用杜甫《乐游园歌》中"此身饮罢无归处，独立苍茫自咏诗"句，开篇便开门见山地写出人生的苦楚，词人只身借酒浇愁，感叹自己的浪迹和凄窘。后两句感慨自己没有杜甫那样的寄寓，能够在漂泊之中得到好友严武的帮扶，给予他栖身的草堂。"万事输人敏"化自刘克庄《上十四吟》中"百骸受病惟诗健，万事输人独饮豪"句，感慨"百无一用是书生"，虽通经能文，但万事输人，只能落得落魄潦倒，故不仅被世俗之人所讥笑，就连家里人也在责备自己。下阕写在失意的人生中令人欣慰的便是有黎兆勋和郑珍这两位挚友，"椰叶洲"是郑珍的住处，"檬村"是黎兆勋的住处，"青田"是词人自己的住处，三个地方离得很近，乐安溪畔又风景秀美，故词人言可堪在这里隐居。面对古往今来无限的苦痛，也只有面对挚友时才能破涕为笑，减少些许人生的遗憾。"白发浩歌，青春作伴，一念终难泯"出自杜甫《闻官军收河南河北》中"白日放歌须纵酒，青春作伴好还乡"句，词人那带着妻儿愉快地返回故乡的愿望始终埋藏在心中，但是"乡关何处？"只见无穷的暮色和浩渺的烟波，不知何时才能实现。

其三是对黎兆勋词的品评，能够体现出二人的词学宗尚，亦可与《莳烟亭词序》相参照。上阕评论黎兆勋新近创作的词作，首句是说黎兆勋的新词用秦观、周邦彦、姜夔和史达祖的词风书写生活，让词人深感惊讶。词人说黎兆勋广泛深入地学习南北宋词人，严格地推敲音律，所以写出来的词作文辞高雅清新，词境似"冰雪"般纯净清澈。"酒畔三中，花边四远，老矣凭谁说"是说黎兆勋怀才不遇，只得在西南的边远地区吟风弄月，枉度年华。所以，"红牙闲按，笑来多少呜咽"，无数的人生辛酸都一一寄托于词中。下阕仍是对黎兆勋不被理解、处境凄苦的感慨。过片是说挚友便在贵州这南荒之地做个词人，用词寄托自己的磊落心绪，就算写出了众多的词作，又哪里有人能够理解呢？挚友词作中的志趣与情感，能够深深打动词人。但这些又有何用呢？亦不过是虚度光阴罢了。最后一句看似说填词无用，实则仍是为友人落拓的际遇而深感不平。

其四是组词中最为特别的一首，这首词作的内容是以一个游子的口吻倾诉相思离别之情。上阕写女子对游子的苦苦等待，首句化用传为宋代柳姓女子所作之《别诗》："仲冬二七是良时，江上无缘与子期。今日临歧一杯酒，共君千里远相离。"言天空中下起了大雪，因天寒难行而误过了仲冬的相约时期，游子想象远方的佳人站在乐安溪的琐江桥上等待自己，惆怅的心情就像这天空中无数如莲花般的雪片稠密不尽。下一句视角转回游子，在征途中的游子心中所盼仍很遥远，但每天的行路却短，在这仲冬时节，黑夜深沉，气候寒冷，愁绪满怀，难以入眠，一人独对冷落的残灯。更何况，寒风夹杂着乱叶吹破纸窗，寒气逼人、簌簌作响。这几句词极具概括力，通过寒冷寂寞的羁旅环境的描写，极好地烘托了游子的羁旅相思之情。下阕开始是对当初的回忆。在黄昏暮色中，女子站在篱墙的一角窥视自己，那娇羞动人的模样最令游子难以忘怀。接下来的两句是游子对女子的关切，先问对方是否无恙，接着便替女子回答离别之后的心情又怎么会好，然后想象女子说因为相思之苦而容颜消瘦，最后游子希望春神能够让天气变好，自己才能很快地赶到女子身边。"后期还肯怜么？"是游子对女子的问话："我错过了相约之日，见你迟了，你还会爱我吗？"游子的思念和担心都传达出来，可谓痴语乃见情深。

四首词无论是情感内涵，还是艺术风格都极为丰富。前三首词都着力于咏怀抒慨，但角度不同，其一写自己读到黎兆勋所寄之词的感受，是组词的总起。其二向友人倾诉自己的人生悲哀，由此见出对自己与郑、黎之间友情的珍视。其三将对黎兆勋落拓人生境遇的感伤之情融入对其词之创作的品评中。三首词均沉郁顿挫、感慨深沉，见出苏辛之风。最特别的是其四，若不是在组词主题的统摄之下，完全可看作一首相思别离的恋情词，词作在章法上显然有着周邦彦的特点，多次叙事抒情视角的转换和场景时空的错综，使情感的抒发循环曲折，深婉缠绵。而借用男女相思来抒发与挚友的深厚友谊与相互挂念，亦可谓是别有寄托、匠心独运了。

更漏子

影山草堂夜话，赠赵芝园[1]

竹风前，燕雨里，多少隔年心事。一点点，一更更，话长天易明。

天池路，桃溪树[2]，试问酒醒何处[3]？秋浦远，白云深，几时重话今[4]？

【注释】

[1]赵芝园：赵商龄，字芝园，晚号清江渔长，贵州遵义人。恩贡生，曾任《遵义府志》检讨。为人气度刚方，高风亮节，郑珍、莫友芝视为畏友。

[2]天池路，桃溪树：天池：《郘亭杂文燹余录·游天池记》云："池在遵义府治东三十里。"桃溪：《郘亭遗文·桃溪游归记》云："遵义府治西十里，有溪曰桃溪，寺曰桃溪寺。"

[3]试问酒醒何处：柳永《雨霖铃》词曰："今宵酒醒何处？杨柳岸、晓风残月。"

[4]几时重话今：李商隐《夜雨寄北》诗曰："何当共剪西窗烛，却话巴山夜雨时。"

【评析】

此词写友人相聚夜话。上阕言在一个竹林风吹、细雨连绵的夜里，好友相聚，每个人都倾吐着多年的心事。由于分别多时，因此话长夜短，第二天大家又要分别，何时才能再像今天一样欢聚畅谈呢？下阕连续两问，"天池路，桃溪树"是回忆与朋友们一起游览遵义近郊风景名胜的美好时光，而"试问酒醒何处"是说别后情景，抒发离愁。"秋浦远，白云深"是设想离别后路途中的场景，马上就要踏上悠远的征途，不知何时才能像今天一样重逢夜话。词作用极为简洁的笔触刻画朋友夜话的场景，室外竹风簌簌、细雨绵绵的清寒反衬出室内相聚的温馨。共游的美好和萧索的征途，两个场景并置，很好地烘托了离别的不舍，寄寓了词人对友情的珍惜，达到了语浅意深的艺术效果。

琵琶仙

梅圯怀子尹，闻方自古州归，未至[1]

送客逢春，记垂垂、一树江边初发[2]。疏影淡写金樽[3]，无言对愁绝。人渐远，金沙[4]路隔，悔多少那时轻别。红豆牵思，翠丸压醉[5]，都是虚设。　又还见、篱落横枝，想慵倚、吟鞭信摇兀[6]。空把夜来幽梦，付疏窗残月。今古恨，千头万绪；待青梢、细拈重说。几度凝立黄昏，满身香雪[7]。

【注释】

[1]梅圯：地名，在郑珍住处子午山。又写作"梅屺"，《郘亭诗钞》卷四有《梅屺》诗曰："岁时虚墓庐，形役方末已。年年梅花开，忆尔梅花屺。"古州：指今贵州榕江县，郑珍曾任古州厅训导。[补]梅圯，亦叫"梅峓"，位于郑珍母墓南，道光二十年(1840年)始种梅。见郑珍于道光二十五年(1845年)所作《梅峓记》(《巢经巢文集》卷三)。郑珍于道光二十五年二月，出任黎平府古州厅训导，仲冬去职，自古州归。(见凌惕安《郑子尹年谱》)

[2]送客逢春，记垂垂、一树江边初发：杜甫《和裴迪逢早梅》诗曰："江边一树垂垂发，朝夕催人自白头。"垂垂：渐渐。[按]送客逢春：郑珍于道光二十五年二月赴古州，莫友芝得知郑珍授古州训导职，恐先去，故于正月四日即来访相送，故曰"送客逢春"。

[3]疏影淡写金樽：林逋《山园小梅》诗曰："疏影横斜水清浅，暗香浮动月黄昏……幸有微吟可相狎，不须檀板共金樽。"

[4]金沙：指郑珍所在的古州榕江，榕江水里可淘金沙。

[5]翠丸压醉：翠绿色的药丸。[按]"翠丸压醉"来自周邦彦《花犯·小石梅花》："相将见，翠丸荐酒，人正在、空江烟浪里。"翠丸：梅子。

[6]吟鞭信摇兀：吟鞭：指诗人的马鞭。(清)龚自珍《己亥杂诗》诗曰："浩荡离愁白日斜，吟鞭东指即天涯。"信：听凭，随意。兀：语气助词。

[7]几度凝立黄昏，满身香雪：(宋)欧阳修《生查子·元夕》词曰："月上柳梢头，人约黄昏后。"香雪：苏州西南三十里光福县有邓尉山，是我国四大赏梅胜地之一，有"邓尉梅花甲天下"之称。梅花在邓尉山一带，弥漫三十余里，一眼望去，如海荡漾，若雪满地。清康熙三十五年(1696年)，江苏巡抚宋荦触景生情，题下千古绝名"香雪海"，其石刻今存吾家山崖壁。

【评析】

梅圯又叫"梅峓"，位于遵义县东禹门乡乐安溪东岸子午山，郑珍父母墓地南。根据郑珍《梅岅记》，他得之于道光二十年（1840年），至道光二十五年（1845年）离开子午山，赴古州厅训导任时，种梅已五年。是年元月，莫友芝得知郑珍授官古州，便来访相送。是年仲冬，郑珍便辞官归乡。《琵琶仙》一词便是友芝听闻辞官回乡的消息，到梅岅相访，但郑珍未至，没能见到好友时所作。上阕从回忆当初送别郑珍写起，重点突出别后难以抑制的思念之情。词人说：初春在这里送别你离开的时候，还记得乐安溪边的一株梅花才刚刚吐蕊。装着清酒的金樽里泛着梅花的疏影，即将离别，我们无言相对，陷入深深的愁苦中。看着你的身影渐行渐远，你赴任的古州是那么遥远，这次离别不知何时才能相见，此时多么后悔以前常常轻别。说红豆能够寄托相思，梅子可以入酒浇愁，但对你我而言都是虚设罢了。下阕写当前对朋友的思念，表达其急切盼望重逢的心情：现在听闻你辞官回来，我又来到了梅岅，再见篱墙边几株横枝。我想你无官一身轻，现在正慵倚在马上，信手摇着鞭子，悠闲地走在回乡的路上。而我得知你将回来的消息，昨夜便未能入眠，把一夜幽梦都付与了疏窗残月。现在和从前，千头万绪的遗憾和悲苦，待着梅树青青时，再细细道来。最后以景语作结，词人迟迟未等到郑珍回来，好几次凝立在黄昏的暮色中，任那雪白的落梅花瓣铺满全身。这个富有镜头感的场景，将词人苦苦等待和急切盼望友人归来的心情体现得极为真切。词作在空间和时间上从篱边、夜晚疏窗、黄昏树下等多个时间、多个地点对梅花进行描写，多角度、多层次地渲染对朋友的思念之情，同时又将回忆、现实、想象交织在一起，用语清丽，设笔空灵，又情意深婉，颇有白石"清空醇雅"的境界。

八声甘州

送柏容云南省觐[1]

　　操《梁山曲》[2]罢指南云，寥寥送长风[3]。正千林万岫，妆琼缀玉，满望皆同。不识早梅开未，时有暗香通。驱马行天上，人在瑶空[4]。

　　此去趋庭[5]多暇，奉荷衣杖履，选胜相从。自庄豪开后[6]，俯仰[7]几英雄。漫思量，兴亡陈迹，但汪茫，滇海泻无穷。会心处，挥毫万字，一饮千钟[8]。

【注释】

　　[1]省觐：即"觐省"，探望父母。此时黎柏容父黎恂在云南作平夷知县。[按]黎兆勋父亲黎恂于道光十四年（1834年）入京候选，被拣发云南，先后任平夷、新平、大姚、姚州等地知县、知州和东川府巧家厅同知等，咸丰元年（1851年）称病返黔。道光十九年（1839年）冬至后，黎兆勋前往云南省父，友芝作《为柏容题〈滇南策马

图〉，即送其之云南省觐》诗以送别。词中云"正千林万岫，妆琼缀玉，满望皆同"亦是严冬气象，故此词疑作于此时。

[2]《梁山曲》：古琴曲名，抒写对父母的思念之情。蔡邕有《琴操·梁山操》曲。[补]蔡邕《琴操》卷下《梁山操》曰："曾子之所作也。曾子幼少，慈仁质孝，在孔子门，有令誉。居贫无业，以事父母，躬耕力作，随五土之利，四时惟宜，以进甘脆。尝耕泰山之下，遭天霖泽，雨雪寒冻，旬月不得归，思其父母，乃作忧思之歌。"

[3]长风：漫长道路上的风尘，此处指漫长的行程。[按]长风，即为远风。《文选·左思〈吴都赋〉》曰："习御长风，狎玩灵胥。"刘逵注："长风，远风也。"杜甫《龙门阁》诗曰："长风驾高浪，浩浩自太古。"

[4]瑶空：瑶：古人多以"瑶"形容神仙所居之处。此处指行走在云贵高原的山峰上，形容道路之高。[按]"瑶空"指明净的天空，亦代指仙境。(宋)蔡伸《忆瑶姬·南徐连沧观赏月》词曰："微雨初晴，洗瑶空万里，月挂冰轮。"

[5]趋庭：《论语·季氏》曰："(孔子)尝独立，鲤趋而过庭。曰：'学诗乎?'对曰：'未也。''不学诗，无以言。'鲤退而学诗。他日，又独立，鲤趋而过庭。曰：'学礼乎?'对曰：'未也。''不学礼，无以立。'鲤退而学礼。"后因以"趋庭"为承受父亲教导的代称。王勃《滕王阁序》曰："他日趋庭，叨陪鲤对；今晨捧袂，喜托龙门。"

[6]庄豪：庄蹻，一作企足、庄豪，又作庄峤，是史上第一个云南王。据《史记·西南夷列传》载："始楚威王时，使将军庄蹻将兵循江上，略巴、黔中以西。庄蹻者，故楚庄王苗裔也。蹻至滇池，方三百里，旁平地，肥饶数千里。以兵威定属楚。欲报归，会秦击夺楚巴、黔中郡，道塞不通。因还，以其众王滇，变服，从其俗，以长之。"莫友芝有《庄蹻》诗："宛若铦鈚速若风，国分三四欲何终。浪为椓杙开边计，竟与持饴取牡同。楚盗声名归莫涤，滇王富贵坐堪雄。果然还报谁能阻，休信巫黔路不通。"

[7]俯仰：犹瞬息，表示时间之短。王羲之《兰亭集序》曰："俯仰之间，已为陈迹。"

[8]挥毫万字，一饮千钟：欧阳修《朝中措》词曰："文章太守，挥毫万字，一饮千钟。"

【评析】

此词是词人送黎兆勋入滇省父的送别之作，词开篇便意境宏阔，用《梁山曲》点出黎兆勋因思念父亲，独自一人顶着劲健的长风，踏上前往云南的漫漫征程。因送别时正值寒冬，所以词人设想路途上千林万岫都被严雪覆盖，路途艰难。一片"妆琼缀玉"，便不能识别是否有早梅盛开，只觉得有暗香飘来。"驱马行天上，人在瑶空"一句，形容黎兆勋行走于寥廓险峻的云贵高原上，比喻贴切，意境高远。词下阕想象黎兆勋到云南后，相从其父遍游滇中名胜，并由此遥想自庄豪首开滇中，成为滇王后，上千年来云南一地的历史兴亡。收束处，用欧阳修《朝中措》成句"挥毫万字，一饮千钟"，形容黎兆勋的诗酒豪情。这首词不落送行之作多哀婉格调的俗套，在送别之余，又融入历史兴亡之感，语言豪迈，意境阔达。

临江仙

使我天涯忘五日，高歌细和松风。茶瓯[1]亲切酒杯松。无人知客意，偏在慧心[2]中。　　才记湔裙[3]桥上见，回身一笑匆匆。我行还送石桥东。可怜无限意，都压小眉峰[4]。

【注释】

[1]茶瓯：茶杯。[补]陆游《夜饮即事》诗曰："更作茶瓯清绝梦，小窗横幅画江南。"

[2]慧心：慧：聪明、智慧。[补]慧心：聪慧的心思。(三国魏)嵇康《声无哀乐论》曰："器不假妙瞽而良，籁不因慧心而调。"

[3]湔裙：湔：洗。[按]"湔裙"是古代的一种风俗，(隋)杜台卿《玉烛宝典》卷一曰："元日至于月晦，民并为酺食、渡水，士女悉湔裳、酹酒于水湄，以为度厄。"注："今世唯晦日临河解除，妇女或湔裙也。"

[4]眉峰：即眉毛；眉头。[补]柳永《雪梅香》词曰："别后愁颜，镇敛眉峰。"

【评析】

这是一首恋情词。上阕写相聚时的幸福时光，"使我天涯忘五日"是说这位浪迹天涯的游子，有了一段短暂的幸福时光。他和着松风引吭高歌，抒发着他愉悦的心情。"茶瓯亲切酒杯松"，而且他还改了生活习惯，多喝茶养生，远离了宴饮的场合。别人都不解其中之意，只有那聪慧的心思懂得。上阕只写了男子一反常态地开心，却未说是何原因，只在结句"偏在慧心中"略露端倪，这样侧笔写来，却更能引人入胜。下阕便给出了答案，先写的是第一次与女子相遇时的情景，那是在河边被禊时，二人在桥上相遇，女子回身一笑便匆匆离开，是那么的娇羞而又多情。然后写约会后的场景，女子一直把男子送到了石桥东，那娇痴不舍的情意，都压在了那皱起的眉峰上。上阕完全从侧笔写男子生活上的变化，却对下阕爱情之甜蜜的抒写做了极好的铺垫。而且词作精于剪裁，下阕通过一次约会来表现女子的娇羞可爱以及爱情的甜蜜，但非常巧妙地只选择了初见时与送别时两个场景，且寥寥几笔便刻画得非常生动。这首词语言清新，词风清婉自然，有着小晏的令词风味。

木兰花

九月十五日夜饮成山草堂呈唐鄂生[1]

天街十二清凉绝[2]，起舞中庭弄疏樾[3]。剧怜露影护黄花，未觉风痕欺白发。　　师山[4]明月归鞍发，又是经年成判别。三秋好处胜今宵，忍使芳樽空对月。

【注释】

[1]唐鄂生：唐炯（1829—1908年），字鄂生，唐树义在湖北做官时候所生，故名鄂生。道光二十九年（1849年）举人，历官南溪知县、云南布政使、云南巡抚。著有《成山庐诗稿》《成山老人自撰年谱》等。成山草堂是其居处。

[2]天街：旧称帝都的街市。十二：十二月。[按]词中之"天街"应为星宿名。《史记·天官书》曰："昴毕间为天街。"词中之"十二"亦非指十二月，应修饰"清凉"，形容数量多或程度深。此句意为："天气清朗，空中之天街看上去非常的清净寒凉。"

[3]疏樾：即疏越，疏通瑟的底孔，此处指瑟。[按]樾：即两树交聚而成的树荫。疏樾应指庭院中稀疏的树荫。

[4]师山：在今江苏省南通市海门区。

【评析】

据李朝阳《〈影山词〉注评》该词校记，《黔南丛书》本词序为："九月十五夜送聂秀才归师山。"故词应作于唐炯成山草堂饯别聂秀才之时，是一首送别词。上阕着重描写临行前夜宴饮饯别时的场景。先从写景起兴，九月十五，正值深秋，天气清朗。夜空中天街十分清绝。"起舞中庭弄疏樾"用苏轼《水调歌头》中"起舞弄清影"词意，写出夜饮时，大家在月光和树影间起舞之欢乐的情景。大家都特别地怜惜那清露中的秋菊，从而没有感觉到秋风的寒意吹透了白发。上阕之借景抒情有着李贺《将进酒》一般的意味，但与李贺诗歌的凄艳不同，显得清幽澹然。下阕将笔触落到送别上，在十五的明月下，聂秀才就要启程回师山了，这一别又是一年半载。最后，词人用劝慰之语作结：三秋时节，许多美好之处都胜过今朝，怎能使酒杯空对明月呢？意在劝友人莫要因离别而伤怀，要珍惜美好的时光，感受生活的美好。这便与上阕"剧怜露影护黄花，未觉风痕欺白发"中透出的惜时之情相呼应。将淡淡的感伤情怀用宴饮之乐和洒脱的劝慰之语来表现，更添深婉动人，这是此词的成功之处。

念奴娇

车上作

仰车长卧，笑弄人天地，无休无歇。北走南驰，谁信道、此外[1]定非生活。两戒[2]河山，十州[3]人海，自古谁飞出。尘沙莽莽，消沉多少豪杰。　　可笑杜宇催人，定干卿何事，只声声啼血。劝饮提壶，差解事[4]、醉倒万情俱彻[5]。盖世成功，求仙学道，一例飞烟灭。浮生寄耳，那须惆怅华发。

【注释】

[1]此外：指读书做官之外。

[2]两戒：戒：通"界"。《新唐书·天文志一》曰："北戒为胡门，南戒为越门。"[补]"两戒"指国家疆域的南北界限，亦指两戒之内的全境。曾国藩《母弟温甫哀词》曰："岂谓一蹶，震惊两戒。"

[3]十州：即"十洲"，古代传说中仙人居住的十个岛。《海内十洲记》曰："汉武帝既闻西王母说八方巨海之中有祖洲、瀛洲、玄洲、炎洲、长洲、光洲、流洲、生洲、凤麟洲、聚窟洲，有此十洲，乃人迹所稀绝处。"[按]"十州"恐非神话中的"十洲"，"十州"泛指黄河以南的中原地区。(明)李东阳《闻鸡行》诗曰："十州父老皆部曲，谁遣吴儿作都督。中原未清壮士死，遗恨吴江半江水。"

[4]差解事：差：尚。解事：明白事理。

[5]彻：完，结束。(唐)元稹《琵琶歌》诗曰："逡巡弹得《六幺》彻，霜刀破竹无残节。"

【评析】

此词作于道光十六年，词人会试不第，出京之时。词人从道光十三年(1833年)到道光十六年(1836年)，多次进京参与会试落第，难掩失望之情，仰卧车中，感觉命运弄人。"北走南驰，谁信道、此外定非生活"，回顾这四年来，词人全身心地投入进士考试中，却无法成功。从词人发出的"谁信除了读书求官之外便非生活"的愤慨之语，可见其内心的失落。然后词人推己及人，"两戒河山，十州人海"，自古以来谁都不能摆脱这种被天地捉弄的命运，人海茫茫，无数英雄豪杰的雄心壮志都在世事变迁中渐渐消沉。在下阕中，词人着力描写人生如梦的空虚感。那杜鹃凄厉的啼鸣，仿佛在催促自己赶快博取功名，成就事业，不禁让词人更加愁苦。"劝饮提壶，差解事、醉倒万情俱彻"是说：提壶劝饮才是明白事理，只有在醉倒之后，那令人烦恼的世间万事才会全部了解。这是词人妄图借酒浇愁的无奈之语。然后词人说世间的一切都是虚妄，盖世功业和求仙访道都不能摆脱灰飞烟灭的命运。最后词人强作宽慰，既然浮生如寄，那又何须为老来无成而惆怅呢？词作抒发人生失意情绪，将屡试受挫的消沉、人生无成的无奈以及深感命运弄人的愤慨都纠合在词中，词风沉郁慷慨，可谓表达了被科举制度埋没的封建士子的凄凉境遇和苦楚内心。

水调歌头

镇远[1]旅夜

九驿路程尽，明日上泷船[2]。悠悠无水[3]东去，为问几时还？你是杨都弄斧[4]，我是惠施种瓠[5]，一样不成妍。何事逐同岁[6]，朝海滥殊川[7]。拨残灰，挑短烬，共无眠。料应有梦，怎得能到醒人边？一壁[8]冰衾水枕，一壁温云暖雨，隔屋几悲欢。还道文章助，万里要江山。

【注释】

[1]镇远：县名，今贵州省黔东南苗族侗族自治州北部，沅水上游，邻接湖南省，明置县。

[2]泷船：激流里的船。[补]"泷船"亦称"泷舡"，是我国南方地区一种能在急流中行驶的轻舟。元稹《和乐天送客游岭南二十韵》诗曰："江馆连沙市，泷船泊水滨。"

[3]无水：即"沅水"，沅江支流，源出贵州省瓮安县，东流经湖南省怀化市折向南流，到黔阳县黔城镇入沅江。在贵州黔东南一段又称舞阳河。

[4]杨都弄斧：杨都：又称扬都，六朝人习惯上称建康为扬都，故城在今江苏南京市。弄斧：班门弄斧，喻指不自量力。[按]"扬都"亦指扬州，如李白《永王东巡歌》诗之七曰："王出三江按五湖，楼船跨海次扬都。"道光十一年（1831年）莫友芝乡试中举。十二年春，与夏芙衣完婚后，便启程南下江南，行至扬州。十三年春，从扬州出发赴京参加会试。故"扬都"疑指扬州，或泛指道光十二年（1832年）漫游时所到江南之地。

[5]惠施种瓠：《庄子·逍遥游》曰："惠子谓庄子曰：'魏王贻我大瓠之种，我树之成而实五石，以盛水浆，其坚不能自举也；剖之以为瓢，则瓠落无所容。非不呺然大也，吾为其无用而掊之。'"惠施：宋人，做过梁惠王宰相，是庄子的好友。此处用以形容大而无用。

[6]何事逐同岁：同岁：同年，指一同进京赶考的贵州举子。同年们都为何事而奔波呢？

[7]朝海滥殊川：滥：江河水满溢，泛滥。殊：不同。奔向大海的不同河流都涨满了。喻指百川归海，志向相同，都是为了功名富贵。

[8]一壁：一边，一面。《西厢记》第一本第一折曰："他在那壁，你在这壁。"

【评析】

这是一首羁旅感怀之词。词人于道光十一年（1831年），21岁时乡试中举，道光十二年（1832年）与夏芙衣完婚后，便东下江南漫游，并于第二年春从扬州出发，与王益三同行赴北京参加礼部会试。镇远是贵州至中原的必经之路，赴京赶考的士子往往由陆路到镇远，然后乘船改走水路。词中有"杨都弄斧"一句，可知此词应是道光十二年，友芝东下江南漫游，途径镇远时所作。上阕表达因谋求功名奔走他乡的无奈。漫长的陆路已经走完，明天就要改乘轻舟。面对着这悠远的沅水连绵不尽地向东流去，词人自问几时才能返乡。"杨都弄斧"和"惠施种瓠"是词人自觉此行到人文荟萃的淮扬之地是在班门弄斧、自不量力。又觉得自己就像是惠施所种的葫芦一样，大而无用，成不了美才。但是什么事情驱使着同行的士子，像百川汇海一样涌向京城呢？便是投身科举，追逐名利啊！下阕写羁旅之苦。旅夜之中，词人挑拨灯烛燃后的余烬，难以入眠。料想妻子也在思念自己，但她的魂梦怎能到得了醒着的自己身边呢？实际上便是在感慨想在梦中与妻子相见也不能。

"一壁冰衾水枕，一壁温云暖雨"是说在外和在家两种境遇的不同，一边是旅途之中冰冷的衾枕和只身的孤独，一边是在家中有妻子陪伴的温暖和幸福。正如苏轼词中所言："人有悲欢离合，月有阴晴圆缺，此事古难全。"最后词人自嘲当初还说要借文章之才，在这万里江山中驰骋呢。词作将一己之羁旅行愁，与科举考试，与人们的争名逐利结合起来，深化了词旨，使词作有了更宽广的社会意义。

浣溪沙

易井朝华一勺甘[1]，瓯香浓淡只渠谙[2]。怕教痴婢误姜盐[3]。
雀舌[4]久疏纤手点，鸡苏愁伴渴羌馋[5]。最难春困午晴添。

【注释】

[1]易井：易氏井。莫友芝《邵亭遗诗》卷一《金鼎山云雾茶歌》诗云："开函已有清风来，易井亲教授煎诀。"此句下有莫友芝自注："易氏井在遵义城南，清冽宜茶，为诸井冠。"朝华：早晨的花朵，此处代指茶叶。

[2]瓯香：指茶瓯里的茶水。渠：他。谙：熟悉，熟记。

[3]姜盐：古时煎茶加入姜、盐等调料。[补]苏轼《和蒋夔寄茶》诗曰："老妻稚子不知爱，一半已入姜盐煎。"

[4]雀舌：茶名。沈括《梦溪笔谈》卷二十四曰："茶芽，古人谓之雀舌、麦颗，言其至嫩也。"贵州遵义市湄潭县盛产此茶。

[5]鸡苏：植物名，即水苏，其叶辛香，可以煮鸡，故名。苏轼《石芝(并叙)》诗曰："铿然敲折青珊瑚，味如蜜藕和鸡苏。"

【评析】

《浣溪沙》是通过沏茶、饮茶来写夫妻之情。词作上阕写妻子沏茶，要用易氏井的井水，茶水香味的浓淡只有妻子才能明了掌握。每次沏茶都是妻子亲自来做，因为她怕婢女掌握不好调料的量，沏出的茶水味道不好。下阕写终于到了春天，妻子的纤手为自己点好了新采的雀舌新茶，终于能够一解我只有鸡苏相伴的渴馋。特别是在晴天午后最难熬的春困时节，妻子亲手沏的一杯茶水是多么的甜美啊。词作的妙处在于，词人未有只字直接写到夫妻情深，而是对妻子沏茶作细致的描绘——用的井水、茶水浓淡、害怕女婢坏了茶水、亲手点好雀舌、为词人解渴解乏，叙述井井有条，情景真切可感，妻子对丈夫的深切之爱和细腻的关怀，便从沏茶的认真和用心中自然流露出来。

莫庭芝

（12首）

  莫庭芝，字芷升，别号青田山人，莫友芝同母弟。清道光二十九年（1849年）贡生，次年于礼部试落第后，便绝意仕进，一生从事教育事业和学术研究，历任永宁州学正、安顺府学训导、思南府学教授、贵州学古书院山长。莫庭芝从小受父兄莫与俦、莫友芝及郑珍的教导，擅长诗词古文，著有《青田山庐诗钞》。其与黎汝谦编辑的《黔诗纪略后编》三十三卷，是莫友芝所编《黔诗纪略》的续编，收入清代黔籍诗人和诗作，是贵州诗歌珍贵的文学文献。

  莫庭芝亦善词，其《青田山庐词钞》一卷，收入《黔南丛书》，共有词作48阕。关于莫庭芝的词，胡长新在序跋中称其"词亦伊郁善感，婉而多风。其不沾沾焉剪红刻翠、柳鬟莺娇者，境实为之古之伤心人，别有怀抱，何暇与徵歌选舞者竞工于欢愉之辞乎？"莫庭芝词中极少剪红刻翠的艳情词、爱情词。《青田山庐词》最有特色的是写景词、述怀词，同时庭芝与书画名家孙竹雅、吴茗香相知，故集中亦多有与二人的酬唱赠答和题画之作。

  集中最多的写景词，也是艺术成就最高的词作。庭芝善于字句的锤炼，故词中多有警句，常在数笔间见出特点，营造出意境，很好地烘托了情感的表达。集中九首唱和与题画词多因画兴感、借赠抒怀，抒发其"中年遭时多故"的感慨。其述怀词与唱和、题画词在情感意绪上有相似之处，但抒发更为直接，词作之中师友沦丧之痛、人生辛劳之感、年华虚度之叹、世事索寞之情，使其词有着抑塞沉郁的感情基调和忧伤怨悱的艺术风格。

迎春乐

　　三冬[1]过了都无雪。昨宵雨、转凄咽。算今朝五处伤离别。谁酩酊[2]、酬佳节。　　老去心情无可悦。只添了、星星华发。又是一年春，更几见、春花发。

【注释】

[1]三冬：孟冬、仲冬、季冬合称"三冬"，即代称"冬季"。张元幹《好事近》词曰："三冬兰若读书灯，想见太清绝。"

[2]酩酊：大醉貌。(汉)焦赣《易林·井之师》曰："醉客酩酊，披发夜行。"

【评析】

　　这是一首述怀词，抒发了伤别、惜时的感伤。上阕描写伤别之感，由景入情，先写冬天都没有下雪，但昨天一夜寒雨，让人倍感凄凉。算到今天词人已历经漂泊，多次经历与亲人朋友的离别，马上又要到年关，佳节渐近，只得借酒浇愁，把自己灌得酩酊大醉。下阕转入年华老去的感伤，他说老去的心情没有什么可高兴的，只是增添了点点白发。词作最后一句特别的低沉：又是一年春天快到了，但是还能再看到几次春天呢？其中的伤痛之情极为沉重，将离别和惜时之感结合起来，在述怀词中较为常见，此词亦不例外。词作直抒胸臆，很能体现"伊郁善感，婉而多风"的艺术特征。

望江东

　　湖海苍茫水云断。那更说、平生愿。十年阔别阻欢宴。漫问询、秋天雁。　　顺风未与鸿毛[1]便。递不到、音书远。屋梁月落暗遥眷。梦来去、长相见。

【注释】

[1]鸿毛：此处代指"鸿雁"。《汉书·苏武传》载大雁传书之事，后因此指书信。

【评析】

　　这首词作是伤别怀乡的主题。上阕从"湖海苍茫"之寥廓的写景起兴，登高望远，云水苍茫，阻断了视野，也勾起了词人的思乡之情。词人没有直接说他的"平生愿"是什么，但从词中的内容来看，不难推测出其愿望便是与亲人久久相聚。但无情的现实却是十年阔别，不能团聚。"漫问"便是"不要问"，词人希望得到来自家乡的消息，却不要问那秋天的鸿雁。过片仍延续上阕的词意，对不问秋雁的原因做出解释，说风不与秋雁便利，自己与家乡的距离太远，秋雁无法传递如此遥远的家乡的信息。不能回乡团聚，也不能传递消息，词人也只得在屋梁之下独自凝望月落，眷念遥远的家人。在梦中来去，常常相见。词作没有用多少华丽的辞藻，亦没有巧妙的构思，纯以情动人，情感真挚而深婉。

醉花阴

布被温偎寒夜永，钟动人初醒。醒起出门看，却立苍苔，满地霜华冷。清幽此刻谁堪併，一个萧疏影。渐觉晓霞生，月没星沉，几处栖乌警。

【评析】

此词亦是伤离别之作，侧重于抒发在外独居的寂寞之情。词人独自拥衾度过长夜，却被钟声惊醒。词人走出清晨的门口，独自站在长着苍苔的台阶上，地上满是霜华。此刻如此清幽，谁堪与我一起，只有我一个萧疏的身影罢了。词作最后以景作结，描写了一幅月没星沉、晓霞渐生、栖乌警啼的冬天清晨景象，营造了凄清意境，较好地烘托了词人孤独寂寞的心境。

虞美人

正月九日对月

今宵月色增明媚，潋滟含春气。三三[1]屈指数春天，仰见雕弓初引未盈弦。　　玉舟满酌新开酒，对影邀来久。中庭移坐不知寒，薄霭轻笼犹似隔纱看。

【注释】

[1]三三：即三乘以三，指词题中所言"正月九日"。(唐)王希明《丹元子步天歌·北方七宿》诗曰："牛下九黑是天田，田下三三九坎连。"

【评析】

词作写正月初九观月的感受。正月是初春刚至之时，今天的月色明媚，如波光闪动般的幽幽月光中含着春天的气息。从今算起，春天渐近，仰望星空，月亮尚未团圆，如雕弓初引尚未盈弦的样子。面对如此美丽的夜色，在玉舟上将新开之酒满酌一杯，像李白一样，对影邀月。词人从舟中移坐中庭里，沉浸在美丽的月色中不知道寒冷，整个空间都弥漫着幽冷的月光和暮霭，犹如隔着一层纱帘。词作写月全从侧笔烘托，把月色幽静和朦胧的特点都表现出来，也融入了词人沉浸于月色的安静愉悦的心情。

齐天乐

春从何处归来了，雷声雨声齐到。霹雳收余，滂沱断后，一霎阴霾都扫。云间日杲[1]。又几个鸣禽，向人欢噪。律转今朝，景光不贷岁华好。

回头莫思少小，春情浑不似，当年怀抱。东骋西驰，南征北走，孤负良时多少。风尘易老。叹白发丝丝，最无公道。且漉新醅，对梅花醉倒。

【注释】

[1]日杲：太阳的明亮、光明。(宋)周文璞《过旧居遇邻家子述怀》诗曰："野樱聚紫玫，炫弄晴日杲。"

【评析】

词作通过春天景色的描写，抒发"景光不贷岁华好"的憾恨。先写春雨，起笔奇崛，使用倒置的句法，先发出"春从何处来"的疑问，再写出发问之由是骤然而来的春雷春雨，又是一年春光在不知不觉中便来到人间。这一句起笔，不仅很生动地写出了春雷春雨来时的突然，又较为婉转地表达了词人的欣喜之情。然后紧承起句，对雷声雨声作具体的描写，"霹雳收余，滂沱断后，一霎阴霾都扫"用洗练的笔触配合简短的句式，刻画春雨的突然和迅疾。一霎间，春雨不仅扫去了阴霾，也扫去了人们心中的阴郁，让人心胸开朗起来，正如那雨后云间的日光和林间欢噪的鸟儿。整个上阕都洋溢着欢快的情绪，但结尾处却顿生转折，"景光不贷岁华好"，美好的春光总是年年有，但人的岁华则不常青。由此，下阕便从这一句感慨生发开来，对于词人来说，春光虽好，但春情已不似当年，在奔波的岁月中，辜负了多少韶华？到如今已鬓发苍苍，便只能"且漉新醅，对梅花醉倒"。这首词上阕写景、下阕抒情，以乐景衬哀情，篇章布局紧凑，上下阕衔接妥帖自然，情景相生，是《青田山庐词钞》中的写景佳作。

一剪梅

元宵遇雨

　　细雨轻寒过此宵。灯影萧萧，人语寥寥。隔邻何处咽笙箫，坐也魂消，睡也魂消。　　忆得承平快意邀。清漏迢迢，暖月高高。十年佳节只忧劳，晴也无聊，雨也无聊。

【评析】

　　这是一首节令词，通过节令来抒发自己的人生愁苦。词作开篇便点明"遇雨"的词题，在轻寒的细雨伴随下，词人独过元宵，"灯影萧萧，人语寥寥"，一片清冷寂寞，与佳节的气氛全然不合。所以下一句"隔邻何处咽笙箫"便用其他人家笙箫喧闹的场景与自己的境遇作对比，更显出凄凉，故他"坐也魂消，睡也魂消"，不知所措。他想起了承平往昔度元宵时，"清漏迢迢，暖月高高"，不直接描写词人过节的场景，而用写景来隐喻节日的美好，传达心中的温暖，更加耐人涵泳。下面又写到十年以来的人生经历，这十年的佳节，词人都在劳苦忧愁中度过，无论这佳节是天晴还是下雨，都是孤独寂寞、百无聊赖的。词作在结构层次上的特点是以时间的转换丰富层次感，整个上阕是写此刻，下阕前三句写对美好往昔的回忆，下阕后三句则是写过去十年的忧愁劳苦。三层时间，两次转换，使词作的情感内涵更加隽永。

瑞龙吟

追悼亡友郑子尹

　　青田路。近接子山堂[1]，两家庐墓。十年梦断松楸[2]，等闲负了，平生言语。　　烟尘阻。闻道经巢[3]倾毁，禹门侨寓[4]。空山老死谁知，虚传信息，听来没据。　　凤昔谊兼师友，名山[5]著述，频陪风雨。无愧叔重[6]，门生才自天赋。黔南屈指，几辈名堪数。湘城夜、寒灯一夕，遽成今古。淹客难归去。纵教归去，嗟来已暮。林壑全非故。况旧日，亲和追寻何处。凄凉谷口，不堪回顾。

【注释】

　　[1]子山堂：即"子午山堂"，郑珍住处。凌惕安《郑子尹年谱》曰："子午山，旧名望

山堂。实童堨向无居者。"

[2]松楸：因墓地多植松树与楸树，因以代称坟墓。亦特指父母坟茔。(宋)洪迈《容斋续笔·思颍诗》曰："(欧阳修)逍遥于颍，盖无几时，惜无一语及于松楸之思。"

[3]经巢：即"巢经巢室"，郑珍书斋名，在子午山。郑珍别集亦命名为《巢经巢全集》。

[4]侨寓：同治元年(1862年)，望山堂在战火中被毁，一千三百余种藏书无存，仅剩下随身十二担，郑珍不得不寓居禹门山。

[5]名山：指可以传之不朽的藏书之所。《史记·太史公自序》曰："以拾遗补艺，成一家之言……藏之名山，副在京师，俟后世圣人君子。"司马贞索隐："言正本藏之书府，副本留京师也。"词中借指著书立说。谭嗣同《夜成》诗曰："斗酒纵横天下事，名山风雨百年心。"

[6]叔重：指东汉著名文字学家许慎。许慎，字叔重，汝南召陵人，著有《说文解字》。

【评析】

师友沦亡的悲痛是莫庭芝述怀词中抒发的主要内容，正如《摸鱼儿·次韵茗香见赠》中所言的"只今最苦。怅师友沦亡，弟兄羁旅，存没两无据"。这首词便是为悼念郑珍而写的，莫庭芝少年时多受其兄和郑珍的教导，故郑珍于词人既是友，也是师。在对郑珍的缅怀中，词人表达了对故人的拳拳深情。这是一首双拽头的长调，词作先言郑、莫两家的情谊，莫氏葬父的青田山和郑氏墓地所在的子午山相近，十年间这两家之父母坟茔是让人梦断之处，因为它们见证着父母辈离世的哀痛，也见证着郑、莫二氏亲密交往的美好，俨然成为"家"的象征。第二阕描绘了郑珍晚景的凄凉，在烟尘阻隔之中，听说郑珍的巢经巢在战火中被毁，千种藏书荡然无存，只得寓居到禹门山。最后收到郑珍空山老死的消息，词人感到既震惊，又觉得是那么虚幻不真实。第三阕对郑珍的文学和学术成就予以了高度的称颂。词人回忆了二人的师友情谊，郑珍一生著书立说，又屡经风雨。"无愧叔重，门生才自天赋"，上句用许慎来赞誉郑珍在学术上的成就，下句则概括郑珍在教育上的成功，并评价郑珍是整个贵州屈指可数的著名学者。最后写在湘城寒夜、孤灯相伴中得到郑珍病逝的消息，自己欲归故里却难以成行，纵然归去，亦物是人非。全词层次井然，对郑珍的成就和凄凉的身世作了精炼的概括，该词全以情胜，在字里行间流露着词人对郑珍的深厚情谊，"风致忧伤怨悱"，真切感人。

喜迁莺

过朱性善山居

数掾茅屋。爱一溪、横绕回依山麓。因树编篱，开轩面圃[1]，位置迥然超俗。田家原多乐趣，有四时闲花木。逗佳兴，见海棠一架，春客方足。

尘躅[2]。偷得浮生半日闲[3]，笠屐千红簇。静犬驯迎，幽扉直启，客至恍疑曾宿。彬彬娴少长问，世业旧兼耕读。留坐久，正东风，吹坠满庭红玉。

【注释】

[1]开轩面圃：孟浩然《过故人庄》诗曰："开轩面场圃，把酒话桑麻。"

[2]尘躅：踪迹。(唐)张彦远《历代名画记·张僧繇》曰："独有僧繇，今之学者，望其尘躅，如周孔焉。"

[3]偷得浮生半日闲：(唐)李涉《题鹤林寺僧舍》诗曰："因过竹院逢僧话，又得浮生半日闲。"

【评析】

词作写朋友山居，表现田园隐居之乐。在词章布置上由总到分，上阕写景，下阕抒怀。先写山居的位置环境，数间茅屋依山傍水，有着因树编织的篱笆，面对场圃的窗户；次写庭院景物，花木、海棠，足以寓目遣兴。下阕写田家做客之乐，"静犬驯迎，幽扉直启""彬彬娴少长问"充满了春野的生活气息，在满庭落花中，词人与主人清谈，在没有尘嚣的山野间"偷得浮生半日闲"。该词与孟浩然《过故人庄》有着相似的情调，只是不如孟浩然诗情深，不过也在村舍景物的刻画中见出了词人暂离世俗名利时的闲情逸趣。

探春

雨后郊游小憩荒祠下

宿雨侵晨，湿云开晓，嫩霞渲染帘户。喜挹晴岚，兴牵游屐，试起绕城徐步。布谷一声声，渐抽水、绿针[1]无数。东君特洗铅华，芳意何嫌淡素。　　郊外行行且住，又静抚荒祠，凭槛延伫。草衬丹楹，藤穿碧瓦，野马纷纷飞度。即景易生愁，不若早些回去。倩谁送我，归来夕阳春树。

【注释】

[1]绿针：喻禾苗。苏轼《无锡道中赋水车》诗曰："分畴翠浪走云阵，刺水绿针抽稻芽。"

【评析】

这是一首写景词，描写雨后郊外之春景。上阕写漫步城郊之所见。一宿夜雨，到清晨仍余有雨意，娇嫩的霞光渐上帘户，首句便极为细腻生动地刻画出清晨雨后初晴时的景色。正是如此景色"喜挹晴岚，兴牵游屐"，勾起了词人外出踏青郊游的兴致，徐步于城郊。接下来描绘城郊之景：布谷鸟的一声声啼鸣仿佛在催促人们抓住春天节气赶紧耕种，田地中全是新长出的禾苗，一片嫩绿。"东君特洗铅华，芳意何嫌淡素"一句为郊野春景的描写予以总结升华，赞美春雨洗尽铅华，乾坤之间都是素雅的清气，同时也暗含着词人的审美理想和人生志趣，韵味十足。下阕写登高远眺之景，词人来到幽静的荒祠，凭栏远眺。面前是"草衬丹楹，藤穿碧瓦"，云雾翻腾之貌，祠堂的荒芜与自然的生生不息之间形成了鲜明对比，使词人不禁发出"即景易生愁，不若早些回去"的感慨。最后以在夕阳春树相送下归来作结。词作不仅在写景上描绘生动，令春天雨后的清新之感跃然纸上，而且在章法上也安排妥帖，根据郊游的过程展开铺写，有首有尾，在描写的景致中展现时间的推移和写景视角的转变，俨然一篇韵语形式的山水游记。莫庭芝特别喜欢写春景，在《青田山庐词钞》中写春景的词尤多，多着笔表现春光的美好，对春天到来的期盼和春来后的喜悦，在一片旖旎春光中，洋溢着充满生机的欢乐气氛。

定风波

　　风雨无情不惜花，一宵摧折付泥沙。那得落红重上树，孤负，天工裁剪费云霞。　　世上荣枯堪一噫[1]，无奈[2]，人情竞逐是繁华。得意逢时真自好[3]，不道[4]，水流花落只空嗟。

【注释】

　　[1]一噫：噫：表示悲痛或叹息。苏轼《十月一日，将至涡口五里所，遇风留宿》诗曰："鬼神欺吾穷，戏我聊一噫。"

　　[2]无奈：犹可惜。用于句首，表示由于某种原因而不能实现预期的愿望或意图。张元幹《念奴娇》词曰："笑捻黄花，重题黄叶，无奈归期促。"

　　[3]自好：自以为美好。《庄子·天下》曰："天下大乱，圣贤不明，道德不一，天下多得一察焉以自好。"

　　[4]不道：犹言不知，不觉。苏轼《洞仙歌》词曰："但屈指、西风几时来，又不道、流年暗中偷换。"

【评析】

　　词作通过对惜春之情的描写，抒发人生无常的感慨。上阕写惜春，风雨无情不知惜花，一夜便让枝头的花全都摧折，陷入泥沙。但是风雨无情人有情，词人便用一句痴语来表现人的多情："那得落红重上树，孤负，天工裁剪费云霞。"这句词写得很巧妙，花朵是天工用云霞裁剪的比喻浪漫而美好，落红不能重回树上，辜负了天工，语痴而情深。下阕从惜春转到人生感慨上来，世上的荣枯让人叹息，可惜的是人情都在追逐繁华。在得意逢时的时候都自以为美好，却不知道当水流花谢、繁华落尽之时，便只能徒劳地嗟叹、感伤。下阕的人生感慨既紧扣住了"惜春"的主题，对于盛时短暂、人生无常的感伤也极为深婉，更重要的是其中还有理性而深沉的哲思，能够引发读者对于人生意义与价值的思考。将如此丰富的内容融括进短小的篇幅中，这首小词值得仔细地咀嚼品味。

秦楼月

初三月。清光一缕纤于发。纤于发。渐看渐长，不曾休歇。

娟娟八九形如截。盈盈十五辉光雪。辉光雪。正当美满，团圞[1]无缺。

【注释】

[1]团圞：圆貌，借指月亮。(清)洪升《长生殿·闻乐》曰："七宝团圞，周三万六千年内；一轮皎洁，满一千二百里中。"亦常喻指团聚。(唐)杜荀鹤《乱后山中作》诗曰："兄弟团圞乐，羁孤远近归。"

【评析】

这可以算是一首咏物词，也是咏调名本意。词人描绘了月亮从月初新月到十五团圆的过程，从中表达对世界美好事物的欣赏。初三时的新月，清光一缕如头发般纤细，看着它不停地向着圆满变化。每月八九日的时候，柔美的月亮便已成半圆，十五的时候月亮的盈盈辉光如雪一般皎洁。正是美满之时，月亮没有残缺。词作极有韵味之处，并不仅仅在于营造了清朗的词境，更是通过对月亮向圆满变化过程的叙写，表现词人对人生中美满幸福的向往和追求。而词作中无论对新月、如截的半月还是满月，都用"清光""娟娟""盈盈"等美好的词语来形容，可见在这首词作中，词人对月的每一种形态都抱着欣赏的态度。那么可以说词作描写月由缺到满的变化过程，暗喻人生的缺憾往往是通向圆满的途径，其过程也是值得珍惜和欣赏的。这是此词相较于其他写月之词多以月的阴晴圆缺寄寓人生之变化无常的不同，也正是其可贵之处。

水调歌头

登楼望月，次东坡韵

飞阁跨山郡，四面揽遥天。问君谁创谁续，经历许多年。此夕凌虚凭望，算有稀星朗月，当日共清寒。世事一今古，都在转头间。

笑何妨，同醉倒，倚愁眠。素光照席，揩眼能见几回圆。休道升沉明晦，只这东西南北，所得有偏全。汗漫[1]思游衍，空影趁便娟[2]。

【注释】

[1]汗漫：广大，漫无边际。文天祥《酹江月·南康军和东坡》词曰："空翠晴岚浮汗漫，还障天东半壁。"

[2]便娟：轻盈美好貌。(清)金农《慕园题竹》诗曰："便娟修竹覆栏楹，出格幽姿天与成。"

【评析】

词人登高望月，感慨今昔，"飞阁跨山郡，四面揽遥天"面对着如此雄阔的天地，词人问月：是谁创造你，又是谁让你延续至今。今夜词人凭栏望月，夜空中星稀月朗，料想当年苏轼望月时亦是如此清寒。世上之古今都是一样的，时光也都转瞬即逝。下阕抒发人生之愁苦。正如苏轼词中所言"人有悲欢离合，月有阴晴圆缺"，人生的升沉明晦不是和天上的月相似吗？但月长在，而人却不能长久，在自然的广大和恒久面前，世事的沧桑变化仿佛就在转瞬之间，人生多么的短暂，又那么的坎坷，能见到"几回圆"？在人与月的对比中，词人引入了对人生的思索，词的情调悠扬婉转，韵味隽永，可称为青田山庐词中的代表作品。

丁宝桢

（1首）

　　丁宝桢，字稚璜，贵州平远人。生于嘉庆二十五年(1820年)，咸丰三年(1853年)进士，历任翰林院编修、岳州知府、长沙知府、山东巡抚、四川总督等职。丁宝桢是晚清洋务运动名臣，在兴办洋务、水利治理、创办书院、整饬吏治等方面政绩卓著。其人为官勇于担当、清廉刚正，亦深得民心。光绪十二年(1886年)丁宝桢逝后，追赠太子太保，谥号"文诚"，入祀贤良祠，其生平详见《清史稿·丁宝桢传》。丁宝桢能诗文，著有《丁文诚公遗集》二十八卷，包括《丁文诚公奏稿》二十六卷、《十五弗斋诗存》一卷、《十五弗斋文存》一卷。丁宝桢并不以词名，仅《十五弗斋诗存》卷末有词一首，即本书所收之词。

瑞鹤仙

甲申除夕[1]试笔

爆竹声连署[2]，待更余，便道一年过去。浮生真如寄，叹美景良辰，难回日驭[3]。转瞬春来，依旧是、百般忙遽。到不如、燕语莺啼，多情绝少犹豫。　　闻说。六朝兴废，三国纷争，几费思虑。劫历红羊[4]，至今朝都不据。且漫学、闭户沉吟捻须，将诗律重笺著。剩似把、千秋是非，空劳毁誉。

【注释】

[1]甲申除夕：应指光绪十年（1884 年），词人时年 64 岁。

[2]连署：同一官署。（唐）张籍《题韦郎中新亭》诗曰："成名同日官连署，此处经过有几人。"

[3]日驭：古代神话中为太阳驾车的神。《楚辞补注·离骚》曰："欲少留此灵琐兮，日忽忽其将暮。吾令羲和弭节兮，望崦嵫而勿迫。"王逸注："羲和，日御也。"亦特指太阳。（唐）韦庄《立春》诗曰："青帝东来日驭迟，暖烟轻逐晓风吹。"

[4]劫历红羊：即"红羊劫"，指国难。古人以为丙午、丁未是国家发生灾祸的年份。丙丁为火，色红；未属羊，故称。龚自珍《百字令·投袁大琴南》词曰："无奈苍狗看云，红羊数劫，惘惘休提起。"

【评析】

词作写于光绪十年（1884 年）除夕，词人时年 64 岁，而他逝于光绪十二年（1886 年），也就是说这首词写于词人逝世前两年，当时词人正在四川总督任上。位于晚年的词人在官署中度岁，回顾世事人生，感慨万千。词作上阕感慨人生如寄。除夕到了，官署内外爆竹之声连连，到处都弥漫着节日的喜庆气氛，再过两个钟头，一年便又过去了。人到晚年，更加感到人生如寄，这新年佳节的良辰美景也换不来逝去的时光。转眼间新春又至，但仍然会像往昔那样百般繁忙，还不如不住欢啼的莺燕，情感丰富又能毫无顾忌地表达出来。此处暗含的词意是人世间多有拘束和顾忌，让人生充满了疲惫和辛劳。下阕写时局的动荡和艰难，"六朝兴废，三国纷争"都是历史上战火频仍、疮痍满目的乱世，词人用在词中是以此比喻晚清时内忧外患的时局。"红羊劫"指国难，人们认为丙午、丁未是国家发生灾祸的年份，但真正的国难又岂是有所依据的呢？作为晚清重臣、洋务运动的倡导者，以及希望通过毕生努力扭转国势的词人，到了晚年已有力不从心之感。故他说要学闭户写诗，闲暇度日，那些千秋的是非和个人的毁誉，不过都是徒劳罢了。词作将个人的荣辱毁誉与国家的兴亡命运结合在一起，词境沉郁悲凉，体现出一位国家重臣面对吏治腐败、外侮日侵、民怨沸腾、动乱迭起的混乱时局有心振作，却又无能为力的失落与悲哀。

周婉如

（13首）

  周婉如，大定府人，自称"纫湘女史""吟秋山馆主人"，贵州著名才女，与郑珍女淑昭、大定才女陈枕云齐名。于书画音律、诗词文章无一不佳，才名为世所重，有"不栉进士"的美誉。婉如自幼聪敏过人，尤喜诗词，其父周凤冈在绵州为知府时，便常参加父亲诗友间的唱和活动，后嫁与大定府翰林黄士观之子黄育德为妻。两人皆雅好诗文，自然夫妻情合、恩爱逾深，婚后生活极为美满幸福。后丈夫离家求取功名，当时正值贵州各民族起义不断，大部分地区兵燹不断的时期，丈夫一别之后，便失去了联系，加之夫家家道中落，周婉如亲自操持家务，艰难度日，繁重的生活、匮乏的物资、沉重的精神压力，使她的身体每况愈下，被病魔纠缠，只能回到娘家居住。在多年的夫妻离索后，同治三年（1864年），周婉如才接到了在广东出任藩库厅丞的丈夫的来信。百感交集的周婉如不顾孱弱的身躯和动乱的时局，急忙动身前往广东与苦苦相思了二十载的丈夫欢聚团圆，但因遭遇兵乱阻塞，避乱于四川云阳，愁病交加地寄居于妹夫云阳县令家中的周婉如几日后便收到了丈夫病亡的噩耗，悲痛彻底击垮了周婉如，在接到丈夫病逝消息的次日，年仅40岁的一代才女便香消玉殒。

  周婉如一生诗词绘画创作颇丰，但大多失散殆尽，由盛郁文评注的《吟秋山馆诗词钞》存诗268首，词47阕。周婉如的词作主要秉承了以婉约为宗的风格特点，特工小令，共34首，约占全部词作的3/4，主要通过伤春悲秋叙写与丈夫长期离别的闺怨情绪。题材类别主要是感怀词、题画词、酬唱词，其中感怀词是周婉如词作的核心，是她表达闺阁愁怨、叙写人生悲哀的数量最多、最重要的题材类别。周婉如在词的创作上明显受到李清照的影响，她们都把自己的心灵感受和女性特有的浓挚感情寄托于诗词之中。相同的心路历程使周婉如的词与易安词一样有着绵邈深情又能动摇人心的"词心"，即由于社会所造成的人生悲剧中，作为社会弱势群体的女性的无奈与愁苦。《吟秋山馆词》在艺术上也别有特色，周婉如将身世、感慨用富有才情的笔调一一寄托于词作中，她的词作继承了婉约本色的风格特点，情感真挚，语言清丽，多用比兴手法，形成了近于李清照、秦观、晏几道那样的清婉妍丽、流美灵动的风格特征。

贺新郎

自挽

　　一盏黄酥酒[1]。问茫茫大千，何者堪为吾偶？万转悲歌无着处，付与个侬[2]销受。莫更讯、梅花身后。大抵人生都梦幻。伫语言、文字差堪久。身外事，复何有？　　此番问世空回首。更饶他、悲歌代哭，文章自寿[3]。从古聪明须乞福，此语能参也否？岂忖到、黄章紫绶[4]。无碍虚空[5]今打破，向天门[6]、重索花前帚。再休向，红尘走。

【注释】

　　[1]黄酥酒：一种黄色的低度酒，多产于浙江绍兴市。

　　[2]个侬：犹"渠侬"，那个人或这个人。[补]（宋）范成大《余杭初出陆》诗曰："霜毛瘦骨犹千骑，少见行人似个侬。"

　　[3]自寿：自己保重。[补]《国语·楚语下》曰："夫盈而不逼，憾而不贰者，臣能自寿，不知其他。"韦昭注："寿，保也。"旧时常用作书信套语，意谓自我保重。

　　[4]黄章紫绶：即金印紫绶。金印，以金为印；紫绶，系于印柄的紫色丝带。秦、汉、魏、晋时丞相、将军等位在二品以上者用之。（唐）元稹《酬乐天喜邻郡》诗曰："蹇驴瘦马尘中伴，紫绶朱衣梦里身。"

　　[5]虚空：代指天空。

　　[6]天门：本指帝王宫殿的门，这里借指天上的门。[按]天门之原意便是"天宫之门"，不应该本指皇宫之门，而借指天宫之门。《楚辞·九歌·大司命》曰："广开兮天门，纷吾乘兮玄云。"

【评析】

　　《贺新郎·自挽》是词人自写的挽词，更是对自我人生的总结，此词没有使用过多的比兴寄托，而是将心胸中对人生的愤恨喷薄而出，因此词风并不像盛郁文在《吟秋山馆诗词钞》中对该词的评语所言："乍看仅只婉约，细读则觉深沉、忧郁。"而是整体风格上便是直接而深沉的，是对其固有的婉约词风的一种突破。词的上阕便对茫茫世界发出"何者堪为吾偶"的疑问，还有谁像我一样独自承担着这样的人生悲苦呢？对于有着这样沉痛身世的词人来说，人生就像是一场虚空的梦幻。"此番问世空回首。更饶他、悲歌代哭，文章自寿"，那些个才女的光环，俗世所重的名和利，甚至是当时令人羡慕的幸福婚姻，对于此时的词人来说都不过是一场空而已，人生留给词人的只是无穷尽的愁苦和哀痛。因此，结句"再休向，红尘走"并非"消极的浪漫主义"（《吟秋山馆诗词钞》对该词评语），而是对此生的失望和决绝，只有经历了人生的深哀剧痛才能写下如此的慷慨悲歌。

菩萨蛮（一）

小红墙角梨花影，东风瘦尽残妆靓[1]。明月压栏杆，罗衣如水寒。
窥帘蟾晕[2]小，风淡春初袅。无那别愁多，宵长人奈何。

【注释】

[1]靓：妆饰艳丽，又通"静"。
[2]蟾晕：月亮周围的光圈。

【评析】

这是一首情韵隽永的小令。该词叙写相思闺怨是完全以"月"为中心意象来进行构思的，周婉如常通过特定的意象来营造清幽的意境，"月"便是其中之一，在周婉如的词作中共出现了19次，月不仅是相思、团圆、乡愁等情感的象征，同时也能带给人清幽、柔美、皎洁等感受。月在此词中，营造了清幽的意境，寄托了词人的凄凉心境。开篇写月从虚处着笔，小红墙角处梨花的影子，写花也写月，用笔灵动。然后才写到一轮皎洁的明月投下了清幽的月光，词人披着罗衣在清辉中感觉清寒。从帘内看向窗外的明月，月晕朦胧，又正值美好的春天，不禁又勾起了别愁，这漫漫的长夜，让人奈何啊！通过"月"这一中心意象，词人创造出了与李白《玉阶怨》一样的凄清意境，未言及"愁"而愁已包含于其中，韵味悠长。

菩萨蛮（二）

春感　五阕[1]

其二

银云浅逗湘波袅[2]，惜花常怕花开早。几阵落梅风[3]，枝枝挂断红[4]。
鸳机抛锦素[5]，商略[6]销魂句。生小[7]忒工愁，春来也似秋。

【注释】

[1]《菩萨蛮·春感》五阕是一组联章组词，此选其二。

[2]袅：通"嫋"，柔软纤细的样子。[补]（隋）江总《游摄山栖霞寺诗》诗曰："披径怜森沉，攀条惜杳袅。"

[3]落梅风：风名。（汉）应劭《太平御览·风俗通》曰："五月有落梅风，江淮以为信风。"

[4]断红：[补]指飘零的花瓣。周邦彦《六丑·蔷薇谢后作》词曰："恐断红、尚有相思字，何由见得。"

[5]鸳机抛锦素：[补]即"鸳机寄锦"之典。见《晋书·列女传》："窦滔妻苏氏，始平人也，名蕙，字若兰。善属文。滔，苻坚时为秦州刺史，被徙流沙，苏氏思之，织锦为回文旋图诗以赠滔。宛转循环以读之，词甚悽惋，凡八百四十字，文多不录。"鸳机，亦称"鸳鸯机"，为织机的美称。陆游《清商怨·葭萌驿作》词曰："鸳机新寄断锦。叹往事，不堪重省。"

[6]商略：放任不羁。[按]词中"商略"应作"准备"解。（宋）卢祖皋《摸鱼儿·九日登姑苏台》词曰："吟未就，但衰草荒烟，商略愁时候。"

[7]生小：犹自小。《古诗为焦仲卿妻作》曰："昔作女儿时，生小出野里。"

【评析】

《菩萨蛮·春感》是由五阕词作组成的联章组词，周婉如词作中多有以"春感""秋感"为题的词作，用以借伤春悲秋表达哀情。除《菩萨蛮·春感》外，尚有《玉楼春·春感》《忆秦娥·秋感》等。孤独索居、年华虚度，让词人对自然物候非常敏感，节序的变化总能勾起她对年华消逝的不尽感伤。在此词中，开篇"银云浅逗湘波袅"不仅用开阔的写景为词作晕染底色，也以柔然细长的湘水意象，暗合词中的相思之意。而对句"惜花常怕花开早"则将惜春与相思之情融合，成为这首词的情感主题。后面是对"惜花"一句的具体展开，几阵落梅风过，花枝便只剩残红，到处是飘零的花瓣。下阕则将相思之情写明，同时也是为惜春之因作一解说。"鸳机"句用窦滔妻苏氏织锦为回文旋图诗以寄托对丈夫的相思之情的典故，词人想给远处的丈夫寄信，写下如"回文诗"那般令人魂销的句子。词人说自己从小便工于写愁，无论是春还是秋都是如此。词作语言清婉，情感细腻，体现出女性才有的绵邈深情的词心。

清平乐

和章子和甥絮红馆原韵[1]　　二阕

其二

玉霏香软，愁熨眉棱[2]浅。忽地卷帘春又晚，雪满梨花深院。　　泪痕红晕鲛少，春来人似秋花。枝上流莺声脆，梦回仍是天涯。

【注释】

[1]和章子和甥絮红馆原韵：章子和：即章永康，字子和。与周婉如有亲属关系。"絮红馆"即其词集《絮红吟馆词》，现存《黔南丛书》本《海粟楼词》中无《清平乐》词，恐原词已佚。

[2]眉棱：生长眉毛的略微高起的部位。李贺《听颖师琴歌》诗曰："竺僧前立当吾门，梵宫真相眉棱尊。"

【评析】

《清平乐·和章子和甥絮红馆原韵》二阕是词人与其外甥章永康的唱和词，两词均用清婉之笔写愁寄恨。"玉霏香软"是形容女子的肌肤如玉般温润，身体温和柔美。她如此美艳，却愁上眉棱。忽然间卷起珠帘，才觉又到晚春，飘散的梨花如雪一般铺满了幽深的庭院。上阕描写了女子独居之深闺清冷幽静的环境，下阕则着重于抒情，女子姣好的容颜上满是新旧的泪痕，她现在虽处在充满生机的春天，但心情却似秋花般憔悴零落。枝头上黄莺的啼鸣是多么清脆婉转，当女子从梦中醒来时，发觉自己与所爱之人仍然远隔天涯。词作通过描写独居之寂寞愁苦来表达相思之情，以女子的行动贯穿生活的场景，直到末句"梦回仍是天涯"才隐曲地点明相思情绪，使词作含蓄蕴藉，其书写的方式和韵味有着"花间风味"。

生查子

六阕

其一

芳榭绿阴垂，缕缕轻寒透。花底怅春归，镜影欺红瘦[1]。　　银鸭[2]篆香[3]机，机尚慵添绣。赚得几多愁？一穗[4]红如豆。

【注释】

[1]红瘦：指花凋谢飘零。(宋)李清照《如梦令》词曰："知否，知否。应是绿肥红瘦。"

[2]银鸭：镀银的鸭形铜香炉。(唐)秦韬玉《咏手》曰："金杯有喜轻轻点，银鸭无香旋旋添。"

[3]篆香：[补]犹盘香。李清照《满庭芳》词曰："篆香烧尽，日影下帘钩。"
[4]一穗：比喻灯光微弱。

其二

愁绝杜鹃魂，啼冷奁光[1]揭。晓起瘗芳痕[2]，莫遣香侵蝶。　　才喜度芳春，忽地帘飞雪。花外夕阳红，经皱鸾衫叠。

【注释】

[1]奁光：指镜奁。（西汉）史游《急就篇》卷三曰："镜奁疏比各异工。"颜师古注："镜奁，盛镜之器，若今镜匣也。"
[2]瘗芳痕：用泥土埋掉谢落的花果。

其三

残红拥闲阶，昨夜东风恶。吹醒一春愁，愁压双鬟薄。　　香雾袭兰衫，绮况空零落。天心[1]恁无情，几度猜难着。

【注释】

[1]天心：犹天意。《汉书·杜周传》曰："宜修孝文时政，示以俭约宽和，顺天心，说民意，年岁宜应。"

其四

玉缕裁金箱，一串明珠影。凉月逗碧辉，忽照人间醒。　　琴语忆宵凉，韵静瑶筝冷。花事[1]逼匆匆，断梦萦深省。

【注释】

[1]花事：关于花的情事，后指游春赏花的事。（元）周权《晚春》诗曰："花事匆匆弹指顷，人家寒食雨晴天。"

其五

悄试旧罗裳，瘦到人如许。多病复多愁，悔识伤心语。　　凝睇碧阑干，清泪温红雨[1]。检点[2]断肠吟，欲付冰弦[3]谱。

【注释】

[1]红雨：比喻落花。李贺《将进酒》诗曰："况是青春日将暮，桃花乱落如红雨。"

[2]检点：查点。(明)沈钟鹤《虞美人·春雨》词曰："桃花和泪湿胭脂。检点残红一半、未开时。"

[3]冰弦：琴弦的美称。传说中有用冰蚕丝做的琴弦，故有此称。(金)董解元《西厢记诸宫调》卷四曰："妆一胆瓶儿，冰弦重理，声渐辨雄雌。"

其六

风风雨雨情，浅梦[1]拼偎熟。瘦损翠眉螺，望断湘屏[2]曲。　　倩影萦纱，冰簟摇空绿[3]。春思太无痕，雅韵浑难续。

【注释】

[1]浅梦：短梦。[按]应指睡得不沉，与"酣睡"相对。(清)厉鹗《春寒》诗曰："梨花雪后酴醾雪，人在重帘浅梦中。"

[2]湘屏：竹编的屏风。

[3]空绿：空明澄碧。(南朝)梁武帝《西洲曲》诗曰："卷帘天自高，海水摇空绿。"

【评析】

《生查子》同题组词共由六首小令组成。六首词都通过对残春景物的描绘，着意渲染伤春愁绪。其一通过写女主人翁的慵懒来表现春愁，上阕着重写景，亭榭边柳荫低垂，一丝一缕都透着轻寒。女子因春天又将过去而惆怅，花底、镜影都能看到花朵凋残，此句中的"红瘦"一词语义双关，亦有女子青春老去之意。下阕着重写愁，织机旁的香炉中燃着篆香，女子慵懒地在织机上做着绣工。末句说独居织绣只能更觉愁苦罢了，就像那如红豆一点的微弱灯火。"红豆"表相思，隐喻其苦来自相思。其二通过突出节序变化来写春愁。词作先以杜鹃凄厉的啼鸣、镜光的寒意来渲染清冷凄苦的氛围，然后通过描写掩埋落花的行为，表达对青春逝去的哀伤。下阕过片写春光短暂，女子才因芳春到来而欢喜，忽然间便处处飞花，那残花之外是一片如血的夕阳，词中之景色可谓凄美至极。最后通过女子叠好鸾衫的行为描写，暗示芳华没有人欣赏，使词旨更加涵泳。其三通过对东风之无情的控诉来表达春愁，一夜风起，台阶上全是残红，也吹醒了自己的春愁，这愁催人老，减损鬓发。夹杂着花香的雾气袭人，绮丽的花朵也徒自零落，让人心感凄凉。最后词人直接控诉上天无情，让人难以猜度。其四通过梦断写春愁，首句是写闺房之中的装饰，但无论生活环境多么华贵也无法改变女主人翁心境的凄凉，深夜醒来，看到的便是凄冷的月光。筝冷韵静，回荡在心中的琴语仍勾起对昨夜凄苦的回忆。花事总是匆匆相逼，美好的春天又要过去，断梦萦绕，令人深察。其五通过心伤写春愁，女子"悄试旧罗裳"，才发现自己瘦了许多，后悔有着如此才情，才让自己多愁多病。女子凝视着阑干，看着如雨的落花清泪直流。她查点着自己写下的断肠词句，想要把它们谱曲弹唱。词之末句恰与上阕之"悔识伤心语"相呼应。其六通过雅韵难续来写春愁，风风雨雨摧折春景，也让人伤情梦浅。在残梦中醒来，望断竹屏，愁损眉梢。女子美丽的倩影在纱帘之后，冰凉的凉席空明澄碧，女子的春日情思已了无痕迹，风雅的韵致也难以为继了。这组词分别从不同的六个方面写春愁，通过凄婉而隽丽的笔触着意渲染春残带来的愁思，抒发词人因寂寞独居，辜负青春的无奈和哀愁，可谓奇绝。

玉楼春

言愁

嫩黄昏软风烟雨[1]，到春来添几许？心头眉际锁重重，天遣有情人便与。

无伊那似怜伊苦，一点灵犀千万缕。思量[2]抛向满天涯，又被多情迷去路。

【注释】

[1]烟雨：蒙蒙细雨。杜牧《江南春》诗曰："南朝四百八十寺，多少楼台烟雨中。"

[2]思量：想念或考虑。[按]词中"思量"意思应为想念、相思。宋徽宗赵佶《燕山亭》词曰："知他故宫何处？怎不思量，除梦里有时曾去。"

【评析】

词作亦是写春愁。黄昏暮色中烟雨迷蒙，春来又添了许多愁绪，眉间心头都愁云重重，老天总是乐于折磨人。上阕只说愁，下阕则明言其愁，生活当中没有你，哪会如现在爱你、想你这般痛苦，心心相印、情思万缕，但却难以相守。那思念之情都随着所爱之人飞向天涯，却又被自己的多情所迷，失了去路。这首词很能体现周婉如在遣词造句上的特点，往往很少用典，用谐婉晓畅的语言使词中的意象营造和感情抒发自然妥帖。如最后一句，将愁做拟人化的处理，想象奇特，营造追寻与阻隔的矛盾情境来表现相思之苦，韵味悠长，耐人咀嚼。

满江红

丙辰重九[1]，吊娱闲主人

满眼茱萸[2]，尽都是、伤心颜色。曾记得、去年此日，蛮笺[3]分析。同茧双丝缫未尽，心香一缕拼俱热。怪罡风[4]、蓦地自天来，死生决。

风云散，繁华歇。悲往事，忍重说。对丹枫依旧、泪凝衫血。芳草惊残池馆梦，冰帘冷晕相思月。叹扶舆^[5]、清淑^[6]本无多，悔同得。

【注释】

[1]丙辰重九：丙辰年，应为咸丰六年(1856 年)。

[2]茱萸：落叶乔木。古时逢重阳节人多带佩，谓能祛邪避灾。王维《九月九日忆山东兄弟》诗曰："遥知兄弟登高处，遍插茱萸少一人。"

[3]蛮笺：唐时高丽纸的别称，亦指蜀地所产的名贵彩色笺纸。辛弃疾《贺新郎·赋海棠》词曰："十样蛮笺纹错绮，粲珠玑。"

[4]罡风：高空的风。(南宋)刘克庄《梦馆宿》诗其二曰："罡风误送到蓬莱，昔种琪花今已开。"

[5]扶舆：形容盘旋而上，犹扶摇貌。(西汉)王褒《楚辞·九怀·昭世》曰："登羊角兮扶舆，浮云漠兮自娱。"

[6]清淑：清高善良，多指人的品德。

【评析】

《满江红·丙辰重九，吊娱闲主人》是一首哀悼词，"娱闲主人"未知其人，但应该是词人的文友或画友。上阕写友人的突然离世，又到重阳佳节，到处是插满茱萸的人群，本是团聚的日子，却因为友人的离去，让人感到处处都勾起伤心。然后词作引入回忆：记得去年此日，二人还相聚呢，分开蛮笺写诗作画，在一缕心香中相互依偎。但蓦然间罡风一起，便别了生死。下阕写哀悼的伤痛，如今风云已散，繁华已歇，怎忍再说那悲伤的往事。面对一如往昔的经霜泛红的枫叶，如今池馆梦残，月引相思，便让人泪凝衣衫，不胜悲苦。"叹扶舆、清淑本无多"反用刘基《满庭芳·二月十一日寿石末公》词："乾坤清淑，为瑞在扶舆。"，指旋风不仅没有带来瑞祥，反而让友人离世，让人后悔。虽是写对已故友人的哀悼，但同样也是自伤，寄寓着词人对人生短暂的哀叹，可谓满目愁情。词作沉郁哀伤，情感虽然深婉，但抒情方式却没有过多地使用兴寄，而是直接而深沉的，可视为对其常见的婉约风格的突破。

金缕曲

题蒋苕生太史《铜鞮词》后^[1]

一卷新词语。裹文心、闲愁默默，者般凄楚。嚼徵含商^[2]哀艳曲，谱出词人心苦。同一例、英雄儿女。十载悲歌多少恨，看光芒、万丈剑光吐。

如虹气、临风舞。　　嗟哉我亦浮生[3]误。悔无端、蠹鱼[4]自食,神仙三度[5]。各有痴怀抛未得,销尽吟魂如许,付与毫端相诉。响遗云璈[6]初唱彻,拔铜琶、向大江东去。射寒潮,须神弩。

【注释】

[1]题蒋苕生太史《铜弦词》后:蒋苕生即蒋士铨,字心馀、苕生、藜生,号藏园,又号清容居士,晚号定甫。江西南昌人,清代著名文学家。精通戏曲,工诗古文,与袁枚、赵翼合称"江右三大家",著有《忠雅堂诗集》《红雪楼九种曲》。《铜弦词》为其词集名。

[2]嚼徵含商:指辨析、欣赏诗文或乐曲。

[3]浮生:《庄子·刻意》曰:"其生若浮,其死若休。"后来相沿称人生为浮生。李白《春夜宴桃李园序》曰:"而浮生若梦,为欢几何?"

[4]蠹鱼:蛀食衣服、书籍的小虫,其形如鱼,故称。[按]词中应指死啃书本的读书人。(明)胡应麟《少室山房笔丛·经籍会通四》曰:"枕席经史,沉涵青缃,却扫闭关,蠹鱼岁月,赏鉴家类也。"

[5]神仙三度:指仙女麻姑言所见东海三为桑田之典故。

[6]云璈:乐器名,亦名云锣,以小铜锣十面悬于木架上构成。[补]《元史·礼乐志五》曰:"(宴乐之器)云璈,制以铜,为小锣十三,同一木架,下有长柄,左手持,而右手以小槌击之。"(清)王韬《淞滨琐话·煨芋梦》曰:"娟弹瑶瑟,令少年和云璈。"

【评析】

词作为题著名词人蒋士铨词集《铜弦词》所作。上阕写读蒋士铨《铜弦词》的感受,词人说这本词集寄托了蒋士铨的词心,让人读之倍感凄苦。"嚼徵含商"是说词人将一片苦心都用一首首悲恨之曲写出,体现了英雄儿女的风貌。上阕剩下的部分便是写蒋士铨词的风格,十余年的悲愤心情都用如万丈剑光般的劲笔硬语写出,其风格之雄劲奇崛,就如同虹气弥天,临风而舞一般。下阕写由读《铜弦词》而生发的对自己身世遭逢的感叹:词人言自己也被浮生所误,后悔自己作为一个女子,却成为能通诗文的读书人,也经历了世事的沧桑,深切地感受到了人生的苦痛。"各有"句是说自己与蒋士铨一样都有不能抛却的痴怀,只能用写词的方式来抒发,消磨了多少精力。最后再回到蒋士铨词作上来,词人阅读完《铜弦词》,被蒋士铨词作中的深沉恨意和犀利飞扬的词风所打动,自己就像听到了关西的汉弹铜琵琶,唱"大江东去"那样,雄心勃发。结句"射寒潮,须神弩",可作两解:一是形容像苏轼那样张神弩、射寒潮一样的豪迈之气;二是从作词来说,要直面心中的万般悲恨,就要用神弩一般有着犀利锋芒的语言来进行抒发。蒋士铨作词继踵陈维崧,作词以写人生之苦恨为主要内容,涉笔锋利老辣,情感抑郁愤急,风格则以雄劲奇崛为主要特色,所以词人对其词的风格特征可谓把握得非常准确,且蒋士铨的词中多层次的身世之感和哀怨之情,也与周婉如的词有所相同,故其易与蒋士铨产生共鸣,从词作下阕的抒怀便可窥知。

黎庶焘

（14首）

　　黎庶焘，字鲁新，别号筱庭。咸丰元年（1851年）举人，赴京参加礼部试途中因病而返，后便因体弱，再也没参加过会试，而是专注于地方教育。曾先后被聘为湘川、育才、培英三书院讲席，培育了宦懋庸等一批才俊，但三十九岁便病逝于家中。《黔诗纪略后编·黎举人庶焘传证》："鲁新体弱善病，一上公车至沅水舟中，疾作而返。又遭乡里丧乱，苦吟悯世一寓于诗，多幽忧愁疾之思……惟取境稍窄，不能如柴翁、邵亭之大篇挥霍。"正如《传证》所言，庶焘体弱善病，命途蹇促，又遭逢乡里丧乱，故其愁思多寄寓于诗词创作。著有《慕耕草堂诗钞》三卷、《依砚斋诗钞》四卷、《筱庭杂文》一卷、《琴洲词》二卷。

　　黎庶焘所著《琴洲词》共存词77阕，《传证》所论虽是诗歌，但亦符合其词的创作。黎庶焘由于体弱多病，一生行迹较为狭窄，限制了他的视野，加之才气不如黎兆勋、莫友芝，又多"幽忧愁疾之思"，故耽于苦吟，其诗词取径都较为狭窄，气格也较弱。据《琴洲词·自序》言："即又取张皋闻、翰风、介存三先生所选《唐宋名词》印证之，始恍然于向者之所为。其所为以《国风》《离骚》之旨趣，铸温韦周辛之面目者安在叶。爰悉弃旧作，又历六年之久，始不揣谫陋，恕存百阕，副拙诗刊之。"可知其服膺张惠言、张琦、周济等常州词派提倡风骚之旨，力主"意内言外"和比兴寄托的词学观念。但从创作实际来看，《琴洲词》并未达到其理想的艺术境界，反而因其生平经历所限，其词之题材范围和情感意蕴都较为单一。在题材上以咏物、抒发书斋生活闲愁和代言体的闺情词为主。而在艺术风格上，其小令多表闲情离绪，风格清丽婉约，有花间遗风；慢词则多咏物和寄慨，其咏物词多寄托身世飘零、年华易逝的感伤，哀婉缠绵，屡有佳什。寄慨之词虽在集中不占主流，但对战乱频仍的社会现实和自我的人生志趣都有所反映，且因书写方式直抒胸襟，感情深沉，词风沉郁，有着更加真切的现实感和感发人心的力量。

疏影（一）

落叶

　　吟风[1]几树，甚疏红可爱，旋又飘舞。鸭脚[2]廊阴，有客横琴，哀蝉冷和凄楚。疏枝掩映斜阳瘦，剩几点、寒鸦栖住。待野樵、踏暝归来，细扫碧苔行路。　　犹记春山十里，绿阴暗似幄，遮却林坞。一夜轻霜，顿撼离魂，不管飘零何处。秋声一半纵兹减，应省得、夜窗凝竚。趁月明、静倚柴扉，独听乱蛩如雨。

【注释】

[1]吟风：在风中有节奏地作响。纳兰性德《金山赋》曰："珍卉含葩而笑露，虬枝接叶而吟风。"

[2]鸭脚：词中所指疑为银杏树的别名，树叶似鸭掌状，故称。(元)王祯《农书》卷九曰："银杏之得名，以其实之白。一名鸭脚，取其叶之似。"陆游《十月旦日至近村》诗曰："鸭脚叶黄乌臼丹，草烟小店风雨寒。"

【评析】

　　这是一首咏物词。词人和黎兆勋都有《疏影·落叶》的同调同题之作，写作方式基本相似，但在艺术水平上不及黎兆勋。黎兆勋的词作本书有所选，纯从虚处着笔，遗貌取神，围绕落叶层层渲染，营造出清冷的意境，能够让人从其词境中感受到寄托于词中的羁旅愁苦和思乡之情，而且用笔空灵，感觉终篇仍有余力。庶焘之作，寄托的情感则有所不同，该词从叹息叶落起篇，上阕写落叶后凄清萧条的感受，"疏红可爱"的秋叶之美多么短暂，很快就零落了。天气也随落叶而变得寒凉，万物又要萧条，让词人心生凄楚，更何况树上秋蝉的哀鸣之声和着哀弦。落叶之后，只剩下疏枝掩映着一轮斜阳，几只寒鸦栖在枝头，多么萧索啊。待樵夫踏暝归来时，落叶已经完全铺满行路了吧。下阕另起一层，回忆春天时树上枝繁叶茂、一片生机的情景。但仿佛一夜清霜后，树叶便纷纷飘零了，词人在清冷的月光下，听着窗外的落叶之声，内心不胜凄苦。词人在咏物中着重抒发年华易逝的凄楚之感，自然和词人因多病而生发的生命短暂的感触有关。通过对落叶等这些美丽但脆弱、生命易逝又多飘零的事物的描写，寄寓了词人的身世感慨，无不映射出词人孱弱孤零的身影。

疏影(二)

雁影

残晖带夕。望潇湘[1]尽处，天水浮碧[2]。片影低横，疑有疑无，画出半江秋色。白萍红蓼沧州路，算只有、樯乌[3]相识。待晚风、吹过江楼，试问塞门消息。　　最是关山道远，霜清月朗夜，流影何极。客子惊寒，立遍栏杆，恍认一绳欹侧。乡书纵解凭伊寄，无那是、雪泥踪迹[4]。更怜他、飞入寒云，只剩一声凄绝。

【注释】

[1]潇湘：湘江与潇水的并称。多借指今湖南地区。杜甫《去蜀》诗曰："五载客蜀郡，一年居梓州。如何关塞阻，转作潇湘游?"

[2]天水浮碧：浅青色。典出《宋史·李煜传》："煜之妓妾尝染碧，经夕未收，会露下，其色愈鲜明，煜爱之。自是宫中竞收露水，染碧以衣之，谓之'天水碧'。"

[3]樯乌：桅杆上的乌形风向仪。也用以比喻飘忽不定的生活。张先《御街行·送蜀客》词曰："纷纷归骑亭皋晚，风顺樯乌转。"

[4]雪泥踪迹：化用苏轼《和子由渑池怀旧》中"人生到处知何似，应似飞鸿踏雪泥。雪上偶然留指爪，鸿飞那复计东西"诗句。

【评析】

词作以"雁影"为题，便是有意模仿姜夔《疏影》词"虚处着笔、遗貌取神"的写作方式及艺术特点。该词写一只转徙途中的离群孤雁，它孤独的片影低横在半江秋色中，探不到故乡和雁群的消息，在关山道远中，孤雁飘零的身影牵动着临栏远望的客子的乡思。词人巧妙地将鸿雁传书的典故和苏轼《和子由渑池怀旧》诗意化用，表达与孤雁同病相怜之意。词中说，我纵然想托寄家书于你，但你和我一样，都是雪泥鸿爪，飘零一生。最后，词人目送孤雁，这片影又飞入寒云，只剩下一声凄绝的哀鸣。这首词既是怜雁，也是自伤，凄绝的哀鸣正是词人此时的心声。词人抓住了孤雁飘零孤寂的形象与自我处境和心绪的相通处，将人和物密合无间地融合起来，其幽忧愁疾的心绪、凄凉清远的意境随着孤雁的形象深深地印在读者的心中。该词达到了较高的艺术水准，可算作集中最好的一首咏物词，就算置于整个贵州词坛，亦毫不逊色。

踏莎行

雨后行村落间

剩雨会汀，残云抱树。闲呼笠屐东皋[1]步。一条流水活于龙，蜿蜒走入牢谿[2]去。　　脚趁酥泥，肩披积雾[3]。看山看到山穷处。忽闻鸡犬有人家，桃源[4]只在人间住。

【注释】

[1]东皋：水边向阳高地。也泛指田园、原野。陶潜《归去来兮辞》曰："登东皋以舒啸，临清流而赋诗。"

[2]牢谿：疑为大牢溪，即四川荣县西越溪河支流。《元和志》曰："大牢溪出县北铁山下，南流经县北。"

[3]积雾：浓重的雾气。苏辙《次韵王适游真如寺》曰："新亭面南山，积雾开重阴。"

[4]桃源：指桃花源。出自陶渊明《桃花源记》。

【评析】

这是一首有着乡野之趣的写景小令。首句写出雨后之景，残剩的零星细雨仍滴落在汀洲之上，远处雨云尚未散尽，萦绕于山林之间，这清新迷离之境便是村行的整体氛围。"闲呼笠屐东皋步"点出村行主题，特别突出了一"闲"字，这是词作的感情基调。上阕末句写流水因雨水的注入而充满了活力，蜿蜒如游龙流入牢谿。水的描写给词作增添了流动的生机。下阕写词人走入山谷，脚走在酥泥上，肩上披着未散的浓重雨雾，看山看到了山穷之处，忽然间听到了山间人家的鸡犬之声。词人显然对隐于山林中闲适安宁的山村生活心生向慕，称其为人间的桃花源。最后两句显然是融合了王维《终南别业》中"行到水穷处，坐看云起时"及陆游《游山西村》中"山重水复疑无路，柳暗花明又一村"的诗意。词作意境清疏，真切自然，简单而有味。

最高楼

谪仙楼晚眺

凭虚瞰，万室接飞檐，丹绿绚晴天。碧云峰[1]上群鸦散，红花岭[2]外一雕盘。且徘徊，空俯仰，忆当年。　　也莫唱、李家歌一曲。也莫说、杨家棋一局。千古事、杳如烟。斜阳暗澹荒祠瞑，萧云寂寞古城寒。解金鱼[3]，频换酒，醉楼间。

【注释】

[1]碧云峰：在湖南衡阳境内。《（嘉靖）衡州府志》中载"衡阳县"："碧云峰，在县西南，望云阳山，如泼墨，故名。"

[2]红花岭：在湖南衡阳、张家界、郴州等地都有红花岭，按词中内容，应是位于湖南衡阳的"红花岭"。

[3]金鱼：金质的鱼符，作为官员身份的一种象征。唐代亲王及三品以上官员佩戴，开元初，从五品亦佩戴，用以表示品级身份。

【评析】

词作通过登高望远，抒发人生感慨。谪仙楼也叫太白楼，在中国许多省份都有，最著名的是位于山东任城的太白楼和位于安徽歙县的太白楼。但从词作来看，"碧云峰""红花岭"等地名都指向湖南，但笔者未查到湖南衡阳地区是否有谪仙楼。上阕写凭虚远眺所见之景，视角由下往上，由近及远。万间房屋鳞次栉比，晴空之下花树绚烂。碧云峰旁的天空上群鸦飞散，红花岭外的远天边孤鹰盘旋，面对寥廓悠远的景致，故其"且徘徊，空俯仰，忆当年"，陷入对李白其人其事的回忆。下阕抒怀，不唱李白的诗歌，不说杨家的棋局，是说不去羡慕李白当年的诗才和潇洒。因为"千古事、杳如烟"，无论是李白当年有何样的高名大才，又经历过多么曲折的人生经历，那千古之事早已消散如烟。现如今只剩下了这斜阳下暗淡的荒祠和萧索清寒之云霭笼罩下的古城，这几句展现出时过境迁、物是人非的感伤之情。最后词人想到了如李白《将进酒》中"五花马、千金裘，呼儿将出换美酒，与尔同销万古愁"那般不惜金钱富贵、借酒消愁的豪迈之举。词人也以金鱼换酒买醉来故作开解。金鱼象征着功名利禄，词人说"金鱼换酒"，便是取逍遥于酒市，而不求取功名。但从词人的人生经历来看，则知他有许多难以言说的愁苦。

金缕曲（一）

陈其年先生填词图[1]

当代填词手。溯风流、紫云珂雪[2]，红盐载酒[3]。谁比迦陵三千调，字字苏辛秦柳。那肯让、卢前王后[4]。半世青衫[5]工落拓，问乌丝[6]写遍红情否？休懊恼，拍铜斗[7]。　　功名五十犹呼负。更何意、玉堂风月，待罄吟就。一自明光征献赋,才誉突过黄九[8]。又好地、紫萧重奏。白发难除姜史[9]习,任新腔远播歌儿口。唤徐李、意亲授。

【注释】

[1]陈其年先生填词图:陈其年即陈维崧,字其年,号迦陵,江苏宜兴人。清初著名词人、骈文家,阳羡词派领袖,著有《湖海楼全集》。填词图又名《商丘陈其年先生填词图》,未知是谁所画,但图册名为翁方纲所题,而且众多著名诗人、词人都为图册题过诗词。

[2]紫云珂雪:紫云,指清初著名词人丁炜词集《紫云词》。丁炜,字瞻汝,又作澹汝,号雁水。福建晋江人,曾官至直隶献县知县。为词风格豪放、婉约兼容,词风多元。珂雪,指清初著名词人曹贞吉词集《珂雪词》。曹贞吉,字升六,又字升阶、迪清,号实庵。山东安丘人,官至湖广学政。为词学张炎、周密、史达祖等南宋诸家,用婉曲的喻体来寄兴抒怀,"风华掩映,寄托遥深,古调之中,伟以新意"(《四库全书总目》)。

[3]红盐载酒:红盐,指陈维岳词集《红盐词》。陈维岳,字纬云,江苏宜兴人,阳羡词派的主要成员之一。载酒,指浙西派领袖朱彝尊词集《江湖载酒集》。朱彝尊,字锡鬯,号竹垞,又号醧舫,晚号小长芦钓鱼师,别号金风亭长,浙江秀水人,翰林院检讨,与纳兰性德、陈维崧并称"清词三大家"。

[4]卢前王后:卢为"卢照邻",王为"王勃",出自《旧唐书·杨炯传》:"炯与王勃、卢照邻、骆宾王以文辞齐名,海内称为王杨卢骆,亦号为'四杰'。炯闻之,谓人曰:'吾愧在卢前,耻居王后。'当时议者,亦以为然。"

[5]青衫:据唐制,文官八品、九品服以青。泛指官职卑微。欧阳修《圣俞会饮》诗曰:"嗟余身贱不敢荐,四十白发犹青衫。"

[6]乌丝:陈维崧词集《乌丝词》。

[7]铜斗:亦作"铜枓"。铜制的方形有柄的器具,用以盛酒食。孟郊《送淡公》诗之三曰:"铜斗饮江酒,手拍铜斗歌。"

[8]黄九:指黄庭坚,因其排行第九,因以称之。(宋)陈师道《后山诗话》曰:"今代词手唯秦七黄九尔,唐诸人不逮也。"

[9]姜史:指南宋词人姜夔、史达祖。

【评析】

这是词人为《陈其年先生填词图》所作的题词,此图被许多著名的诗人、词人题写过。陈维崧是清初词坛大家、阳羡词派领袖,在清词史上有着极为重要的地位。从《填词图》被诸多人题诗、题词,且这个现象一直持续了几乎整个清代的情况,可知陈维崧被清代词人所景仰,此词亦是如此。上阕从词史的角度说明陈维崧的地位,词人细数当代的著名词人,认为无论是丁炜、曹贞吉,还是陈维岳、朱彝尊的作品,都不能与陈维崧那些堪与苏轼、辛弃疾、秦观、柳永等宋词名家媲美的词作相比,所以其在清词史上的地位又岂会甘在人后。接着是探讨陈维崧词创作的动因,也是解释他能笑傲词坛的原因。陈维崧经历朝代的更迭,个人又半世沉沦,穷困潦倒、放荡不羁,词人说"不知陈维崧的《乌丝词》是否写遍了自己的一世心情?"不要懊恼,喝酒消愁吧!下阕则着重写其词才,陈维崧年过五十仍功名无路,也不屑于吟风弄月,自他写出了杰作,其词名若在宋代便超过了黄庭坚。难得的是他就算已经年老,也未停止创作,任那些新作在歌女的口中广泛传播,并向他人亲授作词之法。最后一句,实际是对其开创阳羡词派的隐喻。词作多以铺叙为法,说理重于抒情,能够结合陈维崧的生平经历来讨论其词的创作,但对陈维崧词的情感内涵和艺术成就的探讨还是缺少深度,体现了其词才力较弱的缺点。

渡江云

乌江怀古

万峰齐插水,葱葱郁郁,亘古碧摩天[1]。问昔人通道,纵学猿猱,飞渡也应难。晴雷怒吼,翻九地、欲撼雄关。凭眺处、夕阳崖谷,几点上墟烟[2]。　　江山,若斯奇杰,一线奔流,信黔中天堑。诨不要多兵据守,自足屏藩。问谁解得兴亡事,听老渔闲说忠宣[3]。遗庙冷,将星犹射波间。

【注释】

[1]摩天:迫近蓝天,形容极高。王粲《从军》诗之五曰:"寒蝉在树鸣,鹳鹄摩天游。"

[2]墟烟:犹言烟尘,比喻虚无的事物。(清)陈廷敬《韩质良来自梅庄忆旧游却寄舍弟》诗曰:"山歌迟岭月,牧笛上墟烟。"

[3]忠宣:疑指李德辉,字仲实,通州潞县人,元朝平定四川的关键人物。元代至元十二年(1275年)起,李德辉以王相之职去安抚四川起,劝降宋将、平定四川,又以德降服罗氏鬼国等西南夷,在西南地区极有威望。李德辉死后,播州等地人民为其立庙祀之。《遵义府志·坛庙》载"李忠宣庙":"祀元安西行省左丞、赠尚书右丞,谥'忠宣'李德辉。《元史·李德辉传》云:"至元十七年,德辉被命在播,卒,蛮夷闻讣,哭之,哀如私亲,为位而祭者动辄千百人。播州安抚使何彦清率其民立庙祀之。"

【评析】

这是一首咏史怀古词,词人面对着雄奇险峻的乌江,感慨这里发生过的兴亡之事。上阕着力描写乌江景致,首句写两岸的山,"万峰齐插水"写得极为突兀,突出乌江两岸峭壁耸立、峰峦叠嶂的险峻之状,"葱葱郁郁"描写山林之茂盛,"亘古碧摩天"再次以山之"高"强调山之险,同时用"亘古"一词引入时间的感受,为怀古埋下伏笔。接着说这里是天然的屏障,就算是猿猱,也难以渡过。接着写江水,江水怒号如晴雷,波涛汹涌似乎把那雄关也撼动，突出了江水水势之大。最后又将镜头拉远，夕阳之下，崖谷之间，点点烟尘。上阕写景为读者展现了一幅雄奇壮阔的江山图景。下阕转入怀古，乌江沿岸不仅江山奇杰，也是扼守由巴蜀通向黔中要道的天堑。就像李白《蜀道难》所言，"一夫当关，万夫莫开"，不用太多的军队据守，就足以捍蔽和保护一方。也正因如此，围绕着割据与统一，历史上发生了许多兴亡之事，里面有多少战争和灾难啊！在词作的结尾，词人在众多历史人物中拈出平定四川、德服黔中的李德辉，纪念他的庙已经荒凉，但他的功绩仍如江水般亘古不会消磨。如果联想到晚清时贵州地区叛乱蜂起、战火频仍的现实，就不难看出词人希望有如李德辉般的人，能够带给这些地方以和平安定的深意。

庆清朝

寒食白[1]，雨霁。出郭随上冢者，至五英冈亡友莫子厚墓[2]下。

　　路趁啼鸦，鞭捎舞蝶，墦[3]间试作春游。烟岚绕郭，欣逢宿雨才收。满地斜阳腻粉，谁家碧玉已荒丘。销魂处，红心草[4]哭，碧血花愁。

　　此日算称冷节，住纸钱风里，逼近残秋。柔肠已碎，尚寻何地埋忧。漫共踏青人远，一汪含泪过西洲。春波外，凄迷絮影，和恨东流。

【注释】

[1]白：指白事，办理丧葬的一种地方称呼。

[2]莫子厚墓：即莫友芝墓，在遵义禹门乡青田山顶。

[3]墦：坟墓。《孟子·离娄下》曰："卒之东郭墦间，之祭者，乞其余。"

[4]红心草：草名，一说为红心灰藋之俗称。《博异志》载唐代王炎梦中应吴王令作《葬西施挽歌》，中有"满地红心草，三层碧玉阶"之句，后以"红心草"作为美人遗恨之典故。纳兰性德《虞美人》词曰："凄凉满地红心草，此恨谁知道。"下句之"碧血花"恐亦有同样象征意义。

【评析】

　　词作为词人于寒食日随人上山扫墓时，到五英冈亡友莫友芝墓前所作，但词人并没有完全写对莫友芝的悼念之情。上阕主要写对祭扫的墓主的哀悼，从词作的内容看，应该是一位英年早逝的女子。首句说在一片春光中上山祭扫，接下来两句对景物作描写，渲染墓地环境，宿雨刚过，山间雾气缭绕，让人深感凄清迷离。接着抒发对美好的生命逝去的感伤，在这一片艳丽的斜辉之下，这位年轻貌美的女子已经永远被埋葬在这荒丘之上。如此年轻美好的生命便消逝了，这是多么令人悲恸魂消啊！"红心草""碧血花"都是美人遗恨的典故，一"哭"字、一"愁"字进一步衬托了悲哀的心情。下阕紧承上阕，今天是寒食节，驻足在这吹散冥钱的风里，内心的凄凉之感仿佛已到深秋。逝者已去，而生者柔肠已碎，又有何地能够把忧愁埋葬。词作最后才写到莫友芝，词人让那些踏青之人离开，自己一人含着眼泪走过西洲，来到友人的墓前。全词以景语作结，一汪春波之外，凄迷的柳絮飘飞，和着遗恨顺水东流。该词中较为巧妙的地方，在于对逝去的女子和亡友的哀悼采取了两个不同的处理方式——对于女子，词人采用的是较为直接的方式来表达情感；而对于亡友，并没有作直接的抒发，而是用较为曲折的方式，特别是尾句以景衬情、融情入景，柳絮的飘零象征着生命的短暂和脆弱，而东流之水则比喻词人的憾恨。这些情感都在具象中体现，以含蓄的表达很好地形容了词人心境的凄迷，也增加了词作情感的厚度。

金缕曲（二）

郑子尹丧兄，自蜀归来。填此奉柬[1]

锦里[2]归来速。为难忘、故山泉石，旧栽松菊。半亩林塘庐墓共，天与勾留清福。况更有、祖书堪读。（谓司农君）廿载菟裘江上计[3]，只头衔、署个樵夫足。（近号柴翁）腰肯折，斗升粟?[4]　名场走遍还空谷[5]。问先生，歌楼舞榭，何如茅屋？子妇团圞贫亦好，那管烽尘满目。但守此，草堂花竹。旧隐来寻通德里，（刘梦得句）[6]叹当年得避黄巾[7]镞。此间乐，不思蜀[8]。（甲寅之乱，贼围郡城三阅，月而不及吾里）

【注释】

[1]郑珍曾于咸丰九年（1859年）十月入蜀访唐炯，十二月闻起义军入侵遵义南疆，郑珍深感家乡有难，急辞唐炯归黔，除夕至家。凌惕安《郑子尹年谱》有载，但未言及其丧兄事。

[2]锦里：即锦官城，故址在今四川成都南，后以锦里为成都之代称。李商隐《筹笔驿》诗曰："他年锦里经祠庙，《梁父吟》成恨有余。"

[3]菟裘江上计：即"菟裘归计"的典故，出自《左传·隐公十一年》："羽父请杀桓公，以求大宰。公曰：'为其少故也，吾将授之矣。使营菟裘，吾将老焉。'"后因以称告老退隐的居处。陆游《暮秋遣兴》诗曰："买屋数间聊作戏，岂知真用作菟裘。"

[4]腰肯折，斗升粟：出自《晋书·陶潜传》："吾不能为五斗米折腰，拳拳事乡里小人邪！"比喻为人清高，有骨气。

[5]空谷：空旷幽深的山谷，多指贤者隐居的地方。《诗·小雅·白驹》曰："皎皎白驹，在彼空谷。"孔颖达疏："贤者隐居，必当潜处山谷。"

[6]刘梦得句："旧隐来寻通德里"为刘禹锡《和苏郎中寻丰安里旧居寄主客张郎中》

诗中句，全句为："旧隐来寻通德里，新篇写出畔牢愁。"

[7]黄巾：即黄巾军，东汉末年张角所领导的农民起义军，因头包黄巾而得名。《后汉书·皇甫嵩传》曰："角(张角)等知事已露，晨夜驰救诸方，一时俱起，皆著黄巾为摽帜，时人谓之'黄巾'。"

[8]此间乐，不思蜀：即"乐不思蜀"，《三国志·蜀志·后主传》曰："后主举家东迁，既至洛阳。"裴松之注引(晋)习凿齿《汉晋春秋》："司马文王与禅(刘禅)宴，为之作故蜀技，旁人皆为之感怆，而禅喜笑自若……他日，王问禅曰：'颇思蜀否？'禅曰：'此间乐，不思蜀。'"

【评析】

词作应写于咸丰十年(1860年)初，咸丰九年(1859年)遵义乱起，在蜀中访问唐炯的郑珍担心家庭的安危，急忙返黔。上阕便是从郑珍的入蜀回黔写起，先说郑珍急忙从四川返回，是因为关心家乡和家人的安危。"半亩林塘庐墓共，天与勾留清福"是说郑珍的故居在其父母坟墓所在的望山堂，这里有半亩林塘，是上天赐予郑珍享受清福的地方，更何况这里还有祖上留下来的书籍可读。后面写郑珍二十年来都有着告老退隐的打算，现在又号"柴翁"，他一直像不为五斗米折腰的陶潜那样，有着不为名利所动的清高骨气。下阕紧承上阕，郑珍看过名场(参加了三次会试，也短暂地担任过几地的学正或教谕)回归山林，词人问郑珍：歌楼舞榭的繁华怎如茅屋故居那般自在？又自问自答，一家团圆就算是贫穷也是好的，只要固守着这草堂花竹。更让人感叹的是这里是一片宝地，可以在这乱世中保有安宁。隐居于此的乐趣，不言而喻啊。此词不啻为招隐之词，"子妇团圞贫亦好，那管烽尘满目。但守此，草堂花竹。旧隐来寻通德里，叹当年得避黄巾镞"的劝勉之词的背后，恰恰表现出郑珍为生计奔波，于烽烟战火中漂泊落魄的生活境况。

琵琶仙

乱后归里

丁令[1]归来，也曾记、曩日山川人物。惘怅一片残烽，凄凄照凉月。随处是、颓垣断瓦，羌换得几番悲咽。试语东风，莫吹花泪，衣上红湿。

荒径里、拔取余灰，似一缕、芸香尚难灭。无限兴亡感慨，只付他啼鴂[2]。休更话、当时游宴，坐禹门、碧箫吹裂。徒有燕子双飞，背人凄说。

【注释】

[1]丁令：丁令威的省称。《搜神后记》卷一曰："丁令威，本辽东人，学道于灵虚山，

后化鹤归辽，集城门华表柱。"（唐）李赤《姑孰十咏·灵墟山》诗曰："丁令辞世人，拂衣向仙路。"

[2]啼鴂：鸟名，啼鴂（鹈鴂）啼鸣于春末夏初，其时正是落花季节。后用"啼鴂"吟咏时令之转换，感叹花事之消歇。

【评析】

词人于乱后返乡，面对成为劫灰的家园，胸中更充塞着不胜哀伤之情。开篇用了丁令威仙去之后，化鹤返乡的典故。这里并不是将自己比作方外之人，而是说连成仙的丁令威都记得往昔家乡的山川人物，更何况是作为凡人的自己呢。接下来描写回乡后所见残破的景象，凄清的月光与未烬的烽火遥映，到处都是颓垣断瓦，这惨状只让人不胜惆怅。"花泪"指繁花上的露水，词人让东风不要吹落花露，打湿衣服。实际上是词人悲伤落泪，难以自抑。过片再写景，荒径之中，还有战火留下的余灰，仍冒着缕缕如芸香般的烟。这是对上阕写景的补充，通过这一细节的描写，更体现了战争对国家和人民伤害的深远。词人想到战乱前与亲友在禹门山上"碧箫吹裂"的游宴场景，而如今听着那一声声凄厉的啼鴂声，心中便腾起无尽的兴亡感慨。结句中的"燕子双飞"象征自然的恒久未变，也暗喻着亲人的团聚；"背人凄说"与上句形成反差，反衬出人世的悲凉。

贺新凉

寄呈子偲先生江上，时居江督曾公幕府[1]　二阕

其一

计炙征车轵[2]。五年来栖栖[3]，南北问何为者。阅尽名场翻覆态，又阅关山戎马。有多少、羁愁闲话。小寄鼋鼍[4]江上窟，对烟波、一碧长滩泻。人世事，几代谢。　　江山自要奇文写，叹先生、才如沈鲍[5]，赏音犹寡。老去尽依严尹幕[6]，算有千间万厦[7]。休道是寄人篱下。他日裁成浣花集，待邮筒、示我闲吟詑。信千古，只斯也。

【注释】

[1]江督曾公幕府：曾公即曾国藩，于咸丰十年（1860年）任两江总督。莫友芝于咸丰十一年（1861年）七月直到逝世都在曾国藩幕府做幕宾。

[2]炙征车轵：疑即"炙毂轵"。"轵"是古时车上盛贮油膏的器具。轵烘热后流油，润滑车轴。比喻言语流畅风趣。《史记·孟子荀卿列传》曰："谈天衍，雕龙奭，炙毂过

髭。"司马贞索引曰："刘向《别录》：'过'字作'輠'。輠，车之盛膏器也。炙之虽尽，犹有余津，言髡智不尽如炙輠也。"

[3]栖栖：忙碌不安貌。《诗·小雅·六月》曰："六月栖栖，戎车既饬。"朱熹集传："栖栖，犹皇皇不安之貌。"

[4]鼋鼍：指巨鳖和猪婆龙(扬子鳄)。王安石《金山寺》诗曰："扣栏出鼋鼍，幽姿可时睹。"

[5]沈鲍：指六朝时期著名诗人沈约、鲍照。沈约，字休文，吴兴郡人，南朝文坛领袖，"永明体"代表诗人。鲍照，字明远，京口人，以气骨俊逸的诗歌著称，与颜延之、谢灵运并称"元嘉三大家"。

[6]严尹幕：指唐代节度东川和剑南的严武。严武，字季鹰，陕西华阴人。上元二年(761年)被任为成都府尹兼御史大夫、充剑南节度使，数次击败吐蕃，永泰元年(765年)逝于成都。严武与杜甫友善，乾元二年(759年)杜甫入蜀投靠严武，多受严武关照。词作以杜甫投严武幕府比拟莫友芝入曾国藩幕府。

[7]千间万厦：来自杜甫《茅屋为秋风所破歌》："安得广厦千万间，大庇天下寒士俱欢颜。"

其二

我本多愁者。况年来故山，烽火更将愁惹。几亩田庐消散尽，满目颓垣断瓦。又何论、米家书画[1]。月黑天荒怀旧事，有凄凉、无限伤心话。肠已碎，那能写。　　艰时未易谈躬稼。剩余生、飘零不定，一枝谁藉。便欲吹箫吴市[2]去，母老何堪遂舍。况又是、滔滔天下。敢说文章憎命达，只穷愁、例合埋东野。言未尽，泪如泻。

【注释】

[1]米家书画：语出黄庭坚《戏赠米元章》诗之一："沧江静夜虹贯月，定是米家书画船。"任渊注："崇宁间，元章为江淮发运，揭牌于行舸之上，曰'米家书画船'云。"米芾，字元章，北宋著名书画家，宋四家之一。后以"米家书画船"泛称文人学士的船只。

[2]吹箫吴市：出自《史记·范雎列传》："伍子胥橐载而出昭关，夜行昼伏，至于陵水，无以糊其口，膝行蒲伏，稽首肉袒，鼓腹吹篪，乞食于吴市。"(南朝宋)裴骃《史记集解》引徐广曰："一作箫。"后指由于生活困顿而流浪漂泊。康有为《泛海至天津入京复还上海》诗曰："方朔长安徒索米，子胥吴市又吹箫。"

【评析】

这是词人与莫友芝的赠答词，从词序的内容来看，应写于咸丰十一年(1861年)莫友芝入曾国藩幕府后。词作直抒胸襟，用深沉的感情和沉郁的词风，刻画了莫友芝和词人自己两位乱世文人的典型形象，表现了晚清动荡局势中士子的悲愤与凄凉。

其一主要写莫友芝因为混乱的时局和个人的生计，不得不四处漂泊、寄人篱下的人生遭际。首句是说为何这五年来莫友芝总是忙碌不安，南来北往，既阅尽了官场的争权夺利，也经历了四处战乱蜂起。"鼋鼍江上窟"是比拟莫友芝江上托身的小舟，不知有多少颠沛羁旅之愁，只能在这暂且寄身的小舟上，对着苍莽的烟波和长滩去倾诉。上阕着力于表现莫友芝颠沛的人生，以"人世事，几代谢"的兴亡之感作结。下阕从莫友芝的才华写起，词人感叹莫友芝有着如沈约、鲍照般的文学才华，却少有能够赏识之人。后面一段，词人将莫友芝比作杜甫，老来只能依靠曾国藩幕府，就算自己有如杜甫广庇寒士的胸怀和志向，却面对着寄人篱下的现实。最后，词人请莫友芝如果创作的诗歌又成集，不忘寄予。"信千古，只斯也"是说莫友芝怀才不遇，志不得伸，能够让其名留千古的，大概也只有诗文创作吧。

其二主要以向友人倾诉的口吻，述说自己家园被战火所毁，穷愁潦倒的境况。词作开门见山，直说自己是愁苦众多的人，更何况近年来家乡频遭战火破坏，那栖身的几亩田庐已经被毁，满目都是颓垣断瓦。"米家书画"用了黄庭坚《戏赠米元章》诗中之典故，此句意为词人经历家园破亡后，愁苦满怀，早已没有从事诗文书画的兴致。"月黑"至上阕最后是说自己感怀旧时，虽然胸中有凄凉愁苦之意，感慨万千，但现在肝肠寸断，已不忍付诸诗文了。若上阕是谈词人苦难的经历的话，下阕便写的是对今后生活的预想。在世事艰难的当下，想要安定谈何容易，不知道这漂泊的余生还能依靠谁。虽然想像伍子胥那样吹箫吴市，但自己还有年老的母亲要照顾，更何况现在天下各处都是一样的不太平。接下来词人发出文章之士命运难以通达的感慨。无穷的愁苦怎能在这短小的词作中道尽，何况还有太多不忍说出，只能任凭自己的眼泪倾泻了。

词作采取一写莫友芝，一写自己的方式，重点突出，情韵完整。同时又如一封信中自然存在通信双方的内容那般，在情感内容上有着联系，使两首词成为可统一的整体。词作的词风相同，摒弃了意内言外、比兴寄托的方式，面对着连连战乱，词人已无暇含蓄，直接将战后残破的现实写入词中，并融入了愁苦凄凉的个人人生体验，沉郁悲凉的词风使词作具有更加真切的现实感和感发人心的力量。

望海潮

乱后城北楼上晚眺，同宦伯铭^[1]

峰横屏翠，水揉腥碧，二分残照当楼。表里重城^[2]，悲凉画角，西风卷起边愁。戎马突高秋。指战云开处，野火星浮。一片残芜，乱鸦盘阵过郎州^[3]。　　凭君倚堞凝眸。叹关河险阻，欲度无由。谁倩一丸，就封函谷^[4]，筹边自古良媒。天外独昂头。有几多遗憾，付与东流。莫问铜驼几回，荆棘卧荒沟^[5]。

【注释】

[1]宦伯铭：宦懋庸，字伯铭，见本书宦懋庸词人小传。

[2]表里重城：古代城市在外城中又建内城，故称。《文选·左思〈吴都赋〉》曰："郛

郭周匝，重城结隅。"刘逵注："大城中有小城，周十二里。"

[3]郎州：郎州为唐贞观中所置，地理位置在今遵义市。《新唐书·地理志》曰："播州播川郡，下本郎州。贞观九年以隋牂牁郡之牂牁县置。十一年废，十三年复置，更名。"词中代指遵义城。

[4]谁倩一丸，就封函谷：即"一丸封"典故，出自《后汉书·隗嚣传》："元（王元）请以一丸泥为大王东封函谷关，此万世一时也。"谓函谷关地势险要，易于防守。后用于比喻以极少的力量，可以防守险要的关隘。钱谦益《狱中杂诗》之十一曰："莫倚居庸三路险，请封函谷一丸泥。"

[5]莫问铜驼几回，荆棘卧荒沟：即"铜驼荆棘"的典故，出自《晋书·索靖传》："靖有先识远量，知天下将乱，指洛阳宫门铜驼，叹曰：'会见汝在荆棘中耳！'"后因以"铜驼荆棘"指山河残破、世族败落或人事衰颓。陆游《谢池春》词曰："似天山凄凉病骥，铜驼荆棘，洒临风清泪。"

【评析】

词人与好友宦懋庸登楼远眺，目睹家乡战乱之后的残破景象，词人感慨万千。此词采用上阕写景、下阕抒怀的模式来构筑。首句先从广阔的景色写起，通过"屏翠"的峰峦、"腥碧"的流水以及"残照当楼"营造出苍凉的氛围。下句从防守严密的遵义城、悲凉的画角声、猎猎西风三个意象，从视角、听觉、触觉展现战争带来的悲伤哀愁的气息。战马锋芒的气势冲破高秋的宁静，战端一开，战场硝烟如繁星般遍布大地，古老的遵义城上乱鸦翻飞，只剩下一片残败荒芜的景象。"戎马"一句之前都是在营造氛围，"戎马"后的几句是直接描绘战争对遵义地区带来的重大破坏。下阕着重抒怀，词人与友人倚靠在城墙的雉堞旁陷入了沉思，感叹这里关河险阻，易守难攻，只要布置少量的兵力防守险要的关隘，就能够保障一方安全，这是自古以来筹边的良策。词人使用"一丸封"的典故，实际上是对统治者疏于防备，导致生灵涂炭的针砭。面对着如此悲惨的现实，词人在城墙上昂头长叹，心中多少遗憾都付与了流水。词作最后用一个"铜驼荆棘"的典故，抒发山河残破、世族败落、人事衰颓带来的哀痛，词人用"莫问"和"几回"，将词作中对此次战乱的感伤，引向对悠远历史的兴亡之叹。词作层次井然，上阕写景分三个层次，层层推进，经过环境和氛围的铺垫之后，才落到战乱残败景象的描写上。下阕抒怀由今及古，情感沉郁深厚，体现了一位正直的士子对国事的关心及炽热的家国情怀。

金缕曲（三）

自题"沅谿惜别图"，图为椒园弟手写[1]

一尺鹅溪耳。是中藏、油油万斛，别离人泪。我倩季方[2]和泪写，写作半帆烟水。并著个、河梁游子。十载沅谿伤心故，叹平生，凄咽无过此。一展卷，一含涕。　　田园足保何须计，奈当时、题桥司马[3]，壮怀难已。並辔君门期射策[4]，展足腾骧[5]万里。空搏得、病魔相倚。我自南归君北去，竟一场春梦凭谁记。须念取，旧时事。

【注释】

[1]椒园弟：即黎庶蕃，字晋甫，别号椒园。见本书黎庶蕃词人小传。

[2]季方：指陈谌，字季方，东汉颍川许人。他与陈纪（字元方）同是陈寔的儿子，兄弟二人俱以德著称，父子三人并著高名，时号"三君"。《世说新语》有三人言行记载。

[3]题桥司马：指司马相如，典出《华阳国志·蜀志》："城北十里有升仙桥，有送客观。司马相如初入长安，题市门曰：'不乘赤车驷马，不过汝下也。'"后以"题桥柱"喻指立志求取功名。苏轼《复改科赋》曰："虽负凌云之志，未酬题柱之心。"

[4]射策：射策为汉代考试取士的方式之一。《汉书·萧望之传》颜师古注曰："射策者，谓为难问疑义书之于策，量其大小署为甲乙之科，列而置之，不使彰显。有欲射者，随其所取得而释之，以知优劣。射之言投射也。"词中用以泛指科举应试。（清）吴伟业《哭志衍》诗曰："射策长安城，骢马黄金络。"

[5]腾骧：本为飞腾、奔腾之意，引申指地位上升，宦途得意。

【评析】

这是一首题画词，《沅谿惜别图》是词人的亲弟黎庶蕃所画，从词作中"十载沅谿伤心故"及"我自南归君北去"来看，画作的内容应是十年前兄弟二人在沅谿离别时的场景。词作上阕描绘图画的内容，首句是说短短鹅谿之中，那万斛溪水都是离别之人的眼泪。"季方"指陈谌，此处代称黎庶蕃，词人是把自己兄弟二人比作了元方和季方。画是词人请黎庶蕃所画，画的是烟水中的一只帆船，上面还站着一位行途中的游子。接下来写的是展卷的心情，沅谿匆匆一别，转眼间便是十年。平生之间最让人伤心凄绝的事便是兄弟的离别，每次展卷凝思，都悲上心头，不禁泪流。下阕抒发人生的愁苦，词人说故乡的家业足以为生，但奈何当时兄弟二人都有司马相如那般求取功名的凌云壮志，都期望通过进士考试，取得仕途的飞黄腾达，但到头来却只落得"病魔相倚"。想当时，你我兄弟二人一人南归、一人北去，各奔前程，此时看来不过是一场春梦罢了。结句"须念取，旧时事"是说你我二人须牢记往昔在一起的美好时光，珍惜情同手足的兄弟情谊。词中感情饱满地抒发了对黎庶蕃的深切怀念，以及自己的蹭蹬坎坷，其兄弟间的手足深情让人动容。

永遇乐

题友人《雨花台览古诗卷》

　　铁马金戈，当年斯地，曾斗龙虎[1]。一片江山，空余废垒，春草生无数。斜阳倒射，血痕犹渍，隐隐苔花深处。问何人、耕烟拾得，几枝断戟谁铸[2]？　　词人凭眺，尽荒台百尺，吹满六朝[3]花雨。燕子衔来，差池不定，似有伤心故[4]。那堪回首，小长干[5]外，零落杨枝几树。满犹问、笙歌旧事，至今在否？

【注释】

　　[1]曾斗龙虎：“龙虎斗”常指势均力敌的争斗。

　　[2]几枝断戟谁铸：(唐)杜牧《赤壁》诗曰：“折戟沉沙铁未销，自将磨洗认前朝。”

　　[3]六朝：三国吴、东晋和南朝的宋、齐、梁、陈，相继建都建康，史称为六朝。(清)黄遵宪《元武湖歌和龙松岑》诗曰：“莽莽六朝兴废事，珠楼绮阁未渠央。”

　　[4]“燕子”一句：刘禹锡《乌衣巷》诗曰：“旧时王谢堂前燕，飞入寻常百姓家。”

　　[5]小长干：古健康里巷名。长干里位于南京秦淮河以南至雨花台以北，历来便是南京城交通便利、商业繁荣、人口密集的繁华之地。(唐)许嵩《建康实录》载：“山陇之间曰‘干’，建业南五里有山冈，其间平地，庶民杂居。有大长干、小长干、东长干，并是地理名。小长干，在瓦官南巷，西头出江。”

【评析】

　　这也是一首题词，是为友人所著《雨花台览古诗卷》所写。除对友人的诗集予以评论外，词人也借诗集“雨花台览古”来咏史抒怀。词人从南京城的历史写起，开篇即说当年这里曾上演铁马金戈的龙虎争斗。但是历史上那些云谲波诡的斗争都过去了，这里只留下了无数春草和萧萧故垒。在夕阳的余晖之下，苔花深处仍隐隐可见当时浸入土中的血痕，上阕结句化用杜牧《赤壁》中“折戟沉沙铁未销，自将磨洗认前朝”成句，再一次点明词中所包含的岁月流逝而物是人非之感，为下阕情感的抒发做了铺垫。过片的“词人”是指写下《雨花台览古诗卷》的友人，他在荒芜的雨花台上，凭栏远眺，“花雨”即“雨花”倒语，“六朝花雨”实则指六朝的兴亡历史，此句点明了友人诗集“咏史怀古”的题旨。“燕子”句化用刘禹锡《乌衣巷》中“旧时王谢堂前燕，飞入寻常百姓家”成句，用刘禹锡比喻友人的咏史怀古之作，给予友人词集很高的评价。词作最后又回到咏怀，小长干是秦淮河畔南京城最繁华的地段，也是南京城兴盛历史的象征，而如今只见几树零落的杨柳枝，充满了荒芜之感。结句中"笙歌旧事"代表昔日的繁华，问昔日的繁华今在否？在抒发兴亡之感的同时，发人深思。结合词人生活的晚清时代，再想到在太平天国运动的战火中饱受破坏的南京城，以及如南京城般化作劫灰的诸多城市，其词作中借古喻今、感伤时事的意味便不言而喻了。

黎庶蕃

（20首）

　　黎庶蕃，字晋甫，别号椒园，庶焘的弟弟。他少时学诗于郑珍，咸丰二年（1852年）中举后，次年在外出会试途中遇乱还家。时逢贵州少数民族纷纷起义，战乱不断，黎庶蕃协助其兄黎兆祺等于禹门山寨兴办团练，因功得选知州，后改任两淮盐大使。庶蕃一生交游颇广，善诗词，著有《椒园诗钞》七卷、《雪鸿词》二卷。正如《黔诗纪略后编·黎大使庶蕃传证》所言："遵义黎氏兄弟称诗，篠庭才力稍窘，善用其短，镂肝刻肾，有幽欢晚秀之态。椒园气豪颇自挥霍，不能如乃兄之苦吟，而出语轩轩，露爽有扶风豪士之风"，在黎氏三昆仲中，黎庶蕃的性格颇为豪壮和外放，迥异于其兄黎庶焘，其诗也更加胸意开阔，豪气纵横。其词比之庶焘也更加开豁跳荡，在艺术水平和影响力上也较乃兄为胜。

　　黎庶蕃在《雪鸿词》自识中说："庶蕃束发即喜为诗歌，独诗余一道，年三十尚未问津。癸亥仲秋，先兄筱庭先生有《琴洲词集》之刻，始取竹垞老人及皋闻、翰风、少存诸先生绪论绎之，间亦稍稍事此。丁卯以后，携破砚乞食奔走南北殆万余里，孤舟逆旅，吊古怀人，往往藉以自慰。积十年来，计得词百阕。"可知黎庶蕃作词应在三十岁之后，而且其为词取径颇广，对于浙西、常州二家并无轩轾。《雪鸿词》共有词作103阕，从创作实际来看，黎庶蕃词的题材范围颇广，相思闺情、思乡念友、抒怀寄慨、登临怀古、咏物题画等题材类型均有涉猎，但其中最核心的内容便如上面引文中所言的，是通过羁旅行役和吊古怀人抒发其"携破砚乞食奔走南北殆万余里"的人生愁苦。总的来说，黎庶蕃《雪鸿词》以表现其家国之痛和壮志未酬、命途偃蹇的郁勃不平为主要的感情意绪，以"开豁跳荡"为主要的风格特点。在黎氏三杰中，其艺术技巧上略逊于黎兆勋，但情感力度则过之。黎庶蕃的艺术成就使其不仅成为沙滩词人中的骁将，也能跻身于贵州一流词人之列。

永遇乐

同朱柳臣访报恩寺塔遗址[1]

　　如此江山，劫灰已冷，旧日朝市。海燕重来，铜驼对泣，舍利埋荆杞。西州[2]旧梦，南都[3]遗恨，忍更从头说起。怆登临、断碑斜日，有人泪似千洗。　　虫沙[4]一变，哥舒[5]再败，竟草草陈涛战死[6]。辽鹤归来，令威已老，无地寻孙子[7]。可堪回首，雨花台下，一片棲鸦流水。惟应向、酒垆话旧，百分[8]劝尔。

【注释】

　　[1]报恩寺塔：疑指南京大报恩寺九层琉璃宝塔。

　　[2]西州：古城名。东晋置，为扬州刺史治所。故址在今江苏省南京市。《晋书·谢安传》曰："羊昙者，太山人，知名士也，为安所爱重。安薨后，辍乐弥年，行不由西州路。尝因石头大醉，扶路唱乐，不觉至州门。左右白曰：'此西州门。'昙悲感不已，以马策扣扉，诵曹子建曰：'生存华屋处，零落归山丘。'恸哭而去。"后因以"西州路""西州泪"喻指感旧兴悲、悼亡故人之情。(宋)张炎《八声甘州·记玉关踏雪事清游》词曰："短梦依然江表，老泪洒西州。"

　　[3]南都：明人称南京为南都。如吴应箕记南京召试事，书名为《南都应试记》。

　　[4]虫沙：即"虫沙猿鹤"，出自葛洪《抱朴子》："周穆王南征，一军尽化，君子为猿为鹤，小人为虫为沙。"后因以比喻战死的兵卒，亦泛指死于战乱者。

　　[5]哥舒：哥舒翰，唐时突骑施哥舒部人，天宝时以军功进封凉国公，加河西节度使，寻封西平郡王。安史之乱爆发，拜先锋兵马元帅驻守潼关，相持半年。因杨国忠谮，诏促战，不得已出关决战，大败，被俘，后为叛军首领安庆绪所害。

　　[6]"虫沙……陈涛战死"一句乃写两广总督陆建瀛于九江据敌，不战而退金陵，导致太平军攻陷金陵之史事。见《清史稿·洪秀全传》。

　　[7]此句指丁令威学道成仙，化鹤归来事。

　　[8]百分：犹满杯。晏殊《木兰花》词曰："百分芳酒祝长春，再拜敛容抬粉面。"

【评析】

　　词人以曾经辉煌壮丽的南京报恩寺九层琉璃塔，在太平军的炮火下沦为废墟的命运为代表，用悲痛的笔触描绘在战火摧残下南京城的满目疮痍，反映战争的残酷和风雨晦暗的时局。报恩塔位于南京大报恩寺，是明成祖朱棣为纪念其生母贡妃而建，通体由琉璃制成，有"天下第一塔"的美誉，是南京最具特色的标志性建筑物，同时也是南京城旧日繁华的象征。据史料所载，九层琉璃塔在太平军攻打南京城的战火中已经残破不堪，之后在太平天国内部权力斗争的"天京之变"中，因韦昌辉担心石达开占领制高点，而被彻底炸毁。面对着报恩塔的残垣断瓦，词人在开篇便发出了"如此江山，劫灰已冷，旧日朝市"的哀叹，他怀着无比沉痛的心情登临陈迹，面对斜日断碑的荒芜景象，不禁泪流。下阕转入对这场战事的陈诉，哥舒翰两次败于安史乱军，使都城长安陷落，成为唐朝太平盛世结束的标志。而咸丰三年(1853年)两江总督陆建瀛的战败，同样导致了南京城的陷落，这座昔日繁华的都市，甚至整个南中国都在战火的摧残中破坏殆尽，词人用安史之乱的典故来反映这一段现实，暗含着对清廷腐朽无能的愤慨。

水调歌头(一)

万事不如意，弃剑复抛书。平生卤莽[1]心迹，到老益粗疏。文字古人糟粕，富贵当初傀儡，纵有不如无。何物预卿事，依样画葫芦。

呼起起[2]，行得得，唱于于[3]。不夷不惠[4]，闲住随分作枯荣。一十三陵[5]烟树，二十四桥[6]风月，何必定吾庐。得过且得过，有鸟换提壶[7]。

【注释】
[1]卤莽：大略，隐约。白居易《浔阳秋怀，赠许明府》诗曰："卤莽还乡梦，依稀望阙歌。"

[2]呼起起：呼人起立声。苏轼《次韵潜师放鱼》诗曰："劝将净业种西方，莫待梦中呼起起。"

[3]行得得，唱于于：得得、于于均为"任情自得貌"。(南北朝)何逊《西州直示同员诗》诗曰："誓将收饮啄，得得任心神。"乾隆《御园初冬》诗之二曰："山容看了了，天籁唱于于。"

[4]不夷不惠：殷末的伯夷坚持不仕周朝，春秋鲁国的柳下惠三次被罢官而不去。"不夷不惠"谓折中而不偏激。(汉)扬雄《法言·渊骞》曰："不屈其意，不累其身，曰：'是夷惠之徒欤？'曰：'不夷不惠，可否之间也。'"

[5]一十三陵：十三陵是明代十三个皇帝陵墓的总称，位于北京昌平天寿山麓。

[6]二十四桥：位于扬州，见杜牧《寄扬州韩绰判官》诗："二十四桥明月夜，玉人何处教吹箫？"关于"二十四桥"历来有两种解释，一说指扬州的二十四座桥梁，沈括《梦溪笔谈》认为二十四桥指扬州城外西自浊河桥、茶园桥起，东至山光桥止，沿途所有的桥。一说为扬州吴家砖桥的别称，又名红药桥，因古时有二十四位美人吹箫于桥上而得名，见李斗《扬州画舫录》。后用以指歌舞繁华之地。

[7]提壶：亦作"提壶芦""提胡芦"，鸟名，即鹈鹕。欧阳修《啼鸟》诗："独有花上提壶芦，劝我沽酒花前醉。"

【评析】

这是一首述怀词，词人直抒胸臆，用一种近于自嘲的口吻倾吐对人生失意的满腹牢骚。词作以"万事不如意，弃剑复抛书"起头，开门见山地道出在命运的逼迫之下，只得自暴自弃的不甘。接下来具体写出人生的失意之感，"心迹"指平生的志向，那些理想和抱负随着年齿渐长，逐渐被岁月所消磨。然后词人自嘲所学之文不过是古人糟粕，当初追求富贵却成为名利的傀儡，这些东西纵然拥有还不如没有。世上所定义的成功的那些事，哪一样与我有关呢？自己不过是依样画葫芦罢了。既然一切都与己无关，那何必碌碌呢？便任情自得、不夷不惠，穷达荣枯都随缘吧。"一十三陵烟树"代表国家的兴亡，"二十四桥风月"代表人世的繁华，"吾庐"代表词人自己的心之所在，此句是说世事已经与自己无关，何必还要将这些置于心上，不能忘怀。"提壶"即"鹈鹕"，诗人往往用其谐音表示饮酒，结句是一颓丧语，词人说"就让我沉醉酒乡，得过且过吧。"黎庶蕃胸怀豪情壮志，有"扶风豪士"之风，但"仕途牢骚摧折"，志不得伸，其激愤之情也常寄托于词。如《八声甘州·岁暮江上得介亭兄书》曰："怅触旅怀牢落，百感夜中并。惟有鹿庐剑，堪许平生"，本愿为国家为人民做出一番事业，岂料空有抱负，志趣理想的落空，使词人心中充满了牢骚不平之意。词作通过故作颓丧之语，道出了令人心酸的人生感受，世事难料、生活困顿、命运偃蹇浇灭了词人的希望，磨平了词人的棱角，使词人弃剑抛书、"心已成灰"。

沁园春

客中遣闷

毁却儒冠[1]，焚却诗书，入山去来。奈吹箫弹铗[2]，迹犹泛梗；卖浆屠狗[3]，心已成灰。客路青衫，穷途白眼[4]，臣本西南一废才。掀髯起，看王郎拔剑，斫地歌哀[5]。　　酒酣且莫徘徊，试独对西风舞一回。叹翻云覆雨[6]，旧交都贵，担簦戴笠[7]，往事徒猜。十载绨袍[8]，半生冷炙[9]，管鲍[10]而今安在哉？君须记，自燕昭死后，更没金台。

【注释】

[1]儒冠：古代儒生戴的帽子，借指儒生。杜甫《奉赠韦左丞丈二十二韵》诗曰："纨绔不饿死，儒冠多误身。"

[2]吹箫弹铗：吹箫：即伍子胥于吴门吹箫乞食的典故。弹铗：指战国时冯谖投孟尝

君门下，弹铗而歌，反映自己诉求的典故，载于《战国策·齐策四》。词人用这两个典故喻指自己四处谋生、寄食权门的处境。

[3]卖浆屠狗："卖浆"指战国薛公，《史记·信陵君列传》曰："公子闻赵有处士毛公藏于博徒，薛公藏于卖浆家。""屠狗"指汉开国功臣樊哙，《史记·樊郦滕灌列传》曰："舞阳侯樊哙者，沛人也，以屠狗为事。""卖浆屠狗"是当时卑贱的职业，后亦泛指出身低微者，或位卑的豪杰之士。龚自珍《湘月·壬申夏泛舟西湖述怀有赋时予别杭州盖十年矣》词曰："屠狗功名，雕龙文卷，岂是平生意？"

[4]白眼：指魏晋著名诗人阮籍。《晋书·阮籍传》曰："籍又能为青白眼，见礼俗之士，以白眼对之。"常用以表示鄙薄或厌恶。王维《与卢员外象过崔处士兴宗林亭》诗曰："科头箕踞长松下，白眼看他世上人。"

[5]看王郎拔剑，斫地歌哀：出自杜甫《短歌行·赠王郎司直》诗："王郎酒酣拔剑斫地歌莫哀！"

[6]翻云覆雨：比喻反复无常或惯于玩弄权术。文天祥《又二绝》诗之一曰："世事不容轻易看，翻云覆雨等闲间。"

[7]担簦戴笠：出自汉代《古越谣歌》："君乘车，我戴笠，他日相逢下车揖。君担簦，我跨马，他日相逢为君下。"是不忘贫贱之交的主题。

[8]绨袍：战国时魏人范雎先事魏中大夫须贾，遭其毁谤，笞辱几死。后逃秦改名张禄，仕秦为相，权势显赫。魏闻秦将东伐，命须贾使秦，范雎乔装，敝衣往见。须贾不知，怜其寒而赠一绨袍。迨后知雎即秦相张禄，乃惶恐请罪。雎以贾尚有赠袍念旧之情，终宽释之。见《史记·范雎蔡泽列传》。后多用为眷念故旧之典。

[9]冷炙：出自《颜氏家训·杂艺》："古来名士，多所爱好……唯不可令有称誉，见役勋贵，处之下坐，以取残杯冷炙之辱。戴安道犹遭之，况尔曹乎！"杜甫《奉赠韦左丞丈二十二韵》诗曰："朝扣富儿门，暮随肥马尘。残杯与冷炙，到处潜悲辛。"

[10]管鲍：春秋时管仲和鲍叔牙的并称，两人相知最深。后常用以比喻交谊深厚的朋友。(晋)傅玄《何当行》诗曰："管鲍不世出，结交安可为。"

【评析】

词作与上一首《水调歌头》一样，主要表现词人对人生困顿、命运偃塞的失望悲愤之情。上阕言寄食权门，难脱卑贱的人生苦辛。首句是说词人想放弃以诗书博取功名的人生道路，归隐山林，但无奈为了生存，不得不寄食权贵，东奔西走，四处漂泊，一直身处卑贱，心早如死灰。下一句是说自己就是西南的一介废材，漂泊无依，不知泪洒了几件清衫；人在穷途，难言遭受了几多白眼。只能像杜甫诗中的王郎一样拔剑斫地，高声哀歌。过片用"酒酣"一词紧密地联系了上下阕，在酣醉后，不妨对着西风放情而舞，狂放一回。下阕词意转向对人情冷漠的描绘，感叹那些已经显贵的旧交都变得反复无常，所谓的贫贱之交，早已被抛在脑后。十余年的故旧相知，却只换得下坐冷炙之辱，管仲、鲍叔牙那样深厚的友谊，如今还真实存在吗？最后词人说，自从燕昭王死后，便再没有像燕王那般礼贤下士的人了。如果《水调歌头·万事不如意》着重抒发人生愁苦，那么在这首词中词人却将自己因人情的淡薄而深感世态炎凉和欺辱，与自己窘迫的人生处境结合起来。应该说世风浇薄，社会不公也是造成许多有识之士前途无望的主要原因，因此可以说这首词也反映了社会的现实和乱世士子的人生苦痛。在艺术上，此词较其他词作用典多且密，几乎句句用典，使词意较为晦涩，体现出以诗为词的特征。

贺新凉(一)

寄莼斋弟^[1]江宁　二阕

其一

季子思归否^[2]？怅年来星辰，磨蝎^[3]无端浪走。破屋三椽家万里，母老妻单女幼。漫轻诩、功名唾手。裘敝金销^[4]臣马倦，料羁人、此夜孤灯守。身与世，怕回首。　　如今薄宦初心负。叹天涯、脊令^[5]片影，都无亲旧。沥胆陈书悲愤切，一策治安徒有^[6]。只搏得风尘消瘦。两地鹙鸧劳燕^[7]隔，最中年、兄弟关心久。同谷咏^[8]，谅非偶。

【注释】

[1]莼斋弟：即黎庶昌，字莼斋，号黔男子，晚清著名外交家和散文家。黎庶昌早年师从郑珍，咸丰十一年(1861年)赴顺天府乡试，同治元年(1862年)，以廪贡生上《万言书》，被朝廷以知县补用，入曾国藩幕府，为"曾门四弟子"之一。光绪二年(1876年)起，随行出使欧洲，历任英吉利、德意志、法兰西、西班牙使馆参赞。光绪七年(1881年)，擢升道员，任驻日本国大臣。回国后任川东道员兼重庆海关监督。黎庶昌著述颇丰，传世著作达二十余种，尤擅古文，以其外国纪游而著称于世。

[2]季子思归否：此句指张翰鲈鱼脍的典故。张翰，字季鹰，西晋吴郡人，博学能文，纵任不羁。"鲈鱼脍"典故见《世说新语·识鉴》，其文曰："张季鹰辟齐王东曹掾，在洛，见秋风起，因思吴中菰菜羹、鲈鱼脍，曰：'人生贵得适意尔，何能羁宦数千里以要名爵！'遂命驾便归。俄而齐王败，时人皆谓为见机。"后因以指隐居不仕、闲适安居。

[3]磨蝎：星宿名，"磨蝎宫"的省称。旧时迷信星象者，谓生平行事常遭挫折者为遭逢磨蝎。(元)尹廷高《挽尹晓山》诗曰："清苦一生磨蝎命，凄凉千古耒阳坟。"

[4]裘敝金销：即"裘弊金尽"。皮衣穿破，钱财用完。谓穷困落拓。语出《战国策·秦策一》："(苏秦)说秦王，书十上而说不行，黑貂之裘弊，黄金百斤尽。"(清)余怀《板桥杂记·雅游》曰："忽裘敝而金尽，遂寡欢而愁殷。"

[5]脊令：亦作"鹡鸰"，水鸟的一种。出自《诗经·小雅·常棣》："脊令在原，兄弟急难。"后因以比喻兄弟。

[6]此句应指同治元年(1862年)，黎庶昌以廪贡生上《万言书》，条陈时弊之事。《万言书》即《上穆宗毅皇帝书》，收录于《拙尊园丛稿·前编》。

[7]鸳鸯劳燕：鸳鸯：即秃鹙。劳燕：指伯劳和燕子两种鸟类。《乐府诗集·杂曲歌辞八·东飞伯劳歌》曰："东飞伯劳西飞燕，黄姑织女时相见。"后以"劳燕分飞"比喻别离。

[8]同谷咏：同谷子，唐末同谷山逸人。天复中，昭宗避难凤翔，因直赴行朝，上书两卷论十代兴亡理乱之事。昭宗览其书数日，赐以酒食。何皇后暗遣秦王欲诛之，同谷子遂奔亡，因咏《五子之歌》以讽喻之。见《唐诗纪事》卷七一。

其二

我更怜衰朽。问年来、布衣从事[1]，为谁奔走？戎马关山[2]风雨暗，何日鲸鲵授首[3]？只激起、龙泉[4]怒吼。满目萧条兵火气，吊战场、白骨红磷瘦。桑梓恨、向谁剖？　如今卧病归农亩。叹潘郎、鬓丝老去，星星非旧。词赋江关[5]空写怨，泪滴牛衣透[6]。怎盼到河清时候。一舸江南春草绿，尽关窗、夜雨厮相守。悲往事、话尊酒。

【注释】

[1]从事：追随，奉事。(唐)牛僧孺《玄怪录·张佐》曰："向慕先生高躅，愿从事左右耳。"

[2]戎马关山：在山川和关隘里从军打仗。杜甫《登岳阳楼》诗曰："戎马关山北，凭轩涕泗流。"

[3]鲸鲵授首：鲸鲵：比喻凶恶的敌人。《左传·宣公十二年》曰："古者明王伐不敬，取其鲸鲵而封之，以为大戮。"杜预注："鲸鲵，大鱼名，以喻不义之人吞食小国。"授首：谓投降或被杀。《战国策·秦策四》曰："秦楚合而为一，以临韩，韩必授首。"鲍彪注："言其服而请诛。"

[4]龙泉：宝剑名，亦作为剑的泛称。李白《在水军宴赠幕府诸侍御》诗曰："宁知草间人，腰下有龙泉。"

[5]词赋江关：见杜甫《咏怀古迹》五首其一："庾信平生最萧瑟，暮年诗赋动江关。"

[6]泪滴牛衣透：指"牛衣涕零"典故，出自《汉书·王章传》："初，章为诸生学长安，独与妻居。章疾病，无被，卧牛衣中，与妻决，涕泣。其妻呵怒之曰：'仲卿！京师尊贵在朝廷人谁逾仲卿者？今疾病困厄，不自激卬，乃反涕泣，何鄙也！'"后因以指因家境贫寒而伤心落泪。(清)归庄《庚辰生日》诗曰："从今莫堕牛衣泪，策马长途日月新。"

【评析】

这两首同题组词是写给词人的弟弟黎庶昌的，从词题来看，当时黎庶昌正在曾国藩大营任职。词作与其兄黎庶焘写给莫友芝的《贺新凉·寄呈子偲先生江上，时居江督曾公幕府》二阕有异曲同工之妙，都是采用其一写对方，其二写自己的模式，均将时局的动荡、离别的愁苦、亲友的情谊和人生的辛酸融括于词中，词风也同样的梗概多气、沉郁悲凉。

其一写对黎庶昌的思念。上阕着重表现黎庶昌落拓的境遇，"季子"是用了张翰因怀念家乡的莼菜羹和鲈鱼脍而弃官返乡的典故，用"季子"称黎庶昌，便透出一丝希望他放弃官场、回归故乡的意味。为何呢？第二句"怅年来星辰，磨蝎无端浪走"便是说这些年来频遭摩羯，多灾多难。这里的挫折多难，应是既指时局的动荡、家庭的危难，也指黎庶昌当时的人生遭逢。接下的一句"破屋三橼家万里，母老妻单女幼"直接用黎庶昌的家庭情况来对其进行返乡的劝勉，辛酸异常。词人告诫庶昌不要自夸功名唾手可得，料想他现在也只是贫困落拓，一人漂泊在外，孤灯独守，难以回首世事的变迁和个人的经历。下阕则表现兄弟间离别的愁苦。漂泊半世，沉沦于薄宦，早已辜负了初心。兄弟各在天涯，都无亲旧，孤苦伶仃，令人唏嘘。想当初你沥胆披肝向朝廷上《万言书》，指陈时弊，陈述安邦定国之策，但到头来也只落得四处漂泊的徒劳罢了。如今兄弟两地分离，人到中年，只有兄弟之关心最为持久。看来同谷子上书遭嫉，并非偶然的。黎庶昌在幕府深得曾国藩赏识，成为"曾门四弟子"之一，后来仕途通达，很难说怀才不遇，故词人将庶昌的人生描写得困顿不堪，实则包含着自伤之意。

故第二首词作便是词人向黎庶昌自述身世的感慨之辞。词人感慨自己的遭遇更加衰朽，只是以一介布衣的身份在追随奉事。用"为谁奔走"的问句，表达了词人内心的失落与迷惘。接下来的几句写到战火不断的混乱时局，关山之间风雨晦暗，到处都在行军打仗，不知凶恶的敌人何时才能被诛灭。战场之上满目萧条、白骨露野，好不凄凉。覆巢之下，安有完卵？故乡毁于战火的悲恨，能向谁倾诉？上阕对现实灾难的描写是多么的沉痛。下阕着重描写自己的人生之悲：如今我已经因病而回归农亩，感慨头发斑白，年华老去，只能将家境贫寒的伤悲寄寓于词赋。不知何时才能盼到太平之时，能够在明媚的江南春草中撑船漫游，关上窗户与你夜雨相守，回顾往事，樽酒话平生。

两首词作，都将年华空度、老来无成的个人悲哀与风雨晦暗、战乱频仍的家国剧痛结合起来，其内心的怨恨、激愤、悲伤、无奈等复杂的情感化为词作中的字字血泪，让人神伤。

贺新凉(二)

新正灯市[1] 归来感事有作

对镜羞华发。叹临邛[2]十年，未遇谋生更拙。风雨关河悲沦落，两度梅花小雪。只赢得、年年赠别。回首天涯伤心处，怕寒潮、为我添呜咽。谁解此，愁千结。　　秣陵又是春灯节。对东风、无情莺燕，只增凄切。红豆吟成相思句[3]，寄与晓风残月[4]。滴不尽铜仙血泪[5]。江上琵琶浔阳梦，一声声、弹断肠千折^[6]。只此意，更难说。

【注释】

[1]新正灯市：新正：指农历正月，或特指农历正月初一。从唐代开始，便有正月十五夜张灯应市的习俗，宋朝尤盛，称为"灯市"。(宋)周密《武林旧事·元夕》曰："都城自旧岁冬孟驾回……天街茶肆，渐已罗列灯毬等求售，谓之'灯市'。自此以后，每夕皆然。"(清)丘逢甲《元夕无月》诗亦描写了清代元夕灯市的场景："满城灯市荡春烟，宝月沉沉隔海天。"

[2]临邛：即"临邛涤器"，指卓文君与司马相如私奔后，无生活来源，在临邛卖酒为生。典出《史记·司马相如列传》："相如与(文君)俱之临邛，尽卖其车骑，买一酒舍酤酒，而令文君当垆。相如身自著犊鼻裈，与保庸杂作，涤器于市中。"词中用以指词人与妻子结婚。

[3]红豆吟成相思句：见王维《相思》诗："红豆生南国，春来发几枝。愿君多采撷，此物最相思。"

[4]晓风残月：见柳永《雨霖铃》词："今宵酒醒何处？杨柳岸、晓风残月。"

[5]铜仙血泪：见李贺《金铜仙人辞汉歌》序言："魏明帝青龙元年八月，诏宫官牵车西取汉孝武捧露盘仙人，欲立置前殿。宫官既拆盘，仙人临载，乃潸然泪下。唐诸王孙李长吉遂作《金铜仙人辞汉歌》。"

[6]此句用了白居易创作的《琵琶行》的故事。其《琵琶行》诗序曰："元和十年，予左迁九江郡司马。明年秋，送客湓浦口，闻舟中夜弹琵琶者，听其音，铮铮然有京都声。问其人，本长安倡女，尝学琵琶于穆、曹二善才，年长色衰，委身为贾人妇。遂命酒，使快弹数曲。曲罢悯然，自叙少小时欢乐事，今漂沦憔悴，转徙于江湖间。予出官二年，恬然自安，感斯人言，是夕始觉有迁谪意。因为长句，歌以赠之。"

【评析】

词人长期在外做官，常用小令表现他久居在外思乡怀人的离愁，而此词则用长调真切深挚地抒发相思之苦。词作写于游览新春灯市之后，王维诗言"每逢佳节倍思亲"，在这个辞旧迎新的节日氛围中，令身在外乡的词人感慨万千，用向妻子倾诉的口吻一抒胸怀。在上阕中，词人感叹与妻子已经结婚十年了，但"贫贱夫妻百事哀"，至今未能显达。在这四处流离之中，两年的光阴便过去了，只赢得年年离别。如今想起那远在天边独自伤心的你，此处也只有寒潮为我的伤悲而呜咽，谁又能解开我这萦绕心头的离愁呢？今天南京城又沉浸在灯节的繁华和喧闹之中，但与我何关呢？不过徒增我的凄切之感罢了。我只能把对你的满腔思念写成诗句，寄托在晓风残月之中。除了相思之情外，兴亡之感、家国之痛和身世之悲更让人肠断，更难以述说。慢词的体制扩大了词作中感情抒发的承载量，通过层层的铺叙，将相思离别之情与天涯沦落的人生感慨结合在一起来表现，一改小令比兴寄托的抒情方式为直抒情怀，变小令含蓄婉曲的风格为长歌当哭，更加沉郁深挚，使该词更富有情感的张力。

摸鱼子

悼亡

冷清清、房栊[1]欲曙，月斜犹恋花杪。起寻绣幕余香在，仿佛环佩声消。肠断了。更忍听娇雏，索母喃喃绕。鳏鱼[2]自悼。只落叶幽窗，牛衣独卧，不寐到天晓。　　当年事，记得两同娇小。而今暗促人老。盈盈几斛伤心泪，半为糟糠倾槁。卿莫恼。卿不见、朱颜白发同衰草。归根最好。漫诗唱秋坟，初三下九[3]，相忆夜台[4]道。

【注释】

[1]房栊：亦作"房笼"，指"窗棂"。《汉书·外戚传下·孝成班婕妤》曰："广室阴兮帷幄暗，房栊虚兮风泠泠。"颜师古注："栊，疏槛也。"(南朝宋)谢惠连《七月七日夜咏牛女》诗曰："落日隐檐楹，升月照房栊。"

[2]鳏鱼：喻无妻独居的成年男子。(宋)梅尧臣《秋日舟中有感》诗曰："鳏鱼空恋穴，独鸟未离柯。"

[3]下九：每月农历十九日。《古诗·为焦仲卿妻作》曰："初七及下九，嬉戏莫相忘。"闻人倓笺注引《琅嬛记》曰："九为阳数。古人以二十九日为上九，初九日为中九，十九日为下九。每月下九，置酒为妇女之欢，名曰阳会。"

[4]夜台：坟墓，亦借指阴间。(南朝梁)沈约《伤美人赋》曰："曾未申其巧笑，忽沦躯于夜台。"

【评析】

这是一首悼亡词，应为黎庶蕃悼念结发妻子骆氏所作。词作抒发了词人对亡妻的伤悼之情和两人的夫妻情深，真挚感人。夜晚凄清的房间内，仍然处处是亡妻的身影，绣幕上仿佛还留有妻子的余香，恍惚间似乎仍听到妻子身上环佩的声响，更何况还有儿女们唤母的喃喃声，无不让词人肠断，满怀愁思中，词人整夜无法入眠。词人不禁想起了结婚时自己和妻子都还年轻，而如今妻子已经离世，自己也已衰朽，想于兹，词人泪流满襟。最后表示会永远地怀念亡妻，词人的一片深情和悲痛溢于言表，可谓字字血泪。

贺新凉(三)

题蹇子和观察^[1]"桃溪渔隐图"

底幅能消此。羡君家结茅，便住武陵源^[2]里。百斛仙云娇欲滴，春在落花流水。并没个、山中甲子^[3]。红雨绿波青雀舫^[4]，只头衔、署个渔翁耳。曾识字，君误矣。　　青鞋布袜^[5]从今始。笑当年、书生戎马，筹边万里。乌帽隐囊^[6]归去好，早有沙鸥待尔。更莫问昨非今是。江上西风猿鹤怨，怕东山、更为苍生起。霖雨望，今未已。

【注释】

[1]蹇子和观察：应指蹇闿。"观察"一般指按察使，清朝无此官职，常作为"道员"的雅称。蹇闿，贵州遵义人，由廪生佐戎幕，累官至四川道员，是现代著名作家蹇先艾的祖父。

[2]武陵源：指陶渊明《桃花源记》之桃花源，其文曰："晋太元中，武陵渔人误入桃花源。"后以"武陵源"借指避世隐居的地方。

[3]甲子：天干地支，古人用以纪年。此处指日历。

[4]青雀舫：《方言》卷九曰："舟……或谓之鹢首。"郭璞注："鹢，鸟名也。今江东贵人船前作青雀，是其像也。"后因称船首画有青雀之舟为"青雀舫"，泛指华贵的游船。(唐)刘长卿《秋日夏口涉汉阳，献李相公》诗曰："偶乘青雀舫，还在白鸥群。"

[5]青鞋布袜：借指隐士或平民生活。杜甫《奉先刘少府新画山水障歌》诗曰："若耶溪，云门寺，吾独胡为在泥滓，青鞋布袜从此始。"

[6]隐囊：供人倚凭的软囊。犹今之靠枕、靠褥之类。颜之推《颜氏家训·勉学》曰："梁朝全盛之时，贵游子弟……跟高齿屐，坐棋子方褥，凭斑丝隐囊，列器玩于左右。"王利器集解引卢文弨补注："隐囊如今之靠枕。"

【评析】

这是一首题画词，该词是为蹇闿所作的《桃溪渔隐图》而题。蹇闿以廪生佐戎幕，屡立军功，累官至四川道员，后又受赏加"布政使"官衔。此画以"桃溪渔隐"为题，所绘的是隐居的场景。上阕极力描绘画中山林之美和隐居之乐，词人羡慕友人能够住家于桃源，这里有着娇艳欲滴的仙云和落花流水的春景，宛若仙境，亦能让人忘却时间。更妙的是能够当一位无忧无虑的渔翁，乘着游艇畅游于落花与青波之间，不用再去理会俗世。下阕顿生转折，从今就当一位隐士，笑看当初投笔从戎，投身边疆安定的峥嵘岁月。放弃官职、回归田园真好，早就有沙鸥在等待，更不要再去关心那些世事的是非。但我觉得江上的猿鹤会感到哀怨，因为它们知道你一定会为了天下苍生而出山。因为苍生对于太平的渴望，就如同干涸的大地渴望甘霖一样急切。所以这首词的独特之处在于，尽管词人极力描绘隐居生活的自在美好，但他认为作画者鉴于当前形势该当用事，不容隐居：一是作画者为筹边万里、兼备文武的人才；二是面对动荡不安的时局，有志男儿不应计较个人的得失，须救天下苍生于水火："更莫问昨非今是。江上西风猿鹤怨，怕东山、更为苍生起。霖雨望，今未已。"该词所倡的正是"先天下之忧而忧，后天下之乐而乐"的精神，却借题画的题材和归隐的主题去表现，在构思上独树一帜，无论在艺术水平还是思想高度上都远胜于同一题材的一般作品。

绮罗香

落叶

　　白雁初飞，寒螀欲泣，做弄一天秋思。冉冉飘来，已近早寒节气。撼霜林、昨夜疏钟，点秋色、夕阳流水。到黄昏、数尽寒鸦，一镰冷月露山寺。　　旧时吟缘曾记，算到而今几日，疏黄便坠。樵路人稀，剩有寒烟无际。倚凉波、几树江枫，和冷雨、一园山柿。待明年、新绿生时，旧游曾此地。

【评析】

　　这首咏物词以写落叶来抒发悲秋之情。词作先用"白雁初飞""寒螀欲泣"渲染出一片秋景，再写在清秋节气下，落叶冉冉飘飞，仿佛是昨夜寺庙的疏钟撼动了霜林，纷飞的落叶在夕阳流水中点染了秋色。到了黄昏便只有寒鸦暮色、冷月山寺，一片凄冷萧索之境。绚丽的秋景，勾起了往昔的诗情，但才过几日，便纷纷飘零。山路上人烟稀少，只有无穷无尽的寒雾。寒江边上几树江枫，冷雨之下一园山柿，尽是如此凄清冷寂。待明年开春，春回大地，一定要记住这里是秋天旧游之地。"黎氏三杰"词集中都有咏"落叶"的同题之作。上文已分析过黎兆勋的《疏影·落叶》从虚处着笔，词中并不直接写落叶，也不直接抒情，通过环境和意境的营造，去寄寓羁旅愁苦和思乡之情，体现出"清空"的特点。黎庶焘的《疏影·落叶》采用上阕赋物、下阕抒情的结构，赋物紧贴落叶作刻画，抒情以"顿感离魂，不管飘零何处"点明了题旨，末句词与意俱尽，无论是情感意蕴还是艺术功力上都略显柔弱。而黎庶蕃的《绮罗香·落叶》与庶焘一样，采用上阕写景、下阕抒情的方式，写景处笔调清疏流利，也有清空之感。下阕抒情用情景相生之法，径直写出悲伤情绪，但结句处又生转折："待明年、新绿生时，旧游曾此地。"一改凄清之意而为振起之笔，展现出词人豁达的胸襟，将词的格调提升了一个层次。

水调歌头(二)

重九后十日，寄杨复庵秀才

与子不相见，动辄两经秋。未知旧日欢会，子尚忆侬不？昨日梆洲[1]霜叶，今夜琴洲水月，寂寞共谁游。聚散偶然耳，今古一浮沤[2]。

倒空尊，携蜡屐[3]，上扁舟。浮名何物，百年老子合休休[4]。但看沈郎腰瘦[5]，莫学庾郎眉皱[6]。堆起一天愁。为我展重九，风雨一登楼。

【注释】

[1]梆洲：即"椰洲"，与下文"琴洲"均是遵义乐安江边地名。

[2]浮沤：水面上的泡沫。因其易生易灭，常比喻变化无常的世事和短暂的生命。范成大《石湖中秋二十韵·十二年前尝与工部兄及宾客》诗曰："水天双对镜，身世一浮沤。"

[3]蜡屐：涂蜡的木屐。刘禹锡《送裴处士应制举》诗曰："登山雨中试蜡屐，入洞夏里披貂裘。"

[4]休休：安闲、安乐貌。杨万里《竹枝歌》诗曰："愁杀人来关月事，得休休处且休休。"

[5]沈郎腰瘦："沈郎"指沈约，《南史·沈约传》曰："沈约与徐勉素善，遂以书陈情于勉，言己老病：'百日数旬，革带常应移孔，以手握臂，率计月小半分。以此推算，岂能支久？'"后因以"沈腰"作为腰围瘦减的代称。

[6]庾郎眉皱："庾郎"指庾信，《北史·文苑传·庾信传》曰："信虽位望通显，常作乡关之思，乃作《哀江南赋》以致其意。"故称"眉皱"。姜夔《齐天乐·蟋蟀》词曰："庾郎先自吟愁赋，凄凄更闻私语。"

【评析】

词寄友人，以表怀念之情。上阕抒发离别之情，开篇便说与友人一别已经两年，不知友人是否还记得往昔的欢会。"梆洲霜叶""琴洲水月"指家乡秋日的美景，词人说面对如此的美景，自己却无人共游，倍感寂寞。然后，词人发出了"聚散偶然耳，今古一浮沤"的人生感慨，"偶然"是间或之意，此句是说人在世上总是时有相聚时有离别，但人生总是如泡沫般短暂无常。对人生的体悟可谓深刻，发人深省。下阕沿上阕结句之意，进一步抒发人生感慨。既然人生短暂，那就放弃名利，寻求安闲自在，"倒空尊，携蜡屐，上扁舟"，"但看"一句是说要珍惜有限的时光，而不要学庾信终日愁苦。末句"展"应为延长、放宽之意，因作词时重阳节已经过了十日，故词人说："为我把重阳节的延长吧！我要在风雨之中登楼望远。"以此作结，极有豪情。在词作下阕，词人希望在对人生的省视中，超脱孤独寂寞之苦和亲朋聚散之愁，但越是故作放旷，越显愁苦之无法摆脱。豪情之后，皆为愁绪，人生多如此，诗词亦是如此。

望海潮

秣陵[1] 春感

山围[2]破堞，潮吹断港，春城烟火萧条。稚柳[3]藏鸦，落花试燕，东风依旧红桥。无地不魂消。看珠帘绣柱，半掩蓬蒿。惆怅当年，玉人曾此教吹箫。　　而今乐事都抛。只秦淮一碧，烟雨迢迢。罥[4]梦香残，画眉笔冷，韦娘[5]瘦尽纤腰。重与解金貂[6]。问酒垆西畔，何处金宵。画角无情黄昏，呜咽又寒谯[7]。

【注释】

[1]秣陵：古地名，约为今南京市地，秦改金陵为秣陵，自汉、晋以迄南朝，治所屡有变革，隋以后废。词作用以代指南京。

[2]山围：见刘禹锡《金陵五题·石头城》诗：“山围故国周遭在，潮打空城寂寞回。”

[3]稚柳：指稚嫩的柳树。(宋)章惠皇后《宫词》曰：“夭桃稚柳恣春妍，镇日呼群嬉水边。”

[4]罥：挂；缠绕。(明)刘绩《题宋院人画着色苔梅》诗曰：“画屏罥幽梦，夜苦香不歇。”

[5]韦娘：指唐代著名歌妓杜韦娘，后用作一般歌妓的美称。

[6]解金貂：指“金貂换酒”，见《晋书·阮孚传》：“迁黄门侍郎、散骑常侍。尝以金貂换酒，复为所司弹劾，帝宥之。”后因以比喻文人沽酒酣饮，狂放不羁。(宋)赵希逢《春暮》诗曰：“联辔踏花嘶宝马，当垆换酒解金貂。”

[7]谯：即“谯楼”，城门上的望楼。(明)杨慎《雨宿大宁馆》诗曰：“棱棱霜野钟，统统寒谯鼓。”

【评析】

词作写春天战乱过后凄清萧瑟的南京景象，抒发对世事兴衰的感伤。上阕便通过细腻的描写表现战后南京的荒芜。首句化用刘禹锡《石头城》诗句，再加之城中烟火的萧条，着力营造荒凉寂寞的氛围。然后通过对鸦藏嫩柳、燕穿落红的艳丽春景的描写，与残破的城池形成比较，凸显春光依旧而人事已变的意蕴。“珠帘绣柱”是昔日繁华的象征，而如今被蓬蒿所掩埋，遥想当年这里歌舞鼎盛，就让人不胜惆怅。下阕着重抒发感伤之情。如今那些欢乐的事都被时光抛弃了，只剩下冷清的秦淮河，烟雨迷茫。想那些歌妓舞女没有了生计，也只会落得"瘦尽纤腰"的凄凉处境。面对如此残破的景致，只堪沽酒酤饮、借酒浇愁，但酒垆西畔，哪里还有饮酒娱乐之处。结句又以景结，黄昏清寒的望楼上，又传来画角的呜咽之声。词作通过对战后南京城残败荒凉之景象的描写，同时引入与往昔繁华的对比，反映了战争所造成的灾难，并寄寓今昔兴亡之感。其冷僻幽独之情怀，沉郁低婉的风格有着鲍照《芜城赋》、姜夔《扬州慢》同样的情韵。

满江红

送徐淑之归滇南，时有姬人留扬州，故及之

暖人屠苏[1]，归期在、梅花雪后。怅断梗[2]，生涯漂泊，旧盟[3]都负。六诏[4]关山重入梦，五湖[5]烟月空回首。算年来、散尽无千金，真随手。

扬州梦[6]，应须有。章台[7]别，何其久。算春风，一度又成浪走。雁背星河霜夜角，马头风雪残年酒。怕相思、锦字纤成愁，君知否？

【注释】

[1]屠苏：亦作"屠酥"，药酒名。古代风俗，于农历正月初一饮屠苏酒。王安石《元日》诗曰："爆竹声中一岁除，春风送暖入屠苏。"

[2]断梗：折断的苇梗，比喻漂泊不定。(明)杨珽《龙膏记·空访》曰："一别芳容悲断梗，千年幽恨正难平。"

[3]旧盟：词中指"鸥盟"，比喻隐退。辛弃疾《丑奴儿近·博山道中，效李易安体》词曰："却怪白鸥，觑着人，欲下未下。旧盟都在，新来莫是，别有说话？"

[4]六诏：唐代位于今云南及四川西南的乌蛮六个部落的总称，此处借指云南。

[5]五湖：泛指古代吴越地区的湖泊。《周礼·夏官·职方氏》曰："东南曰扬州……其泽薮曰具区，其川三江，其浸五湖。"

[6]扬州梦：见杜牧《遣怀》诗："十年一觉扬州梦，赢得青楼薄幸名。"

[7]章台：泛指妓院聚集之地。(明)无名氏《霞笺记·丽容矢志》曰："章台试把垂杨折，往事堪悲心欲裂。"

【评析】

这首词是写给到云南的友人的，因为友人还有一位相爱的歌妓留在了扬州，所以词作中不仅从自己的角度写了送别友人的不舍之情，还写到友人与相爱歌女的相思别情。上阕

写与友人的别情，新年到了，屠苏暖人，待冰雪消融，梅花盛开，你就要踏上归途。看着友人回乡，词人心生惆怅，感叹自己一生漂泊，如同断梗，不知何时能够归隐。"六诏关山重入梦，五湖烟月空回首"，这一对句是词人设想与友人分开后的情景——上句是写自己只能在梦中越过万重关山，到遥远的云南追寻友人的足迹；下句是写友人离开后，只得在回忆中怀念在五湖烟月中的自己。上阕末句是回忆年来与友人相聚的快意，虽没有像李白那样"千金散尽"，但也是不惜钱财，豪饮高歌。下阕设想友人离别后，与歌妓的相思之情。过片四个短句写友人应会怀念扬州的风流韵事，自从与心爱的女子离别，时间多么长久。算这春风一度、浓情蜜意过后又只得四处奔走。"雁背"两句写友人徐淑之羁旅途中的凄凉，看那大雁身后无尽的星河，听着清寒霜夜里哀伤的画角声，顶着风雪饮着残酒，多么凄苦艰辛。结句是代歌妓之口一道相思之愁，用疑问的句式，更见关切。

庆清朝

醉司命^[1]后，兀坐无聊，慨念今昔，怆然作歌

薄暝笼云，乱愁吹雪，哀笳又动江城。夜窗灯火，萧疏还耿微明。拟把九歌^[2]重续，女萝山鬼^[3]渐凄清。那堪更、邻家蜡鼓^[4]，敲断残更。

也把黄羊祀灶^[5]，奈年时浊酒，不共愁倾。故园西望，此身虽在堪惊^[6]。忍更天涯乞食，残杯冷炙话平生。伤心处，梅花应解，无限遥情^[7]。

【注释】

[1]醉司命：民间年终祭灶神的一种习俗。孟元老《东京梦华录·十二月》曰："二十四日交年，都人至夜请僧道看经……贴灶马于灶上，以酒糟涂抹灶门，谓之醉司命。"后因称农历十二月二十四日为"醉司命"。

[2]九歌：楚辞中篇名，王逸《楚辞补注·九歌序》曰："《九歌》者，屈原之所作也。昔楚国南郢之邑，沅湘之间，其俗信鬼而好祠。其祠必作歌乐鼓舞以乐诸神。屈原放逐，窜伏其域，怀忧苦毒，愁思怫郁；出见俗人祭祀之礼，歌舞之乐，其词鄙陋，因为作《九歌》之曲。上陈事神之敬，下见己之冤结，托之以风谏，故其文意不同，章句杂错，而广异义焉。"

[3]女萝山鬼：《山鬼》为《九歌》中篇名。诗中的山鬼身带女萝。《楚辞·九歌·山鬼》曰："若有人兮山之阿，被薜荔兮带女罗。"王逸注："罗，一作萝。"

[4]蜡鼓：古人于腊日或腊前一日击鼓驱疫。

[5]黄羊祀灶：指腊日祀灶神。(南朝宋)范晔《后汉书·阴识传》曰："宣帝时，阴子方者至孝，有仁恩。尝腊日晨炊，而灶君神形，见子方再拜受庆，家有黄羊，因以祀之。

自是以后，暴至巨富。"

[6]此身虽在堪惊：出自(宋)陈与义《临江仙·夜登小阁忆洛中旧游》词："二十余年如一梦，此身虽在堪惊。"

[7]遥情：高远的情思。陶渊明《游斜川》诗曰："中觞纵遥情，忘彼千载忧。"

【评析】

这是一首节序词，从词题来看是写于腊月祀灶日。词作从写景发端，通过描绘阴云密布、白雪纷飞、胡笛哀怨及萧疏的夜窗灯火等景致，营造江城凄寒的氛围。白天祭祀灶神的乐曲渐歇，街市重归凄清，更哪堪邻家的蜡鼓声声，让词人难以入眠。词人说"拟把九歌重续"，便是不希望节日的热闹消歇，让自己又在凄冷的夜色中感受孤独寂寞。下阕说自己也效仿大家腊日祀灶神，但年时的浊酒无法排遣心中的愁苦。词人为何而愁？接下来词作便做出解答，原来是对故园的思念，是自己为了生存而浪迹天涯却又只得寄食权贵的无奈。结句"伤心处，梅花应解，无限遥情"再次点明因节序而勾起思乡之情的主题。词作借节序抚今思昔，上阕写景营造了凄寒萧索的环境氛围，为悲怆情怀的抒发做了很好的铺垫。下阕抒情将人生失意之悲与去国怀乡之情结合起来，情感沉郁、风格深婉。

百字令

京师寄莼斋弟吴江[1]

垂虹亭[2]下，记当年曾与、阿连判袂[3]。我到京师沦落久，子亦吹箫吴市[4]。长铗歌渔[5]，高台市骏[6]，谁识冥鸿志[7]。先生老矣，邯郸一枕醒未[8]？　　今日听雨淮南，江声呜咽，曳起愁边思。北马南船都试遍，赢得青衫憔悴。夜月孤眠，秋风两度，负却莼鲈味[9]。功名若此，杖头[10]且买闲醉。

【注释】

[1]吴江：地名，位于江苏苏州。

[2]垂虹亭：亭名，在江苏吴江县长桥上，宋仁宗庆历年间建。苏轼自杭州到高密就职时，曾与张先等在此亭饮酒。王安石《送裴如晦宰吴江》诗曰："他时散发处，最爱垂虹亭。"

[3]阿连判袂：阿连：指南朝宋诗人谢灵运从弟谢惠连。白居易《将归渭村先寄舍弟》诗曰："为报阿连寒食下，与吾酿酒扫柴扉。"词中借指词人从弟黎庶昌。判袂：指离别。范成大《大热泊乐温，有怀商卿、德称》诗曰："故人新判袂，得句与谁论？"

[4]吹箫吴市：词中"吹箫吴市"之典一语双关，既指黎庶昌在吴江任职，亦指其沉沦下僚，倚靠曾国藩幕府。

[5]长铗歌渔：即"冯谖弹铗"典。

[6]高台市骏：即"金台市骏"典。

[7]冥鸿志：指远大的志向。贺铸《寄题盱眙杜子师东山草堂》诗曰："信有冥鸿志，难藏雾豹姿。"

[8]邯郸一枕醒未：即"邯郸梦""黄粱梦"，用以比喻虚幻之事。王安石《中年》诗曰："中年许国邯郸梦，晚岁还家圹埌游。"

[9]莼鲈味：指张翰"鲈鱼脍"典。

[10]杖头：即"杖头钱"省称。见《晋书·阮脩传》："常步行，以百钱挂杖头，至酒店，便独酣畅。"后以"杖头钱"称买酒钱。(唐)王绩《戏题卜铺壁》诗曰："且逐刘伶去，宵随毕卓眠。不应长卖卜，须得杖头钱。"

【评析】

词为寄从弟黎庶昌所作，当时词人与黎庶昌，一在北京求售，一在吴江游宦。故词作不在于抒发兄弟思念之情，而着眼于倾诉生世之悲。词作从二人当年为了前途，在吴江垂虹亭离别写起，用谢灵运和谢惠连兄弟来自喻，含有自恃才华的意思。也许当时他们都对前程信心满满，但如今词人久久在京师沦落，黎庶昌也在吴江寄食于权贵，都是一般的不如意。无论是弹铗哀歌，还是得到权贵的赏识，但谁能理解你我二人的高远志向呢？在这长期的颠沛流离中，我们的年华老去，不知是否已经从追求功名富贵的迷梦中惊醒。今日你在淮南的雨声中听着呜咽的江声，牵动着无穷的乡思之愁。我们走南闯北，做了各种各样的尝试，希望能够实现自己的抱负，但只落得卑微低贱、困顿憔悴的处境。这样夜月孤眠的生活转眼又过了两年，辜负了思乡之情和归隐之志。功名之路，前途既然如此晦暗，不如将这杖头钱买醉一场吧！词作在构思上颇下巧思，从吴江一别作为原点，后面将二人的遭际交织在一起予以叙述，上阕着重表现二人生活的困顿和前途的渺茫，下阕加入对萧索景物的描写，引入怀乡思归之情，使词作的情韵更加沉郁复杂，对于词人悲苦又无奈的心境刻画得较为生动，很好地抒发了怀才不遇、飘零不偶的身世之悲。

南乡子

客去酒初阑[1]，门外霜风划地寒。一点银黄新月子[2]，弯弯。挂在梅花浅淡间。　　无语独凭栏，灯烬香消漏已残。不道近来衣上泪，斑斑。湿透重绵揾不干。(时小女殇，才半年。)

【注释】

[1]阑：残，将尽。

[2]月子：月儿，月亮。(明)缪侃《和西湖竹枝词》诗曰："初三月子似弯弓，照见花开月月红。"

【评析】

词人用自注说明了这是一首悼念半年前夭折的女儿的哀悼词。词作以清婉的笔调描绘宴会结束人去楼空之后的初春月夜景致，门外霜风凄寒，一弯新月泛着银黄色的光晕，挂在浅淡的梅花枝叶间。词人无语凭栏，任那灯火燃烬，香炉烟冷，夜色阑珊。"不道"是不耐、不堪之意，近来的哀伤令词人难以忍受，不仅衣襟上留下了斑斑泪痕，就是湿透了厚重的绵帕，也揾不干这悲伤的泪水。词作只是描写难以忍受的悲伤，并没有直接写出伤逝的主题，而是用一自注说明是小女的夭折让词人悲不自胜。无声胜有声的艺术处理，使词境更为凄婉动人。

风入松

芜城[1]怀古

隋堤[2]烟水没平沙。堤上晚藏鸦。游人不识雷塘[3]路，袅吟鞭、来趁香车。指点玉钩斜[4]畔，绿杨今属谁家。　　城头日落渐鸣笳。风急酒旗斜。繁华已逐邗沟[5]逝，怅锦帆、零落天涯。惟有二分明月，多情还照芦花。

【注释】

[1]芜城：出自鲍照《芜城赋》，赋中通过广陵城的今昔对比，发抒对历史变迁、王朝兴亡的感慨。广陵为扬州古城名，为战国时楚怀王在邗城基础上筑广陵城，广陵之名始于此。东汉时设置广陵郡，属徐州。词中以"芜城"代称扬州。

[2]隋堤：隋炀帝时沿通济渠、邗沟河岸修筑的御道。苏轼《江神子·恨别》词曰："隋堤三月水溶溶。背归鸿，去吴中。"

[3]雷塘：地名。在扬州城北，隋唐时为风景胜地。隋炀帝葬于此。(唐)罗隐《炀帝陵》诗曰："君王忍把平陈业，只博雷塘数亩田。"

[4]玉钩斜：亦作"玉勾斜"，古代著名游宴地。在江苏江都县境，相传为隋炀帝葬宫人处。(宋)陈师道《陈无己诗话》曰："广陵亦有戏马台，其下有路，号玉钩斜。"

[5]邗沟：亦称"邗水""邗江"，是春秋时吴王夫差引江水入淮以通粮道而开凿的古运河。(宋)秦观《秋日三首》诗其一曰："霜落邗沟积水清，寒星无数傍船明。"

【评析】

词人借鲍照"芜城"之名代称扬州，以抒发怀古之幽情。词作则是借隋炀帝的历史故实来表现繁华不再的历史变迁。上阕从运河两岸的隋堤写起，烟水湮没了河中沙洲，堤上的杨柳茂密，晚上成为乌鸦的藏身之处。有许多人来到扬州游玩，但有谁认识前往雷塘的路，知道哪里是隋炀帝的埋骨之处呢？这是说隋炀帝游幸江都的历史早已被人忘记了。骚人墨客手持马鞭，追逐着华美的车驾，信口评说着玉钩斜畔的风光，但有谁知道这里还埋葬着隋炀帝随行宫女的尸骨，她们随着隋王朝的灭亡而香消玉殒。隋堤仍在，绿杨依旧，但它们早已换了主人。如果说上阕是用乐景来衬哀情的话，下阕便直接描写苍凉的景致。扬州城头的夕阳渐沉，哀伤的胡笳之声响彻云天，急风吹斜了酒馆的旗幡。这几句景物描写都有着象征之意——城头的落日象征着王朝的衰亡，急风吹斜酒旗象征着战争摧毁了人世的繁华。下一句"怅锦帆、零落天涯"便将对隋王朝灭亡的叙写，从通过意象隐喻转向明说，令人惆怅的是隋炀帝当年乘着豪华的龙舟巡幸扬州时多么春风得意，却落得个天涯零落的结局。这些历史都很久远了，只有那二分明月，还如当年一般多情地照着隋堤两畔的萧萧芦花。词人在结尾处化用了刘禹锡《西塞山怀古》中"故垒萧萧芦荻秋"诗句，再次点明了词作的怀古主题。词作在艺术上的特点是并不直接去写隋炀帝及隋王朝的灭亡，而是在景色描绘中，通过典型意象和有着历史意味的地名暗喻物是人非的兴亡之感，全从虚处着笔，则韵味更加涵泳，耐人咀嚼。

渔家傲

秋塞

番马跑风[1]嘶废垒，葡萄入塞燕支[2]紫。一曲凉州[3]家万里，征人起，月明回首秋风里。　　八郡良家[4]同战死，髑髅千岁生牙齿。雨湿天阴啼故鬼，洮河[5]水，年年流恨浑无底。

【注释】

[1]跑风：在外探听消息。

[2]燕支：比喻鲜血。厉鹗《洪襄惠公园中峰石歌》诗曰："金闺妖血无人见，塞上燕支洗罗荐。"

[3]凉州：乐府曲名，原是凉州一带的地方歌曲，唐开元中由西凉府都督郭知运进。《新唐书·礼乐志》曰："而天宝乐曲，皆以边地名，若《凉州》《伊州》《甘州》之类。"

[4]良家：此处指"良家子"。汉时指医、巫、商贾、百工以外的人家，后世称清白人家为良家。出身良家的子女，便是良家子。《史记·李将军列传》曰："孝文帝十四年，匈奴大入萧关，而广以良家子从军击胡。"

[5]洮河：水名，在甘肃西南，发源于临潭西北的西倾山，经岷县、皋兰等处注入黄河。

【评析】

词以"秋塞"为题，是一首边塞词。词作首句先刻画了一个特写镜头：乘着胡马的骑兵侦察敌情，马嘶声穿过荒废的堡垒。"葡萄入塞燕支紫"一句仅用两个意象并置，便极为简约地概括了千年来不断发生的边塞战争，一方面是战争促进了文化交流，另一方面却是血染沙场，无数人失去了生命。还有那么多的征夫，背井离乡，只能伴着哀伤的凉州曲，在秋风月明中思念家乡。"八郡良家同战死"写出边塞战争波及范围之广和战死人数之多；"髑髅千岁生牙齿"则体现边塞战争延绵时间之长。正是有这么多的良家战死，千年来白骨露野，故天阴雨湿时似乎能听到战死亡魂的哀啼之声。那遗恨就如同滚滚的洮河水，年年流去，没有穷尽。词作通过极力描绘边塞战争那血污遍地、白骨蔽野的恐怖景象，突出战争的残酷，表达词人反对战争，希冀和平的观点。

念奴娇

游金陵

春波桃叶[1]，又几番、送过六朝歌舞。结绮[2]临春消歇尽，休问景阳钟鼓[3]。巷冷乌衣，桥眠红板[4]，春尽潇潇雨。胭脂泪化，美人多少黄土。

犹想虎踞龙蟠[5]，当年王气金粉，长相诩。一自赤眉兵[6]如后，寂寞寒鸦无主。玉树歌残，庭花曲散，何处寻商女[7]。酒楼归暝，夜灯还听人语。

【注释】

[1]桃叶：指桃叶渡。

[2]结绮：指结绮阁。《南史·后妃列传下》曰："至德二年，乃于光昭殿前起临春、结绮、望仙三阁……后主自居临春阁，张贵妃居结绮阁，龚、孔二贵嫔居望仙阁，并复道交相往来。"

[3]景阳钟鼓："景阳"为宫名，齐武帝置钟于楼上，宫人闻钟，早起妆饰。温庭筠《照影曲》诗曰："景阳妆罢琼窗暖，欲照澄明香步懒。"

[4]红板：漆成红色的桥板。白居易《杨柳枝词》诗之四曰："红板江桥青酒旗，馆娃宫暖日斜时。"

[5]虎踞龙蟠：形容地势极峻峭险要。庾信《哀江南赋》曰："昔之虎据龙蟠，加以黄

旂紫气；莫不随狐兔而窟穴，与风尘而殄悴。"

[6]赤眉兵：汉末以樊崇等为首的农民起义军，因以赤色涂眉为标志，故得称。后用以泛指农民起义军。（清）陈偕灿《闻粤西警》诗曰："碧血青燐虚郡邑，赤眉黄雾满乡村。"

[7]"玉树"句：化用杜牧《泊秦淮》诗："商女不知亡国恨，隔江犹唱后庭花。"

【评析】

金陵作为六朝古都，历来是诗人墨客表现兴亡感慨时常常会提到的城市，太平天国又建都于此，后在清政府与太平军的战火中损毁殆尽。词人写下许多首通过南京来表现兴亡感慨的词作，本书选入的《望海潮·秣陵春感》即是，这首词亦是如此。词作围绕"金陵繁华不再"的景象来展开叙写，桃叶渡的春波不知送过几番六朝的歌舞，想起六朝旧事，南唐张贵妃居住的结绮阁的春色早已消歇殆尽，更何况是齐武帝唤起宫人早起梳妆的景阳钟鼓。乌衣巷已经冷落，红板桥也不复喧嚣，不知不觉中，春色便在潇潇细雨中过去，仿佛女子芳容上的胭脂都在泪水中化去，就像是为那些在王朝兴亡中无数香消玉殒的美人而哀伤。犹然想到金陵背靠长江天堑，有着峻峭险要之形胜，才被这么多王朝当作都城，是王气聚集之地。但农民起义一起，繁华就如同过眼的云烟，只剩下一片寂寞凄寒。如今秦淮河上的歌声已断，昔日那些歌妓舞女又在何处呢？当残败的歌楼酒肆被夜幕所笼罩，稀疏的灯火中还有隐约的人语声，仿佛在谈论着昔日的繁华。词作书写方式与《风入松·芜城怀古》异曲同工，也是通过具有典型意象、历史意味的地名，以及有着金陵独特标志的秦淮歌舞，从虚处着笔，以金陵城历史上的荣枯兴衰来表现山河破碎的悲慨。

一寸金（一）

往宿夜郎站[1]，悚心骇目，追忆有昨

一线通天，万古风云鸟飞绝。是当年铲就，罗施门户，至今留下，蛮夷窟穴。黯黯斜阳灭。听一片、瘴猿悲咽。更堪怜、白草黄茅[2]，吹上征衣尽成雪。　　为问苍天，何必凿险[3]，丸泥[4]竟虚设。看不狼山[5]外，危旌暮动，病鸦巢底，层冰晓裂。愁思真如结，有多少、行人骨折。叹劳生、也逐鸡鸣，销尽轮蹄[6]铁。

【注释】

[1]夜郎站：即"夜郎驿"，是渝黔古道上的古驿站。（嘉靖）《大清一统志·遵义府》

曰："夜郎驿，在桐梓县北五十里。"

[2]白草黄茅：应代指坟墓。(宋)张耒《发云山近岐亭望光蔡接尉氏》诗曰："白草黄茅间瘦田，郊原残暑已萧然。"

[3]凿险：比喻追求峻险幽奇的艺术境界。(清)袁枚《随园诗话》卷六曰："诗贵温柔，而公性情刻酷，故凿险缒幽，自堕魔障。"

[4]丸泥：指"一丸泥"。见黎庶焘《望海潮·乱后城北楼上晚眺，同宦伯铭》词"谁倩一丸，就封函谷"注释。

[5]不狼山：山名，即"娄山"，位于遵义。《华阳国志·南中志》曰："不狼山，出鳖水，入沅。有野生薜可食。"

[6]轮蹄：车轮与马蹄，代指车马。韩愈《南内朝贺归呈同官》诗曰："绿槐十二街，涣散驰轮蹄。"

【评析】

词作写于词人由遵义经巴蜀而东下江南途中，夜宿夜郎驿时，但主要围绕着向有"黔北咽喉"之称的娄山关险峻的形势和悠远的历史来写的。开篇即用"一线通天"、飞鸟绝迹突出娄山关之险。如此险峻的关隘就像是两山被铲开一样，使它在历史上成为川渝地区通向罗氏鬼国等西南夷的门户，至今这里都还留下许多少数民族割据政权的遗迹。现在透过这一线天际，看着黯淡的斜阳西沉，瘴烟里传来悲咽的声声猿啼。更让人哀伤可怜的是那些坟头上的百草黄茅，吹上守卫士兵的征衣，就像覆盖了一层寒雪。下阕便顺着上阕末句着重写围绕娄山关的战争话题。词人问苍天，为什么要开凿如此险峻的关隘，所谓的勇士守险不过是虚设罢了。看那不狼山外，暮色中旌旗涌动，病鸦巢底，层冰晓裂，不胜凄寒。真是愁情满怀，有多少行人在这里摔伤或丢掉性命。最后词人感叹自己一早就要追逐鸡鸣，磨尽了车马蹄铁，饱受漂泊劳顿之苦。词作将娄山关险峻的自然风貌、历史的兴亡变迁以及自己的羁旅之苦结合起来，词境雄奇博大，感情沉郁苍凉，真如词序所言"悚心骇目"。

一寸金(二)

追忆滴泪三坡[1]，怆为怀古之作。时用兵未久，故末句云尔。

泪滴青泥，化尽苔斑已成血。况竹王[2]死后，蛮花冷笑，乘龙战罢[3]，瘴谿寒咽。万古愁云结。认天半、一稜积雪。最萧骚、苦竹黄芦[4]，入夜盲风[5]乱吹折。　　犹想当年，杨家旧事[6]，行人为凄绝。自凤凰一去，(谓杨应龙姜田氏，雌凤)虫沙劫尽，猿猱乱和，鹧鸪声切。成败何须说，只付与、残山断碣。漫伤心、夜听巴儿[7]，重唱《无家别》[8]。

【注释】

[1]滴泪三坡：地名，位于大娄山，是明军与播州土司杨应龙作战的古战场。《方舆考证》载："滴泪三坡，在府北大楼山北。"（道光）《遵义府志·古迹》曰："按滴泪三坡即今之夜郎三坡，瓦窑当在三坡之南。传（《明史·刘綎传》）上文云：'应龙遣子朝栋、维栋统锐数万，由松坎、鱼渡、罗古池三道并进，綎伏以待贼。至伏起，追奔五十里，贼聚守石虎关。'石虎即今石壶关，在桐梓县北三十里。"

[2]竹王：汉时夜郎国王，传说生于大竹中，故得名。《后汉书·南蛮西南夷传·夜郎》曰："夜郎者，初有女子浣于遁水，有三节大竹流入足间，闻其中有号声，剖竹视之，得一男儿，归而养之。及长，有才武，自立为夜郎侯，以竹为姓。"

[3]乘龙战罢：《周易·坤卦》爻辞曰："龙战于野，其血玄黄。"注曰："马八尺为龙，天子乘龙战乎乾，乾化坤为野，坤象弑君，诸侯称兵犯君，故天子自出战。"可知"乘龙战"指平反杨应龙叛乱之战。

[4]苦竹黄芦：亦作"黄芦苦竹"，竹笋味苦的竹子和枯黄的芦草。形容景物的荒凉。白居易《琵琶行》诗曰："住近湓江地低湿，黄芦苦竹绕宅生。"

[5]盲风：疾风。《礼记·月令》曰："（仲秋之月）盲风至，鸿雁来，玄鸟归，群鸟养羞。"郑玄注："盲风，疾风也。"

[6]杨家旧事：指杨应龙割据播州，叛乱被平之史事。

[7]巴儿：指巴蜀的年轻人。郭茂倩《乐府诗集·近代曲辞序》曰："《竹枝》本出于巴渝。唐贞元中，刘禹锡在沅湘，以俚歌鄙陋，乃依骚人《九歌》作《竹枝》新辞九章，教里中儿歌之，由是盛于贞元、元和之间。禹锡曰：'《竹枝》巴歈也。巴儿联歌吹短笛，击鼓以赴节。'"

[8]《无家别》：杜甫所作新乐府诗名。《补注杜诗》曰："乾元二年作。师曰：'杜诗言无家者，盖离别不成家计尔。'"

【评析】

这首词与上首词写于同时，但两首词着笔的角度有所不同，上首词主要通过环境描写来抒发感慨，这首词则追忆发生在滴泪三坡的战争，通过怀古来抒怀。上阕写在这历史长河中，此地发生的无数战争。首句"泪滴青泥，化尽苔斑已成血"，通过词人的眼泪滴入此地泥土，将地上的苔斑化开，却都是鲜血的奇特想象，为全词奠定悲怆的感情基调。接着便展开对历史的追述，竹王是汉朝时的夜郎王，在他死后，中原王朝和西南少数民族割据政权之间便征战不断，每一次战争过后，这里都只剩下"瘴翳寒咽"的一片凄凉。然后通过写景来烘托感情，万古哀愁都凝结为浓厚的阴云，半空中白雪纷飞。最令人深感萧条凄凉的是，那荒芜的苦竹黄芦，被一夜疾风吹折。下阕着重写平定杨应龙叛乱的战争。"行人"指词人自己，词人想起播州土司杨应龙的兴亡旧事，深感凄绝。平定杨氏一战，杨应龙家破人亡，三军之众一朝尽化，直让"猿猱乱和，鹧鸪声切"。历史的兴亡成败难以说清，就交给那些残山断碣吧！但令人伤心的是，清寒的夜色中，巴儿又重唱"无家别"的曲子。结句是对眼下战事又起，人民又要承受家破人亡的灾难的伤感。词作以明朝播州土司杨应龙叛乱之事，借古伤今，表现了战乱对黔北人民带来的创伤，深刻反映了当时黔中战乱的社会现实。

章永康

（25首）

　　章永康，字子和，别号瑟庐，贵州大定府人（今贵州大方县）。章永康生于道光十一年（1831年），卒于同治三年（1864年），享年三十三岁，是一位才名早著、仕途顺达，但却英年早逝的文士。章永康少年时曾得到其继母谌氏和族兄章永绣的教导，加之他天资聪慧又刻苦勤奋，学业进步神速，十五岁便考取秀才，十八岁拔贡，二十岁便成为举人，次年考取进士，转翰林院庶吉士，散馆后先后任内阁中书和翰林院侍读，在仕途上可谓少年得志，顺风顺水。正当其在京为官时，继母谌氏病逝，章永康回乡丁忧。同治三年，章永康接到改官知府的吏部文书，正当其整装赴京之际，大定府被农民义军攻破，章永康死于乱军之中。次年官军收复大定城后，曾广为收求其遗骸而不得。既有才华也有大志的章永康还未一展其抱负便遭厄早逝，让人不胜唏嘘。

　　章永康虽然只有三十三年短暂的人生，但他才华横溢，诗、文、词兼工，著述颇丰。著有《瑟庐文集》十六卷、《瘦梅书屋诗存》二十四卷、《海粟楼诗稿》十二卷、《絮红吟馆词》四卷、《影雪词》六卷、《雁影庵词》二十卷、《宝瑟山房四六》四卷、《瑟庐尺牍》四卷、《幼存馆课诗赋稿》八卷，共计九十八卷。但可惜的是，农民义军的兵火不仅夺去了他和次子的生命，也毁掉了他丰富的诗文词集，让我们难以全面地对他的文学成就予以评价。他残留的诗词经黎庶昌多方搜集，仅得诗歌五十余首，词数十阕，编为《瑟庐遗诗》。后其曾孙章惠民在丛残烬余中拾得《海粟楼词》抄本，较之黎氏所集多出了七十余首，经周人吉抄录整理，以《海粟楼词》为名编入《黔南丛书》第四集，共存词102阕。

　　章永康秉承着"以诗言志""以词言情"的宋人传统，他的诗歌"诡切时事"，表现他对社会的看法和作为士子的志向，而他的词主要取径北宋秦观、周邦彦，南宋姜夔、史达祖，以表现个人生活和意绪为主要内容，以清丽婉约为主要词风，但又不废豪放健笔，有着多样的风格体现。正如刘扬忠在《填补清代词史研究和书写中的空白——以章永康〈海粟楼词〉为例》所评价的那样："《海粟楼词》里除了有大量缠绵悱恻的爱情词和真挚动人的亲情、友情词之外，还有不少清新自然的黔中风情词，大气磅礴、雄奇壮伟的祖国河山登览词，描绘细腻、形神兼备而又境界清隽的写景咏物词，以及感慨万千、含蕴深刻的寄怀

述志词等，题材广泛，风格与艺术手法多样，给人以美不胜收之感。"可以说，在道咸同时期，贵州词坛上，除遵义、贵阳以外，最富才情，成就最高的词人便是大定词人章永康。在叶恭绰的《全清词钞》选录章永康词作十二首，可见其创作成就得到了词坛的认可，是与莫友芝、姚华、黎庶蕃等齐名的黔籍一流词家。

满江红(一)

初度书怀 二阕

其一

堤柳丝丝，绾不住、华年无恙。问何是、浮萍踪迹，尽容飘荡。瘦骨[1]渐随琴意[2]冷，乡心怕听笳声壮。愁朝来，抚鬓感苍茫，霜华上。

忍饥鹤，音清怆。忘机鸟[3]，怀空旷。只无端又阻，三山风浪。楚泽空贻兰芷怨，广平漫讬梅花想[4]。笑班生，三十许封侯[5]，言终妄。

【注释】

[1]瘦骨：指瘦弱的身躯。纳兰性德《昭君怨》词曰："瘦骨不禁秋，总成愁。"

[2]琴意：琴声中寄托的情意。欧阳修《弹琴效贾岛体》诗曰："琴声虽可听，琴意谁能论。"

[3]忘机鸟：又作"忘机鸥"，指人无巧诈之心，异类可以亲近。见于《列子·黄帝》："海上之人有好沤鸟者，每旦之海上，从沤鸟游，沤鸟之至者百住而不止。其父曰：'吾闻沤鸟皆从汝游，汝取来，吾玩之。'明日之海上，沤鸟舞而不下也。"后多用于比喻淡泊隐居，不以世事为怀。

[4]广平漫讬梅花想：指宋广平写过《梅花赋》。见皮日休《桃花赋序》："余尝慕宋广平之为相，贞姿劲质，刚态毅状，疑其铁肠石心，不鲜吐婉媚辞，然睹其文而有梅花赋，清便富艳，得南朝徐庾体，殊不类其为人也。后苏相公味道得而称之，广平之名遂振。呜呼！以广平之才未为是赋，则苏公果暇知其人？将广平困于穷，厄于踬，然强为是文邪？日体于文尚矣，状花卉，体风物，非有所讽？辄抑而不发，因感广平之所作，复为《桃花赋》。"

[5]笑班生，三十许封侯："班生"指班超。见《后汉书·班超传》："永平五年，兄固被召诣校书郎，超与母随至洛阳。家贫，常为官佣书以供养。久劳苦，尝辍业投笔叹曰：'大丈夫无他志略，犹当效傅介子、张骞立功异域，以取封侯，安能久事笔砚间乎！'左右皆笑之。超曰：'小子安知壮士志哉？'其后行诣相者，曰：'祭酒，布衣诸生耳，而当封侯万里之外。'"

其二

　　往事何心，都付与、闲云舒卷。记听罢、飞花一曲，泪波千点。海上天鸡[1]催梦醒，枝头春鸟啼愁满。剩秋光，百斛压眉棱，何时展？　　吴郎病，耡生懒。说生世，塘蒲晚。便红尘何处，尚容萧散。悔煞香蚕丝自缚，嗤他瘦鹤鸣空远。羡神鹰、一路掣空行，长风翦。

【注释】

　　[1]海上天鸡：神话中天上的鸡。任昉《述异记》卷下曰："东南有桃都山，上有大树，名曰'桃都'，枝相去三千里。上有天鸡，日初出，照此木，天鸡则鸣，天下鸡皆随之鸣。"

【评析】

　　这两首词都以漂泊思乡作为主题。其一从年华流逝、漂泊无依写起。堤上柳条低拂，有依依别情，却留不住青春年华。自己又像浮萍一样，四处飘荡，没有归宿。身心都在羁旅之中逐渐消磨，最怕听到悲苦的胡笳声，惹起难以排解的乡情。更让人不堪的是清晨起来陷入前途渺茫的愁苦之中，又见鬓发上渐染霜华。过片为四个短句，前两句用发出清怆悲鸣的饥鹤比喻自己孤苦的处境；后两句用鸥鹭怀忘机之心，比喻自己有淡泊隐居之志。但如今浪迹天涯，被这三山风浪所阻隔，又怎能归乡呢？遥想当年屈原被流放，空留下一曲《离骚》，宋广平为人刚毅劲质，就算写下清便富艳的《梅花赋》，也无法变得像梅花般清丽柔美。这两句是用屈原和宋广平的典故，说明人的本性和境遇往往不遂人愿。可笑当年班超，自诩三十封侯，最终都是妄言。

　　其二首句是说往事成空，听飞花曲而洒泪千点，是以惜春之情代伤年华。鸡鸣破晓，又踏上征程，枝头春鸟欢啼，只能勾惹愁情。这愁苦如百斛之重，不知何时才能一展紧锁的眉头。自己身心疲敝，说起人生，就像是蒲塘的夜色般迷茫。不知这红尘之中，何处能让人闲散舒适、没有束缚。香蚕吐丝自缚，瘦鹤孤鸣空远，这两个意象用得极为贴切，象征着词人自觉被各类情感所重重束缚，就算有高远的志向，在这孤苦无依的境地中，不过只是虚妄罢了。只能羡慕神鹰能够乘着长风，翱翔于天际。

　　两首词作表面上语言疏宕磅礴，实则构思细腻，如其一中"愁朝来，抚鬓感苍茫，霜华上"，这"霜华"一词是个双关，鬓上霜华，既指一早又要踏上征程，饱受羁旅之苦；又指年华消逝，头发已经花白。结句说班超封侯之言为虚妄，是借以感叹自己的怀才不遇，一"笑"字用得警策，含有多少辛酸无奈。其二中香蚕、瘦鹤和神鹰等意象，都用意极深，构成了具有象征意味的意象群。这些意象群的使用总是与情语结合，强化了抒情达意上的特点，使词境词风有如李贺诗歌的风味。

迈陂塘

题芝房师"苍筤谷图"[1]

莽寒云、摩天穷碧，一片商声[2]吹起。猩猩啸雨春鹃泣，回首九疑[3]烟水。秋风几，是落叶，洞庭渺渺愁难洗。溪山如此。只坐石听猿，携筇[4]引鹤，空谷天寒倚。　　灵均怨[5]，愁绝潇湘帝子[6]，招断薜萝山鬼[7]。我亦苍凉迁客恨，迢递七千余里。行归矣，但木柄，长镵[8]终岁托生死。英雄梦尔。便一卷离骚，满心酸泪，读向幽篁里。

【注释】

[1]芝房师"苍筤谷图"：芝房：即孙鼎臣，字子余，号芝房，湖南善化人。道光二十五年(1845年)进士，散馆后授编修，擢侍读，充日讲起居注官。以言事不用，乞假归。孙鼎臣工诗古文辞，著有《苍筤文集》六卷。"苍筤谷图"是孙鼎臣所画故乡林壑风景，寄寓思乡之情。曾国藩、左宗棠等都曾为图题诗。

[2]商声：秋声。阮籍《咏怀》诗之十曰："素质游商声，凄怆伤我心。"李善注："《礼记》曰：'孟秋之月，其音商。'"

[3]九疑：指九嶷山。在湖南宁远县南。《山海经·海内经》曰："南方苍梧之丘，苍梧之渊，其中有九嶷山，舜之所葬，在长沙零陵界中。"(唐)李涉《寄荆娘写真》诗曰："苍梧九疑在何处，斑斑竹泪连潇湘。"

[4]筇：指竹杖。(清)黄燮清《吴江妪》诗曰："扶筇谁家妪，见客意惨悲。"

[5]灵均怨：指屈原受谗被流放而心怀愁怨。杨万里《跋陆务观剑南诗稿二首》诗其二曰："重寻子美行程旧，尽拾灵均怨句新。"

[6]潇湘帝子：指尧的女儿，娥皇、女英。两人嫁与舜为妃，舜南巡死于苍梧，二妃往寻，亦死于江湘之间。事见刘向《列女传·母仪传》中"有虞二妃"。《楚辞·九歌·湘夫人》曰："帝子降兮北渚，目眇眇兮愁予。"王逸注："帝子，谓尧女也。"谢朓《新亭渚别范零陵云》诗曰："洞庭张乐地，潇湘帝子游。"词中用以指代屈原《九歌》之《湘君》《湘夫人》二诗。

[7]薜萝山鬼：指屈原《九歌·山鬼》篇。

[8]长镵：古代踏田农具。(明)徐光启《农政全书》曰："长镵，踏田器也。镵比犁镵，颇狭，制为长柄，谓之长镵。"

【评析】

这首词是为李鼎臣所作"苍筤谷图"题写的题画词，词作借画起兴，抒发了自己的满腔辛酸和苍凉。上阕描绘画作中的潇湘图景，秋风吹起，青天之上寒云摩天。在九嶷山苍莽的烟雨中，不时传来猿猴和杜鹃凄怨的哀鸣之声，满是秋风落叶，渺渺洞庭亦难消这无尽穷愁。溪山如此苍茫，入此只合在寒天中坐石听猿、携杖引鹤、独倚空谷。下阕引入屈原受谗被流放而作《九歌》的典故，言这里的帝子、山鬼都为屈原的遭遇而深感愁绝。接着便直抒胸臆：我亦是一位四处漂泊的苍凉迁客。不如归去吧，在务农之中消磨时光委托生死。以前的那些英雄志向，如今看来就是虚无的梦。就向着幽篁，怀着满腹心酸泪，读一卷离骚吧。词作不仅通过景物描写营造了潇湘地区凄清苍凉的自然环境，而且在下阕的抒情中绾合了屈原之事，借他人之酒杯浇自己之块垒，抒发怀才不遇的愁闷心情。同时也明显地表露了词人对世事人生的看法与长久漂泊在外的经历有着密切的关系，其羁旅行愁和人生感慨在词人的心境中本为一体。

声声慢

闻雁时，客蒲州[1]

天低云黑，月落灯孤，秋风卷叶无情。倚枕苍凉遍地，羁雁声声。分明呼群聊侣，怪中途、忽尔飘零。猛然听，又一呼，一应嘹唳悲鸣。

怜汝稻粱[2]辛苦，便海天，空阔息羽何曾。衰草萧关[3]，增人一倍凄清。尺书甚时将去，愁江湖、莽莽归程。乡梦远，正沉沉衙鼓[4]四更。

【注释】

[1]蒲州：蒲州古城位于今山西省永济市西南黄河东岸。(唐)薛能《蒲中霁后晚望》诗曰："浊水茫茫有何意，日斜还向古蒲州。"

[2]稻粱：即"稻粱谋"，本指禽鸟寻觅食物，多用以比喻人谋求衣食。杜甫《重简王明府》诗曰："君听鸿雁响，恐致稻粱难。"

[3]萧关：古关名。故址在今宁夏固原东南，为自关中通向塞北的交通要冲。(唐)卢照邻《上之回》诗曰："回中道路险，萧关烽候多。"

[4]衙鼓：旧时衙门中所设的鼓，用以集散曹吏。白居易《晚起》诗："卧听冬冬衙鼓声，起迟睡足长心情。"

【评析】

词是词人至西北古蒲州时，听闻秋雁之声而作。可作为一首咏物词，借秋雁南飞抒发自己的羁旅行愁。在风卷残叶的清秋时节，词人来到苍莽的西北大地，天低云黑，月落灯孤，内心孤独而凄凉。此时夜空中传来了羁雁的声声哀鸣，词人料想这只孤雁原也是"呼群聊侣"，奇怪的是不知为何它在中途脱离了雁群，飘零不偶。一般词作到此便意足而止，但此词却说猛然间又传来一声"嘹唳悲鸣"，于此再生波澜，不胜凄绝。孤雁的遭遇让词人深感同情，词人在下阕中与孤雁展开了对话：可怜你为了生计辛苦奔波，海天之下何曾有过息羽休息的时候。如今身在衰草萧关间，更平添了一倍凄清。你何时将离去，我想托你为我寄一封家书，但江湖宽广，归程莽莽，令人愁苦。沉沉衙鼓声响，四更残夜，乡梦辽远。词作在艺术上的成功之处是将离群的孤雁与客居外乡的自己联系在一起，既是写雁，也是写自己，那一声"嘹唳悲鸣"，不也是词人内心悲愤的呐喊？

台城路（一）

旅夜步月

宵来又见团圞影，凄清可怜霜驿。迎岁花新，试灯风软，此夜镜台相忆。红楼怨抑。悔灵药偷来，广寒人只[1]。眉晕依然，水晶帘下又今昔。

良宵曾话往事。算盈盈秋水，难问消息。第一番风，初三夜月，深处曲屏怜惜。青绫暗湿。怕慵凤松金[2]，怨娥敛碧。惟有冰蟾，共人清泪滴。

【注释】

[1]悔灵药偷来，广寒人只：指嫦娥奔月的典故。见《搜神记》卷十四："羿请无死之药于西王母，嫦娥窃之以奔月……嫦娥遂托身于月，是为蟾蜍。"广寒：即传说中的月宫。《无上秘要·月品》曰："广寒之宫，则月之上馆，以其时育，养月魂于广寒之地也。"李商隐《嫦娥》诗曰："嫦娥应悔偷灵药，碧海青天夜夜心。"

[2]慵凤松金："凤"是凤钗，"金"是手镯。形容女子衰弱清瘦的样子。（明）郭勋辑《新水令》曲曰："因无一语对芳樽，宝钏松金香肌削。"

【评析】

此词与《声声慢·闻雁时，客蒲州》的写作方式有着相似之处，都是通过咏物抒发羁旅之愁，这首词是咏月。一开篇，词人便开门见山，直言在凄清的霜天驿站，又见到了一轮圆月。一"又"字饱含无以言说的愁苦。"迎春"一句，从家中妻子的角度，写在这"迎岁花新，试灯风软"的新春氛围中，有人会对着月光下的镜头思念自己，一个人在夜色中独自悲怨。然后再将书写的视角转到与月有关的事典之上，想那月中嫦娥独守广寒宫，也会后悔当初偷来灵药。如今虽得长生，容颜永驻，但水晶帘下孤独的日子似永无止境。对嫦娥的用典，正接着上句对妻子空闺相忆的叙写，又绾合了"月"，使词境圆融无迹。下阕在时空上做了曲折的处理，设想以后在如此月色中会与妻子谈起如今的往事，算如今有盈盈秋水，也难以互通消息。面对着春风夜月，我也思念又怜惜曲屏深处的妻子，她肯定暗自抹泪，独自消瘦。只有这如水的月色，能够同时照见你我的清泪。词作将"月"作为中

241

心意象，借月写愁，抒情的层次和转换顿挫有致，笔意健朗，有着"高健之骨、古艳之神"（刘扬忠语）。

踏莎行

发太原至甎井[1]小憩

乡梦深山，长途首岁。轻尘倦马冰风陡。晋祠[2]流水碧于烟，可能清到蓬瀛否？　绛蜡烧残，金尊煖后。十年离恨浓如酒。玉笙谁与唱销魂，春风不上天涯柳。

【注释】

[1]甎井：即"砖井"，属今陕西省榆林市定边县。

[2]晋祠：指周代晋国开国君主唐叔虞的祠庙，在今山西省太原市西南悬瓮山麓。晋水发源于此。李白《忆旧游寄谯郡元参军》诗曰："时时出向城西曲，晋祠流水如碧玉。"

【评析】

词作亦是写于词人西北行旅之中。在深山中怀念故乡，在漫长的征途中又是一年岁首，轻尘倦马饱受着风霜凄苦，看着不断远逝的流水，词人痴情一问："可能清到蓬瀛否？"这里的"晋祠流水"仿佛是茫茫前路，"蓬瀛"代指家乡，一片乡心便在这深情的一问中精妙地表达出来，含不尽之意。下阕写路途中的小憩，在残烛昏黄的灯光中，举起一杯热酒，想到这长久以来的离愁，正如这金樽中的浓酒，岂又能借酒浇愁呢？"玉笙谁与唱销魂""春风不上天涯柳"，更何况这漫长的旅途中，我的这一份愁情没人能够倾诉，而这浮萍般的生活、这漫漫征途、这浓于酒的离愁仿佛永远没有尽头，正如那天涯边的柳树，永远感受不到春光的美好。词人将拳拳乡心、风霜凄苦以及孤独寂寞的感情杂糅在一起，寄寓于这首短短的小词中。

沁园春（一）

忆内

记得年时，万里归来，征衫卸轻。念稚雏失母，雪衣惨澹，燕巢感旧，红泪零星。冷暖相依，艰辛苦茹，寒蓼秋荼无限情。偶回首，只药炉经卷，对影双清。　　此生无分蓉城，又肠断阳关玉笛声[1]。况玳梁双宿[2]，迟将凤约，鉴湖偕隐[3]，寒了鸥盟。并命怜禽，忘忧种草，怨锦生凉写未成[4]。闲弹指，又香草南陌，芳草青青。

【注释】

[1]肠断阳关玉笛声：见王维《送元二使安西》诗："劝君更尽一杯酒，西出阳关无故人。"此诗后入乐府，作为送别之曲，反复诵唱，谓之《阳关三叠》。

[2]玳梁双宿：指居住在玳瑁梁上成双成对的燕子。(明)胡应麟《即席》诗曰："若为并作卢家燕，双宿双飞玳瑁梁。"

[3]鉴湖偕隐：鉴湖又称"镜湖"，在浙江绍兴城西南二公里处，为绍兴名胜之一。《新唐书·隐逸列传·贺知章》曰："贺知章，字季真，越州永兴人……天宝初，病，梦游帝居，数日寤，乃请为道士，还乡里，诏许之，以宅为千秋观而居。又求周宫湖数顷为放生池，有诏赐镜湖剡川一曲。"

[4]怨锦生凉写未成：反用苏蕙寄给丈夫织锦回文诗的典故。

【评析】

词作以"忆内"为题，但从"念稚雏失母，雪衣惨澹"句，可知是"悼亡"之作。词作感慨从万里之外归来，脱去征衫。而幼小的孩子失去了母亲，一袭白衣悲惨凄凉，房梁上的燕子怀念故旧，似悲伤地洒下零星血泪。结婚以后，你我冷暖相依，含辛茹苦，虽生活清贫却有无限的情意。现在你已不在，药炉经卷依旧，但只剩我一人对着自己的影子，倍感清寒。下阕写自己为了前途而离家漂泊。"况玳梁双宿，迟将凤约，鉴湖偕隐，寒了鸥盟"是说自己辜负了与妻子双宿双飞，携手同隐的一番约定。可恨常让妻子生前尝尽离别之苦，"怨锦生凉写未成"一句含无限苦情，相思未竟，人已永别。最后一句引入"芳草"意象，"香草南陌，芳草青青"比喻自己对亡妻的思念如萋萋芳草，无穷无尽。词作虽写得含蓄委婉，且象喻性的意象密集，但不妨一腔深情可知可感，词人夫妻间的深情厚谊令人泪目。

百字令(一)

赠易笏山[1]孝廉

元龙意气[2]，问几时竟向，灯前低首。热血满腔消未得，身世凄凉何有？绿鬓无情，青山未买[3]，姑饮黄垆酒。如君健者，壮心洒落无偶。

只我蟋蟀吟秋，蟪蛄吊影，离绪惊秋柳。一豆银釭萧寺冷，特地晚风吹瘦。激滟金尊，萧条宝玦，磊落敲铜斗。黄花开也，城南可更携手。

【注释】

[1]易笏山：指易佩绅，字笏山，一字子笏，湖南龙阳人。咸丰八年(1858 年)举人。从军川陕间，积功授知府。历任贵州按察使、山西布政使、四川藩司。尝从郭嵩焘、王闿运游，著有《诗义泽从》《老子解》《通鉴触绪》等学术著作。擅诗文词，诗学袁枚。有《函楼文钞》九卷，《奏稿》一卷，《制义》一卷，《诗钞》十六卷，《因遇诗》一卷，《词钞》四卷。

[2]元龙意气：指陈登有文武胆略和救世之志。典见《三国志·陈登传》："陈登者，字元龙，在广陵有威名。又掎角吕布有功，加伏波将军，年三十九卒。后许汜与刘备并在荆州牧刘表坐，表与备共论天下人，汜曰：'陈元龙湖海之士，豪气不除。'……备问汜：'君言豪，宁有事邪?'汜曰：'昔遭乱过下邳，见元龙。元龙无客主之意，久不相与语，自上大床卧，使客卧下床。'备曰：'君有国士之名，今天下大乱，帝主失所，望君忧国忘家，有救世之意，而君求田问舍，言无可采，是元龙所讳也，何缘当与君语？如小人，欲卧百尺楼上，卧君于地，何但上下床之间邪?'表大笑。备因言曰：'若元龙文武胆志，当求之于古耳，造次难得比也。'"

[3]青山未买："买青山"喻做好归隐的打算。见《世说新语·排调》："支道林因人就深公买印山，深公答曰：'未闻巢、由买山而隐。'"

【评析】

这是一首赠答词，采用上阕写友人，下阕写自己的结构安排。其所赠对象易佩绅，中举后投笔从戎，从军川陕间，以军功而见用，可谓文武双全，故词作上阕着力塑造易佩绅洒落豪健的性格形象。词人以"陈登"比拟友人，说友人有着陈登那样的文武胆略和救世之志，何时竟也有"灯前低首"般情绪低落的时候。虽然身世凄凉，但始终保持着饱满的热情和壮心。岁月无情，也尚未做好归隐的准备，姑且借酒浇愁吧。像友人你那般雄健之人，洒脱爽丽的雄心壮志无人能够匹敌。词人在下阕转写自己，只有我在"蟋蟀吟秋，蟪蛄吊影"的寒秋中经受着离别情绪的煎熬。萧索山寺中的寒灯一点，在晚风中如此瘦弱。"激滟金尊，萧条宝玦，磊落敲铜斗"只写将身上的珍贵佩玉换酒，大声地敲打铜斗。最后点明相邀之意，菊花已经盛开了，而我也准备好了美酒，只期待与你携手城南。词作最大的特点是用自己与友人进行对比，下阕着力刻画自己多愁善感的性格形象，通过友人和词人自己截然不同性格的对比，一是表现对友人磊落风神的钦慕，二是呈现自己的穷愁孤独，三是体现出一种真挚的友谊，虽然两人性格不同，但是相互之间又情谊深厚，真正的友谊本应该是建立在彼此间发自内心的欣赏和认同基础上的和而不同。词人常在与友人的赠答词中，将自己与友人进行对比，以见出对自己境况的无奈和感伤。章永康赠答词的这一惯用抒情模式，突破了单纯抒发离绪的局限，将身世之感融入词中，使情感内涵得到深化。

满江红(二)

道经毕节[1]，有感题壁

兵间仓皇，已无分，能生还矣。嗟险阻、阵云如墨，空劳聚米[2]。一昀[3]玄黄龙战野，万方黔黢[4]蛟腾水。望江潮、难返五香车，云旃[5]驶。

经战地，零哀泪。横赤血，一千里。叹七星关[6]外，疮痍谁洗？雁影远飞秋水渡，猿声寒彻棘门垒[7]。问四邻，收骨几多时，十旬耳。

【注释】

[1]毕节：地名。位于贵州西北部，乌蒙山腹地。与四川、云南接壤。

[2]聚米：见《后汉书·马援传》："援因说隗嚣将帅有土崩之势，兵进有必破之状。又于帝前聚米为山谷，指画形势，开示众军所从道径往来，分析曲折，昭然可晓。"后因以"聚米"比喻指划形势，运筹决策。庾信《太子少保豆卢公神道碑》曰："城垒画地，山林聚米。"

[3]一昀："昀"为眼珠转动之意。"一昀"即"一转眼"。

[4]万方黔黢：万方：指天下各地；黔黢：昏暗不清貌。杜甫《三川观水涨二十韵》诗曰："何时通舟车？阴气不黔黢。"

[5]云旃：亦作"云梢"，指绘有云彩的旌旗。《汉书·扬雄传上》："扬左纛，被云梢。"颜师古注："张晏曰：'云梢，梢云也。'梢与旃同。旃者，旌旗之旒，以云为旃也。"

[6]七星关：古关隘名，位于毕节与赫章交界的七星河上。

[7]棘门垒：指汉代徐厉屯兵之军营。《汉书·周亚夫传》载，汉文帝时，匈奴入侵。以刘礼屯兵霸上，徐厉屯兵棘门，周亚夫屯兵细柳。文帝亲自劳军，到霸上、棘门军，皆直驰而入；到细柳军，周亚夫军容整饬，以军礼相见。文帝感慨地称赞周亚夫："此真将军矣！曩者霸上、棘门军，若儿戏耳，其将固可袭而虏也。"后用以比喻纪律松弛的军队。(唐)钱起《送马员外拜官觐省》诗曰："归觐屡经槐里月，出师常笑棘门军。"

【评析】

词人正值乱世，清王朝渐渐日薄西山，国势倾颓，词人的家乡也频发农民起义。除个人漂泊外，对时势的担忧也是词人"悲歌击筑，侘傺伤怀"的重要原因。章永康固守着词为诗余的诗词疆域，反映现实，关心社会的作品多在其诗歌中表现，但这首词还是反映了动乱的现实。上阕写自己身处战火之中的胆战心惊。词人在战火中仓皇逃命，只觉得无法生还。路途险阻，到处都是战阵的阴云，统治者的指划形势、运筹决策不过都是徒劳，转眼间便战火遍地，天地之间全是混乱阴暗。望着江潮，深感自己的车架难以返乡。下阕写战火后的满目疮痍。词人经过战地，看到千里之地，赤血满野，七星关外满目疮痍，难忍哀泪。天空中大雁飞渡秋水，凄寒的猿声响彻兵营。"棘门垒"的典故使用，实则隐含了词人的讽谏之义，此句与上阕的"空劳聚米"相衬，反映词人对决策者之空疏无能、官军之纪律败坏的针砭。最后一句，战后收拾尸骨，竟已用了十句之久，用侧笔再次体现战争的惨烈和残酷。词作将词人来往于大方、毕节等地时目睹的贵州境内农民起义风起云涌、烽烟遍地的现实淋漓尽致地显露在人们面前，包括词人在硝烟战火中担惊受怕的感受，交通的阻隔，鲜血淋漓的战场实景和战后尸骨满野、满目疮痍的大地，展示了战争的残酷以及动乱带来的浩劫。此作被刘扬忠称为"具有战地实录性质的词"，称为"词史"可矣。

百字令(二)

七盘关[1]

七盘高处，看芙蓉[2]千仞，凌空如削。耿耿谁将双剑倚？疑是巨灵曾擘。片石危撑，悬崖中断，一线天疑裂。濛濛溪雾，哀猿啼出林隙。

只愁窟底蛟龙，波涛咫尺，雷雨鸣金铁。隔树呼伥风怒，吹冷一鞭秋色。秦蜀遥分，河山终古，斜日茫茫白。今宵月冷，有听何处羌笛？

【注释】

[1]七盘关：又称"棋盘关"，位于川陕交界的七盘岭上，有"西秦第一关"之称。(雍正)《四川通志·保宁府》曰："七盘关，在广元县北一百六十里。"

[2]芙蓉：芙蓉山位于四川，属雪山一脉。(雍正)《四川通志·营山县》曰："芙蓉山，在县东北八里，峰峦丛秀，若芙蓉然。"

【评析】

七盘关位于川陕交界咽喉处的七盘岭上，是蜀地连接秦岭以北中原及西北的唯一道路枢纽，有"西秦第一关"的美誉。这首词的上阕着力描绘七盘关的形胜，通过凌空如削的千仞峭壁，如倚天长剑般的高峰，"一线天"关口那"片石危撑"，如断裂一般的悬崖峭壁，以及溪雾迷蒙、猿声哀怨的环境，着力突出七盘关高峻之"险"。过片俯视山底，川泽蜿蜒如蛟龙一般，波涛汹涌、水汽翻腾如近在咫尺，雷雨如金铁之声轰鸣震耳。然后再写风，山林之中怒风奔号，仿佛瞬间就给广阔的山野染遍了清冷的秋色。接着点明七盘关的战略地位，它是分割秦蜀两地的战略要地，在历史的长河中无数武人凭险割据——这雄壮而苍茫的山河自古如此，见证了千年来人间的战乱不息。如今一轮冷月下，似乎又会传来羌笛之声。该词结句将七盘关的历史与现实的景致融会为苍茫辽阔的意境，同时蕴涵着对时局不靖的担忧，堪称绝妙之笔。

水调歌头（一）

寄赵藏愚秀才

　　昨夜信风急，剪绿上高城。晓来重幙低揭，疏雨嫩寒轻。早是大堤烟柳，渐又长条踠地[1]，眉意一痕青。迟日乱莺语，怅触[2]十年情。

　　芳尊满，顿浇拔，宿愁醒。只怜唤别，枝头催尽杜鹃声。已把深山辜负，莫问玉湖春水，重证白鸥盟。渺渺碧波阔，幽梦太零星。

【注释】

　　[1]踠地：屈曲斜垂着地貌。庾信《杨柳歌》诗曰："河边杨柳百丈枝，别有长条踠地垂。"

　　[2]怅触：触动，感触。李商隐《戏题枢言草阁三十二韵》诗曰："君时卧振触，劝客白玉杯。"

【评析】

　　这是词人写给久别好友赵藏愚的赠答词。上阕写景，下阕抒情。所写的是春景。昨天信风急至，高城之上已满眼春绿。清晨揭开帘幕，疏雨迷离，春寒料峭。那长堤上的烟柳渐渐又长条垂地，仿佛眉头上都抹上了一痕青绿。想再过些日子，黄莺杂乱的啼叫，又将触动我心中久别思念之情。词人在写景中，选取了疏雨、柳树、莺语等意象，将别情融入其中，特别是首句的"急"字，把春天又至但友人尚未到来的心情隐约表达出来，独见巧心。在下阕中，词人借酒浇愁，但那枝头哀怨的杜鹃声，又时时唤起别愁。然后词人说：我们已经辜负了归隐的心愿，不要再对着玉湖春水，再去想那归隐之志。最后通过广阔的春水、幽梦的破碎，比拟自己与友人相距之远，抒发自己的念友之情。下阕在别情的抒发中，又很好地点缀了杜鹃、玉湖春水、渺渺碧波等景物意象，纳景入情。词作紧扣春景，情与景交相融合，使词境清新婉丽，淡而有味。

沁园春（二）

雨中得君仲书，用吉甫韵

　　小梦不成，阁铃凄紧，雨低空阶。正红灯一豆，添入病绪，碧笺十幅，怕写愁怀。竹碎廊虚，桐疏院静，敲残千点断肠才。灯花好，听打门落叶，故友书来。　　曾记天外函裁。又墨晕红题[1]洒泪开。弄琴心笛韵，迟君一面，药炉茗碗，伴我萧斋。字瘦如人，书清似鹤，梦到君家水一隈。能来否？有绿云[2]一盏，醉倒莓苔。

【注释】

[1]墨晕红题：墨晕：指作画时用墨笔在纸上晕染。(清)周亮工《书影》卷四曰："华光长老以墨晕作梅，如花影然，别成一家，政所谓写意者也。"红题：题在红叶上的诗。见《太平广记·文章一》："中书舍人卢渥应举之岁，偶临御沟，见一红叶，命仆搴来。叶上及有一绝句，置于巾箱，或呈于同志……渥后亦一任范阳，独获其退宫人，睹红叶而吁怨久之，曰：'当时偶题随流，不谓郎君收藏巾箧。'验其书迹，无不讶焉。诗曰：'流水何太急，深宫尽日闲。殷勤谢红叶，好去到人间。'"词中借指题于画作上的诗歌。

[2]绿云：喻绿叶。袁枚《随园诗话》卷六曰："余以竹叶裹粽馈之，附诗云：'劝公莫负便便腹，不嚼红霞嚼绿云。'"词中指绿茶。

【评析】

这也是一首赠答词，友人的一封书信，牵动词人的怀念之情，燃起了与友人重逢的期盼。上阕通过环境的描写抒发内心的空虚寂寞。屋外风声凄紧，寒雨淋漓，词人夜里难以入眠。在黯淡的一点红灯中，词人精神不振；算有十幅碧笺，恐也难写满怀愁情。接下来词人转换角度，再次渲染愁情。寂静的庭院中，空空的房廊全是竹子的碎影，梧桐叶落稀疏，那绵密的雨声无不牵动哀愁，令人断肠。做了充足的情感铺垫，上阕末句才引出"故友书来"之主题。下阕写展书之心情：曾记得上次你的书信从天外传来，现在又洒泪展信，看着所寄画作的墨韵和题诗，怎不感慨万千。下一句是回忆当初未能与友人会面的遗憾，只有药炉茗碗在萧索的书斋中相伴。然后再转到书信上，展信如面，看着信上清癯的字迹，就如同看到了友人的身影，仿佛在梦中又到了友人家中一般。末句借清茶一盏相邀，寄托与友人重逢的心愿，一如白居易《问刘十九》中"绿蚁新醅酒，红泥小火炉。晚来天欲雪，能饮一杯无"之诗意，朴素之中一见真情。词作较好地发挥了长调慢词铺叙展衍的特点，在构思上独具巧思，一是以"故友书来"为题，但却用几乎整个上阕去描绘索居愁情，为下阕描写得书后的复杂心情做充足的情感铺垫；二是写景抒情多次转折，避免平铺直叙。如上阕"正红灯一豆"一句和"竹碎廊虚"一句，通过室内室外两个不同场景的描写反复渲染愁情。下阕采用插叙方式，将"弄琴心笛韵"一句之回忆穿插在展信情绪的描写中，用以刻画内心复杂的情感，这都是此词在艺术上的成功之处，值得留意。

满庭芳

月夜忽雨怀友

花韵蕉阴，竹痕柏影，一庭荇藻交横[1]。澹烟飘处，都样水盈盈。一霎云片[2]飞起，洒作潇潇几点声。风忽定，琴弦微润，依旧小帘明。

问君，家何处，指南飞鹤影，大江鸣。欲乘风相访，露重寒凝。才步紫薇花底，听竹露、滴碎醉花阴。思君侯，望碧月斜处，一雨三星[3]。

【注释】

[1]荇藻：指水草，用以比喻花树的倒影。词作开篇化用了苏轼《记承天寺夜游》一文中的成句：“庭下如积水空明，水中藻荇交横，盖竹柏影也。”

[2]云片：云雾，云块。(宋)张抡《踏莎行》词曰：“云片飞飞，花枝朵朵，光阴且向闲中过。”

[3]三星：《诗·唐风·绸缪》曰：“三星在天。”毛传：“三星，参也。”指参宿三星。词用“参宿三星”暗含“参商”之意，用以比喻与友人隔绝，不能相见。

【评析】

这是一首怀友词，紧扣“月夜忽雨”的词题展开写景，上阕前半部分化用苏轼《记承天寺夜游》中“庭下如积水空明，水中藻荇交横，盖竹柏影也”成句，并加上“澹烟飘处，都样水盈盈”的描绘，写出月夜庭院中花树交荫、月华如水的清幽景致。接着写突然间云雾飞起，洒落几点潇潇夜雨，但很快就风定雨停，琴弦仍余有雨意，但帘外又恢复了清明。词人用极简洁的笔调便将月夜忽雨，即又转晴的过程写出，同时营造出清幽的意境，极显裁剪之工。下阕写由月夜而引起的怀友之情。当初词人问友人“家在何处”，友人指向大江之上啼鸣的南飞鹤影。想要乘风前往访问好友，但露重寒凝，恐难成行，才走到庭院中盛开的紫薇花底，就听到竹叶上残留的雨水，滴落在花瓣之上。这是雨后独有的景致，可见词人观察的细致，在抒情中插入这一段写景，既与上阕内容呼应，又为抒情予以必要的烘托和过渡。最后直接抒发思念之情，想念友人为明写，而通过“一月带三星”的意象，表达难以相逢的苦楚是暗喻，明暗结合，加深了情感内涵，从而达到情韵隽永、语短情长的艺术效果。

金缕曲(一)

二阕

其一

野阔浓云黑，正疏林、寒烟漠漠，酿成天色。愁并雨丝千万绪，盼取霜风吹折。更凄紧，空檐取铁[1]。心字香烟凉似梦，理冰弦，没有些儿[2]热。画屏曲，灯如雪。 茫茫百感增萧瑟，只年时、鬓华易上，眉痕长结。一寸壮心消未了，陇水向人鸣咽[3]。抚身世，无端骚屑[4]。青史名山俱幻相，又何须死葬要离侧[5]。姑酌彼，一尊凸。

【注释】

[1]空檐取铁：檐铁，又名"檐马"，挂在屋檐下的风铃。(清)黄遵宪《夜起》诗曰："千声檐铁百淋铃，雨横风狂暂一停。"

[2]些儿：少许，一点儿。纳兰性德《临江仙》词之七曰："带得些儿前夜雪，冻云一树垂垂。"

[3]陇水鸣咽：《太平御览》引《三秦记》曰："陇西开，其阪九回，不知高几里，欲上者七日乃越。高处可容百余家，下处数十万户。上有清水四注。俗歌曰：'陇头流水，鸣声幽咽。遥望秦川，心肝断绝。'去长安千里，望秦川如带。又关中人上陇者，还望故乡，悲思而歌，则有绝死者。"故以"陇水鸣咽"形容去国怀乡的悲苦之情。(宋)苏泂《雨中花·怀刘改之》词曰："陇水寂寥传恨，淮山宛转供愁。"

[4]骚屑：凄清愁苦。(清)吴伟业《廿五日偕穆苑先孙浣心叶予闻允文游石公山盘龙洞石梁寂光归云诸胜》诗曰："晚岁艰出门，端居意骚屑。"

[5]死葬要离侧：典见《后汉书·逸民列传》："(梁鸿)潜闭著书十余篇。疾且困，告主人曰：'昔延陵季子葬子于嬴博之间，不归乡里，慎勿令我子持丧归去。'及卒，伯通等为求葬地于吴要离冢傍。咸曰：'要离烈士，而伯鸾清高，可令相近。'"后以"魂傍要离"为称颂死者操守高洁之典。

其二

对影沉忧结，胜胸前，稜稜三寸，秦时明月[1]。影星河山霜雪皎，肯向风尘磨灭。理绣铗，剑花似铁。百尺长虹埋紫气，指繁星，永夜寒芒彻。

渐离筑[2]，增凄咽。　　梁鸿未肯因人熟[3]，问何事、胡琴击碎，短箫吹裂。伴我梅花香骨[4]冷，双影亭亭清绝。莫太息，盛年消歇。终向燕然山[5]下去，拓弓渴饮黄獐血。长杨赋，工何益[6]。

【注释】

[1]秦时明月：见王昌龄《出塞》二首之一诗："秦时明月汉时关，万里长征人未还。"

[2]渐离筑：指荆轲刺秦，高渐离在易水击筑相送。《史记·刺客列传》曰："荆轲至燕，爱燕之狗屠及善击筑者高渐离……遂发。太子及宾客知其事者，皆白衣冠以送之。至易水上，既祖，取道，高渐离击筑，荆轲和而歌，为变徵之声，士皆垂泪涕泣。"

[3]梁鸿未肯因人熟：指梁鸿不钦慕于权贵。见《后汉书·逸民列传》："势家慕其（梁鸿）高节，多欲女之，鸿并绝不娶。同县孟氏有女，状肥丑而黑，力举石臼，择对不嫁，至年三十。父母问其故，女曰：'欲得贤如梁伯鸾者。'鸿闻而聘之。"

[4]香骨：指美女的尸骨。李贺《官街鼓》诗曰："汉城黄柳映新帘，柏陵飞燕埋香骨。"

[5]燕然山：即今蒙古境内杭爱山，东汉窦宪领兵大破北匈奴，于此处刻石勒功，后多以此代指边功。（唐）吴融《绵竹山四十韵》诗曰："勒铭燕然山，万代垂芬郁。"

[6]拓弓渴饮黄麝血。长杨赋，工何益：见陈维崧《贺新郎·秋夜呈芝麓先生》词二首之二："拓弓弦、渴饮黄麝血。长杨赋，竟何益。"

【评析】

《金缕曲》二首是章永康抒怀词中的代表作，词作将年华消逝的感伤、壮志难酬的不平、夫妻未能相守的痛苦都注入其中，可谓是词人对凄凉身世和人生愁苦的最真实的抒发。

其一通过凄清景致的描写起兴，抒发年华早逝而壮志未酬的感伤。广阔的山野被浓密的黑云笼罩，与疏林外的漠漠寒烟融合成沉郁凄冷的天色。"愁并雨丝千万绪，盼取霜风吹折"一句，用千条万绪的密雨形容难以排解的愁绪，接着说盼望霜风吹折雨丝，暗含希望能够剪除愁绪之意。屋外风声凄紧，吹响檐铃；屋内心字香冷，琴弦冷涩，魂梦凄凉。更何况画屏幽曲，灯光如雪。下阕由萧瑟之景转入抒情，只是岁月容易染上华鬓，愁苦压损了眉痕。那一寸雄心壮志已被消磨殆尽，只留得漂泊思乡。感念身世，凄凉之悲便涌上心头，留名青史、著书立说不过都是幻象，又何苦至死恪守清明。多言无益，姑且独酌一杯，聊以抒怀罢。

其一只言其壮志未酬，却未言明其壮志为何，而其二便着重叙写其志趣。词人对着自己的影子，陷入深沉的忧愁之中，好在胸中仍怀着报国之情。"秦时明月"一句出自王昌龄《出塞》，但词人模仿的实际是陈维崧《贺新郎·秋夜呈芝麓先生》其一的方式，注入怀古之情，构成雄浑的独特词境。星河的阴影，映照着山峦上皎洁的霜雪，哪能被风尘磨灭。词人拿出佩剑，从绣铗中抽出，宝剑仍寒芒如铁。虽有百尺长虹一般的壮志，如今也被埋没，只有繁星的寒芒，冷彻漫漫长夜。如当年易水边上，高渐离击筑送荆轲，凄咽之情，感动天地。下阕由梁鸿的典故，引入悼亡之意，词人说自己如梁鸿聘娶孟光一般，与发妻贫贱相守。"胡琴击碎，短箫吹裂"比喻妻子的离世，如今妻子尸骨已冷，唯有梅花陪伴我。最后词意振起：不要感叹盛年消歇，终有一天能够像窦宪那样杀敌报国，建立功勋。像扬雄那样甘做一名文章之士，就算能写出《长杨赋》那样工整的辞赋，对国家和社会又有什么益处呢？下阕多用典故，以古喻今，更见其悲慨深沉。

章永康虽然早登科第、官运亨通，三十岁不到就成为翰林院侍读，但是他有着自己的志向，正值国家多事，他希望有所作为，看似平稳的仕途非其所愿，词作中着重表达的便是其壮志未酬的不平之感。其二在写法和具体的词句上都刻意模仿陈维崧词作，可见词人对豪迈奔放、沉郁苍凉的迦陵词风的认同。

金缕曲(二)

花信风无据。只山城、连宵吹遍，冷冥冥雨[1]。一缕烟痕吹未醒，帘外塔铃[2]私语。芳讯忽忽开易散，趁清游、莫叹残红暮。曲水宴[3]，忆前渡。　　盈盈浅水亭一树，记曾见、惊鸿照影[4]，绣鸾回步。三尺桃花凝怨泪，有酒难浇香墓。胜零落，衡芜词句。枝上蜀魂千万啭，怕海棠啼遍无红处。把幽恨，零星诉。

【注释】

[1]冥冥雨：形容雨水弥漫的样子。《楚辞·九歌·山鬼》曰："雷填填兮雨冥冥，猿啾啾兮狖夜鸣。"

[2]塔铃：佛塔上的风铃。(明)周永年《泖塔上作》诗曰："塔铃译佛语，檐鸟调天风。"

[3]曲水宴：古代风俗，于农历三月上巳日就水滨宴饮，认为可祓除不祥。王羲之《兰亭集序》便是因三月三日曲水宴集的诗序。

[4]惊鸿照影：陆游《沈园》诗二首其一曰："伤心桥下春波绿，曾是惊鸿照影来。"

【评析】

这首词可视为一首节序词。上阕说花信无据，山城中连夜风吹，清冷的夜雨弥漫，完全没有春的讯息。室内熏香只剩得一缕烟痕，帘外的塔铃之声仍在响，仿佛是人们的絮语。花开的讯息匆匆，暂开又散；莫要悲叹春残将暮，要及时行乐，抓住尚未逝去的春光。前度的曲水雅宴，值得怀念。过片紧承上阕末句，写美好之回忆，"记曾见"一句化用陆游《沈园》中"伤心桥下春波绿，曾是惊鸿照影来"诗句，当年那树荫下的亭边，浅水盈盈，它曾照见你惊鸿一般美丽的身影，那"绣鸾回步"的瞬间永存心间。如今生死相别，三尺桃花盛开，仿佛凝结着你哀怨的泪花，有酒也难以祭奠你的香魂，胜在还能写下些许零落的词句。那枝头上的杜鹃不住地哀啼，想要挽住残春的脚步。但逝去的年华和时光又怎能唤回，只能将一腔的幽恨，零星倾诉罢了。词作将伤春惜时之意与伤悼亡妻之情极为自然地融合在一起，深婉动人。在艺术上，词作通过春残将暮，引出珍惜美好时光之意，又因惜时而引出对往事的回忆，从而转入对亡妻的思念，再转至伤逝之情的抒发，层层深入，流转自如，浑然天成。化用陆游《沈园》诗句，写出对往昔美好的回忆，既呼应了上阕"曲水宴"一句，又为最后悼亡哀情的抒发做了铺垫，成为词作内容转变的关键过渡，可称为化用语典的范例。

满江红(三)

十载人寰[1]，倦秋气、百端骚屑。莫更问，江桥题柱[2]，燕山刻石[3]。彩笔旧拈鹦鹉句[4]，佩刀尤染鲸鲵血。奈寻常、读罢陇头吟[5]，增鸣咽。　　阮生恨[6]，泪长热。广平赋[7]，心如铁。胜棱棱[8]，肝胆照人冰雪[9]。瘦影惯埋尘土里，诗心远忆江湖阔。悔无端、冷梦又重寻，舳棱[10]侧。

【注释】

[1]人寰：人间，人世。白居易《长恨歌》诗曰："回头下望人寰处，不见长安见尘雾。"

[2]江桥题柱：即司马相如长桥题柱的典故。

[3]燕山刻石：又称"燕然勒功"。指窦宪大破北匈奴，在燕然山刻石记功之事，其记功之《燕然山铭》为班固所作，俱见《后汉书·窦融列传》。

[4]彩笔旧拈鹦鹉句：彩笔：见《南史·江淹传》："又尝宿于冶亭，梦一丈夫自称郭璞，谓淹曰：'吾有笔在卿处多年，可以见还。'淹乃探怀中得五色笔一以授之。尔后为诗绝无美句，时人谓之才尽。"后遂以"彩笔"比喻美妙文才。此句化用(明)于慎行《送郑舒轩先生下第》诗："彩笔久传鹦鹉赋，青山频听鹧鸪声。"

[5]陇头吟：汉乐府名。郭茂倩《乐府诗集·横吹曲辞》题解引《乐府解题》曰："汉横吹曲，二十八解，李延年造。魏、晋以来，唯传十曲：一曰《黄鹄》，二曰《陇头》。"

[6]阮生恨：亦写作"阮生恸"。《晋书·阮籍传》曰："时率意独驾，不由径路，车迹所穷，辄恸哭而反。"指穷途之悲。

[7]广平赋：指宋广平作《梅花赋》事。

[8]棱棱：威严貌。《世说新语·容止》曰："孙兴公见林公，棱棱露其爽。"

[9]肝胆照人冰雪：出自(宋)张孝祥《念奴娇·过洞庭》词："应念岭海经年，孤光自照，肝胆皆冰雪。"形容胸襟如冰雪一般纯洁透明。

[10]舳棱：借指京城。秦观《赴杭倅至汴上作》诗曰："俯仰舳棱十载间，扁舟江海得身闲。"

【评析】

这也是一首有着苏、辛风格的述怀词。词作采用直抒胸臆的方式，直接倾吐人生的悲愤与不平。首句直言深秋时节勾起了身世之感，回首十年人生，深感百端凄苦。接着用司马相如"江桥题柱"和窦宪"燕山刻石"两个历史典故，表现自己无论是以学求仕，还是从军报国都没有建树。接下来的对句，"彩笔旧拈鹦鹉句"是说自己有美妙文才，"佩刀尤染鲸鲵血"是说自己仍有从军杀敌的武略壮志，与前文一样，也是一言文一言武。但奈何平常，只落得读罢《陇头吟》，独自呜咽的境地。王维所写的《陇头吟》诗，写长安少年来到陇头，最后成为关西老将，他的下属都因战功而封侯，他却落得像苏武那样官卑位贱的境遇。上阕非常鲜明地表达了自己怀才不遇的人生感慨。过片四个短句，上两句用阮籍"车迹所穷，辄恸哭而反"的典故，表现自己的穷途之悲；下两句用宋广平不因"贞姿劲质、刚态毅状"而被赏识，却因写出了婉媚富艳的《梅花赋》而名振的事例，表现自己雄心壮志不被赏识、未遇知音的孤独，但胜在自己还保持着冰清玉洁的品格。"瘦影惯埋尘土里，诗心远忆江湖阔"是说自己身份卑微，又饱受江湖漂泊之苦。结句"冷梦又重寻，舣棱侧"是说自己仍心怀国家，秉持报国之志。从分析可见，词作不用比兴，而多通过典故述怀，风格沉郁悲凉。在抒发怀才不遇的不平的同时，也表达了对自己文武才能的自信和报国壮志，故情感并不消沉，鲜明地体现出词人"位卑不忘忧国"的高尚品格。

菩萨蛮

立秋夜宿绵州[1]作　二阕

其一

丽谯[2]清漏声声徹，罗衣渐怯风萧瑟。记得别家时，漫天雨似丝。
客中秋信早。机上鸳鸯[3]杳。一缕嫩凉生。拥衾无限情。

【注释】

[1]绵州：古代地名。最早由隋朝所置，位于四川西北部，清代绵州辖有绵竹、德阳、梓潼等县。民国废，以州为绵阳县。

[2]丽谯：亦作"丽樵"，华丽的高楼。《庄子·徐无鬼》曰："君亦必无盛鹤列于丽谯之间。"郭象注："丽谯，高楼也。"

[3]鸳鸯：即"鸳鸯锦"，织有华丽鸳纹的彩锦。刘禹锡《浪淘沙》词曰："女郎剪下鸳鸯锦，将向中流匹晚霞。"

其二

薄鬓簪嫌鸾钿重，分明昨夜还家梦。梦断各天涯，银钉落细花[1]。
相思千遍说。苦绪抽难歇。茅店[2]月如烟。伤心又下弦。

【注释】

[1]银钉落细花：银钉，银白色的灯盏、烛台。细花，指零落的灯花。

[2]茅店：用茅草盖成的旅舍，言其简陋。温庭筠《商山早行》诗曰："鸡声茅店月，人迹板桥霜。"

【评析】

《菩萨蛮·立秋夜宿绵州作》二阕是词人写在逆旅中的怀人词，在抒发羁旅之苦的同时，表达了对妻子的相思别恨。其一从妻子的角度来写，高楼上滴漏之声清脆透彻，凉风萧瑟，罗衣难耐。记得丈夫离家的那天，漫天都下着如丝的细雨。想起他在旅途之中，会更早感受秋天的到来，但我这织机上的鸳锦还未完成。那初秋的一缕微凉，让我在拥衾而卧的时候，更能感受到无限的思念之情。其二从自己的角度来写，"薄鬓簪嫌鸾钿重"是写妻子因思念而消瘦的样子，而这是昨夜词人梦中的情景。梦醒后又各在天涯，灯台上还留有昨夜燃尽的灯花。相思之情千遍万遍也难以说清，别离的愁苦如抽丝般难以排遣。简陋的茅店外冷月如烟，又到下弦，一月将尽，不知何时能回乡，怎不令人伤心。小令抒情，长处在于深婉含蓄，但由于篇幅限制，则多写片刻的感受，难以表达比较复杂的情感。词作用组词的形式，两首词分别从妻子和自己的角度叙写，既保持了令词清婉含蓄的特征，又扩展了内容的厚度，使情感的表达更加丰富。

水调歌头（二）

万卷几人读[1]，泉石[2]寄平生。黔灵峰[3]下茅屋，烟翠绕楼青。与子记曾携手，只有白云闲笑，清咏野猿听。慷慨对尊酒，往事触纵横。

草堂筑，鑑湖乞，称躬耕。无端踏软尘[4]去，挥手愧山灵[5]。故国斜阳鹃泪，莽莽金风铁雨，难忘白鸥盟。日落感萧瑟，愁绝庾兰成[6]。

【注释】

[1]万卷几人读：杜甫《奉赠韦左丞丈二十二韵》诗曰："读书破万卷，下笔如有神。"

[2]泉石：指山水。杨万里《送刘惠卿》诗二首其一曰："旧病诗狂与酒狂，新来泉石又膏肓。"

[3]黔灵峰：即"黔灵山"，位于贵阳市。(乾隆)《贵州通志·地理·贵阳府》曰："黔灵山，在城西北三里。众山环抱，石径险仄，一线盘旋而上，建有祠宇，为往来游观之所。"

[4]软尘：飞扬的尘土，指都市的繁华热闹。(元)许有壬《沙湖道中》诗曰："唤醒三年梦，东华足软尘。"

[5]尘去挥手愧山灵：典出孔稚圭所作《北山移文》，借北山山灵的口吻，嘲讽了当时名士周颙故作高蹈而又醉心利禄的假隐士面目。

[6]庾兰成：指"庾信"，兰成为其小字。其《哀江南赋并序》云："信年始二毛，即逢丧乱，藐是流离，至于暮齿。燕歌远别，悲不自胜；楚老相逢，泣将何及。畏南山之雨，忽践秦庭；让东海之滨，遂餐周粟。下亭漂泊，高桥羁旅，楚歌非取乐之方，鲁酒无忘忧之用。追为此赋，聊以记言，不无危苦之辞，唯以悲哀为主。"

【评析】

这是一首思乡念友之作。词人想起了隐居在黔灵山下的友人，他饱读诗书，隐居山林度过平生。那黔灵山下的茅屋，常有青山的云雾环绕，我们曾在那优美的山林间携手同游，笑看白云，对山清咏。如今往事已远，只能将无尽的感慨都寄托于酒了。下阕从回忆转向对自己辜负归隐之志的叙写。我也曾像贺知章乞鉴湖一样，求得一片山林，筑上几间草堂，称要以躬耕归隐为生，却无奈走入红尘，愧对山灵。如今仍为功名而四处漂泊，故国的斜阳中杜鹃啼泪，而我却面对着无边无涯的金风铁雨，难以忘记当年归隐的初衷。又是一天将尽，日暮之时让人倍感萧瑟，我就像那庾信一样，满腔都是故国乡关之思，令人愁绝。上阕写回忆，展现友人隐居生活的美好；下阕写自己离乡漂泊的无奈，在对比之中，便将思乡念友之情和为生计奔波的无奈都妥帖地融入了词境中。

沁园春(三)

太原旅次[1] 病怀

庾骨无情，欹枕灯前，霜威[2]自支。叹嵇生懒[3]惯，慵梳病发，李郎吟苦[4]，瘦损通眉。梦骇惊涛，心飘弱絮，药气嘘帘嬲篆丝[5]。乡山好，问梅花明月，若个相思。　　年来踪迹谁知。算昭略清狂[6]似往时。便缚鸡无力，毛锥[7]焉用，屠龙有技[8]，绣铗何为？似水才名，如烟人世，只悔乘风归去迟。愿今后，读仙书饮水，聊忏吾痴。

【注释】

[1]旅次：旅人暂居的地方。出自《周易·旅卦》："旅即次。"王弼注："次者，可以

安行旅之地也。"

[2]霜威：寒霜肃杀的威力。王勃《九日怀封元寂》诗曰："九日郊原望，平野遍霜威。"

[3]嵇生懒：见嵇康所写《与山巨源绝交书》，山涛将去选官，议以嵇康自代做选曹郎，嵇康以自己"不涉经学，性复疏懒……筋驽肉缓，头面常一月十五日不洗，不大闷痒，不能沐也。每常小便而忍不起……又纵逸来久，情意傲散，简与礼相背，懒与慢相成"等理由拒绝出仕。

[4]李郎吟苦：指李贺苦吟为诗，抒发人生悲愤。《新唐书·李贺传》载其苦吟曰："每旦日出，骑弱马，从小奚奴背古锦囊。遇所得，书投囊中，未始先立题然后为诗，如他人牵合程课者，及暮归，足成之。非大醉，吊丧日，率如此。过亦不甚省，母使婢探囊中，见所书多，即怒曰：'是儿要呕出心乃已耳！'"

[5]篆丝：曲细而形如篆文的游丝。(清)杜韶《南乡子》词曰："絮语曲阑边，小炷金猊窄袖偏，手约篆丝风不定。"

[6]昭略清狂：指沈昭略，字茂隆，南朝齐武康人。《南史·沈庆之传》曰："昭略字茂隆，性狂俊，不事公卿，使酒仗气，无所推下。"

[7]毛锥：毛笔的别称，因其形如锥，束毛而成，故得名。《旧五代史·史弘肇传》曰："弘肇又厉声言曰：'安朝廷，定祸乱，直须长枪大剑，至如毛锥子，焉足用哉！'"

[8]屠龙有技：《庄子·列御寇》曰："朱泙漫学屠龙于支离益，单千金之家，三年技成，而无所用其巧。"后用以指高超但不切实用、或无处施展的本领。(唐)张怀瓘《书估》曰："声闻虽美，功业未遒，空有望于屠龙，竟难成于画虎。"

【评析】

词作写于羁旅西北途中，暂居太原之时。词人通过写羁旅之苦，倾吐怀才不遇、人生偃蹇的满腔悲愤。上阕着力描写旅途中病痛之苦和思乡怀人之情。"庾骨"指旅途中受病痛折磨的自己，词人卧病灯前，苦苦承受寒霜带来的病痛，感叹自己像嵇康一样慵懒，像李贺那般蹙眉苦吟。惊涛骇浪惊醒魂梦，内心虚弱仿佛飘飞的柳絮，帘幕中翻腾的药气袅袅上升，仿佛形如篆文的游丝。羁旅的痛苦，让词人更加思念家乡山水的美好，更何况在那明月之下，梅花枝旁，还有一个人在思念着自己，如同自己思念着她那样。下阕写壮志难酬。过片是说谁知道自己这些年来经过了多少漂泊，就算自己的清狂还似往时，但自己手无缚鸡之力，文才又有何用？那不过是"屠龙之技"、花哨的剑铗，能有什么作为。才名似水般不能长久，人世如烟般只是虚幻，让我后悔迟迟没有放弃功名，乘风归去。但愿今后能够过上求仙归隐的生活，聊以忏悔当初我的天真愚笨。词作仍如词人的其他羁旅、抒怀之作那样，并非仅抒发一种情感，而是将人生漂泊之感、思乡怀人之情、年华消逝之悲、怀才不遇之恨都融入词境中，使词作寄寓的情感深沉厚重，这是其常用的艺术手法。

台城路（二）

四阕

寒云

沉寥[1]千里沉阴沍[2]，云客晚来吹暝。低处才凝，愁边又聚，不放斜阳红冷。山眉翠损。正幽恨缄时，塔铃敲醒。苍莽孤城，遥天如墨暮潮紧。

危栏独倚时候。酿长空雪意，轻重无定。大漠雕盘，枯林鸦缩，点缀米家图本[3]。波光浓映。正江树溟濛[4]，飞鸿遥认。误说归人，片帆天外影[5]。

【注释】

[1]沉寥：清朗空旷貌。《楚辞·九辩》曰：“沉寥兮天高而气清。”王逸注：“沉寥，旷荡空虚也。或曰，沉寥犹萧条。萧条，无云貌。”

[2]阴沍：即“固阴沍寒”，意为严冬寒气凝结，积冻不开。《左传·昭公四年》曰：“深山穷谷，固阴沍寒。”

[3]米家图本：米家，指宋代书画家米芾。图本，应指米芾所绘《云山图》画卷。

[4]溟濛：昏暗，模糊不清。(唐)郑谷《送许棠先辈之官泾县》诗曰：“芜湖春荡漾，梅雨昼溟濛。”

[5]误说归人，片帆天外影：化用柳永《八声甘州》词：“想佳人，妆楼颙望，误几回、天际识归舟。”

寒烟

濛濛山市炊烟沽[1]，霏微[2]幂[3]过林表。细影烘晴，轻痕剪水[4]，拌共愁心萦绕。戍楼残照。又酒斾青摇，佛灯红小。古驿荒寒，角声吹梦坠林杪。　　萧条乌桕[5]村北，剩帘纤[6]几缕，向晚犹蜩。荡入虚圆，移时浅晕，添做雨丝多少。昏鸦飞悄。便界破[7]空濛，愁人望杳。吹上帘旌，倚楼寒更峭。

【注释】

[1]沽：买或卖，多指购买或贩卖酒。如“沽酒市脯”。

[2]霏微：迷蒙貌。(明)田汝成《西湖游览志余·熙朝乐事》曰：“渔灯依岸，城角传

风，山树霏微。"词中借以指烟雾。

[3]幂：同"幂"，覆盖意。

[4]剪水：形容水中的涟漪。(唐)陆畅《惊雪》诗曰："天人宁许巧，剪水作花飞。"

[5]乌桕：树名。郭茂倩《乐府诗集·西洲曲》曰："日暮伯劳飞，风吹乌臼树。"

[6]帘纤：即"廉纤"。细小，细微。纳兰性德《菩萨蛮》词曰："隔花才歇帘纤雨，一声弹指浑无语。"

[7]界破：划破。(宋)曾巩《金线泉》诗曰："无风到底尘埃尽，界破冰绡一片天。"

寒灯

蒜银[1]约处红帘小。溶溶月波吹皱。细蕊星含，虚棱粟缀，对影一枝红瘦。铜荷[2]注久。忆翘凤[3]松馀，钗虫[4]斜溜，怨语低迷，璅窗[5]幽飔夜风透。　　兰闺何限别思，卜金钱[6]无准，银箭[7]催又。半剪难胜，双心暗怯，慵检泪痕衫袖。相思记否。是短梦回时，余香温后。漫热蚖膏[8]，倚衾人倦绣。

【注释】

[1]蒜银：即"银蒜"，银质蒜条形的帘钩。庾信《梦入堂内诗》诗曰："幔绳金麦穗，帘钩银蒜条。"

[2]铜荷：铜制的呈荷叶状的烛台。庾信《对烛赋》曰："铜荷承泪蜡，铁铗染浮烟。"

[3]翘凤：常写作"凤翘"，即"凤簪"，古代女子置于头上的饰物。周邦彦《南乡子·拨燕巢》词曰："不道有人潜看著，从教，掉下鬟心与凤翘。"

[4]钗虫："虫"又叫"玉虫"，指灯花。"钗"是用以剔灯的工具。(宋)方岳《次韵徐宰集珠溪》诗曰："春瓮贮冰摇玉蚁，夜堂烘蜡缀钗虫。"

[5]璅窗：即"锁窗"，雕刻或绘有连环形花饰的窗子。

[6]卜金钱：即"金钱卜"，指旧时以钱币占卜吉凶祸福的方法。(宋)李彭老《生查子》词曰："心事卜金钱，月上鹅黄柳。"

[7]银箭：指银饰的标记时刻以计时的漏箭。吴伟业《洛阳行》诗曰："铜扉未启牵衣谏，银箭初残泪如霰。"

[8]蚖膏：蚖的油脂，旧时用以点灯。庾信《灯赋》曰："秀华掩映，蚖膏照灼。"

寒柝[1]

铜街[2]一片凄音急，惊回夜深无寐。冻鼓低沉，疏砧远接，还带檐铃声碎。宵长梦悸，记雪打荒江，月明千里，罗幕灯昏，更谁刀尺夜来理。

玉关[3]寒信偏早，只无端催落，羁客清泪。野堠[4]荒鸡，津亭[5]去雁，多少天涯憔悴。青绫[6]倦倚。问如此销魂，今生能几？酒醒香残，绣衾凉浸水。

【注释】

[1]寒柝：寒夜打更的木梆声。(唐)欧阳詹《除夜长安客舍》诗曰："虚牖传寒柝，孤灯照绝编。"

[2]铜街：洛阳铜驼街的省称，借指闹市。(南朝梁)沈约《丽人赋》曰："狭斜才女，铜街丽人。"

[3]玉关：即玉门关。纳兰性德《天仙子》词曰："古钗封寄玉关秋，天咫尺，人南北。"

[4]野堠：古代野外标记里程的土坛。(元)周伯琦《纪行诗》诗曰："市楼风策策，野堠雾冥冥。"

[5]津亭：古代建于渡口旁的亭子。王勃《江亭夜月送别二首》诗曰："津亭秋月夜，谁见泣离群？"

[6]青绫：青色有花纹的丝织物。词中指青绫织成的抱枕或被褥。苏轼《次韵柳子玉二首·纸帐》诗曰："乱文龟壳细相连，惯卧青绫恐未便。"

【评析】

《海粟楼词》中咏物词篇数不多，只有六首，都是借物咏怀之作，通过对特定事物的吟咏，表达词人的羁旅行愁，词风凄清。而《台城路》四阕更是用同题组词的形式，分咏寒云、寒烟、寒灯、寒柝四种易于勾起羁愁和乡思的事物，抒发自己的一片乡心。

其一咏"寒云"。严冬寥廓的天空中寒气凝集，暮色中寒云生起，令人愁苦的是那阴云才在低处凝结，忽而又在天边聚集，不放斜阳红冷，就将它遮挡。正当幽恨凝结、折损眉黛之时，词人便被那塔铃之声惊醒。在苍莽的孤城之中，遥天的墨云就像暮潮一般不停翻滚。词人独倚危栏，那寒云轻重堆积，开始酝酿着漫天的雪意。大漠之上孤雕盘旋，枯林之中寒鸦紧缩，这景致就像是米芾的《云山图》画卷一样。想家乡的江水之上波光掩映，远处的江树也昏暗不清，就是那南飞的鸿雁也难以辨识。误向家人说，归来之人正在天外的帆船上呢。

其二咏"寒烟"。上阕写旅途中的场景，濛濛山市中的沽酒市脯处炊烟袅袅，迷蒙的烟雾笼盖了林表。太阳烘暖迷雾，水上涟漪轻荡，如萦绕于心头的愁绪，难以排遣。戍楼上残照当空，绿林边酒旗摇动，一盏佛灯闪动着弱小的微光。古驿荒寒，凄咽的号角声吹破残梦，如烟雾般坠入林杪。下阕写家中场景，那萧条的乌桕村北，只剩得几缕细小的炊烟，仍向着夜幕袅袅升起。炊烟飘荡入虚渺的月影中，一会儿便只有浅淡的光晕，最后化作雨丝联翩。那黄昏归巢的乌鸦偷偷飞起，划破了空濛的烟雨，遮断了远望之人的视线，不胜离愁。那寒烟又吹上了帘旌，让倚楼之人更感凄凉。

其三咏"寒灯"。与前两首不同，因灯乃家中之物，所写之场景便在闺阁。上阕对烛台灯光的各种形态都作了细致的描写。小巧的蒜银帘钩勾起红帘，夜风吹皱了那明净如水的月光。那灯上的红蕊如一点星光，灯蜡顺着灯柱滴下，如米粟般低缀，只剩一支瘦烛，与人影相对。词人见那铜荷烛台蜡油久注，回忆当初凤簪松弛，亦曾瞥见钗剔灯花。那夜风透过锁窗，使灯火闪动，迷离如怨语低诉。下阕转入相思别情的抒发。闺阁怎能限住别思，时光飞逝，那金钱卜卦也得不到确切的消息。"半剪"一句化用自李商隐《夜雨寄北》中"何当共剪西窗烛，却话巴山夜雨时"句，意为灯烛半剪，也难胜相思之苦，只慵懒地检视着衫袖上的泪痕。短梦醒时，灯火燃烬，余香尚暖，最是相思。最后写女子独居，无聊度日：姑且把那灯油漫热，靠着衾被倦绣吧。

其四咏"寒柝"。"柝"是深夜打更用的梆子。街市上寒冷的柝声急切，惊得词人深夜难眠。只听得那冷涩的鼓声低沉，远接着稀疏的捣衣声，还有那细碎的檐铃声，让人更觉清冷孤寂。夜色漫长，梦境凄凉，记得那夜千里月明，雪满荒江；人家罗幕低垂，灯影昏黄，在这寒夜之中，不知是谁仍在打更。这边疆关塞寒信偏早，寒柝之声无由催落羁旅之人的思乡之泪。听着野堠的荒鸡啼叫，津亭前大雁的悲鸣，只让人深感浪迹天涯的憔悴之情。倦倚青绫，自问如今夜般销魂的时刻，今生还能有几何？酒醒之后，炉香已残，那绣被凉透，就如同浸水一般。

从上文对四首词的评析，可知词人对四个所咏之物，都紧扣住一个"寒"字，且"云""烟""灯""柝"均有"虚"的成分，构成了所咏之物的共同特征。同时，四首词都以凄寒的词境叙写羁旅之愁和离别之苦，在抒情方式上，用同样的虚处着笔、层层渲染之法，但因所咏之物不同，故叙写的角度便不相同，使四首词构成了既有独立性，又相互联系的整体，从而具有较高的艺术价值。

张之洞

（1首）

　　张之洞，字孝达，号香涛、香岩，又号壹公、无竞居士，晚年号抱冰。因其曾任总督，故称"香帅"。张之洞祖籍直隶南皮，其父张锳在黔做官时，生于贵州兴义府。同治二年(1863年)进士，授翰林院编修，历任教习、侍读、侍讲、内阁学士、山西巡抚、两广总督、湖广总督、两江总督、军机大臣等职，官至体仁阁大学士。

　　张之洞是晚清重臣，与曾国藩、李鸿章、左宗棠并称"晚清中兴四大名臣"。张之洞入仕后以词臣起家，号为清流，出任地方总督后，提倡西学，兴办洋务，成为晚清洋务派的主要代表人物。提出"中学为体，西学为用"的主张，大力创办新式学堂和书局，先后兴办汉阳铁厂、大冶铁矿、湖北枪炮厂等实业，同时也积极培养军事人才，训练新军。张之洞虽不能以一己之力扭转封建腐败的清王朝的覆灭，但他的公忠体国、廉政无私仍得到了时人与后人的景仰。《清史稿·张之洞列传》评价其："短身巨髯，风仪峻整，莅官所至，必有兴作。务宏大不问费多寡，爱才好客，名流文士争趋之。任疆寄数十年，及卒，家不增一亩云。"

　　张之洞"有大略，务博览，为词章，记诵绝人"，其一生著述颇丰，其目录学著作《书目答问》，为揭示读书门径而编撰，所收书籍都经过精心选择，驭繁就简，颇为学界所重，流传极广。其《张文襄公集》除大量的奏议、公牍和电报外，尚有《古文》二卷、《书札》八卷、《骈体文》二卷、《诗集》四卷。张之洞不以词名，亦未有词集留存，仅剩《摸鱼儿·邺城怀古》一阕，载于叶恭绰所编《全清词钞》。

摸鱼儿

邺城^[1] 怀古

控中原、北方门户。袁曹旧日疆土^[2]。死狐敢啮天子，袞袞^[3]都如呓语。谁定数。强道是、慕容拓跋^[4]如龙虎。战争辛苦。让倥偬^[5]追欢，无愁高纬^[6]消受闲歌舞。　　荒台^[7]下、立马苍茫吊古。一条漳水^[8]如故。银枪铁错销沉尽，春草连天风雨。堪激楚。可恨是、英雄不共山川住。霸才无主。剩定韵才人，赋诗公子，想象留题处。

【注释】

[1]邺城：古城名，遗址范围包括今河北临漳西至河南安阳北郊一带，自三国时曹操建都于此后，邺城先后为曹魏、后赵、冉魏、前燕、东魏、北齐六朝的都城。

[2]袁曹旧日疆土：东汉末年，袁绍统一河北，占据冀、青、幽、并四州，邺城便为袁绍集团管辖。官渡之战后，曹操击败袁绍，占据邺城，营建王都，故称。

[3]袞袞：相继不绝貌。杜甫《上牛头寺》诗曰："青山意不尽，袞袞上牛头。"

[4]慕容拓跋：慕容，指北朝前燕政权的建立者，鲜卑贵族慕容皝。拓跋，指北朝北魏政权的建立者拓跋珪。

[5]倥偬：事情纷繁迫促。(清)王愈扩《周亮工小传》曰："戎马倥偬，不废讲咏。"

[6]高纬：指北齐后主高纬。据《北齐书·帝纪第八》载，高纬喜命人演奏《无愁之曲》，也不时亲弹琵琶演唱，上百侍者应和，北齐人便称其为"无愁天子"。

[7]荒台：应指铜雀台，位于邺城，为曹操所建。曹植《铜雀台赋》即为邺城铜雀台落成时所作。杜牧《赤壁》诗曰："东风不与周郎便，铜雀春深锁二乔。"

[8]漳水：即今"漳河"。上游有浊漳水、清漳水二条，均出自山西东南部，于河北武安南汇合，并流经邺城西面。《水经注·漳水》曰："魏武又以郡国之旧，引漳流自城西东入，迳铜雀台下，伏流入城东注，谓之长明沟也。"

【评析】

这是一首慨叹邺城的历史风云的怀古词。邺城先后是三国袁绍的大本营，魏王曹操、后赵、前燕、东魏、北齐先后在此建都。邺城作为政治中心见证了魏晋南北朝年年征战的兴亡更迭。词人以邺城的战略地位发端，这里是出入北方的门户，也是控制中原的要地，故邺城见证着权力争霸、王朝兴衰的峥嵘历史。接着，词人用简略的语言概括了那段战乱频仍的历史：无数人都在谈论着王朝更迭、天下大势，到头来不过都是荒谬糊涂的梦话。历史的兴衰谁能掌握，强如前燕慕容儁、北魏拓跋珪，在这里上演龙虎斗，也只不过饱受战争辛苦。当然也有如北齐后主高纬那样的昏君，在纷繁迫促的历史变迁中，歌舞享乐，穷奢极欲，最终落得国灭身死。过片点名了吊古主题，词人立马于早已荒废的铜雀台下，感慨万千。漳水仍如那时，蜿蜒于台前，但当年的银枪铁锉早已消沉，只剩得风雨交加，春草连天。在自然的恒久和历史销沉中，词人感受到的是"英雄不共山川住"的憾恨，就算有雄才大略也难以保证盛世太平的长久，只是留给那些歌工舞女和文人雅士留题咏叹的素材罢了。联想到词人所处的国力孱弱、内忧外患的时代背景和晚清重臣的身份，"春草连天风雨"的一句写景中暗含着词人对历史的感慨、对时局的担忧、对人生的感喟。全词笔力遒劲、感慨深邃，展现出博大的胸怀和雄阔的境界。

宦懋庸

（1首）

　　宦懋庸，字伯铭，号莘斋，别号碧山野史，贵州遵义人。他生于清道光二十二年（1842年）年幼时苦心向学，先后拜黎庶焘、莫祥芝为师，精汉宋之学。他生于离乱之事，未就乡试，于光绪年间到上海，投莫祥芝门下，先为塾师，后为幕僚，钩稽财用出入，并经营盐业商事。光绪八年（1882年），京兆选为誊录，愤弃不就。他游幕江浙三十年，与浙江一带学者名流交游。宦懋庸一生多艰，他生逢乱世，12岁便遭逢兵难，更游幕一生，终生未仕。光绪十八年（1892年），因病卒于遵义。

　　宦懋庸学识渊博，晚年再度攻治许、郑之学，著述宏富，是继郑珍、莫友芝等人谢世后，沙滩后进学人中著述最多者。他精于经学、小学，著有《论语稽》《六书略平议》《说文疑证编》等学术著作。他也擅长诗文创作，有《莘斋文集》四卷、《莘斋诗集》七卷、《莘斋诗余》一卷。

　　宦懋庸的诗歌现实感很强，对青少年时所经历的贵州兵乱多有反映，对乱世当中民不聊生的现实有着深刻的揭露，语言平易，但情感郁烈。他的词集《莘斋诗余》共存词23阕，其词作的整体风貌与其诗歌差别较大，题材多闺怨和咏物，对现实的表现不强，风格也趋于婉媚，可见其严守诗庄词媚的词体观。当然，莘斋词也不是一味清丽婉约，在少许抒怀篇目中，同样表现出了身逢乱世而志不能伸和命途乖舛的哀叹。

洞仙歌

自题"申江送别图"[1]

　　十年尘梦，算今番初醒。杜宇声中系孤艇。况还家、张翰风味莼鲈，抵几许、富贵功名泡影。　　申江[2]灯火夜，樽酒言欢，还道潮来在俄顷。问此夕何年，剪烛西窗，更诉说、欢情酩酊。转眼是天涯别离人，只莫唱阳关，空增悲哽。

【注释】

　　[1]申江送别图：晚清画家曾俟园画作。

　　[2]申江：又名"春申江""春申浦"，相传为春申君所凿，故得名。即今黄浦江。

【评析】

　　这是一首题画词，所题之画是上海回乡时友人送别的场景。上阕回顾十年的漂泊生涯，道明回乡缘由。该词起句奇崛，"十年尘梦"一语道尽长期漂泊的羁旅之愁，"今番初醒"即结束漂泊，在晚春的时节准备回乡，这是总起。下面则用张翰莼鲈之思的典故，表现自己的思乡之情和归隐之志，十年间为富贵功名而离家求索终成泡影，岁华流逝又一事无成的感伤之情溢于言表。这两句词是对首句"十年尘梦，算今番初醒"词意的补充。下阕写到与朋友饯行，黄浦江上灯火通明，在离席上友朋们频频把酒言欢，殷勤劝慰。但转眼间自己便要踏上漫长的归程，与友朋们一别后不知何日能再见，只希望不要再唱起《阳关三叠》的离别曲，更添离愁。该词虽是题画之作，但着眼于抒发身世之感和依依别情，风格沉郁，是一首非常感人的咏怀词。

刘　藻

（7首）

刘藻，字湘耘，贵筑人（今贵阳），清朝咸丰年间诸生，多年于蜀中游幕，又曾出任过四川通判。其生平材料极少，陈田《黔诗纪略后编·刘通判藻传证》曰："湘耘诗才豪逸，尤工骈文。中岁游幕于蜀，南皮张文襄称为黔中名士。"其骈文有《姑听轩四六》一卷，其诗歌为《蜀游草》一卷，除此便只有词集《姑听轩词》一卷。

刘藻词今存22首，词风明快清逸，词作主要以赠答留别、咏物记游为主要题材，寄寓了词人的家国破碎之忧和悲凉萧索之感。从刘藻词作的内容可见，词人心怀家国，又颇具才能，部分作品反映出作者内心的兴亡之感及失志之悲，情感真挚，表述坦然，可称佳作。其记游写景之作轻快明丽，均为记述贵阳本地风景名胜，但却失之涵蕴不深。

丁香结

龙里驿[1] 抒怀

乱世功名，贫家骨肉，算来轻重分寸。叹春华波迅。空瘦损，那有封侯佳信。靴刀还帕首[2]，星垂远、马蹄奔迸。满腔肝胆[3]，热处诉与，天公不应。　　侥幸。望故国茅庐，尚许栖迟[4]吟咏。麟阁丹青[5]，书生薄命，无心争竞。让与武夫烈士[6]，待扫除枭獍[7]。且归来息影[8]，闲与渔樵谈论。

【注释】

[1]龙里驿：古驿站名。(嘉庆)《大清一统志·贵阳府》曰："龙里驿，在龙里县西，上通省城，下达新添。《明一统志》曰：'洪武四年置，十九年改为站。'"

[2]靴刀还帕首：靴刀，一种置于靴中的短刀。帕首：裹头之巾。见韩愈《送郑尚书序》："大府帅或道过其府，府帅必戎服，左握刀，右属弓矢，帕首袴靴，迎郊。"指战死沙场的决心。

[3]肝胆：比喻勇气、血性。韩愈《赠别元十八协律》诗之四曰："穷途致感激，肝胆还轮困。"

[4]栖迟：游息。《诗·陈风·衡门》曰："衡门之下，可以栖迟。"朱熹集传："栖迟，游息也。"

[5]麟阁丹青：指汉宣帝将功臣画像挂于麒麟阁中。见《汉书·李广苏建列传》："上思股肱之美，乃图画其人于麒麟阁，法其形貌，署其官爵姓名。"

[6]烈士：有气节有壮志的人。《韩非子·诡使》曰："而好名义不仕进者，世谓之烈士。"曹操《步出夏门行》诗曰："老骥伏枥，志在千里；烈士暮年，壮心不已。"

[7]枭獍：亦作"枭镜"。旧说枭为恶鸟，生而食母；獍为恶兽，生而食父。比喻忘恩负义之徒或狠毒的人。元稹《捉捕歌》诗曰："外无枭獍援，内有熊罴驱。"

[8]息影：亦作"息景"。语出《庄子·渔父》："不知处阴以休影，处静以息迹，愚亦甚矣！"后因以指归隐闲居。

【评析】

这是一首写于行旅之中的述怀词。词作上阕抒发了壮志难酬的悲痛：在这乱世之中，博取富贵功名与在贫苦中保全家庭，其轻重差别甚小。词人感叹时光飞逝，只让人徒自消瘦，哪里有建立功勋、成就事业的佳讯？虽然"帕首袴靴"，时刻怀抱着报效国家、战死沙场的决心，但现在却只能在寥廓的星野下，四处奔波。想到此处，词人悲愤万分，化作一声长叹："这满腔的勇气和血性，向谁倾诉？苍天不应！"下阕说，令人侥幸的是，还能望见故乡的家园，还能让词人游息吟咏，自在生活。功成名就，画图入于麒麟阁，受万人敬仰，对于薄命书生的自己来说，并无心去竞争。就把建功立业的机会让给那些心怀壮志的勇武之人吧，等待他们去扫除危害人间的凶险敌人。而我就暂且归家隐居，俗尘世事就待闲时与渔父谈论吧。下阕表面上抒发想要返乡归隐的心愿，实际上是借故作消沉来倾吐人生失意的不平。

齐天乐

军中见月独饮

晴沙[1]耀目霜华[2]白，大旗怎当风掣。野旷山低，笳寒韵阁，独赏一轮明月。葡萄酒热。叹万里长征，举杯心怯。抚视刀头，新痕缕缕尚凝血。

家山何处回首，想卷帘对景，应恨生别。雾湿云鬟，光寒玉臂[3]，定有许多愁绝。男儿激烈[4]。待一战功成，三军凯撤。故里生还，与君佳酿啜。

【注释】

[1]晴沙：阳光照耀下的沙滩。(唐)钱起《同严逸人东溪泛舟》诗曰："寒花古岸傍，唳鹤晴沙上。"

[2]霜华：皎洁的月光。(唐)李世民《秋暮言志》曰："朝光浮烧野，霜华净碧空。"

[3]雾湿云鬟，光寒玉臂：化用杜甫《月夜》诗中"香雾云鬟湿，清辉玉臂寒"成句。

[4]激烈：激昂慷慨。(明)胡应麟《诗薮·古体下》曰："《易水歌》仅数十言，而凄婉激烈，风骨情景，种种具备。"

【评析】

写作此词时，词人正以幕僚的身份，身处军营中。随军出征期间，词人于月下独饮，勾起了浓浓的乡愁。皎洁的月光照得晴空下的沙洲白光耀眼，军营的大旗在疾风中猎猎作响。在寥廓的旷野中山峦低小，高阁之上笳声凄寒，只有我孤苦一人独赏这一轮明月。杯中的葡萄酒尚热，想到现在"万里长征"，征战不停，举杯之际，便心生畏惧。抚视刀头，战斗中留下的缕缕新痕尚有凝结的鲜血。上阕末句尚有隐含的未言之语：不知还有多少人会在战争中流血牺牲。同时也对"举杯心怯"做了说明，词人并非为自己的生命安危担心，而是惧怕于战争带来的生灵涂炭。下阕主要抒发思乡怀人之情，词人回望家山，设想家中的妻子正卷帘对景，也望着同样的月色，心怀离别之恨。"雾湿云鬟，光寒玉臂"一句化用杜甫《月夜》中成句，描写妻子对月思念自己时的凄凉心绪。最后，词作格调一转，词人说男儿就应该壮怀激烈、报效国家。待一战攻城，三军凯旋之日，若能生还故里，再"与君佳酿啜"，长相厮守。词作蕴含了复杂的情感，既有对战争残酷的畏惧、思乡怀人的痛苦，也有杀敌报国、渴求建功的豪情。在雄浑之中蕴含悲凉，在感伤之中不乏斗志，对有志之士丰富的内心世界予以了真切细腻的刻画。

念奴娇

秋夜感怀

迢迢永漏[1]，问西风落叶，阶前几片。砌畔寒蛩[2]关恁事，絮语终宵神倦。年白窗虚，灯红豆小，暗数更又遍。旧愁新恨，天涯知己谁倩[3]。

怪低竟日匆忙，诗逋酒债[4]，尚把黄花欠。二十三月[5]今若此，算得韶光轻贱。侠烈肝肠，风流面目，都被浮名炼。琴囊剑匣，雄心何日才倦？

【注释】

[1]永漏：漫长的时间，多指长夜。王安石《梦长》诗曰："梦长随永漏，吟苦杂疏钟。"

[2]寒蛩：深秋的蟋蟀。(唐)韦应物《拟古诗》之六诗曰："寒蛩悲洞房，好鸟无遗音。"

[3]倩：借助。(宋)张扩《殢人娇》词曰："深院海棠，谁倩春工染就。"

[4]诗逋酒债：诗逋：诗债。(清)周之琦《柳梢青》词曰："酒债诗逋，三年蜡屐，一笛苹渔。"

[5]二十三月：指下弦月。每月农历二十三日夜晚看到的月亮应为下弦月。

【评析】

长期游幕的经历，使刘藻对悲风将至的节序变化更加敏感，此词便是抒发因悲秋而生发的寄人篱下、怀才不遇、功业无成的不平之感。词作先通过西风吹落枯叶，寒蛩终宵悲吟，刻画秋夜之景。再写室内灯光弱小，夜色寂静漫长，及"暗数更声"的行为，体现词人长夜难眠。为何如此呢？是因为秋夜的凄寒勾起了词人的新愁旧恨，而知己之人天涯相隔，又能藉谁给予安慰。上阕已经通过景物的描写，营造了凄清孤独的情感氛围。下阕便对上阕点出的"愁恨"之意做了具体的阐述。先是年华流逝之感，词人竟日匆忙，菊花盛开时都未能诗酒偷闲。如今又是下弦月，月华渐残，韶光轻过，年华渐老。再是壮志难酬，满腔的侠肝义胆、风流面目，都被对浮名的追求消磨殆尽。"剑匣琴囊归须早"，不知何时自己的雄心才会倦怠。词作很好地借景抒情，做到了情韵兼胜，更重要的是词人虽然抒发悲愁，但结句言其雄心未泯，格调复振。悲伤而不颓丧便是刘藻述怀词的情感特征。

醉春风

马文叔入都

万卷撑肠贮，万甲藏胸富[1]。剑光红透管城花[2]。负负负！千里蛮荒，三年辛苦，头衔才署。　　得得皇州路，渺渺巴山树。商量且现宰官身[3]，去去去！日下[4]云开，江干[5]春满，片帆轻渡。

【注释】

[1]万甲藏胸富：谓胸中有韬略。《类说》引《名臣传·范仲淹》曰："宝元中，元昊叛，上知其才兼文武，起师延安，日夕训练精兵。贼闻之曰：'无以延州为意，今小范老子腹中自有数万兵甲，不比大范老子可欺也。'戎人呼知州为老子，大范谓雍也。"（宋）陈杰《书孙州判澹翁再擒寇事迹》诗曰："英英别乘紫髯风，万甲兵藏学古胸。"

[2]管城花：管城，又称"管城子"，韩愈《毛颖传》曰，秦始皇以"管城"封毛颖，号"管城子"，故以"管城"作为笔的别称。"管城花"疑指"妙笔生花"，形容文笔出众。（清）王士禛《仆射陂白莲》诗曰："他年履道宅，应忆管城花。"

[3]宰官身：出自《妙法莲华经·观世音菩萨普门品》，谓观世音菩萨为众生说法，"应以宰官身得度者，即现宰官身而为说法"。常借此称颂宰臣或县宰。刘克庄《满江红·傅相生日甲子》词曰："见宰官身，出只手、擎他宇宙。"

[4]日下：指京都。古代以帝王比日，因以皇帝所在地为"日下"。钱起《送薛判官赴蜀》诗曰："边陲劳帝念，日下降才杰。"

[5]江干：江边，江岸。（南朝梁）范云《之零陵郡次新亭》诗曰："江干远树浮，天末孤烟起。"

【评析】

此词虽是一首送别词，但较少叙述离愁，而是充满了对友人前途的美好憧憬和祝福。"万卷撑肠贮，万甲藏胸富。剑光红透管城花"是词人极力称赞马文叔饱读诗书、又有韬略，文武双全，但来到荒蛮偏远的地方为官是辜负了自己的才华。现在经过三年的辛苦，终于升任京官，前途将一片光明。下阕描述了友人一路上"春风得意马蹄疾"，志得意满的心情。穿过巴山蜀水，踏上通往皇州的路，准备一展才华抱负，赶快去吧！皇城已经云开雾散，等待你了。最后，词人再次用"江干春满，片帆轻渡"抒发词人轻松愉悦的心情。词作中"负负负"和"去去去"两处叠字词，恰好构成了上下阕两种不同情绪的对比。在对友人真挚祝贺的同时，实际上也隐含了对自身依旧功名不著之凄凉处境的感叹。

一丛花

溪山一曲亭送严访生孝廉镛入都

亭前流水几时穷？鞍马去匆匆。送君一入天涯路，恰正是、细风斜雨。三一科名，七千道里，先耄似鹓鸿[1]。　　离情尽在酒杯中，霜刃久磨砻[2]。明年杏暖枝头燕，好看遍、一色春红。他日云泥[3]，者番书剑[4]，分手各西东。

【注释】

[1]先耄似鹓鸿：鹓鸿：鹓雏、鸿雁飞行有序，比喻朝官班行。"耄"为飞举、飞腾之貌。

[2]磨砻：磨炼，切磋。陆游《示友》诗曰："学问更当穷广大，友朋谁与共磨砻。"

[3]云泥：云在天，泥在地。后因用"云泥"比喻两物相去甚远，差异很大。钱起《离居夜雨，奉寄李京兆》诗曰："寂寞想章台，始叹云泥隔。"

[4]书剑：即"书剑飘零"，古时谓文人携带书剑，游学四方，到处漂泊。

【评析】

这首词与《醉春风·马文叔入都》有着相似的写作背景，都是送别友人入都，故情调上也就有了相似的地方。"亭前流水几时穷"既是写一曲亭的眼前景，同时也比喻时间流逝快，马上就到了离别的日子，严镛便要鞍马匆匆，踏上北上的路途。送君离别，眼前正是一片斜雨细风。由此入都的七千里长路上，追求科名的匆匆行客争先飞腾，就像有序的鹓鸿。离别之情尽在酒杯中，"霜刃久磨砻"是说友人的已经磨砺好了锋芒，待到明年就能尽情看遍京城的满城春色。他日你我的人生处境就会有云泥之别，如今虽同样的书剑飘零，但这次分手就要各奔东西。一般礼部会试都是在年初春日举行，士子们会在上年的冬天入京。故词人用"霜刃久磨砻"比喻自己做好了才学上的准备，用"明年杏暖枝头燕"一句比喻友人在春日放榜时，定能高中。词作亦对友人的前途给予美好的祝愿，但与《醉春风·马文叔入都》不同的是，通过与朋友的光明前途对比，而感慨自己人生失意的意图体现得更加明显了。

醉蓬莱

游扶风寺[1]为广善和尚题

　　费经营多少，卷雨飞云，楼台造就。绿畅红酣，正春深时候。倚树浇花，披云拾笋，尽清闲消受。净土无尘，午钟初动，黄鹂巧凑。

　　如此山林，等闲难遘[2]，笑煞城阃[3]，繁华辐辏。洞府琳宫[4]，让老僧消受。人静鹤酬，沙门解事[5]，向梵王[6]说况。领略禅心，水云深处，月光斜透。

【注释】

[1]扶风寺：扶风寺位于贵阳城东的扶风山，始建于清乾隆二十年(1755 年)，在阳明祠的左边，尹道真祠的右边。

[2]遘：相遇；碰上。

[3]城阃：指瓮城，护城门的小城墙。词中借指城市。

[4]洞府琳宫：均是道家的仙宫道观。词中借指扶风寺。

[5]解事：通晓事理。陆游《雷》诗曰："惟嗟妇女不解事，深屋掩耳藏婴孩。"

[6]梵王：指色界初禅天的大梵天王，亦泛指此界诸天之王。(唐)李绅《杭州天竺、灵隐二寺顷岁亦布衣一游及赴镇会稽不敢以登临自适竟不复到寺寺多猨猱谓之孙团弥长其类因追思为诗二首》诗之二曰："波动只观罗刹相，静居难识梵王心。"

【评析】

　　刘藻的记游写景词颇有佳什，均是描写贵阳本地风景名胜，颇具代表性。这首词主要描写位于贵阳扶风山的扶风寺，扶风寺循山势而建，错落有致，寺内游廊四通，颇有些园林韵味。上阕首句描写庙宇中楼阁"卷雨飞云"的宏伟景象。接下来写凭栏远眺的美丽景观，恰逢春深，山林花红树绿，一片生机勃勃。再写广善和尚"倚树浇花，披云拾笋"，过着极尽清闲的生活。这里是没有尘埃的人间净土，听着午钟初响，又传来黄鹂清脆的啼鸣。下阕写禅心，这里的山林难遇，身居于此，内心宁静，仿佛于红尘外笑看贵阳城的俗世繁华。最后是说广善和尚在这佛宇仙境中，参禅悟道，领略禅心，就如同月光穿透这水云深处般空明澄澈。词作通过对扶风山风景及广善和尚浇花拾笋、参禅悟道生活的描绘，极为生动地刻画出佛堂寺庙的清幽静谧，寄寓着对自然宁静生活的向往之情。

柳梢青

甲秀楼[1] 远眺

岸草汀沙，竹生城外，日西斜潭。净涵秋峰，多障日[2]，眼底无涯。

怜他将相勋华[3]，都付与、苍波落霞。随意生机，消闲福分，怎及渔家。

【注释】

[1]甲秀楼：贵阳的著名古楼阁，建于贵阳城中南明河中心的万鳌矶上。(乾隆)《贵州通志·古迹》曰："甲秀楼，在府城南鳌头矶上，巍然卓立，为中流砥柱。明万历时，巡抚江东之建以培风水，后圮。康熙二十八年巡抚田雯捐资重修。"(清)洪亮吉《陈大令熙藩属题城南雅集卷子》诗曰："早陟高真观，遥思甲秀楼。"

[2]多障日：指云雾浓密的时候。

[3]勋华：功勋与荣华。《儿女英雄传》第三十四回曰："论阀阅勋华，安龙媒是个七品琴堂的弱息，贾宝玉是个累代国公的文孙。"

【评析】

词作写登上甲秀楼远眺时的所见所感。甲秀楼坐落在贵阳市区南明河之上，始建于明代万历二十六年(1598年)，至今都是贵阳市的文化象征。上阕写景，视角由近至远，岸边的汀沙上碧草青青，城外竹林环绕，远处一轮斜阳日沉西潭。南明河的清波倒映着秋山，在水雾缭绕时，则眼下辽阔浩渺而无边际。下阕抒怀，词人看着这苍波落霞，感慨自己的壮志落空，而轻松闲适又比不过渔家。词作上下阕中的写景和抒情互相烘托，笔调疏淡，词风清丽，情韵悠远。

张鸿绩

（12 首）

　　张鸿绩，字退涣，又字兰史，号药农。清朝贵州仁怀直隶厅（今赤水市）人。在遵义词人中，张鸿绩是较为特别的一位。他不像黎、莫、郑、赵等沙滩词人，均为书香耕读之家出身，而其家为豪富的商贾家族。据杨恩元《枯桐阁词》题识，其家族清初因经营盐业起家，在乾嘉期间营业极盛，道咸时于重庆广置宅第，为重庆大户。张鸿绩生于厚富之家，故能够尽情于诗词。谢质卿在序言中忆其入秦为官时："别构精舍，招邀胜侣，酬咏其中。敲诗钵以度腔，借酒筹而按拍，喝于相继舞蹈若狂，嚚嚚然不自知其坐官阁，临市阓也。"其萧散之风神如此。杨恩元题识中谈到曾在其婿邹瑞人处阅见张鸿绩诗集钞本二册，惜在连年兵燹中流落不存，唯《枯桐阁词》当时已经邹瑞人校印，故由杨恩元带回并编入黔南丛书中。

　　《枯桐阁词》共存词八十首，临桂词人邓鸿荃曾在《枯桐阁词序》中评价张鸿绩词："观其寄慨身世，闲雅有节；酒边花下，一往情深；而忠君爱国之忱，亦往往于言外见之，洵风雅之替，人岂近今所易觏。"药农词以题材范围论，正如邓序所言，以寄慨身世的咏怀词、一往情深的爱情词最为突出，咏物、羁旅也有佳什。张鸿绩的词风调清超，迥越流俗，邓鸿荃赞为"惊为两宋人作"，实为一位在艺术上有着自我风格的词人。

满宫花

钗半垂，妆半卸，淡月柳阴亭榭。伴羞刬袜[1]下阶来，花影一肩红亚[2]。

待不思量[3]真个[4]也，肠断眼穿魂化。人间天上料难忘，今世今生今夜。

【注释】

[1]刬袜：只穿着袜子着地。李煜《菩萨蛮》词曰："刬袜步香阶，手提金缕鞋。"

[2]亚：通"压"，低垂。(宋)张昇《离亭燕》词曰："云际客帆高挂，烟外酒旗低亚。"

[3]思量：想念，相思。(宋)赵佶《燕山亭》词曰："知他故宫何处？怎不思量，除梦里有时曾去。"

[4]真个：真的，确实。王维《酬黎居士淅川作》诗曰："侬家真个去，公定随侬否。"

【评析】

这首小词叙述了男女约会时的场景。月光疏朗清淡，亭榭旁柳荫婆娑，清幽宁静的环境弥漫着浪漫的气氛。不知是急着来约会，还是只与情人幽会不用像白日里在人前要注意穿戴举止，虽"钗半垂，妆半卸"却更显娇媚。她双脚只穿着袜子从台阶上下来，花影并着她的香肩。虽说词人在忍受了相思别离的煎熬后正准备放下自己的思念，却又等到了相逢，"肠断眼穿魂化"非常简洁而又准确地表现出词人从相思到相见过程中的情感变化。在离别中词人经历了断肠的相思之苦，在赴约等待情人前来的时候词人望眼欲穿，真正见到心爱之人出现时词人已经丢了魂魄。这一夜相会，词人今世今生都不会忘却。"待不思量真个也，肠断眼穿魂化""人间天上料难忘，今世今生今夜"，完全不用比兴之法，而是直接将一腔之情感直接抒写出来，却又非常符合人的情感逻辑，正是由于有了之前"肠断眼穿魂化"的感情煎熬，才有"今世今生今夜"的坚定。

蝶恋花

登潼关[1]城楼

浊酒难浇心上事。才说登临，又触新愁起。漠漠寒烟千万里。长河落日天垂地[2]。　　醉后栏杆慵更倚。冷月楼头，谁会悲来意。莫听呜呜桥下水，几多未老英雄泪。

【注释】

[1]潼关：关隘名。古称桃林塞，东汉时设，故址在今陕西潼关东南。《水经注·河水》曰："河在关内，南流，潼激关山，因谓之潼关。"

[2]长河落日天垂地：化用王维《使至塞上》诗中"大漠孤烟直，长河落日圆"诗句。

【评析】

这是词人于潼关城楼上的登高怀远之作，潼关是关中地区的东大门，历来为兵家必争之地，形势非常险要。词人登临这千古雄关，触动了历史兴亡之感。词人借酒浇愁，又登临潼关，触动心绪。"漠漠寒烟千万里。长河落日天垂地"描写了万里寒云、长河落日的壮阔图景。词人慵倚城楼栏杆，独自远眺楼头冷月，谁能理解心中的愁苦。词意中包含孤独之感。最后一句点明词旨，历史的苍茫、现实的艰难和个人的际遇勾起了词人无限的愁思。词人想到的是在历史的沉浮中，有多少英雄豪杰因壮志未酬、年华虚度而泪洒江水。全词境界宏阔、沉郁悲壮，与清丽婉转、情致隽永的爱情词截然不同，体现出药农词的别样风格。

西江月

雪中宴集畕[1]坐客

名郡铜符[2]新绾，丰年瑞雪先呈。愿分余泽及三秦。为洗甲兵净尽。岂曰疴瘝在抱[3]，真教毫发关情。画堂钟鼓宴嘉宾，尚念无衣[4]人冷。

【注释】

[1]畕：同"疆"，勉强之意。

[2]铜符：铜制的鱼形符信。古代官员用以证明身份和征调兵将的凭证，后作为郡县长官或官职的代称。

[3]疴瘝在抱：把人民的疾苦放在心上。(清)冯桂芬《与许抚部书》曰："执事疴瘝在抱，诚欲继睢州、桂林之业，自非风行雷厉，恐无以溥实惠而挽颓风。"

[4]无衣：《诗经·秦风》中的篇名，是一首激昂慷慨、同仇敌忾的战歌。诗序云："《无衣》，刺用兵也。"词人用以暗讽权贵和军士间的苦乐不均。

【评析】

这是一首比较特别的词作，词写雪中宴集，但却言"畏坐客"，词人的勉强并不是因为天气寒冷，而是源于一种反感的心态。这个宴集是为了庆贺长官新晋，"名郡铜符新绾"是多么的志得意满，又下起了丰年瑞雪，一派喜庆。词人强坐其中，满心不是滋味，他说但愿这长官能将余泽惠及这三秦百姓，洗尽甲兵，还天下以太平。在下阕中，词人给予权贵辛辣的讽刺，词人说，如能把人民的疾苦放在心上，真是无论多么细微的事情都能牵动情怀。一边在画堂中钟鼓喧嚣，大宴宾客，一边则担心短衣少食的士兵在大雪之时会忍饥受冻。这首词作妙在通过瑞雪丰盈、铜符新绾和大宴嘉宾的场面，以及愿洗甲兵、恫瘝在抱等官员语言，在其得意、豪奢及心系将士百姓间造成了荒诞的艺术效果，生动地刻画出词中权贵的虚伪嘴脸，并对官员只顾升官发财，不顾民生疾苦和士卒艰苦，却常把心系民瘼挂在嘴上的官场现象做了深刻的揭露和批判。

百字令（一）

三十生儿，梧村以词为贺，依韵酬之

生申生甫[1]，只啼声初试，已惊英物[2]。刘氏诸儿豚犬[3]耳，何敢并称奎璧。无用文章，过情声问[4]，亦望他时雪。乃翁如此，再传难必奇杰。

回忆当日琅嬛[5]，论诗击剑，小谢才清发[6]。何意天涯兵革满，岂但匈奴未灭。岁月催人，功名累我，与尔皆华发。相逢一笑，更期怀堕明月。

【注释】

[1]生申生甫：申甫：周代名臣申伯和仲山甫的并称，借指贤能的辅佐之臣。元稹《赠乌重胤父承玼等诰》曰："载诞颇牧，降生申甫。"

[2]英物：杰出的人物。《晋书·桓温传》曰："桓温字元子……生未期而太原温峤见之，曰：'此儿有奇骨，可试使啼。'及闻其声，曰：'真英物也。'"

[3]刘氏诸儿豚犬：即"景升豚犬"，指刘表的两位儿子刘琦、刘琮，皆碌碌无为，最后失了荆州。故因以"景升豚犬"谦称自己的子女。

[4]过情声问：即"声问过情"，出自《孟子·离娄章句下》："源泉混混，不舍昼夜，盈科而后进，放乎四海。有本者如是，是之取尔。苟为无本，七八月之间雨集，沟浍皆盈；其涸也，可立而待也。故声闻过情，君子耻之。"意为"声望超过了实际情况。"

[5]琅嬛：传说中的仙境名，（元）伊世珍《琅嬛记》曰："共至一处，大石中忽然有门，引华（张华）入数步，则别是天地，宫室嵯峨。引入一室中，陈书满架……华问地名，对曰：'琅嬛福地也。'"

[6]小谢才清发：小谢：指南朝诗人谢朓。李白《宣州谢朓楼饯别校书叔云》诗曰："蓬莱文章建安骨，中间小谢又清发。"

【评析】

这首赠答词，是词人得子，友人以词为贺，词人步韵答谢之作。但在词作中，词人依友人贺词意，予以生发，抒发了一己之愁怀。开篇"生申生甫，只啼声初试，已惊英物"一句，是概括友人词意，友人称听到幼儿的啼哭之声，便知二子长大后定会有出息，成为贤臣。接着词人以刘表二子比拟幼子，谦称自己的孩子不过庸碌，怎敢并称奎璧。接着再谦称自己只是无用的文章之士，享有虚名，也希望孩子长大后能够为自己昭雪。父辈仅是如此，又怎能期盼孩子能成奇杰之士。下阕由生子之事生发出人生感慨，回忆当年书斋之日，"论诗击剑"，如小谢清发般意气风发。谁能料到世事混乱，兵革日久，不仅功名未显，岁月也催人老，你和我现在都头发花白。如今再次相逢，你我只得相视苦笑，只期望能够保持一颗如明月般的皎洁之心。词作借由生儿之事，将生逢乱世、社会浑浊、有志难伸的苦楚予以描写，抒发了词人年华空逝、英雄无路的悲叹。

风入松

小南山北树槎枒[1]。山外夕阳斜。荒凉故国干戈际，又西风、匹马三巴[2]。谁道一江烟水，秋声都在芦花[3]。　　落红亭阁乱啼鸦。消歇好春华。无端泄泄些儿梦，问相思、飞去谁家。何处今宵酒醒，门前即是天涯。

【注释】

[1]槎枒：树木枝杈歧出貌。陆游《舟过季家山小泊》诗曰："健犊破荒耕荦确，幽禽除蠹啄槎牙。"

[2]三巴：古地名。巴郡、巴东、巴西的合称。《资治通鉴·晋安帝元兴三年》曰："玄以桓希为梁州刺史，分命主将戍三巴以备之。"胡三省注："三巴，巴郡、巴东、巴西也。"多泛指四川。

[3]芦花：即芦絮。(元)耶律楚材《太阳十六题·透脱》诗曰："潇湘一片芦花秋，雪浪银涛无尽头。"

【评析】

词作通过景致的描写，抒发了思乡离愁之情。上阕描写深秋景致，山南山北秋叶飘零，只剩枝杈歧出，山外一轮夕阳斜沉。正值故国干戈动乱之际，自己却离家远行，在肃杀的西风中，一人一马远下三巴，秋声都在这一江烟水和萧萧芦花之中。下阕抒发惜春之感，亭阁上落红纷飞，乌鸦乱啼，美好的春色又将消歇。没有办法倾泻这一己之愁怀，试问如纷繁飞花般的相思之情会飞到谁家呢？不知我思念的那个人今宵又将在何处酒醒？只要离别，那便是相隔天涯。这首词也采取了上阕写游子、下阕写思妇的结构模式，从两个方面来体现相思别愁。更能体现词人巧思的是，伤春悲秋的词作，上下阕往往只呈现一种节序，就算有节序的变化，也往往体现出时间的推移，一般会有回忆或推想的提示。但这首词上阕写游子以深秋烘托，下阕写思妇却衬以春景，其间除了情感的维系，不同景致之间并没有衔接说明，采用的是如蒙太奇一样的方式。

百字令（二）

燕

花阴一瞥，恰双又早，掠波飞去。曲院[1]凄凉帘半卷，惯把离人偷觑。藕巷青迷，芹畦红润，罗幕低垂雨。翩然欲往，几回商略[2]还住。

为爱生小情多，旧时门巷，小立[3]闲容与[4]。移入画图看便好，莫向乱兵屯处。故国河山，天涯春色，近泪无干土。张郎[5]老矣，那堪今日重赋。

【注释】

[1]曲院：杭州西湖十景之一。（元）冯子振《鹦鹉曲·忆西湖》曲曰："苏堤万柳春残，曲院风荷番雨。"

[2]商略：估计。陆游《雪后寻梅偶得绝句》诗十首其六曰："商略前身是飞燕，玉肌无粟立黄昏。"

[3]小立：暂时立住。（清）郑燮《贺新郎·落花》词曰："小立梅花下，问今年暖风未破，如何开也？"

[4]容与：从容闲舒貌。《后汉书·列传·桓谭冯衍传下》曰："意斟愖而不澹兮，俟回风而容与。"李贤注："容与犹从容也。"

[5]张郎：应是词人自称。

【评析】

此词咏燕。上阕写透过花荫，看到一双燕子迅速地掠过池塘，曲院中的独居之人怀着凄凉的心境把帘幕半卷，那燕子已经习惯于偷觑这院中的离人吧。如今藕巷中春色迷离，芹畦里春华红润，春雨里罗幕低垂，这一双春燕几次都想翩然向春雨里飞去，却又在屋梁上几番估计，还是留了下来。词人为何要写这一句呢？实则赋予燕子以人的情感和认知，通过燕子可怜曲院独居之人，欲飞还住的情景来体现人的离愁。下阕继续通过燕子的口吻来抒发情思，自小燕子就因爱而多情，常立在旧时门巷上，从容闲舒。就把我们移入到画图中观赏吧！可别飞向那乱军屯兵处，现在故国河山，虽满是春色，但近来却泪无干土，到处都是战乱。如今我已经老了，那堪今天又重写燕赋啊。词作咏燕明显借用了史达祖《双双燕》词赋予燕子以人的情感及从虚处着笔的艺术手法，从各个角度层层叙写。同时，又借咏燕，将相思之愁和对故国河山战乱四起的现实都巧妙地融入词作中，写出了词人对国家兵火不断、尘烟四起的时事感伤之情。

祝英台近

和犹子少谷浪淘沙

懊侬[1]天，惆怅地，肠断已无计。满目新愁，秋在斜阳里。可怜万里关河，西风一夜，便不似、当年人世。　　漫凝睇。多少零乱闲情，凭谁为料理。雨黑云昏，莫问别来事。只渐清泪无多，离魂有限，怎禁得、悲笳四起。

【注释】

[1]懊侬：烦闷。（宋）朱肱《酒经》卷上曰："北人不善偷甜，所以饮多令人膈上懊侬。"

【评析】

全词用比兴手法去表现时代社会的情形，自鸦片战争后，国门被迫打开，沉疴的清王朝难以跟上时代风云的变化，只能在列强的船坚炮利和政治文化的入侵下，被动而艰难地转变，天朝上国的优越感、以孔孟为核心的文化根基和自给自足的小农经济，这些已经延续了两千年的帝国传统仿佛在一夜间便倾圮崩塌，"可怜万里关河，西风一夜，便不似、当年人世"便是概括社会形势变化之快对当时士人心灵带来的巨大冲击。而面对着如秋天在西风一夜后便渐趋萧飒的国势，却无人能振时济困，挽狂澜于既倒，词人只能发出"多少零乱闲情，凭谁为料理"的一声哀叹。在处处烽火中，词人无助、无奈的心绪都化入末句中："只惭清泪无多，离魂有限，怎禁得、悲笳四起。"

减字木兰花

留别官署桃花

水流春远，何处相逢帘半卷。冷宦[1]闲情，惆怅天涯酒一樽。
花时难遇，前度刘郎[2]今已去。如此风尘，何不相携学避秦[3]。

【注释】

[1]冷宦：即"冷官"，指地位不重要、事务不繁忙的官职。（元）卢琦《送吴元珍》诗曰："冷宦莫嗟乡国远，故人今在省台多。"

[2]前度刘郎：指去了又来的人。刘禹锡《再游玄都观》诗曰："种桃道士今何处，前度刘郎今又来。"

[3]避秦：陶潜《桃花源记》曰："自云先世避秦时乱，率妻子邑人，来此绝境，不复出焉。"后以"避秦"指避世隐居。

【评析】

此词为药农调任离官时所作，留别官署中的桃花之词。水流春远之时，半卷窗帘，便与这官署中的桃花相遇。我自己在这里当个闲官冷宦，浪迹天涯的惆怅之情，只得一寓于酒。花时难遇啊！以前的那个"刘郎"今天便要离去了。在如今这混乱的世道，为何不学陶潜《桃花源记》里的那些避秦的人，避世隐居呢？词作借留别桃花，以刘禹锡咏桃花诗意和陶渊明《桃花源记》典故，表达自己厌倦官场、想要避世的感受，疏朗有致，简而有味。

行香子

白帝城

祠屋[1]松楸。滟滪江头。被风吹动行舟。怒涛遗恨，终古悠悠。便鼎三分，图八阵[2]，已千秋。　　寝殿僧楼。霸业荒坵，怅连营[3]壁垒芦洲。江山无恙，片月长留。望雁南飞，日西下，水东流。

【注释】

[1]祠屋：即祠宇。杜甫《咏怀古迹》诗之四曰："武侯祠屋常邻近，一体君臣祭祀同。"

[2]图八阵：据《三国志·诸葛亮传》记载，诸葛亮推演兵法，作八阵图。《晋书·桓温传》曰："初，诸葛亮造八阵图于鱼腹平沙之下，累石为八行，行相去二丈。温见之，谓'此常山蛇势也'。文武皆莫能识之。"

[3]连营：指吴蜀夷陵之战中，刘备将蜀军连营扎寨于山林中，最终陆逊火烧连营成功，蜀军大败。《三国志·魏书》曰："初，帝闻备兵东下与权交战，树栅连营七百余里。谓群臣曰：'备不晓兵，岂有七百里营可以拒敌者乎？'"

【评析】

这是一首咏史怀古词，词作因白帝城遗址而感怀三国时蜀国的兴亡沧桑。首句用极简略的语言写出白帝城遗址的环境，在险峻的滟滪堆边，猎猎秋风吹动行舟，江边便是白帝城的祠堂和松林。它千年来怀着遗恨，静静地俯视着长江的滚滚怒涛。江山如旧，便是当时成就了鼎足三分的霸业，也有着诸葛亮的辅佐，最后也难逃灭亡的命运。当初的"寝殿僧楼"，如今只留下了荒丘，可怜吴蜀一战火烧连营，一世霸业毁于一旦。经历了无数的岁月，无论朝代如何更迭，只有这江山明月终是无恙。最后词作以一片苍茫之景作结，词人看着如火的夕阳、南飞的秋雁以及东逝的秋水，思绪万千。前面的抒情述怀已通过人事无常而自然恒久的情境真切地表达出来。但词作最精彩之处是结句写景中三个意象的选择——飞雁的意象象征了离别思乡，夕阳西下寄寓了末世的感伤，逝水东流既体现了历史的久远，也象征着词人家国之恨的深广无际，不仅营造出苍凉悠远的意境，还蕴含了深沉厚重的情韵，可谓妙绝之笔。

巫山一段云

大江东去三千里，相思共饮长江水。秋水碧于天，行人天一边。
天边眉样月，曾照人相别。别后几回圆，行人江水前。

【评析】

词作以江水和月为中心意象，寄托相思之情。上阕用千里长江作为联系远别男女之间的情感纽带，又用云水相接的广阔无际，体现二人之间距离的遥远。下阕用新眉般的残月寓意人的离别，"别后几回圆，行人江水前"言离别时间的久远。上阕与李之仪《卜算子》词中"我住长江头，君住长江尾。日日思君不见君，共饮长江水"略同，语言清丽，连珠和顶针格的运用，形成循环往复、一唱三叹的特点，具有江南水乡民谣的风味。

忆秦娥

纤月落，清光斜照栏杆角。栏杆角，有人携酒，对山闲酌。

民穷不畏官侵虐[1]，官清难疗民饥渴。民饥渴，且将愁苦，暗中摸索。

【注释】

[1]侵虐：侵凌残害。《后汉书·酷吏传序》曰："而阉人亲娅，侵虐天下。至使阳球磔王甫之尸，张俭剖曹节之墓。"

【评析】

这首小词的上阕写自己一人在纤月清光的斜照之下，独自携酒在栏杆一角，对山闲酌，下阕则说人民穷苦并不畏惧被官家所侵虐，而官家清廉也难以疗就人民的饥渴，但人民饥渴怎么办呢？只能在黑暗中继续摸索。词作对社会现实进行了深刻揭示，人民已经穷困到不再畏惧官家的侵虐，而就算政治清明也难以疗救人民的饥渴，这是多么精警、深刻和沉痛的句子，一针见血地将残酷的社会现实表现出来，又能够引起人们对社会时局的沉思，为何"官清难疗民饥渴"？是民力的穷困已无以复加，更是由于政治文化落后造成帝制的溃败，不从根本上改变帝制，即便是官府清明也无法扭转时局，救人民于水火。

忆旧游

记花开韦曲[1]，草暗秦川[2]，同浣清尘。客里惊离绪，望棠梨花落，六度逢春。昔年汉南种柳[3]，摇落已伤神。况巷陌斜阳，几多燕子，商略黄昏[4]。　　销魂倚栏处，怅海天空阔，目送归云。曳杖寻诗去，问武夷烟月，可许平分？此中自有千古，残梦苦羁人。愿再约盟鸥，共寻黄叶江上村。

【注释】

[1]韦曲：唐代地名，位于长安城南郊，因韦氏世居于此得名。此处借指风景秀丽的游览胜地。龚自珍《清平乐》词曰："垂阳近远，玉鞚行来缓。三里春风韦曲岸，目断那人庭院。"

[2]秦川：古地区名。泛指陕西、甘肃之秦岭以北平原地带。徐陵《关山月》诗之一曰："关山三五月，客子忆秦川。"

[3]汉南种柳：见庾信《枯树赋》："桓大司马闻而叹曰：'昔年种柳，依依汉南；今看摇落，凄怆江潭。树犹如此，人何以堪！'"

[4]况巷陌斜阳，几多燕子，商略黄昏：辛弃疾《永遇乐·京口北固亭怀古》词曰："斜阳草树，寻常巷陌，人道寄奴曾住。"

【评析】

张鸿绩游踪广泛，常在山程水驿的漂泊之中。在羁旅中，其无论是登高望远之作，还是江边独吟之词，无不情意真切、清丽可咏。词从回忆写起：记得当时广阔的秦川绿草如茵，风景秀丽的韦曲繁花盛开，清尘除尽，一片鲜明。接下来写当前境遇，词人在羁旅中，看着棠梨花落，在这离愁中度过了六年时间。"汉南种柳"用了桓温见昔年手植之树，感叹"树犹如此，人何以堪"的典故，表现人生流逝之感。上阕末句化用辛弃疾《永遇乐·京口北固亭怀古》中"斜阳草树，寻常巷陌，人道寄奴曾住"词句，表现世事无常之悲。下阕写登楼怀远。词人倚在栏杆前，看着海天空阔、云彩飘飞，独自销魂。想归隐山林、曳杖寻诗，试问那桃花源的烟月能否与我平分。这桃花源中自有一片洞天，只是让我这羁旅之人平添愁苦，再寻归隐的机会了。这首词的特点是典故使用比较成功，虽密集，但由于精于裁剪，故未有融而未化之病，反而使词中情感意蕴更加深沉。

傅 衡

（9首）

  傅衡，原名钧，字虎生，贵州贵筑人（贵阳人），他是同治六年（1867年）举人，曾官至广西左州知州。他性格疏狂，多才多艺，文章、诗词、书画兼通。《黔诗纪略后编·傅左州衡传证》言其画仿唐代李将军金碧山水，并评其《罗汉渡江图》"精细处锐入豪芒"，是贵州继杨龙友、马瑶草之后，姚华之前的著名画家。傅衡兼通诗词，著有《师古堂诗集》《师古堂词钞》。

  其诗笔法突兀，正如其人，其词亦是如此。傅衡存词32阕，数量不多，慢词和令词数量相当。其词书斋气息较为浓厚，多用词作为文字交往的工具，尤多咏物唱和及题画之作，却无婉转香艳的气息。其唱和词多与"夏秋丞"酬唱，夏秋丞是何人，据笔者多方查阅，并未核实，应是外省入黔仕宦的文士，两人在诗词上互为知音。咏物词多就物刻画，用典使事，缺乏感发人心的情感和较深的寓意，故成就不高。当然，其为数不多的述怀词和咏物词也抒发词人对世事的看法和人生态度，其人生志趣并不脱出传统士大夫慨叹人生短暂，世事无常，以抱朴守真为解脱的思路。傅衡精通绘画，其题画词更有特点，更多的是表达对理想的桃源生活的向往，与述怀词互为补充，构成了其词的情感内核。此外，其题画词常在抒情表意中穿插写景之句，往往能够抓住最有代表性的景物，寥寥数笔勾勒便刻画出境界。

  总的来说，傅衡的词作题材较为单一，情感内蕴显得不够深厚，在创作成就上与同时期的贵阳其他词人相比，较为逊色。

满江红

和秋丞太守钱塘观潮原韵

立马吴山，灵胥[1]出、龙堂贝阙[2]。堪恨是，赭龛[3]为阻，怒张[4]毛发。一线穿空天目[5]近，千人扫阵军声发。替鸱夷[6]、淘恨泻银河，吞吴越。

枚乘笔，写晴雪[7]。钱镠弩，弯秋月[8]。合英雄，名士串成三绝。天地皆青浮雾扫，湖山转碧余波歇。一年年、有信约侬看，中秋节。

【注释】

[1]灵胥：相传伍子胥死后为涛神，故得称。借指波浪，浪涛。《文选·左思〈吴都赋〉》曰："习御长风，狎玩灵胥。"刘逵注："灵胥，伍子胥神也。"

[2]龙堂贝阙：即"贝阙龙堂"，《楚辞·九歌·河伯》曰："鱼鳞屋兮龙堂，紫贝阙兮朱宫。"王逸注："言河伯所居，以鱼鳞盖屋，堂画蛟龙之文，紫贝作阙，朱丹其宫，形容异制，甚鲜好也。"

[3]赭龛：常写为"龛赭"，龛山与赭山的并称。古时两山夹江对峙，现处钱塘江南岸。(宋)周弼《吴山仁王寺》诗曰："瓯闽散驿缘江岛，龛赭收潮入海门。"

[4]怒张：波涛汹涌貌。王安石《送张宣义之官越幕》诗二首其一曰："唯有西兴渡，灵胥或怒张。"

[5]天目：天目山，在浙江临安县境内，分东西两支。《元和郡县图志》曰："天目山……有两峰，峰顶各一池，左右相对，故曰'天目'。"

[6]鸱夷：仍指伍子胥。《史记·伍子胥列传》曰："吴王闻之大怒，乃取子胥尸盛以鸱夷革，浮之江中。"

[7]枚乘笔，写晴雪：指枚乘《七发》铺叙描绘"观涛于广陵曲江"之盛景。

[8]钱镠弩，弯秋月：指钱王射潮的典故。《宋史·河渠志》曰："浙江通大海，日受两潮。梁开平中，钱武肃王始筑捍海塘，在候潮门外。潮水昼夜冲激，版筑不就，因命强弩数百以射潮头，又致祷胥山祠。既而潮避钱塘，东击西陵，遂造竹器，积巨石，植以大木。堤岸既固，民居乃奠。"

【评析】

该词从吴山观看钱塘潮的盛景写起，把历史故实与壮阔的景致融汇一体，且想象奇崛，很好地把钱塘潮的壮观气势展现出来。词以想象开篇，立马于吴山上，见从远处滚滚而来的潮水，就像是伍子胥从"龙堂贝阙"带出的千军万马。这个典故来自《史记·伍子胥列传》，伍子胥自尽后，吴王将他的尸体用鸱夷革盛之，泛之江中，吴人怜悯伍子胥，为他立祠于江上，便称为胥山。词人看到雷霆万钧的潮水从远处奔腾而来，由此传说便想象那潮水都是伍子胥从水中带出的军马，他们要为伍子胥报仇，有着势吞吴越的气势。这是出人意料又在情理之中的绝妙之笔，正如黄万机在《贵州汉文学发展史》中所论："既是形象的比喻，也是历史旧事的生发，二者有机融合。情景相映，别饶风韵。"词的下阕紧承上阕，仍以用典故起，引入枚乘和李白，他们都在诗歌中描绘了钱塘潮的壮丽景观，枚乘在《七发》中有"八月之望……观涛乎广陵之曲"之句，将滚滚广陵潮比作澎湃的乐曲，李白《送友人寻越中山水》诗中有"湖清霜镜晓，涛白雪山来。八月枚乘笔，三吴张翰杯"之句，将大浪排沓而来，形象地比作为雪山倾倒，体现出很强的视觉冲击力，这两个用典非常妥帖，既为词作增添了历史感，又能让人联想起历来诗词墨客对钱塘潮的动人描绘。"钱镠弩，弯秋月"，写的是五代时越王钱镠曾命三千强弩射潮头的历史故实。伍子胥、枚乘和钱镠历来是骚人墨客咏叹的钱塘观潮"三绝"，钱塘潮厚重的历史感和汹涌澎湃的现实感结合，使整首词笔力雄健，境界阔达、宏肆。

贺新凉（一）

壬戌[1] 七夕悼述

七夕佳期至，想停梭、七襄成锦[2]，是何仙子。槎拥黄姑[3]将会合，嗟我不如彼美。早惹得、鹊亡鸦喜。醒枕鳏鳏[4]容卧看，叹尘寰、僵代争桃李[5]。不死药，求诸己。　　人间天上空相视。怎悲生、悼亡潘岳[6]，食难甘旨。两截音容魂梦渺，恨乏少翁符纸。那见得、精灵[7]到此。想趁星桥同一会，恐银河、荒忽都非是。哀永逝[8]，从中起。

【注释】

　　[1]壬戌：从词人生平推断，应指清同治元年（1862年）。

　　[2]七襄成锦：出自《诗经·小雅·大东》："跂彼织女，终日七襄，虽则七襄，不成报章。""七襄"指织锦的数量。（南朝宋）颜延之《夏夜呈从兄散骑车长沙》诗曰："九逝非空思，七襄无成文。"

　　[3]黄姑：指牵牛星。《玉台新咏·歌辞之一》曰："东飞伯劳西飞燕，黄姑织女时相见。"吴兆宜注引《岁时记》："河鼓、黄姑，牵牛也。皆语之转。"

　　[4]鳏鳏：忧愁难寐，眼睛不闭之貌。（金）元好问《洛阳卫良臣以星图见贶漫赋三诗

为谢》诗之一曰："鳏鳏鱼目漫漫夜，盼到明星老却人。"

　　[5]桃李：喻人的青春年少。徐渭《又启严公》曰："誓将收桑榆之效，以毋贻桃李之羞，一雪此言，庶酬雅志。"

　　[6]悼亡潘岳：潘岳因妻死，作《悼亡》诗三首，后因称丧妻为悼亡。（清）方文《述哀》诗曰："思亲兼悼亡，悲歌泪盈睫。"

　　[7]精灵：灵魂。（晋）左芬《万年公主诔》曰："况我公主，形灭体讹，精灵迁逝，幽此中阿。"

　　[8]哀永逝：指潘岳所写悼念亡妻的赋文《哀永逝文》。

【评析】

　　这是一首悼亡词，七夕本是情人相会的日子，但对于与妻子生死相隔的词人来说，却只是徒惹伤悲罢了。因此词作开篇便说今天是七夕佳节，天上的织女又织就了七襄锦缎，而牛郎也乘着木筏来与她相会，叹息我不能像他们那样还能有相会的美好。古人认为鹊是吉兆，而乌鸦是凶兆，"鹊亡鸦喜"象征着自己遭受了爱人离世的惨痛。如今孤苦一人，常躺在床上彻夜难眠。"叹尘寰、僵代争桃李"是说感叹这世间之人都强自与桃李争芳，但桃李谢后，来年还会盛开，人的青春却一去不能复返。上阕末句之"不死药，求诸己"实则是表达了生命无法永存的残酷现实。在表达了一番对生命短暂的感悟之后，下阕开始写对亡妻的思念。过片便是说自己与亡妻天人永隔，而自己就像当年写悼亡诗赋的潘岳那样"食难甘旨"。"少翁符纸"是指为汉武帝招李夫人魂魄的方士，如今梦中妻子的音容如此模糊缥缈，可恨自己没有招魂的符纸，哪里能够换回妻子的精魂。想要趁着今晚七夕鹊桥上天去与妻子一会，又怕在广袤的银河中根本无法找寻。"哀永逝"是潘岳悼亡赋文的标题，词人借用文题字意，言只能任由哀悼永逝妻子的悲恸从心中涌起。词作紧扣住七夕牛郎织女相会的传说，来反衬自己与妻子天人永隔的现实，同时将潘岳的悼亡诗赋绾合进来，在喜与悲的对比中更加真切地抒发了伤逝之痛，词风凄婉哀怨，令人感动。

贺新凉(二)

和秋丞太守九日登高一览亭[1] 寄赠

　　却是韩公[2]会。有欧阳[3]、允明[4]诸子，翩翩雅致。一览亭中凭望眼，举首云天近咫。况无数、峰峦拥翠。臂系茱萸聊复尔，便长歌、唱答氤氲起。菊花酒，桃源里。　　我心常仰高山寄。恨魂梦、风风雨雨，难寻彼美。不羡龙沙与凤岭[5]，窃愿执鞭御李[6]。只日听、笳悲梓里。鹤唳鸿嗷[7]粉乱散，更谁人、相解其间意。唯比喇[8]，福民地。

【注释】

[1]一览亭：又名圣览亭。坐落于金华铁岭头附近一处高坡上。

[2]韩公：疑指韩愈。

[3]欧阳：指欧阳修。

[4]允明：指祝允明。祝允明，字希哲，长洲人，自号枝山。明代著名书法家，擅诗文，与唐寅、文徵明、徐祯卿并称"吴中四才子"。

[5]龙沙与凤岭：龙沙：指江西南昌城北一带的白沙丘。《太平寰宇记》曰："龙沙在豫章城北一带，甚白而高峻，左右居人，时见龙迹。"杜牧《张好好诗》曰："龙沙看秋浪，明月游东湖。"凤岭：即凤凰山。在杭州东南，北近西湖，南接江滨。苏轼《赠别》诗曰："殷勤莫忘分携处，湖水东边凤岭西。"

[6]执鞭御李：指东汉李膺，士子凡被他接见，身价倍涨，称为"登龙门"。荀爽去拜访他，并为他驾御车马。见《后汉书·李膺传》，后借"执鞭御李"指亲近贤者。

[7]鸿嗷：《诗·小雅·鸿雁》曰："鸿雁于飞，哀鸣嗷嗷。"后遂以"鸿嗷"形容饥民哀号求食的惨状。(清)吴嘉洤《莠言呈林少穆抚部》诗曰："往者值祲岁，居民惨鸿嗷。"

[8]比喇：即"比喇坝"，即今贵州织金县，清朝时为平远府。(乾隆)《贵州通志·地理志》曰："以比喇坝为平远府。"

【评析】

这是一首记游词，写重阳节与一众好友登一览亭雅会。上阕写雅会的诗酒风流。先写参加集会之人，用"韩公"称美主会人，用欧阳修、祝允明称美与会者，总的来说，此次雅会者尽是雅致翩翩的文采风流之士。再写亭中凭眺之美景，"云天近咫"突显一览亭地势之高峻，"峰峦拥翠"一展峰峦蔚然深秀之美景。接下来写宴会场景，所有人都姑且系上茱萸，有的举杯高歌，有的即席赋诗唱答，足见其文采风流、高情逸兴。上阕末句"菊花酒，桃源里"，不仅应重阳之景，而且表现出乡村雅趣和遁世之乐。下阕写参会之感受，词人言其常仰慕高山之志，只可惜饱受离别漂泊之苦，难以实现。"龙沙""凤岭"指代风景绝美之地，词人言不羡慕一览亭的山川之美，只希望能如荀爽为李膺执鞭驾车那样，得到文人雅士的赏识和汲引。在结尾处，词人表示不仅日日听到家乡的笳声悲鸣，饥民离散哀号，还有谁能了解我这内心的深意。我的家乡也只有比喇坝一地尚且安宁，能造福于民。词作希望能通过雅会，得到赏识和汲引，并非希冀荣达，而是有感于世事的混乱和人们的疾苦，希望能有所作为。这是这首词作最可贵的思想价值。

意难忘

自嘲

环堵[1]敝庐。是谁家住处，阮籍穷途。庭前书走蠹，室内甑生鱼[2]。

薪似桂、米如珠。短叹更长吁。怎想他、骊渊百斛[3]，象岭千株[4]。

由来得失荣枯。待改头换面，也算良图。有心知计较，秉性总迁拘[5]。将一副、钝肌肤。抱拙守愚[6]。只听凭、人人笑骂，个个揶揄[7]。

【注释】

[1]环堵：四周环着一方丈的土墙，形容狭小、简陋的居室。《淮南子·原道训》曰："环堵之室，茨之以生茅，蓬户瓮牖，揉桑为枢。"高诱注："堵长一丈，高一丈，故曰环堵，言其小也。"也常用以指清贫之家。杜甫《寄柏学士林居》诗曰："几时高议排金门，各使苍生有环堵。"

[2]甑生鱼：即"甑尘釜鱼"，出自《后汉书·范冉传》："所止单陋，有时绝粒，穷居自若，言貌无改。闾里歌之曰：'甑中生尘范史云，釜中生鱼范莱芜'。"用以形容家贫，断炊已久。

[3]骊渊百斛：即"骊珠"，相传是产于骊渊的宝珠。

[4]象岭千株：象岭：位于今福建省莆田市游仙县。象岭盛产龙眼，历史悠久。"骊渊百斛，象岭千株"是形容词人自家龙眼树丰产的样子。

[5]迁拘：迁腐执着，不知变通。(清)何长诏《论文》诗曰："奈何群儿愚，迁拘守成格。"

[6]抱拙守愚：持守愚拙，不投机取巧。

[7]揶揄：嘲笑，戏弄。钱谦益《云阳草堂记》曰："举世之人，见不越晦朔，智不出口耳，闻点石移山之说，未有不揶揄手笑者也，而又何怪与！"

【评析】

这首述怀之作以"自嘲"为题，用调侃的语调将自己困苦的人生处境表达出来。上阕描绘家徒四壁的情景，那狭小、简陋的居室是谁的住宿，就是如阮籍一般穷途末路的自己。中庭前的书已被蠹虫蛀坏，家里已断炊多时，炊具上都是尘土，釜中长出了小鱼。柴薪对自己就像桂树一样珍贵，米粒如同珍珠一样难得。如此穷苦，只能长吁短叹。怎想那屋外的龙眼树却结满了果，一串串就像产于骊渊的宝珠。下阕由此而抒怀，向来得失荣枯都难以预料，如果哪天能够改头换面，也能算是妥善的谋划。我虽有计算比较之心，但天生秉性总是迂腐执着，不知变通。就用这一身贫乏粗糙的皮囊持守愚拙，听凭大家嘲笑、戏弄吧。上阕末句对龙眼丰收的一笔是该词中最为出彩的地方，因为整首词都写得非常直白，着力去描写自己穷困的处境和迁拘的性格，只有这一句仿佛是词中唯一的亮色，龙眼的丰产当然是可喜之事，但对于食不果腹的词人来说，它并不能作为粮食，解决燃眉之急，故反而将词人的窘迫体现得更加深刻。词作用自嘲的口吻去描写自己的窘境和愁苦，有元曲风味，在戏谑之中饱含辛酸，同时也体现了词人不愿因贫困而计较取巧，保持朴素本心的坚贞操守。

沁园春

题张梦晋[1] 画"唐六如居士小像[2]"

　　第一风流，宁邸阳狂[3]，不染尘埃。叹举国侏儒[4]，衣冠倒置；满堂睡汉，怀抱谁开。富贵云浮，文章薄命，慷慨悲歌良可哀。泪如雨，怎黄金有价，白骨成堆。　　徒为郁郁何来，这醉里乾坤颇壮哉。算曲秫[5]丛中，好寻知己；桃花坞畔，且自宽怀。世态披猖[6]，英雄落寞，鸾凤终教燕雀猜。拜遗像，怪先生若此，生错奇才。

【注释】

　　[1]张梦晋：指明代画家张灵，字梦晋，吴郡人。与唐寅比邻，交谊最深，作画也深受唐寅影响。最擅长人物、山水，竹石、花鸟亦清新可喜。

　　[2]唐六如居士小像：张灵为唐寅所画人物画像。唐寅号"六如居士"。

　　[3]阳狂：即"佯狂"，假装疯癫。《大戴礼记·保傅》曰："纣杀王子比干，而箕子被发阳狂。"

　　[4]侏儒：借指以迎合统治者而取宠的人。(清)汪懋麟《送余中丞》诗之二曰："自愧侏儒共比肩，何当青眼向人偏。"

　　[5]曲秫："曲"为酒母，"秫"为高粱，二者均用于酿酒，词中借以指代酒。

　　[6]披猖：溃散，狼狈貌。(唐)高适《同观陈十六史兴碑》诗曰："东周既削弱，两汉更沦没。西晋何披猖，五胡相唐突。"

【评析】

　　词作为题明代著名画家张灵所绘唐伯虎画像而作，通过对唐伯虎落拓不羁之人生的描写，对明代政治黑暗、埋没人才予以针砭，具有社会批判的锋芒。词作先赞美唐寅为第一风流之人，宁愿在家佯狂以保持高洁的本性不为世俗所玷污。接着对当时黑暗的社会予以揭露，那是一个举国逢迎、尊卑不分、举世昏聩的时代，像唐寅般心怀志向之人怎能一展抱负。富贵如浮云，文章之士命运凄苦，其诗文的慷慨悲歌真让人哀叹。面对如此黑暗的现实，唐寅只能隐居桃花坞，借酒度日。"世态披猖，英雄落寞，鸾凤终教燕雀猜"便是唐寅失意的人生写照。最后词人只能感叹唐寅生不逢时，这是一个时代的悲哀。这虽是一首题画词，但在刻画唐伯虎傲岸不平的性格，感伤其"英雄落寞"的人生际遇的同时，也是将以自比，寄托着词人自己的人生辛酸。该词思想内涵与《意难忘·自嘲》相若，但因不是直接牢骚议论，而是通过对唐寅坎坷人生的同情感慨中婉转地表达，故词作情感的层次更加丰富，艺术上也更为成功。

满庭芳

丙寅[1]春日郊望

个个山村，行行竹木，可怜烽火频侵。郊原望断，数不尽伤心。曾记往年旧事，轻抛了、无限光阴。回头处，莺啼燕语，仿佛有余音。　　攀寻应是，青开柳眼[2]，绿透苔岑。才不枉、良辰快活胸襟。私向东君细问，凄凉地、也要情深。堪惆怅，荒烟蔓草，怎样到而今。

【注释】

[1]丙寅：从词人生平推断，可知为清同治五年(1866年)。

[2]柳眼：早春初生的柳叶如人睡眼初展，因以为称。元稹《生春》诗之九曰："何处生春早，春生柳眼中。"

【评析】

词作写春日远望之景，将明媚的春色与战后荒芜凄凉的情景相对比，抒发其哀时丧乱的情怀。词作开篇便描写同治年间贵阳郊野兵乱后的情景："个个山村，行行竹木，可怜烽火频侵。数不尽伤心"，接着引入回忆，后悔没有珍惜战乱前的美好春景，似乎还能听到当年"莺啼燕语"的余音。在今昔的对比中，无限感伤之情便从字里行间油然而生。词人说他登高远眺，应该看到柳眼青开、苔岑绿透，生机勃发的美好景色，才不枉快活的胸襟。"凄凉地、也要情深"一句凄绝，尽显伤心情绪。面对如此时局，词人满腔悲愤却又无可奈何，只能发出"堪惆怅，荒烟蔓草，怎到而今"的愤慨。词作语言简洁洗练，在写景抒情中透出劲峭的气势和哀伤幽独之情怀，是一首寄寓深远的写景述怀之作。

于乐飞

戊辰[1]除夕

记得年，除夕夜，欢聚于家。去年个，船倚河沙。冷清凄，听隔岸、爆竹声哗。思寻往事，怎今宵、同是天涯？　　幸蒹葭、玉树堪夸。行藏[2]事、海水浮槎[3]。仗东风着力，盼送到春华。快迎来也，醉屠苏、笑看灯花。

【注释】

[1]戊辰：从词人生平推断，可知为清同治七年(1868年)。

[2]行藏：指出处或行止。出自《论语·述而》："用之则行，舍之则藏。"岑参《武威送刘单判官赴安西行营，便呈高开府》诗曰："功业须及时，立身有行藏。"

[3]浮槎：出自《论语·公冶长》："子曰：'道不行，乘桴浮于海，从我者，其由与？'"

【评析】

这是一首节序词，写于同治七年(1868年)除夕，此时词人正在行旅之中，故借除夕抒发羁旅之情。词作上阕用极为简练的语言，便将去年以前、去年和如今三个时间点用除夕这一节序串联起来——当年在家欢聚，去年是在船上，自己的冷清和隔岸热闹的节日氛围形成了鲜明的对比。今年还是在旅途漂泊之中，诘问的语气透露出人生的无奈。下阕抒发人生感慨，词人用幸有蒹葭、玉树来强自开解，这一句针对未能回家团聚的遗憾；再用孔子"用舍行藏"和"道不行，乘桴浮于海"的圣人之言来安慰自己，这一句则针对人生失意的悲愁。最后词人希望东风能够得力，送来春华，自己也能够早日回家，与家人共享团聚之乐。词作之可贵处在于虽表现羁旅中的愁苦和凄凉，但词人对自己的人生处境能够以较为洒脱的胸怀去面对，末句更是充满了对美好生活的期盼和向往，使词作避免了消沉颓丧之病，其积极乐观的人生态度自能温暖人心。

渔父

题"渔家乐图" 二阕

其一

佳酿新开绿柳矶，桃花春涨鲙鱼肥[1]。终日醉，少人非，呼儿扶起卧柴扉。

其二

茅屋数间对落晖，渔家风味各依依。随网去，捕鱼归，鸬鹚贴水绕船飞。

【注释】

[1]桃花春涨鳠鱼肥：化用张志和《渔歌子》中"西塞山前白鹭飞，桃花流水鳜鱼肥"词句。

【评析】

这也是一组题图组词，词作所题为"渔家乐图"，则也是描写归隐之乐。其一写饮酒之乐，绿柳矶畔，佳酿新开，桃花盛开，鳠鱼肥嫩，可供佐酒。能够终日沉醉，少有人前是非，体现出对质朴生活的向往之情。其二写渔父打鱼归来的场景，分写了两个镜头：一是渔父家中的情景，落晖下数间茅屋，传出了袅袅的炊烟和渔家的饭菜香味，家中之人正等待打鱼的渔父回家呢；二是打鱼归来的渔父，他满载而归，就连鸬鹚也很开心，绕着渔船飞来飞去。这组词选取了两个生活画面来体现渔家之"乐"，一是劳动归来的满足，二是无名牵利绕的自由闲适。词作用明丽清新的笔调便体现了返璞归真的归隐之趣。

赵　怡

（1首）

　　赵怡，字幼渔，贵州遵义人。光绪十八年（1892年）进士，曾任四川新津知县。他是赵懿（生平见后）的长兄，遵义赵氏也是与黎氏、郑氏有着姻亲关系的诗书世家。据胡薇元所撰《赵君渊叔墓志铭》，赵氏先祖为山西阳曲人，唐时迁至遵义。其祖上三代均为读书人，父亲赵廷璜，早年从郑珍受许、郑之学，后又从莫庭芝讲性理之学。可以说是郑莫二人的后学，廷璜以军功保知县、同知。后调任四川大宁、富顺等县知县。其妻郑淑昭，是郑珍之女，亦是赵怡、赵懿昆仲的生母，工诗善画，是明清贵州著名的才女，有《树蕙背遗诗》一卷。廷璜长期游幕四川，赵怡兄弟三人均由她教育启蒙。

　　赵怡擅长诗文和书法，著有《汉鳖生诗集》《文字述闻》等。虽未有词集传世，但亦能词。在其弟赵怡的《梦悔楼词》中，载有两首其与赵懿的答赠之词《飞雪满群山》和《南浦》，可窥见其风貌。本书选入《飞雪满群山》一阕。

飞雪满群山

笛里鹧鸪天一曲，雪花飞乱江头。玉人颦翠[1]下帘钩。女贞[2]凄影外，孤雁下汀洲。　　心绪梅花能替说。鈚枝[3]拈付巴流。水程几驿问闲鸥。杜鹃亭[4]畔路，人在橘官楼[5]。

【注释】

[1]颦翠：形容女子皱眉的样子。因古代女子常用青黑色的螺黛画眉，故用"翠黛"为眉的别称。(明)等慈润公《赋得东美人临潭水二十韵》诗曰："写黛双颦翠，横波并作秋。"

[2]女贞：树木名，凌冬青翠不凋，其籽可入药。(晋)苏彦《女贞颂》曰："女贞之树，一名冬生，负霜葱翠，振柯凌风。"

[3]鈚枝：指梅花之枝条。"鈚"为分析之意。

[4]杜鹃亭：位于重庆云阳县，为纪念杜甫所建。亭名取自杜甫于云阳所写《杜鹃》诗。(明)曹学佺《杜鹃亭》诗曰："春林血泪染山青，羁客中宵忍泪听。何处蜀山不啼遍，云安偏有杜鹃亭。"

[5]橘官楼：橘官：汉代所置官名，主贡御橘。《汉书·地理志上》曰："容毋水所出，南(入江)。有橘官、盐官。"橘官楼，疑指橘官堂，在今重庆云阳县，为南宋云安(云阳县古称)县令张任所建。(咸丰)《云阳县志·古迹》："橘官堂，在县南五峰驿前。宋李植有《记》，见《艺文》。"李植所写《记》为《云安橘官堂记》。

【评析】

词作写羁旅情绪。从词中多有巴地名物典故，可知词人正在重庆行旅途中。词作先从冬日江景写起，正值雪花缭乱的寒冬，词人伴着《鹧鸪天》的笛声，旅居于江舟之上。《鹧鸪天》词调得名于唐代诗人郑嵎诗句"春游鸡鹿塞，家在鹧鸪天"，鹧鸪啼鸣声如"行不得也哥哥"，古人谐其音，常用作表达思乡的意象。故词用"鹧鸪天"便暗含了思乡之情。从"玉人颦翠"至上阕末，转自家中妻子的角度，妻子又在失望中放下了窗帘，"颦翠"是皱眉之意，形容妻子苦苦等待，却未能等到词人归来的失望和凄苦。她看到的只是女贞凄凉的树影外，一只孤雁飞过了汀洲。这一句写景以妻子等待词人时所见的角度写出，与上句词意连接紧密，过渡自然。又以景语收束上阕，营造清冷凄凉的意境，成为词中男女二人心境的写照。下阕又转到词人的角度，梅花能够替我述说思乡的心绪，那花枝零落都洒落到东流的江水中。词人想问江边闲鸥还有多少路途。"杜鹃亭畔路，人在橘官楼"是词人所拟闲鸥的回答，"杜鹃亭"和"橘官楼"都是重庆云阳县的古迹，特别是"杜鹃亭"为纪念羁旅于云阳的杜甫所建，关于杜鹃，有望帝的传说，其声哀，常表离别之苦。作为赠答词，这两个地名的选用，不仅说明了其时词人正在云阳县，而且还寄寓了思乡之情。可见词人对典故、意象选用之匠心。

赵懿

（11首）

　　赵懿，字渊叔，号延江生，贵州遵义人。赵懿是郑淑昭第二子，早岁由其母授诸经，居剑山书楼读书。光绪二年(1876年)，以宏辞丽博受知学使，补博士弟子，并乡试中举，但他三次参加礼部试均落第，后入蜀任名山知县。作为沙滩后学，赵懿工诗词，擅书画，于经史、百家、训纂、方舆、金石之学均能撷其萃旨，尤精于诗画，著有《延江生文集》二卷、《延江生诗集》十二卷。胡薇元评其诗云："从至性涵养而出，无浮嚚、钩棘、纤佻、怪谲之弊，故不主一家，自然超迈，不屑屑随俗波靡而跌宕多奇气，亦犹其画之神也。"

　　赵懿的《梦悔楼词》共收入43首词作，多为令词，题材范围与其诗歌相比较为狭窄，有写景、咏怀、酬答、咏物、闺情等类别，但能够有感而发、自出手眼，无空虚、轻佻之病，风格以清疏俊逸为主。赵懿擅画，故其写景之作，往往能够传神地刻画出景物的特点，让人能够从其词境想见其所见景物的风貌，又能够融情入景，借景抒发自己的心境和情感，是其词中最有代表性的一类。此外，他的写景咏怀之作，也常常将山水写得清新明净，表现出他希望摆脱名利牢笼、向往自然恬淡生活的志趣。《梦悔楼词》中酬答、咏物之作较多，其咏物之作并不浮于对所咏之物的描绘，而能够借物表情，较有情味。

　　总的来说，赵懿词情真意切，无空泛无物的作品，可见他是将词作为陶写情怀的工具。他的词既能境界廓大、超迈奇绝，也能细致婉曲、清新明秀，主体风格可用"清疏俊逸"概括，在沙滩词人中，其成就在黎氏三杰、莫友芝之下，宦懋庸之上。

百字令

泛海

海山苍碧，正天风籁荡，十洲[1]仙阙。世界红云[2]吹尽了，唯见一轮明月。汉畤[3]何存？秦桥[4]安在？只有空堆碣。长天万里，波涛无处收歇。

叹此终古销磨，人生何有？有虚精不灭。沆瀣[5]鸿濛[6]同一气，来去乘风飘忽。羡逝非遥，安期[7]待访，我欲从兹发。骑鲸去也，波山烟雾冲突[8]。

【注释】

[1]十洲：传说大海中神仙居住的十处仙境。《海内十洲记》曰："汉武帝既闻王母说，八方巨海之中，有祖洲、瀛洲、玄洲、炎洲、长洲、元洲、流洲、生洲、凤麟洲、聚窟洲。有此十洲，乃人迹所稀绝处。"

[2]红云：传说仙人所居之处，常有红云盘绕。(唐)曹唐《小游仙诗》之四十七曰："红云塞路东风紧，吹破芙蓉碧玉冠。"

[3]汉畤：汉时帝王祭天地五帝的地方。(明)谷宏《行经华阴》诗曰："秦关日落行人少，汉畤天阴古戍空。"

[4]秦桥：相传秦始皇东游时所造的石桥。《太平御览》引《三齐略记》曰："秦始皇作石桥于海上，欲过海看日出处。有神人驱石，去不速，神人鞭之，皆流血，今石桥犹赤色。"李贺《古悠悠行》诗曰："海沙变成石，鱼沫吹秦桥。"

[5]沆瀣：夜间的水汽，露水。《楚辞·远游》曰："餐六气而饮沆瀣兮，漱正阳而含朝霞。"王逸注："《凌阳子明经》言：春食朝霞……冬饮沆瀣。沆瀣者，北方夜半气也。"《文选·嵇康〈琴赋〉》曰："餐沆瀣兮带朝霞。"张铣注："沆瀣，清露也。"

[6]鸿濛：本指宇宙形成前的混沌状态，词中借指高空。(明)刘基《通天台赋》曰："矗鸿濛以建标兮，拖甘泉以为祛。"

[7]安期：又名"安其""安期生"，道教神仙名。传为琅琊阜乡人，卖药于海边，秦始皇东游，与语三日夜，赐金璧数千万，置之阜乡亭而去。后始皇遣使入海求之，未至蓬莱，遇风波而返。《史记·封禅书》曰："安期生仙者，通蓬莱中，合则见人，不合则隐。"陆游《长歌行》诗曰："人生不作安期生，醉入东海骑长鲸。"

[8]冲突：直闯貌。(清)昭槤《啸亭杂录·李壮烈战迹》曰："官船钉疏板薄，不能冲突波涛。"

【评析】

这是一首描写浩瀚壮阔之大海的写景词。在苍茫空阔的大海上，人的视野和胸怀仿佛也变得如长天万里、苍碧无垠的海面一样宏阔，无论是传说中的神仙世界，还是人世间的汉畤秦桥都显得短暂、渺小，微不足道，在海天一色中只有词人独自与明月相对，此时词人的心境显然已经超出了俗世的羁绊，体悟到自然的博大和永恒，因此发出了“羡逝非遥，安期待访，我欲从兹发。骑鲸去也，波山烟雾冲突”的感叹。读此词，不禁让人想到苏东坡《临江仙·夜饮东坡醒复醉》中“小舟从此逝，江海寄余生”那般飘逸超迈、旷达自适的风神。全词境界宏大、笔力雄健，写景、抒情和议论水乳交融，不假雕饰，语言畅达。胡薇元在《赵君渊叔墓志铭》中回忆在成都见渊叔画水，整个画面上无山峦、舟楫等事物，只有气势磅礴的水，“沦涟、荡潏、浩渺、潋滟之状澒乎，不测其几千万里也”。可见渊叔画风之超迈神韵，恰可以和《百字令·泛海》一阕相互参看。

渔家傲

田家

茅屋数椽山下住，清溪几曲将田护。腰鼓踏秧[1]声处处，炊香黍，竹中鸡鸣时卓午[2]。　　塘上飞鸦垂柳暮，菰蒲叶底栖鸥鹭。红湿杏花初过雨，明月路，独骑牛背归村去。

【注释】

[1]腰鼓踏秧：指一边打着腰鼓，一边扭秧歌。

[2]卓午：正午。李白《戏赠杜甫》诗曰：“饭颗山头逢杜甫，顶戴笠子日卓午。”

【评析】

词作用清新明快的语言描绘了田园风光和田家之乐，充满了生活气息。词作以写景起兴，开篇便描绘了山下茅屋、清溪护田的田园景致。接下来描写村民们打腰鼓扭秧歌的欢快，以及时近中午家家炊烟袅袅的生活场景，透出安宁祥和的氛围。下阕中将时间转到黄昏，池塘上的飞鸦和塘边的垂柳都沉浸在一片暮色中，鸥鹭也躲到菰蒲叶底栖息。刚洒过一阵春雨，被雨水湿润过的杏花格外鲜艳。月亮初升，在明媚的月光下，牧童独自骑在牛背上返回村庄。词作选取了最能体现田园生活美好的景物和生活场面，使笔下的乡村景物和农家生活充满了牧歌情调，令人心生向往。

露华

白杜鹃花

　　玲珑疏月，有怨魂袅袅，飞上丛枝。伤春血尽，断肠啼过芳时。怪煞东君归去，便匆匆、卷尽红枝。只剩得，断香零粉，淡衬荼蘼[1]。

　　于今青衣故国[2]，正杜宇悲号，烟雨林陂。登楼送目，愁催双鬓成丝。看这一窠踯躅[3]，漫无情、却惹乡思。清明了，陇山[4]开遍棠梨[5]。

【注释】

　　[1]荼蘼：树木名，又称"酴醾"。为落叶灌木，花期在春末夏初，故其凋谢常作为花季结束的象征。(宋)王淇《春暮游小园》诗曰："开到荼蘼花事了，丝丝天棘出莓墙。"

　　[2]青衣故国：青衣：指青衣神，即蚕丛氏，教民蚕桑，民尊之为神。(清)蔡方炳《广舆记·四川》曰："(四川眉州青神)青衣神庙。青神，昔蚕丛氏服青衣，教民蚕事，立庙祀之。""青衣故国"代指蜀地，因望帝死后魂化杜鹃的传说，故称蜀地为杜鹃故国。

　　[3]一窠踯躅：一窠：即一棵。踯躅：杜鹃花的别称。(唐)王建《宫词》诗之七十四曰："敕赐一窠红踯躅，谢恩未了奏花开。"

　　[4]陇山：六盘山南段的别称，古时又称"陇坂""陇坻"。位于陕西武功县西南。(唐)李洞《段秀才溪居送从弟游经陇》诗曰："烟沈陇山色，西望涕交零。"

　　[5]棠梨：俗称野梨。落叶乔木，花白色，果实小，属蔷薇科。元稹《村花晚(唐寅)》诗曰："三春已暮桃李伤，棠梨花白蔓菁黄。"

【评析】

　　这首咏物词，借咏白杜鹃花以抒怀。首句写在玲珑的月光之下，白杜鹃花就像是怨魂飞上丛枝一般，开篇便极有清冷幽怨之意，为全词定下了情感基调。接着由花而转至写杜鹃鸟，因伤春而断肠悲吟，啼血已尽，还是没能留住芳华。"伤春血尽"一句反用杜宇啼血染红杜鹃之典故，贴合了白杜鹃的色调特征，极尽巧思。然后用拟人手法赋予白杜鹃以人的情感，她是怪东君离开，所以才"卷尽红枝"，开出白花。只剩下了"断香零粉"，因其朴素故称"淡衬荼蘼"，荼蘼花期晚，其开花便预示一年花季将要结束，故末句便将惜春之情融入词句之中。下阕借杜鹃之典故抒发思乡之情。如今白杜鹃的家乡蜀地，是一片杜宇悲号、林陂烟雨的暮春景象，词人登楼远眺，满怀愁情、年华催促，让人双鬓花白。看着这一棵白杜鹃，却徒惹起思乡之情。清明节气已经结束了，陇山上开遍了雪白的棠梨花。词作借杜鹃啼血的典故，抒发其年华易逝之感和思乡之情，题为咏物，却意在抒怀，词作用虚处传神之法，并巧妙地运用杜鹃花鸟同名的特点，将相关的典故融入词境，辞意清空而深曲，情韵凄清宛转，寄托遥深，有姜夔、张炎咏物词的味道。

洞仙歌

京华别故人

辞风秋叶，渐疏疏偷坠，一道哀蝉怨声里。帝城西、便是衰草斜阳，斜阳外、多少凄凉情思。　　樽前悲韵发，千古才人，流落江潭御魑魅[1]。若个是鸱夷[2]，我欲从之，扁舟泛、五湖烟水[3]。但浩荡、白鸥从此辞，恐厚禄、故人有书难寄。

【注释】

[1]魑魅：谓能害人的山泽神怪。《文选·张衡〈东京赋〉》曰："捎魑魅，斮獝狂。"薛综注："魑魅，山泽之神。"

[2]鸱夷：即鸱夷子，春秋时越国相国范蠡之号。《汉书·货殖传》曰："（范蠡）乃乘扁舟，浮江湖，变姓名，适齐为鸱夷子皮，之陶为朱公。"

[3]五湖烟水：据《国语·越语下》载，范蠡助勾践灭吴后，功成身退，乘轻舟隐于五湖。后常将"五湖"指称隐居之所。李白《书情赠蔡舍人雄》诗曰："我纵五湖棹，烟涛恣崩奔。"

【评析】

这是一首留别词，作于词人落第之后，辞京南归之时，表现出怀才不遇的愤懑和命途多蹇的凄凉。上阕以秋风落叶、哀蝉怨声和衰草斜阳从视觉、听觉、触觉三个层面营造出一片衰颓清冷的环境，抒发离别时的凄凉情思。下阕从个人的遭遇来慨叹人才的沦落："樽前悲韵发，千古才人，流落江潭御魑魅。"并萌发了仿效范蠡泛舟五湖、浪迹天涯的念头。此词结句尤有创意："恐厚禄、故人有书难寄。"本是对友人前程的祝福，但却用反语，既增加了情味，又含有对人情薄凉的嘲弄。

渔歌子

十一阕

其一

壮误功名老学诗，五湖烟水似鸱夷。呼鸡犬、载妻儿，共住瓜皮艇[1]

一枝。

【注释】

[1]瓜皮艇：亦称"瓜皮船""瓜皮"，是一种简陋的小船。(清)陈份《捉搦歌》诗："瓜皮艇子长二丈，小姑十撑九不上。"

其二

泼绿春江水色浓，一船满载是青峰。元鹤[1]伴、白鸥踪，钓竿巢父[2]偶相逢。

【注释】

[1]元鹤：古人对鹤的称呼。"元"通"玄"，即黑色。古人认为鹤寿命长，其色泽随年齿而变化。年轻时羽毛呈白色，千岁后变为苍色，二千岁后变为玄色。(明)聂大年《西湖景·平湖秋月》诗曰："赤壁未醒元鹤梦，骊宫偏恼老龙眠。"

[2]巢父：人名，相传为尧时的隐士。(晋)皇甫谧《高士传·巢父》曰："巢父者，尧时隐人也，山居不营世利，年老以树为巢而寝其上，故时人号曰巢父。"一说为隐士许由之号，词中代指隐士。(宋)魏野《嵩岳十四韵》诗曰："烟浮巢父水，岚湿许由坟。"

其四

瑟瑟江风恰定初，钩穿香饵碧纶[1]虚。选苔石、坐清渠，春风钓得柳花鱼。

【注释】

[1]碧纶：指垂入碧绿水中的渔线。

其五

云水悠然第几层，一声渔笛[1]众山应。晴补网、雨开罾[2]，得鱼沽酒醉腾腾。

【注释】

[1]渔笛：渔人的笛声。杜牧《登九峰楼》诗曰："牛歌鱼笛山月上，鹭渚鸳梁溪日斜。"

[2]罾：渔罾，渔网的一种，俗称扳罾、拦河罾。韦庄《宿山家》诗曰："背风开药灶，向月展渔罾。"

其八

罩以寮罛[1]掩以柴，白拦横截水之涯。滩浅浅，水湝湝[2]，芦花风月十分佳。（网悬鸡羽以惊鱼，谓之白拦。）

【注释】

[1]寮罛："寮"是小屋，"罛"为捕鱼用的小网。

[2]湝湝：水流貌。《诗·小雅·鼓钟》曰："鼓钟喈喈，淮水湝湝。"毛传："湝湝，犹汤汤。"（清）孙枝蔚《过安丰盐场作》诗曰："蒲青露白水湝湝，斜日春风动客怀。"

其九

垂柳丝丝蔓碧萝[1]，绿荫深处聚鱼窠。抛玉尺、掷银梭[2]，乍倾珠露泻秋荷。

【注释】

[1]碧萝：女萝，一种绿色的寄生攀缘植物。杜甫《秋日夔府咏怀奉寄郑监李宾客一百韵》诗曰："碧萝长似带，锦石小如钱。"

[2]抛玉尺、掷银梭：玉尺和银梭都用以比喻鱼。杨万里《松江鲈鱼》诗曰："买来玉尺如何短，铸出银梭直是圆。白质黑章三四点，细鳞巨口一双鲜。"

其十一

一片鸥飞向碧空，芙蓉四壁压船红。摇短櫂、驾乌篷，一蓑一笠老渔翁。

【评析】

这组描写水乡风景和渔父生活的《渔歌子》组词多达十一阕，用细致婉曲的笔触抒发自己厌倦名利、向往归隐的情怀。本书选录七阕。这十一阕词组成了一个整体。其一是总起，壮年的时候寻求功名，老年便想学诗度日，像范蠡那样乘舟五湖，隐居于烟水。于是他带上妻儿鸡犬，住到那陋舟之上，开启了隐居生活。其二是说遇到了志同道合者和隐居之人。春水明媚，一船都是青峰之绿，这里有玄鹤陪伴、白鸥翻飞，词人手持钓竿偶遇了同样隐居于此的隐士高人。其三、其四、其五都写渔猎之乐；其三写秋渔，美丽的风光就像如同画图一般，模糊之中看到了老鱼吹浪，这是一个垂钓的好时节。词人乘舟穿过荻港、菱湖，在爽朗的秋风中网得了肥嫩的四腮鲈；其四写春钓，瑟瑟江风初定，用鱼钩穿上鱼饵挂上纶丝，选一处清渠边的苔石进行垂钓，在和煦的春风中收获了柳花鱼；其五写收获满载后的喜乐，云水悠然，吹一声渔笛，众山响应。晴天的时候补网，下雨时便打开渔笼，得鱼沽酒便是无尽的欢乐。其六套用陶渊明《桃花源记》故实，写归隐避世，远离尘俗的自由。其七又转写渔猎收获满载，高峻的苍崖上，一轮落日低垂，渔父咿咿呀呀地摇着小艇从深草杂乱的深溪中出来，到了该回家的时候，他整理好了渔具，那柳条扎住的鱼笼装满了鱼，重得都拎不动了。其八写用白拦之法捕鱼，这种方法要用小网罩住水，并用柴荆掩盖住，渔网挂上白色鸡毛惊鱼。接下来，词作转入对滩浅水流、芦花风月的景物描写，实则是说准备好捕鱼的工具后，就可以逸待劳，闲赏风景以候收网了。其九还是写渔猎收获，垂柳低拂，丝丝柳条上攀附着女萝，绿荫深处都聚集着渔网。一会便"抛玉尺、掷银梭"，鱼儿打水将那珠露都倾泻到池塘中的秋荷上。其十从渔乐又转入到对归隐情怀的描写上，渔父穿着草履在近富春山的地方打捞虾子，不远处的江滨便是严子陵的钓鱼台，"龙种贵、鹿裘贫"是指严子陵不慕富贵，不图名利的品性。"眼中天子是何人"极显出隐居之人的洒脱。其十一恰如总结：一片白鸥飞向碧空，池塘里荷花盛开，随着船只移动，红花纷纷压向船头。摇着短櫂，驾着乌篷船，就着这一蓑一笠，词人已成为一老渔翁了。

如上评析，这十一阕《渔歌子》组成一个整体，其一和其十一是起和结。从其二到其六可为第一层，前四阕写各种渔猎之乐，其六写归隐之志。从其七至其十一可为第二层，前三阕也写渔猎之乐，其十又写归隐之志。但组词中间的两层，第一层的五阕词和第二层的四阕词之间并没有紧密的联系，只是松散的结合，保全了各阕词之间的完整独立性，词意上就难免重复之病。在艺术上、写法上也有相似之处，大多采用前一个七字对句描绘江间清丽景致，后面的两个三字短句和五字句写渔猎之乐和归隐志趣的方式，使十一阕词都呈现出清新婉转的统一风格。词人用极大的热情去描写渔父的归隐生活，体现出无比向慕之情，也许这组词所展现的词境便是词人心中的桃源吧。

杨调元

（3首）

  杨调元，字孝羹，又字和甫，号仲和，贵州贵筑人。自幼随父在四川任中读书，光绪二年(1876年)进士，历官户部主事，陕西长安、紫阳、华阳、宝鸡、沔县、富平等县知县，华州知州。任渭南县令时值辛亥革命，因变起殉难。其生平见《清史稿·杨调元传》。

  杨调元嗜书史，勤纂述，擅长篆书，古朴典雅。也工诗文，有《训纂堂集》《说文解字均谱》等。其词集有《棉桐馆词》一卷，为其子杨通刊行。杨调元的词才在清代有一定的知名度，郭则沄《清词玉屑》卷六曾提到《棉桐馆词》的编撰和流传情况："得所著《棉桐馆词》及篆书四种奉以归。词仅数十阕。"《棉桐馆词》有民国三年活字本，首有余诚格题签，郑孝胥题名，李岳瑞撰序。《棉桐馆词》流布不广，善本曾为前辈著名学者施蛰存先生所藏。黄万机《贵州汉文学发展史》言是集存词仅23阕，"多吟咏花月旅思，风韵婉丽"。

  《全清词钞》选录其词《清平乐》(苍岩如削)、《水调歌头·题葆清桃花扇面，即送其应举中州》二阕，黄万机引其《虞美人》(清溪三尺玻璃水)一阕，加之《清词玉屑》引的《虞美人》《沁园春》二阕，目前所见的就仅为以上5阕。从这5阕词来看，杨调元的词作风格比较多样，题材类型丰富，令词清新疏朗，长调具有激昂雄阔的气势和恢宏的意境，皆有可观之处。

清平乐

苍岩如削，人语空中落。隐隐山楼窥一角，疑是真灵栖托。

时平[1]不掩关门，往来一任闲云[2]。细草香风满路，落花流水前村。

【注释】

[1]时平：时世承平。刘克庄《贺新郎·郡宴和韵》词曰："但得时平鱼稻熟，这腐儒，不用青精饭。"

[2]闲云：悠然飘浮的云。王勃《滕王阁序》曰："闲云潭影日悠悠，物换星移几度秋。"

【评析】

这是一首写景词。上阕描写高峻的高山和隐隐现出的山楼，并通过"人语空中落"一句表现山崖之险峻阔达。下阕写闲游之乐，世事太平不用关门闭户，所以出游往来都如闲云般自由。"细草香风满路，落花流水前村"一句写景与上阕截然不同，写出一片莺飞草长、落花流水的清丽景致。词作清新疏朗，能敏锐地抓住景色的特点做生动爽利的刻画。

水调歌头

题"葆清桃花扇面"，即送其应举中州

明月人怀袖，花影一重重。恍然旧时人面，倩笑倚门中[1]。捉得一枝春在，引得一双蝶至，摇破梦惺忪。紫陌[2]艳游处，好障软尘红[3]。

武陵渡，仙源口，久云封。生非太元时世，那复问渔翁。闻道九重天上，王母瑶池高宴，霓咏众仙同。振翼向云汉，万里海鹏风[4]。

【注释】

[1]恍然旧时人面，倩笑倚门中：化用崔护《题都城南庄》诗："去年今日此门中，人面桃花相映红。人面不知何处去，桃花依旧笑春风。"

[2]紫陌：指京师郊野的道路。刘禹锡《元和十年自朗州至京戏赠看花诸君子》诗曰："紫陌红尘拂面来，无人不道看花回。"

[3]好障软尘红：指用扇面障隔尘埃。

[4]万里海鹏风：出自《庄子·逍遥游》："（大鹏）抟扶摇而上者九万里。"后以"鹏风"指迅速上旋的大风。（宋）沈瀛《减字木兰花·迟速》词曰："未行先止，鱼上竹竿人噪喜，九万鹏风，六月天池一息通。"

【评析】

这是为友人之"桃花扇面"题写的题画词，词人先化用崔护《题都城南庄》中"去年今日此门中，人面桃花相映红。人面不知何处去，桃花依旧笑春风"诗句，巧妙地将桃花扇面写入词中。在明月下从怀袖拿出扇面，便能看到一重重的花影，恍然间便如同旧时艳如桃花的面庞，倚靠在门前露出明媚的笑容。"捉得一枝春在，引得一双蝶至，摇破梦惺忪"是写那扇面上还画着一双蝴蝶，迎着花枝翩翩飞舞。摇着这桃花扇，便能让人从迷梦中清醒。也可以在踏青冶游时，用来遮挡路上扬起的浮尘。可以说上阕基本上是在描写扇面的图案和用处，下阕则写词人由桃花扇面而生发的联想。词人首先想到的是陶渊明笔下的武陵桃花源，那通向避世天地的洞天久被云封住，非生于晋太元时期，哪还能够问那渔翁呢？接着再写王母蟠桃宴的传说，听说九重天上，西王母在瑶池举办蟠桃宴，众位神仙都在一起霓咏高歌。这里写到西王母的蟠桃宴，实际上象征着帝王家的富贵，因词为送友人应举，故言及此。最后"振翼向云汉，万里海鹏风"一句，便是祝福友人能够振翅高飞，前途似锦。词人将对友人前途的祝福通过用典巧妙地融入咏物，但词作之好处却是在上阕，诗句化用巧妙，描写细腻真切，层次安排妥帖，显出功力。

沁园春

题胡介人[1]"戎马图"

幕府文雄，是杜司勋[2]，是王仲宣[3]。看腰横秋水，千金宝剑，首挥露布[4]，十样蛮笺[5]。风雪关河，轮蹄岁月，行书西南万里天。狂吟处，把从军乐府[6]，传遍人间。　　旧游回首凄然。叹沧海、无端竟化田。向尊前挥洒，新亭涕泪[7]，梦中萦绕，绝塞山川。大戟长枪，雨抛苔卧，漫向毛锥缔墨缘[8]。当时侣，算英姿飒爽，几辈凌烟[9]。

【注释】

[1]胡介人：光绪辛丑贡生，曾赴日本师范大学深造，宣统元年（1908年）起任河南

怀庆府中学学监、湖北学政、陆军学堂总办。著有《东征军扎》《中州人物备考》《河南风土记》等书。

[2]杜司勋：指唐代诗人杜牧。杜牧曾官司勋员外郎，故得称。李商隐有《杜司勋》诗："高楼风雨感斯文，短翼差池不及群。刻意伤春复伤别，人间唯有杜司勋。"

[3]王仲宣：指建安文学家王粲，"仲宣"为其字。

[4]露布：军旅文书，先用于征讨，后多用于告捷。(唐)封演《封氏闻见记·露布》曰："露布，捷书之别名也。诸军破贼，则以帛书建诸竿上，兵部谓之露布。"

[5]十样蛮笺：古人蜀地出产的十色笺纸。(元)费直《笺纸谱》曰："杨文公亿《谈苑》载韩浦寄弟诗云：'十样蛮笺出益州，寄来新自浣花头。'"

[6]从军乐府：应指乐府旧题《从军行》。《从军行》为乐府相和歌曲，《乐府题解》云："《从军行》皆军旅苦辛之辞。"

[7]新亭涕泪：指"新亭泪"典故。新亭在今江苏省江宁县南。三国吴时建，名临沧观。晋安帝隆安中，丹阳尹司马恢之重修，名新亭。典出《世说新语·言语》："过江诸人，每至美日，辄相邀新亭，藉卉饮宴。周侯中坐而叹曰：'风景不殊，正自有山河之异！'皆相视流泪。唯王丞相愀然变色曰：'当共戮力王室，克复神州，何至作楚囚相对！'"后多用"新亭泪""新亭泣""新亭对泣"指怀念故国或忧国伤时的悲愤心情。(宋)杜旟《酹江月·石头城》词曰："斜日荒烟，神州何在？欲堕新亭泪。"

[8]墨缘：指诗文书画等笔墨遇合的机缘。袁枚《随园诗话补遗》卷五曰："莆田吴荔娘题云：'他时理棹苕溪上，好结香闺翰墨缘。'"

[9]凌烟：指凌烟阁，唐太宗于贞观十七年(643年)曾画功臣像于凌烟阁。白居易《题酒瓮呈梦得》诗曰："凌烟阁上功无分，伏火炉中药未成。更拟共君何处去，且来同作醉先生。"

【评析】

这也是一首题画词，其友人是一个有着入幕军营经历之人，故词作中充满了从军报国的壮志豪情。词人先称赞友人是幕府军营里的文雄，并用杜牧和王粲来予以比拟。接着用腰间的秋水宝剑和露布蛮笺体现友人的文韬武略。上阕中"风雪"一句，写友人跟随着军队，四处征战，他起草的军中文书遍布西南各地，为运筹帷幄、调度指挥起到了极为重要的作用。当然，四处从军的生活，也给了友人丰富的人生体验，他写下了许多好的边塞诗，诗名传遍了大江南北。如果说上阕写豪情，下阕便抒发离愁。从军之中也有让人悲伤难耐的时候，回忆往昔，令人心感凄凉的便是那些旧友。世事变迁如此之快，"新亭涕泪"是指"新亭泪"的典故，当年晋室东迁，周侯、王导因故国之悲而在新亭洒泪，词人使用这个典故，象征怀念故国或忧国伤时的悲愤心情。"大戟长枪"句是说友人在战争倥偬之中还能一展才情，画出了"戎马图"。结句"当时侣，算英姿飒爽，几辈凌烟"是予以友人及其同僚祝福，祝愿他们日后能够功成名就，被朝廷所铭记，那么这幅画中英姿飒爽的身影就会进入凌烟阁了。词作笔力苍劲，由戎马图展开丰富的联想，展现幕府文人充满激情的军旅生活，刻画出他们英姿飒爽的豪情，在豪迈蓬勃的主旋律中又有着低回婉转的心曲，构成了一曲慷慨激昂的"从军乐府"，表达了词人渴望从军、建立功勋的胸怀抱负。其激昂的韵律、雄阔的气势、恢宏的意境，使该词达到了较高的艺术水平。

邓维琪

（14首）

邓维琪，又名邓潜，字花溪，贵州贵筑人（贵阳人），清光绪十五年（1889年）中进士，选翰林院庶吉士，散馆后入蜀为官，先后任富顺知县和邛州知州，过班道员。清亡后，改名为潜，以遗老身份流寓并客死成都，不复回黔，故其一生行迹多在四川。邓潜早年工诗，晚岁才填词，《黔南丛书》收录其《牟珠词》及补遗一卷，共存词165首。就存词数量来说，他在贵阳籍词人中，仅次于姚华和陈钟祥。

对于其词的创作，王燕玉《贵州明清文学家》评价："邓氏审音摹状，异常练达，微觉欠纯，略亚于张药农，但并不妨碍其为上品。"认为其词的创作成就仅略次于"风格清超、炯越时俗"的张鸿绩，其评级不可谓不高。在贵阳籍词人中，邓潜词固不能与姚华和陈钟祥比肩，但却有自己的艺术特点。在《牟珠词自序》中，邓潜自言其词之创作受清末四川著名诗人、词人、书法家赵熙影响较大。对于赵熙《香宋词》，王易《词曲史》评："以周吴之格律，参苏辛之气势，凝重奔放，兼而有之，竖词场之易帜焉。"胡先骕《评赵尧生〈香宋词〉》亦曰："其词赋哀伤乱，一如杜陵，可为诗史，初非词人泛泛之伤时可比也。"可见赵熙为词，堂庑自大，虽聂树楷称邓潜为词力求有合于赵熙"词不传无意之色，以幽心为主"之言，但内容的深广度上远不及《香宋词》。

纵观其165首词，在词作内容上，以咏物词最多也最具个人特色，此外题画、记游赠答也是其词的重要内容。邓潜之词多抒写个人化之生活和感情，时事仅在词中有曲折之表现。在词之艺术上，《牟珠词》注重音律之美和用字色调，风格醇雅秾丽，可见其根源亦来自南宋姜夔、吴文英、周密一派，赵熙目之以陈允平、周密，可谓知人。

瑞鹤仙

孙白谷[1]遗砚，为赵剑川观察题

寒圭烟露泫。是补天剩块[2]，丹心如见。边才[3]数公健。奈秦云似墨，催军传箭。潼关血战。怕鸲晕流枯泪眼[4]。吐星虹夜橄笑飞，大好雪声堂伴。　　流转。偷生田海，卖卜桥亭，倚楼人怨。红丝在案。磨不尽赤眉[5]传。占苍山一角，雁门[6]秋色，魂去尚书未远。配君家故物，东方紫云[7]一片。

【注释】

[1]孙白谷：指孙传庭，字伯雅，号白谷，山西代县人，明末大臣。崇祯十六年（1643年）因在与李自成潼关一战中失利而阵亡，孙传庭战死后仅五月，明朝灭亡，因此《明史》有"传庭死而明亡矣"之说。著有《白谷集》《鉴劳录》《省罪录》等。

[2]补天剩块：指女娲所炼补天的五色石。《淮南子·览冥训》曰："往古之时，四极废，九州裂……于是女娲炼五色石以补苍天，断鳌足以立四极。"词中以补天所剩之石比拟制砚之石。

[3]边才：治理边疆的人才。《明史·冯师孔传》曰："十五年诏举边才，用荐起故官，监通州军。"

[4]鸲晕流枯泪眼，指鸲眼，借指砚台。(清)纪昀《阅微草堂笔记·如是我闻二》曰："借笔鸦涂，暂磨鸲眼。"

[5]赤眉：汉末以樊崇等为首的农民起义军，因以赤色涂眉为标志，故得称。词中用以指李自成农民起义军。

[6]雁门：指雁门关，位于山西代县北，长城重要关口之一。《山西通志》曰："雁门山在代州北三十五里，双阙陡绝，雁欲过者必由此径，故名。一名雁门塞。依山立关，谓之雁门关。"

[7]紫云：借指紫石砚。李贺《杨生青花紫石砚歌》诗曰："端州石工巧如神，踏天磨刀割紫云。"

【评析】

砚是"文房四宝"之一，对我国民族历史的延续和灿烂文化的传播、交流有着举足轻重的特殊作用，每一方名砚背后都有极其丰富的文化内涵，中国古代的文人常把砚台在内的书写工具视为自己的生命和密友，是文人儒雅生活的象征。此词咏砚，着眼点不在砚的形状和材质，而是其背后的历史意蕴。这方砚台是明末著名将领孙传庭的遗物，因此，词人由物而想其主人，把我们带入那飞星传箭的军旅之中。"吐星虹夜檄笑飞"，砚台作为主人的密友，军令、檄文皆赖其所出，对主人在战争中的运筹帷幄作出了巨大贡献。无奈潼关一战，孙传庭死于与李自成的战争中，明王朝也就此大厦倾塌。下阕以"流转"二字领起，写砚台在孙传庭死后的流离漂泊，虽然石砚亦不复当年的辉煌，但那段厚重的历史却难以磨灭。这首词与其说是咏砚，还不如说是通过砚台来缅怀石砚主人孙传庭；与其说是对砚台主人孙传庭遭际的慨叹，不如说是表达词人对明清易代那段沧桑历史的感悟，再联系词人清朝遗老的身份，还可以说是词人在借砚台，借孙传庭来叙述自己的易代感伤之情怀。此与王沂孙、张炎、周密等南宋遗民寄托深婉的咏物词，无论在风格还是感情上都属同类。

卖花声

菜花

一壖焆[1]黄明。夜雨雏晴。午风千甽[2]杂蜂声。妆点牧童春满袂，香粉零星。　　花发渐催耕。野态山情。瑶簪无分上娉婷。配得农家金色界，麦陇青青。

【注释】

[1]焆：明亮之意。

[2]甽：同"圳"，田间的小水沟。《吕氏春秋·辩土》曰："亩欲广以平，甽欲小以深。"

【评析】

邓词以慢词长调为多，集中小令只有5首，此为其一，此词以短章咏菜花，对菜花不做细致的刻画，而抓住菜花金黄的色彩，加之蜂声、牧童、麦陇等意象，为读者展现了一幅明媚的、生机勃勃的农家村景图。全词由菜花而写春景，又能处处不离菜花，那一片金黄之色便是农家春景图中的主色调，表现出作者对富有野趣的田园生活的由衷赞美。

水龙吟

水车

　　人间也学阿香[1]，雷车转转秧塍[2]午。劈流山涧，石梁骑处，先安双碡[3]。越浪生花，巫涛回峡，满槽飞雨。听数声鸦轧[4]，村墟远近，浑误认，春江舻。　　老去家乡梦阻。记山坳枧筒分注。大田龟坼，连番轳辘，绿含烟亩。似此奔波，轮回不定，替人辛苦。问几时生角，天寒水落，荷锄归去[5]。

【注释】

　　[1]阿香：神话传说中的推雷车的女神。《搜神后记》曰："永和中，义兴人姓周，出都，乘马，从两人行。未至村，日暮。道边有一新草小屋，一女子出门，年可十六七，姿容端正，衣服鲜洁。望见周过，谓曰：'日已向暮，前村尚远。临贺讵得至?'周便求寄宿。此女为燃火作食。向一更中，闻外有小儿唤阿香声，女应诺。寻云：'官唤汝推雷车。'女乃辞行，云：'今有事当去。'夜遂大雷雨。"苏轼《无锡道中赋水车》诗曰："天公不念老农泣，唤取阿香推雷车。"

　　[2]塍：稻田中土埂。

　　[3]碡：即"碌"，基石。

　　[4]鸦轧：象声词，形容辘轳汲水声。元稹《表夏十首》诗之二曰："僮儿拂巾箱，鸦轧深林井。"

　　[5]荷锄归去：见陶渊明《归园田居》诗其三曰："晨兴理荒秽，带月荷锄归。"

【评析】

　　这首咏物词咏"水车"，水车并不常见于词中，故能见出词人咏物题材之广。水车乃是农家之物，此词与《卖花声·菜花》一样，都具有乡野生活气息。上阕摹水车之状，下阕忆家乡之水车，抒发乡关之思。全词由水车隆隆的声响发端，把水车比作雷神阿香的雷车，既抓住水车声大的特点，又有未见其形、先闻其声的妙处。接着状水车之形，水车在石梁、双碡之上，劈断山涧。"越浪生花，巫涛回峡，满槽飞雨。"把水车汲水时之情状表现得非常生动。下阕由"老去家乡梦阻"一句把思绪从眼前带回了对家乡的记忆中，词人回忆起家乡也有水车"连番辘轳"，浇灌了一方田土。词人也由水车周而复始地旋转不停，想到了自己的奔波不定，从而发出了"似此奔波，轮回不定，替人辛苦"的感慨，希望有一天也能结束奔波，"荷锄归去"，过安定闲适的生活。

聆龙吟

西洋留声机器

若有人兮，呼之欲出，宛转声情都肖。掐到音波，绝技西来巧。开银钥融蜡盘^[1]圆，接玉管旋螺针小。感江南旧识龟年^[2]，也同向，曲中老。

闲庭里，广场边，併丝与竹肉，分明兼到。休黏粉汗^[3]，怕红腔变了。许遥听不许围看，莫再忆京华风调。待歌残哑乐，同班巾箱^[4]贮好。

【注释】

[1]蜡盘：亦作"蜡槃"，插蜡烛的盘状器物。(清)王晫《今世说·夙惠》曰："(沈孚先)好谈，每夜分列广毡置蜡槃其中，箕坐与客谈，达曙不寐。"

[2]龟年：指唐代著名乐工李龟年。尝至岐王宅闻琴，能辨秦声、楚声。后流落江南。杜甫《江南逢李龟年》诗曰："岐王宅里寻常见，崔九堂前几度闻。正是江南好风景，落花时节又逢君。"

[3]粉汗：指妇女之汗。妇女面多敷粉，故云。元稹《生春》诗之二十曰："柳误啼珠密，梅惊粉汗融。"

[4]巾箱：古时放置头巾的小箱子，后亦用以存放书卷、文件等物品。(清)赵翼《李郎曲》诗曰："捆载巾箱过岭来，昔是玉人今玉客。"

【评析】

词作咏留声机，留声机在当时是西洋而来的新兴事物，词人通过对留声机形体、声音进行精到的描摹，从字里行间中可以体味到词人接受这一外来之物时的新奇之感。词以留声机之音乐发端，写出音乐声情宛转，若有歌者在其中，对于刚接触留声机的词人来说，"无人而能歌"正是最突出、最新奇的地方。接着用"开银钥融蜡盘圆，接玉管旋螺针小"一个对句，极其精练地刻画出留声机的形状特征，略去其他而仅抓住唱片和唱针这两个最具特点的物件，移貌取神。下阕写留声机对人们娱乐生活产生的影响，"闲庭里，广场边，併丝与竹肉，分明兼到"。有了留声机，人们在任何一个地方都能够欣赏到以前需备齐乐器和歌者才能演奏出的音乐，使人们不用再去钦羡那"京华风调"，隐约表现出词人对新旧时代更替的感慨。

齐天乐（一）

腊鼓[1]

　　咚咚打得年光去，春从细腰[2]挝[3]到。社待祈蚕[4]，盘将贴燕，响凑一群娇小。乡心动了。怎记里名虚，回帆信渺。白雨跳珠，岁华如梦自惊觉。　　忧时今日又老，正平悲壮意，传出多少。豆子山[5]前，灶君祠畔，莫变渔阳凄调[6]。番风[7]预报。定逐节催花，万红春闹。逗起箫声，卖饧天气[8]好。

【注释】

　　[1]腊鼓：古代有腊月击鼓催春的风俗，于腊日或腊前一日击鼓驱疫。《东京梦华录》曰："自入此月（腊月），即有贫者三数人为一伙，装妇人神鬼，敲锣击鼓，巡门乞钱，俗呼为打夜胡，亦驱祟之道也。"

　　[2]细腰：即"细腰鼓"，打击乐器名。（南朝梁）宗懔《荆楚岁时记》曰："十二月八日为腊日……谚语：'腊鼓鸣，春草生。'村人并击细腰鼓。"

　　[3]挝：指"挝鼓"，击鼓。（清）陈维崧《水龙吟·江行望秣陵作》词曰："何处回帆挝鼓，更玉笛数声哀怨。"

　　[4]祈蚕：祀神以求蚕事的丰收。陆游《上巳书事》诗曰："得雨人人喜秧信，祈蚕户户敛神钱。"

　　[5]豆子山：即豆圌山，在绵州。《蜀中广记》载《绵州巴歌》曰："豆子山，打瓦鼓。扬平山，撒白雨。下白雨，取龙女。织得绢，二丈五。一半属罗江，一半属玄武。"

　　[6]渔阳凄调：即《渔阳参挝》，鼓曲名。《世说新语·言语》曰："祢衡被魏武谪为鼓吏，正月半试鼓，衡扬枹为《渔阳掺挝》，渊渊有金石声，四座为之改容。"（清）曹寅《玲珑四犯·雨夜听琵琶》词曰："半天忽击《渔阳鼓》，四条弦，各诉伊怀抱。"

　　[7]番风：即二十四番花信风。（宋）周辉《清波杂志》卷九曰："江南自初春至首夏有二十四番风信，梅花风最先，楝花风居后。"

　　[8]卖饧天气：指春日艳阳天。以此时小贩开始吹箫卖糖，故得名。（宋）宋祁《寒食假中作》诗曰："草色引开盘马地，箫声催暖卖饧天。"

【评析】

　　古人在腊日或腊日前一日有击鼓迎春的风俗，如韩翃《送崔秀才赴上元兼省叔父》诗曰："寒塘敛暮雪，腊鼓迎春早。"咚咚的腊鼓声代表着旧的一年将要结束，新春即将到来。民间已经开始向社神祈祷明年蚕桑的丰收，弥漫着节日的喜庆气氛。但对于流寓异乡的词人来说，节序的转变，正代表着岁月的流逝，又一年过去了，腊鼓之声勾起了作者对家乡的深深思念。但是"回帆信渺",由于种种原因,词人无法返乡,如今春雨又至,才惊觉这岁华如梦。下阕便接着抒发年华逝去之悲。词人既因时事而担忧,如今又年老将至,还能传出多少悲壮之意呢?"豆子山"是词人居住的巴蜀地区的《绵州巴歌》中的句子,因此"豆子山前,灶君祠畔,莫变渔阳凄调"是希望战火不要弥漫到这里,打破了巴蜀地区的安宁。这腊鼓之声已经预报了信风的到来,定会按时节催促春花,到时必定是姹紫嫣红,春意鼎盛。到时箫声起来,定会春光明媚。词作将思乡之情、年华老去之悲,以及对战乱四起之现实的担忧都融入这一片欢快热闹的节日氛围中,铺叙闲暇自如,极见功底。

疏影

帆

　　江天曳白[1],指断鸿[2]尽处,烟水空碧。叶叶[3]风轻,远浦分程,樯乌旧是相识。斜阳一片离愁挂,算不定、天涯踪迹。入画中、影带寒鸦,卷破半江秋色。　　休问扬州锦缆[4],只鸦轧舻外,长伴行客。蓼屿[5]芦汀,安稳收蓬,惯听渔家凉笛。思量转脚风波里,有几个归舟江驿。幸老来、无恙同他,为报故人消息。

【注释】

[1]曳白:比喻白色的云气或江水等。

[2]断鸿:失群的孤雁。(唐)李峤《送光禄刘主簿之洛》诗曰:"背栎嘶班马,分洲叫断鸿。"

[3]叶叶:即"片片"。晏殊《清平乐》词曰:"金风细细,叶叶梧桐坠。"

[4]扬州锦缆:指隋炀帝当年巡幸扬州,用精美的缆绳拉船。《炀帝开河记》曰:"龙舟既成,泛江沿淮而下,至大梁,又别加修饰,砌以七宝金玉之类,于是取吴越民间女年十五六岁者五百人,谓之殿脚女,至于龙舟御楫,即每船用彩缆十条,每条用垫脚女十人、嫩羊十口,令殿脚女与羊相间而行牵之。"

[5]蓼屿:开满红蓼的孤屿。(宋)张昇《离亭燕》词曰:"蓼屿荻花洲,掩映竹篱茅舍。"

【评析】

　　词作写帆,借船帆作为交通工具,四处往来的特点,抒发离乡漂泊之苦。词作用江天景致起兴,江上烟水弥漫,水天空碧,孤鸿翩飞。那一片片船帆借着轻风,在江边的蒲州分程，驶向远处，那些帆船都是旧时曾见，它们来来去去，见证了无数人的分别，也将无数人载回来团聚。词句的言外之意是，词人只能看着这帆船来去，却与自己无关。前面是从通写的角度写帆，接下来便是特写，斜阳外那一片船帆，仿佛是挂起了人们的离愁，在这广阔的天涯间，不知会驶向何处。那帆影外的寒鸦，和被船帆分割的半江秋色，就像是图画中一般。下阕继续写离情，"扬州锦缆"指当日隋炀帝南巡扬州时所乘龙舟，用彩缆所拉。词人言"休问扬州锦缆"，意指当日之繁华早已不再，暗含借古讽今之意。如今帆影在这咿呀的橹声中，长伴着行旅之人，在蓼屿芦汀旁早已看惯了渔家安稳收蓬，听惯了渔笛之声。四海漂泊，天下间总是聚少离多，词人暗想江间的风波中有多少是载人返乡团聚的归舟呢。至此，词中之哀已至顶点，结句便强作开解，词人已无法回乡，幸亏还能向故旧们一报老来无恙的消息。词作用"疏影"词牌，写法也如姜夔咏梅词般，全从虚处着笔，运气空灵。同时，又巧用虚词连接词作各层，使全词词意转换曲折动荡，摇曳多姿。词人一向在蜀地为官，清廷灭亡后，便更名避地，以前朝遗老身份自居，故其词作中还隐藏着前朝遗恨，可谓寄托遥深。

壶中天

茅台酒

帝台[1]浆味，似一茅三脊[2]，露华春著。故里名闻刘白堕[3]，药玉船[4]中浮泊。窖是前朝，贩来西蜀，真赏时参错[5]。买香罗甸[6]，作坊高过桑落[7]。　　感我久别黔山，无因一醉约，叟园空约。有客饷余还饷客，扫尽乡愁方觉。桂子张秋，蓉城赏雨，当集茅君酌。井华泉好，浪传[8]中沁灵药。

【注释】

[1]帝台：犹帝阙。骆宾王《和孙长史秋日卧病》诗曰："霍第疏天府，潘园近帝台。"

[2]一茅三脊：有三条脊骨的茅草，即菁茅，又名灵茅。古代以为祥瑞，多用于祭祀。(宋)刘敞《三脊茅记》曰："古之祭祀无不用茅者，而至于封禅则必三脊茅以为神藉。三脊茅出于江淮之间，盖非其地不生。而江淮之间则皆楚越国也，有王者则后服，无王者则先叛，自三代之君莫不患之。故封禅者，必三脊茅，其意以为能服楚越，使以其职来贡。"

[3]刘白堕：相传为南北朝时善于酿酒的人。(北魏)杨衒之《洛阳伽蓝记·法云寺》曰："河东人刘白堕，善能酿酒。季夏六月，时暑赫晞，以罂贮酒，暴于日中，经一旬，其酒不动，饮之香美而醉，经月不醒。京师朝贵多出郡登藩，远相饷馈，逾于千里；以其

远至，号曰'鹤觞'，亦名'骑驴酒'。"

[4]药玉船：用药玉制成的酒杯。石料经药物煮炼后，色泽光润，称药玉，犹今之料玉。杨万里《秋凉晚酌》诗曰："古稀尚隔来年在，且釂今宵药玉船。"

[5]参错：参差交错。董仲舒《春秋繁露·玉杯》曰："《春秋》论十二世之事，人道浃而王道备，法布二百四十二年之中，相为左右，以成文采。其居参错，非袭古也。"

[6]罗甸：古国名，地当在今贵州中部。(明)田汝成《炎徼纪闻·奢香》曰："火济者，蜀汉时佐丞相亮，刊山通道，擒孟获有功，封罗甸国王。"

[7]桑落：即桑落酒。《水经注疏·河水四》曰："民有姓刘名堕者，宿擅工酿，采挹河流，酝成芳酎，悬食同枯枝之年，排于桑落之辰，故酒得其名矣。"

[8]浪传：空传，妄传。(清)李滢《望罗浮歌》诗曰："李白平生最好奇，浪传失足堕苍耳。"

【评析】

词咏茅台酒，茅台酒是享誉海内的黔中著名特产，在咏物词中通过对家乡事物的吟咏，抒发怀念故土的情感，是词人咏物词的特点之一。除这首词外，《扫地花·鸡枞菌》亦是如此，由于词人不忘家乡，时时触动乡关之思，故对家乡的人和事极为关切，贵州的名贵特产难免不让作者产生"水是故乡甜"的偏爱。词人先称赞茅台酒是酒中帝王，它就像是菁茅上春天的花露一样，香醇透彻。接着用著名酿酒师"刘白堕"的典故，言茅台的名声就如同刘白堕所酿的酒一样声闻海内，常被装在色泽光润的药玉船酒杯中，出现在达官贵人的雅宴之上。"窖是前朝"一句是说，茅台酒历史悠久，如今词人在西蜀买到了家乡名酒，当然要聚上一二好友，觥筹交错，品赏一番。"买香罗甸，作坊高过桑落"一句是描写茅台酒的口感，那醇厚的酒香，就像罗甸县的沉香一样，其工艺也超过了刘白堕的桑落酒。下阕写自己久别家乡，一直没有机缘与人约酒，现在有客人带来了茅台酒，我就用茅台酒招待客人，与他借酒浇愁，一扫相思。接着词人说，当秋天桂花开放，在成都赏雨的时候，就应该就着美景喝上一杯茅台美酒。结句"井华泉好，浪传中沁灵药"是说茅台酒之所以能如此，是因为家乡的山水好，相传茅台镇的河流中沁入了灵药啊。词作在构思上采取了上阕写物、下阕抒情的层次安排，通过对茅台酒色泽、香味的描绘，以及久别黔山，偶然得饮的喜悦一抒思乡之情。特别是结句通过美酒而盛赞家乡山水，体现出词人对家乡深沉的眷恋。

齐天乐(二)

蝉

数株槐柳生涯，怨声声绿阴庭宇。瘦影依柯，繁音[1]在翼，碧咽无情芳树。琴宫断谱。纵高洁谁知，满身风露。羽化[2]何年，那堪青鬓换成素。

山山鶗鴂[3]未歇，别枝今戋过，依样吟苦。夕照新亭，西风故国，叫断离人心绪。悲秋共汝。问黄叶声中，汉宫何处。待啼蛄豆花凉夜雨。

【注释】

[1]繁音：繁密的音调。谢灵运《会吟行》诗云："六引缓清唱，三调伫繁音。"

[2]羽化：谓昆虫由若虫或蛹化为成虫的过程。（东晋）干宝《搜神记》卷十三曰："木蠹生虫，羽化为蝶。"

[3]鶗鴂：即杜鹃鸟。《文选·张衡〈思玄赋〉》曰："恃已知而华予兮，鶗鴂鸣而不芳。"李善注："《临海异物志》曰：'鶗鴂，一名杜鹃，至三月鸣，昼夜不止，夏末乃止。'"

【评析】

词作咏蝉，紧扣住蝉的清瘦和声音的凄怨，抒发故国之思和离别之愁。词作先写蝉声，"数株槐柳"体现蝉生活环境的狭窄，在这数株槐柳之上，那凄怨之声响彻亭宇。秋蝉瘦弱的身影依靠在树干上，繁密的蝉鸣从薄翼上发出，正如李商隐《蝉》诗所言："五更疏欲断，一树碧无情。"无论如何悲鸣，可满树碧绿依然毫不动情，直到那蝉鸣也变得断断续续，忽隐忽现。然后写蝉的孤独，纵然蝉有着高洁的品性，但谁又理解它呢？只惹得满身风露，愁苦满怀，何年才能羽化，怎堪年华逝去，徒让青鬓变白呢？下阕由蝉引申到杜鹃，词人言漫山遍野还有未曾歇息的杜鹃声，惊动了别枝上的栖蝉，它们都是同样的凄苦。新亭外夕阳斜照，故国里西风猎猎，秋蝉之声如此弱小而孤独，只会勾起思乡情怀。最后词人改用了与蝉对话的口吻，词人说我和你一样亦在悲秋，同病相怜。词人问蝉：一片黄叶沙沙中，当年的汉宫何在？如今只能在清冷的夜雨中听你在豆花上不住地愁鸣。词作将离愁别绪与家国之思融合在一起，词人正如那怨声瘦影、满身风露的蝉一样，渺小孤苦。词作着意模仿王沂孙《齐天乐·蝉》借秋蝉托物寄意的写法，风格上也与王沂孙词之哀恻凄怨类似，其深意便在于抒发自己作为前朝遗民的感怆。

满江红（一）

傀儡戏[1]

鲍老郎当[2]，又幻出、犂靬[3]新戏。被暗里、红丝一缕，尽情牵系。取影须防灯炷暗，传声翻借帘衣蔽。待看他、小步蹴金莲[4]，虚无地。

桃梗客[5]，生同寄。橘枰叟[6]，闲多事。算登场搬演，半生随意。刻木谁留真面在，入帏高挂藏身计。叹眼前、多少出台人，俳优技。

【注释】

[1]傀儡戏：用木偶进行表演的戏剧。黄庭坚《涪翁杂说》曰："傀儡戏，木偶人也。或曰当书魁礨，盖象古之魁礨之士，仿佛其言行也。"

[2]鲍老郎当：鲍老：古代傀儡戏中的角色名。(宋)无名氏《张协状元》戏文第五三出曰："好似傀儡棚前，一个鲍老。"钱南扬校注："鲍老，古剧脚色名。"郎当：指衣服宽大不称身。出自(北宋)杨忆《傀儡》诗："鲍老当筵笑郭郎，笑他舞袖太郎当。若教鲍老当筵舞，转更郎当舞袖长。"

[3]犁轩：又名"骊轩""黎轩"，西汉时西域古国名，《史记·大宛列传》曰："汉始筑令居以西，初置酒泉郡以通西北国。因益发使抵安息、奄蔡、黎轩、条枝、身毒国。"

[4]小步蹴金莲：即"步试金莲"，出自《南史·齐纪下》："凿金为莲华以帖地，令潘妃行其上，曰：'此步步生莲华也。'"后因以称美人步态之美。(五代)毛熙震《临江仙》词曰："纵态迷心不足，风流可惜当年。纤腰婉约步金莲。妖君倾国，犹自至今传。"

[5]桃梗客：用桃木刻制的木偶。《战国策·齐策三》曰："今者臣来，过于淄上，有土偶人与桃梗相与语。"比喻任人摆布的傀儡。(明)徐复祚《投梭记·闺情》："千般恨顿上眉尖，是前生少欠。身如桃梗，命比春纤。"

[6]橘枰叟："橘枰"指棋盘，橘枰叟指下棋的老人。

【评析】

词咏"傀儡戏"，也是一般词作中极少见的题材，关于民间技艺的词作，邓维琪还写有《买陂塘·绳妓》。上阕描摹赋形，对傀儡戏的特征进行了细致的刻画。首句是说剧场先上演了鲍老的剧目，又演了关于汉朝西域故实的新戏。第二句是说那傀儡暗中被红线牵住，尽情地展现出各种动作和故事。第三句写皮影傀儡戏的原理，荧幕上剧中人物的形象全靠灯光投影，须时刻提防灯烛黯淡。而传声是靠演员的模拟，他们须在幕后被帘子遮蔽住。第四句写傀儡动作的生动，它们在灯箱里步步生莲，凭空上演一出出动人的故事。下阕则由傀儡戏台想到了人生舞台，人生如寄，就如同那些任人摆布的傀儡；世事无常，也如同棋盘上一样变幻万千。回顾往昔，我就像登场搬演了一出戏一样，随意间就度过了一半的人生。"刻木谁留真面在，入帏高挂藏身计"是说活在这世界上，许多人都像这傀儡木偶，不会留下自己本来的真面目。戏上演完退入幕后，便会打算藏身的计划。感叹这世界上，不知有多少人，都如俳优一样，纷纷粉墨登场。词作紧扣"人生如戏"的主题，慨叹人世纷纷也像一场热闹的傀儡戏，芸芸众生不过是在人生舞台上搬演登场的傀儡罢了，充满了人生虚无的感怆。词作构思之精巧和寄寓之深刻都极有可观之处，可见词人咏物技艺之精湛。

十月桃

白桃花

　　春风吹早，乍搓酥滴粉[1]，清瘦难支。槛外梨云，分明缟夜[2]同伊。天然雪儿标格[3]，看一笑压倒红儿[4]，休怜薄命，妆罢朝天，淡扫蛾眉。

　　记清明坟草离离。有缟袂婵娟，泪溅花枝。色相全空，嫌他夕照烘时。谁遣素心人去，相送处、流水东西。玄都观里，前度刘郎[5]，霜鬓成丝。

【注释】

　　[1]搓酥滴粉：形容美女肌肤白腻。(宋)王明清《玉照新志》卷四曰："钱塘幕府乐籍，有名姝张足女名浓者，名艺妙天下，君颇顾之。如'无所事，盈盈秋水，淡淡春山'……及'堆云剪水，滴粉搓酥'，皆为浓而作。"

　　[2]缟夜：映照黑夜。杨万里《读退之李花诗》诗序曰："桃李岁岁同时并开，而退之有'花不见桃惟见李'之句，殊不可解；因晚登碧落堂，望隔江桃李，桃皆暗而李独明，乃悟其妙。盖'炫昼缟夜'云。"

　　[3]雪儿标格：雪儿，李密的爱妻。《北梦琐言》卷十七曰："雪儿者，李密之爱姬，能歌舞。每见宾僚文章，有奇丽入意者，即付雪儿叶音律以歌之。"苏轼《浣溪沙·有感》词曰："有客能为《神女赋》，凭君送与雪儿书。"标格：风范，风度。苏轼《荷华媚·荷花》词曰："霞苞电荷碧，天然地、别是风流标格。"

　　[4]红儿：杜红儿，唐代名妓。(宋)张先《熙州慢·赠述古》词曰："持酒更听，红儿肉声长调。"

　　[5]玄都观里，前度刘郎：见刘禹锡《再游玄都观》诗："种桃道士归何处，前度刘郎今又来。"

【评析】

　　词作咏白桃花。上阕写春风早来，那白桃花如此娇嫩，就如同美女一样肌肤白腻，清瘦难支。窗外还有盛开的梨花，雪白如云，就像你一样明艳动人，能够映照黑夜。词中的"伊"应指词人的妻子或爱人，"雪儿"和"红儿"都是历史上著名的歌女，词人用在词中，一语双关，既用以比喻白桃花和红花，又用以象征自己的爱人和其他的女子。词人说你有着雪儿一般天然的标格，清新的一笑便能胜过那些娇艳的红花(女子)。不要感叹自己的红颜薄命，才妆罢便朝着天空淡扫蛾眉(亦感叹花儿才吐芬芳便飘零凋谢)。下阕紧接芳华易凋之意，记得清明时那坟头上的荒草又是一片茂密，泪水早已溅洒在美好的白花上。那相貌和体态全都成空，只怨恨那夕阳应景，让人愁绝。是谁让这心地纯洁的人离去，只能在流水之处相送。花已凋零、人已逝去，而我这个前度的刘郎，也亦霜鬓成丝、年华老去。这首词字面上是通过咏白桃花，抒发惜春之情，感慨年华的消逝。但词人巧妙地运用以花拟人的手法，将花与人紧密地结合起来，整首词都有双关之意，以咏物来寄托悼亡的哀思，可见词人在咏物词"托物言志"之情志范围上寻求突破的有益尝试。

满江红（二）

六十初度，自题小影

甲子平头[1]，记人指、黄骢少年[2]。忽满镜、新霜全换，恒河天晓。柯烂棋[3]枰看打劫[4]，图传笠屐谁临稿。听今朝、一曲鹤南飞[5]，惭同调。

尘世味、尝荼蓼[6]。故山梦，寻壶峤[7]。喜夕阳无限，映红萱草[8]。另眼天将痴福畀[9]，前身月认圆光好。怕虎贲、貌似总非真，中郎老[10]。

【注释】

[1]甲子平头：甲子，古代以天干和地支递次相配以纪年日，从甲子起至癸亥止，共六十，统称甲子。平头：凡计数逢十，不带零头，俗谓之齐头，亦称平头。如（宋）陈合《宝鼎现·寿贾师宪》词曰："甲子平头才一过，未说汾阳考。"

[2]黄骢少年：见《周书·裴果传》："果从军征讨，乘黄骢马，衣青袍，每先登陷阵，时人号为'黄骢年少'。"后以"黄骢少年"指勇敢的年轻人。韦应物《送孙徵赴云中》诗曰："黄骢少年舞双戟，目视旁人皆辟易。"

[3]柯烂棋：指仙人所下的棋。典出任昉《述异记》卷上曰："信安郡石室山，晋时王质伐木至，见童子数人，棋而歌。质因听之。童子以一物与质，如枣核，质含之，不觉饥。俄顷，童子谓曰：'何不去？'质起，视斧柯烂尽。既归，无复时人。"（元）张可久《柳营曲·包山书事》曲曰："吟几篇绝句诗，看一局柯烂棋。饥，不采首阳薇。"

[4]打劫：围棋术语。谓双方在一处可以交互吃一子的争夺战。有时整盘棋也由打劫决定输赢。（唐）杜荀鹤《观棋》诗曰："得势侵吞远，乘危打劫赢。"

[5]鹤南飞：曲名。传为进士李委为苏轼生日而献的新曲。见胡仔《苕溪渔隐丛话》卷二十六："元丰五年十二月十九日，东坡生日也。置酒赤壁矶下，踞高峰，俯鹊巢。酒酣，笛声起于江上。客有郭、石二生，颇知音，谓坡曰：'笛声有新意，非俗工也。'使人问之，则进士李委闻坡生日，作新曲曰《鹤南飞》以献。"

[6]荼蓼：荼味苦，蓼味辛，比喻艰难困苦。颜之推《颜氏家训·序致》曰："年始九岁，便丁荼蓼，家涂离散，百口索然。"

[7]壶峤：传说中仙山方壶、员峤的并称。赵翼《题吴并山中翰青崖放鹿图》诗曰："从此相随戏壶峤，君骑白鹿我青牛。"

[8]萱草：又名"谖草"，即问忘忧草。《诗经·伯兮》曰："焉得谖草，言树之背。"毛传："谖草，令人忘忧。背，北堂也。"

[9]痴福畀：痴福：愚痴之福。畀：给予。

[10]怕虎贲、貌似总非真，中郎老：出自潘岳《秋兴赋》序曰："晋十有四年，余春秋三十有二，始见二毛。以太尉掾兼虎贲中郎将，寓直于散骑之省。"

【评析】

这是一首述怀词，写于词人六十岁生日之时。在花甲之际，词人回顾一生，借以抒发流光易逝的感慨和对人生境遇的失望。词作开篇点题，自己这位当时别人眼中勇武的年轻人，已经年满六十。忽然之间，这镜中的自己就已经头发斑白，步入了老年。"柯烂棋枰看打劫，图传笠屐谁临稿"是描绘自己的照片上的样子，他头戴箬笠，脚踩木屐，一副隐士打扮，在与别人下棋。言外之意是说自己不知不觉就到了归隐山林、与人弈棋以度日的年纪。如今听到从别处传来的《鹤南飞》乐曲声，这是李委为苏轼生日而写，回顾自己经历的半生偃蹇和浮世风波，就不禁将苏轼引为同调。下阕便着重写自己的人生经历，过片四短句，前两句写现实，俗世生活经历的艰难困苦；后两句写梦想，回乡隐居的愿望。接下来词人一改语气，聊以自宽。词人说虽年已黄昏，但夕阳还有无限霞光，映红了能解人忧愁的萱草。从另一个角度看待自己的人生，一定是前世修来了上天给予我的痴福。结句词意又转，说就怕自己像潘岳一样，才三十二岁就两鬓花白，对自己的人生处境充满愤慨，只能归隐避祸。词作虽是写潘岳，实际上是借他人之酒杯浇自己之块垒，借以自喻罢了。这种衰年情味，并非无病呻吟，与其经历社会的大变革，以及这种社会巨变对他的生活和心灵带来的震动不无关联。词作叙写的情感虽属常调，但情感抒发却几经曲折，极尽婉转绸缪之致。

台城路（一）

城久闭，买米不得，昨日旰未食[1]，感赋

锦城真演台城剧，炊烟几家青褭[2]。堞雉围云，笼鹦断粒，浸要苍苔生灶。斜阳下了。算辟谷仙[3]缘，者番修到。何物撑肠，五千文字埋残稿。

村舂听久绝响，怕山登饭颗[4]，依样人少。索到长安，乞如颜令，尚记承平年少。秋怀耐老。佟米汁参禅，醉还同饱。唱罢粮沙，战云天未少。

【注释】

[1]旰食：指事务繁忙不能按时吃饭。《左传·昭公二十年》曰："奢闻员不来，曰：'楚君、大夫其旰食乎！'"

[2]青袅：缭绕的炊烟。(元)王恽《紫藤花歌》诗曰："依依青袅厨烟起，好命庖人办新美。"

[3]辟谷仙：谓不食五谷，道教的一种修炼术。(宋)陈鹄《耆旧续闻》卷七曰："偶遇真人，授丹砂，辟谷有年，身轻于羽。"

[4]山登饭颖：饭颖山，相传是唐代长安附近的一座山。(唐)孟棨《本事诗·高逸》曰："白(李白)才逸气高，与陈拾遗齐名……尝言：'兴寄深微，五言不如四言，七言又其靡也，况使束于声调俳优哉！'故戏杜曰：'饭颖山头逢杜甫，头戴笠子日卓午。借问何来太瘦生，总为从前作诗苦。'盖讥其拘束也。"后遂用作表示诗作刻板平庸或诗人拘守格律或刻苦写作的典故。黄庭坚《次韵吉老十小诗》之十曰："学似斲轮扁，诗如饭颖山，室中余一剑，无气斗牛间。"

【评析】

这首词是《牟珠词》中较少的直接反映战乱频仍、残破衰败之社会现实的时事词。当时四川战乱，成都被围困，城市中已经断粮，词人家中已经断炊。亲身经历了战乱之苦的词人，便把这所见所感都写入这首词中。"台城"借指南京，作为六朝古都，这里上演了多少次兴亡更迭，经历了多少次战乱侵凌，故词人首句"锦城真演台城剧，炊烟几家青袅"便说如今锦城成都也经历了如南京一样的战乱兴亡，现在全城当中只有寥寥几家还有炊烟冒出，其他人家都没有食物了。"堞雉"一句是对首句的具体说明，墙堞外已被战云围困，城里连富贵人家养的鹦鹉都断了食粮，平常百姓家更是连灶台都逐渐生出了青苔。马上太阳要下山了，又是一天没有吃饭，只能用这次修到了辟谷仙缘来安慰自己了。上阕结句"何物撑肠，五千文字埋残稿"，是说还有什么东西能果腹呢？只能靠写诗作文来消磨时光，使自己暂忘饥饿。这句话还有文人无用的言外之意。下阕着力抒发对时事的感伤，村子里已经许久没有春米的声音，怕是登上了饭颖山，依然会人烟稀少。"饭颖山"是李白用以形容杜甫刻苦作诗、身形瘦弱的戏言，这个典故使用得比较巧妙，也是一语双关，既以字面之意，写出战争导致的人生凋敝，又用典故的隐含之意，形容自己的孤苦瘦弱。接着借杜甫十年长安困守，回忆自己承平年少之时，为个人前途而四处奔波、忍饥挨饿的经历。最后说不如借酒浇愁吧，城外战云未少，不知何时战事才能结束，成都市民的饥馑才能缓解。词作直面战乱带来的饥馑，将自己受饿的痛苦和残破凋敝的社会现实融入词中，与杜甫相关典故的运用，也给词作带来了丰富的联想空间。总的来说，这是一首内涵丰富、艺术性强的时事词。

买陂塘

感事[1]

换芙蓉、几番春色，余生差幸无恙。护篱阴借邻家竹，新笋薜滕争长。潮暗涨。怎梅雨过时，红沸桃花浪。江楼远望。只绿黯平芜，白迷飞絮，双眼乱云障。　　庚申事，六十年前相仿[2]。债台今更催上。破蕉层剥秋心瘦，还警打窗声响。谁共谅。怕著手调羹，依旧葫芦样[3]。太平梦想。正别赋无家[4]，蜀弦凄咽，滇海又听唱[5]。

【注释】

[1]感事：因事兴感。韦庄《和郑拾遗秋日感事一百韵》诗曰："避时难驻足，感事易回肠。"

[2]庚申事：指发生在公元 1860 年和 1920 年这两个庚子年的重大事件。公元 1860 年，即清咸丰十年，英法联军攻入北京，咸丰皇帝逃亡承德避暑山庄，圆明园被焚毁，最终被迫与列强签订《北京条约》，被称为"庚申之变"。公元 1920 年，即民国九年，段祺瑞秘密和日本签订卖国条约，出卖国家主权，为日本侵略东北三省提供极大便利。

[3]葫芦样：依样画葫芦。比喻只是模仿，缺乏创造。

[4]别赋无家：指《无家别》，是杜甫创作的新题乐府组诗"三吏三别"之一。

[5]蜀弦凄咽，滇海又听唱：应指 1920 年发生在云南军阀唐继尧和四川军阀熊克武之间的军阀战争。

【评析】

庚申年，即 1860 年(咸丰十年)，这一年英法联军侵入北京，清政府被迫签订丧权辱国的《北京条约》，60 年后，即 1920 年，段祺瑞秘密和日本签订卖国条约，出卖国家主权，为日本侵略东北三省提供极大便利。中国半封建半殖民地的国情以及屈辱的历史并没有随着清朝的灭亡而改变，在军阀割据、列强侵略下，山河依旧残破。天下太平也不过是缥缈虚无的奢望。词人对这样的社会现实，既深感怆痛，但又无可奈何。在中国新旧交替的历史潮流中，邓维琪的思想是保守的，他眷顾着旧朝，以遗老自居，共和后避地成都。他的思想局限在传统士子的迂阔之中，他痛恨战争，希望太平，但他无法认清民族和国家危机的根源，更不能认识时代进步的意义。正是由于思想的局限性，邓维琪无法看到社会的进步意义，无法看到疗救中国的正确方向。所以，在社会的巨变以及这种变革带来的阵痛中，邓维琪更多的是感到失望，而没有看到其中积极的进步的一面，于是世事沧桑之感便和他个人生活的艰辛、年华老去的心境融合在一起，孤独、无助、凄凉融会成五味杂陈的心绪。在这首词和《台城路》中，词人都引杜甫为同调，但杜甫那种以天下为己任，由一己之惨痛而心系天下百姓的忧国忧民的博大情怀则是词人无法匹及的。

台城路（二）

送杨次典[1] 太史

计程梦已随君远，千山万山黔路。赠缟新欢[2]，大罗[3]前梦，几个铜驼^[4]街聚。萍蓬旧侣。正团雪翻时，乱云迷处。唳鹤^[5]声声，望乡心挂夕阳树^[6]。　情知离合不免，奈非时燕雁，相背飞去。北里传杯^[7]，西窗剪烛，忍话巴山残雨。留君不住。算归及秋气，菊花为主。感我无家，锦官愁杜宇。

【注释】

[1]杨次典：杨兆麟，字次典，清贵州遵义人。早年就读于黎氏，为黎怀汝女婿，受沙滩文化熏陶，是黎氏姻亲中的后起之秀。曾参与康有为、梁启超为首的"公车上书"。光绪二十九年(1903年)以一甲第三名(探花)赐进士及第，曾任翰林院编修，浙江嘉兴府知府等。后留学日本早稻田大学获法学博士学位，归国后参加辛亥革命，并出任过国民政府参议员。

[2]赠缟新欢：典出《春秋左传·襄公二十九年》："聘于郑，见子产，如旧相识，与之缟带，子产献纻衣焉。"杜预注："吴地贵缟，郑地贵纻。故各献己所贵，示损己而不为彼货利。"

[3]大罗：即大罗天。(唐)段成式《西阳杂俎·玉格》曰："三清上曰大罗。"

[4]铜驼：指"棘暗铜驼"，出自《晋书·索靖传》："靖有先识远量，知天下将乱，指洛阳宫门铜驼，叹曰：'会见汝在荆棘中耳！'"后因以"铜驼荆棘"指山河残破、世族败落或人事衰颓。陆游《谢池春》词之三曰："似天山凄凉病骥，铜驼荆棘，洒临风清泪。"

[5]唳鹤：指"华亭鹤唳"，见《世说新语·尤悔》："陆平原河桥败，为卢志所谮，被诛。临刑叹曰：'欲闻华亭鹤唳，可复得乎！'"

[6]望乡心挂夕阳树：化用李白《金乡送韦八之西京》："狂风吹我心，西挂咸阳树。"

[7]北里传杯：北里指唐代长安城平康里，其地为妓院所在地。后用以泛称娼妓聚居之地。(清)黄景仁《都门秋思》诗之一曰："新声北里回车远，爽气西山挂笏通。"传杯，谓宴饮中传递酒杯劝酒。杜甫《九日五首》诗之二曰："旧日重阳日，传杯不放杯。"

【评析】

词作为送别友人杨兆麟而作，根据词作首句"计程梦已随君远，千山万山黔路"可知，杨兆麟此时应是由蜀返黔。接着词人用季札赠送子产缟带的典故，回忆当初二人相识时一见如故的情况。而如今回想起来都恍如隔世，那山河残破、世族败落或人事衰颓都一一经历，那旧时的朋友都如浮萍、飞蓬一般四处漂泊。现在正值雪花飘飞，那乱云迷茫中传来声声鹤唳，一片乡心都挂到了夕阳下的树上。心中知道免不了离别，奈何你我就像不在同一季节的燕子和大雁，各自相背飞离。我们曾在京城推杯换盏，好不开心，之后我们再相聚剪烛夜谈时，怎忍心谈论今天的巴山残雨呢？今天留不下你，预计你到家时已是菊花开放的秋季。最后写自己已经无法回乡，只能寓居成都，常在凄咽的杜鹃声中独自悲伤。此词将送别友人之离情与思乡的情感融合在一起，因为所送之人杨兆麟也是贵州人，而词人是以一个流寓在外的羁旅者的身份送友人返回故乡，所以其感受颇为独特，离愁别绪、思乡情切、漂泊无依之感都化为末句那深沉的感叹："感我无家，锦官愁杜宇。"

聂树楷

（1首）

　　聂树楷，字尊吾，贵州务川人。他是生活于清末民初的仡佬族文人。他思想较为开明，光绪初入京会试时，曾参与"公车上书"，光绪二十四年（1898年）回到贵州后，从事早期妇女解放运动，后历任兴义县知府、毕节县知事、省公署秘书。离开仕途后多从事文化教育工作，为贵州新式教育的开展和乡邦文献的整理做出了积极贡献。聂树楷通诗词，著有《謦园诗剩》二卷、《謦园词剩》一卷，共有词作35首。

　　词人在《謦园词剩·弁言》中，言及其词曰："早岁泛览诸名家词，间有模拟，以音律难谐，漫不留稿。近读辛刘长短句，觉词之为道，状难状之景、绘难绘之情，实可以济诗之穷而极其变。"但细览其词，则多为咏物、应酬之作，其表现的范围仅是词人个人生活的小圈子，并无辛弃疾、刘过影响的痕迹。这些词作完全变成了应酬的工具、押韵的书简，可见其词格调不高，题材风格狭窄单一，艺术水平低于其他诸黔籍词人。

百字令

游东山[1]

近城二里，见青空兀突，断霞栖岭。沿壁几重字路，倏已耸身绝顶。一角危亭，翼然[2]天半，揽尽无边景。夕阳城郭，炊烟四合成暝。

记得前岁新秋，招邀小谢[3]，同赴山亭饮。醉墨淋漓留殿壁，不觉驹光一瞬。风物依然，故人何在，怕听哀蝉哽。月明归路，婆娑自弄清影。

【注释】

[1]东山：又名栖霞山，位于贵阳城东门外。有东山寺、东山书院等古迹，摩崖、碑刻尚多保存。孤峰兀立，峭壁陡绝，负山雄丽，景色清幽。（清）赵德昌《栖霞岭》诗描绘其景曰："东岭路如梯，云深曙色迷。仰攀高鸟近，俯视万峰低。酒醉戈为枕，更阑月映溪。举头天尺五，拟上岱山西。"

[2]翼然：鸟展翅貌，常用以形容山石或亭台等建筑物高耸开张之状。杨万里《登乌石寺》诗曰："小亭解事知侬倦，翼然飞出青山半。"

[3]小谢：指南齐诗人谢朓。谢朓与谢灵运同族，世称"小谢"。李白《宣州谢朓楼饯别校书叔云》诗曰："蓬莱文章建安骨，中间小谢又清发。"词中借指友人。

【评析】

这是一首纪游词，写词人游历东山的所见之景，并由此抒发怀念亡友之情。词作上阕写东山登高远望所见景致，先写自山外远看东山，从总体上描绘东山近邻城郭，"青空兀突"的高峻形势。接着写顺着崖壁的山路，顺势而上，一会儿便耸身于东山绝顶之上。山顶的一角危亭，高耸开张，凌于悬空之上，凭虚远眺，无边景致都能尽收眼底。夕阳下的贵阳城，炊烟四起，渐成暝色。下阕抒发对亡友的怀念之情。词人在自注中曾言："前年七月与谢晓舲同饮山中，分韵赋诗，晓舲下世已年余矣。"故词人回忆前年新秋之时，曾与故友在此山亭中观景饮酒，又在殿壁上泼墨题诗。可惜时光如白驹过隙，今日重来，眼中之风物还如当年，但友人已谢世年余，听到这寒蝉的哽咽之声，便哀从中来。最后以"月明归路，婆娑自弄清影"的景语作结，既点明下山回程，又以清幽之意境衬托哀伤的心情。词作记游写景、叙事抒情皆章法井然，词境圆融，情感真挚，在聂树楷词中是艺术上最好的一首。

姚 华

（26 首）

　　姚华，原名学礼，字一鄂，号重光，晚号茫父，别号莲花庵主。人称弗堂先生、秋草诗人，贵州贵筑（今贵阳）人。光绪二十三年（1897 年）中举后，曾任兴义笔山书院山长。戊戌变法时东渡日本，就读于政法大学。光绪三十年（1904 年）进士，任工部虞衡司主事，后又改任邮船部船政司主事兼邮政司科长。民国成立后，任中华民国临时政府参议院议员，北京女子师范大学校长，并先后任教于北京女子师范大学、中华大学、北京高等师范学校、北京美术专门学校。后因军阀混战、政局紊乱遂隐居破寺中，以出售自己诗词书画和颖拓为生。

　　姚华是我国著名书画家、戏曲理论家和词曲家，有"一代通人"之称。他在书画上与陈师曾、王梦白、齐白石齐名，擅长山水花卉，隶、篆、行、草无不精到，并与陈寅生、张樾丞一起被誉为"近代刻铜三大家"。姚华学识渊博，精于文字学、音韵学、戏曲理论，特别是戏曲研究方面，他的《曲海一勺》《菉猗室曲话》深受曲学界重视，与王国维、吴梅齐名，"曾被时人誉为鼎足而三的一代曲学大师"。（王运熙、顾易生《中国文学批评史新编》）在文学创作方面，姚华一生诗词曲赋散文繁富，其遗著《弗堂类稿》共三十一卷，包括诗歌十一卷、词三卷、曲一卷、赋一卷、论著三卷、序记一卷、序跋五卷、碑志一卷、书牍一卷、传一卷、祭文一卷、赞一卷、铭一卷，可谓宏富。

　　姚华其词主要见于《弗堂词》（含《庚午春词》《菉猗曲》），存词 290 余阕，不仅存量多、体例完备，而且题材丰富、声律稳帖，涉及题画、咏物、节序、记游、感时、伤怀等各类题材，反映了较为广阔的社会生活，在艺术上则重意趣的表达，情韵敦厚，耐人回味。特别是题画词，计有 120 阕，占了全部词作的三分之一，蔚为大观。作为书画大家，姚华的题画词不仅能精到地阐明画旨、画境，点评画作艺术特征与创作手法，更注重借画发挥，抒情、说理，从画内到画外，发抒画外之情，画外之旨，或表达对现实社会的失望与愤恨，或体现真挚的友情，或抒发对亡故子女的眷念，具有情由画生，借画写心，意不在画，重在言情的特征。即放之于整个题画文学史中，也应占有一席之地。

夜行船

十一月十八日莲华寺[1] 寓斋见月作[2]

　　碧幙笼寒霜满院，正横窗、树杈遮断。菊后觞情，梅前笛意[3]，潇洒一庭清怨。　　向老心怀殊未浅，照相思、夜长天远。化水浇愁，勾诗做梦，幽处更无人见。

【注释】

　　[1]莲华寺：即莲花寺。北京城南烂缦胡同西小巷永庆胡同 37 号。为明代旧刹，清乾隆时重修。清末姚华数次公车赴京都寄寓该寺。1907 年从日本留学归国，又回到莲花寺，直至逝世。其间，姚华不断翻修、新筑房屋，供一家老小居住。这寓所是姚华从事学术研究、进行文艺创作的地方，并在此开门讲学。姚华对莲花寺有深厚感情的原因，主要是清代曾在贵州为官的洪亮吉、段玉裁居住过该寺。清末民初，莲花寺住持瑞光，字雪庵，性喜书画，就近得姚华在书画、诗文方面的指点，进步很大。瑞光的绘画被姚华、陈衡恪荐往日本展览。姚与僧人文字之交传为佳话。当年贵州籍学人大多寄寓莲花寺。民初，姚华同学刘显治(希陶)以贵州军政府驻京代表身份住进莲花寺，时人称莲花寺为小贵州会馆。据考证该寺北院为寺，南院为庵，所以姚华署"莲华庵"，又署"弗堂"和"菉猗室"，均与莲花寺有关。

　　[2]作于光绪三十四年戊申(1908 年)。

　　[3]梅前笛意：用姜夔《暗香》"旧时月色，算几番照我，梅边吹笛？唤起玉人，不管清寒与攀折……"句。

【评析】

　　词作写于北京莲花寺寓所，词人与莲花寺有着很深的感情，他公车上京时便暂住于此，留学回国后也一直将其作为自己的居所，直到逝世。但词人并未忘记自己的家乡，莲花寺的月常出现在他的诗词中，借以表达对故乡和亲人的思念。词作围绕着"寒""远"二字来写，上阕着力描写秋天月夜的清寒氛围，如幕的碧空笼盖着这满院的寒霜，窗外朦胧的月影被横窗的树丫遮断。"菊后觞情，梅前笛意"是说只有自己一人饮酒赏菊、梅前吹笛，怀念故乡的亲人。词人是如此的孤独，只有莲花寺一庭凄清而幽怨的月光相伴。下阕写思乡之远。"向老"一句紧承上阕"清怨"之意境，写自己随着年纪渐老，思乡的情怀却更加浓郁了，这清幽的月光下，寄寓北京的自己和远在黔中的家人只能遥寄思念。月华如水似能浇灭这无尽的愁思，这是反语，实则久别故乡亲人，又挂念家中生计之艰难，这愁怨又怎能洗去。最后词人言，只能一人待在月华阴暗处，写诗做梦以寄忧怀，无人能见。此句再次渲染寂寞之感。词作通篇写月光，通过月光朦胧、幽静、冷峻的美，形容绸缪的思绪和凄凉的心境。结句以"梦"和"幽处"作结，更将思绪引向远方，意犹未尽。

莺啼序

谱梦窗"残寒政欺病酒"[1]　　有赠　有序　癸丑[2]

庚戌[3]九月，百铸[4]尝约集樱桃斜街[5]之云瑞堂看菊。明年再集，秋尽花阑，益感前游。而摄政退藩[6]，适闻报至，已而国变，堂亦掩关，《亚细亚报》馆焉。癸丑故正复偕百铸过，佛言[7]候于厅事，旧集地也。离痕欢唾，不堪点检，琅琊大道，谁吟蚕尾之诗，流水板桥，拟续澹心之记。掌故所在，感慨系之。太阴正月二十八日

依稀去年梦境，只沉烟坠缕。乍春醒、才解成愁，几分初散还聚。软红[8]内，千胸万意，前尘点点伤心赋。向东风，吹皱眉头，更添幽素[9]。　　寥落千秋，旧椠[10]蠹尽，问苍生几顾？惜孤负、珠玉文章[11]，总知无甚凭据。忍重看，残笺泪血，化腥碧、斑斓凄楚。暝窗寒，回首斜阳，此情难诉。　　绳驹磨蚁，转轴星周[12]，也忙似迅羽[13]。恰过眼、落花天气，又早昏晓，惯作阴晴，许多风雨。风人善引，诗心能怨，啼鹃声里江山迥，遍天涯、共读惊人句。龙蛇[14]感泣，苍茫唤出湘魂[15]，问天地怎地无语！　　零芬剩劫，仿佛前朝，料翠条记否？正柳起、清明将近，旧社难圆（慨抱冲贵定李维钰同梅，长沙黄可权诸君也），草蔓苔荒，雨今云古。浮生似此，惟须长醉，风萍波梗非易会，感沧桑、陈迹樱桃树[16]。唏嘘旧馆芳菲，怕觅欢痕，系人肺腑。

【注释】

[1]梦窗"残寒政欺病酒"：宋代词人吴文英作了三首《莺啼序》。《莺啼序》是词中最长的调子，四叠，二百四十字。历来作者甚少。"残寒政欺病酒"，集中表现了吴文英伤春伤别之情。[按]即吴文英《莺啼序·春晚感怀》，是吴文英为悼念亡妾而作的一首词。

[2]癸丑：作于民国二年癸丑(1913年)。

[3]庚戌：清宣统二年(1910年)。

[4]百铸：桂诗成，以"百铸"字行，贵州贵阳人。清末举人，任职清学部和民初教育部，在北京时寄寓莲花寺，与姚华朝夕相处。护国反袁时曾赴云南护国军工作，后任过贵州几个县的县长。中华人民共和国成立后，任贵州文史研究馆副馆长，被选为贵州美术家

协会第一任主席。

[5]樱桃斜街：樱桃斜街是位于北京市西城区南部的一条胡同。

[6]摄政退藩：指民国元年（1912年）二月二十二日，清宣统皇帝退位。当年宣统帝溥仪才六岁，由其父载沣任摄政王。宣统帝退位又可谓摄政王退除藩王（载沣为醇亲王）位。

[7]佛言：丁世峄，以"佛言"字行，号迈钝，山东黄县人。早年留学日本，1912年当选为临时参议院议员，与姚华共事，结为好友，在政见上共同反对袁世凯，常在一起研讨学问，两人对古文字学和书法交流甚多。姚为丁古文字学论著《〈说文古籀补〉补》撰序。

[8]软红：犹言软红尘。谓繁华热闹。[补]高观国《烛影摇红》词曰："行乐京华，软红不断香尘喷。"

[9]幽素：寂静。[补]李商隐《房中曲》诗曰："蔷薇泣幽素，翠带花钱小。"

[10]旧椠：旧时的刻书。（清）丁丙《善本书室藏书志》卷八曰："印天树，字仲嘉，平湖人，其藏书室曰'味梦轩'，颇多旧椠。"

[11]珠玉文章：妙语或美好的文章。[补]（宋）刘弇《代贺谢梅、孔二学士启》曰："沉思诣极，学睹圣奥，经为儒宗咳唾之余，贵其珠玉文章。"

[12]星周：星辰视运动历一周天为一星周，即一年。张元幹《水调歌头·癸酉虎丘中秋》词曰："倦游回首，向来云卧两星周。"

[13]迅羽：这里指迅疾的时光。[补]（清）陆纶《西子妆·白蕉为余点阅小草兼赠月下笛一阕词以答之》词曰："流光迅羽，纵检却、神方难驻。"

[14]龙蛇：喻杰出的人物。（金）马定国《香严病中》诗曰："金弹不徒惊燕雀，春雷终待起龙蛇。"

[15]湘魂：指投江而亡的屈原。见杜甫《建都十二韵》诗："永负汉庭哭，遥怜湘水魂。"

[16]樱桃树：为了叶韵将"樱桃宴"，易作"樱桃树"。指文人雅会之地。[按]"樱桃宴"原指科举时代庆贺新进士及第的宴席。袁枚《随园诗话》卷四曰："溧阳相公康熙前庚辰进士也，重赴樱桃之宴。"

【评析】

这是一首纪游词，借云瑞堂国变前后的今昔对比，来抒发历史的兴亡之感。《莺啼序》是篇幅最长的词调，故有足够的空间作充分的抒怀。第一阕，词人从重游故地写起，从序言中可知，词人与桂诗成等人此前曾两次游云瑞堂，并在此宴集。故首阕说在梦境中似乎回到了去年，醒来后便只剩下了沉香的余烬，就如那春醒时的愁绪一样，初散还聚。在京城的繁华中，我们心潮涌动，思绪万千，将那点点往事和心中的感伤都用诗歌写出吧。但又能如何呢？只能任这东风吹皱眉头，平添了幽情素心。第二阕，写昔游之景，宣统二年、三年都是在秋天游览此处，故词人说岁月寥落，这堂中的书本都被蠹虫蛀坏，百姓中有几人曾光顾过这里？可惜辜负了当初我们写下的那些诗文，如今看来都没有了凭据。因为清王朝已经覆灭，云瑞堂的繁华也成为往事。历尽沧桑的我们哪里还忍心再在残笺上写下孤愤之诗，忠臣志士的血泪都化作了碧玉，直叫人深感凄楚。昏暗的窗前一片寒凉，回首处斜阳低垂，这心情怎能诉说！第三阕，写时光飞速，年年更迭，视角又转回当下，现在恰好又到晚春时节，看着纷繁的落花和阴晴不定、风雨频多的天气。我们都是多愁善感的诗人，心中易起愁怨，更何况这凄凉的杜鹃声里江山已经更迭，天涯之中，人人都经历了这翻天覆地的变化。仁人志士心中无不感泣，真想唤出含冤沉江的屈原，就如他的《天问》一样，问苍天为何面对如此的沧桑巨变还是无情不语。第四阕，写这里只剩下了劫后的残芳，依稀还似前朝，不知街边苍翠的柳条是否还记得。又快到清明了，很多昔日之旧游都没在身边，难以实现旧日的社集了。面对如今荒败的景象，浮生若梦只须长醉忘忧，人生漂泊就如浮萍泛梗，难得相会。只得在这昔日雅集之故地，独自感慨沧桑。"旧馆芳菲"，那往日陈迹，徒勾起满怀愁绪，令人不胜唏嘘。词作充分利用了慢词利于铺叙展衍的特点，记述时光荏苒、朋友离散、国家政变、社会动荡，沧桑之感油然发于笔端。第一阕写朋友聚到一起游云瑞堂，感怀去年此时。第二阕便写前两年聚会，因秋尽花阑，引发作者的郁郁之情。第三阕由光阴白驹过隙写出"又早昏晓，惯作阴晴，许多风雨"，暗指社会风雨动荡不安。第四阕进一步抒情，感慨人事变迁，旧时繁荣而今已成荒凉苍茫，历史的变迁也致使沧海桑田，人生多变。词作风格沉郁绸缪，抒情既层次井然又婉转真挚，极深沉地表现出了词人经历国变之后复杂的心境。

满江红

八月十六日感事[1]　癸丑

月墨星沉，英雄恨，太行千叠[2]。都付与、晓鸡声里，为鸣悲咽。篝火几曾真王楚[3]，扁舟何事忘逃越[4]。问大江、风雨许多潮，随烟灭。

城下钓，清波冽。东门犬，惊尘歇[5]。叹功名浑浚，剑花飞血。开国谁翻前史例，到头悔负封侯骨。望中原、暗淡几龙蛇，堪愁绝。

【注释】

[1]（癸丑）八月十六日感事：阳历民国二年（1913年）十月四日。该日国会通过总统选举法。词人姚华是参议院议员，又是宪法起草委员会委员，深知未曾指定宪法，先将总统选举法提出另订，是袁世凯急于当正式总统而强行制定的，不得民心。词人有感于国会已沦为袁世凯手中的工具而痛心，又感于辛亥革命成果完全丧失而悲愤。基于此，遂疾书填此词释之。

[2]太行千叠：(英雄恨)像太行山千百重。太行(山)，华北地区主要山脉，在山西高原与河南平原间。[补]太行山西缓东陡，受河流切割，多横谷，故称"千叠"。

[3]篝火几曾真王楚：引用秦末陈涉发动农民起义，自称大楚的事实，喻孙中山领导辛亥革命的功绩。篝火，即"篝火狐鸣"成语的省语。《史记·陈涉世家》载，秦末时，陈涉于竹笼中置火，学狐叫，假托狐鬼事，以发动民众起事。

[4]扁舟何事忘逃越：引用春秋末年，范蠡辅助越王勾践，三年后灭吴王夫差。越王勾践复国，范蠡乘扁舟离去越国，泛游五湖而终不返的史实，喻孙中山创建民国后失去领导权。扁舟即"扁舟意"省语。(晋)张方《楚国先贤传》曰："勾践灭吴，谓范蠡曰：'吾与子分国有之。'蠡曰：'君行令，臣行意。'乃乘扁舟泛五湖终不返。"

[5]东门犬，惊尘歇：谓(创建民国的英雄)遭严重挫折，再也望不到他们乘骑而疾驰的车马。东门犬，即"东门黄犬"的省语，为官遭祸，抽身悔迟之典。典出《史记·李斯传》，秦二世二年七月，丞相李斯因遭奸人诬陷，论腰斩咸阳市。临刑谓其子曰："吾欲与若复牵黄犬俱出上蔡东门逐狡兔，岂可得乎！"惊尘，车马疾驶扬起的尘土。

【评析】

这是一首时事词，词人有感于当日总统选举法的通过，国会已沦为袁世凯手中的工具，辛亥革命成功的果实即将被窃取的残酷现实，疾书此词，以抒痛心悲愤之情。开篇用"月墨星沉"比喻时局的黑暗，"太行千叠"形容面对革命果实被窃，天下英雄的愤恨。第二句"晓鸡声里"，象征推翻满清政府的革命志士，为民国的诞生而报晓，但现在革命果实完全丧失，所以他们的鸣叫并未唤来黎明的曙光，只是鸣咽悲伤罢了。"篝火"这一对句，出句用秦末陈涉起义的典故比拟从古至今的起义，"几曾真王楚"是说大多没有成功，实际便是说辛亥革命经过了艰苦卓绝的斗争终于取得了推翻封建社会的成功。而对句则用范蠡助勾践灭吴复国后，便不得不离职归隐的典故，比喻孙中山最终失去了政权，导致革命的失败。而"问大江、风雨许多潮，随烟灭"一句则用江中的风潮都随烟而灭，比喻席卷长江南北的革命浪潮，当初是多么的声势浩大，随着清政府被推翻，革命的烽烟便消散了，如今革命的果实被野心家篡夺，革命的浪潮也消退了。过片四个短句，前两句"城下钓，清波冽"比拟孙中山辞去临时大总统职务后，只能被迫以闲适的生活面对冷峻的形势。"东门犬，惊尘歇"用李斯遭诬陷而感叹欲牵黄犬逐狡兔而不得的故实，形容革命所遭遇的严重挫折。接下来词人回顾往昔，赞叹无数英雄志士抛头洒血，历经战斗实现了覆灭两千年封建王朝，开创民主国家的先例。但到头来孙中山却后悔失去了民国领导权的机遇。遥望中原，那些英雄豪杰的心情是多么暗淡，真是令人扼腕啊！词作全用比兴，用含有隐喻的意象和典故将革命果实被窃，国家命运又蒙上阴霾的悲痛心情含蓄地表达出来，词中的"恨、悲、灭、冽"等富有强烈感情色彩的字词，将词人心中的悲恨续续道出，词风沉郁悲凉，体现了词人作为一名爱国志士对国家命运前途的拳拳之心。

暗香(一)

《画梅》，枣华^[1]遗墨也，雨甥^[2]属题，凄然赋此。依韵拟石帚^[3] 丙辰^[4]

倩春着色，尚压寒弄影，迎人横笛。画了索诗，一纸灯前许雕摘。不算年光似水，空依约、研冰调笔。怨落月、独秀幽姿(东坡《雪中赏梅诗》："独秀惊凡暮")，无语接瑶席^[5]。　京国，夜阑寂。待诉与近怀，旧臆如积。坠钗暗泣，妆阁凄清有人忆。和靖^[6]江乡住处，魂梦冷、千山笼碧。便讯遍、烟共水，也难探得。

【注释】

[1]枣华：姚銮，室名枣华，生于贵阳。1914年在北京与同乡文宗沛结婚。生前从父学，工画。

[2]雨甥：即文宗沛。

[3]石帚：宋词人姜夔。[补]石帚为姜夔的号。

[4]丙辰：作于民国五年丙辰(1917年)。

[5]瑶席：这里指亡者灵前放祭品的席面。[补](元)王沂《七曲文昌祠》诗曰："初无瑶席椒浆奠，空望灵旗鹤驾来。"

[6]和靖：宋代画家林逋。其性喜梅，咏梅诗最有名，有《林和靖诗集》。后人称为"和靖先生"。

【评析】

姚华之女姚銮，1914年嫁与文明钦的长子文宗沛为妻。文宗沛则是文明钦之子、文宗淑之兄，因此两家都算书香门第，只可惜姚銮在结婚两年后就去世。姚銮从小师从其父，工画。姚华对姚銮非常的疼爱，姚銮的去世让他伤痛异常。词作是姚銮去世后，文宗沛将其《画梅》遗作向姚华索题而作。整首词重点不在于描绘画作，而在于倾诉自己忆女的悲凉心境。上片写女儿画了梅花图，然后索要题诗，可惜光阴似水，作者还没有来得及实现约定，就只能"无语接瑶席"了，面对亡女灵前放祭品的桌面，作者只觉得生死两茫茫，无处话凄凉。下片虽紧扣枣华遗墨"梅花"，也提到性喜梅花的宋代诗人及画家林逋，却依旧重在写情，可惜作者想对女儿"诉与近怀"，却是"旧臆如积"，心中千言万语，却是不知从何说起，作者用"和靖江乡住处"不可探得，喻指自己的女儿更是"便讯遍、烟共水，也难探得"，生死相隔，音讯渺茫，凄婉伤痛。

暗香(二)

依韵拟石帚 题枣华"墨梅"

　　莲华山中，小轩二楹，树枣已华，第一女銮主焉。其后銮归门人文宗沛，二年而殒。宗沛哀之甚，每检得遗墨，必来乞句，既依韵拟石帚《暗香》《疏影》二阕，"题照""水梅"小幅以去。此"双钩折枝墨梅"装之逾岁，而未有词，岁暮养疴，客思无藉，因更谱《暗香》，老去才思顿减，恨无秀句以酬枣灵也。丁巳十二月有二日[1]

　　水痕月色，和冷烟作暝，先春愁笛。画里欲仙，一剪生生怎教摘！长使东风泪洒，添酸涩、南枝吟笔(梅溪《瑞鹤仙·红梅》词有句云："孤香细细，吹梦到杏花底，被高楼横管一声惊断，却对南枝洒泪")。但照彻、独夜青灯[2]，香影扑凉席。

　　南国，路寂寂，便种了墓门，坠叶黄积。照颜对泣，遗墨堂前悄相忆。惊断天寥午梦，人去住、罗浮空碧。试问讯、凭翠羽[3]，几声唤得！

【注释】

[1]作于民国六年丁巳(1917年)。

[2]青灯：光线青荧的灯。这里指孤寂的生活。龚自珍《与吴虹生书》十一曰："背老亲而独游，理兔园故业，青灯顾影，悴可知己。"

[3]翠羽：这里指枣华"墨梅"。[按]翠羽原指翠鸟，(唐)顾况《芙蓉榭》诗曰："文鱼翻乱叶，翠羽上危栏。"这里应是指画面上的翠鸟。

【评析】

　　这也是题写姚銮所画梅花图的题画词，寄寓了对亡女深厚的悼念之情。上阕先从墨梅写起，因墨梅不施色彩，以神清骨秀的淡雅风味取胜，故首句用"水痕月色"形容整幅画面的背景和氛围，"冷烟作暝"形容梅花的淡淡墨痕，"先春愁笛"则以幽怨的笛声写出看画之心情。"一剪生生怎教摘！长使东风泪洒，添酸涩、南枝吟笔"既是体现"折枝墨梅"的特点，也是以花喻人，暗示女儿美好的人生怎么就被生生折断，直让词人不住泪落。接下来写女儿逝世以后自己的孤独。"独夜青灯"，只能对着女儿的遗画，难以入眠。若上阕是用比兴寄寓对亡女的思念，那么下阕便是直接抒发哀思了。词人想到一个人葬在那遥远的南国故土，就是在墓旁种上了梅，没有人照料，估计现在也都零落了吧！词人常对着镜中的自己哭泣，每每念起女儿，也只能悄悄地看看女儿的遗墨。词作最后又回到墨梅图上来，惊断了寂寥的梦境，人已离去，只剩下了澄碧画图上的几枝墨梅。结句最为诚挚，词人想问问画上的青鸟，能否唤回自己的女儿。一句痴语足见深情！三首题亡女梅花图的词作，虽非作于同时，却有着同样的情韵和风格。特别是此词的题序，不仅本就情感真切动人，且通过交代创作的背景，将三首词串联起来，使其实有组词之妙，通读咀嚼，更见词人亡女之悲和念女之切。

扬州慢

与印昆登天宁寺塔[1] 和白石韵[2]

千里寒皋，极天无际，暗红解记春程。正烟鬟[3]过雨，似故国山青。念前度诗痕尚在[4]，浣尘[5]纱碧，谁与屯兵？更无人，废院归鸦，来近层城[6]。 访碑砌下[7]，数兴衰、如梦堪惊。怎塔势孤擎，檐铃不语，都似无情。树树玉羁曾系[8]，晴来路、马作边声[9]。渐清明寒食，愁如芳草还生[10]。

【注释】

[1]天宁寺塔：建于北魏的天宁寺，是北京创建年代最早的庙宇之一。在广安门外，滨河路。天宁寺塔为八角十三层檐密檐式实心砖塔，通高 57.8 米，塔建于一个方形砖砌大平台上。姚华游后五日曾作图一帧，录己作《扬州慢》书于图上，并题有数语，云："辛酉二月十八日雪后，与印昆登天宁寺塔……游后五日炳烛作图。是游也，儿子鋆侍游……"此图辑入《姚茫父书画集》。

[2]作于民国十年辛酉(1921 年)。

[3]烟鬟：喻云雾缭绕的峰峦。[补]苏轼《凌虚台》诗曰："落日衔翠壁，暮云点烟鬟。"

[4]念前度诗痕尚在：指丙午(1906 年)七月，姚华、陈叔通、范源濂等同学自日本归北京度暑假，集会天宁寺，有诗记其事。诗云："马蹄塔影踱轻车，又碾京尘认梦华。竹外帘栊见秋岭，草边蚂蚱上山花。长天坐送清无虑，绝国归来暂是家，酒后不知身作客，晚风吹面始惊沙。"

[5]浣尘：污染，弄脏。

[6]层城：指北京故宫。[补]层城原指重城、高城。《世说新语·言语》曰："遥望层城，丹楼如霞。"

[7]访碑砌下：谓天宁寺建庙一千余年间封建制度的兴衰。

[8]树树玉羁曾系：谓以往天宁寺游客如织。玉羁，玉饰的马络头。这里指富有者的坐骑。

[9]边声：[补]指边境上羌管、胡笳、画角等音乐声音。李陵《答苏武书》曰："吟啸成群，边声四起。"

[10]愁如芳草还生：点化秦观《八六子》"恨如芳草"句，及李煜《清平乐》词："离恨恰如春草，更行更远还生。"

【评析】

　　这是一首纪游词，后又题写于词人自己所作的画上，故可以说也是一首题画词。天宁寺建于北魏时期，是北京历史最为久远的寺庙，可谓见证了北京城的历史变迁，故词人登临此塔，又写词作画，亦是借词一抒兴亡感慨。词作以登览之景致起兴，在高塔之上，可见千里外清寒的江皋，无穷无际的苍天，还有那绿荫幽暗、红花凋谢的春景，不禁让人感到节序的变化。此时刚下过雨，远处的峰峦云雾缭绕，就像故乡黔中山水一样青碧隽秀。接着，词人用"前度诗痕"引入对往事的回忆，17年前词人自日本归北京度假，曾与同学同登天宁寺塔。如今故地重游，尘俗早已污染了庙宇的清净，战乱中，是谁曾在这里屯兵，现在更成为北京城里无人光临的荒废之地。如果说词作上阕是写天宁寺17年间的变化，那么下阕则将时间推向了更为久远的历史。在荒砌之下，可以访寻各朝各代留下的残碑断壁，回想天宁寺经历过的兴衰历程，就像一场梦，让人惊叹。下一句用"塔势孤擎，檐铃不语"写出客观事物的长久与无情，寄寓物是人非的感慨。"树树"一句补写天宁寺昔日的繁华，繁盛时这里游人如织，处处是富有之人的坐骑，马匹的呼声仿佛边地的骑兵营一样。最后词作以景语作结，时间又渐近清明寒食，心中的愁苦就像这漫天生长的芳草一样，漫无边际。词人用《扬州慢》词调，又步姜夔原韵，便是有意借鉴姜夔化虚为实，移情于境的艺术手法，通过天宁寺繁华与荒芜的今昔对比，营造凄淡空蒙、冷僻幽独之意境，以此抒发军阀战乱下北京城荒寂萧条的黍离之悲、兴亡之慨。

齐天乐

鼠　田寅画乞赋[1]　白石韵

　　髯苏谥黠尊边赋[2]，凭伊做成深语[3]。耗尽千门，穷余五技[4]，知否赍粮[5]无处。空肠漫诉，正兵乱年饥，久荒耕杼，坏壁窥灯，有人长夜动愁绪。　　春朝一犁趁雨过，厨烟草草[6]，偷试春杵[7]。乍听窗鸡，犹栖幕燕[8]，暗里都难知数。殷勤[9]道与，有书惜佳儿，果珍娇女。莫餍芳甘，恐莲心最苦。

【注释】

　　[1]作于民国十年辛酉(1921年)。

[2]髯苏谑黠尊边赋：谓苏轼作《浊醪有妙理赋》。苏轼，今观其画像，蓄长髯。《浊醪有妙理赋》以饮酒为题，又以酿酒饮酒为喻，婉曲地表达作者生活处事准则。谑黠，形容苏轼写得机敏、智慧。[按]此句中所指应为苏轼所作的《黠鼠赋》，"谑黠"指苏轼称鼠狡黠。

[3]深语：犹深谈。[补]即布诚相谈。(唐)周贺《春喜友人至山舍》诗曰："更欲留深语，重城暮色催。"

[4]穷余五技：鄙视鼠技。穷余，谓最后所剩的。五技，谓多能而不精技。[补]出自《说文·鼠部》："鼫，五技鼠也。能飞不能过屋，能缘不能穷木，能游不能渡谷，能穴不能掩身，能走不能先人，此之谓五技。"

[5]赍粮："赍盗粮"的省写。语出《荀子·大略》："非其人而教之，赍盗粮，借贼兵也。"[补]即"赍粮藉寇"，送粮食给盗贼，比喻做危害自己的蠢事。

[6]草草：骚扰不安的样子。[按]疑指匆忙仓促的样子。李白《南奔书怀》诗曰："草草出近关，行行昧前算。"

[7]春杵：春捣谷物。

[8]幕燕：幕，见《尔雅·释言》："幕，暮也。"

[9]殷勤：恳切叮咛。

【评析】

词作借题画写鼠，更像是一首咏物词。词作首句是说，苏轼于酒杯前写了《黠鼠赋》，把老鼠的狡黠写得非常生动，而且借赋鼠阐明了做事心要专一，才不至于被突然的事变所左右的深刻道理。接着词人写老鼠的狡黠不过是小人之智，它们耗尽了千家的粮食，技能看上去很多，但没有一样精通的，它们不停地偷盗粮食，到头来只是因贪心和不劳而获，愚蠢地让自己陷入人人喊打、欲除之而后快的危险境地。粮食都被这些老鼠给盗食完了，人们只好空着肚子谴责它们的恶行。恰又值兵荒马乱，战争使耕种生产荒废，年年饥馑，人民没有粮食果腹，没有完璧遮风，这动乱的时局就像是漫漫的长夜，看不到黎明，怎不让人愁绪万分。下阕写辛勤的劳作，春天的时候要抓住春雨时节赶紧耕种，连吃饭都匆匆忙忙，还要试验杵臼，收割后春捣谷物，要经过这么久的劳动才有所收获。"乍听窗鸡，犹栖幕燕，暗里都难知数"一句是说尽管百姓们起早贪黑地辛勤劳动，暗里却难以知道是否能够得到理想的收成。正是深感于粮食得来不易，故我殷切地叮咛子女，要珍惜现在能够读书、能吃上饱饭的生活，不要贪求口腹之欲。"莲心"即"莲子"，词人用其谐音"怜子"，阐明自己对儿女的一片怜爱之心和劝诫之意。词作借写鼠，刻画了社会上那些不劳而获的狡黠小人的形象，也揭示战乱给人民造成的深切痛苦，同时又对辛勤劳动却饱受饥馑的穷苦人民寄寓了深切的同情，包括最后对子女的恳切叮咛，正体现出词人民胞物与的博大胸怀。可以说词作将讽喻、规劝等融入词中，虽针砭时弊，却不失敦厚。

惜红衣

忆南泊旧游，即题师曾[1]写"荷花卷子"　次石帚韵[2]

雨讯黏秋，诗痕[3]话墨，醉来心力。梦冷愁新，沉沉压娇碧。炎凉又几，开卷处、幽香[4]迎客。敻寂[5]，枯树庾郎[6]，怯江关[7]声息。　　重来紫陌，蘸破波光，知今更凌藉[8]（光绪甲辰五月曾赴遵义，卢后甫夔飍招集[9]。又十年再集，已为官道强掠，堑限之南，泊水益蹙）。红情[10]恋旧，去国已南北（伯柱归贵阳，鸥客客沪渎）。赢得淡烟斜照，长记小游曾历。放酒杯犹在，问当时颜色。

【注释】

[1]师曾：[补]陈师曾，原名衡恪，字师曾，号朽道人、槐堂，江西义宁人，近代著名书画家。其父为著名诗人陈三立，著名学者陈寅恪是其弟。民国二年至民国八年，陈师曾曾在北京的多所高等学校任国画教授。

[2]题画词作于民国十年辛酉(1921年)。

[3]诗痕：带有诗意的景象。[补](元)刘因《赋孙仲诚席上四杯》诗曰："微茫山意诗痕在，滟潋江声饮兴多。"

[4]幽香：这里指所绘的荷花。

[5]敻寂：这里指古代。相关下一句就指庾信所处的南北朝时朝。[补]敻寂，即辽远幽寂貌，如(明)程敏政《苦热与汪汝温坐树下，怅然有怀》诗曰："虚堂敞前楹，敻寂无四邻。"

[6]枯树庾郎：指庾信《枯树赋》。庾信初仕南朝梁，奉使西魏，被留不放还。西魏亡，仕北周。虽居高位，仍怀念南朝，暮年写下《枯树赋》，借枯树曲折地表达出仕北周的耻辱和思念故国之情。

[7]江关：指江南。这里承上句指庾信想念的南朝。

[8]凌藉：这里指时局变化。[按]"凌藉"指侵陵，欺侮。蒲松龄《聊斋志异·仇大娘》曰："而岁屡祲，豪强者复凌藉之，遂至食息不保。"词中应指时世动乱。

[9]词人自注旧游时间有误。清光绪甲辰，词人正赴春闱，奔走在京城与河南开封之间，先参加会试，再参加殿试。中进士后赴工部任，接着留学日本，不可能在该年五月有遵义之游。

[10]红情：犹言艳丽的情趣。这里指青年人之间的友情。

【评析】

这首题画词，通过题写挚友陈师曾"荷花卷子"，抒发对友人和故乡的思念之情。上阕主要描写荷花图，首句说寒凉的秋雨联翩，这样的场景勾起了诗情和画意，让人陶醉其中，结果却耗费心力，创作不出好的作品。这好梦易冷，忧愁愈新，就如同压在娇碧荷叶上的浓浓雨雾，这时的荷塘还有几分夏日的炎热气息呢。再次打开友人留下的画卷，仿佛有荷花的阵阵幽香拂面而来。接下来，词人借庾信的《枯树赋》来表达自己的思乡念友之情。在这辽远幽寂的历史长河中，唯有庾信的经历让我引以为同感。他羁留北朝，虽位居高位，仍旧怀念南朝故土。他在暮年时写下《枯树赋》，直言："况复风云不感，羁旅无归；未能采葛，还成食薇；沉沦穷巷，芜没荆扉，既伤摇落，弥嗟变衰。《淮南子》云：'木叶落，长年悲'，斯之谓矣。"借写枯树表达自己出仕北周的耻辱和无奈，以及对故土的思念之情，故词人说庾信怕听见南朝的消息，于词人自己又何尝不是如此呢？下阕着重抒怀，"重来"一句是说当年旧游的朋友们再聚京城，只会对着波光凝愁，大家都被仕途所强掠，再加之时局动荡，南北所限，令人愁绝。当年那些友人多值得怀念，现在他们都各奔东西。最后再一次回忆旧游：只剩我一个人在这淡烟斜照中，来这曾经的游历之地回忆往昔，那置放酒杯的地方犹在，似乎在向我询问当时之人如今可好。词作以题画为契机，着重抒发对友人的怀念，而在怀念友人的背后，更是寄寓着对动荡局势的担忧和不能回乡的悲愁，风格凄婉且情感深沉。

鹧鸪天

元辰[1]，广和楼演富连成部[2]

　　箫管皇都数盛名，查楼旧地尚能名(肉市查楼，明以来旧为剧场，即今广和楼也。见《京尘录》。)。可怜弟子教成队，到处人才让后生(同光数十年间，楼皆演弟子队，小福寿以前余未及见。福寿散，喜连成继之，又更"喜"为"富"，成材甚众，多名于时)。

　　闻吉语(开场灵官舞讫，晋增福神先后上，揭帖作吉语。既下场，主者捧帖张之楹间。)，话书楹(门傍八字，似湘乡曾惠敏(曾纪泽)公书："广歌盛世，和颂昇平")，瞳瞳晓日耀千旌[3]。依然"十万春花梦"，座上梅村[4]更泪倾(相传大栅栏庆乐园有楹语曰："大千秋色在眉头，记当年白叟黄童来游瞻部；十万春花如梦里，趁此日丁歌甲舞重醉昆仑。"吴梅村祭酒入清后所题，在台上。庚子之乱毁于兵燹，今不记为何人重书矣)。

【注释】

[1]元辰：元旦。(晋)庾阐《扬都赋》曰："岁惟元辰，阴阳代纪；履端归余，三朝告始。"

[2]作于民国十一年壬戌(1922年)农历新年，记叙广和楼观京剧所见。[补]广和楼，即广和剧场，在北京前门外。建于明末，曾为京城最早最出名的戏楼，与华乐楼、广德楼、第一舞台并称为京城四大戏园。富连成部，即富连成社，创办于1904年，是京剧史

上公认的办学时间最长、造就人才最多、影响最为深远的一所科班。

[3]瞳瞳晓日耀千旌:谓"元辰"广和楼观剧。瞳瞳晓日,日出渐明,这里指"元辰"。旌,以五色鸟羽饰旗杆,树于车后,以为仪仗。这里指演剧。

[4]梅村:吴伟业,字骏公,号梅村,江苏太仓人。明末清初诗人,工诗词书画。入清后官至秘书院侍讲,后任国子监祭酒。

【评析】

词的写作背景是在新春佳节时,词人到广和楼剧场看著名的富连成科班演出。词作先从广和楼的历史写起,"查楼"便是广和楼的前身,本是建于查氏园林中的私人戏楼,在康熙年间便成为繁华的茶园戏楼。所以词人说清代戏剧最有名的便是京剧,而历史悠久的查楼到现在都还极有盛名。第二句"可怜弟子教成队,到处人才让后生",从词人自注也可知道是说富连成社积极开展戏剧教学,培养了大量的戏剧人才,成为京剧史上影响最为深远的一所科班。"闻吉语""话书楹"是写当日戏台的情景,有着热烈而喜庆的节日氛围。舞台上开场灵官舞讫,晋增福神先后上台揭帖作吉语,戏台门槛上也张贴上了八字对联。"瞳瞳晓日耀千旌"才开始写戏剧的演出,在明亮的晨光中,舞台上的旌旗仪仗舞动闪耀。"十万春花梦",剧院依旧繁华,剧中的人和场景亦仍是那么光鲜亮丽。"座上梅村更泪倾",当年"庆乐园楹语"本是吴伟业入清后所题,似乎预示着清朝盛世的到来。"庚子之乱"中楹语已被战火所毁,而"庚子之乱"无疑也是清王朝走向衰败灭亡的重要节点,词人将自己比为吴伟业,并以泪倾形容他于观剧中的悲伤。词作虽写观戏,但对于戏台上剧目的演出只用一句带过,其书写的重点是以广和楼和富连成部作为北京戏剧兴衰的代表,又以北京戏剧的兴衰作为国家兴亡的标志,所以词作通过观一剧,拓展到一楼一科班的兴衰,再到京城戏苑的历史变迁,最后再到国家的兴亡,这样的构思,就与《红楼梦》从一男一女之爱情,到四大家族之兴衰,最后反映出国家社会兴亡的网状叙事结构如出一辙。而词作用如此短小的篇幅表现如此宏大的主题,可见词人用意之巧、寄寓之深。

念奴娇

壬戌中秋,和东坡韵,示大儿[1]贵阳[2]

闰年早秋,乍凉蟾、警露[3]顿惊霜迹。静里窗纹明水际,眼底几棵疏碧。玉斧修残[4],山河影在,道是金瓯[5]国。天香深处[6],盛时歌吹曾历。

今夜月为谁圆?酒尊空尽,座冷长惭客。擘果分盘儿女会,浅醉聊堪一夕。万里人同,婵娟可语,胜似征鸿[7]翼。鹤阴能和,旧时游处双笛(儿妇陈淑瑗晓音律)。

【注释】

[1]大儿：姚鋆，字天沃，出生于贵阳。日本东京高等蚕桑学校毕业，归国后，奉父命回贵阳服务乡里，任教于贵阳农业学校。数年后返回北京，在多所大学任教。1937年抗日战争全面爆发，随北平大学农学院迁往陕西武功，一直在西北农业大学任教，并任过该校农业试验场场长。对北方地区桑蚕事业作出过贡献。中华人民共和国成立后，加入九三学社，被选为全国人民代表，出席过1958年全国先进工作者大会。早年从父学习绘画和颖拓。词人喜鋆作的颖拓，常题跋之。50年代，陈叔通整理、推介姚华颖拓，令鋆作颖拓，一并介绍，该件今藏于贵州省博物馆。

[2]作于民国十一年壬戌(1922年)。

[3]警露：相传鹤性机警，"至八月白露降，流于草上，滴滴有声，因即高鸣相警，移徙所宿处，虑有变害也"。(见《艺文类聚》卷九十引(晋)周处《风土记》)后因以"警露"作为咏鹤的典故。骆宾王《初秋登王司马楼宴赋得同字》诗曰："鸿飞渐陆，流断吹以来寒；鹤鸣在阴，上中天而警露。"

[4]玉斧修残：即玉斧修月，比喻恢复疆土。[补]见段成式《酉阳杂俎·天咫》。(元)方回《赵宾旸唐师善见和涌金城望次韵五首》诗之一曰："玉斧难修旧月轮，凄凉沙鸟犯钩陈。总因燕贪多庸将，却误蛾眉事别人。"

[5]金瓯：指国土。[补](唐)司空图《南北史感遇十首》诗之五曰："兵围梁殿金瓯破，火发陈宫玉树摧。"

[6]天香深处：指旧日宫廷。天香，指宫廷中用的熏香。[补](唐)黄滔《奉和翁文尧员外经过七林书堂见寄之什》诗曰："驷马宝车行锡礼，金章紫绶带天香。"

[7]征鸿：即征雁。指秋天南飞的雁。[补]江淹《赤亭渚》诗曰："远心何所类，云边有征鸿。"

【评析】

该词作于民国十一年(1922年)中秋，词人一家在北京莲花寺寓所团聚，独长子姚鋆远在故乡贵阳，任教于贵阳农业学校。词人步东坡《念奴娇·中秋》韵，抒发对儿子的思念之情。词作从月色写起，今年是闰年，秋天来得更早，在清凉的月光和苍凉的鹤喉中突然就有了秋霜的痕迹。在这安静的夜色中，清凉如水的月光透过窗纹照亮了房屋，在窗上投映出疏枝的倒影。"玉斧修残"一句是指月亮再次团圆，月光洒满了山河，这就是我们所说的中华国土。"玉斧修残"有恢复疆土之意，"金瓯"也有国土完整坚固之意，因此，此句在字面上描写了整个中国都在中秋圆满的月光笼罩之下的场景，同时也寄寓着词人对国家安宁、国土完整的美好祝愿。"天香深处，盛时歌吹曾历"是说北京皇城深处，曾经经历过清王朝鼎盛时的歌舞升平。下阕转入对儿子的思念。词人问道，今夜的月是为谁而圆？杯中的酒已经喝尽，家中的客人稀少，座席常冷。今夜"擘果分盘"，与儿女们团聚一堂，在浅醉的气氛中可堪闲谈一夕。"万里人同"句是说，虽然现在大家团聚在一起，但"遍插茱萸少一人"，还有姚鋆一家，远在南方的故乡。这明媚的月色万里人同，胜过征鸿的翅膀，定能将祝福带到。最后词人祝愿儿子和儿媳一家幸福美满，而"旧时游处"一词也透露出了词人的思乡之情。词作以中秋月色为契机，以清冷苍凉的意境，抒发在南北阻隔中对儿子一家的深深眷念之情。同时词作也不只是表达一家之境遇，词人还由此联系到了战乱频仍、山河破碎的现实，寄寓着深沉的家国情怀，体现着"以一国之事，系一人之本""言天下之事，形四方之风"的风雅精神，故其境界能堂庑自大。

西江月（一）

解嘲[1]

榧几[2]学山裁画[3]，疏灯课茗[4]敲诗[5]。百年有限几闲时？闹里真堪一睡。　　皮骨任人牛马，影形[6]容我埙篪[7]。西风吹老鬓边丝，知否兔爰[8]尚寐。

【注释】

[1]解嘲：语本《汉书·扬雄传》："时雄方草《太玄》，有以自守，泊如也。或嘲雄以玄尚白，而雄解之，号曰《解嘲》。"作于民国十一年壬戌（1922年）。

[2]榧几：用榧木做的几桌。榧，通"榧"，即香榧。

[3]学山裁画：指描画自然景物作画。

[4]课茗：用同"喝"。[补]即喝茶。

[5]敲诗：推敲诗句。[补]（清）任曾贻《百字令·立春前一日寄怀储文漏津》词曰："赁酒当垆，敲诗午夜，弹指成今昔。"

[6]影形：即"形影"的倒装词，构成偏正词。指人的精神、意志。与"皮骨"义相对。

[7]埙篪：埙和篪皆是古代乐器。二者合奏时声音相应和。这里指进行文艺创作，自娱自乐。[按]"埙篪"常用以比喻兄弟亲密和睦。词中是指自己的身形和精神仍能互相呼应和配合。（明）沈德符《野获编·黄慎轩之逐》曰："时康御史亦有疏与冯疏同日上……二疏同时，埙篪相和。"

[8]兔爰：《诗经·王风·兔爰》的篇名，又是"有兔爰爰……"的省语。作为篇名，诗表现百姓苦于劳役和频仍的灾祸而希求安宁。作为词语，兔爰，即兔缓缓，宽纵貌。

【评析】

词作以"解嘲"为题，即借汉代文学家扬雄的《解嘲》之意，抒发词人的愤懑之情与落拓之志。词作开篇为一对句，出句说自己在几桌上以自然为师创作画作，对句说自己在萧疏的灯光下品茗写诗，画和诗便是陪伴词人人生的文艺事业。后两句说人生有限，难得悠闲，只能在尘俗的奔忙中闹中取静，求得浮生半日闲。下阕写这身皮骨愿意当牛做马任人差遣，好在精神、意志和身形尚能配合无间。鬓边的发丝已被西风吹老，但人民希望的社会安宁还在晦暗之中，自己又怎能停下操劳呢？上阕写"书斋中的自己"，体现的是词人个人的利益，下阕写"社会上的自己"，体现的是词人的社会责任。虽然词人"闹里真堪一睡"，已经疲惫不堪；"西风吹老鬓边丝"，年华已经消磨，但面对着这依旧黑暗的社会，词人如鲁迅《自嘲》诗中"横眉冷对千夫指，俯首甘为孺子牛"一样，愿意舍弃小我，甘愿奉献自己的一生。该词情调郁结，寄寓着词人对社会黑暗的不甘与悲愤，以及词人博大的胸怀和坚毅的品格。

解连环

题师曾画石帚词册子(选二阕)[1]

和清真

素毫曾托，想冥情弄笔，古思绵邈[2]。问画里、何许江南？尽烟送暝寒，黛舒春薄[3]。石帚重来，画能语、慰人离索[4]。等残山剩水，甚处买园，理料花药[5]。 予怀喻君未若，又波鲸舍鹏[6]，清徵酸角[7]。漫说、词客凄凉，只天水无情，梦也荒却。怨墨相思，怎寄语？灯前红萼[8]。正春来、忆人念往，泪痕暗落。

【注释】

[1]题师曾画石帚词册子：民国十三年癸亥(1923年)，陈师曾赴南京奔母丧，由于旅途劳顿和日夜守灵，患痢疾，而未及时医治和休养，不幸于八月初七日逝世。噩耗传回北京，在江西会馆举行了追悼会，姚华在会上致了悼词。此后，姚华检出好友生前绘画作品题词，社会上亦闻讯找出师曾绘画请姚华题跋，所以留下姚华以题陈师曾作品数量最多。较系统的是两个册页，一是《师曾石帚词册子》，一是《(师曾)北京风俗图》，而最先题的是这本"石帚词册子"。可以想象，姚先生是怀着十分悲恸、沉重的心情而开始题师曾画的，加之"石帚词册子"所描绘的现实又是一个凄凉的社会，更加重精神负担。今人从中可以理解，纪念挚友最好的方式，莫过于合作，既追思好友，又留下供后人欣赏的作品。再则，《师曾石帚词册子》和《(师曾)北京风俗图》富有极强的社会和时代意义。陈师曾、姚华因感姜石帚记叙游江南一带的词，反映了南宋王朝和金兵对峙，民族矛盾和阶级矛盾尖锐复杂的社会。这与民初我国军阀混战，国内分裂，外敌当前，民族矛盾和阶级矛盾加剧的现实惊人相似。所以姚华有和白石自度词《扬州慢·登(北京)天宁寺塔》，描述军阀统治下的北京城的恐怖。陈师曾摘姜石帚词意绘"石帚词册子"的心情也是忧国忧民之作。姚华题陈师曾这本山水册页，先临写，再逐幅题词一首，凡十二图，词十二首。周大烈于姚华题每首词后，书小诗一首。1923年农历十二月填完最后一首词，即这首《解连

环》词。这本册页今仍存于姚府。而姚华是否在陈师曾绘的"石帚词册子"上逐幅题词,不得而知。因陈的册页至今下落不明。

[2]"素毫"至"古思"句:谓师曾按姜夔词意作画。素豪,指毛笔。冥情弄笔,专心致志作画。古思绵邈,指姜夔词含义深远,情思绵长。

[3]"问画里"至"黛舒"句:谓师曾传达出姜夔词描写江南一带的景色,以及姜夔词"野云孤飞,去留无迹"(张炎语),使人有"雾里看花"之感。

[4]离索:这里指离别友人索居。[补]陆游《钗头凤》词曰:"东风恶,欢情薄,一怀愁绪,几年离索。"

[5]"等残山"至"理料"句:谓山河残破,局势严峻,哪有闲情整治花木。残山剩水,残破的山河。理料,即整治。花药,芍药,这里泛指花木。

[6]波鲸舍鹏:指遭遇险恶,忧心忡忡。波鲸,鲸鱼兴起大波。舍鹏,房舍飞来不祥的鸟。鹏,鸟名,又名山鹠。

[7]清徵酸角:[补]清徵,清澄的徵音。沈括《梦溪笔谈·乐律二》曰:"且以琴言之,虽皆清实,其间有声重者,有声轻者。材中自有五音,故古人名琴,或谓之清徵,或谓之清角。"酸角,酸涩的角声。《管子·幼官》曰:"君服青色,味酸味,听角声。"

[8]红萼:见姜夔《暗香》中"红萼无言耿相忆"句。红萼,指梅花。

【评析】

"题师曾画石帚词册子"是姚华为其亡友的《画石帚词册子》作的题词,共有十三首。根据邓见宽注,《画石帚词册子》是一本山水图册,词人题画时,是逐幅题写,一幅一词,共有十二阕,而这首《解连环·和清真》是词人最后题写的一首,也是总述,有如序言的性质。这十三首词所用词牌全然不同,但有共同的特点,即均采用和韵的形式,所和之词都是宋代词人的词作,逐幅题写的词作均将画名注在词下,其篇目依次为:《卜算子·和竹屋韵》(第一叶"满汀芳草不成归,日暮,更移舟向甚处")、《谒金门·和竹斋韵》(第二叶"一襄烟雨")、《清平乐·和散华庵韵》(第三叶"略彴横溪人不度")、《愁倚阑·和〈金谷遗音〉韵》(第四叶"只见乱山无数")、《太常引·和东浦韵》(第五叶"蕉叶窗纱荷花,池馆别有留人处")、《菩萨蛮·和后山韵》(第六叶"算空有、古木斜晖")、《好事近·和蒲江韵》(第七叶"山雨打孤篷")、《临江仙·和无住韵》(第八叶"淮南皓月冷千山,冥冥归去无人管")、《南歌子·和友古韵》(第九叶"一亭寂寞。烟外带愁横")、《点绛唇·和海野韵》(第十叶"慵对客,缓开门。梅花闲伴老来身")、《青玉案·和芸窗韵》(第十一叶"冷红叶叶下塘秋。长与行云共一舟")、《定风波令·和竹坡韵》(第十二叶"叶浦萦回,暮帆零乱向何许")。

这首《解连环·和清真》,概括了画册描绘的主要内容,揭示了亡友陈师曾创作《画石帚词册子》的立意和寄寓其中的情感意趣,同时也抒发了对亡友的深切怀念之情。词作首句先说明画册的创作立意,亡友将自己的情感意趣都寄托在画笔之上,专心致志地进行创作,将姜夔含义深远、情思绵长的词意通过画作表达出来。接着概括画作的主要内容,友人描绘了姜夔词中所写的"烟送暝寒,黛舒春薄"的江南景致,也体现出姜夔词清空高洁的词境。所以词人称赞陈师曾是白石重来,这些画作都像能说话,能够安慰观画者的离索之怀。上阕中"等残山剩水"句则说明了寄寓于画中的深意，姜夔的词作反映了南宋时期战乱频仍、社会矛盾尖锐的现实，这与民国初年军阀混战、四分五裂，民族和阶级矛盾加剧的社会现实如出一辙。所以陈师曾以姜夔词意作画，就是因为在那样一个残山剩水的形势下，根本没有一处能够安身立命的安宁之地。在深入地阐述画作的内容和意蕴后，词人开始抒发己怀。词人说自己的情怀不如亡友，又遭遇了险恶，清徵酸角之音无不令人感伤。更别说这社会人生的无情，直让人倍感凄凉。接下来写对亡友的悼念，自己用为亡友画册题词的方式寄寓怀念，但这些凄怨之词又怎样传递到已经天人永隔的亡友呢？如今灯前的梅花再一次盛开，春天又来了，可词人的心境并不像春光那般明媚起来，"忆人念往"，常让人眼泪暗流，无比悲伤。词作铺叙抒情层次分明、有条不紊，在揭示亡友画作意蕴的同时，还将生世之悲和悼念之情融入其中，词风沉郁凄婉，读之令人动容。

临江仙

和无住[1]韵[2]

　　记得秦淮[3]歌舞日，万家同尝秋英。无端胡马[4]变江声，繁华成底事，空见月孤明。　　世事兴衰今更古，疾光如电奚[5]惊。新来两鬓斗霜晴。一帆来又去，独自听寒更（第八叶，"淮南皓月冷千山，冥冥归去无人管"）。[6]

【注释】

　　[1]无住：陈与义，字去非，号简斋，洛阳人。他是南宋重要诗人，有《简斋集》。
　　[2]描写国难当头的孤寂处境。
　　[3]秦淮：这里借指南宋所在地区。
　　[4]胡马：泛指少数民族军队。这里指金兵。
　　[5]奚：疑问句。犹"何"。
　　[6]摘自姜夔《踏莎行·自沔东来……》最末两句。

【评析】

　　这首词是《画石帚词册子》第八幅画"淮南皓月冷千山，冥冥归去无人管"的题词。词作用陈与义《临江仙》韵，陈与义原词以颠沛流离和国破家亡为书写的主题，这首词亦是如此。上阕写靖康之乱，使天下板荡。记得往昔秦淮河上歌舞升平之日，万家同享太平。可无端战祸兴起，外敌入侵，一世繁华都被破坏殆尽，只剩下了一轮孤月。下阕就史实发抒感慨，世事兴衰古今相同，那变化就如同闪电一般迅疾，而近来词人的两鬓已如严霜般花白。最后以景作结，江上的一片轻帆来了又去，词人独自听着凄寒夜空中传来的阵阵更声。词作情韵深远，其巧妙之处在于将题画、咏史结合了起来，借题画喻今、借古喻今，在揭示动荡的社会现实的同时，融入对历史兴亡的深沉感慨，可谓短小精悍。

柳梢青

贵筑南郭小景[1]

浅水妆梅，疏烟做柳，腊后春初。负郭人家，黄昏灯火，画也难如。

故乡何处吾庐？莫问讯、兵残燹余[2]。倚醉阑干，恨吟楼阁，梦也都无[3]。

【注释】

[1]贵筑南郭小景：贵筑即今贵阳。贵阳"跬步皆山""平地无三里"，然贵筑南郭景色极佳，南明河自城西南逶迤流经南郭，再向东北方向奔去。这南郭河谷地带，地势平缓，河水澄碧，河的左右两岸及河中小洲上，分别筑有武侯祠、翠微阁、甲秀楼等古建筑，构成江南秀色，人称"小西湖"。词作于民国十三年甲子(1924年)。

[2]兵残燹余：指战乱兵灾。辛亥革命以来，贵州政局由各派军阀轮番执掌，社会动荡。而延续十余年的军阀争战，经济凋敝，人民生活苦不堪言。词人卜居北京，耳常有闻，忧心如捣。

[3]梦也都无：前代词人常用"悠悠梦里无寻处"(冯延巳《鹊踏枝》)、"惊残好梦无寻处"(欧阳修《蝶恋花》)、"梦魂纵有也成虚，那堪和梦无"(晏几道《阮郎归》)，皆写追念往昔恋人。"梦也都无"，词人用语，拟景为人，与"故乡何处吾庐"相照应，抒写故里亲情。

【评析】

邓见宽先生在《弗堂词》此词注释中用按语对词作的创作背景进行了说明，其言曰："词人填《柳梢青》前，贵州遭兵灾天祸的史实：1920年11月，黔军总司令王文华拥兵到贵阳，向自己的舅父，贵州省省长刘显世发动兵变。王令警卫营长申剑峰率兵枪杀省府秘书长熊范舆、省府顾问郭重光。王文华称此举为'清君侧'。省长刘显世被迫在其胞姐，王文华母亲的护送下出走贵阳回兴义，贵州政权落入王文华手中。史称'民九事变'。数月后，1921年3月16日，王文华在上海，被黔军将领袁祖铭手下的人杀害。军阀内讧，百姓遭殃。1920年又加天祸——贵州大旱。词人姚华闻此凶讯，挥笔作扇，在北京街头义卖赈济贵州同胞。今存当年姚华撰《贵州赈灾赠扇启》为证。启云：'祸乱频仍，疮痍满处，直北始闻收束，黔黎又告凶荒。以地僻民瘠之区，际天灾人变之厄，穷同无告，罹等非辜。华故里情亲，济人手拙，用敢代为呼吁。祈沛鸿施，凡此黔人均沾厚贶，当歌薰而解愠。谨奉扇以扬仁。略疏小言不尽铭感！姚华顿首。'据查，姚华委托北京书店、篆刻铺、南纸店义卖画扇赈灾款数千元，悉数汇贵州有关单位，赈济贵州灾民。"可见，这首小词不仅抒发了普通的思乡之情，还饱含着对故乡混乱动荡之政局的担忧和对贵州人民屡受灾祸的深切关心与同情。上阕用饱含感情的笔触描写记忆中贵阳南郭一带的秀美风光，腊月刚过，初春渐至时，南明河的浅波映照着初绽的梅花，河两岸柳芽刚吐，疏枝婆娑。南郭一带人家屋舍鳞次栉比，黄昏时灯火如繁星点点，一片祥和安宁，就算是绝好的市井画也比不过。下阕笔调顿转，词人身在千里之外，却听闻故乡噩耗的沉痛心情，过片"故乡何处吾庐"一语，辟空而来，既有离家已久的疏离之感，更是对故乡祸乱频仍、疮痍满处的悲痛呐喊。兵灾之后，民生凋敝，人民生活苦不堪言，让人不忍卒听。结句"倚醉阑干，倦吟楼阁，梦也都无"描写词人面对故乡之近况，既忧心如捣，又觉无力挽救的深深无奈感。

点绛唇

题朽道人《京俗画册》(选八阕) [1]

穷拾人 [2]

　　破纸生涯，一生费却钱多少？蛙肥鱼饱，赚我头颅老。　　尔亦爬搔 [3]，竟把微生 [4] 了。须知道，零笺剩草，中有人间宝。

【注释】

　　[1]题朽道人《京俗画册》：这是姚华系统题陈师曾遗画的第二册。词人分两次题词，分前十七阕，后十七阕，凡三十四阕。陈师曾的《京俗画册》创作于民国初年，用水墨画描绘民初北京地区民情民风，反映了社会和政治变迁，内涵丰富。绘画技巧汲取了西方漫画的长处，漫画家丰子恺看后认为，中国近现代漫画创作始于陈师曾。周作人在《知堂书话》中记亲眼见陈师曾为创作京俗图了解民风的动人情象。周作人写道：鲁迅在教育部工作期间，常邀三二友在绒线胡同西口……牛肉馆小酌，出东铁匠胡同即到。有次陈师曾弃去，追着迎亲花轿看，众笑师曾心不老。实为了解北京风俗如此。陈师曾所作《京俗画册》一旦图成，引起社会广泛关注，首先由《北洋画报》连载，接着多次刊印成册出版，数十年来深受社会欢迎。20世纪80年代，北京古籍出版社接受李一氓倡议，用彩印形式重印，书名定曰：《北京风俗图》。李一氓要求，姚华逐图所题词手书要印上。以往陈、姚合作的《京俗画(词)》虽用珂罗版精印，皆是单色。陈师曾《京俗画册》原件，曾由梁启超花重金购藏，后辗转易主，今藏于北京中国美术馆。《京俗画册》是陈师曾的人物画代表作，展现出中国画现实主义表现手法。而姚华题词非应景应酬之作，亦具现实意义，同时又是怀念好友之作，饱含情思。姚华题词通称《京俗词》，作于民国十四年乙丑（1925

年），除与陈师曾《京俗画册》合印出版，还多次单独出版。

[2]有的版本标题曰："拾破烂"。

[3]爬搔：这里指用手或简单工具翻捡垃圾，拾取破烂。

[4]微生：[补]细小的生命；卑微的人生。杨万里《宿龙回》诗曰："大熟虚成喜，微生亦可嗟。"

【评析】

《题朽道人〈京俗画册〉》如《题师曾画石帚词册子》，亦是词人为亡友陈师曾题写的系列组词。《京俗画册》是徐师曾创作的系列人物画，师曾汲取了西方漫画的技法，用水墨人物画的形式描绘民初北京地区的各色市井人物和物什，生动地反映了民国时北京城的民情民风及社会变迁，极具时代特征和丰富内涵。姚华也采用了逐画题写的方式，一共创作了三十四阕，此词为第四阕。词作描绘了北京城中贫穷的拾荒者。他们以拾破纸为生，一辈子也没用过两个钱。"蛙肥鱼饱"句是说拾荒者还不如那田里的蛙和鱼，它们能够轻而易举地吃得又肥又饱，而拾荒者一生辛劳却只能赚得年老花白。"尔亦爬搔"句是说，拾荒者在不停地捡拾垃圾中就把这卑微的一生了却了。结句"须知道，零笺剩草，中有人间宝"，是说这些"零笺剩草"都被当作垃圾丢弃，但对于拾荒者来说，其中却有维持其生计的宝贝啊！词作用极为精练的语言，如简笔漫画般寥寥几笔便刻画出拾荒者穷困潦倒的形象，并对其卑微窘迫的人生境遇给予了深深的同情。拾荒者这一类生存于社会最底层的人物，无论是文人画，还是诗词，之前都并未进入书写的视野中，师曾和姚华能够为其画像，又为其题词，这既是词作题材的扩大，也是极有社会意义的。

西江月（二）

坤书大鼓　京师时语，女儿曰坤[1]

纵是冰弦[2]解语[3]，不如肉处堪思。喉咙炼就正年时，省得曲中心事。情到妙来流眄[4]，腔从脸际生姿。人人[5]爱听鼓儿词[6]，最数[7]梨花无二。

【注释】

[1]记叙北方女说书艺人的演出，受到社会欢迎。这为民初北京雅俗共赏的艺术，构成一大景观。[补]大鼓是曲艺的一种。由一人自击鼓、板演唱，一至数人用三弦等乐器伴奏。唱词多采用民间流传的历史故事等，用韵文编成。

[2]冰弦：琴弦的美称。传说中有用冰蚕丝作的琴弦，故称。[补]董解元《西厢记诸宫调》卷四曰："宝兽沉烟袅碧丝，半折的梨花繁杏枝。妆一胆瓶儿，冰弦重理，声渐辨

雄雌。"

[3]解语：这里指说书人会说话。[补]（明）刘基《久别离》诗曰："久别离，别时小儿未解语。"

[4]流眄：流转目光观看。[补]宋玉《登徒子好色赋》曰："含喜微笑，窃视流眄。"

[5]人人：姚手书作"北来"。北来，指词人和画家姚、陈二人。人人，泛指社会上各阶层人士。[补]人人，即每个人，所有的人。苏轼《司马温公神道碑》曰："人人自重，耻言人过。"

[6]鼓儿词：[补]即大鼓。《儿女英雄传》第九回曰："我的少爷，你这可是看'鼓儿词'看邪了。你大概就把这个叫作'临阵收妻'。"

[7]最数：姚手书作"只有"。

【评析】

此为《题朽道人〈京俗画册〉》组词第五阕，写的是一位女曲艺艺人表演京韵大鼓时的场景。首句是说纵然琴瑟丝竹弹能够演奏出美妙的乐曲，并传达创作者和演奏者的情感，但是都不如人声说唱表演内容丰富、艺术呈现立体，引人深思和联想。这位表演大鼓的女子演唱的技艺已经练得很纯熟，也正当年华，能够非常到位地理解和拿捏曲中寄寓的心事。"情到妙来流眄，腔从脸际生姿"描绘了女子表演时的动人场景，她表演时目光流转，巧妙传情；声腔一出，脸际生姿。最后是对这位女艺人的赞美，每个人都爱听她唱的鼓儿词，特别是"梨花片"鼓词，可称为世间无二。词作在上下阕内容的安排上，采取了上阕介绍鼓词艺术和演唱者情况，下阕描写女子表演时情态和肯定其艺术成就的设计，层次清晰、描写生动，较好地呈现了京韵大鼓表演的艺术魅力。

朝中措

压轿嬷嬷[1]

　　抹将脂粉上鸡皮，盛服闹霜姿[2]。迎得阮家新妇[3]，将来有样齐眉[4]。

　　当年记否？妆成上轿，女伴扶持。如问嫁时心事，至今没个人知。

【注释】

[1]压轿嬷嬷：凡婚事，先乘花轿诣女家迎新妇。南方压轿用小儿，北方风俗则择一寿考多福之老妪。

[2]"抹将"句：描述压轿老妪"鸡皮鹤发龙钟态，犹着红衫唱喜歌"的神态。[补]鸡皮，比喻老年人起皱的皮肤。庾信《竹杖赋》曰："鹤发鸡皮，蓬头历齿。"

[3]阮家新妇：丽质的新娘。[按]阮家新妇，指东晋名士许允所娶阮德尉之女，貌丑而有智慧和品行。见《世说新语·贤媛》。故词中用"阮家新妇"，实则是称新妇有德行，而非赞其美貌。

[4]齐眉："举案齐眉"成语的省写。指夫妻和睦相处。[补]见《后汉书·梁鸿传》，(宋)张孝祥《虞美人·赠卢坚叔》词曰："卢敖夫妇骖鸾侣，相敬如宾主。森然兰玉满尊前，举案齐眉乐事、看年年。"

【评析】

词乃《题朽道人〈京俗画册〉》组词第六阕，写的是婚礼上的压轿老妪，涉及北京婚俗。首句写压轿老妪在婚礼上的形象，盛装打扮和其龙钟老态，这两个极不相称的特点反差极大地融合到老妪的身上，就有几分滑稽。接下来的两句用许允娶阮德尉女，梁鸿与孟光"举案齐眉"的典故，写出压轿老妪负责为男方人家迎娶新妇的角色特点，同时也借以表达了词人看待女子以德为尚、不以貌取人的观点。下句写老妪当年出嫁之时，也如今天来迎的新妇，盛装打扮，在女伴的扶持下，踏上婚轿，是一生中最幸福、最美艳动人的时刻。如果现在问起她当年出嫁时的心事，到现在也没有人能知。词作对压轿老妪形象的描写非常生动，特别是下阕对其心理的刻画，一句"如问嫁时心事，至今没个人知"，有一语双关的效果，将压轿老妪和轿上的新妇联系起来，这压轿老妪便是当年的轿上新妇，由此便将人生短暂、盛年难继的感慨融入词中，在滑稽戏谑的字词下，隐含了深沉的人生感伤，寓意深刻。

氐州第一

煤掌包[1]

千丈淄尘[2]，和梦做影，迷离是甚眉眼。黛里摇唇，烟中着语，熔铁粗成乍划[3]。说与苏秦，纵金尽无须颜赧[4]。怎不如伊，存身向晦，听人嘲难。　　海又扬尘今渐满，最清处蓬莱较浅。囊下余焦，墨边残沥，予亦无长短。几人家堪举火，才兵尽炊烟凄断。头脑冬烘待君来[5]，一寒能暖(连年战事，冬则煤荒，故云)。

【注释】

[1]煤掌包：有的版本标题曰："赶大车"。词作赞美赶运煤车的工人，常年在艰辛条件下奔波，而其所运的煤是人们生活中必不可少的。

[2]淄尘：黑色尘土。淄，通"缁"。

[3]"黛里"至"熔铁"句：描述铁匠的形象，用以比喻赶煤车的人，与烟尘相处。划，通"铲"。[按]"熔铁粗成"疑指运煤人就像是刚从熔炉里铲出来的生铁一样。

[4]说与苏秦，纵金尽无须颜赧：引用战国时期苏秦出游数年，裘敝金尽，憔悴而归的故事，用以比喻赶煤车的人常年在外奔波，而收入甚微。

[5]头脑冬烘待君来：谓城镇居民等待赶车人运煤来。这里将"冬烘"与"君"对举，抬高赶车人的身价，充分肯定其作用。冬烘，这里指城镇普通居民。[按]据《唐摭言·误放》载，郑薰主持考试，误认颜标为鲁公（颜真卿）的后代，将他取为状元。当时有无名氏作诗嘲讽云："主司头脑太冬烘，错认颜标作鲁公。"后用"头脑冬烘"指头脑糊涂、迂腐、不明事理的人。范成大《冬日田园杂兴》诗之十曰："长官头脑冬烘甚，乞汝青钱买酒回。"词中应是词人自喻。

【评析】

词为《题朽道人〈京俗画册〉》组词第九阕，写的是京城中赶运煤车的车夫，所以有的版本标题为"赶大车"。词作上阕着重刻画运煤人的形象。"千丈淄尘"一句是说运煤人满面尘灰，清晨便在尚未消退的夜色中架着运煤车匆匆入城，眼神迷离、疲惫不堪。这是写出整体样貌，接下来便是细节的描写，他满面黑灰里动着嘴唇，说出的话似乎都带着烟火味，整个人就像从刚从熔炉里铲出来的生铁一样。"说与苏秦"句是因苏秦曾在出游中裘敝金尽、落魄憔悴，与运煤人相似，故用以比拟。"无须颜赧"是说运煤人以自己的艰辛劳动谋生，比起苏秦游历诸国以谋取名利是无须羞愧的。"怎不如伊"句是说运煤之人靠这既脏且累的运煤差事谋生，还要常听别人的嘲讽和闲话。可谓极为凝练地把运煤人满面尘灰的落魄形象和艰辛苦涩的生活状态描写出来。下阕结合当时的局势写运煤人对人们生活的重要性。"蓬莱"代指京城，如今海内又是到处战乱，最清静安宁的地方就是这北京城了。但现在词人家中也是"爨下余焦，墨边残沥"，没有生火做饭的煤炭了。"长短"指《长短经》，唐代赵蕤所著，为纵横家学说，词中代指苏秦一类人靠售谋略通向显达。词人说自己"无短长"，是自谦无可供贩售以改善生活的谋略，既体现词人当下生活的窘迫，又呼应了上阕中苏秦之典。接着词人从自己的家庭引申到广阔的现实，刚经历了战火，物资短缺，偌大的京城中没有几户人家还有余煤能够生火，大多数的人家已经断炊了。最后一句是说自己这迂腐之人还等待运煤人来，能够让自己在寒冷的冬天得到温暖。词人如此，又遑论广大的百姓呢？故词作不仅写出了生活于底层的劳动人民贫苦辛劳的命运，也由自己一家生活上与运煤人的密切关系，反映出乱世中京城百姓生活的困苦。而京城已是如此，那京城之外的地方岂不更是悲惨！故词作可谓较好地运用了以小见大、反映广阔社会现实的写作方法。

醉太平

话匣子^[1]

无声有声，无情有情。几人天上曾闻，赏余音故伶^[2]。　　疾如掏筝，缓如合笙^[3]。曲终江上峰青^[4]。正簪红盛名^[5]（梅澜署别馆曰："簪红"，本石帝《梅词》）。

【注释】

[1]话匣子：描述话匣子(留声机)广泛受到人们欢迎。

[2]余音故伶：倒装语，即"故伶余音"，指故去的伶人感人而动听的演唱。

[3]疾如掏筝，缓如合笙：形容乐器演奏的节奏美。[补]掏，弹拨。合笙，亦叫"合生"，宋代说书的一个流派。艺人当场指物赋诗，也称唱题目。孟元老《东京梦华录·六月六日崔府君生日二十四日神保观神生日》曰："商谜、合笙、乔筋骨、乔相扑、浪子、杂剧……色色有之。"

[4]曲终江上峰青：钱起《省试湘灵瑟鼓》诗的末二句"曲终人不见，江上数峰青"的省语。钱诗据《楚辞·远游》而作，描述湘灵(湘水女神)善于鼓瑟。

[5]正簪红盛名：谓正走红的京剧演员梅兰芳，其演唱被灌入唱片，供人欣赏。话匣子传入我国始于清光绪年间，直到1921年前后话匣子才普及。梅兰芳、杨小楼等京剧演员灌制唱片，收入颇多。

【评析】

这是《题朽道人〈京俗画册〉》组词第十三阕，写当时从海外传入的新鲜事物话匣子，话匣子便是留声机，本书中邓维琪《聤龙吟·西洋留声机器》便已咏及，而此词也是咏留声机，但立意自然有别。词作开篇"无声有声，无情有情"，既互为对句，又是句中对。"无声""无情"是指留声机本是机器，是不能够自己发出声音和表达情感的。而"有声""有情"则表现只要放入唱片，留声机就能够发出动人的音乐、感人的曲调，这便是留声机带给人们最新奇的感受。"几人"句是说那美妙音乐之前有几人听过呢？还能够让已故乐人的音乐再现于人世，这是留声机最大的价值体现，一是降低了音乐戏曲艺术欣赏的门槛，以前是"几人天上曾闻"，现在大家都能够听到；二是能够保留已故著名艺术家的作品，使后来之人也能赏其风采。下阕继续写留声机播放的艺术效果，时而急切如弹拨古筝，时而舒缓如演唱合笙。"曲终"句化用钱起《省试湘灵瑟鼓》诗中"曲终人不见，江上数峰青"一句，既写出了留声机只闻其声，不见伊人，给人扑朔迷离之感的特点，又体现了听留声机后余味无穷的欣赏感受。结句中"簪红"是著名京剧艺术家梅兰芳的别馆名，意为梅兰芳也深受其惠，灌制了大量的唱片，也因此获得了更大的声誉。此词与邓维琪《聤龙吟·西洋留声机器》都写留声机，可见当时这一新事物给人们带来了多么新奇的艺术感受，这两首词在艺术手法和特征上各有不同，邓维琪词是一首长调，他着力用铺叙之法对其形态、功能、艺术效果及给人们生活带来的改变都做了较为精细的描写。姚华的这首词则是小令，在熔裁上更见功夫，舍去了对留声机外形等方面的描写，只着重表现留声机以无声无情之质传有声有情之音的特点，以及给人们生活带来的变化，更显精炼。在艺术上两词可谓各有千秋。

天仙子

夫赶驴[1]

三十当门称健妇[2]，才了锄犁初日后。挽成燕尾[3]上京来，龟坼手[4]，风蓬首[5]，钗股[6]着花宽似韭。　　信是糟糠[7]无好丑，庑下齐眉[8]曾见否？梁鸿[9]也作执鞭人，闲井臼[10]，忙升斗[11]，几日势家[12]呼保母。

【注释】

[1]姚手书下一自注："一妇骑驴抱子，声得得。从者夫也。京东人上京多如此。"有的版本标题曰："回娘家"（"回娘家"与姚理解"上京来"有区别）。

[2]健妇：健壮精干的妇女。[补]杜甫《兵车行》曰："纵有健妇把锄犁，禾生陇亩无东西。"

[3]燕尾：比拟夫妻联袂。

[4]龟坼手：形容农民手粗糙，甚至开裂。龟，通"皲"。

[5]蓬首：形容头发散乱如飞蓬。[补]陈子昂《唐故袁州参军李府君妻清河张氏墓志铭》曰："孀居永日，蓬首终年。"

[6]钗股：指妇女头饰物。[补]吴文英《祝英台近·除夜立春》词曰："剪红情，裁绿意，花信上钗股。"

[7]糟糠：这里指妻子。[补]《后汉书·宋弘传》曰："贫贱之知不可忘，糟糠之妻不下堂。"意谓贫困时与之共食糟糠的妻子不可遗弃。后因以"糟糠"称曾共患难的妻子。苏轼《东坡志林·梁贾说》曰："居富贵者不易糟糠。"

[8]庑下齐眉：指夫妻和睦。齐眉，"举案齐眉"省语。

[9]梁鸿：这里借指丈夫。

[10]井臼：汲水舂米，泛指操持家务。[补]刘向《列女传·周南之妻》曰："亲操井臼，不择妻而娶。"

[11]升斗：借指少量的米粮、口粮。[补]韩愈《论盐法事宜状》曰："或从赊贷升斗，

约以时熟填还。"

[12]势家：有权势的人家。[补]《史记·萧相国世家》曰："后世贤，师吾俭；不贤，毋为势家所夺。"

【评析】

此为《题朽道人〈京俗画册〉》组词第十八阕，写的是从京东地区上京的一对夫妻，从姚华的自注可知，当时京东上京常由妇人骑驴而丈夫跟从赶驴，成为一贯之习俗，词作便是写此场景。词作上阕描写画中所绘夫妻骑驴上京之场景。那女子是一位年当三十健壮精干的农妇，这天才刚做完了农活，两口子便相伴联袂上京游玩。他们常干农活，手脚皮肤粗糙，头发如飞蓬般散乱，女子头上的钗子上还带着一朵花，宽得就像一棵韭菜。下阕就此习俗发表看法。词人说诚然是能够同甘共苦的妻子，便不能以美丑度之，你们曾见过举案齐眉的孟光吗？她也是形貌丑陋的健妇，但却以德行著称，能够操持家业，和睦家庭。下一句转写丈夫，他执鞭跟随，为妻子赶驴。二人操持完家务，还要忙于挣取一家生计所需的少量米粮。这次二人赶着进京，不知是哪个有权势的人家又在召唤保姆了。因此最后三句是通过进京农妇一家既要操持农活，农闲时又要为权势之家打短工补贴家用，体现当时中国广大民众辛勤劳苦的生存状态。尤其值得注意的是，词作用了大量的篇幅去刻画农妇的形象，对农夫却着墨极少，由此可见词人对婚姻关系中妇女地位的重视——他通过家庭中妇女的作用和贡献来看待对夫妻和睦的重要性，体现出姚华进步的两性观和婚姻观。词作不仅通过描写画中的进京农家夫妻，赞扬他们同甘共苦的深厚情谊，同时也反映底层民众贫苦辛劳的社会现实，这是词作的可贵之处。

六丑

橐驼[1]

遍胡天万里，总阅尽、尘飞沙掷。塞鸿[2]未还，春归无片翼[3]，雪际蹄迹。趁信风[4]吹度，乍青杨柳，指间关[5]京国。南来水土多膏泽[6]，背耸双峰，铃喧九陌[7]，庞然更无人惜。恁昂头阔步，情趣疏隔。

遥空沉寂，忆觚棱绀碧[8]。仗队红云[9]底，增太息。蓬瀛[10]尚几仙客，对荆铜[11]泪咽，黯然宸极[12]。风云改、早抛簪帻[13]。凭谁问、委辔膻丛乱后，见伊宫侧。春潮去、夜焖秋汐。照佩环、梦返千年恨[14]，如何载得？

【注释】

[1]有的版本标题曰："拉骆驼"。

[2]塞鸿：塞外的鸿雁。塞鸿秋季南来，春季北去。[补]古人常以之作比，表示对远离家乡的亲人的怀念。（南朝宋）鲍照《代陈思王京洛篇》诗曰："春吹回白日，霜歌落塞鸿。"

[3]片翼：指信息。

[4]信风：犹言随风。[补]元稹《有鸟二十章》诗之十一曰："驱去驱来长信风，暂托栋梁何用喜！"

[5]间关：形容转动自如。[按]"间关"，形容旅途的艰辛，崎岖、辗转。胡铨《戊午上高宗封事》曰："向者，陛下间关海道，危如累卵。"

[6]膏泽：滋润。言外之意为塞外干燥。[补]韦应物《观田家》诗曰："饥劬不自苦，膏泽且为喜。"

[7]九陌：指北京城。[补]九陌本是汉代长安城中的九条大道，亦常用以指京城。顾炎武《蓟门送子德归关中》诗曰："燕山一别八年余，再裹行滕来九陌。"

[8]忆觚棱绀碧：回忆北京城天空澄青。觚棱，宫阙上转角处的瓦脊成方角棱瓣形。借指北京城。绀碧，天青色。

[9]红云：红色的云。传说仙人所居之处，常有红云盘绕。[补]曹唐《小游仙诗》之四十七曰："红云塞路东风紧，吹破芙蓉碧玉冠。"

[10]蓬瀛：蓬莱和瀛洲，相传为仙人所居之地。

[11]荆铜："荆棘铜驼"的省语。汉代铸铜驼两座，原置洛阳宫门外。晋代索靖知天下将乱，指铜驼叹曰："会见汝在荆棘中耳。"后因以比喻乱世荒凉。[补]典见《晋书·索靖传》。

[12]宸极：比喻帝王。[补]原意为北极星，借指帝王。徐陵《为陈武帝作相时与北齐广陵城主书》曰："日月所鉴，天地所明，岂敢虚言欺妄宸极。"

[13]簪帻：簪冠和礼帽。喻在朝为官。

[14]千年恨：亦作"千载恨"。谓永远的恨。

【评析】

该词为《题朽道人〈京俗画册〉》组词第二十四阕，写的是从西域来到京城的骆驼。上阕写旧时骆驼商队进京的景观。"遍胡天万里"到"雪际蹄迹"句是写骆驼从西域出发，走遍了万里胡天，历尽了大漠扬沙，"塞雁未还"是说出发之时，塞雁尚未北归，还未有春天到来的消息，所以严冬的雪地上留下了驼队的蹄迹。这是第一层。"趁信风吹度"到"指间关京国"是指驼队只有踏过莽莽雪原，才能跟随春风的脚步，在杨柳乍青的时候，经过艰辛的旅程，来到北京。这是第二层。"南来水土多膏泽"到上阕末是第三层，到了南方土地就变得肥沃，气候也变得更温润，骆驼背上耸立着双峰，驼铃之声在皇城中响起，骆驼完成了从遥远西域运送物资的任务，但它在此的功用也不如在西域大，故虽是庞然大物，也得不到人们的珍惜。任凭它在京城宽阔平坦的街道上昂首阔步，也"情趣疏隔"，无人理解。下阕感慨北京城早已改朝换代，今昔盛衰，时过境迁。"遥空沉寂"一句把思绪引入到回忆之中，想那北京皇城宫阙楼角上的澄青天色，以及宫中仪仗从宫城的红墙琉璃下走过，就心生叹息。这是第四层，回忆清朝时的北京城景象。"蓬瀛尚几仙客"到"见伊宫侧"为第五层，句中"蓬瀛"是用仙境比紫禁城，"仙客"则指当日皇族朝官。词人问"蓬瀛尚几仙客？"实则便是清朝已灭，偌大皇城早没有了当日朝贵。"黯然宸极"是说帝王之气已然黯淡，"荆铜"一句用汉代洛阳宫外之铜驼陷入荆棘的典故，形容清朝灭亡后皇城凄清荒芜的景象，同时又与词题的骆驼呼应。现在风云已变，词人早已抛却了当时的官服礼帽，不再是朝廷的官员，又向谁打听战乱之后，在宫廷之侧是否还有垂着辫子的前朝遗老。"春潮去"至结尾是第六层，春潮已退去，夜晚天气爽朗，月色清明，秋汐又会到来，这是用潮水的涨退比喻兴亡的更迭。月色映照环佩，梦魂飞越千载，这无穷尽的兴亡之恨，谁能承载呢？这是以景融情之法。词作巧为铺叙点染之法，从骆驼离开故土远至京城不受重视，比拟自己入京漂泊，备受冷落的人生处境；又由京城今昔的对比和荆棘铜驼的典故，写出清朝灭亡后紫禁城的荒凉，寄寓自己的兴亡感慨。虽词人用"潮去潮来"表达了对新时代必将走向兴盛的信心，但作为在前朝做官、历经两世的人，面对世事变迁仍难免满怀感伤。

行香子

人力车

大道尘沙，小道桠槎[1]，何如曲径狭斜。千条路熟，两足风掣，怎聚如鸠[2]，争如鹜[3]，怒如蛙[4]。　　休说乘人[5]，休比浮家[6]，快时应也马蹄差。微乎虮虱[7]，道亦龙蛇[8]。记李膺门[9]，专诸巷[10]，邵平瓜[11]。

【注释】

[1]桠槎：树枝的分叉。词中用以形容北京城中小道参差错杂的样子。

[2]聚如鸠：谓人力车像鸠一样聚集。

[3]争如鹜：谓人力车争相追逐，争相驱驰。

[4]怒如蛙：见陆游《残春无几述意》诗之二："草长增蛙怒，花空失蝶期"。蛙鼓眼瞪眼，人以为发怒，这里形容人力车夫的行为可能粗俗，然而内心如平常人。

[5]乘人：欺侮人。[补]《国语·周语中》曰："佻天不祥，乘人不义。"韦昭注："乘，陵也。"

[6]浮家：指浪迹江湖。[补]（宋）胡舜陟《渔家傲·江行阻风》词曰："今我绿蓑青箬笠，浮家泛宅烟波逸。"

[7]虮虱：比喻卑贱。[补]葛洪《抱朴子·吴失》曰："笑虮虱之宴安，不觉事异而患等。"

[8]道亦龙蛇：人力车夫的行为道德与杰出人物一样。龙蛇，喻杰出人物。

[9]李膺门：东汉李膺（元礼）之事，《世说新语·德行》曰："李云礼风格秀整，高自

标持，欲以天下名教是非为己任。后进之士，有升其堂者，皆以为登龙门。"

[10]专诸巷：春秋时刺客专诸，吴国堂邑（今江苏省六合县）人。伍子胥知吴公子光欲杀吴王僚以自立，乃荐专诸于光，吴王僚十二年（前515年），光伏甲士而具酒请王僚，使专诸置匕首鱼腹中，乘进献时刺僚。僚立死，左右亦杀专诸。专诸的刺杀行为卷入政治争斗，故称"专诸巷"。巷，通"哄"，争斗。[按]邓注对"专诸巷"之理解有误，"专诸巷"乃是地名，位于苏州阊门内。南京六合区亦有"专诸巷"，因专诸生于六合，故名。钱谦益《山庄逢林若抚话旧次韵》诗曰："家在阊门君易知，专诸巷陌过要离。"

[11]邵平瓜：秦广陵人邵平，在秦亡后，为布衣种瓜长安城东之青门。邵平是秦故东陵侯，所种的瓜味甜甘美，时人又谓之"东陵瓜。"后世以"邵平瓜"美称退官之人的瓜田。

【评析】

词为《题朽道人〈京俗画册〉》组词第二十八阕，写的是京城中的人力车夫。上阕用细腻动人的笔墨描写人力车夫的劳动场景，北京城大道上尘沙弥漫，无数的小路如枝丫般参差错杂，其复杂程度不亚于曲径狭斜，而这些大小道路就是人力车夫劳动和获取生计的场所。他们对这些街道无比熟悉，拉起车来两足生风，无比迅捷。"聚如鸠，争如鸷，怒如蛙"三短句，连用三个比喻，把车夫们霎时聚集一处，争先追逐驱驰，又会时常瞪眼争吵的劳动和生活状态表现得细致生动，形象传神。下阕通过人力车夫，发表对社会人生的看法。过片继续写人力车夫的生存状态，"休说乘人"是说人力车夫言语粗俗，易欺侮人，但他们内心却是热心善良的。"休比浮家"是说他们在北京城的街头营生，不像渔家那般浪迹江湖，但在街市之上，他们的速度和敏捷可并不比马匹差。"微乎虮虱"句是说人力车夫的社会地位如虮虱般卑微，但他们也能急人所难，其行为道德亦可与那些杰出的人物媲美。词作最后三个短句，李膺乃士林领袖，专诸为侠义的刺客，邵平则是甘守朴拙的隐士，连用三个典故，表现人力车夫深在市井，认识三教九流、各色人等，深谙人情世故的特点。词作语言通俗诙谐，刻画生动细腻，对人力车夫辛勤工作及识见予以尊重和肯定，词人为细民写心的胸襟气度难能可贵。

减字木兰花[1]

　　厩中蓄乌骓[2]，俊物也。服驾二十年，遂已老敝，且置闲散，意待其尽而瘗也。家人靳饲养，及予病卧斥去，而以死闻，今一年矣。赋此追惜之。

　　当年辕下，神骏无人堪并驾。尔不嘶风[3]，我亦苍颜偃蹇[4]中。

　　千金有限，何况燕台[5]今已远。一曲虞兮[6]，应似乌骓憎老时。

【注释】

[1]作于民国十七年戊辰(1928年)。

[2]乌骓:[补]原指项羽所骑战马,词中指通身乌黑的良马。(清)陈维崧《法曲献仙音·咏铁马同云臣赋》词曰:"赤兔无成,乌骓不逝,屈作小楼檐马。"

[3]嘶风:[补]马迎风嘶叫,形容马势雄猛。(宋)无名氏《金明池·春游》词曰:"纵宝马嘶风,红尘拂面,也则寻芳归去。"

[4]苍颜偃蹇:年老体衰,病废困顿之态。[补]"偃蹇",困顿貌。

[5]燕台:这里借喻死去的乌骓。燕台是战国时燕昭王招纳贤士之台。[补]《战国策·燕策一》载,郭隗用古人以五百金买死马之首的故事,谏燕昭王求士之法。故词中用燕台喻指死去的马匹。

[6]一曲虞兮:虞美人与项羽分别前曾歌一曲。据《史记·项羽本纪》云:秦末项羽的美人虞姬,随侍军中。汉军将项羽围困在垓下,羽夜起饮于帐中,悲歌慷慨,虞姬以歌相和。后传其歌词为:"汉兵已略地,四方楚歌声。大王意气尽,贱妾何聊生。"

【评析】

词作写于词人年老病衰之时,追念伴随自己二十年最终老死的乌骓马,似为咏物,实为抒怀。词之小序已饱含同病相怜的感情,为词篇的抒情遣怀做了极好的铺垫。词言老马当年神骏无比,无马可与并驾,后来衰老了,不再有当年迎风嘶吼的雄武,而词人自己也年老体衰、病废困顿,可谓同病相怜。下阕过片以郭隗用古人以五百金买死马之首的故事,谏燕昭王求士之法的典故,写老马如今已逝,早就被人遗忘,又何能值得千金。最后一句用项羽英雄末路的典故,他在穷途末路中悲唱一曲虞兮,那悲怆之意应和乌骓老马憎恨自己年老无力的情感相同吧。黄金台和霸王别姬典故的运用贴切而动情,哀伤沉郁的词境既真切地表达了词人与老马的深厚感情,又抒发了自己年老困顿、贤而无用的悲痛怀抱。

浪淘沙慢

寒鸦　谱清真《万叶战、秋声露结》[1]

暗绿净、墙阴暂集,未敛归翼。料理饥肠待啄,惊回冻羽更寂。渐广野、冲烟疏着墨。背郭去、催落斜晖,趁暮云成阵尽翻侧。添几许寒色。恻恻[2],此时虑乱如积。况枯木流水多愁惨[3],情思惟萧瑟。问望秋浦[4]柳,谁禁风力?箭光浪景,空付伊、背景朝昏堪惜。春梦[5]醒、繁华收起,堂前幕、旧燕弃掷。冷蟾夜、南枝尚自觅,剩满地、雪迹霜痕,待记忆。孤村数点凄吟笔[6]。

【注释】

[1]作于民国十七年戊辰(1928年)。[补]清真《万叶战、秋声露结》即周邦彦《浪淘沙慢·万叶战》。

[2]恻恻:忧伤貌;悲痛貌。《弗堂类稿》作"侧侧",误,迳改。

[3]愁惨:悲惨,凄惨。

[4]秋浦:秋日水滨。[补]李贺《蜀国弦》诗曰:"凉月生秋浦,玉沙粼粼光。"

[5]春梦:喻易逝的繁华。

[6]吟笔:写诗的笔,诗人的笔。[补]梅尧臣《李少傅郑圃佚老亭》诗曰:"春禽时弄吭,清景付吟笔。"

【评析】

这是一首声情并茂的咏物词,所咏为"寒鸦"。上阕着重描写其饥寒交迫的样子,它们扑扇着翅膀,暂时聚集在墙角暗绿的树荫上。它们饥肠辘辘,还要想办法觅食,但寒冷的气候又冻住其羽翼,令其倍显沉寂。这深冬时节,广野之上寒烟弥漫,如疏淡的墨韵。那寒鸦背郭飞去,趁着黯淡的暮云翻飞成阵,就像要催落天边的落日斜晖一般,更为山色平添几许寒凉之气。过片用"恻恻"二字,在咏物写景中注入忧伤的情感。面对如此凄寒萧瑟之景,此时心中之愁苦蓄积,更何况那栖息处枯藤老树、小桥流水,直令人情思萧瑟、心中愁惨。枯树既不能栖,而那秋浦边萧疏的柳树,哪棵又能禁得住凛冽的寒风呢?这几句可谓极写寒鸦的无枝可依,接下来转入对时光枉度的慨叹,光阴似箭、光景如浪,可怜这些寒鸦似无归宿,空成了日暮朝昏、节序变化的背景。然后进一步转入写世事的无常,春梦易醒、繁华易逝,"堂前幕"代指衰败的人家,他们已被旧时毗邻的燕子所抛弃。而寒鸦却自甘寂寞,在寒冷的月夜寻找可以避寒栖身的南枝。可是如今面对满地雪迹霜痕,只凭借一点依稀的记忆,又何处寻起呢?便只能成为孤村外的数点凄影,感发诗人的诗情罢了。词作着力于通过多层面的景物环境描写,渲染凄清萧瑟的氛围,借以表现寒鸦饥寒无依的悲凉形象,其铺叙点染之法却有周邦彦意蕴。词作写寒鸦,意在引以自喻,自述身世遭际。上阕写暮云落晖中寒鸦"未敛归翼",下阕中枯木流水难栖、浦柳难禁风力,以及自觅南枝却只见雪迹霜痕,多次突出寒鸦无枝可依的困境,正是词人生逢乱世、流离京城、心无归宿之身世之悲的形象写照,故情韵深沉凄婉,读之令人愁绝。

女冠子

清明题亡儿鋆[1]遗墨"柳条双燕"幅,拟韦端己[2]　二阕

其二

一岁几战,逝矣争如不见。正年时,弄笔勤书篆,耽吟解赋诗。

春风生宿草[3]，依旧又离离。今来闻战讯[4]，尔何知？

【注释】

[1]亡儿鏊：民国元年(1912年)生于北京，民国十八年(1929年)五月十八日殁。生前从父读书，攻诗习画，日有长进，惜早逝。

[2]拟韦端己：[补]韦端己，即韦庄。词人所拟为韦庄《女冠子》二首，以相思别情为主题。

[3]宿草：隔年的草。多义词，这里隐含坟墓义。[补](清)宋荦《吴汉槎归自塞外作歌以赠》诗曰："归来两公已宿草，唯君怀抱犹豪雄。"

[4]今来闻战讯：中原大战战讯。1930年3月，阎、冯、桂三集团的将领及各方代表云集太原，共推阎锡山为中华民国陆海空军总司令，冯玉祥、李宗仁为副总司令，共同反蒋。4月，一场空前规模的军阀大混战开始了。

【评析】

该词选自《庚午春词》，词人在其词序中言："词社同人，仿《庚子秋词》之例，有《庚午春词》之约。选于唐、五代、宋词，凡十有四家，二十有三调，二十有九阕，依调拟作，不命题，不限韵。"《庚子秋词》是清末著名词人王鹏运、朱祖谋、刘伯崇、宋芸子等词家于1900年八国联军侵入北京城时的唱和之作，写围城中士大夫的时事之感。而民国十四年(1925年)岁暮，词人与谭祖任、夏孙桐、章华、邵章等结聊园词社，仿《庚子秋词》之例，作《庚午春词》，共二十九阕，书中所选《女冠子》为拟韦庄《女冠子》二首的组词，是词人题写其已逝儿子姚鏊遗画《柳条双燕图》的题画词，借以寄寓词人对亡子的悼念之情。词共二阕，其一由画起兴，因画为姚鏊逝世前一月所画，故词人睹画思人，无尽伤感。其二由悼念亡子引申到时代世事，视野更加宽阔。词用与姚鏊对话的口吻写道：你离世后的这一年中几番争战，活着之人备尝艰辛，还不如你已经逝去便不会见到这人间惨象。可惜你正当青春年华，又能诗善画，富有才情，便结束了生命。清明到了，你的坟头上已经宿草丛生。今天又传来了发生战争的讯息，你是否也能知道呢？亲人离世，本属伤情之事，但词人却说死后便可不见战乱的现实，由此便知军阀混战中的中国是怎样一个残酷的人间炼狱！深沉的家国情怀是此词可贵之处，也是整个《庚午春词》的菁华所在。

芳草渡

题《燕京访古录》

墨代语，任话劫玄都，寄怀燕市[1]。助客幢犀韵，条条梦影犹系。三辅秦内史，如长安新记[2]。动旧感，马认蹄尘，烛渐风泪。　　遐思，绮怀[3]向老，转眼繁华欢坠[4]。怕回首、襟痕恋酒[5]，年时燕游地。事随雁去，剩我在、城南萧寺[6]。甚巷陌，畅道荒湾似水。

【注释】

[1]"墨代语"至"寄怀燕市"句：意谓《燕京访古录》运用富有情感的笔详细记叙旧北京风物。《燕京访古录》，不详，待查。玄都、燕市，这里皆指旧北京。劫，夸张地形容记叙详细。寄怀，形容记叙带有感情。[按]《燕京访古录》为张江裁所著。张江裁，名涵锐、仲锐，字次溪，号江裁，广东东莞人。曾任《丙寅杂志》《民国日报（副刊）》《民报》编辑，是民国时期著名史学家、民俗学家。著有《北平志稿》《北平岁时志》《北平天桥志》《陶然亭小记》《燕都梨园史料》《江苏通志》《清代学人年鉴》等200余种。张江裁在《燕京访古录自序》中言："《燕京访古录》一卷。乃余追录昔年吾师番禺沈太侔先生之口述。暨得之吾友李翁审言、廉翁南湖、姚翁茫父等所抄示者也。"可见该书写作也得到了姚华在文献上的帮助。

[2]三辅秦内史，如长安新记：意谓撰《燕京访古录》的作者是京城的官吏。三辅秦内史，指秦代掌京师治理的官员。西汉亦沿秦置，故有"如长安新记"之言。

[3]绮怀：犹言风月情怀。这里言闲适的心情。[补]（清）黄景仁《写怀》诗曰："华思半经消月露，绮怀微懒注虫鱼。"

[4]转眼繁华欢坠：[补]按词调应为七言，此句应阙一字。

[5]襟痕恋酒：与"绮怀向老"对举。

[6]城南萧寺：指莲花寺。该寺在北京城南烂熳胡同。自清代以来，包括姚华在内的诸多名人居住过。

【评析】

这是一首《弗堂词》阙收的作品，本是姚华为其好友著名历史学家张江裁所著《燕京访古录》所写的题词，却因为题写在赠给爱子姚鋆的折扇上，得以流传下来。根据邓见宽的注释，词人写此词时，姚鋆正受父命赴南京，编辑词人文集《弗堂类稿》，结果词成一月后，即农历五月上旬，词人猝然脑出血症复发，溘然辞世，未得见《弗堂类稿》问世。词作从《燕京访古录》的创作背景写起。"墨代语"即"以墨代语"，言此书是用写书的方式代为表意言情，通过详细记录评说古迹名胜，寄托对旧北京的情怀。书中对文化古迹的记录，一条条似乎都牵动着张江裁心中旧北京的梦影。"三辅秦内史"是指张江裁曾是北京的旧官员，此句是说本书是作者以故吏的身份所写的记录京城故事的新书。它能够牵动经历过朝代更迭之人对于往昔的感情，读其书就像老马认得旧途，烛火随风向嘶鸣洒泪一般，令人难免心生感怆。下阕紧承上阕写词人读此书后的个人情怀，读此书令人思绪遐远，本以闲适之情度过残年，却想转眼间繁华的局势就被打破，词中"坠"字用得警策。历经世事变迁，现在害怕回忆当初遍游燕地、诗酒遣兴的生活。现在盛世就像随着大雁南飞一样无情而去，只剩我一人，寄居于城南萧条的莲花寺中。词作结句"畅道"为真是、正是之意，词人感叹道这北京城的街巷真是如流水，就如同故乡的荒湾一般，寄寓词人的乡关之思。词人在逝世前一年，垂垂老矣之时写下此词，借题写友人《燕京访古录》一书，再次抒发在无数词作中曾叙写的世事更迭的兴亡之感，以及对故土的怀念之情，体现了历经清朝灭亡、内乱外侮、流离失所的那一辈志士文人无比悲怆的复杂心绪，其情感和风韵都具有鲜明的时代特征和典型性。

后　记

　　自 2015 年我获得贵州省高校人文社会科学研究项目"清代贵州词坛研究"立项以来，黔词就与我结下了难解之缘，伴随我度过了 7 年的时间，其间我又获得了贵州省理论创新课题"贵州词史研究"立项，并于 2019 年出版了第一本研究著作《黔词研究》。在研究工作中，黔词文献资料积累渐丰，于是我便萌生了编撰一本贵州地域性词集选本的念头。幸运的是，2019 年我以"黔词注评"申报贵州省高校人文社会科学研究项目，又顺利获得立项。有了经费的支持，本书撰写的步伐便逐渐加快。

　　在中国古代久远的历史长河中，黔中大地长久以来都是汉文化难以渗透的"南蛮边地"。直到明代永乐年间，贵州布政使司的设立，才逐渐融入中原文化的谱系之中。文学也在有明一代发展起来，诗歌率先取得了显著的成就，相对而言，词的发展晚于诗歌。黔籍文人中最早有词集载录的是明末清初邹旦的《桃花词》，之后还有陈惟政《醒迷亭乐府》和唐惟安《敬亭诗余》，但皆不传。最早有完整词集存世的是康熙年间江闿的《春芜词》，故论黔词史，可以江闿为开端。雍正、乾隆、嘉庆三朝贵州词坛较为沉寂，自道光、咸丰、同治时期黔籍词人名家辈出，达到高峰。自此黔词词脉不绝，直到民国初年还有姚华这样的代表词人。

　　(民国)《贵州通志·艺文志》载录黔籍词人词集 36 部，就笔者多方收集共得到有词作留世的词人 24 人，其中有被清末词学大师朱祖谋称为"高健之骨，古体之神，几合东坡、东山为一手。国初诸家俱无法望其肩背，无论后来者矣"(《影山词》题识)的莫友芝；被吴伟业赞为"秦柳苏辛最难兼长，辰六两得之，所以为佳"的江闿(江闿《春芜词》卷首)。"可跻身全国名家之林"(黄万机《贵州汉文学发展史》)，故无论是从词人数量，还是从代表词人创作水平来看，黔词都不失为清词一个重要的组成部分，黔籍词人与清代其他地域词人一道为清词的繁荣做出了贡献。

　　在超过 250 年的黔词史中，形成了遵义、贵阳、大定府(今毕节)三个词学中心。贵阳词坛除江闿外，道咸同时期又有陈钟祥、石赞清，咸同之后更加繁荣，以姚华、邓维琪为代表的一批词人创作成就皆较为可观。贵阳词坛延续时间最长，但词人之间的交集不多，呈现出松散的群体状态。与贵阳词坛截然不同的是，遵义词坛随着莫友芝、黎兆勋为代表的沙滩词人的出现，在道咸同时期迅速崛起，成为黔词鼎盛时期的代表。遵义沙滩词人群是一个由家族、师友构成的关系紧密的词人群体，这一群体的核心无疑是莫友芝、郑珍、黎兆勋三人，在三人之前有唐树义，与他们同时还有黎庶蕃、黎庶焘、莫庭芝。咸同之后的宦懋庸、赵懿也是他们的学生或后辈，只有张鸿绩和聂树楷与沙滩词人没有交集。

遵义沙滩词人在密切而频繁的词学交流中，形成了较为一致的词学观念和风格宗尚，故以文学流派的特征视之，称遵义沙滩词人群为"沙滩词派"亦是恰当的。大定府词人群与沙滩词人有相似之处，章永康是女词人周婉如的甥侄，二人也常有赠答，只是人数远少于沙滩词人，不能形成声势。

更为可贵的是，黔籍词人对生养自己的故土有着深厚的感情，把雄奇的黔中山水、多姿多彩的民情风俗以及悠久沧桑的黔中历史引入词作，在对黔中地域空间的书写中寄寓深沉的故土之情，体现出强烈的文化认同。此外，贵州词人在积极吸收主流词坛词学发展成果，力争取得主流词坛认可的同时，又能够保持独立性，在词学观念、学词路径和风格取向上展现出自己的艺术追求和独立品格，从而体现出有别于他省词学的鲜明的地域特征。

撰写这部黔词选本，主要有两个目的：一是理论性的研究著作往往难以体现出词集整理、注释等基础文献工作的成果，自己耗费数年时间和精力留下的资料和底稿弃之可惜；二是黔词确有丰硕的创作实绩和艺术价值，在黔籍词人众多的词作中，珠玉屡屡有之，词选无疑是呈现黔词创作成就和艺术魅力的绝佳方式。正如鲁迅先生所言："凡选本，往往能比所选各家的全集或选家自己的文集更流行，更有作用。"通过选本注评的批评方法，在系统整理贵州词人词集和贵州词史研究的基础上，以存人存词和选介批评相结合的原则，编纂一部较有质量保障的黔词选本，既可以让更多的学者关注和了解黔词，对于推动黔词研究起到抛砖引玉的作用，又能够为广大的词学爱好者了解黔籍词人、欣赏其词作提供一个较为完备的底本，对保护和推介乡邦文学遗产尽一份绵薄之力。

2020年，我来到美丽的桂林，在广西师范大学开启了博士求学生涯，师从莫道才教授。在莫老师和其他导师的谆谆教诲下，我的学术视野和研究能力得到了很好的提升，暂时摆脱工作上的羁绊，又使我能够心无旁骛地投入写作。特别是广西师范大学图书馆丰富的馆藏资源，为我查阅各类文献资料，进行词作注释提供了极大的便利。正是因为广西师范大学给予了极为有利的条件，本书的撰写才能如期顺利完成。

这本书的完成，首先要感谢我的博士生导师莫道才教授和硕士导师黄海教授，他们在百忙之中，抽出宝贵的时间审读书稿，提出修改的建议，并不吝赐序，他们的肯定让我备受感动和鼓舞。其次要感谢我的妻子唐洁，是她在我读博期间承担起了照顾家庭、教育孩子的重担，每每在我感到疲惫和压抑时，也是她给予及时的安慰和鼓励，成为我读书写作最坚强的后盾。最后还要感谢武汉大学出版社的责任编辑黄殊老师，为此书的出版花费了不少心血，付出了辛勤的劳动。

在书稿付梓之际，回望整个写作的过程，其间经历了许多的艰辛，但在翻检文献发现一则典故之出处时，在玩味词作偶有会心时，在壅塞的文思突然流畅时，那种幸福和快乐的感觉又是多么的美妙。正如莫老师《骈文观止》后记所言："在读书与写作中有枯燥，更有无穷的乐趣。这是那些奔走于官场和商场的人所无法享受得到的。"我想能够在日渐喧嚣的世界中保有一份宁静和恬淡，便是"小窗闲坐读《周易》，不知春去几多时"的书斋生活最为动人的地方吧。

戴永恒
2022 年 4 月 29 日于六盘水梅花山下